二〇二三年度國家古籍整理出版專項經費資助項目

全漢樂府彙注集解

上

廖群　輯校輯注

上海古籍出版社

圖書在版編目(CIP)數據

全漢樂府彙注集解 / 廖群輯校輯注. —上海：上海古籍出版社，2024.3
ISBN 978-7-5732-1047-0

Ⅰ. ①全… Ⅱ. ①廖… Ⅲ. ①樂府詩—詩集—中國—漢代 Ⅳ. ①I222.6

中國國家版本館 CIP 數據核字(2024)第 059570 號

全漢樂府彙注集解

（全二册）

廖　群　輯校輯注

上海古籍出版社出版發行

（上海市閔行區號景路 159 弄 1-5 號 A 座 5F　郵政編碼 201101）

（1）網址：www.guji.com.cn

（2）E-mail：guji1@guji.com.cn

（3）易文網網址：www.ewen.co

山東韻傑文化科技有限公司印刷

開本 850×1168　1/32　印張 34.5　插頁 10　字數 700,000

2024 年 3 月第 1 版　2024 年 3 月第 1 次印刷

印數：1—2,100

ISBN 978-7-5732-1047-0

I·3805　定價：198.00 元

如有質量問題，請與承印公司聯繫

目録

序　言

一

「樂府」一詞源於被稱爲「樂府」的音樂機構。對於文學而言，「樂府」是詩；對於音樂而言，「樂府」是歌、是曲、是器樂；對於舞蹈而言，「樂府」是舞；對於戲劇而言，「樂府」又可能是戲……其實，這只不過是現代學術分科之後的識別，而在當年還隸屬於真正被稱爲「樂府」或相當於樂府的機構時，它們常常同時是詩、是歌、是曲、是舞甚至是戲，是指用樂器配樂伴奏的、在臺上由藝人表演的、或許帶有一點情節的、或許還伴有舞蹈的「節目」。當然，作爲兩千多年前上演的「節目」，留給今天的我們所能見到的，主要是被記載下來的整個節目中所唱的歌詞，屬於寬泛的詩歌範圍，即「樂府詩」或「樂府詩歌」。

這種被稱爲「樂府」的詩歌始於漢。這裏首先需要辨析的是漢武帝「始立樂府」説。此説緣於《漢書》中的兩段話。一段見於《禮樂志》：「至武帝定郊祀之禮，祠太一於甘泉，就乾位也；祭后土於汾陰，澤中方丘也。乃立樂府，采詩夜誦，有趙、代、秦、楚之謳。以李延年爲協律都尉，多舉司馬相如等數十人造爲詩賦，略論律呂，以合八音之調，作十九章之歌。以正月上辛用事甘泉圜丘，使童男女七十人俱歌，昏祠至明。」〔一〕一段見於《藝文志》：「自孝武立樂府而采歌謡，於是有代趙之謳，秦楚之風，皆感於哀樂，緣事而發，亦可以觀風俗，知薄厚云。」〔二〕於是，劉勰《文心雕龍·樂府》言之鑿鑿：「暨武帝崇禮，始立樂府。」〔三〕問題是《史記·樂書》稱「高祖過沛詩《三侯之章》，令小兒歌之。高祖崩，令沛得以四時歌儛宗廟。孝惠、孝文、孝景無所增更，於樂府習常肄舊而已」〔四〕，《漢書·禮樂志》稱「又有《房中祠樂》，高祖唐山夫人所作也。……孝惠二年，使樂府令夏侯寬備其簫管，更名曰《安世樂》」〔五〕，又都顯示武帝之前似乎已經有了「樂府」之稱。而若按《漢書·百官公卿表》的説法，樂府更早在秦代就已經

〔一〕〔漢〕班固撰、〔唐〕顔師古注《漢書》，中華書局一九六二年版，第一〇四五頁。
〔二〕〔漢〕班固撰、〔唐〕顔師古注《漢書》，第一七五六頁。
〔三〕〔梁〕劉勰撰《文心雕龍》卷二《樂府》第七，《欽定四庫全書》本，《景印文淵閣四庫全書》，臺灣商務印書館一九八六年版，第一四七八册。
〔四〕〔漢〕司馬遷撰《史記》，中華書局一九五九年版，第一一七七頁。
〔五〕〔漢〕班固撰、〔唐〕顔師古注《漢書》，第一〇四三頁。

設置：「奉常，秦官，掌宗廟禮儀。……屬官有太樂、太祝、太宰、太史、太卜、太醫六令丞。……少府，秦官，掌山海池澤之稅，以給共養，有六丞。屬官有尚書、符節、太醫、太官、湯官、導官、樂府……」[一]由是，梁啓超、陸侃如、羅根澤等學者曾懷疑樂府並不始於武帝，漢承秦制，可能秦時已經設有樂府。一九七七年秦始皇陵附近出土了刻有秦篆「樂府」二字的秦代錯金甬鐘，證明了管理樂舞的重要機構——樂府在秦代確已設置。在這種情況下，有學者開始重新思考《漢書·禮樂志》「至武帝定郊祀之禮……乃立樂府」的意思，如張永鑫在其《漢樂府研究》中即認爲這是説漢武帝始將郊祀之禮「立之於樂府」[二]，而鄭文則在其《漢詩研究》中强調與樂府詩有關的樂府機構始立于漢武帝時期，因爲據《漢書·百官公卿表》《史記·樂書》等可知，隸屬太常的太樂令丞與隸屬少府的樂府令，「雖都出自秦官，而所負的職責不同，所以王應麟《漢書藝文志考證（八）》引呂氏曰：『太樂令丞所職，雅樂也；樂府所職，鄭衛之樂也。』」[三]因此，準確些説，以「樂府」作爲音樂機構的名稱並不始於漢，但與「樂府詩歌」有關的樂府機構以及由此派生的樂府詩、歌、舞、戲等的確始於漢。

[一]〔漢〕班固撰、〔唐〕顔師古注《漢書》，第七二六—七三一頁。
[二]張永鑫《漢樂府研究》，江蘇古籍出版社一九九二年版，第五四頁。
[三]鄭文《漢詩研究》，甘肅民族出版社一九九四年版，第一八頁。

樂府詩始於漢，但在當時它們並没有被稱爲樂府，而是多稱「歌詩」，如《漢書・藝文志》在提及「孝武立樂府」的詩賦類部分，著録「歌詩二十八家，三百一十四篇」，即稱「高祖歌詩二篇」、「泰一雜甘泉壽宮歌詩十四篇」〔一〕等等。

由「樂府」代稱「樂府歌詩」見於南朝。其實，自西漢末年漢哀帝罷廢樂府，此後俗樂（「鄭衛之樂」）所屬機構已經不見「樂府」之稱，而特有的「樂府」之職似由「黄門」所代理。但「樂府」之稱已經泛化，於是劉勰《文心雕龍》特置「樂府」一篇，直稱「樂府者，聲依永，律和聲也」〔二〕；蕭統《文選》於詩歌大類裏單列「樂府」一支，不但選入了漢代「樂府」或「黄門」所存、所奏之「古樂府」，還列了魏晉南朝樂所奏之魏武帝、魏文帝、曹子建、陸士衡、謝靈運、鮑明遠等等之「樂府」；徐陵《玉臺新詠》除列「古詩」外，也特辟「古樂府詩」一項，收入《陌上桑》《相逢行》《豔歌行》等，且也稱其後仿作爲「樂府」，如列「曹植雜詩五首、樂府三首」等。其後，唐代吴兢編定《古樂府詞》十卷並撰《樂府古題要解》二卷，所收「樂府」包含了唐前各朝音樂機構所存所奏之相和歌、拂舞歌、白佇歌、鐃歌、横吹曲、清商曲、雜題、琴曲；直至宋代郭茂倩之《樂府詩集》，更是將唐代擬樂府體裁、題材所作詩篇也包含在「樂府」這個名題之中。樂

〔一〕〔漢〕班固撰、〔唐〕顏師古注《漢書》，第一七五三—一七五五頁。

〔二〕〔梁〕劉勰撰《文心雕龍》卷二《樂府》第七，《欽定四庫全書》本，《景印文淵閣四庫全書》，第一四七八册。

府，成爲配樂演唱歌曲及仿作詩歌的特有名稱。

二

撰寫《漢代樂府箋注》的曲瀅生在其《序》中第一句話就是：「一代有一代之文學，漢則以樂府著。」〔一〕若從唐詩、宋詞、元曲這種寬泛的詩歌角度言，這話是不錯的。的確，樂府歌詩自漢代始，又不止於漢，而漢代是樂府歌詩的發軔期，也是鼎盛期、彰顯期。梁啓超在《中國之美文及其歷史》中即説：「樂府一體，自西漢中葉始出現，至東漢末年而消沉，樂府在漢代文學史的地位，恰如詩之在唐，詞之在宋，確爲一時代之代表産物。」〔二〕遺憾的是，不同於先秦的《詩經》《楚辭》，漢代樂府始終都没有得到集中的收録和編纂。班固在《漢書·藝文志》中提到了後來被稱爲「樂府」的西漢歌詩，但著録的是歌類和篇數，並未録出題目和歌詞；僅在《禮樂志》中全文收録了《安世房中歌》十七首和《郊祀歌》十九章，算是漢樂府作品首次見於文本記録。漢末，蔡邕有《琴操》之作，記述了諸多漢代演唱的琴歌的本事

〔一〕曲瀅生《漢代樂府箋注》，《我輩語社叢書》本，北平清華園一九三三年版，第一頁。
〔二〕梁啓超《中國之美文及其歷史》，貴州人民出版社二〇一四年版，《序論》第三頁。

及其歌辭，惜已佚，只能靠後代提及和輯佚得獲消息。其後，就今見文獻來説，直到南朝沈約《宋書・樂志》，始集中收録包括漢代樂府在内的歌樂作品，漢樂府中的主體部分，如「鼓吹曲辭」中的《漢鼓吹鐃歌十八曲》，「相和歌辭」中的一些重要作品，諸如《江南》《東光乎》《雞鳴》《烏生》《平陵東》《董桃行》《善哉行》《東門行》《豔歌羅敷行》《西門行》《折楊柳行》《豔歌何嘗行》《滿歌行》《雁門太守行》《白頭吟》等，終於得以與讀者見面。差不多與此同時，蕭統《文選》、徐陵《玉臺新詠》也選録了一些樂府古辭，只不過有的已稱「樂府」「古樂府」，有的仍稱「詩」，著名的《焦仲卿妻》就首見於《玉臺新詠》，稱「古詩爲焦仲卿妻作」。唐宋時期，出現了專以「樂府」爲題、全面收録歷代樂府詩歌的總集著作，唐吴兢的《古樂府詞》、宋郭茂倩的《樂府詩集》均是這種總賅前代樂府詩歌的輯録。可惜《古樂府詞》已佚，無緣睹其真顏，郭茂倩的《樂府詩集》遂成爲全面觀覽漢代樂府的基本讀本。

《樂府詩集》力所能及地做到了全面收録。上面提到的各種著作分别收録的漢代樂府作品，包括《漢書・禮樂志》收録的《安世房中歌》十七首和《郊祀歌》十九章，包括《琴操》中《拘幽操》《文王操》等「琴曲歌辭」，包括《宋書・樂志》收録的《漢鼓吹鐃歌十八曲》和「相和歌辭」中的古辭，包括《文選》《玉臺新詠》收録的「樂府」「古樂府」和應稱「樂府」的「古詩」，都被網羅殆盡；其中應該還包括「古樂府」中的所有樂府，其分類除「郊廟歌辭」「鼓吹曲辭」「相和歌辭」之外，還有「舞曲歌辭」「琴曲歌辭」等，很可能就是吸收了《古樂府詞》中的「拂舞歌」和「琴曲」中的歌曲作品。當然，其中還會包括從其他著作中發現的諸多樂府，特別列出「雜曲歌辭」一類，就是爲了將所有無法歸類的樂府詩歌也都放置進去。

《樂府詩集》的「全」，也就更加意味着漢代樂府被分散在不同的歌曲類别中，意味着仍然没有斷代全集的出現。《樂府詩集》總賅前代樂府，共成一百卷。縱向而言，上起陶唐，下及五代，時間跨越宋前所有時代；横向而言，該著作將樂府分爲郊廟歌辭、燕射歌辭、鼓吹曲辭、横吹曲辭、相和歌辭、清商曲辭、舞曲歌辭、琴曲歌辭、雜曲歌辭、近代曲辭、雜歌謡辭、新樂府辭十二大類，每類中又分不同小類及不同歌題，而各代樂府均被依次編排在不同的歌題之下，每一類中每一題歌曲都既有古辭（有的歌題只有古題，古辭已佚），又有後代的擬題之作。如「相和歌辭」中的《江南》，古辭是漢樂府《江南可採蓮》，下面緊跟着梁簡文帝的《江南思》、沈約的《江南曲》及唐宋之問、李賀、李商隱、温庭筠等的《江南曲》。古辭，亦即漢樂府，即分佈在其中的郊廟歌辭、鼓吹曲辭、相和歌辭、舞曲歌辭、琴曲歌辭、雜曲歌辭、雜歌謡辭中的部分歌題下。如果想集中瀏覽漢樂府歌詩，需要從中細細甄選。

三

對於閱讀、欣賞和研究漢代樂府來説，更爲遺憾的是尚無集中全備的箋注本。漢樂府是配樂演唱的歌曲，有聲有辭，或有旁白、標記，若未經整理，聲辭混記，就會造成讀解的困難。漢樂府中諸如《漢鼓吹鐃歌十八曲》《巾舞歌詩》等，就一向以難解著稱。這就特別需要當時、近時人的讀解和説明。然而，正因爲没有斷代全集收録本，没有《詩經》《楚辭》等的經學和準經學待遇，箋注的稀缺和分散便在情理之中。

幸運的是，有些樂府因收録於名著之中而被箋注家青睞，如《漢書·禮樂志》收録的《安世房中歌》十七首和《郊祀歌》十九章，有顔師古的《漢書注》和王先謙的《漢書補注》，《文選》收録的《飲馬長城窟行》等樂府古辭有李善等的《六臣注文選》，《玉臺新詠》收録的《陌上桑》《焦仲卿妻》等古樂府和古詩有吴兆宜的《玉臺新詠箋注》等等。但古代收録漢代樂府較多的著作，如《宋書·樂志》《樂府詩集》等，卻僅是作品收録，或只加題解文字，均無時人或近時人的整理和注釋。《漢鼓吹鐃歌十八曲》的難以讀解，恐與此不無關係。

明清之際，特别是清代，開始陸續出現一些箋注漢代樂府的著述，只不過多爲選擇其中的一部分集中箋注，如陳本禮的《漢樂府三歌箋注》，只注《郊祀歌》《鐃歌》《安世房中歌》三種；莊述祖的《漢短簫鐃歌曲句解》、譚獻的《漢鐃歌十八曲集解》、王先謙的《漢鐃歌釋文箋正》等，單注《漢鼓吹鐃歌十八曲》。當然，這個時期特别值得一提的是還出現了兩部集中評注漢魏六朝樂府的著作，即朱嘉徵的《樂府廣序》（漢魏）和朱乾的《樂府正義》（漢至隋前）。儘管它們亦非漢代樂府的專門收録和注解，還包含了魏晉及六朝，畢竟漢代歌詞占有大半。但是，這兩部著作均未被收入《四庫全書》《四部叢刊》《四部備要》等常見叢書，難以檢索查找；且前者仿照《詩序》，重在揭示題旨；後者引申發揮，多爲説理議論。

另外，如果詳加尋覓，會發現明清時期「詩選學」湧現的一批古詩選本注本中，亦多有順帶選注到漢樂府的情況，如明代唐汝諤的《古詩解》、清代陳祚明的《采菽堂古詩選》、沈德潛的《古詩源》、張玉穀的《古詩賞析》及王士禛選、聞人倓箋的《古詩箋》等，凡是比較著名的樂府古辭，在這些著作中就都或多或少得到了評點和箋注。

關於漢代樂府注本，還有一部清人李因篤的《漢詩音注》，於漢樂府的收録已屬求全，除未收録「琴曲」外，它皆盡收盡注，還特爲列出「拾遺」一卷，載録了不少「古歌辭雜見諸書」者。只是該書純屬評點式，注釋文字或無有，或簡略，不同於一般箋注本。

四

通過以上梳理可以看到，迄今爲止，尚無一部全面集中收録漢代樂府的箋注本。而且，由於漢代樂府多有民間之作，古代不受重視，箋注原就不多不全，瞭解前人對漢樂府的研究解説也極不容易。這對於今天借鑒古人和前輩已有研究成果，深入挖掘和把握漢代樂府藝術，是一個相當大的障礙。

不過，從上述的梳理中還可以看到，歷代學人對漢代樂府的關注各有側重，用力不同，雖無斷代全注，但有局部全注。分別觀之，各有缺漏；若打通歷代，全面彙集，合而見之，對於漢代樂府的箋注，便覺已頗可觀。

另外，如果將各種箋注評注本加以彙集，不但可以互爲補充，還會自然顯示歷代注本關注問題的來龍去脈、起始延續，以及所涉問題的方面、解決的程度，從而客觀展示漢代樂府研讀的歷史面貌。如《鐃歌》中被認爲無法斷句的《石留》，其實清人李因篤的《漢詩音注》、陳本禮的《漢樂府三歌箋注》、王先謙的《漢鐃歌釋文箋正》，已經嘗試給予了注解和斷句。它如對《有所思》和《上邪》《豔歌何嘗行·飛來雙白鵠》「趨」前「趨」後爲男女對歌的推斷，也已出現在古人的解説中；對《婦病行》「亂曰」部分，歷代箋注也已給出了多種斷句和解説等等。如果能及時瞭解前人的這些研讀成果，必將給後人的研究帶來重要啓發，從而少走彎路或避免重複。

五

正是鑒於上述漢代樂府已分别有所箋注但缺乏全注彙注的情況，本書致力於全漢樂府及其箋注、評點、論析的全面彙集和整理。其中包括三個部分。

其一是對今見兩漢樂府歌詩進行全面收集輯録和校正。兩漢時段，取文學史概念範疇，起於秦漢之争，終於曹魏之前，不包括建安文學。「樂府歌詩」，以是否配樂演唱爲取捨，區别於漢詩、楚歌和謡諺。所輯樂府歌詩以首見著作爲底本，依次爲漢班固《漢書》、南朝梁沈約《宋書》、南朝梁蕭統《文選》、南朝陳徐陵《玉臺新詠》、隋杜臺卿《玉燭寶典》、隋虞世南《北堂書鈔》、唐歐陽詢《藝文類聚》、北宋李昉《太平御覽》、南宋朱長文《琴史》、南宋郭茂倩《樂府詩集》、南宋朱熹《朱文公校昌黎先生集》、明楊慎《風雅逸篇》、明馮惟訥《古詩紀》、清孫星衍校輯《琴操》（漢蔡邕《琴操》輯佚本），每篇樂府歌詩後以括弧形式列出所出原著篇卷類目，列出其後用以校勘的收録著作及篇卷，並於每篇之後附「校勘」説明，包括異文和校改。

需要説明的是其中對於「琴曲歌辭」的甄選。「琴曲歌辭」是以琴爲伴奏樂器邊彈邊唱的歌曲歌詞，歸於樂府歌詩可無異議；問題是《琴操》等收録琴曲歌辭的著述均直接題爲本事中當事人所作所唱，如《拘幽操》，《琴操》即云「文王拘於羑里而作也」[一]。對此，筆者已詳加考

[一] 〔清〕孫星衍輯校平津館本《琴操》（〔漢〕蔡邕《琴操》輯佚本）卷上，《續修四庫全書》，上海古籍出版社二〇〇二年版，第一〇九二册。

證，指出它們均爲漢代琴家所代擬〔一〕，故均可作爲漢代樂府歌詩予以收録。

其二是彙集歷代注解、評點、論析漢代樂府歌詩的著述文字，分别依次編排，對所輯録漢代樂府歌詩逐一箋注解析。

彙集的解題、注釋著作包括：漢班固撰、唐顔師古注《漢書》，南朝梁沈約《宋書》，南朝梁蕭統編、唐李善等注《六臣注文選》，南朝陳徐陵編、清吴兆宜注《玉臺新詠箋注》，南宋朱長文《琴史》、南宋郭茂倩《樂府詩集》、元左克明《古樂府》、明徐獻忠《樂府原》、明楊慎《風雅逸篇》、明馮惟訥《古詩紀》、明梅鼎祚《古樂苑》、明唐汝諤《古詩解》、清朱嘉徵《樂府廣序》、清陳祚明《采菽堂古詩選》、清李因篤《漢詩音注》、清沈德潛《古詩源》，清王士禛選、聞人倓箋《古詩箋》，清張玉穀《古詩賞析》、清陳本禮《漢樂府三歌箋注》（《漢詩統箋》）、清朱乾《樂府正義》、清莊述祖《漢短簫鐃歌曲句解》、清陳沆《詩比興箋》、清譚獻《漢鐃歌十八曲集解》、清孫星衍校輯《琴操》（漢蔡邕《琴操》輯佚本）、清王先謙《漢書補注》《漢鐃歌釋文箋正》。

彙集的評點、論析著作包括：明徐禎卿《談藝録》、明楊慎《升庵詩話》、明謝榛《四溟詩話》、明王世貞《藝苑卮言》、明胡應麟《詩藪》、明陸時雍《古詩鏡》、清吴景旭《歷代詩話》、清王夫之《古詩評選》、清李調元《雨村詩話》及清費錫璜、沈用濟《漢詩説》。

〔一〕　廖群：《代擬琴歌與先秦人物故事的漢代演繹》，《文學遺産》二〇一八年第四期。

正文包括集解、歌詩原文、校勘、集注和集評。（一）集解。在篇題下歌詩原文前首列【集解】，依次列出諸家對該篇題旨、作者、創作、收録等的介紹、判斷和辨析。（二）歌詩原文。以首見著作爲底本，録出樂府歌詩原文，并於每篇樂府歌詩後以括弧形式列出所出原著篇卷類目，列出其後用以校勘的收録著作及篇卷。（三）校勘。以首見著作所録歌詩文字爲底本，以其後收録著作所録歌詩文字爲校本。（四）集注。在歌詩後（篇幅較長或注解較多者在章段後）列出【集注】，以標注形式彙集諸家對該篇（或該章）文字字句、詞語的不同注釋、講解及辨析。所取各説及異説以出現先後爲序，以首説爲本，後説與前説同而一無新意者，略而不録。（五）集評。在歌詩箋注後列出【集評】，以年代先後依次列出諸家對該篇歌詩情感内容及詩歌藝術等的辨析、評論和鑒賞（篇幅較長且評論涉及篇章或全詩者，在諸章後列【集評】，在全篇後列【總評】）。

其三是根據需要分别在集解、集注、集評後列出【廖按】，以按語形式對歌詩篇目補充注解。補注包括彙集、甄選今注及期刊雜誌發表文章中的相關研究成果，還包括筆者本人對歌詩字句的新注和補充注釋。此外，還在集解、集注、集評中對諸家所引篇目、所引原文以括弧形式隨文補足缺題、缺字，以框格形式加正字以糾正文字訛誤；或在句後以括弧加「廖按」形式指出、糾正錯誤，或補充説明情況。

此外，爲了解析、注釋文字的集中清晰，正文只録出收録、注解、評點者及著作簡稱「曰」

（如「班固曰」「蕭統曰」「徐陵曰」「郭茂倩曰」「顏師古曰」「王世貞曰」「六臣注曰」「漢詩説曰」）及所曰之題解、箋注、評析文字，而將收録、注解者情況，收録著作、注解者所引論者、所引著作等，以附録形式列在書後，以便讀者檢索。這樣，本書書後列有四篇附録：（一）參考文獻；（二）收録、注解、評點著作作者簡介；（三）注解、評點及按語引用諸家及其著述簡介；（四）注解、評點及按語提及收録漢代樂府著作及解題著作簡介。

該書題爲「全漢樂府彙注集解」，力求達到的目標和力争有所建樹的是在「全」字上和「彙集」上。然而，時間跨度之大，各代著作之繁，個人視野所限，遺漏在所難免，只能以俟後來者。

凡例

（一）所收「樂府」範圍、作者、年代斷限：樂府，本指樂府機構，衍生爲樂府機構上演的樂歌及舞曲，進一步衍生爲配樂表演的樂歌曲辭及舞曲歌辭。本書「樂府」取進一步衍生的廣義的「樂府」概念，以是否配樂爲判斷。全漢樂府，取文學史「漢代文學」概念，起於秦漢之爭，終於曹魏之前。鑒於三曹等創作已被劃歸建安文學或魏晉文學，凡屬魏蜀吴等雖作於漢末獻帝時期卻屬於文人之作者，亦不再列入漢樂府。

（二）底本：所輯樂府歌詩以首見著作爲底本，如《安世房中歌》《郊祀歌》以《漢書·禮樂志》爲底本，《漢鼓吹鐃歌十八曲》及「相和歌辭」中的《江南》《雞鳴》《東門行》《豔歌羅敷行》（《陌上桑》）等以《宋書·樂志》爲底本，「相和歌辭」中的《君子行》《長歌行》等以《文選》爲底本，「雜曲歌辭」中的《羽林郎》《董嬌嬈》《焦仲卿妻》等以《玉臺新詠》爲底本等等。本書所用底本共計十四部，具體包括：漢班固《漢書》、南朝梁沈約《宋書》、南朝梁蕭統《文選》、南朝陳徐陵《玉臺新詠》、隋杜臺卿《玉燭寶典》、隋虞世南《北堂書鈔》、唐歐陽詢《藝文類聚》、北宋李昉《太平御覽》、南宋朱長文《琴史》、南宋郭茂倩《樂府詩集》、南宋朱熹《朱文公校昌黎先生集》、明楊慎《風雅逸篇》、明馮惟訥《古詩紀》、清孫星衍校輯《琴操》(漢蔡邕《琴操》輯佚本)。具体版本詳見【附録二】「參考文獻」中的詩歌來源著作及版本。

(三) 校勘：本書以最早出現的文獻爲底本，以其後收録該詩的重要文獻爲校本，對所收作品逐字逐句進行校勘。每篇樂府歌詩後以括弧先列出所出底本文獻及篇卷類目，再在其後列出收録該詩的其他校本文獻，并對底本與校本的異文進行校勘。

(四) 集解、集注、集評後，間出己注，以【廖按】標識，按語中或有引述不同説法者，以「○」間隔。箋注原文中或有附注，以括注形式標出，不再依據原文另出或排小字。筆者的隨文説明亦以括注表示，前加「廖按」以示區別。隨文校改、補充，分别以（）〔〕爲標識。

(五) 體例：出於整齊體式考慮，各書文字、解説及援引等等，均以編撰者「曰」或書名(及書名簡稱)「曰」的形式出現。如《宋書・樂志》中有關文字，列爲「沈約曰」；《樂府詩集》原書中的解題、文字標異等，列爲「郭茂倩曰」；《六臣注文選》中的文字列爲「六臣曰」；費錫璜、沈用濟《漢詩説》中的文字列爲「漢詩説曰」等。按語所引均以作者「云」的形式出現，如援引黄節《漢魏樂府風箋》之説稱「黄節云」等。

(六) 編排：收録樂府詩作，分類按郭茂倩《樂府詩集》各類出現先後爲序，依次爲《郊廟歌辭》《鼓吹曲辭》《相和歌辭》《舞曲歌辭》《琴曲歌辭》《雜曲歌辭》。每類中一般均以樂府詩首見著作年代先後爲序，如《相和歌辭》中，先録見於《宋書·樂志》者，次録見於《文選》者，次録見於《玉臺新詠》者，次録見於《文選》六臣注者，次録見於《藝文類聚》者，次録見於《樂府詩集》者等。《雜曲歌辭》中，先録見於《漢書》者，次録見於《文選》者，次録見於《玉臺新詠》者，次録見於《藝文類聚》者，次録見於《太平御覽》者，次録見於《樂府詩集》者，次録見於《古詩紀》者等。唯《琴曲歌辭》因首見《琴操》爲輯佚，輯佚時間已至清代，其餘首見著作也頗爲駁雜，兹仍依《樂府詩集·琴曲歌辭》，以本事所述時期爲序，是個例外。每篇樂府歌詩集解、集評部分按編撰、箋注、評析者生卒年先後依次排列；大致同時代者，以生年先後爲準；生年相同者，以卒年先後爲序。集注部分，在詩句中標注［一］［二］……，每一對應注釋［一］［二］……，以編撰、箋注者「曰」（如「郭茂倩曰」「顔師古曰」）形式列出，亦按諸家生卒年爲序依次輯録。爲版面集中起見，每一注「曰」以接續形式編排，不再另起一行，諸家「曰」以加黑加粗字體標出，以求醒目便于識别。

郊廟歌辭

【集解】

郭茂倩曰：《樂記》曰：「王者功成作樂，治定制禮。是以五帝殊時，不相沿樂，三王異世，不相襲禮。」明其有損益也。然自黄帝已後，至於三代，千有餘年，而其禮樂之備，可以考而知者，唯周而已。《周頌·昊天有成命》，郊祀天地之樂歌也，《清廟》，祀太廟之樂歌也，《我將》，祀明堂之樂歌也，《載芟》《良耜》，藉田社稷之樂歌也。然則祭樂之有歌，其來尚矣。兩漢已後，世有制作。其所以用於郊廟朝廷，以接人神之歡者，其金石之響，歌舞之容，亦各因其功業治亂之所起，而本其風俗之所由。武帝時，詔司馬相如等造《郊祀歌》詩十九章，五郊互奏之。又作《安世歌》詩十七章，薦之宗廟。至明帝，乃分樂爲四品：一曰大予樂，典郊廟上陵之樂。郊樂者，《易》所謂「先王以作樂崇德，殷薦上帝」。宗廟樂者，《虞書》所謂「琴瑟以詠，祖考來格」。《詩》

云「肅雍和鳴，先祖是聽」也。二曰雅頌樂，典六宗社稷之樂。社稷樂者，《詩》所謂「琴瑟擊鼓，以御田祖」。《禮記》曰「樂施於金石，越於音聲，用乎宗廟社稷，事乎山川鬼神」是也。永平三年，東平王蒼造光武廟登歌一章（廖按，東平王蒼《後漢武德舞歌詩》見《舞曲歌辭》），稱述功德，而郊祀同用漢歌。魏歌辭不見，疑亦用漢辭也。

安世房中歌（十七章）

【集解】

班固曰：高祖時……又有《房中祠樂》，高祖唐山夫人所作也。周有《房中樂》，至秦名曰《壽人》。凡樂，樂其所生，禮不忘本。高祖樂楚聲，故《房中樂》楚聲也。孝惠二年，使樂府令夏侯寬備其簫管，更名曰《安世樂》。……《安世房中歌》十七章，其詩曰云云。

顔師古曰：服虔曰：「高帝姬也。」韋昭曰：「唐山，姓也。」

郭茂倩曰：《漢安世房中歌》。郊廟歌辭。○《通典》曰：「周有《房中之樂》，歌后妃之德。秦始皇二十六年，改曰《壽人》。」《漢書·禮樂志》曰：「漢《房中祠樂》，高祖唐山夫人所作……更名《安世樂》。」

徐獻忠曰：唐山夫人《房中曲》（即《安世歌》）。○今考漢《房中樂》凡十七章，云漢高帝時唐山夫人所作。漢時不聞有此人。高帝初定天下，亦不暇采擇女史。想秦宫中之内史知文者，高帝收録之也。說者謂《房中》燕樂之詞，非也。今讀「大海茫茫」以下四章，似《房中》（《安世》）語，餘皆祀祖廟樂章，而其詞或盡出唐山所撰也。

陳本禮曰：《安世房中歌》。廟祀樂章。

朱乾曰：《儀禮》曰：「燕歌鄉樂。《周南》：《關雎》《葛覃》《卷耳》；《召南》：《鵲巢》《采蘩》《采蘋》。」鄭康成云：「王后國君夫人房中之樂歌也。」《周南》《召南》風化之本，故謂之鄉樂，用之房中以及朝廷饗燕鄉射飲酒。《周官》磬師，掌教「燕樂之鐘磬」，傳曰，燕樂，房中之樂，所謂陰聲也。《詩》傳曰，國君有房中之樂，天子以《周南》，諸侯以《召南》。按此則房中樂燕樂也。燕樂亦用之祭祀。《周禮》鐘師，「凡祭祀、享食，奏燕樂」，但燕樂可用之祠祀而祠祀不應行之房中，房中之有祠祀，漢之失禮也。乾按，考高祖爲漢王之元年，命蕭何守關中，立宗廟社稷矣。篇中所云「乃立祖廟，敬明尊親」，應即漢王時事。下章「王侯秉德」，終以皇帝孝德竟全大功，於是就即帝位。時説則漢初雖諸事草創，不得云廟制未備，惟人情敦尚樸質，歲時朔或雜用家人禮，禮亦宜之，則《樂志》所指房中祠樂是也。然則房中之爲燕樂常禮也，房中之有祠樂變禮也。徐伯臣定以「大海蕩蕩」四章爲房中燕樂，極是。乾按，更細玩「都荔遂芳」章，當是奏太上行樂之詩。漢祖以六年尊太公爲太上皇，十年太上皇崩，中間備天子之養者五年，不應房中之奏無一語及之，而此所謂「孝奏天儀」「孝道隨世」，當是頌揚皇帝生養之隆，亦宜併入燕樂。此亦漢初特創之制，前乎此者無有。除此五章之外，俱當定爲房中祠樂矣。

王先謙曰：齊召南曰：「案周詩所謂房中樂者，人倫始於夫婦，故首以《關雎》《鵲巢》。漢《安世房中歌》直是祀神之樂，故曹魏初改名《正始》之樂，後因繆襲言，又改名《享神歌》也。」劉敞曰：「案此言《房中歌》十七章，推尋文理，不見十七章，疑本十二章，誤爲十七章也。」

廖按：梁啓超云，因歌名《房中》，又成於婦人之手，後世望文生義，或指爲閨房之樂。此種誤解，蓋自漢末已然。魏明帝時，侍中繆襲奏言：「往昔議者以《房中》歌后妃之德……省讀漢《安世歌》，説『神來燕享，嘉薦令儀』，無有二南后妃風化天下之言……宜改曰《享神歌》。」今案，襲説甚是。《房中歌》蓋宗廟樂章，故發端有「大孝備矣」之文。然雖經繆襲辨明，而後世沿謬者仍不少。鄭樵依違其説，乃曰：「《房中樂》者，婦人禱祠于房中也。」可謂謬説。「房」，本古人宗廟陳主之所，這樂在陳主房奏，故以「房中」爲名。後來「房」字意義變遷，作爲閨房專用，故有此誤解耳。〇蕭滌非云，《周禮·磬師》云：「教縵樂燕樂之鐘磬。」鄭玄注云：「燕樂，房中之樂。」是知所謂房中樂者，蓋即燕樂。《磬師》又云：「凡祭祀享食，奏燕樂。」又云：「凡祭祀，賓客舞其燕樂。」則知此種燕樂，原有兩用：一用之祭祀，爲娱神之事；一用之饗食賓客，爲娱人之事。而其分別，則在有無鐘磬之節。……周房中樂用之賓燕時，但有弦而無鐘磬，用之祭祀時則加鐘磬，而漢房中樂適與此相合。《漢書·禮樂志》謂孝惠二年始使夏侯寬備其簫管，則當高祖時，房中歌亦屬弦歌而無吹可知。又今歌有『高張四懸，樂充宫庭』之文，四懸謂四面懸，即宫懸，蓋鐘磬之屬，則是亦有鐘磬之節與周房中樂同又可知。意漢高既樂楚聲，此歌當亦不專用之祭祀，四時賓燕，亦復施用，既兼燕祠之二義，故沿襲周名而曰房中祠樂，班固或言「房中樂」者，「房中祠樂」之簡稱耳。至孝惠時，此歌或專用之祭祀，燕饗之義既失，自無取乎房中之名。又從而增加簫管，絲竹合奏，音制亦異於舊，故更名《安世樂》。班固以《安世》既出《房中》，故録此歌時，乃合前後二名題曰《安世房中歌》。此房中歌以楚聲而用周名及其更名之故也。

大孝備矣，休德昭清[一]。高張四縣，樂充宮庭。[二]芬樹羽林，雲景杳冥。[三]金支秀華，庶旄翠旌。[四]（《漢書》卷二二《禮樂志》第二。《樂府詩集》卷八、《古詩紀》卷十二）

【校勘】

「樂充宮庭」，《樂府詩集》「庭」作「廷」。

【集注】

[一]休德昭清：**唐汝諤曰**：休，美也。昭、清，皆明也。

[二]「高張四縣，樂充宮庭」二句：**顔師古曰**：晉灼曰：「四縣，樂四縣也，天子宮縣。」師古曰：「謂設宮縣而高張之。縣，古懸字。」**唐汝諤曰**：縣，謂簴筍。四縣，謂四面皆縣樂也。

朱乾曰：《周禮・大司樂》：「大祭祀宿縣，遂以聲展之。」此詠宿縣之盛也。**王先謙曰：**先謙曰：「《小胥》（《周禮・春官宗伯》）『正樂縣之位。王宮縣』，注：『樂縣謂鐘磬之屬縣於筍簴者。宮縣，四面皆縣，如宮有牆也。四面縣，故曰四縣。』《廣雅・釋詁》：『充，滿也。』」

[三]「芬樹羽林，雲景杳冥」二句：**顔師古曰：**師古曰：「言所樹羽葆，其盛若林，芬然衆多，仰視高遠，如雲日之杳冥也。」**王先謙曰：**先謙曰：「《説文》：『芬，草初生其香分布。』引伸爲衆多意。與下『羽旄殷盛，芬哉芒芒』義同。下章言『神來宴娭』，此及下二語，狀神來羽葆衆盛，非謂樂上之飾也。司馬相如《子虛賦》言『上拂羽蓋，錯翡翠之葳蕤；繆繞玉綏，眇眇忽忽，若神之髣髴』，唐杜甫《渼陂行》『湘妃漢女出歌舞，金支翠旗光有無』，並本此文爲義。」

[四]「金支秀華，庶旄翠旌」二句：**顔師古曰：**張晏曰：「金支，百二十支。秀華，中主有華豔也。旄，鍾之旄也。」文穎曰：「析羽爲旌，翠羽爲之也。」臣瓚曰：「樂上衆飾，有流遡羽葆，以黄金爲支，其首敷散，若草木之秀華也。」師古曰：「金支秀華，瓚説是也。庶，衆也。庶旄翠旌，謂析五采羽，注翠旄之首而爲旌耳。」**王先謙曰：**先謙曰：「《續漢・輿服志》（司馬彪《續漢書》之《輿服志》。所引略見《後漢書》之《輿服志》）『羽蓋華蚤』，注引徐廣云：『翠羽蓋，金華施橑末，有二十八枚。』薛綜云：『金作華形，莖皆低曲。』支與枝古字

通，薛所謂莖也。秀華，其華秀出也。《樂記》（《禮記》）注：『旄，旄牛尾也。』《後書·東平憲王蒼傳》（《後漢書·光武十王列傳》）注云：『旄謂注旄於竿首。』《司常》（《周禮·春官宗伯》）云：『析羽爲旌。』《釋天》（《爾雅》）孫炎注（段玉裁《説文解字注》引）云：『旌，析五采羽注旄上也。』旄非一，故言『庶旄』。羽是翠，故曰『翠旌』。瓚（臣瓚）注『流遡』即流蘇，遡、蘇音轉字變。流蘇施於車上，見《輿服志》（司馬彪《續漢書》之《志》，《後漢書》之《志》引），鍾簴亦有之，用綵翠絲紱垂兩旁，見《舊唐（書）·音樂志》及《樂府雜録》（唐段安節撰）。張（晏）注『百二十』疑二十八之誤。旄施鍾上於古未聞。」

【集評】

徐獻忠曰：漢初宗廟之制未備，惟禋祀宫中如家人禮也，故曰「高張四縣，樂充宫廷」。「芬樹羽林」四句形容樂舞之盛也。

朱嘉徵曰：《大孝》，頌假廟之本也。聖王以德孝，祇承於帝，故大也。○天子之孝，通神明，光四海。漢祖思以孝治天下，列宗之號，皆以孝命。一代述作，竟成婦人之手，漢廷亦多才哉。○「大孝備矣」，義冠十六章（廖按，朱嘉徵《樂府廣序》分《安世房中歌》爲十六章），是「綿綿瓜瓞」起法。「休德昭清」，義冠下章。

陳祚明曰：「樹」字上加「芬」字活，「雲景」句生動，「金支」八字秀麗。

李因篤曰：從「大孝」起，可謂合萬國之懽心，以事其先王，探驪得珠手也。「芬樹」四句，煇煌窅幻，如見其來。

沈德潛曰：末四句幽光靈響，不專以典重見長。

陳本禮曰：開首四字已總括十六章大義（廖按，陳本禮《漢樂府三歌箋注》分《安世房中歌》爲十六章）。房中樂十六章，迺高祖正位大統後祭祀祖廟樂章。高祖樂楚聲，故命唐山夫人爲之以祀先祖，不得誤爲祀高祖也。此迎神之樂。

七始華始，肅倡和聲。[一]神來宴娭，庶幾是聽。[二]粥粥音送，細齊人情。[三]忽乘青玄，熙事備成。[四]清思眑眑，經緯冥冥。[五]（《漢書》卷二二《禮樂志》第二。《樂府詩集》卷八、《古詩紀》卷十二）

【校勘】

「七始華始」四句，《樂府詩集》屬上章。

「神來宴娭」，《古詩紀》「宴」作「晏」，「娭」下小注「嬉」。

「清思眑眑」，《古詩紀》「眑眑」作「聈聈」。

【集注】

［一］「七始華始，肅倡和聲」二句：**顏師古曰**：孟康曰：「七始，天地四時人之始。華始，萬物

英華之始也。以爲樂名，如《六英》也。」師古曰：「肅，敬也。言歌者敬而倡諧和之聲。」**徐獻忠曰：**「七始」見《尚書大傳》「八音七始」。八音而曰七始者，言黃鐘之外七音皆可旋爲宮始也。**唐汝諤曰：**楊用修曰，《漢書·律曆志》引《古文尚書》，子欲聞六律五聲八音七始詠，以出納五言。此言聲律音韻。孟康謂天地四時人爲七始，乃意料之言。鄭氏注謂黃鐘、太簇、林鐘、南呂、姑洗、應鐘、蕤賓也。華始未詳。或云華之爲言譁也，蓋喧然始奏之義。**朱嘉徵曰：**蔡元定曰，宮與商、商與角、徵與羽，相去皆一律，角與徵、羽與宮，相去獨二律，一律則近而和，二律則遠而不相及，故宮羽之間有變宮，角徵之間有變徵，此亦出於自然，《左氏》所謂七音，《前漢志》（《漢書·律曆志》）所謂七始，是也。然五聲者正聲，故以起調畢曲，爲諸聲之綱。至二變聲，不比于正音，但可以濟五聲之所不及而已。然有五聲而無二變，亦不可以成樂也。楊慎曰，《古文尚書》「七始詠」，予疑今之切韻，宮商角徵羽之外，又有半宮半徵，蓋喉齒牙舌脣之外，有深喉淺喉二音，此謂七始。詠即韻也。**朱乾曰：**隋鄭譯曰，《漢書·律曆志》：天地人及四時謂之七始，黃鐘爲天始，林鐘爲地始，太簇爲人始，是爲三始。姑洗爲春，蕤賓爲夏，南呂爲秋，應鐘爲冬，是爲四時。四時三始是爲七華始，言其始作之盛。華，盛也。**王先謙曰：**先謙曰：「官本注『倡』作『唱』。『七始』說見《律曆志》（《漢書》）。『肅倡和聲』相對爲文，敬而和也。《樂記》（《禮記》）注：『倡，發歌句也。』」

［二］「神來宴娭，庶幾是聽」二句：**顔師古曰**：師古曰：「娭，戲也。言庶幾神來宴戲聽此樂也。娭音許其反。」**王先謙曰**：先謙曰：「《招魂》『娭光眇視』，王逸注：『娭，戲也。』此顔（師古）所本。《廣韻》引《蒼頡》云『娭，婦人賤稱，訓作戲』者，以『娭』爲『嬉』借字。《一切經音義》三引《蒼頡》云『嬉，戲笑也』，《方言》『江沅之間，戲或謂之嬉』，《廣雅·釋詁》『嬉，戲也』，皆其證矣。嬉又與喜通，《人表》（《漢書·古今人表》）『末嬉』，《晉語》（《國語》）作『妺喜』是也。娭、嬉、喜轉相通假。然則此歌之宴娭，與《詩》『燕喜』同耳（廖按，《詩經·小雅·六月》有「吉甫燕喜」、《詩經·魯頌·閟宮》有「魯侯燕喜」句）。《魏志》《舊唐志》引作『神來宴饗』，此不明假借之誼，以爲其語不莊，不當施於祀神而改之也。」

［三］「粥粥音送，細齊人情」二句：**顔師古曰**：晉灼曰：「粥粥，敬懼貌也。細，微也。以樂送神，微感人情，使之齊肅也。」師古曰：粥音弋六反。**陳本禮曰**：「粥粥音送」者，謂送其音上聞于天，俾神之聽之而來降也。晉灼、師古皆將「送」字解作送神，誤矣。齊者所以齊人情之不齊者也，《音注》（《漢詩音注》）作側皆反，蓋齋亦齊也。**王先謙曰**：先謙曰：「《月令》注：送，猶畢也。」（廖按，《禮記·月令》「以送寒氣」，鄭玄注：「送猶畢也。」）

［四］「忽乘青玄，熙事備成」二句：**顔師古曰**：師古曰：「言還神禮畢，忽登青天而去，福熙之事皆備成也。熙與禧同。」**唐汝諤曰**：青玄，墨天。熙與禧同，謂福也。**朱嘉徵曰**：玄，天也。言以樂送神，福禧之事備成也。**陳本禮曰**：熙，福熙，謂神來降福也。**王先謙曰**：先

謙曰：「青玄謂天，《文選》謝元（玄）暉《始出尚書省詩》，李（善）注：『青即蒼也。』《梁書·朱異傳》『聖明御宇，上感蒼玄』，『蒼玄』又『青玄』變文。『熙事』猶言盛美之事。《後書·竇武傳》注：『熙，盛也。』（廖按，《後漢書·竇何列傳》「是以君臣並熙」，李賢注：「熙，盛也。」）《尚書》（《堯典》）『庶績咸熙』，《律曆志》（《漢書》）作『衆功皆美』，並其證。」

［五］「清思眑眑，經緯冥冥」二句：**顏師古曰**：蘇林曰：「眑音窈。」師古曰：「眑眑，幽靜也。經緯，謂經緯天地。」**唐汝諤曰**：經緯冥冥，言人以肅穆之思經緯於冥漠之中，而神自格也。**朱嘉徵曰**：「清思」「經緯」，皆言聲也，未及事蹟。**陳本禮曰**：四句（廖按，謂「忽乘」至「冥冥」四句）皆指祖宗在天之靈而言。**王先謙曰**：先謙曰：「《素問》注：『窈窈冥冥，言元（玄）遠也。』言己之清思上達於冥漠之表，祀禮咸秩，各得理緒，故曰『經緯冥冥』。顏（師古）云『經緯天地』，非也。」

【集評】

徐獻忠曰：「粥粥音送」以下，言八音以齊合人情，以升於上玄而成禧事，以人之肅穆之思經緯於冥冥無朕之中而神自格也。

唐汝諤曰：此章（「大孝備矣」至「經緯冥冥」）言高祖作樂，以備孝享，而樂舞之盛，樂音之齊，至於送神受福，而餘敬愈不忘也。

朱嘉徵曰：《七始》，歌也。傳曰，歌以發德。上承武德之舞，繼辭也。○王者功成作樂，咸本其功德所著。開業以武，守成以文。《七始》，備肅雝二義焉。肅者動人心，雝者娱神貺。

陳祚明曰：「細齊人情」四字善於語樂，人情不易齊，惟無美不臻曲暢衆意，故曰細齊，人齊則神格矣。「青玄」或指明堂，或言車服。

李因篤曰：「細齊人聲」，寫出聲音，感格神理。

陳本禮曰：此降神之樂。

沈德潛曰：鬻音竹。「鬻鬻」二語，寫樂音深静，可補《樂記》所缺。（廖按，沈德潛《古詩源》「粥粥」作「鬻鬻」）

朱乾曰：此言樂聲之和足以感格幽明，眑眑冥冥，有樂以迎來哀以送往意。

我定曆數，人告其心。[一]敕身齊戒，施教申申。[二]乃立祖廟，敬明尊親。大矣孝熙，四極爰轃。[三]（《漢書》卷二二《禮樂志》第二。《樂府詩集》卷八、《古詩紀》卷十二）

【集注】

[一]「我定曆數，人告其心」二句：**顔師古曰**：師古曰：「言臣下各竭其心，致誠慤也。」**唐汝諤曰**：曆數，帝王相傳之次第。《魯論》（《論語·堯曰》）：「天之曆數在爾躬。」人告其心，言

既承大統而遍告天下也。**陳本禮曰**：「我」字指高祖自言。「人」，盈廷諸臣也。言天之曆數在我躬者，我能敬祖宗致孝養，所以能有九有也。此心耿耿，今日始得告諸臣民，諸臣其各竭乃心致誠慤也。**王先謙曰**：先謙曰：「《釋名》：『上敕下曰告。』告，覺也，使覺悟知己意也。顔(師古)注與下意隔。」

[二]「敕身齊戒，施教申申」二句：**顔師古曰**：應劭曰：「敕，謹敬之貌。」師古曰：「齊讀曰齋。」**唐汝諤曰**：敕與飭同，謹敬之貌。《易》注：「洗心曰齋，防患曰戒。」(廖按，引文爲《周易·繫辭上》「聖人以此齊戒」王弼注)。申申，重疊也。**陳本禮曰**：申申，申者申而又申以教臣民也。**廖按**：《楚辭·離騷》「女嬃之嬋媛兮，申申其詈予」，王逸注：「申申，重也。」《論語·述而》「申申如也」，何晏注引馬融曰：「申申，和舒之貌。」

[三]「大矣孝熙，四極爰轃」二句：**顔師古曰**：師古曰：「熙亦福也。四極，四方極遠之處也。《爾雅》曰：『東至於泰遠，西至於邠國，南至於濮鉛，北至於祝栗，謂之四極。』邠音彬。轃字與臻同。」

【**集評**】

徐獻忠曰：自秦以來，三代典禮亡失。漢興，僅以叔孫創建朝儀，而廟祀止於宫庭行之。然器數略定，樂歌有章，已具報本之道，而其律皆張蒼所協也。

朱嘉徵曰：《我定》，王者首立廟，定治也。漢王五年，與楚相拒滎陽，命關中立漢宗廟社稷，世祖初立宗廟於雒陽。未幾，鄧公入長安，承制謁高廟，收神主詣雒，示天下知所歸矣。《白虎通》云，祭之有主，孝子所繫心也。況爲四海臣民所繫心者乎。

陳祚明曰：「人告其心」語佳，人不可人告，只是與衆共見耳。

李因篤曰：不曰協人情而曰人告其心，推深一層，承之以敕身施教，端本而化矣。

陳本禮曰：彭躬庵曰，此章言孝子所以立廟事親原本。

朱乾曰：孝莫大乎尊親，尊親莫大乎以宗廟饗。至於「四海爰輳」，則合萬國之歡心，以事其先王而孝道達矣。漢祖即未必當此，然以大難未平，國都未定，身王之日首以宗廟爲先，肇稱殷禮，萃涣合離，亦庶乎知當務之急，而可爲後世法則矣。

王侯秉德，其鄰翼翼，顯明昭式。[一]清明鬯矣，皇帝孝德。[二]竟全大功，撫安四極。[三]（《漢書》卷二二《禮樂志》第二。《樂府詩集》卷八、《古詩紀》卷十二）

【集注】

[一]「王侯秉德，其鄰翼翼，顯明昭式」三句：**顏師古曰**：師古曰：「鄰，言德不孤必有鄰也。翼翼，恭敬也。」**唐汝諤曰**：秉，執也。《詩》（《周頌・清廟》）：「濟濟多士，秉文之德。」鄰，謂左右之臣。《書》（《尚書・益稷》）曰：「臣哉鄰哉。」翼翼，勉敬也。式，法也。**陳本禮**

曰：鄰，臣鄰。顯明昭式，言皆小心翼翼各昭其式也。**朱乾曰**：式，敬也。**王先謙曰**：劉敞曰：「鄰謂近臣也。」先謙曰：「劉説是。吴氏（仁傑）謂此當疊一句。」

[二]「清明鬯矣，皇帝孝德」二句：**顏師古曰**：師古曰：「鬯，古暢字。暢，通也。」**唐汝諤曰**：鬯與暢同，達也，言達於上下也。**陳本禮曰**：言諸臣之清明在躬，上下通暢，皆皇帝孝思不匱錫類所致。**朱乾曰**：鬯，和也。

[三]「竟全大功，撫安四極」二句：**陳本禮曰**：君臣一德，所以能戡亂而撫四極也。**朱乾曰**：竟，終也。

【集評】

徐獻忠曰：此言助祭王侯亦皆翼翼小心，有周家《清廟》《烈文》之意。

唐汝諤曰：此（「我定曆數」至「撫安四極」）追言有天下之後，乃得立廟祀親，而四方諸侯皆來同於此，以助吾祭祀，相與小心翼翼，以成皇帝之孝，所謂合萬國之懽心以事其先王者也。其卒全宏業以安天下不虛矣。

朱嘉徵曰：《王侯》，助祭也。王者告成功於廟，群侯牧伯咸往，式序在位而訓之。式，法也，興王之與名世，德寓於法，如蕭相定律，叔孫制禮，皆具「會朝清明」氣象。

李因篤曰：高帝戡亂大功本之孝德，是何等識力。

陳本禮曰：此章教文臣也。

朱乾曰：承上章「四極爰輳」而言，王侯助祭于京師，歸本于皇帝之孝德也，王侯顯明，皇帝清明，有除邪蕩穢、天清地寧氣象，西京開國廓然宏遠矣。

海内有姦，紛亂東北。[一]詔撫成師，武臣承德。[二]行樂交逆，《簫》《勺》群慝。[三]肅爲濟哉，蓋定燕國。[四]（《漢書》卷二二《禮樂志》第二。《樂府詩集》卷八、《古詩紀》卷十二）

【集注】

[一]「海内有姦，紛亂東北」二句：**顔師古曰**：師古曰：「謂匈奴。」**徐獻忠曰**：此云紛亂東北者，是韓王信、陳豨、盧綰相繼反亂於燕晉之墟也。此是征盧綰時告之宗廟而後出師也。**唐汝諤曰**：《左傳》：「亂在外爲姦。」（廖按，《左傳·成公十七年》長魚矯曰：「臣聞亂在外爲姦，在内爲軌。」軌即姦宄之宄。）**廖按**：曲瀅生云，「姦」，臧荼及匈奴。

[二]「詔撫成師，武臣承德」二句：**顔師古曰**：師古曰：「成師，言各置（郊）〔部〕校，師出以律也。《春秋左氏傳》曰『成師以出』。」**王先謙曰**：先謙曰：「顔（師古）説非也。《廣雅·釋詁》：『撫，安也。』《小司徒》注：『成猶定也。』（廖按，《周禮·地官司徒》『使各登其鄉之衆寡』，鄭玄注：「登，成也，成猶定也。」）師，民衆也。《左》桓二年傳『命之曰成師』，杜（預）

注謂『能成其衆』。此『成師』，已定之民。高祖慮用兵擾之，故詔以撫安已定之民，而武臣能奉承德意也。」

〔三〕「行樂交逆，《簫》《勺》群慝」二句：**顔師古曰：**晉灼曰：「《簫》，舜樂也。《勺》，周樂也。言以樂征伐也。」師古曰：「言制定新樂，教化流行，則逆亂之徒盡交歡也。慝，惡也。勺讀曰酌。」**徐獻忠曰：**簫勺二字疑訛。**唐汝諤曰：**逆，亂也。**朱乾曰：**言武臣承上德意，秋毫無犯，百姓歌舞以迎天子之師。簫亦作箾，箾韶，舜樂。《燕禮》（《儀禮》）「若舞則《勺》」，鄭注：「《勺》，頌篇，告成《大武》之樂歌也。」簫勺群慝，言化干戈爲禮樂，即舞干羽而苗格之意。此當是平燕時告祖之詩，獨舉定燕者，此是即帝位後第一番自將，至此則真王者之師矣。**王先謙曰：**劉敞曰：「予謂逆，迎也；樂音洛，言師行而和樂，遠邇皆迎也。」李光地曰：「簫勺即銷鑠也。（顔師古）注謬。」先謙曰：「『交逆』，劉（敞）説是；『簫勺』，李（光地）説是。《楚辭》（《遠遊》）『質銷鑠以汋約兮』，王（逸）注：『銷鑠，化其渣滓也。』《戰國策》『秦劫韓包周，則趙自銷鑠』，與此同意也。簫勺與銷鑠同聲字，故取相代。又簫取肅清之義（《釋名》『簫，肅也。肅，肅然清也』），勺取挹取之義（《説文》『勺，挹取也』），訓亦相近。唐韓愈詩『恩澤誠布濩，嚚頑已簫勺』，則已直用爲銷鑠意，不作樂名解矣。」

〔四〕「肅爲濟哉，蓋定燕國」二句：**顔師古曰：**師古曰：「匈奴服從，則燕國安静無寇難也。」**唐**

汝諤曰：肅，速也。濟，事遂也。盧綰王燕，綰平而燕國始安静也。**陳本禮曰**：肅猶「肅肅兔罝」（《詩經·周南·兔罝》）之肅，言武臣皆肅肅于城之選，所以能有濟于國也。**王先謙曰**：先謙曰：「行師以嚴肅取濟。」沈欽韓曰：「燕國謂臧荼也。五年臧荼反，又利幾反於潁川。六年人告楚王信謀反，又韓王信降匈奴。上文所謂『紛亂東北』也。顔（師古）但指匈奴，北則然矣，何有於東？」

【集評】

唐汝諤曰：此言出師告廟，而一時武臣，亦能仰承德意，行樂以化亂逆，使邊境逮清，無復寇亂也。

李因篤曰：獨舉定燕，要其終而言之。○處處有創獲新意。

陳本禮曰：此章教武臣也。

朱乾曰：帝即皇帝位之年，燕王臧荼反，帝自將擊虜之，乃立盧綰爲燕王，此其事也。若以末年平盧綰事，則燕未平而高祖晏駕矣。

大海蕩蕩水所歸，高賢愉愉民所懷。[一]大山崔，百卉殖。民何貴？貴有德。[二]

（《漢書》卷二二《禮樂志》第二。《樂府詩集》卷八、《古詩紀》卷十二）

【集注】

［一］「大海蕩蕩水所歸，高賢愉愉民所懷」二句：**顔師古曰**：李奇曰：「愉愉，懌也。」師古曰：「蕩蕩，廣大貌也。愉愉，和樂貌也。懷，思也。言海以廣大之故，衆水歸之；王者有和樂之德，則人皆思附也。」**陳本禮曰**：以海水興賢人也。

［二］「大山崔，百卉殖。民何貴？貴有德」四句：**顔師古曰**：師古曰：「言大山以崔嵬之故，能生養百卉；明君以崇高其德，故爲萬姓所尊也。崔，音才回反。」**唐汝諤曰**：崔，高貌。卉，草也。《詩》（《小雅・四月》）「百卉具腓」。殖，生長也。**陳本禮曰**：太山崔嵬，所以能生長靈卉，以譬在上之人有德以教化萬民，而萬民亦各成其德如嘉葩瑞草也。

【集評】

徐獻忠曰：此章及下《安其所》《豐草葽》《雷震震》三章，是《安世樂》（《房中曲》）。所謂高賢者，有德之賢，謂君有德則天地位、庶草繁矣。

唐汝諤曰：此章以山海起興。言海惟廣大，故泉水歸之；山惟高峻，故百卉生焉。王者有和樂之德，固宜人皆思附，而相與尊之也。亦有規勉之意在。

朱嘉徵曰：《大海》，頌王業之本也。王者以安民爲務，以庸賢爲德。○鍾惺曰，諷之修文用賢，有《卷阿》（《詩經・大雅》）馮翼孝德之思，《大風歌》霸氣銷半。

陳祚明曰：此章最流宕，短節質語中議論振宕，有長篇之勢。○「崔」字一字抵數字，「太山」二句便足當《子虛》《上林賦》賦山一大段。

李因篤曰：《毛詩》中七言成句有之，此（「大海」二句）獨雄整婉至，托義極大，横絶古今。

沈德潛曰：以下忽焉變調，或急或繁，各極音節之妙。

朱乾曰：漢祖承暴秦之後，力征天下，至此大難削平，創夷未起，崇德尚賢，與民寛大之政無先於此者，故以山海爲喻而諷之，兩漢基業兆於此矣。

安其所，樂終産。[一]樂終産，世繼緒。[二]飛龍秋，游上天。[三]高賢愉，樂民人。[四]（《漢書》卷二二《禮樂志》第二。《樂府詩集》卷八、《古詩紀》卷十二）

【集注】

[一]「安其所，樂終産」二句：**顔師古曰：**師古曰：「萬物各安其所，而樂終其生也。」**唐汝諤曰：**民既得所，則皆樂生。《詩序》：家室和平，則婦人樂有子矣。（廖按，引文爲《詩經・周南・芣苢》之《序》，無「家室」二字）**陳本禮曰：**無强暴之侵則民安其所矣，有恒産養生則民保其終矣。

[二]「樂終産，世繼緒」二句：**顔師古曰：**師古曰：「言傳祚無窮。」**陳本禮曰：**民既樂有恒産，則子孫世守其業矣。

[三]「飛龍秋,游上天」二句:**顏師古曰**:蘇林曰:「秋,飛貌也。」師古曰:「《莊子》有秋駕之法者,亦言駕馬騰驤,秋秋然也。揚雄賦(《校獵賦》)曰:『秋秋蹌蹌入西園』,其義亦同。讀者不曉秋義,或改此秋字爲秌稷之秌,失之遠矣。」**陳祚明曰**:「秋」字應是狀龍形象性情。**陳本禮曰**:龍自啓蟄而後興雲布雨,及秋百穀既登,龍又伏蟄而上游于天。

[四]「高賢愉,樂民人」二句:**顏師古曰**:師古曰:「言王者有愉愉之德,故使衆人皆安樂。」**唐汝諤曰**:高賢指人君有德者而言。**陳本禮曰**:賢君治天下,天下既治,則端拱無爲于上而樂矣,其民亦含哺鼓腹而歌詠太平之盛也。

【集評】

徐獻忠曰:安其所,尊卑内外各安其位也。安其位則人心悦樂,其究竟必産育高賢以繼其世緒也。繼其世緒者,飛龍在天,而使萬民悦樂矣。

唐汝諤曰:此章言政善民安,可以長保世緒,而因以龍之天飛,興賢君之必居民上也。

朱嘉徵曰:《安其所》,成民也。聖王先成民爲壽世之本,而任賢又爲成民之本,故曰「治本約,世曼壽」。《昊天有成命》曰「肆其靖之」,鄭箋謂其「行寬仁安静之政,以定天下焉,寬仁所以止苛刻也,安静所以息暴亂也」。太史公數稱沛公長者,能寬容,且以清静繼治,民以寧一,天下有不歸心於漢者乎?然安民之本在於任賢,猶夫上天者之有待於飛龍。承上章作永歎法。師古注高賢指人君有德者言,殊誤。

李因篤曰：「安其所」四句，「所」「緒」韻，二「産」亦可爲韻，《毛詩》有此體。

陳本禮曰：此章教公卿侯伯也。（廖按，陳本禮以此章連上章爲一章）

朱乾曰：此承上言賢人不惟德在當時，且澤及後世也。安其所矣，又必有終産之可樂。終産，恒産也。樂終産矣，又必有世緒之可繼。其君子賢其賢而親其親，小人樂其樂而利其利，方爲長治久安。《管子》曰：「百年之計，莫如樹人。」故聖人作於上則萬物睹於下，必得高賢輔助乃能保我子孫黎民，垂世久遠。飛龍以君言，高賢以臣言。

豐草葽，女羅施。[一]譱何如，誰能回！[二]大莫大，成教德；長莫長，被無極。[三]（《漢書》卷二二《禮樂志》第二。《樂府詩集》卷八、《古詩紀》卷十二）

【集注】

[一]「豐草葽，女羅施」二句：**顔師古曰**：孟康曰：「葽音『四月秀葽』。葽，盛貌也。」應劭曰：「女羅，兔絲也，延于松柏之上。異類而猶載之，況同姓，言族親不可不覆遇也。」**唐汝諤曰**：豐，盛也。《詩》（《小雅·湛露》）：「在彼豐草。」施，延也。**陳本禮曰**：《詩》（《豳風·七月》）「四月秀葽」，苦葽也。**朱乾曰**：草豐則女蘿施矣，以興有善則誰能違矣。

[二]「譱何如，誰能回」二句：**顔師古曰**：師古曰：「回，亂也。言至德之善，上古帝皇皆不如

之，而不可干亂。」**唐汝諤曰**：回，邪也。**陳祚明曰**：回，背也。**陳本禮曰**：回，同諱。言同姓諸侯雖與異姓諸侯有間，然亦當考察其善惡何如，不能爲其回護也。**朱乾曰**：《廣韻》，回，違也。**廖按**：「譱」即「善」字。

［三］「大莫大，成教德；長莫長，被無極」四句：**顔師古曰**：師古曰：「被音皮義反。次下亦同。」**陳本禮曰**：同姓伯叔兄弟之國，每多驕恣不法，尤當教之以德，俾各謹守蕃封，屏衛王國，則長被恩蔭于無極也。**王先謙曰**：先謙曰：「（成教德）以德道民而成教於天下。」

【集評】

徐獻忠曰：此言后妃之附托於豐大之世而生賢子，以成教養之德，而世可延長也。故以豐草女蘿興起而爲曲也。

唐汝諤曰：此言草惟盛，故女蘿得延其上；以彼其德，何如其善，而人尚有回邪者乎？因歎德教之所漸被，未有不大而且遠者也。

朱嘉徵曰：《豐草》，復古封建之制，慎始也。豐草共本而榮，喻同姓之侯，惟草茂而蘿得施之，善立而衆莫違之，與《湛露》異辭。夫漢懲秦之孤立，不得不復封建，則必豫教而安全之。當時非劉氏不王，已著爲令，而支庶半天下，褒大封，或至七十餘城，其後不能無變，蓋先賈傅之疏而陳之矣。

陳本禮曰：此章教宗室也，迨後景帝七國之變，夫人早已慮及矣。

沈德潛曰：此章忽用比興。

靁震震，電耀耀。明德鄉，治本約。[一] 治本約，澤弘大。[二] 加被寵，咸相保。德施大，世曼壽。[三]（《漢書》卷二二《禮樂志》第二。《樂府詩集》卷八、《古詩紀》卷十二）

【集注】

[一]「靁震震，電耀耀。明德鄉，治本約」二句：**顏師古曰**：服虔曰：「與臣民之約。」師古曰：「鄉，方也。言王者之威，取象靁電，明示德義之方，而治政本之約。約讀曰要。」**唐汝諤曰**：震震，雷聲。《易》：震爲雷。電，雷光也。耀耀，閃爍貌。鄉與嚮同，方也。約，要也。**陳本禮曰**：高祖入關，與父老約法三章，即此「約」字所本。**王先謙曰**：先謙曰：「二説（服虔、顏師古）皆非也。《荀子·儒效篇》楊注『鄉讀曰向』。《廣雅·釋詁》：『約，少也。』上有明德，則爲衆所向；圖治之本，所操不在多也。」

[二]「治本約，澤弘大」二句：**顏師古曰**：師古曰：「政教有常，則恩惠溥洽。」**李因篤曰**：「大」似讀如「唾」，然古無此音。**陳本禮曰**：高祖除秦苛法，吏民安堵，故曰「澤弘大」也。**王先謙曰**：李光地曰：「『大』恐『久』之訛。德施大者，弘也。世曼壽者，久也。蓋久字則與

保、壽叶。」

［三］「加被寵，咸相保。德施大，世曼壽」四句：**顔師古曰**：師古曰：「言德政所加，人被寵渥，則室家老幼皆相保也。曼，延也。」**唐汝諤曰**：曼，長也。

【集評】

徐獻忠曰：此言人君明德治天下，如雷之震，如電之耀，威於海内，而使弘大之澤廣被於無疆，則后妃亦被其寵靈，可以相保令終，而世世咸壽也。

唐汝諤曰：此申上章之意。言人主之威令如雷轟電擊，其勢易行，但明示以德之嚮方，人未有不争趨者，乃知治本固約也。然治雖約而澤則大，使得被寵渥，而群黎百姓，有不共相保者乎？夫德施之大如此，而永久之福，必且世世享之矣。

朱嘉徵曰：《雷震震》，治天下者務審所尚也。

陳本禮曰：此章教四海黎民也。以上五章，皆本「皇帝孝德」「施教申申」句來。

朱乾曰：上四詩規模宏遠，詞旨淵懿，以頌爲規，弦歌諷誦以事君子，爲漢家植基培本，后夫人之行莫大乎此矣。獨漢祖無文王之德，吕后無后妃之行，不能教身，《關雎》《麟趾》，爲可惜耳，然則（徐）伯臣氏以四詩爲房中之詩，其説信矣。

都荔遂芳，窅窊桂華。［一］孝奏天儀，若日月光。［二］乘玄四龍，回馳北行。［三］羽旌殷盛，芬哉芒芒。[四] 孝道隨世，我署文章。[五]《桂華》。[六]（《漢書》卷二二《禮樂志》第二。《樂府詩集》卷八《郊廟歌辭》）

【校勘】

章末「桂華」，《樂府詩集》屬下章首句，《古詩紀》屬章末。中華書局本《漢書》校勘記：「《桂華》，錢大昭說，此二字是《練時日》《帝臨》《青陽》之類，所以記章數也。但存《桂華》《美若》二章之名，其餘俱脱去耳。」

【集注】

[一]「都荔遂芳，窅窊桂華」二句：**顔師古曰**：蘇林曰：「窅音窅眹之窅。窊音窊下之窊。」孟康曰：「窅，出；窊，入。都良薜荔之香鼓動桂華也。」晉灼曰：「桂華似殿名，次下言『桂華馮馮翼翼，承天之則』（廖按，舊本末句「桂華」二字冠下章之首，故云「桂華馮馮翼翼」），言樹此香草以絜齊其芳氣，乃達於宮殿也。」臣瓚曰：「《茂陵中書》歌《都孋》《桂英》《美芳》《鼓行》，如此復不得爲殿名。」師古曰：「諸家説皆未盡也。此言都良薜荔俱有芬芳，桂華之形窅窊然也。皆謂神宮所有耳。窅音一校反。窊音一瓜反。」**唐汝諤曰**：都良、薜荔，皆香草。芳，亦香也。窅窊，曲下貌。言桂華之形窅窊然，謂香氣上聞也。**陳本禮曰**：都，都梁，澤蘭也。荔，薜荔，香草。窅，窵窅，深遠也。窊，隆窊，高下也。宮，舊訛華

（廖按，陳本禮《漢樂府三歌箋注》「窅窊桂華」作「窅窊桂宫」）。晉灼曰云云。禮案，澤蘭薛荔榮于春，桂華馥于秋，「窅窊」蓋言廟中享殿寢宫深遠高下也。天子春秋祭亨，堂下草木皆芳香絜齊，以致其春霜秋露之思焉。

［二］「孝奏天儀，若日月光」二句：**顔師古曰**：師古曰：「言以孝道進承於天，天神下降，故有光。」**陳本禮曰**：天儀，列祖列宗之容儀也。神降之後，天子奠帛奠爵，獻牲實俎，敬展天容，如日月之光赫濯在上在左右也。**王先謙曰**：先謙曰：「《釋詁》（《爾雅》）：『儀，善也。』言天善之，故神來下降，光若日月。」

［三］「乘玄四龍，回馳北行」二句：**陳本禮曰**：言神既醉飽，徘徊欲行，而龍車先北馳也。**王先謙曰**：先謙曰：「《左昭二十九年傳》有夏孔甲擾於有帝，帝賜之乘龍河漢各二，杜（預）注云，合爲四。此乘四龍也。張衡《應間》：『玄龍迎夏則陵雲而奮鱗。』故舉『玄』言之。北行，背行，與回馳同義。北，古背字，見高紀注（廖按，《漢書・高帝紀》『沛公、項羽追北』，服虔曰：『師敗曰北。』韋昭曰：『古背字也，背去而走也。』）。」

［四］「羽旄殷盛，芬哉芒芒」二句：**顔師古曰**：師古曰：「芬亦謂衆多。芒芒，廣遠之貌。」**陳本禮曰**：「芒芒」即首章所謂「雲景杳冥」也。**王先謙曰**：先謙曰：「《説文》：『芒，艸耑。』引伸爲芒昧芒遠意，『芒芒』言羽旄馳行愈遠而不可見，非謂廣遠也。」

［五］「孝道隨世，我署文章」二句：**顔師古曰**：師古曰：「署猶分部也，一曰表也。」**陳本禮曰**：

言我四時祭享先王，不敢自謂爲孝，然亦不過循先世典禮，所謂春秋修其祖廟，陳其宗器，設其裳衣，薦其時食，部署其事文得以章我之敬耳。**朱乾曰：**署，職也，言以文章爲職，惟歌詠於不倦而已，然則唐山夫人當是漢女史之官也。**王先謙曰：**先謙曰：「『隨世』言相承不替，漢代諸帝廟號並冠以孝，是其義也。」

［六］桂華：**唐汝諤曰：**二字疑衍。**陳本禮曰：**舊注有「桂華」二字，乃此首之曲名也。晉灼曰，桂華似殿名，而師古非之，第所解亦未善。按「華」迺「宫」字，與「芳」「光」字古音叶，且與上文「窅窱」二字義合。《三秦記》云，未央宫漸臺西有桂宫，中有光明殿；《長安記》曰，桂宫在未央宫北，亦名北宫；《三輔黄圖》曰，北宫在長安城中，近桂宫，俱在未央宫北，高帝時制度草創，孝武增修之。按此則高帝時已有桂宫，或即高帝享祀祖廟之所，且詩名「房中」，當是宫中之廟，非祫祭大享之太廟也，後世訛「宫」爲「華」，遂令人費解耳。**王先謙曰：**錢大昭曰：「此二字是『練時日』『帝臨』『青陽』之類，所以記章數也，但存『桂華』『美若』二章之名，其餘俱脱去耳。」

【集評】

徐獻忠曰：都荔、桂華，言馨香發聞，感格祖禰，孝奉禮儀，昭明不昧，神既亨止，則將乘彼四龍，回馳而返駕矣。但見旄旃殷盛，芬華聯屬，以此孝道垂裕子孫，使世世馮翼小心，以承天則而久遠無極也。（廖按，徐獻忠《樂府原》以「都麗遂芳」至下章「燭明四極」爲一章）

唐汝諤曰： 此章言聲聞上格，而孝奉禮儀昭明不昧，及神既來享，則乘彼四龍，回馳返駕，此時羽旄之美，芬列蒼茫，亦綦盛矣哉。雖盡孝之道，各隨其人，而我明設儀章，有可遵守，庶幾後世馮翼以承天則，而疆易廣遠臨照無窮也。（廖按，唐汝諤《古詩解》以此章至下章「燭明四極」爲一章）

朱嘉徵曰：《桂華》《美芳》二曲，言大孝格天也，以衆芳之達於神宫，興孝道之達於上下也。「芬哉芒芒」句，承上起下語，王者創業垂統，總爲孝之文章。東坡嘗言，天子惟以齋祭禮樂爲政事，能守此則天下服矣。兩漢不忘本事，隨世建號。

陳祚明曰：「遂」字、「窅窊」字皆言其深，繁密故深。「若日月光」語壯。下四句生動。

李因篤曰： 大而益麗，不浮不纖，《郊祀》十九篇多於是取則。「窅窊」二句無韻。

陳本禮曰： 此章孝神之樂。

朱乾曰： 天儀，天性自然之儀，不假文飾者也。都荔桂花，景之美也；春日秋月，辰之良也。奏，進也。若，順也。皇帝孝愛性成，進其因心之儀以奉太上，順日月之光，離宫別館，攬轡周行，極登臨憑眺之樂，前乎帝王所未有也。○此漢祖奉太上春秋行樂之詩，亦爲房中燕樂。

沈德潛曰：「孝道隨世」，《中庸》所云達孝也。

馮馮翼翼，承天之則。[一] 吾易久遠，燭明四極。[二] 慈惠所愛，美若休德。[三] 杳

杳冥冥，克綽永福。[四]《美若》。[五]（《漢書》卷二二《禮樂志》第二。《樂府詩集》卷八、《古詩紀》卷十二）

【校勘】

「慈惠所愛」至「《美若》」，《樂府詩集》屬下章。

「美若」，原作「美芳」，《古詩紀》於「美芳」下小注云：「劉奉世曰，桂華、美芳，皆二詩章名，本側注在前篇之末，傳寫之誤，遂以冠後。後詞無『美芳』，亦當作『美若』。」中華書局本《漢書》已據劉奉世此説改，此即據劉奉世説及中華書局之校正改。

【集注】

[一]「馮馮翼翼，承天之則」二句：**顔師古曰**：師古曰：「馮馮，盛滿也。翼翼，衆貌也。」**唐汝諤曰**：馮馮翼翼，有所依輔之意。天則猶言帝則。**陳本禮曰**：《詩》（《大雅・卷阿》），「有馮有翼」。謂承天眷祐，得掃清六合，而制强楚，皆法天而時行也。**王先謙曰**：先謙曰：「此説（顔師古説）非也。『馮馮翼翼』用《詩・卷阿》『有馮有翼』文，與《孟子》『輔之翼之』同義。《百官表》張注：『馮，輔也。』」（廖按，《漢書・百官公卿表》「左内史更名左馮翊」，顔師古注引張晏曰：「馮，輔也。翊，佐也。」）惟天愛民，輔翼百姓，所以承天。《易》（《周易・乾》《彖》曰）：『乾元用九，乃見天則。』」**廖按**：《淮南子・天文訓》「天墜未形，馮馮翼

翼」，高誘注：「馮翼，洞灟無形之貌。」

［二］「吾易久遠，燭明四極」二句：**顏師古曰**：晉灼曰：「易，疆易也。久，固也。武帝自言拓境廣遠安固也。」師古曰：「此説非也。久猶長也，自言疆易遠大耳。非武帝時也，不得云拓境。」**唐汝諤曰**：燭明四極，猶云光被四表也。**陳本禮曰**：吾之疆易所以能遠且大者，蓋四極之民，秦虐于前，楚暴于後，民之困苦，我能洞悉其情而拯之于水火之中，不啻如燭之明照而飛光四極也。**王先謙曰**：先謙曰：「燭明四極謂周知民情。」

［三］「慈惠所愛，美若休德」二句：**顏師古曰**：師古曰：「若，順也。休亦美也。」**陳本禮曰**：美若，賜予也。**朱乾曰**：天子之慈惠，無所不及，而天下美順之。**王先謙曰**：先謙曰：「上有慈惠之休德，民皆美而順之也。」

［四］「杳杳冥冥，克綽永福」二句：**顏師古曰**：師古曰：「綽，緩也，亦謂延長也。」**陳本禮曰**：綽，延長也。祖宗以慈惠及人，而天亦以休德錫我於杳杳冥冥之中，獲無疆之福也。**朱乾曰**：所謂莫不尊親也，如是則民和而神降之福矣。**王先謙曰**：先謙曰：「《詩·角弓》傳：『綽綽，寬也。』（廖按，《詩經·小雅·角弓》「綽綽有裕」，毛傳：「綽綽，寬也。」）『克綽』猶克寬，居上寬仁則杳冥之中永福祐之。顏（師古）説非。」

［五］美若：**唐汝諤曰**：美芳二字疑衍。（廖按，唐汝諤《古詩解》「美若」作「美芳」）

【集評】

徐獻忠曰：此樂神之辭也。言祖考來格，歆其子孫，慈惠藹乎其上，美然休德見於杳冥之中，綽著無疆之福。「磑磑」言其明，「即即」言其如在，使我爲子孫者師而象之，如山之嵬嵬在望也。（廖按，徐獻忠《樂府原》以「慈惠所愛」至下章「師象山則」爲一章）

朱嘉徵曰：《美芳》，王者奉天出治，明有法也。《天問》「馮翼惟像，何以識之」。馮翼者，氤氳浮動之氣也。像不可識，而剛柔迭運之則可識耳。王者承天之則，修之冥冥，運之昭昭，以爲無象，莫燭明於此；以爲有象，莫杳冥於此。此《周頌》（《詩經·清廟》）以文之不（丕）顯，合天之於穆者是，豈以負重器、行遠途爲慮哉。

陳本禮曰：此章高帝自述其所以得天眷佑者，皆承先世孝慈之惠，推以及民，故天亦感應之，速俾其奄有天下，得建宗廟以祀其先人，故於杳杳冥冥之中得永此福佑也。

磑磑即即，師象山則。[一]烏呼孝哉，案撫戎國。[二]蠻夷竭歡，象來致福。[三]兼臨是愛，終無兵革。[四]（《漢書》卷二二《禮樂志》第二。《樂府詩集》卷八、《古詩紀》卷十二）

【校勘】

「磑磑即即」二句，《樂府詩集》接「美芳」與「慈惠所愛」四句組成一章。

「烏呼孝哉」，《樂府詩集》《古詩紀》「烏」作「嗚」。

【集注】

[一]「磑磑即即，師象山則」二句：**顔師古曰：**孟康曰：「磑磑，崇積也。即即，充實也。師，衆也。則，法也。積實之盛衆類於山也。」師古曰：「磑音五回反。」**唐汝諤曰：**即即，言其現在，無非形容福之盛也。象山，言必不騫不崩也。**陳本禮曰：**福之所致，崇而益積矣；孝之所致，充而益實矣。二語承上起下。**王先謙曰：**先謙曰：「《文選·魯靈光殿賦》(「汩磑磑以璀璨」)注：『磑磑，高貌。』『即』無充實義，古『即』『就』同字，『即即』猶『就就』也，《呂覽·權勳篇》：『就就乎其不肯自是。』『磑磑即即』蓋居高思謙之義，故衆之來附，其象若山基永固也。」

[二]「烏呼孝哉，案撫戎國」二句：**王先謙曰：**先謙曰：「『案』即『安』也，荀子書(《荀子》)『安』『案』同字。(廖按，如《荀子·王制篇》「案然修仁義」「國家案自富矣」等，均是「安」作「案」)《王制》(《禮記》)：『西方曰戎。』高帝西都先安撫之。」

[三]「蠻夷竭歡，象來致福」二句：**顔師古曰：**李奇曰：「象，譯也。蠻夷遣(擇)〔譯〕致福貢也。」**王先謙曰：**先謙曰：「《王制》(《禮記》)：『南方曰蠻，東方曰夷。』不言北狄者，匈奴方爲邊患。《秋官·序官》(《周禮》)『象胥』注：『通夷狄之言者曰象。』蠻夷通使，民免兵禍，是致福也。祭祀歸胙曰致福，『貢』無『福』義，李(奇)説非。官本注『擇』作『譯』，是。」

[四]「兼臨是愛，終無兵革」二句：**顔師古曰：**師古曰：「兼臨，言在上位者普包容也。」**唐汝諤**

曰：兼臨謂兼撫，夷服奚歸保愛中也。**王先謙曰**：先謙曰：「言匈奴雖彊横，宜施德惠，不尚武力。」

【集評】

徐獻忠曰：此言綽著永福之驗也。言使我子孫克篤其孝，按撫蠻夷之國，得其歡欣，獻以馴象，此其爲福，可以永無兵革也。漢祖遣陸賈使南越，因來獻，見故因告之祖廟也。

唐汝諤曰：此言祖考來格，慈惠藹然，非即其休德而何？自幸於杳冥之中，綽被無疆之福，而崇隆顯著，衆象如山，其爲受蔭多矣。嘆吾子孫克篤其孝，按撫戎夷，得其歡悦，令皆重譯來朝，則舉荒服之遠且兼而涖之，永無兵革，其休美可勝道哉。（廖按，唐汝諤《古詩解》以上章「慈惠所愛」以下至此章爲一章）

朱嘉徵曰：《磑磑》，法古也。《書》云，「稽於先王成憲，迺永無愆」。「承天之則」，更制也。「師象山則」，繇舊也。此章以後，並著後王之法。漢土地廣遠，上章已見；人民之衆，蓄積之富，略著於此。明乎外治之盛，繇於内治舉也，《天保》《采薇》，不是二事。

陳祚明曰：此象山是象其嚴威。「磑磑即即」，字如見磊砢。

李因篤曰：形容曲盡于奏文亂武之間。一推本孝思，終之曰「兼臨是愛，終無兵革」，則美其成功也。

陳本禮曰：此承上章降福之義而申言之，「嗚呼」一歎，蓋言民彝物則，莫不以孝爲先，故能感人，而致福亦極遠也。彭躬庵曰，此章言降福之大，述蠻夷之頂戴，則曰「竭歡」「致福」，述撫戎之仁政，則曰「兼臨是愛」，無一字不精細，無一字不得其要領。

朱乾曰：是時漢與匈奴結和親，南粵稱臣奉漢約，偃兵息民，太平可奏。此上二詩皆歌詠太平以祀其先祖之詩。至於案撫戎國，一推本於孝，能以祖考之心爲心，則無不愛之子姓；能以天地之心爲心，則無不愛之民庶矣。

嘉薦芳矣，告靈饗矣。告靈既饗，德音孔臧。[一]惟德之臧，建侯之常。承保天休，令問不忘。[二]（《漢書》卷二二《禮樂志》第二。《樂府詩集》卷八、《古詩紀》卷十二）

【校勘】

「承保天休」，《古詩紀》小注云：「『承』一作『永』」。

【集注】

[一]「嘉薦芳矣，告靈饗矣。告靈既饗，德音孔臧」四句：**顔師古曰**：師古曰：「饗字合韻皆音鄉。孔，甚也。臧，善也。」**唐汝諤曰**：薦，陳也。饗，歆也。

[二]「惟德之臧，建侯之常。承保天休，令問不忘」四句：**顔師古曰**：師古曰：「建侯，封建諸

侯也。《易・屯卦》曰「利建侯」。休，美也。令，善也。問，名也。」**唐汝諤曰**：名聞曰聞，通作問。

【集評】

徐獻忠曰：此侑神之辭。因助祭諸侯而頌祖考之德也，將因是而承保天休，使祖考之令聞不忘於世也。

唐汝諤曰：末欲永保天休，使祖考之令聞不忘於世。志念深矣。

朱嘉徵曰：《嘉薦》，侑神之辭也。助祭諸侯咸在，故頌祖考之德以勉之。《豐草》爲同姓之侯頌，《嘉薦》爲異姓之侯頌也。

李因篤曰：「嘉薦」二句，句法妙。忘，平上通爲一韻。

陳本禮曰：此章告靈之詞，言欲舉行封建之典，以承保天休也。

朱乾曰：此祭而致嘏之詞。「德音」謂嘏詞也。《少牢》(《儀禮》)嘏辭曰：「皇尸命工祝，承致多福無疆於女孝孫，來女孝孫，使女受禄於天，宜稼於田，眉壽萬年，勿替引之！」「惟德之臧」以下即所謂「承致多福無疆」也。此下四章乃反覆丁寧，以致其永保天休之意。

皇皇鴻明，蕩侯休德。[一]嘉承天和，伊樂厥福。在樂不荒，惟民之則。[二](《漢書》卷二二《禮樂志》第二。《樂府詩集》卷八、《古詩紀》卷十二)

【集注】

［一］「皇皇鴻明，蕩侯休德」二句：**顔師古曰**：服虔曰：「侯，惟也。」臣瓚曰：「天下蕩平，惟帝之休德。」**唐汝諤曰**：皇皇，大也。鴻明，大明也。蕩，廣被貌。**朱乾曰**：鴻明，大明，謂天也。蕩，廣遠也。**王先謙曰**：先謙曰：「《論語·泰伯》集解引包注：『蕩蕩，廣遠之稱。』（廖按，《論語·泰伯》「蕩蕩乎，民無能名焉」，何晏注：「包（咸）曰：『蕩蕩，廣遠之稱。言其布德廣遠，民無能識其名焉。』」）『侯』與『兮』同義；蕩兮猶蕩蕩。大明皇皇然美盛，休德蕩蕩然廣遠，相耦爲文。以蕩爲『天下蕩平』（臣瓚），增文成義，又訓『侯』爲『惟』（服虔），意不相屬，非也。」**廖按**：《楚辭·遠遊》「貴真人之休德兮」，洪興祖《楚辭補注》：「休，美也。」

［二］「嘉承天和，伊樂厥福。在樂不荒，惟民之則」四句：**顔師古曰**：師古曰：「伊，是也。則，法也。」**唐汝諤曰**：天和，德所感召之和氣也。**陳本禮曰**：此誠受封諸臣，惟明克允，以保其終也。

【集評】

李因篤曰：「蕩侯休德」，宛見封建諸邦，歸馬放牛，與天下休養至意。「在樂不荒，惟民之則」，樂之卒也，必致誠焉。

沈德潛曰：規語得體。

朱乾曰：此章深戒敬承天命，以致其持盈保泰之意。

浚則師德，下民咸殖。[一]令問在舊，孔容翼翼。[二]（《漢書》卷二二《禮樂志》第二。《樂府詩集》卷八、《古詩紀》卷十二）

【校勘】

「浚則師德」四句，《樂府詩集》《古詩紀》屬上章。《古詩紀》於「孔容翼翼」下小注云：「《漢書》自『浚則』以下別爲一章，今從《樂府》。」

【集注】

[一]「浚則師德，下民咸殖」二句：**顏師古曰：**師古曰：「浚，深也。師，衆也。則，法也。殖，生也。言有深法衆德，故能生育群黎。」**唐汝諤曰：**言其德日新而多畜也。**朱乾曰：**言王者大法衆德則下民咸遂其生而令問常久，咸仰天子穆穆之容也。（廖按，此連下兩句一併説之）**王先謙曰：**先謙曰：「《詩·噫嘻》『浚發爾私』，《釋文》『浚』本作『駿』，『浚』『駿』字同，故《書·皋陶謨》馬注訓『浚』爲大。（廖按，《尚書·皋陶謨》『夙夜浚明有家』，陸德明《釋文》：馬（融）云：『大也。』）『浚則』即大法也。高祖約法，蕭何造律，義主寬仁，惟德是師，民以生殖。」

〔一一〕「令問在舊，孔容翼翼」二句：**顏師古曰**：舊，久也。翼翼，敬也。久有善名，其容甚敬也。**唐汝諤曰**：敬德之容，久而愈謹也。**朱乾曰**：翼翼，敬也，盛也。**王先謙曰**：先謙曰：「《老子》『孔德之容』，注：『孔，大也。』（廖按，舊題河上公注《老子道德經》《虛心》第二十一「孔德之容」，注：「孔，大也。」）有容乃大。《廣雅·釋詁》：『翼翼，盛也。』（顏師古）訓『敬』，與上文不屬。」

【集評】

朱嘉徵曰：《皇皇》《孔容》二章，勉後王敬承天休也。（廖按，朱嘉徵將「皇皇鴻明」章與「浚則師德」章連爲一章，稱《皇皇》章；《孔容》章謂下章，此一併言之）敬爲王者之德。〇語云，人匪水鑑，惟民是鑑。夫耕當問農，織當問婢，王者善於用衆之道哉。詩曰「浚則師德，孔容翼翼」，此之謂也。民，兼臣庶言。容，德容也。從令問來，充然得禮之意。誦下承「容之嘗」，又爲後王所則矣。

陳本禮曰：「浚則」四句，言能深法衆德，又能生育群黎，則令問自久，尤宜翼翼小心，以守其滿盈之戒也。此章戒封國勳臣也。帝之誡諭可謂諄切著明矣。高祖六年始剖符封功臣，乃未幾而陳豨反，代淮陰侯韓信、梁王彭越、淮南黥布相繼誅戮，噫其果帝之刻薄寡恩哉，抑亦諸臣之不靖共爾位耶？讀此詩者當深諒帝心，庶不負施教申申之意。（廖按，陳本禮此章連上章爲一章）

朱乾曰：此章言保天命在於得人心。

孔容之常，承帝之明。下民之樂，子孫保光。[一]承順温良，受帝之光。嘉薦令芳，壽考不忘。[二]（《漢書》卷二二《禮樂志》第二。《樂府詩集》卷八、《古詩紀》卷十二）

【集注】

[一]「孔容之常，承帝之明。下民之樂，子孫保光」四句：**顔師古曰**：師古曰：「帝謂天也。下皆類此。保光，言永保其光寵也。」**陳本禮曰**：（孔容之常）翼翼之容。**朱乾曰**：「孔容之常，承帝之明」，言其常居天子之位而承上帝之鴻明也。

[二]「承順温良，受帝之光。嘉薦令芳，壽考不忘」四句：**顔師古曰**：師古曰：「不忘，言長久也。」**朱乾曰**：和其民人而昌大其後嗣，「承順温良」指子孫而言。

【集評】

徐獻忠曰：此承上「建侯之常」而言，故云「皇皇鴻明，蕩侯佳德。嘉承天和，伊樂厥福」，言祖考有蕩侯之德，故王侯有嘉承之福。既相師德以安下民，故臨祭之時，翼翼其容，以承上帝鴻明之命，以致下民樂其福，子孫保其光，永世壽考，不忘祖宗之德。此視商周頌詩，委曲贊揚之意不自異也。（廖按，徐獻忠《樂府原》「休德」作「佳德」。此是將「皇皇鴻明」「浚則師德」「孔容之常」三章合爲一章一併説之）

朱嘉徵曰：《孔容》，有嘗敬也，所以事天而儀其志。夫祖有功，宗有德，即帝之明也，民之彝也，子若孫之世法而世則也。故嘉薦以時，嘗見其濟濟然，漆漆然，所謂惟孝子爲能享親者，即儀志之實事。

陳本禮曰：此章歸重上天，申明次章敬明尊親之意，敬祖事天，其義一也。

承帝明德，師象山則。[一]雲施稱民，永受厥福。[二]承容之常，承帝之明。下民安樂，受福無疆。[三]（《漢書》卷二二《禮樂志》第二。《樂府詩集》卷八、《古詩紀》卷十二）

【集注】

[一]「承帝明德，師象山則」二句：**顏師古曰**：師古曰：「衆象山而爲法，言不騫不崩。」**陳祚明曰**：此「象山」是象其惠澤。

[二]「雲施稱民，永受厥福」二句，**顏師古曰**：師古曰：「言稱物平施，其澤如雲也。稱音尺孕反。」

[三]「承容之常，承帝之明。下民安樂，受福無疆」四句：**顔師古曰**：師古曰：「疆，竟也。」**朱乾曰**：「承容之常」，承之，明言其子孫世世安天位受帝眷而民享其樂也。**王先謙曰**：先謙曰：「(承容之常)此下就後嗣言，承有容之常德而無改也。」

【集評】

徐獻忠曰：此又承上意以頌祖考之德，使子孫師承，以安下民者也。

唐汝諤曰：劉坦之曰，此反復推言敬天安民，則子孫永保其福意，謂不然則四海困窮、天祿永終矣。其爲戒不亦深乎？

朱嘉徵曰：《承帝》，祝釐申重之辭也。王者格於皇天，上二章頌之矣，而辭之重，言之複，示大福不可以倖致焉。上帝之明，蓋上帝之德也，王者承之，是謂福極，復申以「師象山則」「雲施稱民」之辭，何歟？古來受命之君，懼其自用而不信法，守文之後，又懼其任法而不法法，故《馮翼》章「承天之則」爲首出者言也，《孔容》章「承帝之明」，爲繼世者言也。蓋用明之道，尤貴用衆，不當獨智自高耳。○余按此章通繳十五章之義。「承帝明德」，申言「顯明昭式」也；「師象山則」，申言「承天之則」也；「雲施稱民」，申言「敬明尊親」「兼臨是愛」也；結「大孝備矣」一案。若夫守文，令主「承容之嘗」，所謂「承保天休，令問不忘」也；「承帝之明」，所謂「在樂不荒，浚則師德」也，結「孝道隨世」一案。

李因篤曰：此二章(《孔容》《承帝》)則百樂致祝之詞，飲福保後事也。雅什多如是。

陳本禮曰： 末復歸重於修己敬天，而於「承容之常」「承帝之明」連疊二句，以申「敕身齊戒，施教申申」之義，章法周密，大有一唱三歎之致。

朱乾曰： 此上二章蓋祝其有無疆之休而子孫黎民咸獲佑護也。

【總評】

徐獻忠曰： 杜氏《通典》謂高帝樂楚聲，故《房中樂》楚聲也。是非知楚聲者。楚聲見屈宋之騷辭，每言著一「兮」字，蓋怨歎之本聲也。故《大風歌》與《垓下》皆用楚聲。其不著「兮」字，若戚夫人楚歌，其慷慨悲傷，不離屈平憤激之意。今所謂《房中歌》者，豈有感慨悲傷之旨哉？其四言大類《雅》《頌》及李斯《嶧山》諸銘。○予按，《史記·張蒼傳》云「蒼本好書，無所不觀，無所不通，而尤善律曆」，「吹律調樂，入之音聲，及以比定律令」。今讀《房中曲》，云爲唐山夫人所作。然《房中》之辭，不過「大海茫茫」以下四章，其餘皆祀祖廟樂章，或爲張蒼所作也？不然，則《史記》所云「書，無所不觀，無所不通」者，豈虛言哉？若其協之律吕、播之音聲，當時固未有肩其能者。則漢家一代音聲，皆本於張蒼，而李延年之徒，不過仿其形器而已。

楊慎曰： 或曰：「唐山夫人《房中樂歌》何如？」曰：「是真可以繼《關雎》，不當以章句摘也。」

王世貞曰： 唐山夫人雅歌之流，調短弱未舒耳。

唐汝諤曰：漢郊廟樂歌，至武帝時始專立樂府，命司馬相如等造爲歌曲，號稱極盛，意皆溢美，辭復雕琢，求能感動人者，殆闕如也。若唐山夫人之作，其於形容盛德之中，敘次詳委，義存警戒，猶有商周《雅》《頌》遺風。舊云十七章，今已混亂，且多重複，不敢妄加刪定，姑仍其舊云。

陸時雍曰：《房中歌》不沿《雅》《頌》，典則靡麗，相雜而成，以之視《封禪頌》則莊，視《郊祀歌》則軌矣。

朱嘉徵曰：總閲十六章，篇法相承，從《大雅·文王》《下武》章來，其辭大以雍，可列諸正《大雅》，所謂房中樂類楚聲者，不過如《桂華》《美芳》一二闋耳。十九章爲一代文學之作，顧此亦當氣奪。

陳祚明曰：《房中歌》較《郊祀》《鐃歌》則爲安雅，然中亦多生動縹渺之語，不皆平調。

李因篤曰：漢興，去古未遠，著作巍然，而廟祀大章，乃出婦人之手，既典以則，亦大亦清，變化參差，諸體略備，即令二雅草創，枚馬潤色，當無以加也。

漢詩説曰：漢家累代廟號皆首「孝」字，《安世房中歌》首言「大孝備矣」，後又言「大哉孝熙」，「皇帝孝德」，「嗚呼孝哉」，「孝德隨世」，反覆稱之，數百年家法皆自此詩開之，與成周比隆，庶幾無愧。

沈德潛曰：《郊廟歌》近《頌》，《房中歌》近《雅》，古奥中帶和平之音，不膚不庸，有典有則，是西京極大文字。○首言大孝備矣，以下反反覆覆，屢稱孝德，漢朝數百年家法，自此開出，累代廟號，首冠以孝，有以也。

陳本禮曰：按《房中》十七章迺高祖祀祖廟樂章。高祖生於沛，沛屬楚地。凡樂，樂其所生，禮不忘本，故高祖樂楚聲。唐山夫人深於律吕，能楚聲，故命夫人製樂十七章以祀其先。解者認爲享祀高廟之樂，其誤一也。次章「粥粥音送」，謂奏降神之樂，五音高送入雲，俾神之聽之，來降神也。解者謂爲送神，豈有未降先送之理，其誤二也。三章「人告其心」，高祖創立祖廟，春秋祭祀，以盡孝思，又將以報本反始之心徧告群臣，俾各盡其孝，以端本源之化也，解者乃謂臣下告上之詞，其誤三也。其下五章緊承上章，「敕身齊戒，施教申申」句，徧告臣民之詞，章各有指，今皆渾淪不分，其誤四也。至第十章「桂華」，「華」字乃「宫」字之訛，與芳光字古音叶，且與上「窅窊」字義合，乃師古解爲桂花之形窅窊然。考「窅窊」二字，豈能作桂花之形解？其誤五也。其尤誤者則「飛龍秋」，「秋」字即春秋之秋，言此時百穀既已告成，大田無庸布雨而上游于天矣。乃蘇林則解爲飛貌，師古則引《莊子》有秋駕之法。訛誤枚不悉數，今皆一一疏明，俾有心揣摩漢樂府者知所考訂也。至於章法之周密，詞旨之高古，遠在《郊祀》之上，一唱三歎有餘音焉，讀者自得焉可耳。○彭躬庵曰，合三《頌》之典重，得楚騷之精粹，義理既大，音節復諧，章章新，句句活，使枚馬二韋爲之，未必得此全璧。

朱乾曰：《劉元城語録》云：「《房中樂》十七章，觀其格韻高嚴，規摹簡古，駸駸乎商周之

《頌》。噫，異哉！此高帝一時佐命功臣，下至叔孫通輩，皆不能爲此歌，尋推其源，乃唐山夫人所作。服虔曰，高帝姬也。韋昭云，唐山，姓也。漢初乃有此人，縱使《竹竿》《載馳》方之，陋矣。」

廖按：梁啓超云，此歌爲秦漢以來最古之樂章，格韻高嚴，規模簡古，胎息出於《三百篇》，而詞藻稍趨華澤，音節亦加舒曼，周漢詩歌嬗變之跡，最可考見。又此爲漢詩第一篇，而成于一夫人之手，足爲中國婦女文學增重。

郊祀歌（十九章）

【集解】

班固曰：至武帝定郊祀之禮，祠太一於甘泉，就乾位也；祭后土於汾陰，澤中方丘也。乃立樂府，采詩夜誦，有趙、代、秦、楚之謳。以李延年爲協律都尉，多舉司馬相如等數十人造爲詩賦，略論律吕，以合八音之調，作十九章之歌。以正月上辛用事甘泉圜丘，使童男女七十人俱歌，昏祠至明。夜常有神光如流星止集于祠壇，天子自竹宮而望拜，百官侍祠者數百人皆肅然動心焉。……《郊祀歌》十九章，其詩曰云云。

顔師古曰：師古曰：「汾水之旁，土特堆起，是澤中方丘也。祭地，以方象地形。（乃立樂府)始置之也。樂府之名蓋起於此,哀帝時罷之。采詩,依古遒人徇路,采取百姓謳謡,以知政教得失也。夜誦者,其言辭或秘不可宣露,故於夜中歌誦也。用上辛,用《周禮》郊天日也。辛,取齊戒自新之義也。爲圜丘者,取象天形也。」

郭茂倩曰:《漢郊祀歌》。郊廟歌辭。○武帝時,詔司馬相如等造《郊祀歌》詩十九章,五郊互奏之。

馮惟訥曰:《漢郊祀歌十九首》。《漢書·禮樂志》曰:「武帝定郊祀之禮……使童男女七十人歌之。」其餘巡狩福應之事,不序郊廟,故弗論。今漢郊廟詩歌未有祖宗之事,八音調均又不協於鐘律。時新得神馬,因次爲歌。汲黯曰:「王者作樂,上以承祖宗,下以化兆民。今陛下得馬,詩以爲歌,協於宗廟先帝,百姓豈能知其音耶?」觀黯之言,則是歌宗廟亦用之矣。然其辭亦多難曉云。

胡應麟曰:漢《郊祀歌十九章》,以爲司馬相如等作,而《青陽》《朱明》四章,史題鄒子樂名。按四章體氣如一,皆四字爲句,辭雖淳古,而意極典明,當出一人之手,是爲鄒作無疑。前有《帝臨》一章,與四篇絶類,章法長短正同。蓋五篇共序五帝,亦鄒作無疑,史缺文耳。餘《練時日》等篇,辭極古奥,意致幽深,錯以流麗,大率祖騷《九歌》,然騷語和平,而此太峻刻。至《天門》《景星》篇中,間有句讀難定、文義眇通處。《日出入》一篇,絶與《鐃歌》相類,又與《郊祀》體殊,大率非一人作,未可據爲長卿也。○《鐃歌十八章》,漫不得其所。自《郊祀》則全樂首尾具存。

《練時日》，迎神也；《帝臨》五篇，五帝也；《惟泰元》，元精也；《天地》《日出入》，三大也；「天馬」「景星」「靈芝」「白麟」「赤雁」，諸瑞也；《赤蛟》，送神也。

陳祚明曰：《漢郊祀曲》固出楚辭，楚辭之篇長，長則易暢，《郊祀曲》之篇短，短則難包，淰淡其神，蕭瑟其辭，惝怳其體，以數語當楚辭之大章，而刻畫飛動過之，固非相如等不能作也。

陳本禮曰：漢樂府《郊祀歌》十九章。按，先只有《練時日》《帝臨》《青陽》《朱明》《西顥》《元冥》《惟泰元》《天地》《日出入》九章，歌于祠壇，其後得天馬次爲歌，亦用在郊祀。中尉汲黯諫曰：王者作樂，上以承祖宗，下以化兆民。今陛下得馬亦次爲歌，協於宗廟，先帝、百姓豈能知音耶？則知當時歌於宗廟亦用之，不獨郊祀矣。其元鼎五年得鼎汾陰，因有《景星》之作；元封二年芝生甘泉，因有《齊房》《華燁燁》等作；元狩元年獲白麟，因有《朝隴首》之作；大始三年獲赤雁，因有《象載瑜》之作。前後二十年間事，後皆載入歌，可知十九章太始末年方論定。注家不載根源，故多不能解説。○王勿翦曰：漢帝以前郊祀詩歌闕如也，郊祀樂府至武帝乃定，前後數十年間自製凡十有九章，雖詞旨異於雅頌，而煌煌一代之制亦有可觀覽焉。班馬撰述，言人人殊，或謂采詩夜誦，又謂舉相如等數十人造爲詩賦，以合八音之調。然觀其詩義，皆武帝所欲言者，非臣下所得爲，且操觚之士逡巡囁嚅，亦不能有其雄略也。太史公《樂書》云，通一經之士不能獨知其辭云云。夫太史公武帝時人，觀其揚扢如此，爲漢武作無疑。獨是此歌，當時如師古、李奇、應劭、晉灼、服虔、孟康、如淳、臣瓚、張晏、韋昭、蘇林諸君子博聞强記，淹貫百家，僉抽腹笥，傍證曲引，後學終不能無疑，況在武帝時通一經者尚望崖而返，何居乎求多於後之人。

王先謙曰：（《漢書·禮樂志》「祭后土於汾陰澤中方丘也」，師古曰：「汾水之旁，土特堆起，是澤中方丘也。」）吴仁傑曰：「案《郊祀志》，祠官寬舒議親祠后土宜於澤中圜丘，於是立后土祠於汾陰。然則汾陰之祠實用圜丘。今云方丘，傳寫誤也。《封禪書》曰，天好陰，祠之必於高山之下畤；地貴陽，祭之必於澤中圜丘。乃知汾陰之議蓋有所祖。」○（《漢書·禮樂志》「乃立樂府，采詩夜誦」，師古曰：「夜誦者，其言辭或祕不可宣露，故於夜中歌誦也。」）周壽昌曰：「詩辭爲上所欲祕則不得使人誦，爲下所欲祕則不得令官采；且既誦矣，雖夜能終祕乎？蓋夜時清静，循誦易嫻，《志》後云兼給事雅樂用四人，夜誦員五人，是置官選詩合於雅樂者，夜静誦之。」先謙曰：「周説近是。」○（《漢書·禮樂志》「多舉司馬相如等數十人造爲詩賦」）周壽昌曰：「《郊祀志》『其春既滅南越，嬖臣李延年以好音見』，是爲元鼎六年。相如死當元狩五年，死後七年延年始得見上，定郊祀之樂，即安得而舉之。《延年傳》：是時上方興天地諸祠，欲造樂，令司馬相如等作詩頌，延年輒承意弦歌所造詩爲之新聲曲，是相如前造詩，延年後爲新聲，『多舉』者言舉相如等數十人之詩賦，非舉其人也。『多舉』至『詩賦』爲句，『爲』猶『作』也，言昔相如等所造作之詩賦。」

廖按：蕭滌非云，據《漢書》，以《朝隴首》爲最早，作於元狩元年（前一二二）。以《象載瑜》爲最晚，作於太始三年（公元前九四），兩作前後相距至二十八年之久，可知十九章者，至太始末年始論定。今《漢書》所録次第，似不以時代爲先後。如《朝隴首》作於元狩元年，而列在第十七；《天馬歌》二首，一作於元狩三年，一作於太初四年（公元前一〇一），而列在第十，不知何故？豈當日經武帝排定固如是耶？〇逯欽立云，此樂歌如《天馬》《景星》《齊房》《朝隴首》《象載瑜》諸篇，《武紀》悉謂武帝作。又《青陽》《朱陽》《西顥》《玄冥》四篇署「鄒子樂」，或即鄒陽之作也。

練時日

【集解】

班固曰：《練時日》一。《郊祀歌》。

郭茂倩曰：《練時日》，《漢郊祀歌》。郊廟歌辭。

朱嘉徵曰：《練時日》，迎神也。本《大雅・抑》之篇「神之格思，不可度思」，惟神無方，索神者亦無方也。一曰，祀太一之樂也。按《漢志》，武帝初定郊祀之禮，祠太一，祭后土，則歌《練時日》《帝臨》二曲。

沈德潛曰：此章總叙，下爲分獻之詞。

陳本禮曰：此總祀五帝樂章。按《周禮・太宰》：「祀五帝。」《大宗伯》：「以蒼璧禮天（昊天上帝），以黄琮禮地（后土），以青圭禮東方（立春禮蒼精之帝，而大昊句芒食焉），以赤璋禮南方（立夏禮赤精之帝，而炎帝祝融食焉），以白琥禮西方（立秋禮白精之帝，而少昊蓐收食焉），以元璜禮北方（立冬禮黑精之帝，而顓頊玄冥食焉）。」《小宗伯》：「兆五帝于四郊（鄭玄注，王者之先祖皆感太微五帝之精以生……皆用正歲之正月郊祭之）。」《漢郊祀志》曰，秦祠惟雍四時，祀白青黄赤四帝，高祖入關，乃益以黑帝，名曰北時，文帝十三年幸雍，郊見五時，建渭陽五帝廟。

練時日，侯有望，〔一〕焫膋蕭，延四方。〔二〕九重開，靈之斿，垂惠恩，鴻祜休。〔三〕靈之車，結玄雲，駕飛龍，羽旄紛。〔四〕靈之下，若風馬，左倉龍，右白虎。〔五〕靈之來，神哉沛，先以雨，般裔裔。〔六〕靈之至，慶陰陰，相放悲，震澹心。〔七〕靈已坐，五音飭，虞至旦，承靈億。〔八〕牲繭栗，粢盛香，尊桂酒，賓八鄉。〔九〕靈安留，吟青黄，徧觀此，眺瑶堂。〔十〕衆嫭並，綽奇麗，〔十一〕顏如荼，兆逐靡。〔十二〕被華文，廁霧縠，曳阿錫，佩珠玉。〔十三〕俠嘉夜，茝蘭芳，澹容與，獻嘉觴。〔十四〕（《漢書》卷二二《禮樂志》第二。《樂府詩集》卷一、《古詩紀》卷十五）

【校勘】

「左倉龍」，《古詩紀》「倉」作「蒼」。

「佩珠玉」，《古詩紀》「佩」作「珮」。

【集注】

[一]「練時日，侯有望」二句：**顏師古曰：**師古曰：「練，選也。」**徐獻忠曰：**「練時日」言選卜吉時日也。**陳本禮曰：**楚詞：「吉日兮良辰。」**朱乾曰：**侯，迎也。有又通也。望，望祭也。**王先謙曰：**先謙曰：「《釋訓》（廖按，當爲《爾雅·釋詁》）：『侯，乃也。』」

[二]「焫膋蕭，延四方」二句：**顏師古曰：**李奇曰：「膋，腸間脂也。蕭，香蒿也。」師古曰：「以蕭焫脂合馨香也。四方，四方之神也。膋音來雕反。焫音人説反。」**徐獻忠曰：**「焫膋蕭」言焚灼蕭艾以降召靈氣也。**唐汝諤曰：**焫，燒也。焚蕭及脂使馨香上達以降召靈氣也。**朱嘉徵曰：**唐王珪議曰，祭天以煙爲歆神之始，祭地以埋爲歆神之始，宗廟以灌爲歆神之始。故曰大祭有三始，「焫膋蕭，延四方」是也。**陳本禮曰：**焫，同「爇」。膋蕭，膋羶薌以蕭，合馨香燔燎以降神也。延四方，《詩》（《小雅·大田》）：「來方禋祀。」《曲禮》（《禮記》）「天子，祭四方，歲徧；諸侯方祀，歲徧」，鄭玄注：「（祭四方）謂祭五（方）〔官〕之神于四郊也。」各于其方而延之。**王先謙曰：**先謙曰：「《説文》：『膫，牛腸脂也。』或作膋，從勞省聲。『焫』與『爇』同。《郊特牲》（《禮記》）『然後焫蕭，合羶薌』，鄭（玄）注：『蕭，薌蒿也，染以脂，合黍稷燒之。』《詩》（《大雅·生民》）曰：『取蕭祭脂。』『羶』當爲『馨』，聲之誤也。顏（師古）注所本。」

［三］「九重開，靈之斿，垂惠恩，鴻祜休」四句：**顏師古曰**：師古曰：「天有九重，言皆開門而來降厥福。鴻，大也。祜，福也。休，美也。祜音怙。」**唐汝諤曰**：斿，旌旗之末垂者。**陳本禮曰**：九重，天門。見神不虛游，必降鴻休之福也。**廖按**：《楚辭·天問》「圜則九重，孰營度之」，王逸注：「言天圜而九重，誰營度而知之乎？」

［四］「靈之車，結玄雲，駕飛龍，羽旄紛」四句：**顏師古曰**：師古曰：「紛紛，言其多。」**唐汝諤曰**：雲爲車，龍爲駕，極其形容。唐詩「五色雲車駕六龍」（王建《宮詞一百首》）語本諸此。《周禮》（《春官宗伯》）：「析羽曰旌。」（廖按，《周禮》原文爲「析羽爲旌」。）《爾雅》（《釋天》）：「犛牛尾著干頭。」（廖按，此爲邢昺疏引李巡曰）**陳本禮曰**：（玄雲）北方黑帝之雲。**廖按**：《楚辭·離騷》：「爲余駕飛龍兮，雜瑤象以爲車。」

［五］「靈之下，若風馬，左倉龍，右白虎」四句：**顏師古曰**：師古曰：「（若風馬）言速疾也。（左倉龍，右白虎）以爲衛。」**陳本禮曰**：帝北嚮南降，故左蒼龍而右白虎。

［六］「靈之來，神哉沛，先以雨，般裔裔」四句：**顏師古曰**：師古曰：「沛，疾貌，音補蓋反。先以雨，言神欲行，令雨先驅也。般讀與班同。班，布也。裔裔，飛流之貌。」**陳本禮曰**：玄冥水神，見神欲來而雨先霈裔裔然飛洒也。**王先謙曰**：先謙曰：「《溝洫志》（《漢書》）：武帝《瓠子歌》『歸舊川兮神哉沛』，蓋流行意。乘雲駕龍，故先雨。《史記·司馬相如傳》「班乎裔裔」，本書「班」作「般」。郭璞注：「裔裔，群行貌也。」（廖按，見《史記·司馬相如

列傳》裴駰《集解》引郭璞曰）顔（師古）屬雨言，恐非。」

［七］「靈之至，慶陰陰，相放悲，震澹心」四句：**顔師古曰：**師古曰：「（慶陰陰）言垂陰覆徧於下。放悲猶髣髴也。澹，動也。放音昉。悲音沸。澹音大濫反。」**沈德潛曰：**放悲，同仿佛。**陳本禮曰：**陰雲擁護，靈已赫濯降壇，其幽光窈冥可畏。相，去聲。放悲，仿佛如見。震澹心，肅然恐懼也。**朱乾曰：**相想同。**王先謙曰：**王念孫曰：「案『慶』讀爲『羌』，發聲也。」先謙曰：「《説文》：『陰，闇也。』」

［八］「靈已坐，五音飭，虞至旦，承靈億」四句：**顔師古曰：**師古曰：「飭讀與敕字同，謂整也。虞，樂也。億，安也。」**張玉穀曰：**飭，整飭也。虞，同娱。**陳本禮曰：**楚詞（《楚辭・九歌・東皇太一》）：「五音紛兮繁會。」（廖按，王逸注：「五音，宫、商、角、徵、羽也。」）祀在夜，故樂至旦。億，神安享也。

［九］「牲繭栗，粢盛香，尊桂酒，賓八鄉」四句：**顔師古曰：**應劭曰：「桂酒，切桂置酒中也。」晉灼曰：「尊，大尊也。元帝時大宰丞李元記云『以水漬桂，爲大尊酒』。」師古曰：「繭栗，言角之小如繭及栗之形也。八鄉，八方之神。」**張玉穀曰：**賓，以八方之神爲賓也。**陳本禮曰：**（牲繭栗）狀牲角之小如繭，色如栗也。楚詞（《楚辭・九歌・東皇太一》）：「蕙肴蒸兮蘭藉，奠桂酒兮椒漿。」（賓八鄉）徧享八方之神。《郊祀志》（《漢書》）：「開八通鬼道。」

［十］「靈安留，吟青黄，徧觀此，眺瑶堂」四句：**顔師古曰：**服虔曰：「吟音含。」應劭曰：「眺，

望也。瑶，石而似玉者也。」師古曰：「服説非也。吟謂歌誦也。青黄，謂四時之樂也。（瑶堂）以瑶飾堂。瑶音遥。」**張玉穀曰**：吟青黄，歌四時之樂章，春夏之氣青葱，秋冬之氣黄落也。**陳本禮曰**：（吟青黄）曲奏四時之樂，如《青陽》《朱明》《西顥》《玄冥》四曲以分獻也。「此」字指所陳之犧牲言。（眺瑶堂）眺堂下之女樂。**朱乾曰**：青，東方之色，於律爲太簇，音爲商。黄，中央色，於律爲黄鐘之宫。青黄，宫商也。

[十一]「衆嫭並，綽奇麗」二句：**顔師古曰**：孟康曰：「嫭音互。嫭，好也。」如淳曰：「嫭，美目貌。」晉灼曰：「嫭音坼罅之罅。」師古曰：「孟説是也。謂供神女樂，並好麗也。」**陳本禮曰**：嫭，美，巫並舞也。（綽奇麗）身體綽約而豔麗也。**王先謙曰**：先謙曰：「《揚雄傳》（《漢書》）『知衆嫭之嫉妒兮』本此。《楚辭》（《大招》）『滂心綽態』，王注：『綽猶多也。』」**廖按**：曲瀅生云，《史記》注：並，依傍也。（廖按，《史記・秦始皇本紀》「並河以東」，裴駰《集解》引服虔曰：「並音傍。傍，依也。」）（衆嫭並，綽奇麗）謂供神女樂依傍生姿多奇麗也。

[十二]「顔如荼，兆逐靡」二句：**顔師古曰**：應劭曰：「荼，野菅白華也。言此奇麗，白如荼也。」孟康曰：「兆逐靡者，兆民逐觀而猗靡也。」師古曰：「菅，茅也。言美女顔貌如茅荼之柔也。荼者，今俗所謂蒹錐也。荼音塗。菅音姦。靡，合韻音武義反。」**陳本禮曰**：（顔如荼）《詩》（《鄭風・出其東門》）：「有女如荼。」（兆逐靡）楚詞（《楚辭・九歌・東君》）：「思

靈保兮賢姱，翾飛兮翠翻。」言舞者之蹁躚動人，咸逐而觀之，靡靡若醉也。**朱乾曰**：如荼，言其色。逐靡，言其姿。兆，象。**王先謙曰**：洪亮吉曰：「《詩》（《鄭風·出其東門》「有女如荼」）鄭箋：『荼茅，秀物之輕者，飛行無常。』玩『兆逐靡』句，當取飛行爲義，不以柔爲義。師古似誤。」先謙曰：「此以顏（師古）言況其白耳。當如應（劭）説。」

［十三］「被華文，廁霧縠，曳阿錫，佩珠玉」四句：**顏師古曰**：如淳曰：「阿，細繒。錫，細布也。」師古曰：「廁，雜也。霧縠，言其輕細若雲霧也。」**張玉穀曰**：被，加也。**王先謙曰**：錢大昭曰：「《説文》：『緆，細布也。』其字從『糸』。古亦通用『錫』。《燕禮》（《儀禮》）云『冪用綌若錫』，鄭（玄）注：『今文錫爲緆。』」先謙曰：「阿錫互詳《司馬相如傳》（廖按，《史記·司馬相如列傳》載司馬相如《天子游獵賦》有「於是鄭女曼姬，被阿錫」之文）。」**廖按**：《楚辭·九歌·云中君》「華采衣兮若英」，王逸注：「華采，五色采也。」《文選·子虛賦》「於是鄭女曼姬，被阿緆，揄紵縞，雜纖羅，垂霧縠」，李善用郭璞注引張揖曰：「阿，細繒也。緆，細布也。……縠細如霧。」李善注引《列子》曰：「鄭衛之處子衣阿緆。」

［十四］「俠嘉夜，茝蘭芳，澹容與，獻嘉觴」四句：**顏師古曰**：如淳曰：「佳、俠，皆美人之稱也。嘉夜，芳草也。」師古曰：「俠與挾同，言懷挾芳草也。茝即今白芷。茝音昌改反。澹，安也。容與，言閑舒也。澹音大濫反。」**陳本禮曰**：（茝蘭芳）楚詞（《楚辭·九歌·東皇太一》）：「靈偃蹇兮姣服，芳菲菲兮滿堂。」**朱乾曰**：俠挾同，匝也。《周禮》：「挾日。」**王先**

謙曰：先謙曰：「《叔孫通傳》(《史記》)『殿下郎中俠陛』，即夾侍意。嘉夜，猶言良夜，上云『昏祠至明』，是其義也。茝蘭迺芳草耳。自『衆嫭』至此(「茝蘭芳」)，言供神女樂之容飾。」廖按：《楚辭·離騷》「遵赤水而容與」，王逸注：「容與，游戲貌。」

【集評】

徐獻忠曰：「靈之斿」「靈之車」「靈之下」「靈之來」「靈之至」「靈已坐」，如在其上、如在其左右而迎之也。

唐汝諤曰：首言諏日，次言求神。而神之格思，不可度。思則又如在其上，如在其左右以迎之。蓋儼乎望其居歆之意，至其後言牲酒之芳及女樂之麗，雖皆期以悦神，而辭已近乎靡矣，欽若之意安在哉？

陳祚明曰：此首最華縟飄蕩，游目其中，徘徊不忍去也。○以一「靈」字排六段，妙在先將「靈之斿」三字安頓下句，此後雖整，但覺變幻；又妙在「下」「來」「至」「坐」「留」並虛字，「車」與「斿」並實字；以實字之一與下五段相排，則排中不板；以一實字先挈出安頓下句，則「斿」與「車」相望，遥遥何動宕也；「結玄雲」三句，亦已古雅生動矣。「若風馬」三字奇，非風非馬，其來急疾不可方物也；下乃用蒼龍白虎實寫之。「先以雨」三字若遠，與「風馬」「風」字相對；「般裔裔」字法新警，涵濡潤澤，徐徐而來。「慶陰陰」亦承「雨」字來；「放患」字古，「震澹心」三字妙；「靈之至」則人心悚然；而「裔裔」「陰陰」又使人和易可親，不覺意銷，澹如以恬也。「衆嫭並」四句極生動，畫美人難，畫衆美人尤難，兹何其密麗也；「兆逐靡」三字佳，逐者輕也，靡者柔也。下文又排四語，蓋上四句寫美人之神，寫神須淡；下四句寫形，寫形須華。○此亦從《招魂》《大招》來，然《招魂》《大招》有其華麗鬱罊，無其便娟靈逸。

李因篤曰：「神哉沛，先以雨」，寫得幽靈綽約。○「衆嫭並，綽奇麗，顔如荼，兆逐靡」，《秘辛》（《漢雜事秘辛》）云「拊不留手」，狀肌體之滑澤，歎其入微。此則曰「兆逐靡」，較一顧傾城國，語更簡而俊，善於立言矣。○周詩質，漢詩奥，奥稍遜質；周有化工自然之妙，漢所云人巧極天工錯也，然俱非後代所及。○周漢之分合，周詩如漢文，漢詩如周文，各有其至。

沈德潛曰：古色奇響，幽氣靈光，奕奕紙上，屈子《九歌》後，另開面目。○「靈之斿」以下，鋪排六段，而變幻錯綜，不板不實，備極飛揚生動。○「衆嫭」四句，寫美人之多，穠麗中則，《招魂》之遺也。

張玉穀曰：此合享衆神之樂章。首四，從練日降神叙起。「九重開」以下七段，則由遠而近，細細鋪陳。「斿」「車」二段，狀靈儀仗之盛。「九重開」句，七段總領也。「下」「來」二段，狀靈降之速，護衛多而肅静也。已上四段，皆在靈邊説。「靈至」一段，由靈遞人，中腰過峽。「已坐」「安留」二段，皆言人之所以娱靈。「已坐」段，言樂略，而言祭品詳，所以娱靈之體。「安留」段，備陳女樂顔色之美，服飾之華，佩帶之潔，冀靈之徧觀而盡醉，所以娱靈之意。○歸愚師云「古色奇響」云云，良然。○魏以後代有郊廟樂章，較此覺膚淺矣。

陳本禮曰：此章全仿《東皇太一》，襲其意而變其體。以「九重開」一句冒下，章法整鍊，衆嘒並至。末專詠女樂，中間以「徧觀此」三字結上，以「眺瑶堂」三字起下，爲上下樞紐，脉絡縝密之至。武帝愛讀《離騷》，曾命淮南王作章句，故郊祀諸歌皆仿佛其意；第喜奇異、好神仙、誇祥瑞，究非《清廟》《維天》之比；然其雄才大略，能偉詞自鑄，以成一代鉅製，可謂卓越千古矣。

帝臨

【集解】

班固曰：《帝臨》二。《郊祀歌》。

郭茂倩曰：《帝臨》，《漢郊祀歌》。郊廟歌辭。

徐獻忠曰：此合祭天地而降監之詞也。

梅鼎祚曰：張晏云：此后土之歌也。土數五，故稱數以五；坤爲母，故稱媪土；色黄，故稱上黄。劉攽云：帝指武帝，改服色尚黄，數用五。富媪者，由漢以土德王也。按《青陽》四歌，則后土當在中壇。張説是矣。

朱嘉徵曰：《帝臨》，祠太乙后土之歌也。武帝郊雍，曰：「今上帝親郊而后土無祠，則禮不答也。」（廖按，《史記·封禪書》「其明年冬，天子郊雍，議曰」云云）于元鼎四年，立后土祠于汾陰。按《史記·樂書》，此曲不與四歌同用。後漢永平中，迎時氣五郊之兆黄帝后土，先秋十八日，樂奏黄鐘之宫，歌《帝臨》，則同用之。（廖按，《後漢書·禮儀志》：「先立秋十八日，郊黄帝。……至立秋，迎氣於黄郊，樂奏黄鐘之宫，歌《帝臨》。」）

陳本禮曰：《帝臨》以下五章，分獻五帝樂章。武帝即位，尤敬鬼神之祀，元狩二年，郊雍曰：今上帝朕親郊，而后土無祀，則禮不答也。（玩武帝語，則郊雍五畤中之黄帝，不祀后土。）有司曰，今陛下親祠后土，宜於澤中圜丘爲五壇，壇一黄犢，祠衣上黄。遂幸汾陰，見汾旁有光如絳，迺立后土，祠脽上，上親望拜如上帝禮。○《月令》（《禮記》），季夏，其日戊己，其帝黄帝，其神后土。《郊祀志》（《漢書》）：古天子常以春祠黄帝。故五詩首列《帝臨》以祀黄帝，而以后土之神配食也。

朱乾曰：《帝臨》五詩，祀五帝也。衛敬仲《漢舊儀》曰：祭五帝於五畤。《南齊書·樂志》曰，明堂祀五帝。《漢郊祀歌》皆四言。《後漢·祭祀志》：立春之日，迎春於東郊，歌《青陽》；立夏之日，迎夏於南郊，歌《朱明》；立秋之日，迎秋於西郊，歌《西皓》；立冬之日，迎冬於北郊，歌《玄冥》。

王先謙曰：先謙曰：「此祀中央黄帝歌。」

帝臨中壇，四方承宇，[一]繩繩意變，備得其所。[二]清和六合，制數以五。[三]海内安寧，興文匽武。[四]后土富媪，昭明三光。[五]穆穆優游，嘉服上黄。[六]（《漢書》卷二二《禮樂志》第二。《樂府詩集》卷一、《古詩紀》卷十五）

【校勘】

「后土富媪」，《古詩紀》小注云：「『媪』當作『熅』。」

【集注】

[一]「帝臨中壇，四方承宇」二句：**顏師古曰**：師古曰：「言天神尊者來降中壇，四方之神各承四宇也。壇字或作襢，讀亦曰壇。字加示者，神靈之耳。下言紫壇、嘉壇，其義並同。」**朱嘉徵曰**：顏注：帝，天神之尊者。劉攽指天子臨祠，謬甚。**陳本禮曰**：（帝）黄帝軒轅。（臨中壇）土位中。臨，降神也。（四方承宇）帝德廣大，海宇皆蒙其厚載也。**王先謙曰**：劉攽曰：「予謂此帝指天子耳。」吳仁傑曰：「此章言帝臨中壇，繼之以《青陽》《朱明》《西顥》《玄冥》四章，蓋祠五方帝所歌也。師古以帝爲天神，《刊誤》以爲天子，皆與志不合，此帝謂下方之帝，《月令》（《禮記》）『中央土』是也。」王念孫曰：「《郊祀志》（《漢書》）云『具泰一祠壇，五帝壇環居其下』，猶此歌之言『帝臨中壇』也。又云『其下四方地，爲腏食』，猶此歌之言『四方承宇』也。若如劉（攽）説，以帝爲天子，則與『四方承宇』句，義不相屬。第十五章云『神之揄，臨壇宇』，此云『帝臨中壇，四方承宇』，文義相同。」

［二］「繩繩意變，備得其所」二句：**顔師古曰**：應劭曰：「繩繩，謹敬更正意也。」孟康曰：「衆多也。」臣瓚曰：「《爾雅》曰『繩繩，戒也』。」師古曰：「瓚説是也。」**陳本禮曰**：繩繩，不絶貌。意同億，十萬爲億。

［三］「清和六合，制數以五」二句：**顔師古曰**：張晏曰：「此后土之歌也。土數五。」**陳本禮曰**：《易》（《繫辭上》）曰：「五位相得而各有合。」此言黄帝治天下之道，任其萬事萬變，總不逃乎制數以五也。**王先謙曰**：劉攽曰：「『制數以五』即謂武帝改服色而上黄，數用五也。」王念孫曰：「此即《月令》（《禮記》）所云『其神后土，其數五』，張（晏）以爲祭后土之歌，是也。劉（攽）説亦非。」

［四］「海内安寧，興文匽武」二句：**顔師古曰**：師古曰：「匽，古偃字。」**陳本禮曰**：《易》（《坤》六五《象》）「『黄裳元吉』，文在中也。」君子黄中通理。

［五］「后土富媪，昭明三光」二句：**顔師古曰**：張晏曰：「媪，老母稱也。坤爲母，故稱媪。海内安定，富媪之功耳。」**梅鼎祚曰**：媪，一云當作「煴」，如作「煴」，則坤母之説鑿矣。**吴景旭曰**：富媪，張晏注云云。楊升庵謂氣曰煦，體曰嫗，天以氣煦之，地以形嫗之。「后土富媪」亦此義。凡此皆作「媪」矣。余觀吴斗南（吴仁傑）謂「媪」當作「煴」。按賈誼《新書》云「德渥澤洽，調和大暢，則天清澈，地富煴，物時孰」，是知漢時之語意。**朱嘉徵曰**：傅玄《地郊》（《地郊饗神歌》）辭「靈無遠，天下母」，是「富媪」解。**陳本禮曰**：（后土富媪）媪，老

母也。（昭明三光）神靈昭著。**朱乾曰：**其神后土，故曰「后土富媪」。**王先謙曰：**劉攽曰：「言『后土富媪』者，由漢以土德也。顔（師古）緣『中壇』，故疑是祠祭，但以堂壇諭中央中。」吴仁傑曰：「『媪』當爲『煴』字之誤也，見賈誼《新書》。案字書，煴有兩義：一曰烟煴，天地合氣也；一曰鬱煙也。『富媪』以烟煴爲義，『后土富媪，昭明三光』，即《新書》『天清澈、地富煴、物時孰』之意，晏説謬矣。」沈欽韓曰：「『媪』『煴』形近而誤。《新書·道術篇》又云『欣熅可安謂之煴，反煴爲鷙』，則煴乃坤厚載物之義。釋爲媪母，其俗同於小説之后土夫人也。」王念孫曰：「《郊祀志》（《漢書》）：有司議曰，陛下親祠后土，宜於澤中圜丘爲五壇，而從祠衣上黄。又云禪泰山下阯東北肅然山如祭后土禮，衣上黄。故此歌云『后土富媪，昭明三光；穆穆優游，嘉服上黄』也。劉（攽）謂漢以土德，故言『后土富媪』，亦非是。信如劉説，則非祭后土之歌矣，何以列於《郊祀》之二章乎？」

[六]「穆穆優游，嘉服上黄」二句：**顔師古曰：**孟康曰：「土色上黄也。」**朱嘉徵曰：**上尚同。**陳本禮曰：**言后土之德能資生萬物，故能配食帝右，而服色上黄也。**廖按：**《詩經·大雅·文王》「穆穆文王」，毛傳：「穆穆，美也。」《詩經·大雅·卷阿》：「優游爾休矣。」

【集評】

唐汝諤曰：蓋上帝既臨，后土亦享，而安寧之福，宇内受之。第武帝之時果得興文偃武否也？然而改朔易服，聲歌郊廟，一洗叔孫之習，亦庶幾哉敦尚風軌矣。

青陽

【集解】

班固曰：《青陽》三，鄒子樂。《郊祀歌》。

顔師古曰：臣瓚曰：「春爲青陽。」

郭茂倩曰：《青陽》，《漢郊祀歌》。郊廟歌辭。

徐獻忠曰：此祭東皇之詞也。

馮惟訥曰：《青陽》，鄒子樂（《漢書》載此名）。

梅鼎祚曰：《史記・樂書》曰：春歌《青陽》，夏歌《朱明》，秋歌《西顥》，冬歌《玄冥》。四首《漢書》並云鄒子樂。

朱嘉徵曰：《青陽》，春歌也。◯《後漢志》（《後漢書・祭祀志》）：立春之日，迎春東郊，祭青帝句芒，歌《青陽》。

陳本禮曰：《月令》（《禮記》）：孟春，其日甲乙，其帝太皥。《爾雅》（《釋天》）：四時，春爲青陽，夏爲朱明，秋爲白藏，冬爲玄英。《史記・樂書》，帝常以正月上辛祠太一甘泉，以昏時夜祠，使童男女七十人倶歌，春歌《青陽》，夏歌《朱明》，秋歌《西顥》，冬歌《玄冥》。

朱乾曰：祀東方蒼帝也。

王先謙曰：先謙曰：「《宋志》（《宋書·樂志》）：『光武平隴蜀，增廣郊祀，高皇帝配食，樂奏《青陽》《朱明》《西皓》《玄冥》《雲翹》《育命》之舞。』『迎時氣五郊：春哥《青陽》，夏哥《朱明》，並舞《雲翹》之舞；秋哥《西皓》，冬哥《玄冥》，並舞《育命》之舞；季夏哥《朱明》，兼舞二舞。』據此，四哥迺迎時氣之樂歌。」

廖按：梁啓超云，《青陽》《朱明》《西顥》《玄冥》四章，注明爲「鄒子樂」，當是鄒陽作。陽，景帝時人，似不逮事武帝，想是當時樂府采其詞以制譜。然則十九章中，此四章時代又較早。

青陽開動，根荄以遂，膏潤并愛，跂行畢逮。[一]霆聲發榮，壛處頃聽，枯槀復産，乃成厥命。[二]衆庶熙熙，施及夭胎，群生啿啿，惟春之祺。[三]（《漢書》卷二二《禮樂志》第二。《樂府詩集》卷一、《古詩紀》卷十五）

【**集注**】

[一]「青陽開動，根荄以遂，膏潤并愛，跂行畢逮」四句：**顏師古曰**：孟康曰：「跂音岐。」師古曰：「草根曰荄。遂者，言皆生出也。荄音該。并，兼也。逮，及也。凡有足而行者，稱跂行也。」**唐汝諤曰**：膏，潤脂；膏潤，澤也。**張玉穀曰**：膏潤，指雨露。**廖按**：《爾雅·釋天》「春爲青陽」，郭璞注：「氣青而温陽。」

[二]「霆聲發榮，壛處頃聽，枯槀復産，乃成厥命」四句：**顔師古曰**：晉灼曰：「壛，穴也。謂蟄蟲驚聽也。」師古曰：「壛與巖同。言靁霆始發，草木舒榮，則蟄蟲處巖崖者，莫不頃聽而起。頃讀曰傾。枯槀，謂草木經冬零落者也。槀音口老反。」**唐汝諤曰**：《爾雅》(《釋天》)：疾雷謂之霆。（廖按，《爾雅》原文爲「疾雷爲霆霓」。）(發榮)發舒榮貌也。産，生也。**張玉穀曰**：壛處頃聽，謂蟄處巖穴之物，莫不聞聲而起。**陳本禮曰**：頃同傾，啓蟄，「聽」字微細。**王先謙曰**：王念孫曰：「晉(灼)説是也。古書多以巖穴連文，故《説文》夐字注、《楚辭·七諫》注並云『巖，穴也』。蟄蟲皆穴處，故曰『霆聲發榮，壛處頃聽』。顔(師古)以壛爲巖崖，非也。蟄蟲處處皆有，不當獨指山崖言之。」先謙曰：「《釋草》(《爾雅》)『草謂之榮』，推言之爲凡物滋長之稱。發榮者，植物將榮，更得雷霆以發動之。顔(師古)以『發』字上屬，非。」

[三]「衆庶熙熙，施及夭胎，群生啿啿，惟春之祺」四句：**顔師古曰**：師古曰：「熙熙，和樂貌也。施，延也。少長曰夭，在孕曰胎。施音弋豉反。夭音烏老反。啿啿，豐厚之貌也，音徒感反。祺音其。」服虔曰：「啿音『湛湛露斯』。」如淳曰：「祺，福也。」**唐汝諤曰**：物穉曰夭，孕而未生曰胎。**陳本禮曰**：《詩》(《小雅·湛露》)：「湛湛露斯。」「群生」通指上文，皆青帝煦育之力，末迺點出「春」字。**廖按**：《老子》第二十章：「衆人熙熙，如享太牢，如春登臺。」服虔曰「啿」音「湛湛露斯」之「湛」，兩者通用。《漢書·司馬相如傳》司馬相如《哀

秦二世賦》「紛湛湛其差錯」，顔師古注：「湛湛積厚之貌。……湛音徒感反。」

【集評】

唐汝諤曰：蓋春氣一動，百物萌芽，膏澤所流，昆蟲徧及。此時雷乃發聲而枯槁之物皆復榮茂，是草木群生皆有以自樂，而況其在氓庶者乎？無非所以歸功於神也。

陳祚明曰：「霆聲」二句聲烈烈也。

李因篤曰：「壧處頃聽」，寫出雷霆之性情功效。

沈德潛曰：四章分祭四時之神，天氣時物，無不畢達，直是胸有造化。

張玉穀曰：此祭春神也。春德主發生。起四，植物動物雙提。中四，總頂申說。末四，衆庶熙熙，從物遞人，而「夭胎」句，仍復兜轉動植，然後總以「嘊嘊」，歸美維祺。歸德意，用暗點。

朱明

【集解】

班固曰：《朱明》四，鄒子樂。《郊祀歌》。

顔師古曰：臣瓚曰：「夏爲朱明。」

徐獻忠曰：此祭朱明之詞。

郭茂倩曰：《朱明》，《漢郊祀歌》。郊廟歌辭。

朱嘉徵曰：《朱明》，夏歌也。《後漢志》（《後漢書·祭祀志》），立夏之日，迎夏於南郊，祭赤帝祝融，歌《朱明》。

陳本禮曰：《月令》（《禮記》）：孟夏，其日丙丁，其帝炎帝。

朱乾曰：祀南方赤帝也。

朱明盛長，旉與萬物，桐生茂豫，靡有所詘。〔一〕敷華就實，既阜既昌，登成甫田，百鬼迪嘗。〔二〕廣大建祀，肅雍不忘，神若宥之，傳世無疆。〔三〕（《漢書》卷二二《禮樂志》第二。《樂府詩集》卷一、《古詩紀》卷十五）

【集注】

〔一〕「朱明盛長，旉與萬物，桐生茂豫，靡有所詘」四句：**顔師古曰：**師古曰：「旉，古敷字也。旉與，言開舒也。與音弋於反。桐讀爲通。茂豫，美盛而光悦也。言草木皆通達而生，美悦光澤，各無所詘，皆申遂也。詘音丘物反。」**唐汝諤曰：**《爾雅》（《釋天》）：「夏爲朱明。」旉，布；與，付也，言徧及萬物也。**朱嘉徵曰：**揚子（《法言·學行》）云：「師哉師哉，桐子之命。」桐，幼穉也。**張玉穀曰：**言草木皆生，而茂盛豫悦也。**陳本禮曰：**（朱明）郭璞曰：「氣赤而光明。」（廖按，見《爾雅・釋天》「夏爲朱明」郭璞注）。（與）同予。（桐）《說文》：「榮也。」不必如舊讀曰通。**王先謙曰**：先謙曰：「顏（師古）說非也。『與』當如字讀，與、施同義，『尃與』猶敷施。《書・皋陶謨》『翕受敷施』，《夏紀》（《史記・夏本紀》）作『翕受普施』。此謂陽氣盛長，普施萬物耳。」劉攽曰：「桐，幼稚也。」沈欽韓曰：「桐、侗通。《法言・學行篇》注：『桐，侗也，侗然未有所知。』（廖按：揚雄《法言・學行篇》「師哉！師哉！桐子之命也」，晉李軌注曰：「桐，（洞）〔侗〕也；桐子，（洞）〔侗〕然未有所知之時。」）孔安國云『侗，未成器之人』（廖按，《論語・泰伯》「侗而不愿」，何晏注：「孔曰：『侗，未成器之人。』」），皇侃謂『籠侗』（廖按，《論語》「侗而不愿」，皇侃《義疏》：「侗謂籠侗，未成器之人也。」），與此義同。」

［二］「敷華就實，既阜既昌，登成甫田，百鬼迪嘗」四句：**顏師古曰**：師古曰：「敷，布也。就，成也。阜，大也。昌，盛也。甫田，大田也。百鬼，百神也。迪，進也。嘗謂歆饗之也。言此粢盛，皆因大田而登成，進於祀所，而爲百神所歆饗也。迪音大歷反。」**陳本禮曰**：（登成）「農乃登麥」，「登黍」，「羞含桃」。（迪嘗）「天子乃以彘嘗麥，先薦寢廟。」（廖按，皆見《禮記・月令》）**廖按**：《楚辭・大招》「田邑千畛，人阜昌只」，王逸注：「阜，盛也。昌，熾也。」

［三］「廣大建祀，肅雍不忘，神若宥之，傳世無疆」四句：**顏師古曰**：師古曰：「若，善也。宥，

祐也。」**徐獻忠曰**：「宥」字當作「祐」。**唐汝諤曰**：肅，敬，雝，和也。**張玉穀曰**：謂建祀以報其廣大之德，而不敢不肅雍也。宥之，容之也。**陳本禮曰**：「廣大」者，謂仿造黃帝明堂于奉高以祠泰一五帝，又祠后土于下房，用二十太牢之類。（無疆）言祀典與國祚綿長也。

【集評】

唐汝諤曰：此言夏爲長物之府，能敷與萬物而使之欣欣向榮，及成熟之後而百穀豐登，鬼神用享，於是廣爲祭祀而肅雝以將之，庶爲神之所祐而傳世無窮也。

張玉穀曰：此祭夏神也。夏德主長養。起四，先就大概植物説。中四，獨叙五穀，蓋長養之德，五穀所系尤重，故特言之。末四，明點報德，有望其常宥意。

西顥

【集解】

班固曰：《西顥》五，鄒子樂。《郊祀歌》。

顔師古曰：韋昭曰：「西方少昊也。」

郭茂倩曰：《西顥》，《漢郊祀歌》。郊廟歌辭。

朱嘉徵曰：《西顥》，秋歌也。《後漢志》（《後漢書·祭祀志》）：立秋之日，迎秋於西郊，祭白帝蓐收，歌《西顥》。○《禮記》（《月令》）：是月也，天地始肅，農乃登穀。天子嘗新，先薦寢廟。仲秋，乃命有司申嚴百刑，斬殺必當，無或枉橈。季秋，大饗帝，嘗，天子乃教于田獵，以習五戎。

陳本禮曰：《月令》（《禮記》），孟秋，其日庚辛，其帝少皞，其神蓐收。

王先謙曰：王念孫曰：「韋（昭）以顥爲少昊，非也。西顥謂西方顥天也。《呂氏春秋·有始覽》『西方曰顥天』，高注曰『金色白，故曰顥天』。《淮南·天文》篇作『皓天』，高注同。《説文》『顥，白皃』，《楚詞》曰『天白顥顥』。故曰『西顥沆碭，秋氣肅殺』。顔（師古）以沆碭爲白氣，是也。四時之歌，春《青陽》，夏《朱明》，秋《西顥》，冬《玄冥》，則顥爲白色明矣。《爾雅》（《釋天》）曰『春爲青陽，夏爲朱明，秋爲白藏，冬爲玄英』。彼言『白藏』，猶此言『西顥』也。若少昊則對大昊以立名，非白色之義矣。」

朱乾曰：祀西方白帝也。

西顥沆碭，秋氣肅殺，含秀垂穎，續舊不廢。〔一〕姦僞不萌，祆孽伏息，隅辟越遠，四貉咸服。〔二〕既畏兹威，惟慕純德，附而不驕，正心翊翊。〔三〕（《漢書》卷二二《禮樂志》第二。《樂府詩集》卷一、《古詩紀》卷十五）

【校勘】

「祅孽伏息」，《樂府詩集》「祅」作「妖」。

【集注】

[一]「西顥沆碭，秋氣肅殺，含秀垂穎，續舊不廢」四句：**顔師古曰**：師古曰：「沆音胡浪反。碭音蕩。沆碭，白氣之貌也。五穀百草，秀穎成實，皆因舊苗，無廢絶也。不榮而實曰秀，葉末曰穎。廢合韻音發。」**徐獻忠曰**：廢當作發。**李因篤曰**：（續舊不廢）言秋之盛，成物而已，此則更進一層。**沈德潛曰**：續舊不廢，言肅殺中有生機也。**張玉穀曰**：（含秀垂穎，續舊不廢）言時維五穀，尚仍舊發生，秀穎成實而不廢絶也。**陳本禮曰**：《爾雅》（《釋天》）：「秋爲白藏。」（秋氣肅殺）少皡以金德王，金從革。（續舊不廢）草木成實，物皆有種。**王先謙曰**：何焯曰：「續猶嗣續也。不曰登新，而曰續舊，善言天地生物之心矣。」

[二]「姦僞不萌，祅孽伏息，隅辟越遠，四貉咸服」四句：**顔師古曰**：師古曰：「四貉猶言四夷。辟讀曰僻。貉音莫客反。」**唐汝諤曰**：祅孽所以兆災。**陳本禮曰**：秋爲刑官，大司寇以五刑糾民。（廖按，《周禮·秋官·司寇》：「大司寇之職……以五刑糾萬民。」）邪不勝正，能辟不祥。隅，方隅。小司寇以八辟麗邦法。（廖按，《周禮·秋官·司寇》：「小司寇之職……以八辟麗邦法。」）**王先謙曰**：先謙曰：「貉、貊字通。《孟子》（《告子下》）『大貉小貉』，《穀梁》（《春秋穀梁傳·哀公十二年》）疏作『大貊小貊』；《史記·匈奴傳》『以臨胡

貉』，《索隱》『貉即濊也』。此以濊爲貉，濊貉即濊貊，漢朝鮮地。『四貉咸服』，武帝平定朝鮮，故云。《周禮·職方》云『九貉』，《詩·韓奕》疏引鄭志『九貊即九夷也』。統言之，四方皆曰夷；析言之，夷是東方專稱。夷言四，貉亦可言四，種類不一，統舉之詞耳。顏（師古）説未晰。」

〔三〕「既畏兹威，惟慕純德，附而不驕，正心翊翊」四句：顏師古曰：師古曰：「純，大也。言畏威懷德，皆來賓附，無敢驕怠，盡虔敬。」唐汝諤曰：純，粹也。附，依附也。翊翊，敬也。

陳本禮曰：正心，革心向化。

【集評】

徐獻忠曰：此言秋氣肅懾，驅除妖厲而王者法之以治天下，則四夷亦畏其威而慕化盛德矣。

唐汝諤曰：此言天地之氣有陽和必有肅殺，然後德威並著，能使萬物告成，妖厲悉屏，而王者法之以治天下，則四夷皆畏威慕德而臣附之恐後矣。

朱嘉徵曰：余觀《月令》（《禮記》）之文，王者順時行德耳。方金行播氣，鄒子曰「姦僞不萌」，「正心翼翼」，蓋言安攘歸於主德也。中四句，自近及遠；末四句，繇末遡本。去《周頌》何遠。

張玉穀曰：此祭秋神也。秋德主肅殺。起四，先即點明，却以五穀尚當長養，特另叙以圓之，即作一開勢。中四，正寫肅殺作用，都就人事説。末四，以畏威歸慕德，報德意，亦用暗點。

玄冥

【集解】

班固曰：《玄冥》六，鄒子樂。《郊祀歌》。

顔師古曰：師古曰：「玄冥，北方之神也。」

郭茂倩曰：《玄冥》，《漢郊祀歌》。郊廟歌辭。

唐汝諤曰：《禮記》（《月令》），孟冬之月，其神玄冥。

朱嘉徵曰：《玄冥》，冬歌也。《後漢志》（《後漢書·祭祀志》）：立冬之日，迎冬於北郊，祭黑帝玄冥，歌《玄冥》。

陳本禮曰：《月令》（《禮記》）：孟冬，其日壬癸，其帝顓頊，其神玄冥。

朱乾曰：祀北方黑帝也。

玄冥陵陰，蟄蟲蓋臧，屮木零落，抵冬降霜。[一] 易亂除邪，革正異俗，兆民反本，抱素懷樸。[二] 條理信義，望禮五嶽。籍斂之時，掩收嘉穀。[三]（《漢書》卷二二《禮樂

志》第二。《樂府詩集》卷一、《古詩紀》卷十五）

【校勘】

「蟄蟲蓋臧」，《古詩紀》「臧」作「藏」。

「中木零落」，《樂府詩集》《古詩紀》「中」作「草」。

【集注】

［一］「玄冥陵陰，蟄蟲蓋臧，中木零落，抵冬降霜」四句：**顏師古曰**：孟康曰：「抵，至也，至冬而降霜，音底。」師古曰：「中，古草字。」**唐汝諤曰**：陵，嚴峻也。蟄，藏也。《禮・月令》：「草木黃落。」《楚辭》（《離騷》）：「惟草木之零落兮。」**陳本禮曰**：（玄冥陵陰）金寒水冷，土囚火死。（抵冬降霜）《易》（《履》）：「履霜堅冰至。」誠謹微也。**廖按**：「蓋臧」，《漢書・食貨志》：「民亡蓋臧。」顏師古注引蘇林曰：「無物可蓋臧。」蓋，遮掩，《淮南子・說林訓》：「日月欲明而浮雲蓋之。」臧，古藏字，《漢書・食貨志》：「宮室苑囿府庫之臧已侈。」「零落」，《楚辭・離騷》「惟草木之零落兮」，王逸注：「皆墮也。草曰零，木曰落。」

［二］「易亂除邪，革正異俗，兆民反本，抱素懷樸」四句：**顏師古曰**：師古曰：「易，變；革，改也。」**徐獻忠曰**：順時之化也。斂藏之候生類潛伏，兆民亦無發揚振起之事，所謂抱素懷樸者也。**唐汝諤曰**：十億曰兆。兆民，衆民也。**陳本禮曰**：日窮于次，月窮于紀，星回于天，歲且更始。（兆民反本）報本，臘祭先祖，蜡報百神。（抱素懷朴）君子齋戒，處必掩身。

《太玄》(揚雄《太玄經》)曰:「藏心于淵,美厥靈根。」**王先謙曰**:何焯曰:「《書》(《尚書·堯典》)所謂『朔易』者,其義如此。」

[三]「條理信義,望禮五嶽。籍斂之時,掩收嘉穀」四句:**顏師古曰**:師古曰:「條,分也,暢也。籍斂,謂收籍田也。」**唐汝諤曰**:《書》(《尚書·舜典》):「柴望秩於山川。」謂望之而祭也。五嶽,衆山之宗。東嶽岱宗泰山,西嶽華山,南嶽霍山,北嶽恒山,中嶽嵩山。**張玉穀曰**:條理信義,指祭者言。望,祭名,謂望之而祭也。五嶽,指五嶽之第五嶽,謂北嶽恒山也。**陳本禮曰**:(條理信義)謂命虞人教道田獵而禁侵奪也。(掩收嘉穀)收斂籍田之穀以供郊祀祭饗之用。

【集評】

唐汝諤曰:此言方冬玄冥,司徒正昆蟲草木斂藏之候,是以政皆革邪反正,追樸還淳,因而望祀群神,收斂嘉穀,以順冬之令焉。

陳祚明曰:《帝臨》而下五首並和雅,如以格神明,則此爲優,然它篇之詄蕩,亦未必不通靈矣。(廖按,此以《帝臨》以下至《玄冥》爲一組總而評之)

李因篤曰:四序俱先就物候説,高。(廖按,「四序」謂《青陽》至《玄冥》四首)

張玉穀曰:此祭冬神也。冬德主收成。起四,就動植之物説,春之成也。中四,跟人事説,秋之成也。末四,報德亦用明點,掩出籍斂收穀,夏之成也。兜裹完密,恰是總收。

朱乾曰： 五詩古質樸直，不施雕繢而意自至，於《頌》爲近。《漢書》謂鄒子樂，所作詩言均可互見。首曰「帝」，知下皆帝也；曰「帝臨中壇」，知春東、夏南、秋西、冬北也；曰「嘉服上黄」，知春青、夏朱、秋白、冬玄也；春曰「青陽」，夏曰「朱明」，知秋爲白藏，冬爲玄英也；秋曰「西顥」，知春太皓、夏炎帝、冬顓頊、中黄帝也；冬曰「玄冥」，知春句芒、夏祝融、秋蓐收、中后土也。此五詩錯綜得詩法。（廖按，此以《帝臨》以下至《玄冥》爲一組總而評之。）

惟泰元

【集解】

班固曰：《惟泰元》七。《郊祀歌》。○建始元年，丞相匡衡奏罷「鸞路龍鱗」，更定詩曰「涓選休成」。

顔師古曰： 臣瓚曰：「（涓選休成）涓，除也。除惡選取美成者也。」

郭茂倩曰：《帝臨》，《漢郊祀歌》。郊廟歌辭。

徐獻忠曰： 此泰乙之祠，所謂總統百神者也。

朱嘉徵曰：《惟泰元》，武帝祠太一之樂也。繼統以下，王者法天地之德，文德武功，並寓於此。

陳本禮曰：此祀泰時樂章，史稱元光二年，亳人謬忌奏祠太一方，曰天神貴者太一，佐曰五帝，於是天子乃立其祠於長安東南郊，元鼎五年，又立泰一及五帝祠壇於甘泉，十一月朔冬至，親郊見，名曰泰時，天子三歲一郊見。○《星經》天極（即北極）凡五星，其一明者太一。《春秋合成圖》：北極星五，在紫微中。紫微，大帝室，太一之精也。

朱乾曰：《雍録》：武帝元鼎五年，立泰時於甘泉，天子親郊見之。此之泰時，即《郊祀志》（《漢書》）所謂一壇三垓，而五帝壇各以其方環居其下者也。案，《志》（《漢書・郊祀志》）：武帝初立此壇以祠泰一，其時未名泰時也。既祠，晝夜皆有神光，遂采用太史談之説，就立此壇以爲泰時，非更築也。自有此之泰時以後，雍之五時仍前間祀不廢，然而五時非泰時之比矣。五時則每時各祠一帝，泰時則立三垓以臨五帝，其大小不侔矣，故自宣元之世有事，泰時尤勤也。大駕八十一乘，公卿奉引，惟甘泉泰時用之，他雖大祠，如雍地五時，特用法駕耳。

王先謙曰：錢大昕曰：「《志》云奏罷者，謂去『鸞路』句，改爲『涓選休成』也。下章云奏罷，『黼繡周張』更定詩曰『肅若舊典』，亦謂去『黼繡』句改爲『肅若舊典』也。」

惟泰元尊，媪神蕃釐，經緯天地，作成四時。[一]精建日月，星辰度理，陰陽五行，周而復始。[二]雲風靁電，降甘露雨，百姓蕃滋，咸循厥緒。[三]繼統共勤，順皇之德，鸞路龍鱗，罔不肸飾。[四]嘉籩列陳，庶幾宴享，滅除凶災，烈騰八荒。[五]鍾鼓竽笙，

雲舞翔翔，招搖靈旗，九夷賓將。[六]（《漢書》卷二二《禮樂志》第二。《樂府詩集》卷一、《古詩紀》卷十五）

【校勘】

「雲風靁電」，《樂府詩集》《古詩紀》「靁」作「雷」。

「繼統共勤」，《樂府詩集》「共」作「恭」，《古詩紀》小注云「讀曰恭」。

【集注】

[一]「惟泰元尊，媪神蕃釐，經緯天地，作成四時」四句：**顔師古曰**：李奇曰：「元尊，天也。媪神，地也。祭天燔燎，祭地瘞埋也。」師古曰：「李説非也。泰元，天也。蕃，多也。釐，福也。言天神至尊，而地神多福也。蕃音扶元反。釐讀曰禧。」**朱嘉徵曰**：泰元，即太乙也。《漢志》（《漢書·律曆志》）「太極元氣，含三爲一」，言三才未分，包而爲一，此謂「媪神蕃禧」也。或云「元尊，天也，媪神，地也」，下「經緯天地」，文複難讀矣。**張玉穀曰**：言天神至尊，地祇多福。**陳本禮曰**：禮太一而以媪神配者，《河圖》載九履一，左三右七，二四爲肩，六八爲足，五居中央，縱横十五。《乾鑿度》曰太一取其數以行九宫，鄭注，太一北辰神名，下行八卦之宫，每四乃還於中央。中央者后土之宫，故此詩以媪神配。**王先謙曰**：吴仁傑曰：「泰元媪神，果如顔（師古）説，下文何爲復言『經緯天地』乎？泰元者，泰一也。

泰一與天地並而非天也。《志》(《漢書・郊祀志》)載天子祠三一：天一、地一、泰一。又載其贊饗曰『天增授皇帝泰元神策，皇帝敬拜泰一』(廖按，《漢書・郊祀志》原文爲「其贊饗曰：『天始以寶鼎神策授皇帝，朔而又朔，終而復始，皇帝敬拜見焉。』」)。又『爲泰一鋒旗，命曰靈旗』。故此章顛末有『泰元』及『靈旗』之文。然則『媪神』字亦當作『熅』，而以『鬱煙』爲義可也。熅神者，鬱煙以祀神。《東京賦》(張衡《東京賦》，《文選》卷三)所謂『致高煙乎泰一』是已。《禮》祭天以煙爲歆神始(廖按，《禮記・祭法》：「燔柴於泰壇，祭天也。」)，祀泰一之禮同於祀天，故燎熏皇天，皋摇泰一，揚子雲以爲並稱云(廖按，揚雄《甘泉賦》有「燎薰皇天，皋摇泰壹」句，見《文選》卷七)。」

〔二〕「精建日月，星辰度理，陰陽五行，周而復始」四句：**張玉穀曰**：度理，循度數有條理也。**廖按**：曲瀅生云：《列子・天瑞》曰：「日月星宿，亦積氣中之有光耀者。」張衡《靈憲》曰：「星也者，體生於地，精成於天，列居錯跱各有攸屬。」《尚書・洪範》曰：「五行，水火木金土。」(廖按，《尚書・洪範》原文爲：「五行：一曰水，二曰火，三曰木，四曰金，五曰土。」)

〔三〕「百姓蕃滋，咸循厥緒」二句：**顔師古曰**：師古曰：「蕃，多也。滋，益也。循，順也。緒，業也。」**張玉穀曰**：皆順其業也。**陳本禮曰**：先天而天弗違，後天而奉天時。

〔四〕「繼統共勤，順皇之德，鸞路龍鱗，罔不肸飾」四句：**顔師古曰**：師古曰：「共讀曰恭。皇，皇天也。此言天子繼承祖統，恭勤爲心而順天也。罔，無也。肸，振也。謂皆振整而飾之也。肸音許乙反。」蘇林曰：「肸音塈塗之塈。塈，飾也。」**張玉穀曰**：言繼統之君，恭而且勤，皆順神祇之德故也。龍鱗，龍鱗之旂。**陳本禮曰**：（路）同輅。天子之旌，龍旗九旒。整飭鸞輅龍旗，恭候神之來格來歆也。

［五］「嘉籩列陳，庶幾宴亨，滅除凶災，烈騰八荒」四句：**顏師古曰**：師古曰：「嘉籩，謂祭祀之籩實也。木曰豆，竹曰籩。亨字合韻，宜音鄉。（烈騰八荒）言威烈之盛，踰於八荒。」

［六］「鐘鼓竽笙，雲舞翔翔，招摇靈旗，九夷賓將」四句：**顏師古曰**：師古曰：「畫招摇於旗以征伐，故稱靈旗。將猶從也。」**陳本禮曰**：（鐘鼓竽笙，雲舞翔翔）樂神也。《春官·大司樂》（《周禮》）：「乃奏黄鐘，歌大吕，舞雲門，以祀天神。」（招摇靈旗）元鼎四年，伐南越，製太一旗，畫日月北斗幡上，名曰靈旗，凡爲兵禱，則太史奉以指所伐之方。**王先謙曰**：先謙曰：「《曲禮》（《禮記》）：『朝廷濟濟翔翔。』此以狀舞之容。《天文志》：『斗杓端有兩星，一爲招摇。』（廖按，《漢書·天文志》：「杓端有兩星：一内爲矛，招摇。」）。《郊祀志》（《漢書》）：『爲伐南越，告禱泰一，以牡荆畫幡日月北斗登龍，以象太一三星，爲泰一鏠旗，命曰靈旗。爲兵禱，則太史奉以指所伐國。』故有『九夷賓將』之語。賓，導也。將，送也。」**廖按**：《禮記·曲禮上》「招摇在上」，鄭玄注曰：「招摇星在北斗杓端，主指者。」

【集評】

陳祚明曰：起八句，莊重浩大。「雲風雷電」，疊字古。古人極善疊字，如枇杷橘栗桃李梅之類；又妙在「露雨」，與上四字同也；加一「降」字，别爲一句，甚變幻，亦甚有理。蓋天之澤物惟露及雨，鑒誠貺施，瀸澤霑流，雲風雷電作而布之故也。「鸞路」八字莊嚴。通首典雅。

張玉穀曰： 此合祭天地神祇之樂章。首二，點清對起。「經緯」十句，歷叙神祇功用，多就天時上説。舉天可以該地也，歸到百姓蕃滋循緒，功用之成，而當報本意，已隱隱提動。後十二句，以繼統其勤之德，歸美順皇。正叙時王祀典之隆，而冀其除災靖遠也，却將到壇儀仗、設祭樂舞等事，與除災靖遠，相間寫出，又極錯綜。

天地

【集解】

班固曰：《天地》八。《郊祀歌》。〇丞相匡衡奏罷「黼繡周張」，更定詩曰「肅若舊典」。

郭茂倩曰：《練時日》，《漢郊祀歌》。郊廟歌辭。

朱嘉徵曰：《天地》，虞太一而登歌也。〇按惟泰元，統天神地示者，故此曲承以「天地並況」，下似責成主鬯帝王耳，曰「惟余有慕」，曰「思求厥路」，此爲帝者禋祀之本。「厥路」者，天道也，即「皇章」也；不過如「寒暑不忒」而止，則其所以況之者不亦正大無私者乎。《易》（《周易·大壯·象》）曰，「正大而天地之情可見矣」。〇《郊祀志》（《漢書》）：人有上書，天子祠三一，天一，地一，泰一，天子許之，令太祝領祠太一壇上。○「天地況」，疑祀天一地一之歌。沈休文《樂志》云，泰元三章，統頌天地者，本兩漢通用之説也。

陳本禮曰：此亦饗祀泰畤樂章。

朱乾曰：兼言太一者，祠三一也。按武帝用亳人謬忌祠太一，方立祠長安城東南郊，其後人上書言云云。

天地並況，惟予有慕，爰熙紫壇，思求厥路。[一]恭承禋祀，緼豫爲紛，黼繡周張，承神至尊。[二]千童羅舞成八溢，合好効歡虞泰一。[三]九歌畢奏斐然殊，鳴琴竽瑟會軒朱。[四]璆磬金鼓，靈其有喜，百官濟濟，各敬厥事。[五]盛牲實俎進聞膏，神奄留，臨須搖。[六]長麗前掞光耀明[七]，寒暑不忒況皇章[八]。展詩應律鋗玉鳴，函宮吐角激徵清。發梁揚羽申以商，造兹新音永久長。[九]聲氣遠條鳳鳥鴹，神夕奄虞蓋孔享。[十]（《漢書》卷二二《禮樂志》第二。《樂府詩集》卷一、《古詩紀》卷十五）

【校勘】

「天地並況」，《古詩紀》於此句前多出「涓選休成」四字，當是涉上章「丞相匡衡奏罷『鸞路龍鱗』，更定詩曰『涓選休成』」而增；「涓選休成」原本應是上章章尾標爲題目。

「各敬厥事」，《樂府詩集》《古詩紀》「厥」作「其」。

【集注】

[一]「天地並況，惟予有慕，爰熙紫壇，思求厥路」四句：**顏師古曰**：師古曰：「況，賜也。熙，興也。紫壇，壇紫色也。思求降神之路也。」**陳本禮曰**：（天）神（地）示。太一降而神祇皆降也。（熙）廣也。（紫壇）楚辭《九歌・湘夫人》：「蓀壁兮紫壇。」甘泉泰畤有八觚通，象八方。**王先謙曰**：先謙曰：「《郊祀志》：並祠天一地一泰一，所謂三一。（廖按：《漢書・郊祀志》：「人上書言『古者天子三年一用太牢祠三一：天一、地一、泰一。』」天子許之。」）《郊祀志》（《漢書》）：『甘泉泰畤紫壇，八觚宣通象八方。』案此繆忌所云『開八通之鬼道』，故曰『思求厥路』。」**廖按**：「紫壇」，《楚辭・九歌》「蓀壁兮紫壇」，王逸注：「累紫貝爲室壇。」洪興祖補注：「荀子曰：東海則有紫紶魚鹽焉。紫，紫貝也。《相貝經》曰：赤電黑雲謂之紫貝。郭璞曰：今之紫貝，以紫爲質，黑爲文點。」《楚辭・七諫》「雞鶩滿堂壇兮」，王逸注：「高殿敞揚爲堂，平場廣坦爲壇。」

[二]「恭承禋祀，緼豫爲紛，黼繡周張，承神至尊」四句：**顏師古曰**：孟康曰：「積聚修飾，爲此紛華也。」師古曰：「緼音於粉反。白與黑畫爲斧形謂之黼。」**陳本禮曰**：楚辭《九章・橘頌》：「紛緼宜修姱而不醜兮。」《郊祀志》（《漢書》），紫壇有文章采鏤之飾及玉几、玉器，女樂七十人。**王先謙曰**：先謙曰：「緼即絪緼，《後書・班彪傳》注：『絪緼，陰陽和一相

扶貌也。』《劉輔傳》注：『豫，悦豫也。』（廖按，引文前者見《後漢書・班彪傳》班固《典引篇》「煙煙煴煴」，李賢注引蔡邕曰；後者見《漢書・蓋諸葛劉鄭孫毌將何傳》劉輔本傳「今天心未豫」，顔師古注引張晏曰）煴豫，神享其祀而和悦也。《楚辭》王注：「紛，盛貌。」（廖按，引文見《楚辭・離騷》「紛吾既有此内美兮」王逸注）周張，謂周遍張設於壇上。」**廖按：**「禋祀」，《周禮・春官宗伯》「大宗伯之職……以禋祀祀昊天上帝」，鄭玄注：「禋之言煙，周人尚臭，煙，氣之臭聞者。」

[三]「千童羅舞成八溢，合好效歡虞泰一」二句：**顔師古曰：**師古曰：「溢與佾同。佾，列也。虞與娱同。」**陳本禮曰：**元鼎六年，增樂舞，益歌兒。**王先謙曰：**先謙曰：「《郊祀志》：滅南越後，始用樂舞，益用歌兒。（廖按：《漢書・郊祀志》：「其春，既滅南越，嬖臣李延年以好音見。上善之，下公卿議，曰：『民間祠有鼓舞樂，今郊祀而無樂，豈稱乎？』公卿曰：『古者祠天地皆有樂，而神祇可得而禮。』……於是塞南越，禱祠泰一、后土，始用樂舞。益召歌兒。」）千童，盛言之。」

[四]「九歌畢奏斐然殊，鳴琴竽瑟會軒朱」二句：**顔師古曰：**師古曰：「軒朱即朱軒也。言總合音樂，會於軒檻之前。」**陳本禮曰：**《大司樂》：九德之歌。（廖按，《周禮・春官宗伯・大司樂》「九德之歌，九磬之舞，於宗廟之中奏之，若樂九變，則人鬼可得而禮矣」，鄭玄注引鄭司農曰：「九功之德皆可歌也，謂之九歌也。」）（軒朱）朱軒也，堂上樂。**王先謙曰：**先

謙曰：「《郊祀志》(《漢書》)：『泰帝使素女鼓五十弦，瑟悲，帝禁不止，故破其瑟爲二十五弦。』《吕覽・古樂篇》：『古朱襄氏之治天下也，多風而陽氣畜積，果實不成，故士達作爲五弦瑟以來陰氣，以定群生。』是軒朱，謂軒轅、朱襄二帝會集也。上言樂器，故下言始制樂器之人。顏(師古)謂即朱軒，則文不成理。」**廖按**：《山海經・大荒西經》：「(夏后)開上三嬪於天，得《九辯》與《九歌》以下。」

[五]「璆磬金鼓，靈其有喜，百官濟濟，各敬厥事」四句：**顏師古曰**：師古曰：「璆，美玉名，以爲磬也。喜，合韻音許吏反。」**陳本禮曰**：(璆磬金鼓)堂下樂。《周禮》(《春官宗伯》)：「磬師掌教擊磬」，「鐘師掌金奏」，「以鐘鼓奏《九夏》」。**廖按**：《詩經・大雅・文王》：「濟濟多士。」毛傳：「濟濟，多威儀也。」《詩經・周頌・閔予小子》：「維予小子，夙夜敬止。」鄭玄箋：「敬，慎也。」

[六]「盛牲實俎進聞膏，神奄留，臨須摇」三句：**顏師古曰**：師古曰：「言以牲實俎，以蕭焫脂，則其芬馨達於神所，故曰盛牲實俎進聞膏。奄讀曰淹。」晉灼曰：「須摇，須臾也。」**陳本禮曰**：《詩》：「苾苾芬芬」，「有飶其香」，「有椒其馨」。(廖按，《詩經・小雅・信南山》：「是烝是享，苾苾芬芬，祀事孔明。」《詩經・周頌・載芟》：「有飶其香，邦家之光。有椒其馨，胡考之寧。」)**王先謙曰**：錢大昭曰：「須摇即須臾，摇、臾聲相近。」**廖按**：《爾雅・釋詁》：「淹，久也。」《詩經・大雅・大明》「上帝臨女，無貳爾心」，鄭玄箋：「臨，視也。」**又**

按：「須臾」有「逍遥」義和「片刻」義，前者如《楚辭·離騷》「折若木以拂日兮，聊逍遥以相羊」，《文選·離騷》「逍遥」作「須臾」，並録王逸注云：「須臾、相羊，皆游也。」後者如《荀子·勸學》：「吾嘗終日而思矣，不如須臾之所學也。」此處「須臾」作「須摇」，其義當以前者爲宜。

〔七〕長麗前掞光耀明：**顔師古曰**：孟康曰：「欲令神宿留，言日雖暮，長更星在前扶助，常有光明也。掞或作扶。」晉灼曰：「掞即光炎字也。」臣瓚曰：「長麗，靈鳥也。故相如賦曰『前長麗而後矞皇』。舊説云鸞也。張衡《思玄賦》亦曰『前長麗使拂羽』。」師古曰：「晉、瓚二説是也。麗音離。掞音豔。」**陳本禮曰**：劉向曰：甘泉、汾陰及雍五時皆有神光之應，其色青黄，長四五丈。（廖按，《漢書·郊祀志》：「天子異之，以問劉向。對曰：『……甘泉、汾陰及雍五時始立，皆有神祇感應……。武、宣之世，奉此三神，禮敬敕備，神光尤著。……漢興世世常來，光色赤黄，長四五丈。』」）**朱乾曰**：張衡《思玄賦》曰：「前長離使拂羽。」注：長離，南方朱雀神也。（廖按，《文選·思玄賦》「前長離使拂羽」，舊注：「長離，朱鳥也。」）

〔八〕寒暑不忒況皇章：**顔師古曰**：晉灼曰：「況，賜也。皇，君也。章，明也。言長更星終始不改其光，神永以此明賜君也。」臣瓚曰：「忒，差也。寒暑不差，言陰陽和也，以此賜君，章賢德也。」師古曰：「瓚説是也。」**陳本禮曰**：言今陰陽和，玉燭調，皆神靈況君章賢德也。

［九］「展詩應律鋗玉鳴，函宮吐角激徵清。發梁揚羽申以商，造茲新音永久長」四句：**顏師古曰**：晉灼曰：「鋗，鳴玉聲也。」師古曰：「鋗音火玄反。自『函宮吐角』以下，總言五聲之備耳。申，重也。發梁，歌聲繞梁也。函與含同。」**陳本禮曰**：《楚辭》（《九歌・東君》）：「展詩兮會舞，應律兮合節。」感神渥賜，于是復陳詩而歌舞也。永，同詠。久長，新音久長，謂曼聲長歌也。**王先謙曰**：先謙曰：「展謂展誦之。」

［十］「聲氣遠條鳳鳥鴹，神夕奄虞蓋孔享」二句：**顏師古曰**：師古曰：「條，達也。鴹，古翔字。虞，樂也。蓋，語辭也。孔，甚也。享，合韻音鄉。」**陳本禮曰**：享叶香，獻也。《楚辭》（《九歌・少司命》）：「孔蓋兮翠旍。」神虞至夕，鸞路將返，故又獻此孔翠旌蓋以送神也。詩倒用「孔蓋」二字，故人多費解。

【集評】

徐獻忠曰：此篇四字爲句。後皆七字句相雜。

陳祚明曰：「黼繡周張」八字，肅然神儼在中；「軒朱」應指干羽，此與下「璆磬金鼓」並樂也；句錯雜，承以「靈其有喜」四字，是何變宕。「函宮」二句，吞吐五音，「函」「吐」「激」「發」「揚」「申」並虛字，極其變態；細體之，各與其音相稱；獨「徵」音下用一「清」字，總欲生新不板。至其句法古健，通首類然，魏晉不能道一語。

陳本禮曰：（百官濟濟，各敬厥事）上陳樂舞，下實牲俎，中間特叙人事二語，便覺滿堂人神共樂。○聲調諧和，長短合度。「函宮吐角激清徵」，如聞其音。不矜才，不使氣，而神韻悠然。

日出入

【集解】

班固曰：《日出入》九。《郊祀歌》。

郭茂倩曰：《日出入》，《漢郊祀歌》。郊廟歌辭。

唐汝諤曰：此頌日之環轉無窮，非如人命之有窮，故能自經春夏秋冬以成歲，而出入海底，即以四海爲池，所謂浴於咸池者耳。徧觀豈不如是，而我則當如之何？吾正樂乘此六龍以御天，特無如乘黄之不來下也。

朱嘉徵曰：《日出入》，郊之祭日也。《記》（《禮記》）云：「迎長至之日（廖按，原文爲「迎長日之至」），大報天而主日。」（《郊特牲》）。又曰：日月星辰，民之所瞻仰也（《祭法》），則祭之。《封禪書》（《史記》）「天神貴者太一」，「惟泰元」是也。曰「經緯天地，作成四時」，「精建日月」，「周而復始」，以是爲泰元之德。故歌天地次之，歌日月又次之。漢郊儀，太乙壇居中，五帝各如其方，其下四望六宗之神薦，特爲醊食。四望，日爲之長，故曰郊之祭日也。

張玉穀曰：樂府多拈起句二三字爲題，無關一篇作意者。舊人或向「日出入」句支離索解，竊恐非是。

陳本禮曰：《禮》(《禮記・祭法》)曰：「王宮祭日」，「夜明祭月」。即春分朝日、秋分夕月之事也。(廖按，《禮記・祭法》「祭日於壇，祭月於坎」，孔穎達疏：「『祭日於壇』，謂春分也。『祭月於坎』，謂秋分也。」)古樂失傳，見之《離騷》者，惟《東君》一歌。武帝創立樂府佳製，斯篇惟惜其出入無窮，歎光陰迅速，與朝日之義全無關涉，似另成一體；然其英武邁越之氣，一往磅礴，有若前無古人、後無來者之概。

朱乾曰：祭日詞也。《記》(《禮記・郊特牲》)曰：「大報天而主日。」歎日之循環無窮，而人之年壽有限，因有乘龍上升之想。武帝感于方士之言，入海求仙，希圖不死，一時文士揣摩世主而爲之辭，以此頌日則荒矣。「日出入」啓武帝淩雲之意。

王先謙曰：先謙曰：「《郊祀志》(《漢書》)：『朝朝日。』此其祀神歌。」

廖按：蕭滌非云，從體裁觀之，「日出入」一章，長短錯落，與其他十八章之整儷者迴異，疑即爲「善歌爲新變聲」之李延年所作。

日出入安窮？時世不與人同。[一] 故春非我春，夏非我夏，秋非我秋，冬非我冬。[二] 泊如四海之池，遍觀是邪謂何？[三] 吾知所樂，獨樂六龍，六龍之調，使我心若。[四] 訾黃其何不徠下！[五]（《漢書》卷二二《禮樂志》第二。《樂府詩集》卷一、《古

詩紀》卷十五）

【校勘】

「日出入安窮」，《古詩紀》於此句前多出「肅若舊典」四字，當是涉上章「丞相匡衡奏罷『黼繡周張』，更定詩曰『肅若舊典』」而增；「肅若舊典」原本應是上章章尾標爲題目。

「徧觀是邪謂何」，《樂府詩集》《古詩紀》「邪」作「耶」。

【集注】

［一］「日出入安窮？時世不與人同」二句：**顔師古曰**：晉灼曰：「日月無窮，而人命有終，世長而壽短。」**張玉穀曰**：言人不能長有此時，長存此世也。**陳本禮曰**：《淮南子》，日出陽谷，浴于咸池，入于崦嵫，曙于蒙谷之浦。（廖按，《淮南子・天文訓》：「日出于暘谷，浴于咸池……日入于虞淵之汜，曙于蒙谷之浦。」）日駕羲馭，一日繞地一週，積十二萬九千六百年，是爲一元，不但其出入人不能窮，即以其所歷之時世，與生年不滿百之人相提而論，遠不及朝菌之與大椿，又豈可與之論蟪蛄之春秋哉。

［二］「故春非我春，夏非我夏，秋非我秋，冬非我冬」四句：**陳本禮曰**：世長壽短，石火電光，豈可謾謂爲我之歲月耶，不若還之太空，聽其自春自夏自秋自冬而已耳。**王先謙曰**：先謙曰：「言日所歷四時無紀極，而人壽不過百年，無以齊之。」

［三］「泊如四海之池，徧觀是邪謂何」二句：**顔師古曰**：晉灼曰：「言人壽不能安固如四海，偏

觀是，乃知命甚促。謂何，當如之何也。」師古曰：「泊，水貌也，音步各反，又音魄。」**張玉穀曰**：泊，定也。言四海長定，我徧觀之，不解是爲何物，以我不能與海同存，真毫無干涉也。**陳本禮曰**：池，讀沱，叶下何。人在天地，如四海水上泊一浮漚，即以四海之大，較在天地，亦如一杯水之小池耳。**王先謙曰**：張照曰：「案，言人之壽命較之於日，日如四海，人如池也。日行於天，出東入西，遍觀居此世者，其謂之何？作問之辭，以起下文欲仙之意也。晉灼注未明。」先謙曰：「《日者傳》（《史記·日者列傳》）『地不足東南，以海爲池』，《枚乘傳》（《漢書·賈鄒枚路傳》）『朝夕之池』，謂海中潮汐往來，與此『四海之池』同義。言日出入四海，徧觀此世。諸説皆非。『謂何』當如張（照）説。」**廖按**：聞一多云，海之言晦（《爾雅·釋地》舍人、孫、李等注及《釋名·釋水》俱訓海爲晦），遠極晦冥不可辨也。……海荒一聲之轉，義本無別，海之言晦冥，荒之言荒忽，皆遠極之謂也。《周語》中注「池，積水也」（廖按，《國語·周語》「囿有林池」，韋昭注：「池，積水也。」），四海之池猶言四荒之積水耳。泊如猶泊然。《老子》二十章「澹兮其若海」，澹泊義同，静寂貌也。（徧觀是邪謂何）「是」斥四海。「邪」語助，今字作「呀」。「謂何」猶「云何」。言若能遍觀此四海，君以爲如何乎？

［四］「吾知所樂，獨樂六龍，六龍之調，使我心若」四句：**顔師古曰**：應劭曰：「《易》（《周易·乾·象》）曰『時乘六龍以御天』。武帝願乘六龍，仙而升天，曰：『吾所樂獨乘六龍然，御

六龍得其調，使我心若。』」**唐汝諤曰**：御六龍即謂日也。調，循伏也。若，順也。**朱嘉徵曰**：「同」「冬」「龍」爲韻。若，讀惹，與下叶。**張玉穀曰**：調，調良而可乘也。**陳本禮曰**：《易》（《周易·乾·象》）：「時乘六龍以御天。」則六龍固帝所樂御，奈帝之龍不及羲馭之調，能上飛于天，亦如日之出入之無窮也。（「若」字作「苦」）舊訛若。**朱乾曰**：六龍之調猶穆天子之八駿也。洪興祖《楚詞補注》曰：「虞世南引《淮南子》云『爰止羲和，爰息六螭』，注云：『日乘車駕以六龍，羲和御之。』」（廖按，引文見《楚辭·離騷》「吾令羲和弭節兮」洪興祖補曰）**王先謙曰**：先謙曰：「『吾知所樂，獨樂六龍』謂日御以六龍行速爲樂也；『六龍之調，使我心若』謂見日御之調良，使我心善之也。應（劭）説未是。《廣雅》：『日御謂之羲和。』」**廖按**：聞一多云，「知」疑當爲「私」字之誤也，言吾私心所好者獨乘此六龍以遍觀四海也。審應（劭）之意，正文及注兩「若」字，並當作「苦」。此言乘龍升天，六龍既調，將往而不返，思念故舊，行當永訣，又不覺爲之心苦也。

［五］訾黃其何不徠下：**顔師古曰**：應劭曰：「訾黃一名乘黃，龍翼而馬身，黃帝乘之而仙。武帝意欲得之，曰：『何不來邪？』」師古曰：「訾，嗟歎之辭也。黃，乘黃也。歎乘黃不來下也。訾音咨。」**唐汝諤曰**：《山海經》：「白民之國有乘黃，乘之壽二千歲。」（廖按，《山海經·海外西經》：「白民之國在龍魚北，白身被髮。有乘黃，其狀如狐，其背上有角，乘之壽二千歲。」）《淮南子》：「天下有道，飛黃服皂。」（廖按，《淮南子·覽冥訓》「昔者黃帝治

天下……飛黃伏皁」，高誘注：「飛黃，乘黃也，出西方，狀如狐，背上有角，壽千歲。皁，櫪也。」）**朱嘉徵曰**：黃，乘黃，神馬也。**廖按**：聞一多云，訾黃即六龍，以乘龍御天爲苦，故呼之使下也。《初學記》二九引《符瑞圖》曰：「騰黃者，神馬也，其色黃。一名乘黃，亦曰飛黃，或作吉黃，或曰翠黃，一名紫黃。其狀如狐，背上有兩角，出白民之國，乘之壽可三千歲。」訾黃即紫黃也。《周禮·庾人》「馬八尺以上爲龍」，《説文》「馬八尺爲龍」，《覲禮》（《儀禮》）「天子乘龍」，《月令》（《禮記》）「駕蒼龍」，《大戴記·五帝德篇》「帝嚳春夏乘龍」，《離騷》「爲余駕飛龍兮」，皆謂馬也。天子駕六，故曰六龍。此云訾黃，即上之六龍。徠來同。既以乘龍御天爲樂矣，及六龍已調，反以爲苦，而趣之使下，語近詼諧，而意存諷諫。舊解未瞭。

【集評】

徐獻忠曰：此篇長短作句，不類樂府，且詞義疎鄙，不相貫浹。要之衰弱不振之音，似六朝人語。漢人之詞，殊復遠矣。

朱嘉徵曰：「春非我春」至「所樂六龍」以上，歸德於太一之辭；「六龍之調」以下，勉王者法日也。歸德於太一者何？陰陽，太一之動静也，日月爲之御，而四時行焉。時世積焉，然日月不與爲功，故曰「偏觀是耶謂何」。夫登崑侖之上，而後知日月相避隱爲光明；遊四海之外，而後知日月以四瀛爲池；六龍爲御，彼亦一無窮，豈同人間世，以千秋萬歲爲春秋哉。世人則拘目見，幾忘太乙之德，而獨樂六龍。六龍者，日出入是也。勉王者法日云何？若，順也，法日之行焉。於《泰元》，曰「順皇之德」；於《日出入》，曰「使我心若」，其義一也。乘黃，疑從「六龍之調」，轉下《天馬歌》耳。

陳祚明曰：四時分於南北陸，故不屬之我而歸之日，淫濇奇暢。「魚戲蓮葉」之歌善於法此者也；後人襲用往往無理，故法古在取其神。

李因篤曰：（時世不與人同）日不變而人違遷，真可奈何。

漢詩説曰：費軒記曰：十九章皆嚴練，獨《日出入》稍覺放縱，似《鐃歌》。此武帝望仙之詞，言日出入萬古靡窮，而人壽不能與之同，故四時皆與我不相繫。「泊如」句言人生無歸着處。「徧觀是耶謂何」，已是禪家宗旨。「六龍」日之御，下迎黃帝上昇者。「心若」「訾黃」，不寧之貌，望六龍徠下以昇天也。如此方謂之神奇，匪夷所思。

張玉穀曰：此慨時世難戀，而設爲升天之想也。首二，以日之出入無窮，翻起時世與人不同來，領筆緊峭。「故春」四句，頂「時」字説，就四時以括百年，繳醒不與人同，用顯筆實筆。「泊如」二句，頂「世」字説，就四海以括海内，繳醒不與人同，用暗筆虛筆。後五，轉到除是升天，此身方可長在，就「六龍」「訾黃」，望其能調，訝其不下，收得癡甚古甚。

陳本禮曰：高唱入雲，筆隨意轉，官止神行，屈騷而外鮮有其匹。

廖按：蕭滌非云，揭響入雲，如此歷落參差，亦前所未有，匪惟《郊祀歌》中之傑作，亦詩歌史上之傑作也。

天馬

【集解】

班固曰：《天馬》十。《郊祀歌》。

郭茂倩曰：《天馬》，漢郊祀歌。郊廟歌辭。○《漢書·武帝紀》曰：「元鼎四年秋，馬生渥洼水中，作《天馬之歌》。」「太初四年春，貳師將軍李廣利斬大宛王首，獲汗血馬來，作《西極天馬之歌》。」《禮樂志》曰：「《天馬歌》，元狩三年，馬生渥洼水中作。」李斐曰：「南陽新野有暴利長，武帝時遭刑，屯田燉煌界。數於渥洼水旁見群野馬，中有奇者，與凡馬異，來飲此水。利長先作土人，持勒靽於水旁。後馬玩習。久之，代土人持勒靽，收得其馬，獻之。欲神異之，云從水中出也。」《西域傳》曰：「大宛國多善馬，馬汗血，言其先，天馬子也。」應劭云：「大宛有天馬種，蹏蹋石汗血。蹋石者，謂蹋石而有跡，言其蹏堅利。汗血者，謂汗從前肩髆出，如血。號一日千里也。」《張騫傳》曰：「漢武帝初發書《易》曰：『神馬當從西北來。』得烏孫馬好，名曰天馬。及得宛馬，汗血，益壯。更名烏孫馬曰西極馬，宛馬曰天馬云。」按《史記·樂書》稱「武帝伐大宛，得千里馬，名蒲梢。作歌曰：『天馬來兮從西極，經萬里兮歸有德。承靈威兮降外國，涉流沙兮四夷服。』」與此不同。

徐獻忠曰：此下爲群祀。

馮惟訥曰：《天馬》，一作《天馬歌》。

唐汝諤曰：武帝元符三年，南陽新野有暴利長者得馬於渥洼水旁，欲神異之，云從水中出，帝命辭臣作爲此歌，言帝方隆太一之祀，即有天馬，以昭其靈貺也。

朱嘉徵曰：《史記》(《樂書》)，汲黯云：「王者作樂，上以承祖宗，下以化兆民。今陛下得馬，詩以爲歌，協於宗廟，先帝百姓豈能知其音邪？」觀黯之言，則是歌宗廟亦用之矣。○以下爲群祀樂歌，班《志》所謂巡守福應之事者。

王先謙曰：沈欽韓曰：「《樂書》(《史記》)云：『復次以爲《太一之歌》，歌曲曰：「太一貢兮天馬下，霑赤汗兮沫流赭，騁容與兮跇萬里，今安匹兮龍與友。」』彼歌辭略舉之，非全篇也。」

(二)

太一况，天馬下，[一]霑赤汗，沫流赭。[二]志俶儻，精權奇，[三]籋浮雲，晻上馳。[四]體容與，迣萬里，今安匹，龍爲友。[五]元狩三年馬生渥洼水中作。(《漢書》卷二二《禮樂志》第二。《樂府詩集》卷一、《古詩紀》卷十五)

【校勘】

「太一況」，《古詩紀》「一」作「乙」，「況」下小注云「一作『貺』」。

【集注】

[一]「太一況，天馬下」二句：**顔師古曰**：師古曰：「言此天馬乃太一所賜，故來下也。」**沈德潛曰**：況，同貺。**唐汝諤曰**：太，極也，太一乃最上之稱。**張玉穀曰**：太一，天也。**陳本禮曰**：馬屬天駟，故得馬亦歸功于太一也。**廖按**：《史記·封禪書》：「亳人謬忌奏祠太一方，曰：『天神貴者太一。』」

[二]「霑赤汗，沫流赭」二句：**顔師古曰**：應劭曰：「大宛馬汗血霑濡也，流沫如赭也。」李奇曰：「沬音靧面之靧。」晉灼曰：「沬，古靧字也。」師古曰：「沫、沬兩通。沬者，言被面如頮也，字從水傍午未之未，音呼内反。沫者，言汗流沫出也，字從水傍本末之末，音亦如之。然今書字多作沫面之沫也。」**唐汝諤曰**：霑，濡也。沫，涎沫也（廖按，唐汝諤《古詩解》「沫」作「沬」）。赭，赤色。大宛馬汗血，故流沫如赭也。**廖按**：《後漢書·光武十王列傳》：章帝賜蒼書云：「遺宛馬一匹，血從前髆上小孔中出。常聞武帝歌《天馬》『沾赤汗』，今親見其然也。」

[三]「志俶儻，精權奇」二句：**唐汝諤曰**：俶儻，卓異也。精權奇，未詳。按，《春秋考異占》，地下月精爲馬。又顔延之《赭白馬賦》：「雙瞳夾鏡，兩權協月。」疑權與顴通，頰骨也。奇，

異也。**張玉穀曰**：精，精靈。權奇，動合權宜而奇變不測也。**陳本禮曰**：太白詩（《天馬歌》）：「蘭筋權奇走滅没。」（權奇）善行也。**朱乾曰**：顔延年《赭白馬賦》「精權奇兮」，張銑注：權奇，善行貌。（廖按，見《六臣注文選》）**王先謙曰**：先謙曰：「《後書·馮衍傳》注：『俶儻，猶卓異也。』《春秋繁露·玉英篇》：『權，譎也。』權奇者，奇譎非常之意。」**廖按**：《文選·子虛賦》「若乃俶儻瑰瑋」，郭璞注：「俶儻猶非常也。」並通。」

［四］「籋浮雲，晻上馳」二句：**顔師古曰**：蘇林曰：「籋音躡。言天馬上躡浮雲也。」師古曰：「晻音烏感反。言晻然而上馳。」**唐汝諤曰**：籋與躡同。晻，日無光也。**張玉穀曰**：言其上馳倏忽，影奪日光也。**陳本禮曰**：二語實詠天馬。**王先謙曰**：先謙曰：「《説文》：『晻，不明也。』此本義。《武班碑》：『晻忽徂逝。』借晻爲奄。《方言》：『奄，遽也。』二説並通。」

［五］「體容與，迣萬里，今安匹，龍爲友」四句：**顔師古曰**：孟康曰：「迣音逝。」如淳曰：「迣，超踰也。」晉灼曰：「古迾字。」師古曰：「孟音非也。迣讀與厲同，言能厲渡萬里也。（今安匹，龍爲友）言今更無與匹者，唯龍可爲之友耳。」**馮惟訥曰**：迣即「逝」字。**張玉穀曰**：迣，持世切，與⿺走世同，超特也。**王先謙曰**：錢大昕曰：「晉（灼）讀迣爲迾，雖據《説文》，却於文義未協。迣當讀如『遰鴻雁』之『遰』（廖按，《大戴禮記·夏小正》有「九月遰鴻雁」句），言去之遠也，孟（康）、如（淳）二説近之。」**廖按**：《楚辭·涉江》「船容與而不進」，五臣

注(《楚辭補注》):「容與,徐動貌。」

【集評】

陳祚明曰:「志俶儻」六字渾渾淪淪,語大而雄,故不近也。「籋浮雲」六字超忽。結二語矯健。

張玉穀曰:首二,以馬下歸之帝貺,鄭重領起。中八,兩言其容,兩言其德,四言其力,籋雲上馳,洗刷「天」字,皆爲正寫。末二,以龍佶結,擡馬身份,恰是「天」字餘波。

(二)

天馬徠,從四極,涉流沙,九夷服。[一]天馬徠,出泉水,虎脊兩,化若鬼。[二]天馬徠,歷無草,徑千里,循東道。[三]天馬徠,執徐時,將摇舉,誰與期?[四]天馬徠,開遠門,竦予身,逝昆侖。[五]天馬徠,龍之媒,游閶闔,觀玉臺。[六]太初四年誅宛王獲宛馬作。

(《漢書》卷二二《禮樂志》第二。《樂府詩集》卷一、《古詩紀》卷十五)

【校勘】

「歷無草」,《古詩紀》「草」作「阜」,小注云「即草」。「徑千里」,《古詩紀》「徑」作「經」。

【集注】

［一］「天馬徠，從四極，涉流沙，九夷服」四句：**顏師古曰**：師古曰：「言九夷皆服，故此馬遠來也。徠，古往來字也。」**唐汝諤曰**：《史記・大宛傳》：「大宛在匈奴西南」，「多善馬，馬汗血，其先天馬子也」。流沙，地名，在居延海南。**陳本禮曰**：（九夷服）平大宛也。**廖按**：《尚書・禹貢》：「導弱水，至於合黎，餘波入於流沙。」「東漸於海，西被於流沙。」流沙，地理位置之稱；與「海」對稱，當因是沙漠地帶而得名。涉，經歷。九夷，泛稱衆夷。

［二］「天馬徠，出泉水，虎脊兩，化若鬼」四句：**顏師古曰**：應劭曰：「馬毛色如虎脊〔者〕有兩也。」師古曰：「（化若鬼）言其變化若鬼神。」**唐汝諤曰**：脊，背骨節也。**陳本禮曰**：脊毛如虎文者二，其來之跡涉奇幻，有如鬼神之變化也。**朱乾曰**：范（志）〔至〕能《桂海虞衡志・果下》：馬有兩脊骨，又號雙脊馬。然則兩脊蓋雙脊也。《水經注》曰，漢武帝聞大宛有天馬，遣李廣利伐之，始得此馬，有角爲奇。胡馬感北風之思，遂頓羈絶絆，驤首而馳，晨發京城，食時至敦煌北塞，長鳴而去，因名其處曰候馬亭，今晉昌郡南及廣武馬蹄谷磐石上，馬跡若踐泥中，有自然之形，故其俗號曰天馬徑。

［三］「天馬徠，歷無草，徑千里，循東道」四句：**顏師古曰**：張晏曰：「馬從西而來東也。」師古曰：「言馬從西來，經行磧鹵之地無草者，（幾）〔凡〕千里而至東道。」**楊慎曰**：「草」即「皁」字，從「艸」從「早」，「草」字可染皁也，後借爲「皁隸」之「皁」。「歷」解爲槽櫪之「歷」，言其

性安馴，不煩控制也。師古解爲水草之「草」，失之。**沈德潛曰**：「歷無皂」（廖按，沈德潛《古詩源》「草」作「皂」），同草，言歷不毛之地，而來東道也。**陳本禮曰**：「歷無皁」（廖按，陳本禮《漢樂府三歌箋注》「草」作「皁」），同草。言經行磧鹵之地，無水草可牧也。**朱乾曰**：《説文》：草，草斗，櫟實也。自保切。臣鉉等曰：今俗以此爲艸木之艸，别作皁字，爲黑色之皁。案櫟實可以染帛爲黑色，故曰草。通用爲草棧字。今俗書皁或從白從十，或從白從七，皆無意義，無以下筆。

[四]「天馬徠，執徐時，將摇舉，誰與期」四句：**顔師古曰**：應劭曰：「太歲在辰曰執徐。言得天馬時歲在辰也。」孟康曰：「東方震爲龍，又青龍宿。言以其方來也。」如淳曰：「遥，遠也。摇或作遥。」師古曰：「應説是也。如説非也。言當奮摇高舉，不可與期也。」**陳本禮曰**：太歲在辰曰執徐，辰屬龍。摇同遥。今獲天馬如同八駿，思欲效穆王西征，不知誰可與之訂期而往也。**王先謙曰**：先謙曰：「太初四年庚辰。」

[五]「天馬徠，開遠門，竦予身，逝昆侖」四句：**顔師古曰**：應劭曰：「言天馬雖去人遠，當豫開門以待之也。」文穎曰：「言武帝好仙，常庶幾天馬來，當乘之往發昆侖也。」師古曰：「文説是也。」**唐汝諤曰**：《大宛傳》（《史記·大宛列傳》「太史公曰」）：「崑崙山，其高二千五百餘里，日月所相隱避爲光明。」（廖按，《史記》「隱避」作「避隱」）**朱嘉徵曰**：予，武帝也。**張玉穀曰**：昆侖，即崑崙，山名，最高，有仙人。**陳本禮曰**：《楚辭》（《大司命》）：「廣開兮

天門。」發軔之初，先遊昆侖。**廖按**：《太平御覽·獸部》「予」作「子」。

［六］「天馬徠，龍之媒，游閶闔，觀玉臺」四句：**顔師古曰**：應劭曰：「言天馬者乃神龍之類，今天馬已來，此龍必至之效也。閶闔，天門。玉臺，上帝之所居。」**陳本禮曰**：龍媒既得，則龍必至矣。《楚辭》（《遠遊》）：「命天閽其開關兮，排閶闔而望予。」**廖按**：《淮南子·原道訓》「排閶闔淪天門」，高誘注：「閶闔，始升天之門也。天門，上帝所居紫微宫門也。」《説文》：「閶，天門也。從門昌聲。楚人名門曰閶闔。」「闔，門扇也。一曰閉也。從門盍聲。」

【集評】

徐獻忠曰：武帝因天馬作歌曰：「天馬徠兮從西極，經萬里兮歸有德。承靈威兮降外國，涉流沙兮四夷服。」此本辭也。其三字二首爲詞臣所作以奏之庭中者也。首云「太一況，天馬下」，言帝方隆太一之祀即有天馬，以昭其靈貺也。

唐汝諤曰：武帝太初四年春，遣貳師將軍李廣利誅宛王，獲宛馬，帝因作《天馬歌》云云。今辭臣所作，特揣帝之意而益廣之。然言簡而該，則帝近之矣。

陳祚明曰：「虎脊兩」六字奇譎，亦若鬼工，寫此馬飄忽不可測。「竦予身」妙，便欲超然與之偕騰。「龍之媒」三字寫好大喜功之意，猶若有不足然。

張玉穀曰：言九夷既服，故天馬自西極涉流沙而遠來也。○首四，以馬來歸之夷服，與上章同一探源，各還腠理。「出泉水」四句，詳其産地，兼叙其形。「歷無草」四句，似與首段複。

「執徐時」四句，詳其來時，並標其概。「開遠門」四句，言來後之用，只就平地說。末四，更欲以馬招龍，乘之上天。馬之功用爲極致，天之名稱乃不虛也。

陳本禮曰：《天馬》二歌，非《史記・樂書》原文，似經樂府太史删潤以協宗廟之樂者，其詞若誇耀天馬，其意則重在欲效穆滿之游昆侖，而觴王母于瑶池之上也。異想天開，故六疊「天馬」句，以寓其欣幸冀望之意。

王先謙曰：先謙曰：「《樂書》（《史記》）云：後伐大宛，得千里馬，馬名蒲梢，次作以爲歌，曰『天馬來兮從西極』云云。中尉汲黯進曰云云。上默然不説。丞相公孫弘曰：『黯誹謗聖制，當族。』案歌詞既異，又弘以元狩二年薨，不及見太初獲宛馬事，則《樂書》出後人所附益。」

廖按：關於《天馬》二首的組合，趙沛霖提出「祥瑞和瑞應」説：「第一首《天馬》作於元狩三年，是因馬生渥窪水邊作；第二首作於太初四年，是爲戰勝大宛獲宛馬而作。從時間看，兩首詩的寫作時間相距近二十年。」「究竟是什麼原因使《郊祀詩》的編作者得出這樣的認識和安排，即把相互獨立没有任何聯繫的兩首詩放在一起，共同組成一章呢？」「寫天馬外形和内在精神的第一首《天馬》，從祥瑞和瑞應觀念的角度看，其實就是作爲徵兆的物象，即屬於『百事之象』部分；而主要是寫吉兆即『九夷服』『出泉水』以及得道成仙、與神仙同游等的第二首《天馬》，從祥瑞和瑞應觀念的角度看，其實就是所預示的事物發展及其結果，即屬於『善惡之徵』部分。」見《漢〈郊祀歌・天馬〉與祥瑞觀念、神仙思想》，《勵耘文學學刊》二〇〇八年第一期。

天門

【集解】

班固曰：《天門》十一。《郊祀歌》。

郭茂倩曰：《天門》，《漢郊祀歌》。郊廟歌辭。

徐獻忠曰：按《星經》，有天門二星，在左角南平星之北，天子待朝聘賓客之所。其星明，謂之天門開，則四夷歸化，邊無烽警；不見，則兵革起，關津不通，四方阻絶。此詩是祭天門樂章也。按《史記》（《孝武本紀》），元封二年冬，「郊雍五帝，還，拜祝祠泰一。贊享曰：『德星昭衍，厥惟休祥。壽星仍出，淵耀光明。信星昭見，皇帝敬拜泰祝之饗。』」不聞有天門星見。當在享後也。

朱嘉徵曰：「天門開」，郊之偏歌四望也。漢平晏、劉歆之議曰：四望者，日月星海也。三光高而不可得親，海廣大無限界，故其樂同於祀天（《漢書·郊祀志》）。按《日出入》，頌日之德同於天；《天門》，頌四望之應同於日。故曰「俞」，答其貺，即《周禮·大司樂》樂六變而天神皆降時也。《文辨》（王若虛）謂此天地通用之樂，殊未然。○下章「景星」「象輿」，俱言瑞應異此。

陳本禮曰：天門，閶闔門也，在紫微垣中；夾其門者，左爲左樞，右爲右樞。紫宮，天皇大帝所居。《春秋合誠圖》曰，天皇大帝，北辰星也，含元秉陽，舒精吐光，居紫微中，制馭四方。大帝名耀魄寶，天乙、太乙二星，在紫微宫門右。此享天皇上帝樂章。

朱乾曰：《漢書·武帝紀》：「太初元年冬十月行幸泰山，十一月甲子朔旦，冬至，祀上帝于明堂。」《封禪書》（《史記》），是歲「考入海及方士求神者，莫驗，然益遣」。此當是祀明堂之詩也。

天門開，詄蕩蕩，穆並騁，以臨饗。[一]光夜燭，德信著，靈寖鴻，長生豫。[二]大朱涂廣，夷石爲堂，[三]飾玉梢以舞歌，體招摇若永望。[四]星留俞，塞隕光，照紫幄，珠熉黄。[五]

【校勘】

「靈寖鴻」，原作「靈寖平而鴻」，《樂府詩集》《古詩紀》同。中華書局本《漢書》校勘記：「『靈寖（平而）鴻，長生豫。』王先謙説，八字不成句義，『平而』二字當衍。顔注亦未爲『平』字釋義，衍文明矣。」據删。

「大朱涂廣」，《樂府詩集》「大」作「太」。

【集注】

[一]「天門開，詄蕩蕩，穆並騁，以臨饗」四句：**顔師古曰：**如淳曰：「詄讀如迭。詄蕩蕩，天體堅清之狀也。」師古曰：「詄音大結反。（穆並騁，以臨饗）言衆神穆然方駕馳騁而臨祠

祭。」**朱嘉徵曰**：《星經》：天門二星，在左角南，平星之北，天子待朝聘賓客之所。星明，謂之天門開，則四夷歸化；不見，則兵革起，關津不通。下並言神之臨祠也。**陳本禮曰**：詄，如淳讀如迭，誤，當作疊，天有九重，天門開，望見天門内以上之天，疊然蕩蕩，高遠而無極也。天門内隨從諸神皆穆然並駕，俟帝之臨饗也。**朱乾曰**：《淮南子》注云：「天門，上帝所居紫薇宫門也」（廖按，見《淮南子·原道訓》「排閶闔，淪天門」高誘注）。**王先謙曰**：先謙曰：「《説文》：『詄，忘也。』《論語》皇疏：『蕩蕩，無形無名之稱也。』」（廖按，見《論語·泰伯》「蕩蕩乎，民無能名焉」皇侃疏引王弼曰）天體廣遠，言象俱忘，故曰『詄蕩蕩』。」

[二]「光夜燭，德信著，靈寖鴻，長生豫」四句：**顔師古曰**：師古曰：「神光夜照，應誠而來，是德信著明。神靈德澤所浸，溥博無私，其福甚大，故我得長生之道而安豫也。」**陳本禮曰**：未降而神光先現，示德信也。靈寖，河漢鴻長者，言其津分箕斗，光回于天潢銀灣，一抹之可悦也。**朱乾曰**：「光夜燭」者，元光五年天子始郊拜太一，有司云，祠上有光，公卿言是夜有美光。（《史記·封禪書》）靈浸，海也。**王先謙曰**：先謙曰：「《郊祀志》（《漢書》）『封禪祠，其夜若有光』，所謂『光夜燭』也。又云『已封泰山，方士更言蓬萊諸神若將可得，上欣然庶幾遇之，復東至海上望焉』，故末云『專精厲意逝九閡，紛云六幕浮大海』也。《刑法志》注：『寖，益也。』（廖按，《漢書·刑法志》「户口寖息」，顔師古注：「寖，益也。息，生

也。」)『靈寢鴻』者，靈益大也。《郊祀志》(《漢書》)：『封禪者，古不死之名也。』『長生豫』，言長生可樂。」

[三]「大朱涂廣，夷石爲堂」二句：**顏師古曰**：師古曰：「涂，道路也。夷，平也。言通神之路，飾以朱丹，又甚廣大。平夷密石，累以爲堂。」**陳本禮曰**：大朱，赤也。天有黄道、赤道，赤道二横絡天腹，故曰涂廣也。**王先謙曰**：先謙曰：「宋范鎮《大報天賦》『涂大朱以洞闢』，承用《志》文，明祀天神用此禮也。山地多石，須平夷之。堂，明堂也。古明堂處險不敞，上欲治之，故云『夷石爲堂』。」

[四]「飾玉梢以舞歌，體招搖若永望」二句：**顏師古曰**：師古曰：「梢，竿也，舞者所持。玉梢，以玉飾之也。招搖，申動之貌。永，長也。梢音所交反。招音韶。望，合韻音亡。」**陳本禮曰**：帝駕未啓，天女猶飾干而歌且舞也。(招)同韶，招搖指天女言，「若永望」者，俟帝也。**朱乾曰**：言舞者法招搖之星。《禮》(《禮記・曲禮上》)曰：「招搖在上。」**王先謙曰**：先謙曰：「《郊祀志》(《漢書》)：禱祠泰一、后土，用樂舞，歌兒；封泰山如祠泰一禮，禪肅然如祭后土禮；盡用樂，故有舞歌也。『爲伐南越告禱泰一』，『爲泰一鏠旗』，上畫北斗。上云『招搖』，靈旗是也。封禪蓋亦用此旗，故云『體招搖』。『體』之爲言貌也，即圖畫意。『永望』者，常得望見之。」

[五]「星留俞，塞隕光，照紫幄，珠熉黄」四句：**顏師古曰**：師古曰：「俞，荅也。言衆星留神，

答我饗薦，降其光耀，四面充塞也。俞音踰。紫幄，饗神之幄也。帳上四下而覆曰幄。言光照紫幄，故其珠色熉然而黄也。熉音云。」如淳曰：「熉音殞，黄貌也。」**朱嘉徵曰**：熉，即殞。**陳本禮曰**：塞同賽（廖按，《説文》：「賽，報也。」賽即報答之祭）。時衆星皆留天門，各賽隕光燄，以報帝將啓鑾之德信也。紫幄，紫微大帝所居，珠與幄色相射，故珠熉然黄也。已上皆咏天門内景。**朱乾曰**：留流通。俞，歎美詞。言流星隕光照幄。**王先謙曰**：先謙曰：「《郊祀志》（《漢書》）：『望氣王朔言』『見填星出如瓜』，有司曰建『封禪』，天『報德星』。此所謂『星留俞』也。塞讀如『塞南越』之『塞』，謂賽祭神而星光下照也。」（廖按，《漢書·郊祀志》「於是塞南越，禱祠泰一」，王先謙《補注》引胡三省云：「爲伐南越，告禱泰一，故今賽祠。」）

幡比翄回集，貳雙飛常羊。[一]月穆穆以金波，日華燿以宣明。假清風軋忽，激長至重觴。[二]神裴回若留放，殣冀親以肆章。[三]函蒙祉福常若期，寂漻上天知厥時。[四]泛泛滇滇從高斿，殷勤此路臚所求。[五]佻正嘉吉弘以昌，休嘉砰隱溢四方。[六]專精厲意逝九閡，紛云六幕浮大海。[七]（《漢書》卷二二《禮樂志》第二。《樂府詩集》卷一、《古詩紀》卷十五）

【校勘】

「日華燿」，《古詩紀》「華」作「曄」。

「紛云六幕」，《古詩紀》「云」作「紜」。

【集注】

[一]「幡比翄回集，貳雙飛常羊」二句：**顔師古曰**：文穎曰：「舞者骨騰肉飛，如鳥之回翅而雙集也。」師古曰：「常羊，猶逍遥也。」**朱嘉徵曰**：翄，古技字（廖按，朱嘉徵《樂府廣序》「翄」作「翍」），張羽貌，揚雄賦（《文選・甘泉賦》）：「翍桂椒而鬱栘楊。」**陳本禮曰**：《淮南子》：「東南爲常羊之維。」（廖按，《淮南子・天文訓》「太微者，太一之庭也。……東南爲常羊之維」，高誘注：「太微，星名也；太一，天神也。……常羊，不進不退之貌。純陽用事不盛不衰常如此，故曰常羊之維。」）以下寫上帝降神。**朱乾曰**：言祭祀有瑞鳥來至也。**王先謙曰**：先謙曰：「《郊祀志》（《漢書》），封禪時『縱遠方奇獸飛禽及白雉諸物』，故此云然。《説文》：『翄，翼也。』《韋玄成傳》注：『貳謂不一也。』」（廖按，引文見《漢書・韋賢傳》附韋玄成本傳「嗟我小子，于貳其尤」顔注）。

[二]「月穆穆以金波，日華燿以宣明。假清風軋忽，激長至重觴」四句：**顔師古曰**：師古曰：「言月光穆穆，若金之波流也。宣，徧也。軋忽，長遠之貌也。重觴，謂累獻也。」**陳本禮曰**：月湧金波，日吐華耀，見上帝降臨，神皆擁護。斯時玉帛既奠，牲牢已饗，正八音侑食

之時，故獻以重觴，冀帝之樂享也。**朱乾曰**：日月光華清風披拂，適當長至進觴之期。**王先謙曰**：先謙曰：「言自夜達旦光景。假，借也。觴，饗也。神借清風而來，其至激疾而長，若重疊觴饗也。」

〔三〕「神裴回若留放，殣冀親以肆章」二句：**顔師古曰**：孟康曰：「殣音覲。」師古曰：「言神靈裴回，留而不去，故我得覲見，冀以親附而陳誠意，遂章明之。」**朱嘉徵曰**：下言神之應誠而至，不以高遠隔。**陳本禮曰**：殣同覲。**朱乾曰**：「留」者止而安之之謂。肆章，陳章也。**王先謙曰**：先謙曰：「《淮南·兵略訓》高注：『放，寄也。』言神靈裴回若留寄於此。」（廖按，《淮南子·兵略訓》「放乎九天之上」，高誘注：「放，寄。」）

〔四〕「函蒙祉福常若期，寂漻上天知厥時」二句：**顔師古曰**：師古曰：「函，包也。蒙，被也。言爲神所饗，故能包函蒙被祉福，應誠而至，有常期也。」應劭曰：「言天雖寂漻高遠，而知我饗薦之時也。漻音來朝反。」**陳本禮曰**：言爲神所饗，故蒙被祉福，應誠而降，不爽期也。天雖高遠，澤不私予一己，曰雨而雨，曰暘而暘，又將以此普霑下民也。**朱乾曰**：若期，如期也。**廖按**：《詩·周頌·烈文》「錫兹祉福」，鄭箋：「天錫之以此祉福也。」宋玉《九辯》「寂漻兮收潦而水清」，五臣注（《楚辭補注》）曰：「寂漻，虚静貌。」

〔五〕「泛泛滇滇從高斿，殷勤此路臚所求」二句：**顔師古曰**：應劭曰：「泛泛，上浮之意也。滇滇，盛貌也。臚，陳也。言所以殷勤此路，乃欲陳所求也。」晉灼曰：「滇音『振旅闐闐』。」

（廖按，《詩經·小雅·采芑》：「伐鼓淵淵，振旅闐闐。」鄭箋：「至戰止將歸，又振旅伐鼓闐闐然。」）師古曰：「（滇）音徒千反。臚音力於反。」**陳本禮曰**：（滇）同闐。帝饗既畢，高游欲返，我復殷勤此祈禱之路，臚列嘉祥，爲四海黎民求福也。**朱乾曰**：言多遣方士入海求仙也。**王先謙曰**：先謙曰：「所求長生不死。」

［六］「佻正嘉吉弘以昌，休嘉砰隱溢四方」二句：**顔師古曰**：如淳曰：「佻讀曰肇。肇，始也。」師古曰：「休，美也。嘉，慶也。砰音普萌反。砰隱，盛意。」**陳本禮曰**：正，平也，於是帝亦俯允所請，平定其施以予有德之人。**王先謙曰**：先謙曰：「《説文》：『佻，愉也。』言所愉悦嘉美者，至正且吉，故大以昌也。《文選·藉田賦》注引字書云：『砰，大聲也。』（廖按，潘岳《藉田賦》「鼓鞞硡隱以砰磕」，《六臣注文選》李善注云：「字書曰：『砰，大聲也。』」）隱與殷同，亦聲之大也。帝封禪後，休嘉衆盛，洪聲遠聞，溢於四方也。」

［七］「專精厲意逝九閡，紛云六幕浮大海」二句：**顔師古曰**：如淳曰：「閡亦陔也。《淮南子》曰若士者謂盧敖曰『吾與汗漫期乎九陔之上』（廖按，《淮南子·道應訓》：「盧敖游乎北海……見一士焉……若士者齤然而笑曰：『……吾與汗漫期于九垓之外。』」「陔」作「垓」）。陔，重也。謂九天之上也。」師古曰：「閡，合韻音改，又音亥。紛云，興作之貌。六幕，猶言六合也。」**陳本禮曰**：見帝之惓惓不已，不使一夫失所，故復逝九閡而浮大海，足徵帝德之宏以昌也。**朱乾曰**：言王者專精厲意索之於無何有之鄉，但見茫茫天海相

連，所謂仙人安在哉，末句帶諷刺意。**王先謙曰：**先謙曰：「九閡謂天，六幕謂地，游徧天地，浮乎大海，與蓬萊諸仙爲徒也。」**廖按：**《楚辭·九歎》「腸紛紜以繚轉兮」，王逸注：「紛紜，亂貌也。」《楚辭·遠遊》「周流六漠」，洪興祖補注：「謂六合也。」（《楚辭補注》）

【集評】

陳祚明曰：起六字，光燦燦如見天門之開也；「朱涂」句亦《招魂》《大招》句法；「狘回」「常羊」字古（廖按，陳祚明《采菽堂古詩選》「狘」作「掝」）。「月穆穆以金波」，「穆穆」字妙，月浮波則閃閃不定耳，惟波深則穆穆然也；「泛泛滇滇」字生動，下著「從高斿」三字，儼乎百神繁會矣。後數語並健。

陳本禮曰：此首前半皆咏天門以内之景；中間並不鋪叙牲牢奠薦，只以「重觴」二字盡之，章法一變；末復爲民求福，而上帝竟俯允所請，佻正嘉吉，以溢四方。逝九閡而浮大海，用「專精厲意」四字，更寫得奇。

廖按：逯欽立云，此歌楚體，各句殆均有「兮」字。經孟堅删削，故至此耳。

景星

【集解】

班固曰：《景星》十二。《郊祀歌》。○元鼎五年得鼎汾陰作。

郭茂倩曰：《景星》，《漢郊祀歌》。郊廟歌辭。○一曰《寶鼎歌》。《漢書·武帝紀》曰：「元鼎四年夏六月，得寶鼎后土祠旁，作《寶鼎之歌》。」《禮樂志》曰：「《景星》，元鼎五年，得鼎汾陰作。」如淳曰：「景星者，德星也。見無常，常出有道之國。」

徐獻忠曰：方是汾陰得寶鼎而景星復見，故作樂章祠之。其云「景星顯見，信星彪列」，即前章所引《史記》祝祠中語也。

陳本禮曰：此因得鼎，祀汾陰后土之樂也。

朱乾曰：此因得鼎而祭后土及汾水也，故有「河龍供鯉」「馮蠵切和」及「后土成」之句。

王先謙曰：先謙曰：「《武紀》得鼎在四年，『五』當作『四』。」

景星顯見，信星彪列，[一]象載昭庭，日親以察。[二]參侔開闔，爰推本紀，[三]汾脽出鼎，皇祜元始。[四]五音六律，依韋饗昭，雜變並會，雅聲遠姚。[五]空桑琴瑟結信成，四興遞代八風生。殷殷鐘石羽籥鳴。[六]河龍供鯉醇犧牲[七]。百末旨酒布蘭生[八]。泰尊柘漿析朝酲[九]。微感心攸通修名，周流常羊思所并[十]。穰穰復正直往甯[十一]，馮蠵切和疏寫平[十二]。上天布施后土成，穰穰豐年四時榮。（《漢書》卷二二《禮樂志》第二。《樂府詩集》卷一、《古詩紀》卷十五）

【校勘】

「皇祜元始」，《樂府詩集》《古詩紀》「祜」作「祐」。

「微感心攸通修名」，《古詩紀》「修」作「脩」。

【集注】

[一]「景星顯見，信星彪列」二句：**顏師古曰**：如淳曰：「景星者，德星也，見無常，常出有道之國。鎮星爲信星，居國益地。」師古曰：「彪列謂彰著而爲行列也。」**陳本禮曰**：景星，天精也，狀如半月，生於晦朔，助月爲明。信星即填星，土星也，元封二年秋，填星出如瓜，有司曰，陛下建封禪，天其報德星云。（廖按，《漢書·郊祀志》：「望氣王朔言：『候獨見填星出如瓜，食頃，復入。』有司皆曰：『陛下建漢家封禪，天其報德星云。』」）**朱乾曰**：填爲土星，信於五行爲土。**王先謙曰**：先謙曰：「《郊祀志》（《漢書》），上拜祝祠泰一。贊饗曰：『德星昭衍，厥維休祥，壽星仍出，淵耀光明。信星昭見，皇帝敬拜，泰祝之享。』是時填星見，有司以爲天報德星。德星即景星也，詳見《天文志》（廖按，《漢書·天文志》：「景星者，德星也，其狀無常，常出於有道之國。」）。《開元占經》引《五行傳》云：『填星於五常爲信，故又謂之信星。』《天文志》（《漢書》）亦云『填星曰中央季夏土，信也。』《廣雅·釋詁》：『彪，文也。』」

[二]「象載昭庭，日親以察」二句：**顏師古曰**：師古曰：「象謂縣象也。載，事也。縣象祕事，

昭顯於庭，日來親近，甚明察也。」**陳本禮曰**：縣象日親于庭，明察可鑒也。**朱乾曰**：天象昭著於庭，日加光顯。**王先謙曰**：劉攽曰：「『象載』則瑞應車也。」先謙曰：「『象載』當如顔（師古）説。劉（攽）望文生義，非也。」

[三]「參侔開闔，爰推本紀」二句：**顔師古曰**：應劭曰：「參，三也。言景星光明開闔，乃三於日月也。」晉灼曰：「侔，等也。開闔，猶開闢也。言今之鼎瑞，參等於上世。」師古曰：「晉説是。」**陳本禮曰**：開闔，謂日月之出爲開，入爲闔，與日月並而爲三也。**王先謙曰**：先謙曰：「開闔不得謂之開闢，晉（灼）説亦非也。《易·繫辭》『闔户謂之坤，闢户謂之乾』。阮籍《通易論》『乾以一爲開，坤以二爲闔』。《楚詞·天問》王逸注『陰闔而晦，陽開而明』（廖按：《楚辭·天問》「何闔而晦？何開而明」，王逸注曰：「言天何所闔閉而晦冥，何所開發而明曉乎？」）。然則開闔者，乾坤陰陽之謂，即天地也。『參侔開闔』即謂與天地參。『爰推本紀』，推本瑞應以紀元也。」

[四]「汾脽出鼎，皇祐元始」二句：**顔師古曰**：師古曰：「皇，大也。祐，福也。脽音誰。祐音怙。」**陳本禮曰**：《郊祀志》（《漢書》）：鼎至長安，公卿議尊寶鼎。有司言，昔泰帝興神鼎一，一統天；黄帝作寶鼎三，象三才；禹鑄九鼎，象九州，饗承天祐。夏德衰，鼎遷殷；殷德衰，鼎遷周；周德衰，鼎遷秦；秦德衰，乃淪伏不見。今鼎至甘泉，報祠大享，宜藏于帝庭，以合明應。制曰可。此所謂「爰推本紀」，合于泰帝，元始之興也。**王先謙曰**：先謙

曰：「汾脽出鼎，在元鼎四年，景星見，在元封元年秋。《武紀》（《漢書・武帝紀》）《郊祀志》（《漢書・郊祀志》）可互證。此當在元封二年湛祠時，追作是歌，故下有『河龍供鯉』『馮蠵切和』之語。」（廖按，《漢書・郊祀志》「還至瓠子，自臨塞決河，留二日，湛祠而去」，顔師古注：「湛讀曰沈，謂沈祭具於水中也。」）

[五]「五音六律，依韋饗昭，雜變並會，雅聲遠姚」四句：**顔師古曰**：師古曰：「依韋，諧和不相乖離也。饗讀曰響。昭，明也，言聲響之明也。姚，僄姚，言飛揚也。」**陳本禮曰**：以下饗神。《大司樂》（《周禮・春官宗伯》）：「一變而致羽物，及川澤之示；再變而致臝物，及山林之示；三變而致鱗物，及丘陵之示；四變而致毛物，及墳衍之示；五變而致介物，及土示；六變而致象物，及天神。」遠姚，僄姚遠揚也。**王先謙曰**：周壽昌曰：「依韋，即依違也。韋、違通用。」先謙曰：「此下言湛祠用樂。」王念孫曰：「姚讀爲遥，遥亦遠也。古人自有複語耳。《荀子・榮辱篇》『其功盛姚遠矣』，楊倞云『姚與遥同』，是其證。（顔）注非。」**廖按**：曲瀅生云，《孟子・離婁上》：「不以六律不能正五音。」《左傳・昭公二十年》「五聲，六律，七音，八風，九歌」，鄭注曰：「五聲，宮商角徵羽。」《周禮・春官宗伯》：「太師掌六律、六同，以合陰陽之聲。陽聲：黄鐘、大蔟、姑洗、蕤賓、夷則、無射。陰聲：大吕、應鐘、南吕、函鐘、小吕、夾鐘。」《毛詩序》「主文而譎諫」，鄭箋云：「譎諫，詠歌依違，不直諫。」「依韋（違）」當有婉轉動聽義。

[六]「空桑琴瑟結信成，四興遞代八風生。殷殷鐘石羽籥鳴」三句：**顏師古曰**：張晏曰：「傳曰『空桑爲瑟，一彈三歎』，祭天質故也。」應劭曰：「四時遞代成陰陽，八風以生也。」臣瓚曰：「舞者四縣代奏也。《左氏傳》曰『夫舞者，所以節八音而行八風』也。」師古曰：「空桑，地名也，出善木，可爲琴瑟也。（八風生）瓚説是也。八方之風，謂東北曰條風，東方曰明庶風，東南曰清明風，南方曰景風，西南曰涼風，西方曰閶闔風，西北曰不周風，北方曰廣莫風。殷殷，聲盛也。石謂磬也。羽籥，韶舞所持者也。殷音隱。」**陳本禮曰**：已上樂舞之盛。**朱乾曰**：「四興」，四縣代奏也。**王先謙曰**：何焯曰：「『空桑琴瑟』，見《周禮·大司樂》，夏至祀地示所奏也。（廖按，《周禮·春官·宗伯》：「大司樂：……空桑之琴瑟，《咸池》之舞；夏日至，於澤中之方丘奏之，若樂八變，則地示皆出，可得而禮矣。」）**廖按**：「羽籥」，《爾雅·釋樂》「大籥謂之產」，郭璞注：「籥如笛三孔而短小。」邢昺疏：「《廣雅》（《釋樂》）云：『七孔。』《周禮》（《春官·宗伯》）：『笙師掌教吹籥。』鄭注云：『籥如笛，三空。』《詩·邶風》（《簡兮》）云：『左手執籥。』毛傳云：『籥六孔。』所見異也。」

[七]河龍供鯉醇犧牲：**顏師古曰**：晉灼曰：「河龍，夏之所賜者也。供鯉，給廚祭也。」師古曰：「醇謂色不雜也。犧牲，牛羊全體者也。」**王先謙曰**：沈欽韓曰：「謂河龍出鯉以供祀。古《豔歌》：『天公出美酒，河伯出鯉魚。』（晉灼）注以爲夏所賜之龍，非。」

[八]百末旨酒布蘭生：**顏師古曰**：晉灼曰：「百日之末酒也。芬香布列，若蘭之生也。」張晏

曰：「百末，末作之末也。」師古曰：「百末，百草華之末也。旨，美也。以百草華末雜酒，故香且美也。事見《春秋繁露》。」**陳本禮曰**：芳香若蘭也。**朱乾曰**：百末，《漢書》作「百味」，見《文選·七發》注（廖按，《文選·七發》「蘭英之酒，酌以滌口」，李善注：「《漢書》曰：『百味旨酒布蘭生。』」）。江淹《丹砂可學賦》「百味酒兮靈之集」，亦「百味」也。《列子》「宋有蘭子」，張湛注曰，凡物不知生謂之蘭（廖按，《列子·說符》「宋有蘭子者」，張湛注引應劭曰：「蘭，妄也。此所謂蘭子者，以技妄游者也。疑蘭與闌同，凡人物不知所生出者謂之蘭也。」）。釀百華爲酒，神異之，故曰「蘭生」也。又元宋伯仁《酒小史》以「蘭生」爲漢武酒名，未必然。（廖按，宋伯仁《酒小史》：「漢武蘭生酒。」見明陶宗儀編《說郛》卷九四，《四庫全書·說部·雜家類》）**王先謙曰**：沈欽韓曰：「《繁露·執贄篇》：『天子用暢同鬯，積美陽芬香以通之天，暢亦取百香之心獨末之疑脫一字，合之爲一而達其臭氣。』顏（師古）說蓋本此《說文》『鬱鬯，百草之華。遠方鬱人所貢芳草，合釀之以降神』，與此合。」**廖按**：《太平御覽》卷九百七十四《果部》十一：「《漢書·禮樂志·郊祠歌》曰：『百味旨酒布蘭生，泰尊柘漿析朝酲。』」「百末」作「百味」。

[九]泰尊柘漿析朝酲：**顏師古曰**：應劭曰：「柘漿，取甘柘汁以爲飲也。酲，病酒也。析，解也。言柘漿可以解朝酲也。」**陳本禮曰**：柘，甘蔗。《楚辭·招魂》：「有柘漿兮。」已上酒醴之盛。**王先謙曰**：沈欽韓曰：「《司尊彝》注：『太尊，太古之瓦尊也。』（廖按，《周禮·

春官宗伯》「司尊彝掌六尊、六彝之位……其朝踐用兩大尊」，鄭玄注：「大尊，太古之瓦尊。」）楚詞（《楚辭・招魂》）：『胹鼈炮羔有柘漿。』」

[十]「微感心攸通修名，周流常羊思所并」二句：**顏師古曰**：師古曰：「言精微所應，其心攸遠，故得通達成長久之名。周流，猶周行也。常羊，猶逍遥也。思所并，思與神道合也，下言『合所思』是也。」**陳本禮曰**：楚辭（《離騷》）：「恐修名之不立。」「微感心攸」者，言我一誠之所感甚微，然其心固甚攸遠，欲通達而成此修名也。（思所并）言帝常巡行郡國，祠祀五時太乙，思所以與神合之道。**王先謙曰**：先謙曰：「《管子》（《九守》）：『修名而督實，按實而定名。』帝欲使精修之名上通冥漠也。攸與悠同。」**廖按**：曲瀅生云，「常羊」即「倘佯」，《楚辭・惜誓》「托回飆乎尚羊」，洪興祖《補注》曰：「尚音常，與倘同。」羊一作佯。王逸注：「尚羊，遊戲也。」

[十一]穰穰復正直往甯：**顏師古曰**：師古曰：「穰穰，多也。復猶歸也。直，當也。甯，願也。言獲福既多，歸於正道，克當往日所願也。復音扶目反，甯合韻音寧。」**陳本禮曰**：言天星既得景填之瑞，汾陰又獲寶鼎之祥，天之降幅孔多，我幸克當往日所願。

[十二]馮蠵切和疏寫平：**顏師古曰**：晉灼曰：「馮，馮夷，河伯也。蠵，觜蠵，龜屬也。」師古曰：「言馮夷命靈蠵，使切厲諧和水神，令之疏導川潦，寫散平均，無災害也。蠵音弋隨反，又音攜。」**陳本禮曰**：蠵，靈蠵，大龜，水怪，猶之巫支祈也。按河決在元光三年，帝發卒十萬

塞之未成，起龍淵宫于河上，至是十八年矣，故祈神敕馮夷與靈蠵切厲諧和，疏瀉決口，俾永無災害也。**朱乾曰**：馮蠵即馮夷，《山海經》（《海内北經》）作冰夷，《穆天子傳》（卷一）作無夷，皆馮夷也。《遠遊》云，舞馮夷（廖按，《楚辭·遠遊》：「使湘靈鼓瑟兮，令海若舞馮夷。」）。**王先謙曰**：先謙曰：「《釋魚》（《爾雅》）『二曰靈龜』，郭（璞）注：『即今觜蠵龜，一名靈蠵。』《揚雄傳》所云『抾靈蠵』也（廖按，《漢書·揚雄傳》：「正月，從上甘泉，還奏《甘泉賦》以風。其辭曰：『……據黿鼉，抾靈蠵……』」）。一作蠵蠵。唐劉恂《嶺表録異》（卷下）云：『蠵蠵俗謂之兹夷，乃山龜之巨者。』蓋其物能穴土潰堤，故必馮夷與靈蠵相切厲以諧和，庶疏瀉得平也。《武紀》（《漢書·武帝紀》）元封二年，『上至瓠子，臨決河，使從臣皆負薪塞河堤』。《郊祀志》（《漢書》）：『留二日，湛祠而去。』」

【集評】

朱嘉徵曰：《景星》，元鼎五年，汾陰得鼎作也。按，元封二年，郊雍五帝，還拜祝太一，亦有「德星昭衍」之文（廖按，《漢書·郊祀志》：「其來年冬，郊雍五帝。還，拜祝祠泰一。贊饗曰：『德星昭衍，厥維休祥。』」），故爲神鼎之瑞。夫神不可度，仁人孝子，嘗以思合之，湯《頌》（《詩經·商頌·那》）曰「綏我思成」是也。自「爰熙紫壇，思求厥路」至於「周流嘗羊思所并」，又恭翼翼，合所思，蓋無往而不與神道通矣。馮夷疏川澹災事，似因鼎出汾陰而及之。

陳祚明曰：寫樂嘈嘈如聞也；「百末」二句秀逸，亦出《招魂》。

李因篤曰：就信星以知景星，推一步高絶。

陳本禮曰：首以星瑞陪出寶鼎；中叙樂舞之盛，牲醴之美，望精誠之達天，冀獲福之直甯；末則憂切河決爲患州郡。純純正正，雅頌之音。

朱乾曰：參同天地，推本帝德，天見德星，地呈寶鼎，無疆之休從此伊始。

齊房

【集解】

班固曰：《齊房》十三。《郊祀歌》。○元封二年芝生甘泉齊房作。

郭茂倩曰：《齊房》，《漢郊祀歌》。郊廟歌辭。○一曰《芝房歌》。《漢書·武帝紀》曰：「元封二年夏六月，甘泉宮内中產芝，九莖連葉，作《芝房之歌》。」應劭云：「芝，芝草也，其葉相連。」《瑞應圖》云：「王者敬事耆老，不失舊故，則芝草生。」「内中，謂後庭之室也」。故詔書曰「上帝溥臨，不異下房，賜朕弘休」是也。（廖按，《漢書·武帝紀》「溥臨」作「博臨」）《禮樂志》曰云云。

徐獻忠曰：元封二年夏六月，甘泉宮齋房中產九莖連葉芝，其本辭曰：「因靈寢兮產靈芝，象三德兮瑞應圖。延壽命兮光此都，配上帝兮象太微，參日月兮揚光輝。」此四言一章，詞臣所作。

齊房産草，九莖連葉，[一]宫童效異，披圖案諜。[二]玄氣之精，回復此都，[三]蔓蔓日茂，芝成靈華。[四]（《漢書》卷二二《禮樂志》第二。《樂府詩集》卷一、《古詩紀》卷十五）

【集注】

[一]「齊房産草，九莖連葉」二句：**顔師古曰**：師古曰：「齊讀曰齋。其下並同。」**陳本禮曰**：《漢舊儀》曰，芝金色，緑葉朱實，夜有光。**廖按**：齊讀爲齋，「齊房」，祭祀前齋戒之房。《論語·鄉黨》「齊必變食」，邢昺疏：「『齊必變食』者，謂將欲接事鬼神，宜自絜净，故改其常饌也。」

[二]「宫童効異，披圖案諜」二句：**顔師古曰**：臣瓚曰：「宫之童豎致此異瑞也。」蘇林曰：「諜，譜弟之也。」**陳本禮曰**：《瑞應圖》：王者敬事耆老，不失故舊，則芝草生。**廖按**：「効」，呈現。《禮記·曲禮》「效馬效羊者右牽之」，鄭玄注：「用右手便。效猶呈見。」「披」，打開。《史記·項羽本紀》：「噲遂入，披帷西鄉立。」《廣雅·釋詁一》：「披，張也。」

[三]「玄氣之精，回復此都」二句：**顔師古曰**：師古曰：「玄，天也。言天氣之精，回旋反復於此雲陽之都，謂甘泉也。」**王先謙曰**：《武紀》（《漢書·武帝紀》）：「賜雲陽都百户牛酒，作《芝房》之歌。」

［四］「蔓蔓日茂，芝成靈華」二句：**顏師古曰**：師古曰：「蔓蔓，言其長久，日以茂盛也。」**廖按**：「華」，古音讀敷。《詩經·召南·何彼襛矣》「何彼襛矣，唐棣之華」，陸德明《釋文》：「古讀華爲敷，與居爲韻。」

【集評】

陳祚明曰：後四句渾厚，亦復靈動。「蔓蔓日茂」，如見芝長之狀。

后皇

【集解】

班固曰：《后皇》十四。《郊祀歌》。

郭茂倩曰：《后皇》，《漢郊祀歌》。郊廟歌辭。

顏師古曰：晉灼曰：「得寶鼎於汾陰也。」

徐獻忠曰：《后皇》者，因外國之賓服以祠后土之辭。武帝立后土祠汾陰脽上，其辭曰「后皇嘉壇」以下是也。

朱嘉徵曰：《后皇》，天子祭后土於汾陰之樂也。元鼎四年，立后土祠於汾陰，因戒助祭臣工之詩。是時侯王牧伯及四夷君長，咸在駿奔，示之以無外之規如此，即商之「封建厥福」、周之

「式序在位」也（廖按，《詩經・商頌・殷武》：「命于下國，封建厥福。」《詩經・周頌・時邁》：「明昭有周，式序在位。」）。晉灼解猶爲汾鼎作頌者，誤。

陳本禮曰：此祀汾陰后土樂章。《漢書・武帝紀》：元封四年，自代還，「幸河東。春三月，祠后土，詔曰：『朕躬祭后土地祇，見光集于靈壇，一夜三燭，幸中都宮，殿上見光，其赦汾陰、夏陽、中都死罪以下』」。

朱乾曰：此祠汾陰后土之詞，故曰「物發冀州」。史記「天子東幸汾陰。汾陰男子公孫滂洋等見汾旁有光如絳，上遂立后土祠於汾陰脽上」（廖按，見《漢書・郊祀志》）。

王先謙曰：此得鼎汾陰時作。

后皇嘉壇，立玄黄服，[一]物發冀州，兆蒙祉福。[二]沇沇四塞，假狄合處，[三]經營萬億，咸遂厥宇。[四]（《漢書》卷二二《禮樂志》第二。《樂府詩集》卷一、《古詩紀》卷十五）

【集注】

[一]「后皇嘉壇，立玄黄服」二句：**顏師古曰**：師古曰：「壇，祭壇也。服，祭服也。」**陳本禮曰**：立，疑「端」字之訛。元，冠也。黄服，上黄之服。**王先謙曰**：先謙曰：「《武紀》（《漢

書・武帝紀》）：元鼎四年，『立后土祠於汾陰脽上』。」**廖按**：「后皇」，「后」指后土；「皇」，君之神之稱。《詩經・小雅・正月》「有皇上帝，伊誰云憎」，毛傳：「皇，君也。」

[二]「物發冀州，兆蒙祉福」二句：**顏師古曰**：臣瓚曰：「汾陰屬冀州。」**陳本禮曰**：「物」，疑「瑞」字之訛。冀州，汾陰得鼎。**王先謙曰**：先謙曰：「《武紀》詔中亦有『祭地冀州』之語。」（廖按，《漢書・武帝紀》：「禮畢，行幸滎陽。還至洛陽，詔曰：『祭地冀州，瞻望河洛。』」）**廖按**：「兆」，預兆，《左傳・桓公二年》：「今君命太子曰仇，弟曰成師，始兆亂矣。兄其替乎！」「蒙」，受，《漢書・李廣蘇建傳》：「幸蒙大恩，賜號稱王。」「祉」，福，《詩經・小雅・六月》「吉甫燕喜，既多受祉」，毛傳：「祉，福也。」

[三]「沇沇四塞，假狄合處」二句：**顏師古曰**：孟康曰：「沇音兖。」師古曰：「沇沇，流行之貌也。假狄，遠夷也。合處，内附也。假即遐字耳，其字從彳。彳音丑益反。」**陳本禮曰**：四塞，德之充塞也。**王先謙曰**：先謙曰：「『狄』即逖之省，《詩》（《大雅・瞻卬》）『舍爾介狄』，《說文》『狄』作『逖』，《毛傳》：『狄，遠也。』（廖按，《說文解字》「逖，遠也」，段玉裁注：「按《集韻》云，《說文》引《詩》『舍爾介逖』。」）（顏師古）注作「遠夷」解，非。**廖按**：「四塞」，四方邊塞；《禮記・明堂位》「四塞，世告至」，鄭玄注：「四塞，謂夷服、鎮服、蕃服在四方爲蔽塞者。……九州之外，謂之蕃國，世（三十年）一見。」

[四]「經營萬億，咸遂厥宇」二句：**顏師古曰**：師古曰：「宇，居也。言我經營萬方億兆，故得

咸遂其居。」**陳本禮曰**：含宏光大，故能經營萬億，品物咸亨也。

【集評】

陳祚明曰：「沇沇」二句八字耳，東西朔南包絡其中。

華爗爗

【集解】

班固曰：《華爗爗》十五。《郊祀歌》。

郭茂倩曰：《華爗爗》，《漢郊祀歌》。郊廟歌辭。

徐獻忠曰：此因齊房生芝、汾陰得鼎，合以祀神之樂章也。首云「華爗爗，固靈根」，言芝也；末云「沛施祐，汾之阿，揚金光，横泰河」，言鼎也。

唐汝諤曰：首言芝草榮盛得固靈根，皆爲神之所祐；而因盛稱神之來止，能使「甘露降，慶雲集」，且使「九夷賓，夔龍舞」，其來假來享；悉如我所思而福祐之溥及至汾陰出鼎，光怪異常，此不勝歡悦而直升歌於天也。

朱嘉徵曰：《華爗爗》，郊太一、后土，祝釐之所通歌也。一曰，齊房生芝，汾陰得鼎，祀神者合歌之。○按《楚茨》（《詩經·小雅》）「神嗜飲食」，（此）歌乃云「神之愉」，「神安坐」（廖按，朱嘉徵《樂府廣序》「神之揄」作「神之愉」)。夫人能得神之去來者鮮矣，況其喜怒嗜欲乎？

陳本禮曰：此因產芝而祀神之樂也。史稱元封二年夏臨塞決河，還至長安，作蜚廉館、桂觀、通天臺，使公卿「持節」設供具以「候神人」(廖按，見《漢書·郊祀志》)。至今芝產齊房，華光燁燁，應有神來斿觀，自當翊翊拱而候其降也。

王先謙曰：先謙曰：「此禮后土祠畢濟汾河作。」

華燁燁，固靈根。[一]神之斿，過天門，車千乘，敦昆侖。[二]神之出，排玉房，周流雜，拔蘭堂。[三]神之行，旌容容，騎沓沓，般縱縱。[四]神之徠，泛翊翊，甘露降，慶雲集。[五]神之揄，臨壇宇，九疑賓，夔龍舞。[六]神安坐，鴹吉時，共翊翊，合所思。[七]神嘉虞，申貳觴，福滂洋，邁延長。[八]沛施祐，汾之阿，揚金光，橫泰河。[九]莽若雲，增陽波，偏臚驩，騰天歌。[十](《漢書》卷二二《禮樂志》第二。《樂府詩集》卷一、《古詩紀》卷十五)

【校勘】

「般縱縱」，《古詩紀》「縱縱」作「從從」。

「增陽波」，《古詩紀》「陽」作「揚」。

【集注】

[一]「華爗爗，固靈根」二句：**唐汝諤曰**：華，榮也。爗爗，盛貌。靈根，謂芝也。《漢書》（《武帝紀》），元封二年夏六月，甘泉宮齊房中産九莖連葉芝。**朱嘉徵曰**：「華爗爗，固靈根」，言芝也。**陳本禮曰**：《鐃歌》（《上陵曲》）：「芝生銅池中，仙人下來飲。」仙可下飲，則神必來斿之兆。**朱乾曰**：華之爗爗即指神遊而言，猶《九歌》（《楚辭》）所稱「蘭旌」「桂旗」也。（廖按，《九歌·湘君》：「蓀橈兮蘭旌。」《九歌·山鬼》：「辛夷車兮結桂旗。」）**王先謙曰**：先謙曰：「此謂靈之車也。『華』與上『金支秀華』同義。金華下有根莖，故云『固靈根』。《後書·輿服志》『金根車，重翟羽蓋』者也。」**廖按**：《詩經·小雅·十月之交》「爗爗震電」，《毛傳》：「爗爗，振電貌。」

[二]「神之斿，過天門，車千乘，敦昆侖」四句：**顔師古曰**：師古曰：「敦讀曰屯。屯，聚也。」**唐汝諤曰**：斿，旌旗之末垂者。《史記·天官書》：「蒼帝行德，天門爲之開。」《漢書》昆侖山注，高二千五百餘里，日月所相隱避爲光明（廖按，引文見《漢書·張騫李廣利傳》班固「贊曰」）。又漢武帝作明堂，中一殿，四面複道有樓，從南面入，名曰昆侖。（廖按，《漢書·郊祀志》：「明堂中有一殿，四面無壁，以茅蓋，通水，水圜宮垣，爲複道，上有樓，從西南入，名曰昆侖，天子從之入，以拜祀上帝焉。」）**陳本禮曰**：楚詞（《楚辭·離騷》）：「邅吾道夫昆侖。」**廖按**：曲瀅生云，《楚辭·離騷》「屯余車其千乘兮，邅吾道夫昆侖」，王（逸）注：

「屯，陳也。」五臣注（《楚辭補注》）：「屯，聚也。」「敦」讀曰「屯」。

［三］「神之出，排玉房，周流雜，拔蘭堂」四句：**顏師古曰**：師古曰：「拔，舍止也，音步曷反。」**唐汝諤曰**：排，推也。玉爲房，蘭爲堂，皆形容其美也。**陳本禮曰**：排，徘徊。雜同帀，往反而周帀也。拔同茇。見神不遽出，既徘徊周帀于玉房，復舍止于蘭堂也。**王先謙曰**：先謙曰：「官本《考證》云，案如顏（師古）注，則本文拔字應作『召伯所茇』之『茇』（廖按，《詩經·召南·甘棠》「蔽芾甘棠，勿翦勿伐，召伯所茇」，鄭箋：「召伯……止舍小棠之下而聽斷。」）。先謙案，《刑法志》『秋拔舍以苗』（廖按，引文見《漢書·刑法志》，「秋」作「夏」），亦作『拔』。茇，正字。拔，借字。」

［四］「神之行，旌容容，騎沓沓，般縱縱」四句：**顏師古曰**：孟康曰：「縱音總。」晉灼曰：「音人相從勇作惡。」師古曰：「容容，飛揚之貌。沓沓，疾行也。般，相連也。縱縱，衆也。容音勇。縱音總。一曰容讀如本字，從音才公反（廖按，一本「縱」作「從」，故云）。」**陳本禮曰**：般，同班。縱縱，音驄。**王先謙曰**：先謙曰：「《文選·東京賦》『紛焱悠以容裔』，薛（綜）注『容裔，高低之貌』。重言之，則曰『容容裔裔』。上云裔裔，此云容容，其義同也。」（廖按，「上云裔裔」謂《練時日》：「靈之來，神哉沛，先以雨，般裔裔」）**廖按**：《楚辭·九歌·山鬼》「雲容容兮而在下」，五臣注（《楚辭補注》）：「容容，雲出貌。」

［五］「神之徠，泛翊翊，甘露降，慶雲集」四句：**顏師古曰**：如淳曰：「《天文志》（《漢書》）云『若

煙非煙，若雲非雲，郁郁紛紛，是謂慶雲』。」師古曰：「翊音弋入反，又音立。」**唐汝諤曰**：翊翊，整也。《瑞應圖》，露氣濃甘者，其凝如脂，其甘如飴。**陳本禮曰**：翊翊，疑溢溢之訛。**王先謙曰**：先謙曰：「《説文》：翊，飛貌。」**廖按**：「泛」，浮游。《説文》：「泛，浮也。」「泛」，一作「汜」，《楚辭・卜居》「將汜汜若水中之鳧乎」，五臣云：「汜汜，鳥浮貌。」「集」，至。《詩經・唐風・鴇羽》「肅肅鴇羽，集于苞栩」，《毛傳》：「集，止。」

〔六〕「神之揄，臨壇宇，九疑賓，夔龍舞」四句：**顔師古曰**：師古曰：「揄，引也。壇宇，謂祭祠壇場及宫室。言神引來降臨之也。揄音踰。」如淳曰：「九疑，舜所葬。言以舜爲賓客也。夔典樂，龍管納言，皆隨舜而來，舞以樂神。」**陳本禮曰**：（神之揄）雍容揄揚也。（九疑賓）楚詞（《楚辭・九歌・湘夫人》）：「九嶷繽兮並迎，神之來兮如雲。」（廖按，《楚辭・九歌・湘夫人》「神」作「靈」）。王逸注：「言舜使九嶷之山神，繽然來迎二女，則百神侍送，衆多如雲也。」）（夔龍舞）喻在壇延臣。**朱乾曰**：九疑，山名，作九夷者非。夔，《説文》：「神魖也，如龍一足。」武帝于元封五年冬南巡江漢，望祀虞舜於九嶷，還郊泰畤。（廖按，見《漢書・武帝紀》）此當是還郊泰畤之詩，故並叙九疑及汾鼎而歸功於神祐也。**廖按**：朱嘉徵《樂府廣序》「揄」作「愉」，可備一解。

〔七〕「神安坐，鴹吉時，共翊翊，合所思」四句：**顔師古曰**：師古曰：「鴹，古翔字。言神安坐回翔，皆趣吉時也。共讀曰恭。翊翊，敬也。」**陳本禮曰**：吉同鵠，《爾雅》：鵠鶬，鴟鳩也。

（廖按，《爾雅・釋鳥》：「鳲鳩，鴶鵴。」）《詩》（《曹風・鳲鳩》）：「鳲鳩在桑，其儀一兮。」《易林》：「鴶鵴鳲鳩，專一無尤。」此喻群巫俟神之安坐，各慎其儀，帥群童而歌也。共，同拱，舊讀作恭，誤。翊翊，恭敬以俟也。合所思，猶「直往甯」，合我往日之所思也。

[八]「神嘉虞，申貳觴，福滂洋，邁延長」四句：**顔師古曰**：師古曰：「虞，樂也。貳觴，猶重觴也。滂洋，饒廣也。滂音普郎反。洋音羊，又音祥。」**陳本禮曰**：（神嘉虞）嘉樂主祭者之誠敬，又奏新音而侑觴也。（申貳觴）累觴而冀其醉飽也。（邁延長）神之降福穰穰也。

[九]「沛施祐，汾之阿，揚金光，横泰河」四句：**顔師古曰**：師古曰：「沛音普大反。沛然泛貌也。阿，水之曲隅。横，充滿也。泰河，大河也。」**朱嘉徵曰**：汾之阿，汾陰也。「沛施祐，汾之阿，揚金光，横泰河」，言鼎也。**陳本禮曰**：楚詞（《楚辭・九歌・湘君》）：「横大江兮揚靈。」揚金光，神欲去而更示靈異也。**王先謙曰**：先謙曰：「此所謂『汎樓船兮濟汾河，横中流兮揚素波』也。」（廖按，引文爲漢武帝《秋風辭》，見《文選》。）

[十]「莽若雲，增陽波，徧臚驩，騰天歌」四句：**顔師古曰**：師古曰：「莽，雲貌。言光明之盛，莽莽然如雲也。臚，陳也。騰，升也。言陳其歡慶，令歌上升於天。」**陳本禮曰**：汾河之民涵蒙福祐，莫不驩歌鼓舞，陳其欣慶，聲聞于天也。**王先謙曰**：先謙曰：「莽若雲，言波如雲興。魏文帝《臨渦賦》『微風起兮水增波』本此。陽、揚古通。帝自作《秋風詞》，故曰天歌。」

【集評】

陳祚明曰：以一神字排七段，各四句，而局不板。「斿」是實字，下並是虚字，由出而行而來而坐，層次不亂。「容容」「沓沓」，疊字句參錯。上下不比，故覺其變宕。「莽若雲」六字鬱然。

陳本禮曰：此與《練時日》篇法仿佛，各有其奇。○「合所思」乃一詩之眼，自「神之斿」至「神嘉虞」，悉屬心摩想望之詞。冀神之徠而降福滂洋，合我往日之所思也。「揚金光」至末，又其思之所餘。

五神

【集解】

班固曰：《五神》十六。《郊祀歌》。

郭茂倩曰：《五神》，《漢郊祀歌》。郊廟歌辭。

徐獻忠曰：武帝既祠太一，以爲五帝太一之佐，故以五帝壇環居太一之下，各如其方。前郊祀「惟泰元」一章即太一之神，而五神爲五帝也。

朱嘉徵曰：《五神》，五帝祝釐之歌也。五帝，太乙之佐。武帝祠之太乙壇旁，環居之，各如其方。故泰元爲太乙之神，而五神爲五帝也。

陳本禮曰：五神，五帝，太一之佐。《正義》(《史記・天官書》張守節《正義》)曰：黃帝坐一星，在太微宮中，含樞紐之神也。四星夾黃帝坐：東方蒼帝，南方赤帝，西方白帝，北方黑帝。此雩祭樂章。《春秋左傳》(桓公五年)曰：「龍見而雩。」《通典》：建巳月，雩五方上帝，其壇曰雩，禜於南郊之旁，命樂正習盛樂，舞皇舞。

朱乾曰：此祀五神相之詩。漢合祭五帝於明堂，疑以五神從祀，故有此詩。《周禮》(《春官宗伯》)：「兆五帝於四郊。」五神合祀非古也。

王先謙曰：此雲陽始郊見泰一作。（廖按，《漢書・郊祀志》：「天子始郊拜泰一……公卿言『皇帝始郊見泰一雲陽』」。）

五神相，包四鄰，土地廣，揚浮雲。[一] 扢嘉壇，椒蘭芳，璧玉精，垂華光。[二] 益億年，美始興，交於神，若有承。[三] 廣宣延，咸畢觴，靈輿位，偃蹇驤。[四] 卉汩臚，析奚遺？淫淥澤，洼然歸。[五]（《漢書》卷二二《禮樂志》第二。《樂府詩集》卷一、《古詩紀》卷十五）

【校勘】

「析奚遺」，「遺」原作「道」，據《樂府詩集》《古詩紀》改。

【集注】

［一］「五神相，包四鄰，土地廣，揚浮雲」四句：**顔師古曰**：如淳曰：「五帝爲太一相也。」師古曰：「包，含也。四鄰，四方。」**陳本禮曰**：（五神相）泰帝宰輔。（揚浮雲）神將降壇。**朱乾曰**：五神相，五帝之相也，春勾芒、夏祝融、秋蓐收、冬玄冥、中后土也。四鄰，四方也。四神包四鄰而土地獨廣，上下四方與天際，故曰「揚浮雲」。**王先謙曰**：先謙曰：「五神者，五帝壇環居其下也。四鄰者，其下四方地爲腏也。」

［二］「扢嘉壇，椒蘭芳，璧玉精，垂華光」四句：**顔師古曰**：孟康曰：「扢，摩也。」師古曰：「（扢）音公忽反。謂摩拭其壇，加以椒蘭之芳。（璧玉精，垂華光）言禮神之璧乃玉之精英，故有光華也。」**陳本禮曰**：禮五帝各有圭璧，蒼帝青圭，炎帝赤璋，金帝白琥，黑帝玄璜，中央黄帝黄琮也。《郊祀志》（《漢書》）：元鼎五年，帝立太一五帝壇于甘泉，皇帝始見，「有司奉瑄玉嘉牲薦饗」，「是夜」祠上「有美光」。「及晝，黄氣上屬于天」。

［三］「益億年，美始興，交於神，若有承」四句：**顔師古曰**：師古曰：「（美始興）言福慶方興起也。（若有承）言神來降臨，故盡其肅恭。」**朱乾曰**：益之以億年而無疆之休，殆如始興。**王先謙曰**：先謙曰：「《郊祀志》（《漢書》）：祭夜『有美光』，『及晝，黄氣上屬天』。有司云，『神靈之休，祐福兆祥』。此所謂『若有承』也。」

［四］「廣宣延，咸畢觴，靈輿位，偃蹇驤」四句：**顔師古曰**：師古曰：「言偏延諸神，咸歆祭祀，

畢盡觴爵也。神既畢饗，則嚴駕靈輿，引其侍從之位偃蹇高驤也。蹇音居偃反。」**王先謙曰**：先謙曰：「位，各就其列也。訓如《中庸》『天地位焉』之『位』，下『六龍位』義同。（顔師古）注非。」**廖按**：「偃蹇」，《楚辭・九歌・東皇太一》「靈偃蹇兮姣服」，王逸注：「偃蹇，舞貌。」洪興祖補注：「偃蹇，委曲貌，一曰衆盛貌。」「驤」，《説文》：「驤，馬之低仰也。从馬襄聲。」

［五］「卉汩臚，析奚遺？淫淥澤，洼然歸」四句：**顔師古曰**：師古曰：「卉汩，疾意也。臚，陳也。析，分也。奚，何也。言速自陳列分散而歸，無所留也。汩音于筆反。淫，久也。淥澤，澤名。言我饗神之後，久在淥澤，乃洼然而歸也。淥音緑。洼音烏黄反。」**陳本禮曰**：「卉」謂送神之蘭旌、芝蓋、芳樹、羽葆之類，恐神去速，故疾陳之分析於各執事之人而無遺也。（淫淥澤，洼然歸）見神之沛澤洋溢，使我洼然而滿歸耳。**朱乾曰**：百卉具陳，折以遺誰。楚詞（《楚辭・九歌・山鬼》）云：「折芳馨兮遺所思。」淫，大也。**王先謙曰**：宋祁曰：「案『淫淥澤，洼然歸』，師古注義似取未安。『淥』當是福禄之禄。淫，溢也。言神之賜禄，洼然廣溢，然後歸而上天也。」先謙曰：「《説文》：『洼，深廣也，從水圭聲。』省作汪。」

【集評】

朱嘉徵曰：前神嘉虞，此交於神，若有承，並從祭者之心見之。下二解，正申此指。《説文》

「洼」即「汪」，注：陂也。（廖按，《説文》「洼，深廣也」，段玉裁注：「謂深而又廣也。《後漢書》：『叔度汪汪若千頃陂。』」）蓋神之將歸，如在上，如在旁，祭者之誠意未散。

陳祚明曰：「璧玉精」六字寫實，氣如生。不善寫物者寫形，善寫物者寫神氣也。「交於神」六字妙絶，寫神靈如在，卻不就神言，就交於神者言，此旁引曲著之法也。「咸畢觴」如親見之。「洼然歸」飄渺之極，有聲有容。

朝隴首

【集解】

班固曰：《朝隴首》十七。《郊祀歌》。〇元狩元年行幸雍獲白麟作。

郭茂倩曰：《朝隴首》，《漢郊祀歌》。郊廟歌辭。〇一曰《白麟歌》。《漢書·武帝紀》曰：「元狩元年冬十月，行幸雍，獲白麟，作《白麟之歌》。」顏師古云：「麟，麇身，牛尾，馬足，黄色，圜蹄，一角，角端有肉。」

徐獻忠曰：元狩元年冬十月幸雍，獲白麟，作《白麟之歌》。因作樂章以祀隴首之神也。隴在雍之西，爲入蜀之首，於此獲麟，故祀之。

朱嘉徵曰：元狩元年冬十月，行幸雍，獲白麟作也。以祀隴首之神。

陳本禮曰：《郊祀志》(《漢書》)：元狩元年「郊雍，獲一角獸，若麃然，有司曰：『陛下肅祗郊祀，上帝報享，錫一角鹿，蓋麟云。』於是祭五畤，畤加一牛」(廖按，《漢書・郊祀志》「祭」作「以薦」)。

朝隴首，覽西垠，靁電尞，獲白麟。[一]爰五止，顯黄德，圖匈虐，熏鬻殛。[二]闢流離，抑不詳，賓百僚，山河饗。[三]掩回轅，鬗長馳，騰雨師，洒路陂。[四]流星隕，感惟風，籋歸雲，撫懷心。[五](《漢書》卷二二《禮樂志》第二。《樂府詩集》卷一、《古詩紀》卷十五)

【校勘】

「靁電尞」，《樂府詩集》《古詩紀》「靁」作「雷」。「抑不詳」，《古詩紀》「詳」作「祥」。

【集注】

[一]「朝隴首，覽西垠，靁電尞，獲白麟」四句：**顔師古曰：**臣瓚曰：「謂朝於隴首而覽西北也。尞祭五畤，皆有報應，聲若靁，光若電也。」師古曰：「隴坻之首也。垠，厓也。坻音丁禮反。尞，古燎字。」**王先謙曰：**先謙曰：「《武紀》(《漢書・武帝紀》)：太始二年詔云：『往者朕郊見上帝，西登隴首，獲白麟，以饋宗廟。』」

〔二〕「爰五止，顯黄德，圖匈虐，熏鬻殛」四句：**顏師古曰**：師古曰：「爰，曰也，發語辭也。止，足也。時白麟足有五蹏。殛，窮也。一曰，殛，誅也，音居力反。」應劭曰：「熏鬻，匈奴本號也。」**陳本禮曰**：《郊祀志》（《漢書》），文帝十三年，公孫臣曰，「漢當土德」，「應黄龍見，宜改正朔，服色上黄」。「明年黄龍見成紀」，遂改曆服。**朱乾曰**：麟五蹄，又爲土畜，故曰「顯黄德」。

〔三〕「闢流離，抑不詳，賓百僚，山河饗」四句：**顏師古曰**：師古曰：「流離不得其所者，爲開道路，使之安集。違道不詳善者，則抑黜之，以申懲勸也。百僚，百神之官也。饗，合韻音鄉。」**陳本禮曰**：（詳）同祥。（百僚）百神。（饗）叶香。百僚，天神也，百僚既賓，則五嶽四瀆之祇皆來歆饗也。**王先謙曰**：王念孫曰：「顏（師古）以『闢』爲『開』，以『流離』爲不得其所者，則『闢流離』三字義不相屬，故增數字以釋之，曰『爲開道路使之安集』，其失也迂矣。余謂『流離』者，梟也，所以喻惡人《邶風·旄丘篇》「流離之子」，陸璣曰：「流離，梟也，自關而西謂梟爲流離。」。闢之，言屏除，謂屏除惡人也。《荀子·解蔽篇》「闢耳目之欲」，楊注「闢，屏除也」。字亦作「辟」，《周官·小司寇》「前王而辟」，先鄭司農注「辟除奸人」。『闢流離，抑不詳』，兩句同義，皆承上文『圖匈虐，熏鬻殛』而言。」周壽昌曰：「詳即祥也，詳、祥古通。」

〔四〕「掩回轅，鬗長馳，騰雨師，洒路陂」四句：**顏師古曰**：如淳曰：「鬗音樠。鬗鬗，長貌也。」師古曰：「（鬗）音武元反。洒，灑也。路陂，路傍也。言使雨師灑道也。洒音灑，又音山豉反。」**陳本禮曰**：騺，馬之毛長掩蔽車轅也。（騰雨師，洒路陂）麟能致神。**王先謙曰**：錢大昭曰：「《説文》：『騺，髮長貌。』讀若曼。」先謙曰：「掩與奄同，謂超忽也。」**廖按**：《楚辭·九歌·大司命》：「令飄風兮先驅，使涷雨兮灑塵。」

［五］「流星隕，感惟風，籋歸雲，撫懷心」四句：**顔師古曰**：師古曰：「懷心，懷柔之心也。籋音躡。」**陳本禮曰**：昔黄帝時，鳳皇巢于閣，麒麟游于囿，有其德必有其應，今幸雍而獲白麟，顯然具有黄帝之德矣，其感召之速若星馳風疾也。末則更欲法黄帝，懷柔百神之心以撫安中外也。**王先謙曰**：先謙曰：「見流星之隕，興好風之感，歸途撫此懷集四夷之心，不能忘也。蓋即所見言之。」（廖按，《尚書·洪範》「庶民惟星，星有好風，星有好雨」，孔穎達疏曰：「言庶民之性惟若星然。『星有好風，星有好雨』，以喻民有好善，亦有好惡。」）

【集評】

朱嘉徵曰：武帝北伐彊夷，南誚勁越，置郡數十，通譯萬里，故「騰雨師」、「感惟風」，頗有日靖四方氣象。末句撫心自考，頌中寓規。

陳祚明曰：語定不近。「騺長馳」，如見尾鬣離披，御風以翻。○歸時人方懷慕，而籋雲以去者有以撫之，意曲至。

陳本禮曰：武帝好大喜功，故情見乎詞。

象載瑜

【集解】

班固曰：《象載瑜》十八。《郊祀歌》。○太始三年行幸東海獲赤雁作。

郭茂倩曰：《象載瑜》，《漢郊祀歌》。郊廟歌辭。○一曰《赤雁歌》。

徐獻忠曰：《漢書·禮樂志》云「太始三年行幸東海獲赤雁」，而名題曰「象載瑜」者，言其行幸之時，以南越之象載玉璧以獻諸海神，適獲朱雁以見神之所貺，而蓬萊之望庶幾可及也。

陳本禮曰：《武帝紀》（《漢書》）：太始三年二月，「行幸東海，獲赤雁，作《赤雁之歌》。幸琅邪，禮日成山。登之罘，浮大海。山稱萬歲」。（廖按，《赤雁之歌》，《漢書·武帝紀》「赤」作「朱」）○按《春官·巾車》，王之五輅，曰玉輅、金輅、象輅、革輅、木輅（廖按，《周禮·春官宗伯》「輅」作「路」）。《釋名》曰：金輅、玉輅，以金玉飾車也。象輅、革輅、木輅，各隨所名（廖按，《釋名·釋車》：「天子所乘曰玉輅，以玉飾車也。……象輅、金輅、木輅各隨所以爲飾名之也。」）。此詩首稱「象載瑜」者，或玉輅而御以象，或象輅而飾以玉，均可名之曰象載瑜也。前賢未經詳考，後人又無以發明，毋怪二三其説也。

象載瑜，白集西，食甘露，飲榮泉。[一] 赤雁集，六紛員，殊翁雜，五采文。[二] 神所

見，施祉福，登蓬萊，結無極。[三]（《漢書》卷二二《禮樂志》第二。《樂府詩集》卷一、《古詩紀》卷十五）

【集注】

[一]「象載瑜，白集西，食甘露，飲榮泉」四句：**顏師古曰**：服虔曰：「象載，鳥名也。」師古曰：「此説非也。象載，象輿也。山出象輿，瑞應車也。瑜，美貌也。言此瑞車瑜然色白而出西方也。西，合韻音先。（食甘露）駕輿者之所飲食也。榮泉，言泉有光華。」**陳本禮曰**：元狩二年，南越獻馴象。應劭曰，馴者，能拜舞周章，從人意也。禮案：象載，輿也。瑜，美玉，以美玉飾車，而以馴象御之，猶《周禮》玉輅，蓋瑞車也。服虔既以象載爲鳥，師古以瑜爲色白，而劉攽又以爲黑車，皆非也。（白集西）（西）叶先，雍之麟也。（食甘露）天所降。（飲榮泉）醴泉，地所出。先標四瑞，然後序出赤雁，更覺赤雁之可貴。**朱乾曰**：象載瑜，言德星垂象色如瑜也。《景星》章曰「象載昭庭」。白集西，白麟也，幸雍而獲故曰西。**王先謙曰**：劉攽曰：「此詩四句先叙所見祥瑞之物也。『象載瑜』，黑車也。『白集西』，雍之麟也。『甘露』『榮泉』，天之所降、地之所出也。（顏）注非。」**廖按**：曲瀅生云，《韓子》曰，黄帝駕象車，六蛟龍（廖按，《韓非子·十過》：「昔者黄帝合鬼神於西泰山之上，駕象車而六蛟龍……」）。

〔二〕「赤雁集，六紛員，殊翁雜，五采文」四句：**顔師古曰**：師古曰：「言六者，所獲赤雁之數也。紛員，多貌也。言西獲象輿，東獲赤雁，祥瑞多也。員音云。」孟康曰：「翁，雁頸也。言其文采殊異也。」**陳本禮曰**：（員）同紜。六者所獲赤雁之數，甚言祥瑞之多也。**王先謙曰**：錢大昭曰：「紛員即紛紜。員、云古字通。」沈欽韓曰：「《説文》：『翁，頸毛也。』頸上毛易雜色。《荀子·樂論》：『塤篪翁博。』翁亦有雜義。《墨子·節葬篇》『翁縗絰』，亦謂縗之垂如鳥頸毛。」

〔三〕「神所見，施祉福，登蓬萊，結無極」四句：**顔師古曰**：師古曰：「見，顯示也。蓬萊，神山也，在海中。結，成也。」**陳本禮曰**：因獲祥瑞之多，故浮大海，欲登蓬萊以結無極之想，成不死之金仙，故曰「結無極」。**王先謙曰**：先謙曰：「《武紀》所謂《朱雁之歌》也。（廖按，《漢書·武帝紀》：「行幸東海，獲赤雁，作《朱雁之歌》。」）上自此遂『幸琅邪，禮日成山。登之罘，浮大海』（《漢書·武帝紀》），故末云然。」

【集評】

朱嘉徵曰：劉勰曰：「《赤雁》群篇，靡而非典。」（《文心雕龍·樂府》）

陳祚明曰：「六紛員」「五采文」，「五」「六」作對；下「六」字奇。

李因篤曰：將言赤雁，先叙白雁，與《景星》篇同，而稍换其法。

王先謙曰：《宋志》（《宋書·樂志》）：「漢武帝雖頗造新哥，然不以光揚祖考崇述正德爲先，但多詠祭祀見事及其祥瑞而已，商周《雅》《頌》之體闕焉。」

赤蛟

【集解】

班固曰：《赤蛟》十九。《郊祀歌》。

郭茂倩曰：《赤蛟》，《漢郊祀歌》。郊廟歌辭。

徐獻忠曰：此送神樂章也。言神之降臨乘螭蛟之綏，偃黃華之蓋，而洋洋其來，蓋泛頌神軒而送之也。古註以赤蛟爲瑞應如赤雁，謬矣。○自《天馬》至此，凡十章，皆因瑞應置祠，率多歸於太一之祀而雜頌之也。

陳本禮曰：《漢書·武帝紀》：元封五年冬，「南巡狩，至于盛唐，望祀舜于九嶷。登灊天柱山，自尋陽浮江，親射蛟江中，獲之，舳艫千里，薄樅陽而出，作《盛唐》《樅陽》之歌」。今《漢書·禮樂志》不載此二歌，當是因巡狩福應之事不序于郊廟耳。今讀《赤蛟》詩，似在尋陽獲蛟後祀舜之作，且末（「託玄德」）引「玄德升聞」（《尚書·舜典》）句以頌舜，顯然可據。更考鐃歌《將進酒》一首，末有「使禹良工觀者苦」句，亦似祀舜之作。此二詩（《赤蛟》《將進酒》）或即《盛唐》《樅陽》二歌，未可知也。

王先謙曰：《宋志》(《宋書・樂志》)：「漢郊祀送神，亦三言。」謂此。

赤蛟綏，黃華蓋，露夜零，晝晻濭。[一]百君禮，六龍位，勺椒漿，靈已醉。[二]靈既享，錫吉祥，芒芒極，降嘉觴。[三]靈殷殷，爛揚光，延壽命，永未央。[四]杳冥冥，塞六合，澤汪濊，輯萬國。[五]靈禗禗，象輿轙，票然逝，旗逶蛇。[六]禮樂成，靈將歸，託玄德，長無衰。[七](《漢書》卷二二《禮樂志》第二。《樂府詩集》卷一、《古詩紀》卷十五)

【集注】

[一]「赤蛟綏，黃華蓋，露夜零，晝晻濭」四句：**顏師古曰**：師古曰：「綏綏，赤蛟貌。黃華蓋，言其上有黃氣，狀若蓋也。晻音烏感反。濭音藹。晻濭，雲氣之貌。」**陳本禮曰**：《詩》(《大雅・韓奕》)：「淑旂綏章。」《春官》(《周禮》)：司常掌九旂，各畫其象焉。帝親射蛟，欲誇耀武功，故畫蛟于旂以迎神。(黃華蓋)天子乘黃屋，故曰華蓋。(露夜零，晝晻濭)雲氣鬱陰，露零晻濭，似蛟氣凝結其上也。**王先謙曰**：先謙曰：「『綏』與『蓋』對文，皆靈車所有也。《說文》：『綏，車中把也。』繆繞車上，其色赤，故以赤蛟爲比。其蓋弓金華黃色，故云『黃華蓋』。《離騷》：『揚雲霓之晻靄兮。』」(廖按，《楚辭補注》「靄」作「藹」)，晻濭即晻

靄之變文。故音與靄同，而訓爲雲氣貌。」

［二］「百君禮，六龍位，勺椒漿，靈已醉」四句：**顏師古曰**：師古曰：「百君，亦謂百神也。勺讀曰酌。」**陳本禮曰**：（百君）南嶽百靈之神。（六龍位）舜葬蒼梧，帝望祀舜，舜必駕六龍而臨祀，故並祀六龍以妥其位焉。**廖按**：《楚辭·九歌·東皇太一》「奠桂酒兮椒漿」，王逸注：「椒漿，以椒置漿中也。」

［三］「靈既享，錫吉祥，芒芒極，降嘉觴」四句：**顏師古曰**：師古曰：「芒芒，廣大貌，音莫郎反。」**陳本禮曰**：舜德廣大，復降嘉觴以酢帝也。**廖按**：《詩經·商頌·玄鳥》「宅殷土芒芒」，毛傳：「芒芒，大貌。」「錫」，賜；《春秋·莊公元年》「王使榮叔來錫桓公命」，《公羊傳》曰：「錫者何？賜也。」

［四］「靈殷殷，爛揚光，延壽命，永未央」四句：**顏師古曰**：師古曰：「殷殷，盛也。爛，光貌。殷音隱。」**陳本禮曰**：楚詞：「靈連蜷兮既留，爛昭昭兮未央。」**廖按**：《楚辭·九歌·雲中君》「爛昭昭兮未央」，王逸注：「央，已也。」

［五］「杳冥冥，塞六合，澤汪濊，輯萬國」四句：**顏師古曰**：師古曰：「塞，滿也。輯，和也。天地四方謂之六合。汪濊，言饒多也。濊音於廢反，又音烏外反。輯與集同。」**陳本禮曰**：楚詞：「撰余轡兮高馳翔，杳冥冥以東行。」蓋舜澤汪濊，又將普輯萬國也。**廖按**：《楚辭·九歌·東君》「杳冥冥兮以東行」，洪興祖補注：「杳，深也。冥，幽也。」

［六］「靈禗禗，象輿轙，票然逝，旗逶蛇」四句：**顏師古曰**：孟康曰：「禗音近枲，不安欲去也。轙，待也。」如淳曰：「轙，僕人嚴駕待發之意也。」師古曰：「禗，孟音是也。轙，如説是也。轙音儀。票然，輕舉意也。逶蛇，旗貌也。票音匹遥反。蛇音移。」**陳本禮曰**：（靈禗禗）欲返駕也。票，讀飄。**王先謙曰**：洪亮吉曰：「《爾雅》『載轡謂之轙』，郭注：『車軛上環，轡所貫也。』則轙是載轡之環，宜從本訓爲是。《淮南·説山訓》高注：『轙，所以縛衡也。』（廖按，引文爲《淮南子·説山訓》「遺人車而稅（脱）其轙」高誘注）」**廖按**：曲瀅生云，《楚辭·九歌·雲中君》「猋遠舉兮雲中」，王逸注：「猋，去疾貌也。」猋票音同，故意亦略同。

［七］「禮樂成，靈將歸，託玄德，長無衰」四句：**顏師古曰**：師古曰：「言託恃天德，冀獲長生，無衰竭也。」**陳本禮曰**：託受舜賜，齡延無疆。**廖按**：「玄」，遠；《莊子·天地》「玄古之君天下」，成玄英疏云：「玄，遠也。」

【集評】

陳祚明曰：起四句亦言神之容衛，「赤蛟」「黄華」見之如極親切；中下一「綏」字，此「蓋」又飄摇轉動，甚活。以一「靈」字疊五句，上下前後變幻不同，與《練時日》《華爗爗》曲互異，故佳。「靈禗禗」四句飄渺超忽，目極長雲，若將爽然自失也。

【總評】

王世貞曰：《詩譜》（元陳繹曾撰）稱漢郊廟十九章「煅意刻酷，煉字神奇」，信哉！然失之太峻，有《秦風・小戎》之遺，非《頌》詩比也。

胡應麟曰：三言之工，蓋莫過於《練時日》《天馬徠》等篇。自後遞相祖述，若繆襲、韋昭、傅玄輩，第得其章句，神奇奥眇處，頓爾懸絶。漢人事事不可及，庸詎五言！○《郊祀歌》《練時日》《天馬》《華爗爗》《五神》《象載瑜》《赤蛟》六章，三言；《日出入》《天門》《景星》三章，雜言；餘皆四言。雖語極古奥，倘潛心讀之，皆文從字順，旨趣瞭然。惟雜言難通，計中必有脱誤，不可考矣。○《郊祀》多近《房中》，奥眇過之，和平少乏。○《練時日》，騷辭也；《惟泰元》，頌體也；二篇章法絶整。《練時日》，三言之極奇者；《惟泰元》，四言之極典者；一則贍麗精工，一則淳質古雅。後人擬《郊祀》者，當熟讀爲法。《華爗爗》《赤蛟》二章，類《練時日》。《青陽》四章，短體之工者，亦當熟參。

陳祚明曰：詩妙處全在生動，三百篇之《頌》最莊也，然「喤喤」「將將」有容有聲；《漢郊祀歌》雖倣楚辭，亦得《周頌》意，無章不靈，有語能活。後人但能爲莊嚴而已，一無生動之致，往往不堪存。明人《擬郊祀曲》僅能填綴，都不倣其縹蕭，何足取乎。

漢詩説曰：《郊祀歌》極謹嚴莊重，《鐃歌》便稍肆。蓋《郊祀》以對上帝，體宜祇肅，《鐃歌》出軍之樂，體可稍肆。《郊祀歌》與《安世樂》微不同，《安世樂》肅穆敦和，《郊祀》少加奇譎，蓋武帝好尚乃爾。

廖按：梁啓超云，朝廷歌頌之作，無真性情可以發抒，本極難工，況郊廟諸歌，越發莊嚴，亦越發束縛，無論何時何人，當不能有很好的作品。這十九章在一般韻文裏頭，原不算什麼佳妙。但專就這類詩歌而論，已是「後無來者」。試把晉宋隋唐四志所載王粲、繆襲、傅玄、荀勗、沈約……諸家樂章一比較，便見。○這十九章在韻文史裏頭所以有特殊價值，因爲他總算創作。他的體裁和氣格，有點出自《詩經》的三《頌》，卻並不襲三《頌》面目；有點出自楚辭的《九歌》，也不襲《九歌》面目；最少也是熔鑄三《頌》《九歌》，別成自己的生命。○十九章中，三言四言五言七言皆有，又或一章中諸言長短並用，開後世作家無限法門。各章價值，又自分高下。鄒子四章最醇古，有雅頌遺音。分詠四時，各各寫出他的美和善。春則「枯槁復産，迺成厥命」，夏則「桐生茂豫，靡有所詘」，秋則「沉碭肅殺，續舊不廢」，冬則「革除反木，抱素懷樸」，皆從自然界的順應，看出人生美善相樂的意義。○《練時日》《天門開》二章，想象力豐富，選辭腴而不縟，實諸章最上乘。《景星》章七言句，遒麗渾健，遠非《秋風辭》靡靡之比。《天馬》二章亦有逸氣，其餘諸章便稍差。

頌論功歌詩靈芝歌

【集解】

李昉等曰： 班固《頌論功歌詩靈芝歌》曰云云。

郭茂倩曰：《靈芝歌》，古辭。漢郊祀歌。郊廟歌辭。

左克明曰：《靈芝歌》，古歌謡辭。

馮惟訥曰：《郊祀靈芝歌》，見《太平御覽》。

朱嘉徵曰：《靈芝歌》，樂府古辭，附《郊祀歌》。

朱乾曰：《漢書·武帝紀》曰，元封二年夏六月，「甘泉宫内中産芝，九莖連葉」，「作《芝房之歌》」。其辭曰。

廖按：該詩首見於《太平御覽》卷五七〇《樂部》八，作《頌論功歌詩靈芝歌》；《樂府詩集》作《靈芝歌》，歸於「漢郊祀歌」；《古詩紀》作《郊祀靈芝歌》；《樂府正義》引《漢書》作《芝房之歌》，以該歌詩當之。今依《樂府詩集》將此歌附於「郊廟歌辭」中。

因靈寢兮産靈芝[一]，象三德兮瑞應圖[二]，延壽命兮光此都。配上帝兮象太微[三]，參日月兮揚光輝[四]。（《太平御覽》卷五七〇《樂部》八。《樂府詩集》卷一、《古詩紀》卷十三）

【校勘】

「因靈寢兮産靈芝」，「靈寢」原作「露寐」，據《樂府詩集》改。《古詩紀》「靈」作「露」。

「瑞應圖」，《古詩紀》小注云「『瑞應』一作『應瑞』」。

「配上帝兮」，「配」原作「緣」，據《樂府詩集》《古詩紀》改。

【集注】

［一］因靈寢兮産靈芝：**聞人倓曰**：《周禮·夏官》：「隸僕，掌五寢之掃除糞洒之事。祭祀修寢。」《續古今注》：「靈芝，一名壽潛，一名希夷。」**廖按**：《文選》張衡《西京賦》「浸石菌於重涯，濯靈芝以朱柯」，薛綜注：「石菌、靈芝，皆海中神山所有神草名，仙之所食者。」

［二］象三德兮瑞應圖：**聞人倓曰**：《漢書·郊祀志》：禹鑄九鼎，「其空足曰鬲，以象三德，饗承天祐」，注：「三德，三正之德也。」（廖按，《漢書·郊祀志》「以象三德」，顔師古注：「如淳曰：『鼎有三足故也。三德，三正之德。』師古曰：『如説非也。三德，一曰正直，二曰剛克，三曰柔克。事見《周書·洪範》。』」）《典引》：「應圖合牒。」

［三］配上帝兮象太微：**聞人倓曰**：《毛詩》（《大雅·文王》）：「克配上帝。」《晉書·天文志》：「太微，天子庭也，五帝之座也。」**廖按**：《淮南子·天文訓》「太微者，太一之庭也」，高誘注：「太微，星名也；太一，天神也。」

［四］參日月兮揚光輝：**廖按**：《楚辭·九章·涉江》：「與天地兮同壽，與日月兮同光。」

鼓吹曲辭

【集解】

沈約曰：鼓吹，蓋短簫鐃哥。蔡邕曰：「軍樂也，黄帝岐伯所作，以揚德建武，勸士諷敵也。」《周官》曰：「師有功則愷樂。」《左傳》曰，晉文公勝楚，「振旅，凱而入」。《司馬法》曰：「得意則愷樂愷哥。」雍門周説孟嘗君，「鼓吹于不測之淵」。説者云，鼓自一物，吹自竽、籟之屬，非簫、鼓合奏、别爲一樂之名也。然則短簫鐃哥，此時未名鼓吹矣。應劭漢《鹵簿圖》：唯有騎執篴。篴即笳，不云鼓吹。而漢世有黄門鼓吹。漢享宴食舉樂十三曲，與魏世鼓吹長簫同。長簫短簫，《伎録》並云，絲竹合作，執節者哥。又《建初録》云，《務成》《黄爵》《玄雲》《遠期》，皆騎吹曲，非鼓吹曲。此則列於殿庭者爲鼓吹，今之從行鼓吹爲騎吹，二曲異也。又孫權觀魏武軍，作鼓吹而還，此又應是今之鼓吹。魏、晉世，又假諸將帥及牙門曲蓋鼓吹，斯則其時謂之鼓吹矣。

郭茂倩曰：鼓吹曲，一曰短簫鐃歌。劉瓛《定軍禮》云：「鼓吹未知其始也，漢班壹雄朔野而有之矣。鳴笳以和簫聲，非八音也。騷人曰『鳴篪吹竽』是也。」蔡邕《禮樂志》曰：「漢樂四品，其四曰短簫鐃歌，軍樂也。黄帝岐伯所作，以建威揚德、風敵勸士也。」《周禮·大司樂》曰：「王師大獻，則令奏愷樂。」《大司馬》曰：「師有功，則愷樂獻于社。」鄭康成云：「兵樂曰愷，獻功之樂也。」《春秋》曰：「晉文公敗楚于城濮。」《左傳》曰：「振旅愷以入。」《司馬法》曰：「得意則愷樂、愷歌以示喜也。」《宋書·樂志》曰云云。按《西京雜記》：「漢大駕祠甘泉、汾陰，備千乘萬騎，有黄門前後部鼓吹。」則不獨列於殿庭者名鼓吹也。漢《遠如期》曲辭，有「雅樂陳」及「增壽萬年」等語，「[無]馬上奏樂之意（廖按，據文意疑「馬上」前脱一「無」字，兹補之），則《遠期》又非騎吹曲也。《晉中興書》曰：「漢武帝時，南越加置交趾、九真、日南、合浦、南海、鬱林、蒼梧七郡，皆假鼓吹。」《東觀漢記》曰：「建初中，班超拜長史，假鼓吹麾幢。」則短簫鐃歌，漢時已名鼓吹，不自魏晉始也。崔豹《古今注》曰：「漢樂有黄門鼓吹，天子所以宴樂群臣也。短簫鐃歌，鼓吹之一章爾，亦以賜有功諸侯。」然則黄門鼓吹、短簫鐃歌與横吹曲，得通名鼓吹，但所用異爾。漢有《朱鷺》等二十二曲，列於鼓吹，謂之鐃歌。

漢鼓吹鐃歌十八曲

【集解】

沈約曰： 漢鼓吹鐃歌十八曲。○鐃，如鈴而無舌，有柄，執而鳴之。《周禮》，「以金鐃止鼓」。漢《鼓吹曲》曰鐃哥。○蔡邕論叙漢樂曰：一曰郊廟神靈，二曰天子享宴，三曰大射辟雍，四曰短簫鐃歌。

郭茂倩曰： 漢鐃歌，古辭。鼓吹曲辭。○《古今樂録》曰：「漢鼓吹鐃歌十八曲，字多訛誤。一曰《朱鷺》，二曰《思悲翁》，三曰《艾如張》，四曰《上之回》，五曰《擁離》，六曰《戰城南》，七曰《巫山高》，八曰《上陵》，九曰《將進酒》，十曰《君馬黄》，十一曰《芳樹》，十二曰《有所思》，十三曰《雉子斑》，十四曰《聖人出》，十五曰《上邪》，十六曰《臨高臺》，十七曰《遠如期》，十八曰《石留》。又有《務成》《玄雲》《黄爵》《釣竿》，亦漢曲也。其辭亡。或云，漢鐃歌二十一無《釣竿》，《擁離》亦曰《翁離》。」

徐獻忠曰： 鐃歌者，漢鼓吹部也。鼓吹本非正樂，不過優伶進奏之音。但漢世猶采民間風謡，及臣民諷誦，猶有《三百篇》遺意。至魏晉以後，張大其功業，自侈其殺伐，古人采詩之義略無有存者。○漢鐃歌鼓吹有三部，宴群臣及上食，則有黄門鼓吹；大駕出遊，或建威揚德，則有短簫鐃歌；軍中行部，則有横吹；三者通名曰鼓吹，但所用異耳。……惟鐃歌，鉦鼓充庭，簫笳有節，而其曲皆采之風謡頌詩，要之三代以後列國所創之俗樂，異於太師所掌，而音節猶存古意者也。

馮惟訥曰：《漢鐃歌》十八曲。崔豹《古今注》曰，短簫鐃歌，軍樂也。黄帝使岐伯作，所以建威揚德、風敵勸士者也。《周禮》所謂王大捷則奏凱樂。漢樂有黄門鼓吹，天子所以宴樂群臣也。短簫鐃歌，鼓吹之一章爾，亦以賜有功諸侯。

朱嘉徵曰：鐃歌十八曲，疑出當時上林樂府，或爲掖庭才人所奏者乎。○《朱鷺》，蓋協火德之瑞也；《遠如期》，大一統也；《聖人出》《上之回》則巡游以時，《艾如張》《雉子班》，則田獵有節；《將進酒》，則燕會賦詩；而《上陵》《有所思》，則食舉以禮也；且懷賢如《翁離》《臨高臺》，好善道如《上雅(邪)》，望遠勞還如《巫山高》，並志之以頌美者；疾惡若《芳樹》，刺過若《思悲翁》《君馬黄》，輕用民死若《戰城南》，務遠略若《石留》，則存之以風戒者；而曲稱「雅樂陳，佳哉紛」，又曰「宜天子，壽萬年」，其亦懽欣和樂以盡群下之情者耶？○鄭樵《通志》：鐃歌二十二曲，風雅之遺，繫之正聲。

張玉穀曰：今十八曲中，可解者少；細尋其義，亦絶無如《古今注》所云「建威揚德，風敵勸士」者，不知何以謂之鐃歌也。豈當時軍中奏樂，只取聲調諧協，而不計其辭耶？

陳本禮曰：今所傳《鐃歌十八曲》，不盡軍中樂，其詩有諷有頌，有祭祀樂章，其名不見于《史記》，亦不見于《漢書》，惟《宋書·樂志》有之，似漢雜曲，歷魏、晉傳訛，《宋書》搜羅遺佚，遂統名之曰《鐃歌》耳。

莊述祖曰： 鼓吹鐃歌十七曲（廖按，莊述祖云，《石留》舊弟十八，有其聲而辭失傳，詁不可復解，今不録），其《上之回》《上陵》《遠如期》三曲爲宣帝時詩，有巡狩福應之事；餘十四篇非作于一時，雜有淮南齊楚之歌，又皆有所諫譏而作；其序戰陣之事者，唯《戰城南》一篇而不述功德，述功德者唯《聖人出》一篇而已；它或悲君臣遭遇之難，傷禮義陵遲之失，至於思周道緬頌聲；故不得專以建威勸士言也。故短簫鐃歌之爲軍樂特其聲耳，其辭不必皆序戰陣之事。……按《漢志》河南周歌周謡，歌詩皆有「聲曲折」，故與歌詩相輔而行者與？

陳沆曰： 宣帝時，甘泉郊見泰畤，數有美祥，修武帝故事，頗作詩歌，而漢志不載其詞。今所傳《鐃歌十八曲》，惟見於郭茂倩《樂府》解題，而其内有《聖人出》《上陵》《上之回》《遠如期》四章，明皆宣帝時事。則此《鐃歌十八曲》之首，當爲宣帝所作，及漢武世淮南、齊、楚之謳與？

王先謙曰： 由今觀之，《思悲翁》《戰城南》《巫山高》《有所思》，《藝文志》之「漢興以來兵所誅滅歌詩」也；《上之回》《將進酒》《臨高臺》《遠如期》，「出行巡狩及游歌詩」也；在鐃歌内者也。《聖人出》，「泰一雜甘泉壽宫歌詩」也，在鐃歌外者也。其餘九篇，亦皆名仍舊曲，婁易新辭。《朱鷺》，美漢初朱鷺之瑞福應歌詩也，變而諷刺矣。《上陵》，舊食舉曲，因上陵而名，《藝文志》之「宗廟歌詩」也，變而神仙矣，猶非軍樂也；《遠期》《有所思》，列于太樂食舉曲，亦「宗廟歌詩」也，一變而爲軍樂者也。「宗廟歌詩」未經協律，故舊曲之《上陵》《遠期》《有所思》不録《樂志》，所録者協律者也。福應巡狩弗加論列，故舊曲之《朱鷺》及《上之回》《上陵》《將進酒》《臨高臺》《遠如期》不録，其他軍樂，又何取焉。此十八曲者見擯於當代禮典之書，而雜收於曠世窮搜之史，故孟堅之隘也。原其筆體，各有指歸，自樂府云亡，寫詩官廢，理解茫昧，源流淆亂，時祀綿遠，傳播滋譌，昔人因其曲名，統謂鐃歌云爾。存者經歷百代尚有解人，若其不存，胡可勝慨，又孟堅之厄也。○十八曲不皆鐃歌，蓋樂府存其篇名，在漢時已屢增新曲，實爲後代擬古樂府之祖，《朱鷺》《上陵》諸篇，其確證也。《宋書》既已沿譌，仍統名《鐃歌》以存其舊；劉勰《文心雕龍》謂漢武始立樂府，師古不察，襲謬以注《漢書》；由此謂鐃歌者，以爲皆武帝時作，是大不然。高祖愛巴俞歌舞，令樂人習學之，嗣是樂府遂有巴俞鼓員矣。孝惠二年，夏侯寬爲樂府令矣。讀《思悲翁》《戰城南》《巫山高》三篇，知鐃歌肇于高祖之時；讀《遠如期》一篇，知鐃歌行于宣帝之世；推原終始，皆在西都；蓋采詩協律，武宣代盛，前有作者，悉在輶軒；踵事所增，以時存録；刺上之作，不得獻焉，則又散之民間；傳之易代，同題異曲，於是乎出；佚缺互亂，收紹多門，執後補前，因甲替乙；矧若聲音訓詁，渺矣莫詳，使一代文章，闇若幽室。史册斯存，稽合時事，發矇探賾，無使廢墜，後起之責也。

廖按：蕭滌非云，欲知鐃樂内容之所以龐雜，當先明鐃歌在漢時施用之情況。李德裕《鼓吹賦》云：「厭桑濮之遺音，感簫鼓之悲壯。」鐃歌既爲一種新興之胡曲，故漢時特見風行，凡屬於人之事者，殆莫不用焉。舊云軍樂，實不盡然，或從其始而言之也。○王汝弼云，「鐃歌」的本意，當即「雜曲」的異稱。知之者，《後漢書·五行志》載，桓帝末，京都童謡云：「茅田一頃中有井，四方纖纖不可整；嚼復嚼，今年尚可後年鐃。」此處的「鐃」字的本義不是樂器，而是雜亂的意思。因此《五行志》下文解「後年鐃」説：「陳竇被誅，天下大壞。」正是因爲這樣，應劭《風俗通》引此作「今年尚可後年譊」。譊，亦或疊言稱「譊譊」，《孤兒行》「里中一何譊譊」，亦雜亂之意。

朱鷺曲

【集解】

沈約曰：《朱鷺曲》。

郭茂倩曰：《朱鷺》，漢鐃歌。鼓吹曲辭。○《儀禮·大射儀》曰：「建鼓在阼階西南鼓。」《傳》云：「建猶樹也，以木貫而載之，樹之跗也。」《隋書·樂志》曰：「建鼓，殷所作」，「又棲翔鷺於其上，不知何代所加。或曰，鵠也，取其聲揚而遠聞。或曰，鷺，鼓精也」，「或曰，皆非也。《詩》（《魯頌·有駜》）云，『振振鷺，鷺于飛。鼓咽咽，醉言歸』，言古之君子，悲周道之衰，頌聲之息，飾鼓以鷺，存其風流。未知孰是」。○孔穎達曰：「楚威王時，有朱鷺合沓飛翔而來舞」，「舊鼓吹《朱鷺曲》是也」（廖按，引文見陸璣《毛詩草木鳥獸蟲魚疏》及《爾雅·釋鳥》邢昺疏）。然則漢曲蓋因飾鼓以鷺而名曲焉。

徐獻忠曰：予讀《鐃歌》諸曲，其義不可通者七首，止可以意測其命題而已。如《朱鷺》一首，説者以《隋書·樂志》建鼓在階而栖翔鸞於其上以飾鼓容者非也。孔穎達云，楚威王時有朱鷺合沓飛翔而來，因作《朱鷺曲》以表其瑞，因飾之階鼓，以示不忘。然則本楚曲而漢人述之也。其云「魚以烏」者，言其食也；「路訾邪」，言其所行也；「食茹下」，言食以水中在草之下也；「不之食，不以吐」，言其魚之外，别無所食而食者亦未嘗吐，以比柔不茹剛不吐，當以是問之諫者，亦當如鷺可也。大抵鐃歌句讀長短不齊，節奏斷續，但以諧其聲調，不必言之可讀，如後世填詞曲者以聲爲主也。若欲以文章家辭義例之，則其意遠矣。

楊慎曰：古樂府有《朱鷺曲》，解云：「因飾鼓以鷺而名曲焉。」又云：「朱鷺咒鼓，飛於雲末。」徐陵詩有「梟鐘鷺鼓」之句，宋之問詩「稍看朱鷺轉，尚識紫騮驕」，皆用此事。蓋鷺色本白，漢初有朱鷺之瑞，故以鷺形飾鼓，又以朱鷺名《鼓吹曲》也。梁元帝《放生池碑》云：「元龜夜夢，終見取於宋王。朱鷺晨飛，尚張羅於漢后。」與朱鷺飛雲末事相叶，可以互證，補《樂府解題》之缺。

朱嘉徵曰：《朱鷺》，燕射之樂也。建鼓爲大射所陳，則歌之。一曰述朱鷺之德以諷執法之臣也。誅，配賞而行，天道所不廢。或曰，朱，美祥也。漢以火德王，應與周之赤烏同瑞矣。

陳本禮曰：《詩》(《魯頌·有駜》)「振振鷺，鷺于飛，鼓咽咽」，似古即有鷺鼓之製。後人解經，因《詩》（《陳風・宛丘》）有「值其鷺羽」，遂謂此詩「鷺」字爲舞人所舞之羽耳。第朱鷺飾鼓，未知始於何時。……《詩疏》：鷺，水鳥，性食魚。（廖按，陸璣《毛詩草木鳥獸蟲魚疏》：「鷺，水鳥……將欲取魚。」）朱鷺，禽之至仁者。《禽經》，朱鳶不攫肉，朱鷺不吞鯉，故王者畫于鼓。《天中記》，鷺，鼓之精。

朱乾曰：招直言也。〇太公《金匱》云，禹立建鼓。

莊述祖曰：思直臣也。漢承秦弊，始除誹謗妖言之辠，而臣下猶未敢直言極諫焉。〇陸璣《詩義疏》（《毛詩草木鳥獸蟲魚疏》）云：「鷺，水鳥也，好而絜白，故謂之白鳥。齊魯之間謂之舂鉏，遼東樂浪吴揚人皆謂之白鷺。大小如鴟，青脚，高尺七八寸，尾如鷹尾，喙長三寸所，頭上有毛十數枚，長尺餘，毵毵然與衆毛異，甚好，將欲取魚時則弭之。今吴人亦養焉，好群飛鳴。楚威王時有朱鷺合沓飛翔而來舞，則復有赤者，舊鼓吹《朱鷺曲》是也。」《淮南傳》（《淮南子》）曰：「堯置敢諫之鼓。」賈生書亦云鼓所以來諫者（廖按，賈誼《新書・保傅》：「有誹謗之木，有敢諫之鼓。」）。飾鼓以鷺，以其取魚而能吐，猶直臣聞善言必入告其君也。按《毛詩・有駜》傳曰：「馬肥彊則能升高進遠，臣彊力則能安國。」箋云：「此喻僖公之用臣，必先致其禄食，禄食足而臣莫不盡其忠。」傳又以鷺「興絜白之士」，是詩悉與相應，漢鐃歌以爲篇首。

陳沆曰：漢設御史、刺史之官，職伺察糾舉之事，時有不能稱其任者，故曲刺之。

譚儀曰：朱鷺，刺上不潔而多取也。鷺不純白，以朱爲瑞，亦好異。食魚無算，窮極茄下，竭澤而漁矣。即不之食，終不以吐，無饜也。誅，責也。將以問黜幽者。烏路邪皆聲。《古今録》所謂辭豔相雜，不復可分。

王先謙曰：古之建鼓與鐃歌鼓吹無涉，飾鼓以鷺亦與朱鷺無涉，此茂倩之臆説也。後人不察，又牽于曲中「諫」字之義以謂建鼓求言，强爲附和，更不足辨矣。○《朱鷺》舊曲，漢初頌美福應之歌也。考《潛確類書》：漢有朱鷺之祥，故《鐃歌》二十二曲中有《朱鷺曲》。蓋漢興有此嘉應，如《埤雅》所載楚威王時赤色之鷺合沓來舞者。群臣獻頌，以名其曲，若武帝《白麟》《赤雁》之歌。其時不可考，詩亦亡矣。樂府存其篇目，後人因舊曲易新詞，遂爲歷代擬古之祖。是篇武帝時作，與舊曲皆非鐃歌也。○武帝元光六年，初算商車；元狩四年，造皮幣白金，鑄三銖錢……又令諸賈人末作各以其物自占率緡錢……百姓咸指怨之。六年遣使治郡國緡錢，得民財物奴婢以億萬計，田宅亦如之。於是商賈中家以上皆破。此曲所以托諷也。○作歌者因當時臣下竊弄威福，刻意誅求，上有屯膏，民不堪命，乃托朱鷺起興，大聲疾呼而告之曰，朱鷺，今魚已烏有矣，雖然，豈女朱鷺之訾邪，夫鷺何食，所食者在茄之下，蓋以水族養生也。凡鷺食魚必哺而復吐乃食，今朱鷺既不魚之食，則亦不以吐矣。然則魚之烏有咎將誰歸，吾將以問女誅求之人耳。女得諉爲不知邪？

廖按：夏敬觀云，鷺以繪鼓，兼取厭敵之意，無可疑。鐃所以止鼓，故假託其辭，呼鼓以問之。漢繪朱鷺於鼓，非繪白鷺。然《詩》「振鷺于飛」及《有駜》之「振振鷺」，皆取其白，漢獨取朱，則非以鷺喻潔白之士可知。且鐃歌亦何取於諫諍之義。《宋書》「誅」下注「一作諫」，當是「楝」字，東候對轉，歌時當讀誅如楝，亦聲也。傳寫者誤作諫。此篇言整軍經武之本旨，蓋並建威揚德，風敵勸士之誼而有之，故置之第一爲鐃歌之首。○余冠英云，這是詠鼓的歌，鼓上的裝飾作朱鷺銜魚形象。歌辭大意是説：朱鷺已經把魚嘔出來了，鷺鷥吃什麼？本來是吃魚的呀，現在不把魚吃下，又不吐掉，是要送給諫者吧（贈送禮物是表示敬意，敢諫之士是值得尊敬的人）。○有學者指出，「水鳥和魚這一組意象的性愛文化内涵，自聞一多《説魚》發表以來，已爲大家所熟知和承認」，「《朱鷺》一篇的訓釋與主題與此相關」，「『將以問誅者』一句中，『誅』字爲『姝』字之借」，「朱鷺以魚爲聘問之禮，遺贈『姝者』，即美人。」（見姚小鷗《〈漢鼓吹鐃歌十八曲〉的文本類型與解讀方法》，《復旦學報》二〇〇五年第一期）

朱鷺[一]，魚以烏路訾邪[二]。鷺何食，食茄下。[三]不之食，不以吐，[四]將以問誅一作諫者。[五]（《宋書》卷二二《志》十二《樂》四。《樂府詩集》卷十六、《古詩紀》卷十五）

【校勘】

「路訾邪」，《古詩紀》「路」作「鷺」。

【集注】

［一］朱鷺：**陳本禮曰**：首呼朱鷺者，望其恩而憐之也。**陳沆曰**：《魏書·官氏志》，以伺察者爲候官，謂之白鷺，取延頸遠望之意。漢初内設御史大夫，外設刺史，糾舉權貴奸猾，故取鷺爲興。**王先謙曰**：沿《朱鷺》篇名，故即以朱鷺起興。**廖按**：聞一多云，朱鷺者，鼓飾也。《爾雅·釋樂》「大鼓謂之鼖」，《大雅·靈臺》「賁鼓維鏞」，字作賁。案賁者飾也，鼓上加鳥羽以爲飾，即《周頌·有瞽》所謂「樹羽」，《禮記·明堂位》所謂「璧（壁）翣」。鼓大則易爲飾，故大鼓謂之鼖鼓。其飾之尤繁者，或變鷺羽爲全鷺。羽旄之飾，本皆染朱，飾鼓之鷺，出於羽飾，故其色亦朱。

［二］魚以烏路訾邪：**楊慎曰**：「烏」古與「雅」同叶，音作「雅」。蓋古字烏也，雅也，本一字也。「雅」與「下」相叶，始得其音。「魚以雅」者，言朱鷺之威儀，魚魚雅雅也。韓（韓愈）文《元和聖德詩》「魚魚雅雅」之語本此。**陳本禮曰**：「魚以烏」者，言魚爲他鷺所食，業以烏有矣，今所游泳于沙汀淺渚者，皆殘食之餘，豈堪當君之大嚼哉。（路）鷺省文。相毀曰訾。**董若雨曰**：路訾邪，篇中三轉聲之准也。**唐汝諤曰**：訾之爲言量也。**朱嘉徵曰**：路訾邪，樂中聲逗，與伊那阿同。**朱乾曰**：訾與觜通，娵觜通作娵訾（廖按，《左傳·襄公三十年》「歲在娵訾之口」，《爾雅·釋天》「訾」作「觜」：「娵觜之口，營室東壁也。」）。《廣韻》：「（觜）喙也。」**莊述祖曰**：烏當爲歍，歐歍，吐也。路訾邪，言鷺吐魚不可訾量也。路、邪，

聲也，漢《鐸舞》歌詩曰：「治路萬邪。」**王先謙曰**：「以」「已」同。烏，烏有也，猶言何有。《史記・司馬相如傳》烏有先生者，烏有此事也。訾同疵，疵毁，字今相承作訾毁、疵病也。訾本義亦病也，《禮・檀弓》「故子之所刺於禮者，亦非禮之訾也」，注：訾，病也。皆不善之意。邪，疑詞。邪，古詳於切，音徐。先恭案，《詩》（《邶風・北風》）「莫黑匪烏」，「其虛其邪」，「烏」「邪」爲均（韻）；《爾雅》「邪」作「徐」（廖按，《詩經・邶風・北風》「其虛其邪」，《爾雅・釋訓》引作「其虛其徐」）。路訾邪，不以魚之烏有（何有）病朱鷺也。先恭曰，訾，恣也。路訾邪，言魚之烏有非朱鷺恣欲也，於義亦通。《荀子・非十二子篇》「離縱而跂訾者也」，（楊倞）注：「訾讀爲恣。」謂恣其志意也，是訾有恣意矣。**廖按**：曲瀅生云，「魚」「漁」古通，《詩・魚麗》傳「獺祭魚然後漁」，《釋文》「漁」本作𩺰，《周禮》「𩺰」本作魚，是其證。（廖按，《詩經・小雅・魚麗》「魚麗于罶」，毛傳「獺祭魚然後漁」，陸德明《釋文》：「漁音魚，一本作『𩺰』，同，取魚也。」《周禮・天官冢宰》「𩺰人」，鄭玄注：「𩺰，音魚，本又作魚，亦作敷，同，又音御。」）「烏」，《漢書・賈誼傳》注，何也。「朱鷺魚以烏」言朱鷺捕魚何爲耶。○夏敬觀云，「訾」字本是韻，支魚通協也。樂工以其不調，乃增其聲（廖按，夏敬觀以「魚以烏路訾」爲句）。此篇以鷺喻軍，以魚喻敵，訾，惡也，即《管子》（《形勢》）「訾食者不肥」之意。○聞一多云，鼓飾蓋又有魚在鷺旁，故曰魚已歟（魚以烏）。《禽經》「朱鷺不吞鯉」，疑亦因鼓飾而造說。○陳直云，《小校金閣金文》卷十三，十頁，有永元十三年鷺魚洗。《積古齋鐘鼎款識》卷九，二十三頁，有漢安二年魚鷺洗。兩洗鷺魚各一，皆分畫左右，中間一行爲銘文，足證鷺魚在漢時爲吉祥之圖象畫，非如舊説鷺魚僅用爲鼓飾也。「魚以烏」謂鷺捕魚時發出上下相征逐之烏烏聲音。

[三]「鷺何食？食茄下」二句：**楊慎曰**：「茄」古「荷」字。**陳本禮曰**：（下）叶虎。**唐汝諤曰**：《説文》，荷，芙蕖，其莖茄。乃用修即以茄作荷，非也。**吴景旭曰**：《爾雅》（《釋草》）：「荷，芙蕖，其莖茄，其葉蕸，其本蔤，其華菡萏，其實蓮，其根藕，其中菂（的），菂（的）中薏。」郭璞云：「蜀人以藕爲茄。」張衡《西京賦》（《文選》）「蔕倒茄於藻井」，（薛綜）注：「茄，藕莖也。」**朱乾曰**：食茄下者，言其清也。**莊述祖曰**：《釋草》（《爾雅》）曰：「荷，芙蕖，其莖茄，其本蔤。」（郭璞）注：「（蔤）莖下白蒻在泥中者。」「茄下」，芙蕖莖下白蒻，是與藕異也。鷺鳥之潔者，而茄下又至潔，喻潔白之士不苟食也。**王先謙曰**：食茄下，魚在茄下而鷺食之也。茄，一作葭。裴憲伯《朱鷺篇》「群飛向葭下」，蘇子卿《朱鷺篇》「非貪葭下食」，皆易此「茄」字爲「葭」（廖按，二詩均見《樂府詩集》，列于《朱鷺曲》歌目下）。葭，《説文》：「葦之未秀者。」先謙又案，古詩「江南可采蓮，蓮葉何田田，魚戲蓮葉間。魚戲蓮葉東，魚戲蓮葉西，魚戲蓮葉南，魚戲蓮葉北」，魚集荷下水草交偎，天機固然，致有生趣；若夫秋高露冷，潦静潭清，瑟瑟蘆風，衆鱗潛伏。訓茄爲葦，非所宜矣。下，古後五切，音户。**廖按**：聞一多云，「下」疑當爲「華」，聲之誤也。鼓飾蓋作鷺銜荷花之象。

[四]「不之食，不以吐」二句：**陳本禮曰**：之指魚。凡鷺食魚必吞而復吐乃食，今朱鷺食茄，故不用其吞，亦不用其吐也。**朱乾曰**：不之食不以吐者，鷺性静，善捕魚，言不輕舉於前，亦不畏葸於後也。**莊述祖曰**：食之不以其道，鷺亦不吐所取魚，言人君當屈己求諫。**陳沆曰**：荷下魚所聚，故鷺當食於荷下。苟不之捕食，又不以吐者告，則縱奸養慝，所司何事乎。**王先謙曰**：不之食不以吐，言朱鷺至仁，不吞魚也。《説文》：「哺，咀也。」咀，含味也。《字林》：「哺，咀食也。」是食有哺義矣。吐，《説文》：「寫（瀉）也。」鳥若鸕鷀、魚虎，獸若猱牛，皆先以口含取物，吐而更食之，鷺亦然也。**廖按**：夏敬觀云，「不之食」，喻不多殺也，仁也；「不以吐」，喻不縱敵也，義也。

[五]將以問誅一作諫者：**陳本禮曰**：（者）叶渚。**朱乾曰**：獨以問之諫者，諫官列侍從之班，居清禁之地。鷺鳥長喙，諫議直言。因鼓而問諫者，其因古者樹敢諫之鼓，成周建路鼓以通下情而然歟？諫以口爲用，猶鷺以喙爲用，故通章俱詠喈言。**陳沆曰**：《詩》（《曹風・候人》）曰「維鵜在梁，不濡其翼。彼其之子，不稱其服」，「將以問諫者」之謂也。**王先謙曰**：《雜記》（《禮記》）「不敢辟誅」，（鄭玄）注：「誅，猶罰也。」《左（傳）・莊八年》「誅屨於徒人費」，《襄三十一年》「誅求無時」，《定十年》「有司若誅之」，（杜預）注並云：「誅，責也。」此誅字兼罰責二義矣。「將以問誅者」，不敢斥言在上之人，而歸其過於臣下，「問」字内含微言喚醒義。**廖按**：夏敬觀云，此句言仁義之師，惟罪之當誅者是問也。○曲瀅生云，《淮

南·時則》注:「誅,治也。」(廖按,《淮南子·時則訓》「阿上亂法者誅」,高誘注:「誅,治也。」)言朱鷺食茄不食魚之故,惟有問治朱鷺者始能明也。○聞一多云,作「諫」者是。《管子·桓公問篇》「禹立諫鼓於朝而備訊唉」,《淮南子·氾論篇》「禹之時以五音聽治,懸鐘鼓磬鐸置鞀,以待四方之士,爲號曰『教寡人以道者擊鼓……』」,《主術篇》「堯置敢諫之鼓」。案《周頌·有瞽》「崇牙樹羽,應田懸鼓」,(毛)傳:「田,大鼓也。」(鄭玄)箋「田當作朄朄小鼓」,《周禮·大師》《禮記·明堂位》鄭注、《爾雅·釋樂》郭注、《宋書·樂志》並引《詩》作「朄」。案字當依鄭,訓當從毛。朄鼓即諫鼓也。《爾雅·釋詁》三:「問,遺也。」「將以問諫者」,謂若有諫者來擊鼓,當以此荷花遺之其人以旌異之也。

【集評】

唐汝諤曰:此借朱鷺以諷執法之臣也。言鷺之威儀,魚魚雅雅,能嘗量路之邪曲,而食於水草之下,非其食者固不之食,而其所食者亦未嘗吐,蓋自然有柔不茹剛不吐之風焉,故將以是問之諫者,亦當如鷺可也。以鷺之窺見淵魚,有察見隱微之義,故其言如此。

陳祚明曰:末三句古,且意味深長。作「諫」者是。蓋人臣風諭其君,不驟亦不捨,甚有理。

李因篤曰:「魚以烏」,本言鷺之威儀魚魚雅雅,卻用「以」字,奇絶。○不食不吐,即「剛不吐、柔不茹」意,隱剛柔字便不測。「問」字寫出汲汲求言之情。○只就朱鷺説,而建鼓求言,不找(著)一語,意自淵然。

漢詩説曰：此辭舊無解，楊升庵嘗解之而未確。余嘗反復求之二十年，後讀《禽經》曰「朱鳶不攫肉，朱鷺不吞鯉」，乃悟漢曲朱鷺，禽之至仁者，如麒麟鳳凰，故王者畫于鼓。「朱鷺」二字爲句；「魚以烏」，「烏」古「顧」字，言魚顧鷺也。「路」即上「鷺」字，篆文八分多因上作省文，考漢碑可見。「訾邪」，訾箅也，言鷺籌箅欲食之狀。「鷺何食，食茄下」，「茄」舊訓「荷」，宜同「蕸」，荷葉也；「下」音「户」，言朱鷺但食水中荷藻之類。「不之食」，「之」猶此也，謂魚。「不以吐」，凡鷺食魚，吞而復吐乃食，朱鷺亦不以吐，此蓋比王者征伐有罪，不殘殺其民，但問誅有罪而止，故曰「將以問誅者」。「者」音渚。

陳本禮曰：彭躬庵曰，辭誼皆奇雋，可作諫鼓銘。○相毀曰訾。「訾」字妙，似朱鷺聞「以烏」之説，不肯認咎，訾其枉己，未考其實而責人也，故下有「何食」「不食」之辯。○推朱鷺不忍吞鯉之心，猶王者行不忍人之政，焉肯殘食其民？將以問者，爾當問前此誅求之人，何以至於此哉。

思悲翁曲

【集解】

沈約曰：《思悲翁曲》。

郭茂倩曰：《思悲翁》，漢鐃歌。鼓吹曲辭。

徐獻忠曰：此是人子思悲其翁之詞，采之以入鐃歌也。大略言其翁蓬首垢面以立勞勛，如走狗之逐狡兔以食君，而不免爲惡人之所殘敗，是以悲之也。梟能破巢取卵，而梟則子母俱全，以比惡人之害善類也。「梟子五，梟母六」，言惡類衆多也。梟夜鳴其所宿處多爲人禍，今群惡衆多，拉沓高飛，而又不知暮將何宿，而又降禍於誰也。以此入曲進奏之時，亦以警君人當辨善惡之類；一則不忘勞臣之功，一則遠辟殘毀之惡人，此則采詩之微意也。

朱嘉徵曰：《思悲翁》，志戒之歌也，如二雅（《詩經》）《棠棣》之喻鬩牆、《伐木》之陳失德焉。○一曰，時有勳臣失職而没，其子思而悲之。「唐思」，思之長也；「我思」，思之續也；「美人」，目君也；奪君之眷，職惟黨人之故；「莫安宿」者，懼辭也。群小同升，正人之禍不遠矣。

朱乾曰：傷讒邪啄害功臣也。

莊述祖曰：傷功臣也。漢誅滅功臣，吕后謀族淮陰侯信，醢梁王越，民尤冤之，故作是詩。

譚儀曰：《思悲翁》，哀征役也。楚漢之際，伏尸流血，天下騷然，少壯入軍，垂老不反。

王先謙曰：漢楚交戰，太公爲楚所得，軍士將士因高帝悲思其親，作歌以述其情，曰天性至親，兵凶不測，翁今被虜，正人子呼天莫贖之時，思之良可悲耳。翁之虜也，與吕后俱，彼美人兮，誠不足爲念，惟冀奪我美人之頃，或漸以遇悲翁，奈强弱不敵，援救莫能，唐思遇之不可見也。但我之諸臣豈無能者，當此悲思蓬首之際，或有狗逐狡兔，食之以交於君，則救父復仇嘉賴曷已。今梟子則有五矣，梟母則有六矣，我譬若無依之鳥，拉沓高飛，晝雖倖免，莫將於何投宿，維兹臣下，何以濟我於艱難耶？

廖按：夏敬觀云，「悲翁」爲邊郡之民，匈奴入寇，妻子離散，猶《易林》所謂「孤翁寡婦獨宿悲苦」者；思悲翁，故不能無征伐匈奴之意。○聞一多云，詩似謂夫爲賊所執，廬舍被劫，妻子逃散。○陳直云，此篇描寫的是悲翁之妻與子爲賊所劫略情況。

思悲翁[一]，唐思[二]，奪我美人侵以遇[三]，悲翁也，但我思。[四]蓬首一作蓑狗，逐狡兔，[五]食交君[六]，梟子五。梟母六，[七]拉沓高飛莫安宿。[八]（《宋書》卷二二《志》十二《樂》四。《樂府詩集》卷十六、《古詩紀》卷十五）

【校勘】

「拉沓高飛莫安宿」，《樂府詩集》《古詩紀》，「莫」作「暮」。

【集注】

[一] 思悲翁：**陳本禮曰**：思者，事後追念之辭。悲翁者，猶「盧令令，其人美且仁」（《詩經·齊風·盧令》）。翁蓋獵者，能急難而禦寇，故美之曰悲翁也。**莊述祖曰**：翁者，老人之稱。老者多思往事而悲，故曰「悲翁」。**王先謙曰**：悲，《說文》：「痛也。」傷閔之意。翁，《漢

書》師古注，老人之稱。何承天作「思悲公」。古翁公通用，皆尊稱人之辭。揚子《方言》：「凡尊老，周晉秦隴謂之公，或謂之翁。」今人尊稱人曰某公，又曰某翁，此風不獨周晉秦隴然矣。《列子·黃帝篇》「家公執席蓋」，稱父曰公；《廣雅·釋親》「翁，父也」，父亦稱翁矣。**廖按**：夏敬觀云，「悲翁」，邊郡之民也。○曲瀅生云，「思」者戀念之辭，「悲翁」指讒臣言。○聞一多云，「悲」如字。一說讀爲「彼」，《毛詩》每以「匪」爲「彼」，「悲」之通「彼」，猶「匪」之通「彼」也。

〔二〕唐思：**唐汝諤曰**：唐，廣大無涯也。**陳本禮曰**：此「思」字指寇言。**朱乾曰**：唐，曠蕩也。**莊述祖曰**：唐猶蕩也，無所據也，言雖思而無所據也。**陳沆曰**：唐思，徒思也。**廖按**：曲瀅生云，《太玄》（卷四《唐》）「唐於內」，（晉范望）注：「唐者蕩蕩無所拘限。」○聞一多云，「唐思，徒思也。」是也。下文「但我思」，「但」亦「徒」也；唐、但、徒，一聲之轉。○陳直云，《莊子·田子方篇》云，「是求馬于唐肆也」，李奇注：「空也。」又《爾雅·釋器》「康瓠」，李巡注：「康，空也。」蓋唐與康、康與空皆一聲之轉，此句言悲翁空思也。

〔三〕奪我美人侵以遇：**唐汝諤曰**：美人以喻君。**莊述祖曰**：侵，侵奪也。**陳沆曰**：《楚辭》（《離騷》）「惟草木之零落兮，恐美人之遲暮」，美人，喻盛年也。**王先謙曰**：美人謂呂后。二年夏還櫟陽，始立子盈爲太子，此時未有「后」稱，故曰「美人」。或云，漢王入彭城，收羽美人貨賂，後敗而遁去，仍爲羽有，此美人當指所收之美人，義雖近是，於詩旨不倫矣。

侵，《説文》：「漸進也」。兵戈擾攘之餘，失悲翁而不遇，冀幸一見，不敢自必，庶幾侵以遇之，情雖急而詞反緩矣。遇可悲之翁，翁被獲爲可悲也。（廖按，王先謙《漢鐃歌釋文箋正》此處斷句爲「唐思奪我美人，侵以遇悲翁也」。）**廖按：**夏敬觀云，奪，脱也；「美人」，猶《詩》（《邶風·簡兮》）稱文王爲「西方美人」，此指高帝脱免平城之圍而言；侵，尋也，言其尋又入寇，而與我兵相遇也。○曲瀅生云，《楚辭·九章》有《思美人》篇，王逸注言思念其君，「美人」言君也。此言讒臣用計謀以得君歡，致與賢臣疏遠也。○聞一多云，「美人」謂夫，即上之悲翁。「以」猶「我」也。《爾雅·釋詁》：台，謂我也。金文或作「辝」，或作「以」。《禮記·祭統》「對揚以辟之勤大命，施於烝彝鼎」，「以辟」即我君。「遇」讀爲寓，寓寓本同字。《説文》「寓」爲「宇」之籀文，《大雅·桑柔》傳：「宇，居也。」（廖按，《詩經·大雅·桑柔》「憂心慇慇，念我土宇」，毛傳：「宇，居。」）「侵以遇」即侵我室家。○陳直云，「美人」指悲翁之妻而言；「侵以遇」當爲侵以耦之假借，《爾雅·釋言》「遇，耦也」，《釋名·釋親屬》「耦，遇也」可證，「遇（耦）」謂偶其家室也。

［四］「悲翁也，但我思」二句：**莊述祖曰：**但，辻（徒）也。君臣之遇，奪之少壯時，侵尋至衰老，雖我思亦辻（徒）然耳。彭越遇高祖，婁（屢）喋血椉（乘）勝，竟破楚垓下，爲異姓王，與韓信並，固千載一時之遇也。**陳沆曰：**此言可悲之人，思之無益。韓、彭俎醢，始歌曰「安得猛士守四方」，思之晚矣。奪吾少壯之年，侵尋遇主以成功名，垂及白首而戮之，縱復悲

思，亦何益乎。**廖按**：夏敬觀云，「也」當作「它」，形近而訛；「它」「但」皆聲，本辭當作「墮涕」，必歌作「它但」之聲，聲存而本辭失也。（廖按，夏敬觀《漢短簫鐃歌注》此處斷句爲「悲翁也但。我思蓬首」。）〇聞一多云，上云「思悲翁」，我思翁也；此云「但我思」，翁思我也；我，婦人自謂。〇逯欽立云，「也」「我」皆聲。

[五]「蓬首一作蕞狗，逐狡兔」二句：**唐汝諤曰**：《六韜》：「狡兔死，走狗烹。」**朱嘉徵曰**：狗逐狡兔，戮力王室之喻。**莊述祖曰**：蓬首一作蓬蕞，《漢書·燕刺王傳》「頭如蓬葆」，師古曰「草蕞生曰葆」。（廖按，《漢書·武五子傳》燕刺王本傳顔師古注「蕞」作「叢」）言功戰將士頭久不理如蓬草叢生，蕞當爲叢字之誤也。《淮陰侯傳》（《史記》）曰，「狡兔死，良狗烹」，張晏云，「狡猶猾」也。喻功臣爲高祖力戰定天下。**王先謙曰**：我思蓬首，悲思而首如蓬也。蓬，蒿也，其華如柳絮聚而飛如亂髮，首久不櫛，毵毵然似之。《詩》（《衛風·伯兮》）「首如飛蓬」，思伯之旨也。狡，猾也，疾也，健也。（廖按，王先謙《漢鐃歌釋文箋正》此處斷句爲「但我思蓬首，狗逐狡兔，食交君。」）**廖按**：夏敬觀云，「我思蓬首」，悲翁思其妻子離散也；「狗逐狡兔食」，指韓王信、陳豨、韓信、盧綰輩。（廖按，夏敬觀《漢短簫鐃歌注》此處斷句爲「我思蓬首，狗逐狡兔食」。）〇聞一多云，「首」一作「蕞」，《文選·西征賦》「蕞芮於城隅者百不處一」，注：「蕞，聚貌。」《小爾雅·廣詁》「最，叢也」，蕞最同。最、聚、叢俱從「取」聲，古字當同音同義。「蓬蕞」當讀如「蓬叢」，多毛之貌也。《說文》：「尨，犬之

多毛者。」《穆天子傳四》「天子之龙狗」，注：「龙，龙茸也，謂猛狗。」「蓬蕞狗」即龙狗矣。○陳直云，「但我思蓬首」，「我」，翁自謂也。「蓬首」指其妻，蓋用《詩》（《衛風·伯兮》）「自伯之東，首如飛蓬」之意；「狗逐狡兔」喻被虜時倉皇情狀。（廖按，陳直《鐃歌十八曲新解》此處斷句與王先謙同。）

[六] 食交君：**唐汝諤曰**：食，豢養也。交，接也。如云「食而弗愛，豕交之也」（廖按，引文見《孟子·盡心上》）。**王先謙曰**：交君，與君。《文選·陽給事誄》「周衛是交」，注，交，與也。（廖按，李善注：「交，黨與也。」）君，對臣而言，高帝自謂。**廖按**：聞一多云，「交君」疑當爲狡麏。《說文》：「犴，獟犬也。一曰逐虎犬。」犬能逐虎，則食麏當無不可。○陳直云，「食」謂食時，《史記·淮南王傳》云，安爲《離騷傳》，旦受詔，日食時上。（廖按，《漢書·淮南衡山濟北王傳》：「初，安入朝，獻所作《内篇》，新出，上愛秘之。使爲《離騷傳》，旦受詔，日食時上。」「史記」當作「漢書」。）又《居延漢簡釋文》卷一，六十六頁，有斷簡云：「黄昏時盡，乙卯日食時匹五束。」漢人以日中爲食時，是習俗語。「交」爲「校」字省文，《說文》云：「校，木囚也。」《易》：「荷校，滅耳。」若今枷項也。「君」指其妻而言。總言食時虜君帶刑具以去也。既以食時被虜，故下文云「暮安宿」也。○徐仁甫云，「食交君」當作「食君肉」，原文「肉」誤爲「交」，又倒在「君」上。肉篆與交篆形近易誤，肉又有作「宍」者。食君肉，謂食君之肉，猶《左傳·隱公元年》「未嘗君之羹」。獅子狗出逐狡兔，入食君肉。

（徐仁甫釋「蓬首狗」爲今之獅子狗。）

〔七〕「梟子五。梟母六」二句：**唐汝諤曰**：梟，惡鳥，以喻讒邪。梟母六，言並母爲六也。**莊述祖曰**：（廖按，莊述祖《漢鼓吹鐃歌曲句解》「食交君」作「食茭葦」，此釋「食茭葦，梟子五」兩句）《續（後）漢書・禮儀志》云，「日夏至」，「以朱索連葷菜」「故以五月五日，朱索五色印爲門户飾，以難止惡氣」。《漢書・郊祀志》注：「如淳曰：『漢使東郡送梟，五月五日作梟羹以賜百官。以其惡鳥，故食之云。』」（廖按，見《漢書・郊祀志》「祠黄帝用一梟」，顔師古注引如淳曰）茭，即葦茭，葦根也，茅葦之根謂之茭。鄭（玄）注《玉藻》（《禮記》）「有葷桃茢」云：「葷桃茢，辟凶邪也。……葷，薑及辛菜也。」梟羹和用葦根及葷菜。「葷」或作「君」。《黥布傳》（《史記・黥布列傳》）曰：「夏，漢誅梁王彭越，醢之，盛其醢遍賜諸侯。」時功臣誅者凡五人，兩韓信、彭越、黥布、陳豨，故曰「梟子五」也。「茭葦」舊作「交君」，《説文》無「君」字，故借「君」，「茭」省「草」，亦假借也。**王先謙曰**：梟，《説文》，不孝鳥也。《詩》（《邶風・旄丘》）「流離之子」，陸疏（陸德明《釋文》引陸璣《毛詩草木鳥獸蟲魚疏》）：「自關西謂梟爲流離，其子適長大，還食其母。」劉氏（劉晝）《新論・貪愛篇》：「炎州有鳥，其名曰梟，傴伏其子，百日而長，羽翼既成，食母而飛。」子五母六，概舉其數，以狀惡類之多，指楚之黨與。張良傳（《史記・留侯世家》）曰「九江王黥布，楚梟將」，此則謂黥布、范增、鍾離眛、項聲、龍且、周殷輩也。（廖按，《史記・陳丞相世家》：「顧楚有可亂者，彼項王骨鯁之臣亞父、鍾離眛、龍且、周殷之屬，不過數人耳。」）**廖按**：夏敬觀云，「交君梟子五、梟母六」是言可操勝算。博弈以五木（梟、盧、雉、犢、塞）爲簺，博頭有刻梟形者爲最勝，盧次之，雉、犢又次之，塞最下。《晉書·謝艾傳》「梟者，邀也」，「交君」本辭當是「邀君」，歌時必讀「邀」爲「交」，故書作「交」，聲存而辭失；六博得邀者勝。博五木，故云「梟子五」；博用十二棊，六棊白，六棊黑，數皆爲六，故云「梟母六」。○陳直云，此以漢代六博之習俗語相比喻。六博以梟爲貴，以散爲賤。《鹽鐵論·結和篇》云：「閭里常民，尚有梟散。」梟散兩字，在西漢時本相聯用，本篇除見梟子、梟母以外，其中還隱有散字，喻離散之意。又按《戰國策·楚策》「唐且見春申君」條云：「夫梟棊之所以能爲者，以散棊佐之也，夫一梟之不如不勝五散亦明矣！今君何不爲天下梟，而令臣等爲散乎。」可見梟散二字，是先秦兩漢人之常語。《四川畫象集》有六博圖，博者持六箸，以唐且之言證之，當爲一梟五散。此篇獨云梟子五、梟母六，所未解也。

〔八〕拉沓高飛莫安宿：**唐汝諤曰**：拉，摧也。沓，重也。梟所宿處輒爲禍。**莊述祖曰**：拉沓，飛貌。傅毅《舞賦》云：「拉沓鵠驚。」**王先謙曰**：拉，《說文》，「摧也」；揚雄《校獵賦》「猋拉雷厲」，（李善）注：「拉，風聲也。」沓，《說文》，語沓沓，若水之流。（廖按，《說文》：「沓，語多沓沓。臣鉉等曰：語多沓沓，若水之流。」）鳥驚起而高飛，毛羽摧頽，鳴聲重疊，於拉沓之義有取焉。莫，《說文》：「日且冥也。」安，何也。宿，《說文》：「止也。」先恭曰：「莫，勿也。兵敗而走，以勿安宿，戒其臣下也。」於義亦通。**廖按：**夏敬觀云，「莫」，暮也，言軍勝則邊民安，比之鳥晝可高飛，暮可安宿也。○聞一多云，枚乘《梁王菟園賦》「徐飛𤠣豬」、傅毅《舞賦》「拉揞鵠驚」，「拉沓」與「拉揞」「𤠣豬」同，飛貌也。兔麏已見侵襲，因我梟高飛以遠禍。婦人自儆勑之詞。

【集評】

李因篤曰：（悲翁也）設身處地，一句寫悲思已盡，故下以比體結之。蓬首不惟得其情，也見其狀矣。交君拉沓，目擊其狀，則寫悲益真。○狡兔翠鳥，借喻美人；狗與梟則奪者也。乃末二句，但斥言梟，並隱翠鳥，故爲伸縮變幻，漢人最長此法。而拉沓高飛，實指翠鳥言。

漢詩説曰：思悲翁，謂戰士之可悲者。漢詩多自鑄語，如《平林（陵）東》之「義公」，「義公」兩字亦自鑄出。「唐思奪我美人」，唐猶突也，突思奪我美人，言欲掠我婦女也。「侵以遇悲翁也」，蓋侵我而即遇悲翁，惟我悲翁能禦寇也。「但我思蓬首」，言首如飛蓬也。「狗逐狡兔食交君」，言翁之禦寇如狗之逐兔，狗得兔不食必交與主，悲翁獲賊亦必獻之君也。「梟子五，梟母六，拉沓高飛暮安宿」，言寇既敗則巢穴不保，母子俱不能全，如穴蟻欲何逃之意。

陳祚明曰：此辭未詳所指，大抵悲翁之勞。末數語古致離奇。

陳本禮曰：絶世奇文，都爲傖父誤解，使人憤懣。○（奪我美人）言欲掠我婦女也。（侵以遇悲翁）侵，漸進，爲寇來掠時也。但字一轉，神妙，言當寇來掠時，適遇翁一擊而去，正如君之獵犬逐一狡兔，惜當時不爲蓬首所獲，致被逸去，未得交君烹而食之也。（梟子五，梟母六，拉沓高飛暮安宿）言我所以恨之若此者，當寇掠之時，如凶梟攫雀，勢猛人多，使不遇急難之翁，則我美人已如被攫之雀，拉沓高飛，各自倉惶逃避，不知暮宿于何所也。

朱乾曰：美人以賢臣言。奪我美人，傷其遲暮，一語揭過。但字一轉，言老而見棄，至於蓬首垢面，亦當思念其平日勤勞，譬如逐兔者狗，念兔者君，享其成功，亦當獲其厚報，今梟子、梟母，不祥之物，遍滿寰區，放棄之翁惸惸無宿，可悲也已。屈原放逐江南近之。

譚儀曰：少壯幾何，侵尋至老。「侵以遇悲翁也」六字句，「也」亦聲。但我思蓬首，「自伯之東，首如飛蓬」也。狗逐狡兔食，征役羈孤，弱肉强食也。梟子五，梟母六，或有子，或無子，人以爲不祥，終不見收卹。拉沓失群，日暮安宿。「交君」未詳。聲哀以厲，慘于《伯兮》（《詩經·衛風》）之詩矣。

王先謙曰：當時軍中即事矢音，其後播爲凱歌，更後則被之樂府，此篇及《戰城南》《巫山高》《有所思》四曲可考而明也。〇《漢書·高帝紀》，元年漢王迎太公、吕后於沛，爲項羽所距不得。二年與羽戰彭城大敗，漢王與數十騎遁去，過沛，求室家，室家亦已亡不相得。太公、吕后間行反遇楚軍，羽常置軍中爲質。此曲殆其時作。《項籍傳》，漢王謂羽曰，「吾翁即汝翁」。歌意代漢王立言，故亦稱太公爲翁也。漢王稱蕭何爲「功人」，群臣爲「功狗」（《漢書·蕭何曹參傳》），韓信將死曰，「果若人也，狡兔死良狗烹」（《漢書·韓彭英盧吴傳》），狗兔之喻，蓋當時常有此語，故歌中亦有「狗逐狡兔」之詞也。戰敗而遁去，過沛，室家盡亡，所謂「拉沓高飛莫安宿」也。○末三句切望臣下，哀音滿天，蓋喪敗之餘，人無固志，既牽于天性之愛，赴救未能；復攝于敵兵之强，遁逃無所。是時漢業之危不絶如線，讀此如見高祖慘痛迫切心情，而「杯羹」之語，實一時對敵發機，不得不爾，後之人亦可無訾于帝德矣。

艾如張曲

【集解】

沈約曰：《艾如張曲》。

郭茂倩曰：《艾如張》，漢鐃歌。鼓吹曲辭。○艾與刈同，《説文》曰：「芟草也。」（廖按，《説文》：「芟，刈草也。」）「如」讀爲「而」，猶《春秋》（《莊公七年》）曰「星隕如雨」也。古詞曰：「艾而張羅。」又曰：「雀以高飛奈雀何？」《穀梁傳》（《昭公八年》）曰：「艾蘭以爲防，置旃以爲轅門。」謂因蒐狩以習武事也。蘭，香草也，言艾草以爲田之大防是也。

徐獻忠曰：此招賢不以其道，賢人高蹈遠引不爲之用也。艾而張羅者，艾草自蔽而張羅於野，設爲機巧而獵取禽獸者也。至於黄雀在山相安於林木之間，亦欲以羅取之，雀能高飛遠舉，雖設機巧，其如雀之去何？賢人不樂仕其國，雖欲設機巧以致之，必逃之山中，投之遠壑矣。礰室以石爲户，固欲安居者也；若君人者欲以機巧爲招賢之具，誰肯爲安居之計自取屈辱者也。後世若王莽之於龔勝、公孫述之於譙周，概可見矣。

朱嘉徵曰：《艾如張》，田獵以時也。○余讀《周禮·大司馬》春蒐夏苗秋獮冬狩之制，一重民事，爲其害稼；一備講武，舉于四隙；一供祭祀，以時獻禽；其義大矣。故曰「成之四時和」。

李因篤曰：借黄鳥之避嘗羅，形出天子大狩，百靈效命，用意最高，末二句則申明「黄雀」二句意，言嘗羅倚于欲，而大狩則行時和也。

陳本禮曰：王者春蒐、夏苗、秋獮、冬狩。《白虎通》曰：四時之田，總名爲獵，爲田除害也。史稱元鼎五年，上祠五畤于雍，遂踰隴西，登崆峒，出蕭關，從數萬騎獵新秦中，勒邊兵而歸。致新秦中千里無亭徼。此非爲田除害，乃縱欲耳。

朱乾曰：傷世網也。

莊述祖曰：戒好田獵也。田獵以時，愛及微物，則四時和王道成矣。

陳沆曰：刺時也。法網苛細，反漏吞舟，竊鈎者誅，竊國者侯。雀以高飛奈雀何，誰肯坐而受死者哉？莊氏廑以爲戒田獵之詞，於詩意窒矣。疑亦武帝時詩。

譚儀曰：《艾如張》，賢者遯世之詩也。王者天網求賢，以圖治平，高蹈之士，遯世無悶。入山必深，束帛既貴，超然遠舉而已。

王先謙曰：此刺武帝之縱獵也，曰不見古帝王之艾草而張羅者，果夷草於何地乎？彼其擇地而張，深恐妨民稼穡矣，其獵也順時而行，成其典禮，故蒐苗獮狩四時以和。今也不然，山出黄雀，産物微而藏身固，然亦且有羅矣。但雀已高飛，羅將奈雀何乎，試問爲此倚恃其欲之事，又誰肯安然于蒙之室也。

廖按：夏敬觀云，此辭之意，謂將刈草而張羅，當平其地於何所，仁者之師，網開三面，不傷天和。黄雀以比小國，言以德化，則行成而四時和，小國聽其歸德，不施以兵。如其爲一網打盡之計，則困獸猶鬬，誰肯甘心蒙受矢石？此蓋揚德之辭。○陳直云，此篇叙述羅捕黄雀，疑爲宴飲之樂。

艾而張羅[一]，夷於何[二]。行成之，四時和。[三]山出黄雀亦有羅，雀以高飛奈雀何？[四]爲此倚欲[五]，誰肯礞室[六]。（《宋書》卷二二《志》十二《樂》四。《樂府詩集》卷十六、《古詩紀》卷十五）

【集注】

[一]艾而張羅：**唐汝諤曰**：艾，治也。而，因。辭言刈草而因以張羅也。**陳本禮曰**：言古帝王爲民除害，羅猶擇地而張，恐妨稼穡也。**朱乾曰**：艾，五蓋反，絶也，《左傳》（《哀公二年》）：「憂未艾也。」**莊述祖曰**：《穀梁傳》（《昭公八年》）曰：「艾蘭以爲防。」《毛詩》（《小

雅・車攻》「東有甫草」，傳曰：「田者，大芟草以爲防。」疏云：「其防之廣狹無文，即爲防限，當設周衛。」顏師古《上林賦》「出乎四校之中」注云：「四校者，闌校之四面也。」（《漢書・司馬相如傳》）艾爲芟草，闌爲闌盾。闌蘭古通。**王先謙曰**：羅取鳥獸曰張。《周禮》（《秋官司寇》）：「冥氏掌設弧張。」《後漢・王喬傳》（《後漢書・方士列傳》）：「舉羅張之。」羅，《説文》：「以絲罟鳥也。」

［二］夷於何：**唐汝諤曰**：夷，芟夷也。**陳本禮曰**：董若雨曰，「夷於何」，篇中三轉聲之准也。**朱乾曰**：夷，傷也。**莊述祖曰**：夷，平也；夷於何，言其地之坦易也，「於何」聲也。**王先謙曰**：夷，《左隱六年傳》「芟夷蘊崇之」，（杜預）注：「夷，殺也。」案「夷」即「艾」義也，有「平」「滅」「誅」「傷」「除」諸訓，皆與殺爲近。於何，於何地也，《上陵》篇問「客從何來」之「何」亦謂何地也。古者擇地張羅，恐妨稼穡，「於何」者，設爲問辭，使之自思，引古以形今之不然也。**廖按**：曲瀅生云，《爾雅》（《釋器》）：「鳥罟謂之羅。」《左傳》（《成公十六年》）「察夷傷」，（杜預）注：「夷亦傷也。」「夷於何」言絶草張罟則於何而傷乎。○聞一多云，「夷於何」皆聲也。《説文》「咦，南陽謂大呼曰咦」，夷咦同。「於何」猶「烏乎」，「於」即「烏」之隸變；「何」「乎」一聲之轉，本字即「呵呼」，義亦相近。○陳直云，「夷於何」疑即咦如何之意。

［三］「行成之，四時和」二句：**陳本禮曰**：《周禮》（《夏官司馬》）大司馬，中春振旅，「遂以蒐

田」；中夏茇舍，「遂以苗田」；中秋治兵，「遂以獮田」，中冬，大閱四時之田，王及諸侯各行其事而成其典禮，故寒暑不忒而陰陽和。此借古以傷今之不然也。**莊述祖曰：**古之王者，交於萬物有道，故王道成，四時和也。**王先謙曰：**行成之，行田事而成其禮。《王制》（《禮記》）曰，「天子諸侯無事則歲三田」。四時和，所謂生殺順乎天心，多寡協乎人欲，上下交歡，陰陽均調也。**廖按：**陳直云，「行成之」，「行」當讀爲「行列」之「行」。

［四］「山出黄雀亦有羅，雀以高飛奈雀何」二句：**唐汝諤曰：**雀，依人小鳥。《古今注》：一名家賓。張羅以比用賢，如云「羅而致之幕下」（韓愈《送温處士赴河陽軍序》）。**陳本禮曰：**雀在深山，藏身固矣，亦有羅出于雀之意外也。（雀以高飛奈雀何）幸見幾之早，不觸其機。**朱乾曰：**夫至治之世，鳥獸卵胎可俯而窺，何今之不然也。曰山則深矣，曰黄雀則小矣，今亦有羅則密矣，君子處此，唯有見幾而作，不俟終日，如雀之高飛可以遠害耳。**莊述祖曰：**山，險野也；雀，微物也；籠山圍澤，與古異矣。雀以高飛，猶恨失之，必儌禽獸之倦極者盡取。爲物亦自愛其生，誰甘心弋獲，而必以盡物爲樂乎？**王先謙曰：**出，生也，《易》（《説卦》）「萬物出乎震」，注（李鼎祚《周易集解》引虞翻曰）曰「生也」。黄雀又雀之小者。以，同已。雀已高飛，言知幾也。古詩「南山有鳥，北山張羅，鳥自高飛，羅當奈何」，此用其意而情致各别。

［五］爲此倚欲：**唐汝諤曰：**倚，偏着也。**陳本禮曰：**寄恃縱欲，不顧民之家室，陷於網羅也。

朱乾曰：倚，依也；欲，食欲也；鳥貪飲，啄而喪軀；人貪利禄而赤族。**莊述祖曰**：《説文》云：「掎，偏引也。」一曰踦也（廖按，見徐鍇《説文繫傳》）。觭，相踦觭也。（廖按，莊述祖《漢短簫鐃歌曲句解》「倚欲」作「掎觭」）《魯語》（《國語》）「掎止晏萊焉」，（韋昭）注：「從後曰掎。」《左傳》（《襄公十四年》）「諸戎掎之」，（杜預）注：「掎其足也。」《周禮》（《秋官司寇》）「翨氏掌攻猛鳥，各以其物爲媒而掎之」，（鄭玄）注亦云「掎其腳」。**譚儀曰**：倚與猗通。倚欲，順欲，從吾所好之謂。**王先謙曰**：倚欲，言縱欲而不恤民也。

［六］誰肯礞室：**唐汝諤曰**：礞室，謂以石爲户，欲其安居也。**陳本禮曰**：字書無「礞」字。董若雨曰：當是「碌」字之誤。**朱乾曰**：爲此之故，誰肯杜門以自固乎？礞，礞石也；礞室，石室也，謂藏身之固也。東野詩「出門即有礙，誰謂天地寬」（孟郊《贈别崔純亮》），意蓋如此。**莊述祖曰**：石（廖按，莊述祖《漢短簫鐃歌曲句解》「礞室」作「蒙石」），礛磻之屬。《楚策》（《戰國策》）曰「被礛磻」。《説文》云，「磻，以石箸隿繳也」。蒙石舊作「礞」，衍「室」字。**譚儀曰**：「礞室」未詳，或者迫蹙之義與？**王先謙曰**：礞，先恭案，「當作蒙，石旁後人誤加」。蒙室猶言我室。《文選·西京賦》「蒙竊惑焉」，蒙蓋自稱之辭。誰肯蒙室，即《詩》（《魏風·碩鼠》）「逝將去女」之意。人有機心，百物遠遁，況倚欲乎？所以警之者至矣。先恭曰：「蒙，初生而蒙然也。《易》『物生必蒙』，注：『蒙，幼小之貌。』（廖按，見李鼎祚《周易集解》引鄭玄説）蒙室，蒙生於其室。上倚欲而盡殺，則誰肯生於所居之地乎？」於

義亦通。**廖按**：夏敬觀云，字書無「礞」字，從莊氏正作「蒙石」，傳寫者以不明其説，誤合蒙石爲一字也。莊氏注「室」字衍，尤謬。室字乃聲也。○曲瀅生云，此句謂人爲利祿所誘，自觸羅網，無肯韜隱石室者，誠雀之不若也。○聞一多云，「室」字不入韻，恐仍有訛奪。○陳直云，「礞」字《説文》未收，疑爲「幪」字之假借，《説文》云：「幪，蓋衣也。」此句謂鳥倦則飛入室内，誰肯幪室，使鳥不飛入？○徐仁甫云，「礞室」當作蒙窒，《左傳》定公六年「以小忿蒙舊德」，（杜預）注：「蒙，覆也。」蒙覆與窒塞義近，故蒙窒實是同義複詞，《易·損·象》「君子以懲忿窒欲」，明欲當窒也。

【集評】

朱嘉徵曰：「山出黄雀」二韻，即《車攻》（《詩經·小雅》）詩「徒御不驚，大庖不盈」氣象。或云，思網羅賢者而高不可致也，抑歎末世罔密也。

陳祚明曰：雀以見羅而高飛也。此句可誦。

李因篤曰：（山出黄雀亦有羅，雀以高飛奈雀何）忽插此二句，見「艾而張羅」之妙。

朱乾曰：絶而張羅，則於何而傷乎？若行而成之，則天施地生，萬物各遂其性而四時自和矣。

漢詩説曰：「艾而張羅」言芟刈草木而張羅網，「夷于何」，夷，創戮也，言當于何處刈草木而傷禽獸乎？仁德之深，於此二語可見矣。「行成之，四時和」，言王政仁及草木禽獸，大化有成，天時當和順雨暘以時也。「山出」二句言鳥高飛則不取。「爲此」二語言當此熙熙皡皡之時，宜縱情行樂不必坐困一室，猶「蕩滌放情志，何爲自結束」（《文選·古詩十九首·東城高且長》）之意。

陳沆曰：古之王者交于萬物有道，則王道成，四時和，故有三驅之戒，有三面之祝，所謂「天網恢恢」也。若乃羅山網澤，無微不設，自以爲嚴密，不知鋌而走險，驚而群飛，于是鳥亂於上，魚亂於下，而亦無如之何矣，誰肯束手待盡者哉。

王先謙曰：《艾而張》舊曲，美巡狩也。何以明其然？漢世文字忌諱綦嚴，武帝尤甚。見知有法，腹誹有比，天下重足側目，莫敢異言。是篇刺帝詞意顯然，豈得登于樂府？曲題之作，爲前此頌美之辭可知。蓋《漢藝文志》「出行巡狩及游歌詩」十篇之一也。是亦《鐃歌》之一而其詞亡矣。《鐃歌》之有《艾而張曲》夫人知之，而《艾而張》之命題總因田獵，故知巡狩詩之得列於鐃歌也。由是而推，《上之回》《將進酒》《臨高臺》《遠如期》之爲《鐃歌》甚明也。刺帝之詩不登樂府，則是篇之不得爲《鐃歌》又甚明也。○此其在帝建元三年除上林苑時乎？○是篇借古形今情詞直致，蓋臣下頌規之意與百姓愁苦之言，旨雖同而體各别，要可與上林諸賦參觀得之。

上之回曲

【集解】

沈約曰：《上之回曲》。

郭茂倩曰：《上之回》，漢鐃歌。鼓吹曲辭。○《漢書》（《匈奴傳》）曰：「孝（武）〔文〕十四年（廖按，據《漢書》改），匈奴入朝那蕭關，遂至彭陽。使騎兵入燒回中宫，候騎至雍甘泉。」回中地在安定，其中有宫也（廖按，此引顔師古注）。《武帝紀》（《漢書》）曰：「元封四年冬十月，行幸雍，祠五畤。通回中道，遂北出蕭關。」吴兢《樂府解題》曰：「漢武通回中道，後數出遊幸焉。」沈建《廣題》曰：「漢曲皆美當時之事。」按石關，宫闕名，近甘泉宫。相如《上林賦》云「蹷石關，歷封巒」是也。

徐獻忠曰：漢武行幸雍，祠五畤，因立回中宫以待遊幸。因得匈奴渾邪休屠率服，故其臣頌之，以「上之回」名篇也。之，往也。其云「夏將至，行將北」，夏至後一陰初生，則順天時而北狩，可見冬至則南幸矣。武帝以十月祠五畤，乃夏至之極候也。石關乃回中山之極高處，建設關隘可以遠望諸國者也。當時月支已臣，匈奴已服，彼雖異國之人，亦令與百官驅馳奔走以奉主上，則邊塞無虞，中國治安，千秋萬歲，可以樂之無極矣。

朱嘉徵曰：《上之回》，美武帝之經武也。

朱乾曰：《三輔黄圖》：《關輔記》：「林光宫，一曰甘泉宫，秦所造，在今池陽縣西，故甘泉山。宫以山爲名」，「宫周匝十餘里，漢武帝建元中增廣之，周十九里，去長安三百里，望見長安城」。《雍録》云：「甘泉雖在長安東北三百里外，爲夫方士輩多云古帝王之所嘗都，故武帝立朝邸其上，而藩侯夷酋有來朝者，亦皆受之於此。若其常制，則類以五月往八月還，蓋避暑耳。」按

《綱目》(《資治通鑑綱目》)，秦始皇帝二十七年「巡隴西北地，至雞頭山，過回中矣」；漢孝文十四年冬匈奴「入朝，即蕭關，殺北地都尉」，即燒回中宮矣。而武帝於是焉出蕭關，通回中道，以爲可以跨越秦皇，雪恥文帝也；未幾，「匈奴寇邊，遣郭昌將兵屯朔方」。自冬徂夏，纔數月事耳。篇中所稱，其辭不足徵焉。

莊述祖曰：紀巡狩也。

陳沆曰：《宣帝紀》(《漢書》)：神爵元年正月，上始幸甘泉。三月幸河東，祀后土。二年，匈奴日逐王來降，單于遣名王來奉獻。甘露元年正月，幸甘泉，郊泰畤，匈奴呼韓邪單于遣子入侍。三年春，上郊泰畤，因朝單于於甘泉宮。即此詩所詠也。

譚儀曰：史文具矣。陳(沆)箋得之。然月氏臣，匈奴服，頌禱之辭，不盡紀事。何必非武帝詩。

王先謙曰：此曲亦「出行巡狩及游歌詩」之一，武帝時鐃歌也。或以爲宣帝時作，非考。《漢書・宣帝紀》終帝之世五幸甘泉，並未一至回中，曲題何所取義？其武帝元封六年作乎？《漢書》：元封「四年冬十月行幸雍」，畤，「通回中道，遂北出蕭關」(《郊祀志》)；自後「六年冬行幸回中」，太初四年冬又「幸回中」，天漢二年春自東海「還幸回中」，太始「二年春正月」又「幸回中」(《武帝紀》)。此曲所云「以承甘泉宮寒暑德」，則謂自甘泉往回中也。武帝自通回中道後五幸甘泉，一受計於甘泉，二朝諸侯王于甘泉，惟元封五年夏幸甘泉，六年冬即幸回中。帝太初元年始用夏正，故元封六年以前皆以冬爲歲首。六年之冬實爲五年，甘泉、回中之幸，同在一歲。此曲作於此時無疑也。帝四年通道，即以五年幸回，意在耀武，故一時從臣稱頌如此。

廖按：夏敬觀云，此辭蓋宣帝時所作，辭意以匈奴臣服歸功武帝，故上述自武帝之通道回中始，以迄匈奴臣服，亦揚德之辭也。○聞一多云，案詩曰：「上之回所中，益夏將至，行將北以承甘泉宮。」是夏日將自回中北幸甘泉避暑之辭。○陳直云，此曲首句五字，曲名乃截取上三字，猶漢人稱《論語》首篇爲《學而》也，此例在十八曲篇名中最多。○逯欽立云，「上之回」者，言上幸回中。

上之回，所中益。夏將至，行將北。[一]以承甘泉宮，寒暑德。[二]游石關，望諸國，[三]月支臣，匈奴服。[四]令從百官疾驅馳，千秋萬歲樂無極。[五]（《宋書》卷二二《志》十二《樂》四。《樂府詩集》卷十六、《古詩紀》卷十五）

【集解】

[一]「上之回，所中益。夏將至，行將北」四句：**唐汝諤曰**：「上」謂武帝。「之」，往也。夏至後一陰初生，時當北狩。應劭注：「回中在安定高平，有險阻，蕭關在其北。」師古曰：「蓋自回中通道以出蕭關。」（廖按，此爲《漢書·武帝紀》「通回中道」顏師古注引「應劭曰」及「師

古曰」)《武帝紀》：上郊雍，通回中道(廖按，見《漢書・郊祀志》)。**陳本禮曰**：回中山上有回中宮。回中山在安定，今平涼府，上有王母宮，武帝求仙處。「所」，天子行在所，「益」謂有益於人也。王者順時適宜，故夏至而北行。**莊述祖曰**：回中本有宮，然當時辟暑不至回中。《釋詁》(《爾雅》)曰：「溢，慎也。」應璩《與從弟君苗君胄書》云，「慎夏自愛」。「溢夏」即「慎夏」，「慎夏」言辟暑也。至，謂夏至也(廖按：莊述祖《漢短簫鐃歌曲句解》「益」作「溢」，並以「上之回所中，溢夏將至」斷句)。**陳沆曰**：舊或以「上之回」三字爲句，大誤。「益夏」者，謂天益就暑，以時將屆夏至故也(廖按：陳沆《詩比興箋》以「上之回所中，益夏將至」斷句)。**王先謙曰**：回，「回中」省文，今稱府縣，率舉首字以該地名，亦省文之體也。他本以「上之回所中」爲句，不獨益字連下作句文義難通，且既有「所」字，隔斷語氣，則「中」字連「所」爲文，不連「回」爲文也。所，行在所。《三輔黄圖》曰：「行在所，天子以天下四海爲家，不以京師宮室居處爲常，則當乘車輿以行天下」，「車輿所至，奏事皆曰行在」。蔡邕《獨斷》：「天子所在曰行在所。」《雉子班曲》「被王送行所中」，是行在所又曰「所中」也。益，《説文》：「饒也。從水皿，皿益之意也。」《易・益》「利有攸往」，(孔穎達)疏：「益者，增足之名。」所中益，天子所在百物增足也。「夏將至，行將北」者，追溯當日自南而北將幸甘泉也。**廖按**：夏敬觀云，唐陳子良詩「詔蹕上之回」(《上之回》)、李賀詩「上之回，大旗喜」(《上之回》)皆以「上之回」斷句。《古微書》引《春秋元命苞》(《春秋緯》)

曰：「益之爲言隘也。」「所中益」，言天子所在回中，其地居險隘。「夏將至，行將北」，言時當夏至，更北出蕭關。〇聞一多云，「益夏」疑謂盛夏，《廣雅·釋詁》（卷二）：「溢，盛也。」益爲溢初文。或曰益即盛之誤字，亦通（廖按：聞一多《樂府詩箋》以「上之回所中，益夏將至」斷句）。〇逯欽立云，「所中益」，言行在所儀從之盛。

[二]「以承甘泉宮，寒暑德」二句：**唐汝諤曰**：應劭注（《漢書·武帝紀》顔師古注引）：甘泉，宮名，在雲陽石關，乃回中山之極高處。**陳本禮曰**：甘泉宮去長安三百里，回中又在其北，行幸甘泉，本以避暑，尤不及回中地益高寒，侍從之臣既承甘泉之德，而又往回中，更承其益也。**莊述祖曰**：《元和郡縣志》云，甘泉宮，武帝「以五月避暑於此，八月乃還」，戾太子傳（《漢書·公孫劉田王楊蔡陳鄭傳》劉屈氂本傳）「上辟暑在甘泉宮」是也。《吕氏春秋·貴信篇》曰：「春之德風」，「夏之德暑」，「秋之德雨」，「冬之德寒」。承，迎也，言帝將往回中，先幸甘泉宮，迎四時之德也。《文帝紀》（《漢書》）「上幸甘泉」，師古曰：「甘泉在雲陽，本秦林光宮。」甘泉在京師西北，是北巡守必駐蹕甘泉，所謂「行自雲陽」（《漢書·武帝紀》）是也。**陳沆曰**：承，迎也。言上將往回中，而時將届夏至，因先避暑於甘泉宮，以迎四時寒暑之德也。**王先謙曰**：自甘泉之回，則北而益北，遊觀相繼，故曰「以承甘泉宮寒暑德」也。承，如《詩》（《小雅·天保》）「無不爾或承」之「承」，繼也，幸回中以繼甘泉宮，調和寒暑之德也。**廖按**：聞一多云，《小爾雅·廣詁》「承，次也」，疑「承」爲次第之次，亦

爲次舍之次。此謂次舍也。「德」讀爲「得」，得其宜謂之「得」。聲轉爲「適」，《吕氏春秋·大樂篇》「寒暑適」。

〔三〕「游石關，望諸國」二句：**陳本禮曰**：石門關，在固原州須彌山，上有古寺，松陰鬱然，即關門舊址。**莊述祖曰**：揚雄《甘泉賦》云「峰巒石關，施靡乎延屬」，師古曰：「峰巒、石關皆宫名。」（《漢書·揚雄傳》）《郊祀志》（《漢書》）云：「方士多言古帝王有都甘泉者，其後天子又朝諸侯甘泉，甘泉作諸侯邸，故曰諸國也。」**王先謙曰**：「諸國」謂塞外諸國。

〔四〕「月支臣，匈奴服」二句：**唐汝諤曰**：月支，西域國名。漢北虜皆稱匈奴。**莊述祖曰**：《史記·大宛列傳》曰，「大月氏在大宛西，可二三千里，居媯水北」，張騫「以郎應募，使月氏」，其後「騫所遣使通大夏之屬者皆頗與其人俱來」，於是習北國，「始通於漢矣」。月氏之臣當在此時，蓋元封中事也。《宣紀》（《漢書·宣帝紀》）云：「甘露三年春正月，行幸甘泉，郊泰畤，匈奴呼韓邪單于稽侯狦來朝。」然則匈奴之服當在宣帝時矣。**王先謙曰**：月支，西域外國，支本作「氏」。臣，臣於漢也。「匈奴」即畎戎，戰國時始名匈奴。《漢書·匈奴傳》：「其先夏后氏之苗裔，曰淳維。唐虞以上有山戎、獫允、熏粥，居於北邊。」孝武以來，衛青、霍去病等數出塞，多所斬獲，匈奴不敢入邊。元封元年，帝出長城，北登單于臺，至朔方，勒兵十八萬，威震匈奴，遣使者告單于曰：「單于能戰，天子自將待邊；不能，亟來臣服，何但亡匿于幕北寒苦之地爲？匈奴讋焉。」單于卒不敢至，所謂「匈奴服」也。**廖**

按：夏敬觀云，「「月氏臣」以上所述皆武帝時事：「武帝數幸回中，宣帝未嘗至回中也」；「匈奴服」以下，則皆宣帝時事。

〔五〕「令從百官疾驅馳，千秋萬歲樂無極」二句：**唐汝諤曰**：驅馳，奔走也。**莊述祖曰**：《郊祀志》（《漢書》）云，宣帝「始幸甘泉，郊見泰畤，數有美祥，修武帝故事，盛車服，敬齋祠之禮，頗作歌詩」。時神爵元年也。按匈奴之服在神爵二年，至甘露三年始來朝，是《上之回》《上陵》《遠如期》三曲蓋作于一時者矣。**陳本禮曰**：言此行非第游觀避暑，蓋欲宣威外域，臣月支而服匈奴，奠安中國，爲千秋萬歲計也。**陳沆曰**：《宣紀》（《漢書·宣帝紀》）云，「上自甘泉宿池陽宮，上登長平阪，詔單于毋謁，其左右當户之群臣皆得列觀」。蠻夷君長王侯迎者數萬人，「夾道陳」。「上登渭橋，咸稱萬歲」。即此詩之「令從百官疾驅馳，千秋萬歲樂無極」也。**王先謙曰**：「令」猶命也。從百官，扈從之百官。疾，速也。走馬謂之馳，策馬謂之驅。千秋萬歲，甚言其久，以致頌禱之誠也。無極，猶無疆。《遠如期曲》「大樂萬歲與天無極」即此意，而英主游觀、耀武顧盼、自雄氣象亦迸露言外。**廖按**：陳直云，「「千秋」句是漢代通常之吉祥語，西安白氏藏有空心大磚，亦有「千秋萬歲樂無極」七字。

【集評】

朱嘉徵曰：初騎入回中，可謂深入畿内，與《六月》之侵鎬同。帝通西域，臣月支，斷匈奴右臂，豈非《孫子》所謂「形格勢禁」者哉。今烽火不及甘泉，「游石關，望諸國」，安邊之策寓焉；雖以夏月而北，不僅如唐之避暑九成宫故事矣。曲少鋪張揚厲之詞，是爲正聲。

李因篤曰：行幸甘泉，本以避暑，而曰承寒暑德，至大至微。游望所經，宣威外域，言此行所關甚重，善于立詞矣。

漢詩説曰：回中在安定，「所中益」言其中有益於人。「夏將至，行將北」言王者順時適宜，夏至而北行也。「以承甘泉宫」，甘泉本以避暑，言尚不及回中，暑甚，則由甘泉而之回中，「承」猶「繼」也。「寒暑德」言寒暑能因乎地之宜，有德于侍從之臣，然猶非第避暑也，所以威服四裔亦在於此。

陳本禮曰：此詩本爲游觀耀武，卻説得有關於國計民生，善於立言。

王先謙曰：此因武帝往回中游觀耀武而作頌也。曰上將之回則所中百物增足充然而益矣，上之巡狩，春日方在泰山也。迨夏日將至，則將北行以避暑，而至甘泉宫。今又自甘泉之回中，北而益北，以繼甘泉宫，調和寒暑之德焉。試游石關以望塞外之諸國，月支則既臣矣，匈奴則既服矣，四夷來享，邊圉無驚。顧盼之餘，躊躇滿志，於焉返駕，令從行之，百官疾馳，驅以扈蹕，千秋萬歲，此樂何極也。其好大喜功亦可概見矣。

翁離曲

【集解】

沈約曰：《翁離曲》。

郭茂倩曰：《翁離》，漢鐃歌。鼓吹曲辭。

左克明曰：《翁離》。一作《雍離》，一作《擁離》。

徐獻忠曰：此高人隱居樂道者之言。言卷膝擁足之地，亦可築室以居，何必葺之以蕙蘭，廣之以洞房，然後爲佳，是所謂居天下之廣居而不事一室者也。末四字而下其文闕。

唐汝諤曰：此高隱卜築之辭。言卷膝擁足之地，儘可築室而居，將用何所葺之，惟有植之蘭蕙以薰修其德足矣。借騷意以成文，豈亦有所寄慨耶？

朱嘉徵曰：《翁離》，懷賢之詩也。秋水一方，伊人在目。○此曲失韻，疑有闕文。

陳本禮曰：此諷武帝上林之役也。《漢書》(《揚雄傳》)，建元三年，開上林苑，東南至藍田、宜春、鼎湖、御宿、昆吾，旁南山而西，至長楊、五柞，北繞黄山，瀕渭水而東，周袤三百里，離宫七十所。

朱乾曰：離，去聲。此隱居自樂而無求者之詞。

莊述祖曰：思賢也，賢者在位，則引其類與並進焉。

陳沆曰：鐃歌十八曲，皆取篇首字爲名，則此「翁離」，即「擁離」之同聲。

譚儀曰：《擁離》，刺用違厥才也。

王先謙曰：此曲非《鐃歌》也，其《鐃歌》舊曲命題之意不可考矣。○歌者諷武帝上林之役，曰彼南山擁翳彌離之趾中但可築室，何用葺之，至於用爲蕙草蘭林之殿乎？擁離趾中是大可歎已。

廖按：夏敬觀云，此辭當是元鼎六年開鬱林、蒼梧、交趾等郡時所作，辭意以築室比開郡，設爲商榷問答之辭。○聞一多云，詩意似《九歌·湘夫人》，蓋祀神之曲也。惜篇末脱爛，無由窺其全豹。○陳直云，《擁離》。此篇亦作《翁離》。余解爲雍州離宮之假借字。疑爲宴飲之樂。

擁離趾中，可築室，[一]何用葺之蕙用蘭[二]。擁離趾中[三]。（《宋書》卷二二《志》十二《樂》四。《樂府詩集》卷十六、《古詩紀》卷十五）

【集注】

[一]「擁離趾中，可築室」二句：**唐汝諤曰**：擁，衛也。離，麗也。言其地擁蔽附離僅可容足也。或云，離，兩也。亦通。**陳本禮曰**：擁，環抱也。離，蘼蕪。趾，山足也。終南近在城南，草擁蘼蕪，香生山峪，真幽人託足之區也。即此築室，儘可娱情而樂志矣。**朱乾曰**：劉熙載《釋名》曰：「擁，翁也；翁，撫之也。撫，敷也，敷手以拍之也。」然則擁與翁同爲敷手義也。翁雍古字通，無終山有陽翁伯玉田，《搜神記》作雍伯，而《陽氏譜叙》作翁伯，故擁與翁亦通也。**莊述祖曰**：擁離當是芍藥，《毛詩》曰：芍藥，香草（廖按，《詩經·鄭風·溱洧》「贈之以芍藥」，毛傳：「芍藥，香草。」）。《韓詩》曰：芍藥，離草也，言將離別，贈此

草也。（廖按，見《埤雅》引「韓詩曰」）崔豹《古今注》云：「牛亨問曰：『將離別，相贈以芍藥者何？』答曰：『芍藥一名可離，故將離別以贈之。』」擁離言將離別，撫之也。趾、止同，《説文》曰：「止，下基也。象草木出有址，故以止爲足。」**王先謙曰**：擁，《説文》「抱也」，《集韻》「遮也」。《禮（記）·内則》「必擁蔽其面」，（鄭玄）注：「擁猶障也。」歌言「擁」者謂峰巒之環抱而遮障也。《爾雅·釋詁》「覭髳，茀離也」，（郭璞）注言草木「蒙茸翳薈」，「茀離即彌離，彌離猶蒙茸」。《長門賦》（《文選》）「離樓梧而相撑」，（李善）注：「離樓，攢聚衆木貌。」《文選注》以「離離」爲實垂貌（廖按，《文選·西京賦》「朱實離離」，薛綜注：「離離，實垂之貌。」）。歌言「離」者，謂草木之攢聚而蒙茸也。《爾雅·釋言》：「趾，足也。」《詩》（《大雅·旱麓》）「瞻彼旱麓」，（毛）傳：「麓，山足。」歌以「趾」代足，於義爲新，猶《左宣十一年》「略基趾」以城足爲趾也。築，擣也，凡土功曰築。《詩》（《小雅·斯干》）：「築室百堵。」可築室，但可築居室也。**廖按**：夏敬觀云，蓋樂人歌時讀「擁」爲「翁」，遂題作《翁離》。《漢書·地理志》鬱林郡之「雍雞」，注「有關」；「蒼梧郡」，注「有離水關」。「雍」「離」即二關名。「趾」，交趾。○聞一多云，「趾」讀爲沚，《天問》「黑水玄趾」，一作沚（《楚辭補注》），是其比。《爾雅·釋水》：「水中可居者曰洲，小洲曰陼，小陼曰沚。」「擁離」之爲言猶癰⿸疒麗，《説文》：「癰，腫也。」「⿸疒麗，癰也。」「擁離沚」者，小沚磊然，如癕疽瘰癘之狀也。夫水之有洲渚，往往因泥沙淤積而成，而舊亦謂血氣否結，則爲癰⿸疒麗，然則膚肉之病謂之癰癰，洲渚之狀謂之擁離，其義一而已矣。又《漢書·地理志下》「西河郡」原注「治塞外翁龍、埤是」，顔師古注曰：「翁龍、埤是，二障名也。」案俱疊韻連語，翁龍猶擁腫，障以形狀而得名也。翁龍、擁離，一語之轉，沚狀謂之擁離，亦猶障狀謂之翁龍也。○逯欽立云，「翁離」當作「翁雜」，漢時習語，所以狀五采之貌；《郊祀歌》「殊翁雜，五采文」是其證。「趾」讀爲「沚」。又「沚」即「時」，見《左氏隱三年傳》釋文（廖按，《左傳·隱公三年》「澗谿沼沚之毛」，陸德明《釋文》：「沚音止，亦音市，本又作時。」孔穎達疏：「沚與時音義同。」）。漢郊五時，《郊祀志》謂五時祭黄、青、赤、白、黑神（廖按，《漢書·郊祀志》：「四帝，有白、青、黄、赤帝之祠。」「高祖曰：『……乃待我而具五也。』乃立黑帝祠。」），祝宰之衣，各如其色，則五時土色自亦各别，五時而五色相映，故曰「翁雜」。○徐仁甫云，「擁離」，聯綿詞，字當作蓊蘺，草木茂盛貌；生於沚上，謂其中可以築室定居也。

[二] 何用葺之蕙用蘭：**唐汝諤曰**：葺，修補也。蕙蘭皆香草。**陳本禮曰**：何必蘭宫蕙宇，如上林之勞民傷財耶。**朱乾曰**：容膝之地，可以築室，葺之蕙蘭，居亦不陋。《九歌》（《楚辭》）「芷葺兮荷屋」，（王逸）注：「葺，蓋屋也。」**莊述祖曰**：擁離、蘭蕙，皆香草，以擁離爲址而築室，葺之必用蘭蕙，唯君子能用君子，亦唯君子能爲君子用。**王先謙曰**：蕙用蘭，猶言用蕙蘭。蕙蘭本一物，皆香草。案古無以蕙爲宫殿飾者，惟木蘭爲屋材屢見於辭賦。《三輔黄圖》：孝武營未央宫，以木蘭爲芬橑。亦非蘭草也。考武帝時后宫八區有蘭林、披香

等殿，後有椒風、蕙草等殿，爲十四位，載於《三輔黃圖》；班固《西都賦》（《文選》）「蘭林蕙草，鴛鴦飛翔之列」以蕙蘭名殿即是，歌所謂用蕙蘭矣。**廖按**：夏敬觀云，「蕙」當作惠，傳寫者以下有「蘭」字而亦加「惠」字以草首；「蘭」，中國之芳草，以比遺吏撫循也。○聞一多云，「蕙用蘭」，「用」字當爲「以」，以用聲近，又涉上文而誤。「以」猶「與」也。《九歌・湘夫人》「築室兮水中，葺之兮荷蓋」，此詩二句與之酷似，疑亦祀神樂章。○逯欽立云，時中築室所以祠神，故以蕙蘭葺成。

［三］擁離趾中：**唐汝諤曰**：四字疑衍，想有缺文。**陳本禮曰**：讚歎不止，故重言以致諷也。**王先謙曰**：再曰「擁離趾中」，重言以致歎也。**廖按**：夏敬觀云，末重「擁離趾中」四字當是「豔」。

【集評】

陳祚明曰：二句亦楚辭之遺。

李因篤曰：「擁離」兼有之，二字已得離宮之妙。趾中言其地勢自然，非假人爲也。

陳本禮曰：賢者自詠其志，而託以諷也；節短意長，覺方朔之諫尤爲辭費。○時帝使吾丘壽王除上林苑，東方朔諫曰：夫南山天下之阻也，出玉石、金銀、銅鐵、良材……，今規以爲苑，絕陂池水澤之利，而取民膏腴之地……，其不可一也；盛荊棘之林，大虎狼之墟……，其不可二也；垣而囿之……，其不可三也（見《漢書・東方朔傳》）。……上雖是其言而不聽。

朱乾曰：末句非衍非缺，在詩爲詠歎淫泆，意味深長，與《麟趾》同一例；在樂則爲曲調之餘聲。

譚儀曰：擁樹拊麗，積小高大，其趾厚矣。非干霄之木，不以構連雲之廈。蕙蘭弱材，如世文士，古以爲佩，今以爲棟。蕙蘭不任咎也。蕙用蘭者，互文。再言擁離趾中，一唱三歎，有遺音者矣。

戰城南曲

【集解】

沈約曰：《戰城南曲》。

郭茂倩曰：《戰城南》，漢鐃歌。鼓吹曲辭。

徐獻忠曰：此傷戰將竭忠而死於原野，雖無人收葬，亦所不顧，是真忠國之臣也。言野戰而死，暴於原野，烏本可食其肉，然見者不忍，故云誰當謂烏言，且爲客所不忍而莫食其肉也。「豪野死」三句（廖按，徐獻忠《樂府原》此處斷句爲「爲我謂烏，且爲客，豪野死，諒不葬，腐肉安能去子逃」），謂豪俠不良之人，往往觸法而死於野，諒不收葬，其腐肉合爲汝食，安能去子而逃避？此足以供汝之食，何必更食死事忠臣之肉哉？「水深激激」二句言可避難之處，顧不思避而死於國事。梟騎者，戰陣之良馬也。梟騎之死，駑馬尚且徘徊而悲鳴，而況於人乎？我之懦怯而不能戰鬬，安得不傷壯士之死？故傷之曰，築室在南，君乃死於北而不得居；禾黍已穫，君乃没於王事而不得食。思爲忠臣如君者安可得耶？世之爲良臣者宫居粒食，豈不願思，顧其所遇艱難，有不得然者，故朝戰而暮即不歸，其爲忠節，亦可悲矣。

唐汝諤曰：時蓋有忠臣戰死而君莫知恤，時人傷之爲作是曲，言彼戰城南而死郭北，骸骨且無人收，即烏得食之矣。但我欲謂烏且暫爲客勿遽食之。蓋志士不忘在溝壑，野死不葬，腐肉安歸，終爲爾食，特吾哀忠臣慘然不忍耳。因想朝廷之政如水之極流，草之雜亂，是以能者鬬死於外，愚者徘徊於朝，此皆執政之臣擁蔽吾主，譬之築室於梁，隔絶行者，自南自北，何由而通？彼懷忠之臣莫肯收録，正如禾黍雖熟而無人穫之，君安得而食之？夫上既不能用賢，下雖願爲忠臣而安可得耶？然今日死難之忠臣，即平日盡瘁之良臣也。良臣誠可繫念，儻朝戰而暮即不歸，君奚恃哉？

朱嘉徵曰：《戰城南》，戒王者之勤遠略焉。古者出師以喪禮處之，無宴樂，歌《采薇》而遣之，歌凱以爲勞詩，先王之慎用民命何如哉。

李因篤曰：此篇詠亞夫拒七國事。功高賞薄，故託鬼雄以抒其悲憤。七國之變，亞夫以梁委之；城南郭北，俱就梁説。詩人爲梁怨漢，其辭如此。

陳本禮曰：此猶屈子之《國殤》（《楚辭》）也。《國殤》自憤其力盡死，此則恨其死于誤國庸臣之手。夫死非士所惜，但恐非其所耳。

朱乾曰：此詩當作於景帝七國反時，怨亞夫之不救梁也。

莊述祖曰：思良將帥也。武帝窮武擴土，征伐不休，海内虛耗，士卒死傷相繼，末年乃下詔棄輪臺，陳既往之悔，故思伊吕之將焉。

陳沆曰：此塞上屯戍之士，且耕且戰，痛死亡之苦，而思良將帥也。其武帝取匈奴河南地、築朔方，繕故塞，匈奴數大入殺掠，屯戍之時乎？

譚儀曰：此久戍思歸，而哀國殤也。

王先謙曰：此曲鐃歌也。其作歌命意發之於《思悲翁》篇，蔡邕所謂以「勸士諷敵」者也（廖按，蔡邕語見《宋書·樂志》）。《通鑑》：高帝二年四月，漢王入彭城，項王聞之，自以精兵三萬人南，從魯出胡陵至蕭。晨，擊漢軍而東至彭城，日中，大破漢軍。漢軍皆走，相隨入谷、泗水，死者十餘萬人。漢卒皆南走山，楚又追擊至靈壁東睢水上；漢軍卻，爲楚所擠，卒十餘萬人皆入睢水，水爲之不流。漢王與數十騎遁去。五月，屯滎陽，與楚戰滎陽南京索間，破之，築甬道屬河，以取敖倉粟。六月，關中大饑，米斛萬錢。十二月，項羽數侵奪漢甬道，漢軍乏食（《資治通鑑·漢紀》一、二）。軍士撫今思往，作是歌也。漢築甬道屬河，故曰「梁築室」；楚侵奪甬道漢軍之食，故曰「禾黍而穫君何食，願爲忠臣安可得」也；楚晨擊漢軍，故曰「朝行出攻」；日中而敗，故曰「莫不夜歸」也。

廖按：夏敬觀云，此爲激厲將士之辭。首述戰死之勇，繼之以梟騎雖死，駑馬猶徘徊思鬬而鳴，激之；繼勉屯戍之卒，謂匈奴數入寇邊，侵掠而去，戍卒不戰，則黍禾仍非我所得而食；室在橋梁之南，梁在室北，屯卒所居，據河以爲險；正如《漢書·匈奴傳》所云，漢遂取河南地，築朔方，復繕故秦時蒙恬所爲塞，因河以爲固。○余冠英云，這是詛咒戰争的詩。○王汝弼云，《戰城南》雖寫戰陣，但反戰思想比較濃厚，決不宜用爲軍樂，以免瓦解士氣。○陳直云，此篇爲軍樂，所謂鐃歌者，正指此等曲而言。

戰城南，死郭北，[一]野死不葬烏可食。[二]爲我謂烏，且爲客豪，野死諒不葬，腐肉安能去子逃？[三]水深激激，蒲葦冥冥。[四]梟騎戰鬬死，駑馬裴回鳴。[五]梁築室[六]，何以南？梁何北？[七]禾黍而穫君何食[八]？願爲忠臣安可得[九]？思子良臣，良臣誠可思，[十]朝行出攻，莫不夜歸。[十一]（《宋書》卷二二《志》十二《樂》四。《樂府詩集》卷十六、《古詩紀》卷十五）

【校勘】

「駑馬裴回鳴」，《樂府詩集》《古詩紀》「裴回」作「徘徊」。

「梁築室，何以南？梁何北」，《樂府詩集》作「（梁）築室，何以南（梁）何北」，《古詩紀》「梁何」

作「何以」。

「禾黍而穫君何食」，《樂府詩集》《古詩紀》「而」作「不」。

「思子良臣」，《古詩紀》「思子」作「子思」。

「莫不夜歸」，《樂府詩集》《古詩紀》「莫」作「暮」。

【集注】

[一]「戰城南，死郭北」二句：**陳本禮曰**：城南、郭北，皆非戰地。主將爲三軍司命，當視其可戰而戰；今既命之戰于城南，已屬危甚，復又命之戰于郭北，置之死地而不顧；此下文所以有「何以南何以北」之問也。**王先謙曰**：郭，城外郭。《釋名》：「郭，廓也，廓落在城外也。」首二句總前後兩戰言。孟康曰：「靈壁故小縣，在彭城南。」服虔曰：「睢水又東南至下相而入於泗，謂之睢口。泗水又東南過彭城縣東北，南至下邳入淮。」（廖按，見《資治通鑑》胡三省注引）案之《圖經》，睢水在彭城南，楚追擊漢軍靈壁東睢水上，故曰「戰城南」；泗水過彭城城北，漢軍多死于谷泗水中，故曰「死郭北」也。

[二]野死不葬烏可食：**唐汝諤曰**：烏，鴉也。道有死人欲攫食之。**聞人倓曰**：《國語》（《魯語上》）：「舜勤民事而野死。」《莊子》（《列禦寇》）：「在上爲烏鳶食。」**陳本禮曰**：《楚辭》（《九歌·國殤》）：「嚴殺盡兮棄原埜。」主將既不愛惜士卒軀命，則死而棄之于原野者，烏固可食耳。「可」字慘。**王先謙曰**：野死，死於野也。上「不葬」謂未葬，下「不葬」謂必無

人葬；烏可食，啄食死者之肉。

〔三〕「爲我謂烏，且爲客豪，野死諒不葬，腐肉安能去子逃」四句：**唐汝諤曰**：《淮南子》（《泰族訓》）：「智過百人謂之豪。」腐，朽也。子，謂烏也。**張玉穀曰**：豪，豪舉也。爲客豪，言爲我略存體面，勿遽食之，即爲豪舉也。**聞人倓曰**：且爲客豪，言客甘爲烏食，故爲烏言之而見其豪也。枚乘《（再諫吴王）書》：「腐肉之齒利劍。」**陳本禮曰**：客固不惜己一殪之屍，但我爲國捐軀，首雖離兮心不懲，耿耿孤忠，豪氣未泯，烏其少緩我須臾之食焉。**莊述祖曰**：代死者自謂。客，當有主之者。重言「不葬」，深責之。**王先謙曰**：謂，告語也。客指戰死者；且爲客豪，言忠骸毅魄令人懍然敬畏爲可豪，食之則無人見之矣。諒，猶「諒不我知」之「諒」，信也。腐，《説文》：「爛也。」兵死不葬久則朽敗也。**廖按**：曲瀅生云，「謂」，對烏言，且爲戰死之豪俊稍留全也。〇聞一多云，「且爲客豪」，豪讀爲號，字一作譹，即叫哭也。〇余冠英云，「我」，詩人自稱；「客」，指死者；古人對於新死者須行招魂的禮，招時且哭且説，就是號。詩人要求烏先爲死者招魂，然後吃他。〇陳直云，「諒」疑「倞」字之假借，讀如「映」，《小爾雅·廣言》（《孔叢子》）「映，曬也」；「野死」當讀爲「野屍」，「死」與「屍」字通。

〔四〕「水深激激，蒲葦冥冥」二句：**唐汝諤曰**：激激，波躍貌。冥冥，蔽塞貌。**陳本禮曰**：追述生前戰敗時，一派陰慘氣象。**莊述祖曰**：激激，流急也；冥冥，亦深也。**王先謙曰**：水即谷、泗、睢水。激激，《説文》：「礙衺疾波。」蒲，水草可爲席者。葦，大葭。冥冥，陰晦也，《詩》（《小雅·無將大車》）：「維塵冥冥。」**廖按**：曲瀅生云，「激激」，《莊子》司馬注：「流急曰激。」此重言之（廖按，《莊子·齊物論》「激者」郭慶藩《集釋》引）；「冥冥」，《九章》「深林杳以冥冥」，五臣注（《楚辭補注》）：「暗貌。」〇聞一多云，《方言》十二：「激，清也。」《説文》：「冥，幽也。」

[五]「梟騎戰鬭死，駑馬裴回鳴」二句：**唐汝諤曰**：梟，同「驍」，勇也。《漢書》（《武帝紀》）：「北貉、燕人來致梟騎。」駑馬，下乘。徘徊（廖按：唐汝諤《古詩解》「裴回」作「徘徊」），不進貌。**陳本禮曰**：梟騎戰鬭死，指同死者。駑馬裴回鳴，指死降未定者。降矣哉終身夷狄，戰矣哉則骨曝沙礫，故裴回鳴也。**莊述祖曰**：梟、驍通，雄也。裴回，淹留也。**王先謙曰**：駑馬，馬頓劣也，謂敗軍。**廖按**：曲瀅生云，《莊子·馬蹄》注（郭慶藩《集釋》引陸德明《釋文》）云：「駑，惡馬也。」〇聞一多云，「梟」與「驍」通，《漢書·高帝紀》「北貉燕人來致梟騎助漢」，《史記·韓長孺傳》（裴駰）集解引作「驍」；《説文》：「驍，良馬也。」〇余冠英云，「梟騎」喻戰死的英雄，也就是指上文的「客」和下文的「忠臣」。

[六]梁築室：**唐汝諤曰**：梁，木堰也，通人往來者。**張玉穀曰**：言此人乃棟梁之材，可以用之築室。何以戰於城南，死於郭北。**聞人倓曰**：《説文》：「梁，水橋也。」**陳本禮曰**：梁，橋梁也，梁上何能築室，喻險既不可據，而戰又非其地也。**莊述祖曰**：治橋以渡水，築室以

留田。《晁錯傳》(《漢書・袁盎晁錯傳》)云：錯上言：「遠方之卒守塞，一歲而更」，「不如選常居者，家室田作」，「要害之處，通川之道，調立城邑，毋下千家」，「爲室屋，具田器」。《趙充國傳》(《漢書・趙充國辛慶忌傳》)《屯田奏》云：「繕鄉亭，浚溝渠，治隍陿以西道橋七十所，令可至鮮水左右。」此皆治橋築室之事也。**王先謙曰**：漢「築甬道」屬河，「取敖倉粟」，應劭以爲「築垣牆如街巷」。孟康曰，「敖在滎陽西北山上，臨河有大倉」(見《資治通鑑》及胡三省注引應劭、孟康説)。漢軍取粟，陸有垣牆，河有舟梁，轉運縣聯，居室鱗櫛，此歌所謂「梁築室」矣。**廖按**：曲瀅生云，橋上築室則人不能通行矣，以興下文禾黍不穫則無物充饑。○聞一多云，「梁」上疑脱一字，「□梁」、「築室」對文。○余冠英云，此篇和下篇四個「梁」字似均爲表聲之字。「築室」指土木工事。○王汝弼云，「梁」字上可能有「乘」或「架」字的脱文，「乘」或「架」梁築室，與下文「禾黍不穫君何食」一氣貫注，都是農民在家鄉常做的兩種活計，這都是古代農民家庭必須由男人擔負的繁重勞動，但由於他們被征，從軍在外，所以這些工作也就自然擱置起來了。

[七]「何以南？梁何北」二句：**聞人倓曰**：言橋本以通往來，今築室其上，自南自北將何以通也。**陳本禮曰**：不但欲其築室，且欲命其築南不可以北，築北不可以南，戰勝則功歸主將，敗則諉罪士卒，此忠臣戰士所以肝腦塗地也。**莊述祖曰**：田在梁北，室在梁南。**陳沆曰**：田在梁北，室在梁南，此塞上屯戍之事。沆案，《漢書・匈奴傳》，右賢王怨漢奪其河

南地築朔方，數入寇邊……。漢復度河，自朔方以西，至令居……置城障列亭，至廬朐而屯其旁，築居延澤上。匈奴數大入殺掠，壞所築亭障而去。正此詩所指也。**王先謙曰**：南、北，河南北；室何以聚河南，梁何以通河北，蓋爲取粟運餉計者至周密也。漢王屯河南之滎陽，甬道臨河，故室多築于南。其時河北久爲漢地，常駐漢軍，饋餉所經，故梁又直通於北也。詩不説盡，妙有含蓄。**廖按**：余冠英云，言那些服工役的人爲何也像兵士南北徵調呢？（廖按，余冠英《樂府詩選》以「梁」爲表聲字，作「何以南［梁］何北」）○逯欽立云，「梁築室」句不辭，上「梁」字乃衍文，「以」字虚聲，原文當作「築室河南梁河北」。「河」今作「何」，假借字耳。《漢書·衛青傳》「遂定河南地，絶梓領，梁北河」云云，言定河南梁北河事；「梁」亦漢人習語，如司馬相如《難蜀父老》「梁孫原」云云，是其比；漢取河南，置朔方郡，故築室以爲屯戍，並以討胡，遂有梁北河之事。此歌「築室河南梁河北」，即指此乎。○王汝弼採用《古詩紀》句云，「何以南，何以北」是質問何以被徵而從事連年不休的南征北戰。

［八］禾黍而穫君何食：**張玉穀曰**：言此人死則君無倚賴，猶禾黍不穫之無以食也（廖按，張玉穀《古詩賞析》「禾黍而穫」「而」作「不」，余氏、徐氏同）。**李因篤曰**：當時梁地實當戰衝，築壁供食，皆取足於此，事平而讒忌作，故詩人傷之。**聞人倓曰**：《説文》：「穫，刈穀也。」**陳本禮曰**：此喻兵不足食。戰既不可，守又不能，進退兩難也。**王先謙曰**：凡穀皆曰禾。

《説文》：「禾，嘉穀也。」黍，禾屬而黏者，以大暑而種，故謂之黍。穫謂楚軍所穫。君謂漢王。**廖按**：余冠英云，壯丁都不能在鄉從事生産，自然禾黍不能收穫。○徐仁甫云，言若有禾黍而不收穫之，則君何食乎？

［九］願爲忠臣安可得：**張玉穀曰**：言死者非不欲盡忠克敵以報君，無奈戰鬬非其所長，徒死而不能遂其志也。**莊述祖曰**：國家竭天下資材以奉戰士，疆場有事死固其所，然忠臣死綏，非可責之士卒也。**王先謙曰**：不得爲忠臣，饑困不能力戰也。**廖按**：余冠英云，「忠臣」指戰死的軍人。「願爲」句是説那些應役築室而南北奔走勞苦致死的人，即使願意痛快地戰死，落個忠臣名號還得不著呢。○陳直云，此詩大義，禾黍不穫，則不能士飽馬騰，雖欲爲忠臣，不可得也。下文「良臣」，與「忠臣」同名異稱，猶《君馬黄篇》之美人與佳人，二者名異實同也。○徐仁甫云，「忠臣」二字當重疊，即「願爲忠臣，忠臣安可得」，下文重「良臣」可證。「願爲忠臣」之「爲」猶「有」也，「安可得」之「安」猶「何」也，與上三「何」字互文；言梟騎戰鬬死，一將功成萬骨枯，枯骨本是忠臣，但爲無名英雄，而君不知，則君願有忠臣，忠臣又何可得哉？

［十］「思子良臣，良臣誠可思」二句：**唐汝諤曰**：子，謂君也。**李因篤曰**：烈士死戰，安居執刀筆者且妄議之，「思子良臣」，正恨之也。**張玉穀曰**：言此人苟使之輔佐太平而爲良臣，其設施必有可觀也。**聞人倓曰**：《説苑》(《臣術》)，「功成事立」，「不敢獨伐其勞，如此者，良

臣也」。按，思良臣，亦猶懷頗、牧之意。**陳本禮曰**：凡爲領軍之帥，孰不自命良臣，既爲良臣則當忠藎于國，計出萬全，今乃以未曾躬歷戎行之人，妄參廟謀，宜其士卒輿尸而歸也。**莊述祖曰**：子，謂主將也。所謂良臣者，必若商周之伊吕。**王先謙曰**：良臣謂太平而享尊榮者。今事艱難則當力戰赴敵而爲忠臣，雖良臣可思，豈能如願。**廖按**：聞一多云，「思子良臣」，「臣」疑當爲「人」，人臣聲類同，又涉上文「忠臣」而誤；良人者，《孟子·離婁下篇》「其良人至」，趙注曰「婦人稱夫曰良人」；《秦風·小戎》（《詩經》）爲婦人思念役夫而作，其詩曰「厭厭良人」。此詩義與彼同，「思子良人，良人誠可思」者，亦婦人思夫之辭。○余冠英云，「良臣」指善於謀畫調度的大臣。假如有良臣，縱然免不了打仗也可以少些死傷。○逯欽立云，「子」乃「哉」之假借字，與下「聖人出，美人子」之「子」同例。

[十一]「朝行出攻，莫不夜歸」二句：**陳本禮曰**：此諷今自命良臣者戰敗之後無復他計，只是一降耳，所以朝出攻而暮不夜歸也（廖按，陳本禮《漢樂府三歌箋注》「莫」作「暮」）。**陳沆曰**：或曰，「莫不」猶言「無不」，謂無一人死傷也。**王先謙曰**：莫不夜歸，猶云莫（暮）夜不歸，一去不還戰鬭死也。**廖按**：聞一多云，上言「思子良人」，下言「莫不夜歸」，是思之而冀其勿死也。

【集評】

唐汝諤曰：反覆傷悼，君亦可惕然矣。

朱嘉徵曰：「禾黍而穫君何食」，同古詩「羹飯一時熟，不知貽阿誰」（《十五從軍征》），其語更悲。

陳祚明曰：朝望軍士而動感愴之心，死者誠可哀而偷生者多；忠臣不可得，而思良臣全師早歸爲上；亦《大風》之意，頗牧之懷也。○「水深」八字沉鬱，「梟騎」二語壯，末段淋漓悽楚，「暮不夜歸」句勁。

王夫之曰：《鐃歌》雜鼓吹，譜字多不可讀，唯此首略可通解。所詠雖悲壯，而聲情繚繞。

李因篤曰：「可」字下得慘甚。「爲我」四句，正「可」字意也。

漢詩説曰：《戰城南》與《思悲翁》相表裏。《思悲翁》思善戰之翁，《戰城南》悲戰死之士；中惟「梁築室，何以南，何以北」三語俱不可解，前輩謂亞夫以梁委七國事，謂築室禦寇，或南或北，不得耕種，似近之。

張玉穀曰：此傷用人不當、使太平良佐徒死於戰之詩。舊解支離，都無是處。首三，叙戰死不葬事直起。「爲我」四句，頂第三句，中寫野死之慘，作曉烏語，痛極奇極。「水聲」（按，張玉穀《古詩賞析》「水深激激」「深」作「聲」）四句，插叙戰場苦景，寬以養局，而「戰鬭死」，已補出效命之勇；「徘徊鳴」又引下惋惜意。以上俱屬鋪叙題面。「梁築室」以下，皆致己惋惜之意。「梁築」三句，惜用時之君不明也。「禾黍」句，惜死後之君無倚也。兩層比喻，正反遞落，良臣可思意已隱隱逗起。「願爲」句，復就死者欲忠不得，推原其心，恰好以忠臣跌出良臣。「思子」二句，點明良臣，深致景慕。末二，收轉用違其才，以致敗亡，兜應篇首，截然竟住。五層意思，都在空處折旋，且多以比喻出之，古詩豈易讀哉！

陳本禮曰：形容自命良臣者伎倆殆盡，自「水深」句以下皆追叙未死時事。李子德謂此爲詠亞夫拒七國事功高賞薄者言，豈不大可噴飯。○李安溪曰，「梁築室」三句難解，「且爲客豪」言暫且使我爲豪也。荒饑亦可死人，不必戰場，既以是自廣，終思良臣以自悲也。

沈德潛曰：太白云：「野戰格鬭死，敗馬嘶鳴向天悲。」自是唐人語。讀「梟騎」十字，何等簡勁。末段思良臣，懷頗牧之意也。

譚儀曰：「水深」以上，莊（述祖）陳（沆）皆謂代死者之言，愚以爲亦生者自念之哀辭。○張琦曰：將帥徼幸成功，不恤士卒之死。「水深激激」，喻法令之酷；「蒲葦冥冥」，狀死亡之慘。壯士已死，庸夫偷生。梁非築室之所，猶食必求禾黍也。謀之不臧，願爲忠臣不可得。思古良臣，不得已而用兵，必能師出以律，所以深戒黷武也。

王先謙曰：漢高帝戰敗于彭城，築甬道屬河以取敖倉粟，值關中大饑，楚數侵奪甬道，漢軍乏食，軍士作歌以述其意，曰前日彭城之役，城南郭北戰而死者二十餘萬人，彼野死而未葬者烏烏可食之矣。試爲我謂烏，且爲已死之客豪而暫留此腐肉，彼野死者諒無人收葬，又安能去子逃，而胡不少緩須臾耶？回思昔日戰敗之地，水深激激，蒲葦冥冥，彼梟騎已戰鬭而死，惟餘我輩無能之駑馬裴回而鳴耳。今日關中大饑，我君屬河梁而築室，試問室何以南，梁何以北，則爲取敖倉粟計也，奈楚軍數侵甬道，倘有禾黍而爲敵穫，我君將何所食？即我輩饑疲不能力戰，雖願爲殺敵致果之忠臣安可得耶？思子良臣，良臣非不可思，身處太平尊榮安富孰快於是，奈時當艱棘效命從戎，朝行出攻而莫不夜歸，逝者雖死猶生，存者亦裹屍爲幸矣。所願天滅其災祚，我漢室士飽馬騰，殲此勍敵，上以釋我君之憂危，下以慰國殤之毅魄也。

廖按：梁啓超云，此詩代表一般人民厭惡戰爭的心理，好處在傾瀉胸膈，絶不含蓄。用這種歌詞作軍樂，就後人眼光看起來，很像有點奇怪。但當時只是用人人愛唱的，像並没有什麽撿擇和忌諱。這首歌寫軍中實感，雖過於悲憤，亦含有馬革裹屍的雄音。○蕭滌非云，爲國捐軀，死而不葬，事至不平，情極悲憤，而反作豪語者，正是透過一層寫法。此篇雖敘戰事，而語涉諷刺，不知當日軍樂何以用之。若魏晉以下，那得有此種。○日人户倉英美以對歌解此詩。提出「爲我謂烏」至「腐肉安能去子逃」四句爲死者所言，此前三句及此後四句爲「鎮撫英靈的主祭者歌唱，或者别于死者又别于主祭者的合唱隊的歌」。其中「水深激激，蒲葦冥冥」兩句「令人想象死者靈魂漂游的無邊無際的昏暗」。「梁築室」二句，「梁」爲表聲字。「築室」一詞見於楚辭《九歌·湘夫人》，「室」爲祭祀中爲了招神而修建的設施。此二句爲主祭者的詠唱，即「已經爲你們修建好了房屋，你們爲何還要往南去往北去」。「禾黍而穫君何食」也同樣是對死者靈魂的召唤，即「穀物已經收穫完了，這裏有豐富的食物可以供奉給你。儘管如此，你爲什麽還要游走别處呢，你究竟要吃什麽呢」。「願爲忠臣安可得」爲死者的言詞。以下主祭者再次對死者説：

「你們確實是良臣。我們都思念你們。早上出去作戰而夜晚無歸的勇士們啊！」見《漢鐃歌〈戰城南〉考》，《樂府學》第二輯，學苑出版社二〇〇七年）。

巫山高曲

【集解】

沈約曰：《巫山高曲》。

郭茂倩曰：《巫山高》，漢鐃歌。鼓吹曲辭。〇《樂府解題》曰：「古詞言江淮水深，無梁可度，臨水遠望，思歸而已。若齊王融『想像巫山高』，梁范雲『巫山高不極』，雜以陽臺神女之事，無復遠望思歸之意也。」

徐獻忠曰：此篇羈遊蜀土思歸中原而作也。言巫山高大，蜀道險遠，欲度淮東歸，又無梁可行，徒臨水遠望、泣下沾衣而已；末云遠道思歸其意謂何，蓋父母室家所在，自不能忘情耳。自秦以前鮮入蜀者，惟沛公入蜀，其將士思歸山東，故韓信因而定三秦，下齊楚，不勞而成功，王業實始於此。取入樂府當出於此。

唐汝諤曰：昔漢高入蜀，嘗燒絶棧道，而淮上之人以未得用而思歸，故有是作。言山高水深既絶歸路，而當路者又不作橋以通行。「吾集無高」，謂求用而不得；「曳水何梁」，謂欲進而無從；「臨水遠望」，惟有「泣下霑衣」而已。志念不遂，乃退而思歸，謂之何者？蓋無聊之極也。豈將士若淮陰輩道亡而作耶？

朱嘉徵曰：《巫山高》，望遠曲也。

李因篤曰：高帝初定天下，將士皆渡淮而西，其留屯關中者，久旅思歸，托言爲淮水所阻也。巫山高，借興淮水之深，故下俱承淮水説。後代擬者乃以山高寓求仙，去本題遠矣。

陳本禮曰：李子德（李因篤）曰云云。禮按，高帝至孝武時年代久遠，豈有高帝戍卒至此日尚有未歸者耶？此當是七國之變防守之卒。七國雖平，其子若孫猶有守蕃封者，故戍卒未撤，久而思歸也。

朱乾曰：《史記·高祖紀》：沛公爲漢王，王巴蜀、漢中至南鄭，「諸將及士卒多道亡歸，士卒皆歌思東歸」。此其事也。不言石門、劍閣而言巫山者，其時棧道輒已燒絶，而《水經注》（《江水》）稱巴東「三峽七百里中兩岸連山」。故臨水而有思歸之歎也。

莊述祖曰：閔周也。楚頃襄王約齊韓伐秦而欲圖周，國人疾其不能自强而棄共主，且閔周之將亡，故作是詩。此楚歌詩，漢武帝時樂府采之。

陳沆曰：此似憂吳楚七國之事，殆景帝初年吳楚風謡，武宣之世采入樂府。莊氏謂指頃襄王圖周室，則何與漢之鐃歌乎？其舛甚矣。〇巫山謂楚，淮水謂吳；一恃山險，一恃水險；然安分自守則可，若舉兵妄動，則梁據雒陽，天下之中，形格勢禁，必爲所阻。進不能西向，退不能東歸，漢兵從天而下。此時楚雖欲走集，而無高險之可恃；吴雖欲退守，而無舟梁之可度矣。進退失據，坐而就禽，良可悲也。殆藩僚忠智之士，鄒陽枚乘之儔，見幾深計而作者歟？姑存是説，未審然否。

譚儀曰：《巫山高》，南國之士，自傷不達於朝廷也。漢初封國既大，諸王驕恣，傅相一不謹，輒與同罪，其在庶士徵召所不及者，困于方隅。俯仰不遂，有憂生之嗟。梁苑鄒枚，淮南八公，雖曰知遇，亦士之不幸耳。故興巫山之高，淮水之深，思東入中國，而不可得。文景而後，蒲輪四出，計吏作貢，於是賢士有以自達。聖主賢臣之頌，炳焉與三代同風矣。武帝立樂府，采詩夜誦，有趙代秦楚之謳，此其最著者乎？陳修撰（陳沆）以爲七國之事，近之，而有所未盡也。

王先謙曰：此曲爲巴渝歌無疑也。○賨民從高帝定秦，不願出關，因思歸而作歌曰，彼巫山之高則高以大，固我輩生聚游息之鄉也；今帝討關東，臨淮水而擊楚，淮水之深則難以逝，非我所願往矣。我今何欲，但欲東歸，奈當時以閣道浮梁爲害而不爲，故我雖欲集高山而無高可集，既不能登山而歸，且關中諸水阻我歸路。昔也有梁可渡，今何從得曳水之梁。而水流則湯湯，水大則回回，試一臨水遠望，惟有泣下沾衣，又不能涉水而去。非不知思歸無益，奈遠道之人心實爲之，我其謂心何哉。

廖按：夏敬觀云，武帝時，淮南、衡山謀反，事與景帝時吴楚七國事相類，未嘗用兵，事泄而淮南王安、衡山王賜皆自殺。二王於武帝服屬爲從父諸父，親親之誼，故其辭婉而哀，但托之吴楚山川險阻，而自傷控制之難而已。○余冠英云，這是遊子懷鄉的詩。身在蜀土，東歸不得，假想臨淮遠望的光景。○陳直云，此篇疑描寫高祖都南鄭時軍士思歸之情。舊説有以宋玉巫山高唐之事相附會者，恐不可信。

巫山高，高以大；[一]淮水深，難以逝。[二]我欲東歸，害梁不爲。[三]我集無高，曳水何梁。[四]湯湯回回，臨水遠望。[五]泣下霑衣，遠道之人心思歸。謂之何？[六]

（《宋書》卷二二《志》十二《樂》四。《樂府詩集》卷十六、《古詩紀》卷十五）

【校勘】

「害梁不爲」，《樂府詩集》以「梁」爲表聲字。

「我集無高，曳水何梁。湯湯回回」，《樂府詩集》作「我集無高曳，水何（梁）湯湯回回」。

「泣下霑衣」，《古詩紀》「霑」作「沾」。

【集注】

[一]「巫山高，高以大」二句：**唐汝諤曰**：巫山，在巫州，今夔州府。**朱乾曰**：《水經注》（《江水》），「江水歷峽東，逕新崩灘」，「其下十餘里，有大巫山，非惟三峽所無，乃當抗峰岷峨，偕嶺衡疑」，「其間首尾一百六十里，謂之巫峽」。**莊述祖曰**：以巫郡西與秦界，故曰「巫山

高」。巫黔中爲楚與秦界之鍵轄，故秦留懷王，要以割巫黔中郡。秦奪巴黔中郡，而莊蹻所定滇池地遂塞不通。七國時能亡楚者秦也，而秦亦終亡于楚，是以深慮知化之士皆託巫山三致意云。**王先謙曰**：巫山在今巫山縣治，《漢・地理志》有巫縣，應劭曰：「巫山在西南。」（《漢書》顔師古注引）山以巫咸得名。郭璞賦謂咸「以鴻術，爲帝堯醫，生爲上公，没爲貴神，封於斯山，因以名之」（廖按，見《藝文類聚・山部》載郭璞《巫咸山賦》，末二句爲「豈封斯山，而因以名之乎」）。《山海經》（《大荒西經》），大荒「有靈山，巫咸、巫即、巫朌、巫彭、巫姑、巫真、巫禮、巫抵、巫謝、巫羅十巫，從此升降，百藥爰在」。然則巫咸之爲神久矣，與商臣巫咸別自一人也。古詞「巴東三峽巫峽長」（《巴東三峽歌》，見《樂府詩集》），故曰「高以大」也。賓民思鄉，舉其地望，故云然爾。**廖按**：余冠英云，「以」猶「且」。

[一二]「淮水深，難以逝」二句：**唐汝諤曰**：《説文》，淮水出南陽平氏縣。今隸淮安府。逝，往也。**陳祚明曰**：難，一作「深」。**莊述祖曰**：淮水，楚所以東指泗上十二諸侯者也。楚所難者秦也，然堅守要害以拒秦則易。楚所易者，泗上諸侯也，然退保東北以辟秦則難。故曰「淮水深，難以逝」，言盡棄楚故地徙壽春也。**王先謙曰**：項羽時都彭城，今徐州也，淮水在焉，高帝起于沛豐，所將多淮南北子弟，賓民樂其本土，不服異俗，知帝討關東，至淮上，習聞巨浸，憚此遠行，故曰「淮水深，難以逝」也。**廖按**：聞一多云，「難」一作「深」，是。《論語・陽貨篇》「日月逝矣」，皇（侃）疏曰：「逝，速也。」「以」猶「且」也，《臨高臺篇》「臨高

臺，（高）以軒，下有清水清且寒」正以「以」與「且」爲互文。○余冠英云，「深以逝」就是深且急。○徐仁甫云，淮水距巫山很遠，「淮」字可疑；「淮」當爲「䧳」之省，實古津字，見《説文》（廖按，《説文》：「津，水渡也。䧳，古文津，从舟淮。」）。此言以舟横渡之處，其水甚深也。

［三］「我欲東歸，害梁不爲」二句：**唐汝諤曰**：害猶壞也。梁，橋梁。**陳本禮曰**：梁，山梁也，不歸咎于上而諉害于梁，似恨梁之不爲我一周旋也。**莊述祖曰**：以下責其圖周而閔周之將亡也。周，舊作「害」字，相近誤。周，二周也。（廖按，莊述祖《漢短簫鐃歌曲句解》「害」作「周」）梁，橋也。**譚儀曰**：害，何也。害梁不爲，何不爲梁也。**王先謙曰**：言以梁爲害而不復爲。梁，浮梁，由秦入蜀之山有連雲棧。高帝初入蜀，張良勸帝燒絶棧道以備諸侯盗兵，亦視項羽無東意。後引兵從故道出，棧道不修，故曰「害梁不爲」。**廖按**：夏敬觀云，「害」，傷也，歎其欲渡無梁也。○逯欽立云，「梁」當是「深」之訛字，「害」爲「曷」之借字，《漢書・翟方進傳》「予害敢不於身撫祖宗之所受大命」，是其比。○徐仁甫云，「害」爲「周」之訛，賈公彦《序周禮廢興》言諸侯「惡其害己」，舊本「害己」誤作「周亡」（廖按，《周禮注疏・序周禮廢興》「惡其周亡」，《漢書・藝文志》作「惡其害己」），即「周」「害」形近致訛之例。「周」借作「舟」，《詩・大東》「舟人之子」，鄭箋云：「舟當作周。」「周梁不爲」謂舟梁無有。

〔四〕「我集無高，曳水何梁」二句：**唐汝諤曰**：集，棲止也。曳，引也。**陳本禮曰**：語云「登高可以望鄉，遠望可以當歸」。奈我所集無梁，不得登高以遠望也。（曳水何梁）此橋梁也。既不能登高望遠，不知家鄉何在，將于何梁曳水而歸乎。**朱乾曰**：集，聚落也。蜀有南集北集，見《水經注》（廖按，《水經注・江水》：「溪水北流注于江，謂之南集渠口……北水出新浦縣……南入于江，謂之北集渠口。」）。「高」與「告」古字通。無高，無告也。又《家語・問禮篇》：「升屋而號，曰：『高某復。』」注，高，皐也，引聲之言。（廖按，《家語》「高某復」，《禮記・禮運》作「皋某復」，孔穎達疏：「皋，引聲之言。」）義亦與「號」字通也。**莊述祖曰**：高曳（廖按，莊述祖《漢短簫鐃歌曲句解》斷句爲「我集無高曳，水何梁」），篙枻同，假借字。篙，刺船竹；枻，楫也。集，讀若就。「梁」喻諸侯，「篙枻」喻臣也。傷時無桓文之伯，管甯狐趙之臣。**譚儀曰**：所處既卑，無梁奚濟。**王先謙曰**：我無高山可集也。高山崎嶇，攀援斷絶，既無浮梁，行旅不便，故「我集無高」也。魏武帝《苦寒行》「我心何怫鬱，思欲一東歸。水深橋梁絶，中道正徘徊」，本此曲「曳水何梁」之意，亦以此梁爲橋梁也。**廖按**：余冠英云，我要東歸，爲什麼又不歸呢？因爲淮水深急，我停在水邊，沒有篙楫助我渡過。或疑「集」是「今」字之誤，因爲用古文寫起來兩字形狀相近。〇陳直云，《廣韻》：「集，衆也。」「我集」即我衆也。〇徐仁甫云，「梁」有高義，「水何梁」謂水位何其高也。〇逯欽立云，「我集無高曳」，「集高曳」爲「濟篙枻」之借字。「梁」當是「深」之訛字（廖按，逯欽立《先秦漢魏晉南北朝詩》斷句爲「我集無高曳，水何梁」）。

[五]「湯湯回回，臨水遠望。泣下霑衣，遠道之人心思歸。謂之何」五句：**唐汝諤曰**：湯湯，水流貌。回回，遠貌。霑，漬也。**陳本禮曰**：水，淮水也。末更歸罪于心，「謂之何」者，猶言奈何也。**朱乾曰**：湯湯，水大皃。回回，迂難也。「謂之何」句不入韻，《詩》（《邶風・北門》）：「謂之何哉。」**譚儀曰**：終身在湯湯回回之中，涕泣於淪胥之地而已。**莊述祖曰**：《詩》（《檜風・匪風》）曰：「誰將西歸，懷之好音。」西歸無所，東歸又不能徙，臨水遠望，閔之也。**王先謙曰**：「回回」有數説，或引漢馬融《廣成頌》（《後漢書・馬融列傳》）「紛紛回回，南北東西」，《後漢書》注「回回，奔馳貌」，以此爲水勢奔馳；或引《關尹子・三極篇》「人之善琴者有怨心則聲回回然」，以此爲水聲掩抑；或引《思玄賦》（《後漢書・張衡列傳》《文選》）「炎回回其揚靈」，《後漢書》注「回回，光貌」，《文選》注「回回，光明貌」，以此爲水光之明；或引魏劉楨《雜詩》「回回自昏亂」，以此爲水流之亂；或引《楚辭》王褒《九懷》「腸回回兮盤紆」，以此爲水道之紆屈。義出假借，解均未安。案晉束晳《補亡詩》「漫漫方輿，迴迴洪覆」，《文選》注「迴迴，大貌」，迴通作回。唐杜甫《有事於南郊賦》「地回回而風淅淅」，亦以回回爲大貌。此「回回」蓋言水大之貌矣。或曰回回水迴旋貌，於義亦通。水謂關中之水，非上文所稱淮水也。謂之何，無如心何也。關中入蜀之路雖棧道燒絶，要自可通行人，篇中「害梁」「何梁」，皆思歸不得，托爲此辭。**廖按**：余冠英云，「湯湯」「回回」

都是奔流之貌。

【集評】

朱嘉徵曰：起調四句寓登高臨深意。害，讀盍，思用其才。忽中道無杭也，我集無高，所處之下，曳水何梁，則無緜濟，義亦雙綰。

陳祚明曰：「湯湯回回」四字生動，起下望遠思歸之情；「回回」字新。

李因篤曰：遠道之人，故寬一步宕開説，妙妙。

陳本禮曰：較《悲歌》「欲歸家無人，欲渡河無船」，詞更悽惋。○「巫山高」四句，以高興深，正以見其歸之難也。

王先謙曰：先謙考《華陽國志》，漢高帝滅秦爲漢王，王巴蜀，閬中人范目有恩信方略，知帝必定天下，説帝，爲募發賨民，要與共定秦。秦地既定，封目爲長安建章鄉侯。帝將討關東，賨民皆思歸，帝嘉其功而難傷其意，遂聽還巴。此曲蓋賨民思歸作也。《華陽國志》又曰，閬中有渝水，賨民多居水左右，天性勁勇，初爲漢前鋒陷陣，鋭氣喜舞，帝善之曰，此武王伐紂之歌也，乃令樂人習學之。今案渝水在今重慶府，入大江，流經巫山東，下水在古巴郡，山在古巴東郡，相距不遠，此合於地理者一也；賨民善歌舞，高帝令樂人學之，遂傳是曲，列於《鐃歌》，漢《樂志》中有巴俞鼓員，是其明證，此合於樂府者二也。（廖按，《漢書·禮樂志》「巴俞鼓員三十六人」，顔師古注曰：「巴，巴人也。俞，俞人也。當高祖初爲漢王，得巴俞人，並趫捷善鬭，與之定三秦滅楚，因存其武樂也。巴俞之樂因此始也。巴即今之巴州，俞即今之渝州，各其本地。」）

廖按：夏敬觀云，王先謙引《華陽國志》云云，以爲此詩乃賨民思歸而作，又引《華陽國志》云云，並以漢《樂志》中有巴渝鼓員爲證，其説有據。然巴渝舞曲，「有《矛渝》《弩渝》《安臺》《行辭》，本歌曲四篇，其辭甚古，莫能曉其句讀」（廖按，見《樂府詩集》王粲《魏俞兒舞歌》解題引《晉書・樂志》），魏初乃「使王粲改創其辭」，「粲問巴渝李管、種玉歌曲意，試使歌，聽之以考校歌曲」（《晉書・樂志》），然則絶非鐃歌之類也。果賨民所歌，當更詁不可復解。

上陵曲

【集解】

沈約曰：《上陵曲》。

郭茂倩曰：《上陵》，漢鐃歌。鼓吹曲辭。○《古今樂録》曰：「漢章帝元和中，有宗廟食舉六曲，加《重來》《上陵》二曲，爲《上陵》食舉。」《後漢書・禮儀志》曰：「正月上丁祠南郊，次北郊、明堂、高廟、世祖廟，謂之五供。禮畢，以次上陵。西都舊有上陵。東都之儀，太官上食，太常樂奏食舉。」按古詞大略言神仙事，不知與食舉曲同否。

徐獻忠曰：此篇作二章看。「上陵」至「光澤何蔚蔚」爲一章，「芝爲車」以下爲一章。言上有陵，下有津，上陵雖有美觀，客從下津步風寒繁笮擢而來游，然所觀不過草木禽魚而已。上不知日月所以明，下不知醴泉所以美，不能出凡近而作大觀也。惟神仙之遊，芝車龍馬，其迹甚神；覽觀海外，其見甚遠，故甘露神奇下飲如宴，而轍迹所止，芝即生焉，我皇千萬壽年於是可徵矣。漢武時承露池中生芝，其臣以虛無之辭爲頌如此。自來以此爲《上陵曲》，何承天亦泥於篇首「上陵」二字。豈有瞻祭祖宗陵寢，篇内無一言及者乎？予爲正之如此。

唐汝諤曰：《古今樂録》云云。今按篇中所述絶無一言及祖宗陵寢。據《樂府原》正之如此。○此疑漢世禎祥數見而其臣相與頌禱之。首述上陵下津極山水之勝，而客之來遊於斯者，涉歷風寒，中流盈漾，其舟楫之富麗，與禽鳥之追隨迴轉，山林乍開乍合，幾使日月失明，然此猶人間所有耳。若夫醴泉紛出光澤蔚然，令吾君以芝爲車，龍爲馬，而覽觀四海之外，則上林之山水又不足爲其觀矣。且甘露甫降，芝草旋生，致仙人來下，而與吾君相宴飲，豈不延壽千萬歲乎？按《漢書》神爵元年詔稱元康四年金芝九莖産函德殿銅池中，此云甘露二年，豈當時祥瑞疊出芝草復生，史略弗書耶？鐃歌總爲漢曲，不必皆武帝時所爲。然考武帝元封二年甘泉宮亦産芝九莖，雖以爲武帝亦無不可。

朱嘉徵曰：《上陵》，食舉侑食之雅也。御飯七曲中，有《上陵》一曲。

陳本禮曰：《三輔黄圖》曰：甘泉宮南有昆明池，池中有靈波殿，皆以桂爲殿柱，風來自香，池中有龍首船，武帝常令宮女泛舟池中，張鳳蓋，建華旗，作櫂歌，雜以鼓吹，帝御豫章觀臨觀焉。宣帝好誇祥瑞，與孝武同，故此詩頌言陵津之美，應有仙人來遊，以諛宣帝也。

莊述祖曰：紀福應也。按西都雖仍秦舊，有上陵之禮，然蔡邕已言昔京師在長安時，其禮不可盡得聞。又《上陵曲》之爲上陵食舉，在元和中，未知即此《上陵》不。詩辭但紀福應之事，姑隨文解之。

陳沆曰：世祖廟立於宣帝，此詩多言神仙瑞應之事，蓋上世祖陵作也。○《漢書·禮儀志》（廖按，當爲《郊祀志》），「宣帝即位，繇武帝正統興，故立三年，尊孝武廟爲世宗，行所巡狩郡國皆立廟，告祠（世宗）日，有白鶴集後庭」。「有雁五色」，集孝昭寢殿前，「西河築世宗廟，神光興於殿旁」。十三年正月，「上始幸甘泉，郊見泰時，數有美祥，修武帝故事，盛車服，敬齋祠之禮，頗作詩歌」。「後間歲，鳳皇神爵甘露降集京師」。輒改元，赦天下。又《宣紀》（《漢書·宣帝紀》），神爵元年詔曰，乃者「金芝九莖，產於函德殿銅池中」。甘露二年詔曰，乃者「鳳皇甘露，降集京師」，「黃龍登興，醴泉滂流，枯槁榮茂，神光並見，咸受禎祥」。正此詩所詠者也。

譚儀曰：宗廟食舉侑食之樂也。此當爲諸曲之一，故獨詠神仙福應。諸家之説，皆疑爲無與上陵固已，陳氏以爲上世祖陵，亦無顯證。

王先謙曰：《後漢·禮儀志》有上陵之禮，謂帝常以正月上丁、八月飲酎上陵。上，往也，陵謂先帝陵寢。又稱「西都舊有上陵」，蓋此禮不始于東漢也。上陵之後「樂奏食舉」，於是有上陵食舉曲。《宋書》（《樂志》）所載章帝時《重來》《上陵》《鹿鳴》《承元氣》《思齊皇姚》《六騏驎》《竭肅雍》《陟叱根》八曲皆是此上陵篇之所由名也。西都既有《上陵》，即有食舉樂所奏之曲，久不可考，不知何時鐃歌復取以名篇，而其詞亦亡矣。此曲侈陳瑞應神仙之事，既不能登於食舉，復不能列於鐃歌，此又造新詞而仍其舊名者，其宣帝甘露二年作乎？

廖按：夏敬觀云，全辭皆紀瑞應之事，不類鐃歌。《古今樂録》「爲《上陵》食舉」云云，恐即此辭，蓋前漢宣帝時所作，以上武帝陵者；後漢章帝始承用以爲宗廟食舉；至魏世，鐃歌與鼓吹已合併不分，遂統謂之漢鼓吹鐃歌曲也。又疑鐃歌原有《上陵曲》，上陵者，祭黄帝陵也，即《漢書·郊祀志》所載「上議曰『古者先振兵釋旅，然後封禪』，乃遂北巡朔方，勒兵十餘萬騎，還祭黄帝冢橋山，釋兵凉如」是也。其樂辭已逸，今所傳者，宗廟食舉樂詞，誤併入鐃歌者也。◯陳直云，究其詞義，皆以神仙舟楫車馬爲題材，蓋爲宴飲之樂。「上陵」是描寫登覽在高敞平原，與「下津」義相對舉，以下又雜説鴻雁芝草各祥瑞事。西漢十一陵，現均存在，無有近水者。疑東漢另録有《上陵》樂曲，與此名同實異，《古今樂録》及《禮儀志》之説，似不可信。

上陵何美美，下津風以寒。[一]問客從何來，言從水中央。[二]桂樹爲君船，青絲爲君笮，[三]木蘭爲君櫂，黄金錯其間。[四]滄海之雀赤翅鴻，白雁隨，[五]山林乍開乍合，曾不知日月明。[六]醴泉之水，光澤何蔚蔚。[七]芝爲車，龍爲馬。覽遨游，四海外。[八]甘露初二年，芝生銅池中，仙人下來飲，延壽千萬歲。[九]（《宋書》卷二二《志》

十二《樂》四。《樂府詩集》卷十六、《古詩紀》卷十五)

【集注】

[一]「上陵何美美,下津風以寒」二句: **唐汝諤曰**: 陵,大阜也。津,水所聚處。**陳本禮曰**: 上陵、下津,宫中苑囿名。**莊述祖曰**: 《周禮》行夫掌「媺惡而無禮者」,(鄭玄)注云:「美,福慶也。」美美,言福慶之衆至也。韋昭《國語》注云:「津,水也。」(廖按,見《國語・晉語二》「東游津梁之上」注)**王先謙曰**: 上陵對下津言,謂陵在上而津在下,非《志》所稱上陵也。《釋名》:「陵,崇也,體崇高也。」(廖按,《四庫全書》本《釋名》作「陵,隆也,體高隆也」。)謂太液池中之仙山。美美,甚美也。津,池之濟渡處。或曰,《漢書》(《宣帝紀》)宣帝「幸萬歲宫」,服虔注:「宫在東郡平陽縣,今有津。」(廖按,顔師古注引)是此下津之津,失之鑿矣。風以寒,風水相蕩而增寒也。**廖按**: 聞一多云,竊意「陵」「林」聲近,古書每每訛互,《楚辭・大招》「山林險隘」,林,一作陵(廖按,見《楚辭補注》),是其比。本篇上陵或本作上林,後人習聞「上陵食舉」之名,因誤「林」爲「陵」耳。宣帝元康四年,神爵集上林苑,本篇「白雁隨山林」云云,蓋即其類。「美」疑讀爲「枚」,《魯頌・閟宫》「實實枚枚」,《釋文》引《韓詩》曰「枚枚,閑暇無人之貌」(廖按,見《毛詩正義》)。一作「微微」,《文選・南都賦》「清廟肅以微微」,李(善)注:「微微,幽静貌。」

[二]「問客從何來,言從水中央」二句: **唐汝諤曰**: 《詩》(《秦風・蒹葭》):「宛在水中央。」**李**

因篤曰：客即章末仙人也。**陳本禮曰**：客即仙也。下言滄海雀，則從海上來也。

[三]「桂樹爲君船，青絲爲君笮」二句：**唐汝諤曰**：桂，叢生，合浦巴南山峰間，冬夏常青。《方言》：自關而西謂舟爲船。（廖按，《方言》：「舟，自關而西謂之船。」）《楚辭》（《九歌・湘君》）：「沛吾乘兮桂舟。」笮，竹索也。**陳本禮曰**：笮，船上篷蓋。**莊述祖曰**：《釋名》云：「引舟曰笮。笮，作也；作，起也；起舟使動行也。」笮筰通。**王先謙曰**：《拾遺記》：岱輿山「有丹桂、紫桂、白桂，皆直上百尋，可爲舟航，謂之文桂之舟」。故曰桂樹爲船也。絲爲繩最直，鮑照詩：「直如朱絲繩。」故以爲笮。笮又作筰，《説文》：「筊也。」竹索。西南夷尋之以渡水，故號曰筰，今益州有之。（廖按，《説文解字》段玉裁注：「《廣韻》曰：『笮筰二同。竹索也。西南夷尋之以渡水。』」）

[四]「木蘭爲君櫂，黄金錯其間」二句：**唐汝諤曰**：櫂，檝也，在旁撥水。《楚辭》（《九歌・湘君》）：「桂櫂兮蘭枻。」錯，金塗也。**莊述祖曰**：劉淵林《蜀都賦》注：「木蘭，大樹也。」（廖按，《文選》左思《蜀都賦》劉淵林注）《九歌》注：「棹，楫也。」（廖按，《湘君》「桂棹兮蘭枻」王逸注）**王先謙曰**：木蘭可爲舟楫，故以爲櫂。《説文》：「櫂，所以進船也。」錯，雜也，謂以黄金飾櫂上。《三輔黄圖》：「武帝以文梓爲船，木蘭爲柁。」宣世殆猶有遺制矣。**廖按**：曲瀅生云，《易・繫辭》注：「錯，置也。」（廖按，《周易・繫辭》「苟錯諸地而可矣」孔穎達疏）〇陳直云，漢代銅器，多用塗金，此詩所敘楫櫂，則爲木器，用金絲或銀絲鑲嵌，故云

錯金。

[五]「滄海之雀赤翅鴻，白雁隨」二句：**唐汝諤曰**：滄海，海名。翅，翼也。鴻，隨陽鳥，大曰鴻，小曰雁。**莊述祖曰**：《宣紀》(《漢書·宣帝紀》)：元康三年，「以神爵數集泰山，賜諸侯王、丞相、將軍、列侯二千石金，郎從官帛，各有差」。四年詔曰：「乃者，神爵五采以萬數集長樂、未央、北宮、高寢、甘泉泰畤殿中及上林苑」。五年改元神爵。**王先謙曰**：滄海之雀，謂神爵赤鴻白雁，當時群鳥中必有是物，不必泥定三年告祠集殿前之五色雁也。《漢書·武帝紀》「行幸東海，獲赤雁，作朱雁(之)歌」，《左傳》(《哀公七年》)「公孫彊獲白雁以獻曹伯」，《新語》「梁君出獵，見白雁欲自射之」，是赤鴻白雁皆極貴重之物，故又就群鳥中指而出之。隨，從也，又循也。雀與鴻雁相從而循至山林之間，故曰「隨山林」(廖按，王先謙《漢鐃歌釋文箋正》此處斷句爲「赤翅鴻白雁，隨山林」)。《淮南子·修務》「隨山刊木」，(高誘)注：「隨，循也。」此「隨山林」三字所本。《説文》：「平土有叢木曰林。」兼舉山林，以見鳥之隨地皆有也。**廖按**：聞一多云，「雀」猶鳥也，《文選·高唐賦》「衆雀嗷嗷」，李(善)注曰：「雀，鳥之通稱。」《禮樂志·郊祀歌》十八「赤雁集，六紛員」，「赤翅鴻」謂此。○陳直云，西安北郊曾出雁範，左側刻有「白雁雎」三大字，篆書略帶隸書，筆劃奇古，決爲西漢中期作品，余在《關中秦漢陶録》卷一已著録，與此篇正合。○逯欽立云，「隨」當作「墮」。

〔六〕「山林乍開乍合，曾不知日月明」二句：**唐汝諤曰**：乍，暫也，忽也。**陳沆曰**：謂嘉祥之氣，鬱鬱葱葱，《甘泉賦》所謂「帥爾陰閉，霅然陽開」也。**王先謙曰**：乍開乍合，飛集聚散無定所也，掩蔽日月，故不知明。

〔七〕「醴泉之水，光澤何蔚蔚」二句：**唐汝諤曰**：《家語》（《孔子家語》）：「天降甘露，地出醴泉。」澤，潤澤也。蔚蔚，深密貌。**陳本禮曰**：見仙靈示異，禎祥畢現，故泉皆變而成醴也。**莊述祖曰**：《宣紀》（《漢書·宣帝紀》）甘露二年詔曰：醴泉旁流，枯槁榮茂。《廣雅》云：蔚蔚，茂也。**王先謙曰**：醴泉即甘泉，在甘泉山，揚雄《甘泉賦》所謂「湧醴汩以生川」也。「蔚蔚」謂光澤之茂盛，《廣雅》俱訓蔚蔚爲茂。晉傅玄《李賦》「嘉列樹之蔚蔚」，注亦曰：蔚蔚，茂也。光澤蔚蔚，本紀（《漢書·宣帝紀》）所謂「醴泉滂流」也。**廖按**：曲瀅云，《論衡·是應》：「醴泉乃謂甘露也。今儒者説之，謂泉從地中出，其味甘若醴，故曰醴泉。」〇陳直云，《小校經閣金文》卷十五有華山鏡銘云：「食玉英，飲醴泉，駕飛龍，乘浮雲。」

〔八〕「芝爲車，龍爲馬。覽遨游，四海外」四句：**唐汝諤曰**：芝，神草。**朱乾曰**：《博物志》云：「上芝爲車馬，中芝爲人形，下芝爲六畜形。」**莊述祖曰**：蔡邕《獨斷》云，「三蓋車名耕根車，一名芝車，親耕耤田乘之」。《續漢書·輿服志》云，耕車「有三蓋，一曰芝車，置轞耒耜之箙，上親耕所乘也」，劉昭注引《新論》：「桓譚謂揚雄曰，君之爲黄門郎，居殿中，數見輿輦，玉蚤華芝及鳳凰三蓋之屬。」耕車以芝爲飾，故名芝車。玉蚤華以金爲之而飾以玉，鳳皇亦其飾也。轓當作琯，《説文》云：「琯，車笭間皮篋，古者使奉玉以臧之。從車珏，讀與服同。」是古以臧玉，耕車以置耒耜，故亦名琯耒耜之箙。**王先謙曰**：芝，《説文》：「神草也。」芝爲瑞草，服之神仙，故芝車非神仙不能有也，漢帝象焉，故《甘泉賦》曰：「於是乘輿，乃登乎鳳皇兮而翳華芝。」謂華芝爲車蓋也。仙人騎龍，龍亦馬也，故曰龍爲馬。**廖按**：曲瀅生云，樂府《王子喬》曰：「王子喬參駕白鹿雲中遨，下游來。」又曰：「東游四海五嶽。」《爾雅》：「九夷八狄七戎六蠻，謂之四海。」〇陳直云，《小校經閣全文》卷十五有尚方鏡銘云：「尚方作竟真大好，上有仙人不知老，渴飲玉泉饑食棗，浮遊天下遨四海，壽如金石國之保。」「遨遊四海」蓋爲兩漢人之習俗語。

[九]「甘露初二年，芝生銅池中，仙人下來飲，延壽千萬歲」四句：**唐汝諤曰**：甘露，宣帝年號。銅池，承霤也，以銅爲之。**陳本禮曰**：《漢書・宣帝紀》，神爵元年詔曰，「嘉穀玄稷，降于郡國，神爵集，金芝九莖産於函德殿銅池中」。（仙人下飲，延壽千萬歲）恐人言不信，故又引初二年事以實之，正以見其言之不虚也。**莊述祖曰**：《黄圖》（《三輔黄圖》），建章宮有函德等「二十六殿」。又五鳳三年詔曰，「朕飭躬齋戒，郊上帝，祠后土，神光並見，燭耀齋宮十有餘刻，甘露降，神爵集，已詔有司告祠上帝宗廟」（廖按，見《漢書・宣帝紀》）。至五年始改元甘露，故曰甘露初二年也。班固《東都賦》云：「抗仙掌以承露，擢雙立之金莖。」《三輔故事》云，「武帝作銅露盤承天露，和玉屑飲之，欲以求仙」（廖按，見《文選・西京賦》

「立脩莖之仙掌，承雲表之清露」李善注引）。詩亦求仙之意也。**陳沆曰**：宣帝頗好神仙，故詩末及之。**王先謙曰**：甘露初二年，謂甘露連年降瑞，非甘露之元二年也。甘露紀年只四年，此曲爲二年所作，兩年之中皆有甘露，故曰甘露初二年也。銅池，《漢書》師古注曰：「承霤也，以銅爲之。」下來飲，《郊祀歌》（《象載瑜》）所謂「食甘露」而「飲榮泉」也；《芝房歌》（《郊祀歌》）曰，「華燁燁，固靈根。神之斿，過天門」，言芝生而仙降，意與此同也。**廖按**：陳直云，西安漢城遺址内出土有「延壽萬歲」瓦，「延壽萬歲」當爲漢人之吉祥習俗語。

【集評】

胡應麟曰：《上陵》一篇，尤奇麗，微覺斷續，後半類《郊祀歌》，前半類東京樂府，蓋《羽林郎》《陌上桑》之祖也。

朱嘉徵曰：《（毛詩）序》以《麟趾》爲《關雎》之應（《詩經·周南》），《騶虞》爲《鵲巢》之應（《詩經·召南》）；《醴泉》《甘露》《芝房》《天馬》，亦漢治之應也夫。初武帝得白雁上林苑中，承露池中生芝；孝宣帝時，有神雀甘露之異，並用改元，以瑞應，頗作歌詩。○「醴泉」以下，言上林之美，人間所有，若令邈然仙遊，則上林又未足觀也。

陳祚明曰：首段至「黄金錯其間」最通順，古雅繽紛。排四語，三句同，一句異，甚妙。「乍開乍合」二語奇譎，與《史記》日月「避隱爲光」争勝（廖按，《史記·大宛列傳》：「太史公曰：《禹本紀》言『河出昆侖。昆侖其高二千五百餘里，日月所相避隱爲光明也。其上有醴泉、瑶池』。」）。末段亦高古，但不知與「上陵」何與。

李因篤曰： 寫仙客下遊，宛焉如覩其人，並所乘舟檝皆實指之，而雲鴻醴水、龍馬靈芝，極咏其盛，有酣縱之致。○本言滄海之雀、赤翅之鴻、白翅之雁，次句既省一「之」字，第三句又去一「翅」字，遂使讀者迷離。（廖按，李因篤《漢詩音注》此處標點爲「滄海之雀，赤翅鴻，白雁，隨山林乍開乍合，曾不知日月明。」）

陳本禮曰： （滄海之雀，赤翅鴻白雁）仙人從滄海來，故雀與鴻雁亦皆群然而至矣。（廖按，陳本禮《漢樂府三歌箋注》此處在「白雁」與「隨山林乍開乍合」中間斷開加注）○（隨山林乍開乍合，曾不知日月明）山不一山，林不一林，山忽開而林忽合，惟視禽鳥之飛舞翔集，以爲開合也，至于日月蔽明，益見禽鳥之多。○（覽遨游，四海外）水來陸去，遨遊倏忽，言之足以駭然動聽。○按《漢書·宣帝紀》書鳳皇見者六，神爵集者四，五色鳥者一，其言群鳥從而飛者皆萬數，或數萬，有集于各郡山林者，有集于長樂、未央、甘泉、泰畤諸宫殿及上林苑中者，故此詩云「隨山林乍開乍合，曾不知日月明」，蓋指此也。

朱乾曰： 神仙、祥瑞，其受欺罔一也。終宣帝之世鳳凰六見矣，觀張敞鶡雀之論，雖以黄霸之賢猶尚不免（廖按，事見《漢書·循吏傳》），則其時之矯誣挾詐以中上心者當復不少。詩中所問之客即此托爲神仙者也，所乘之舟儼然仙舟，所見神雀、赤鴻、白雁、醴泉、芝車、龍馬等，皆客所言者也，則其虛無恍惚不足取徵明矣； 而人主好爲美談，人臣藉以邀寵。 末以銅池産芝仙人下飲致祝君壽，其名爲頌，其實諷也。

王先謙曰： 作歌者頌陵津之美應，有仙人來游，以諛宣帝曰，彼上陵之美則美以極矣，下津之風則風以寒矣云云。 我爲此詩非虛言也。 試觀甘露連年下降，芝生銅池之中，異瑞奇祥，曠古罕有，若仙人下飲于此，且當延壽千萬歲，以理卜之，其來必矣，目擊休嘉，其能無所稱述耶？ ○先恭曰： 是曲以「滄海」五句、「甘露」二句作骨，以證仙人之至，前後一來一去，寫得光景迷離，不可方物，意謂仙人之至雖不可見，而雀醴露芝諸瑞則其彰明較著者矣，文心之幻可通鬼神。 末二句覺得仙人延壽，反借助於人間，奇想妙文，期爲獨辟意境。

廖按： 梁啓超云，這首詩差不多没有韻，但細讀仍覺音節渾成，意境有點像《離騷》《遠遊》。

將進酒曲

【集解】

沈約曰：《將進酒曲》。

郭茂倩曰：《將進酒》，漢鐃歌。 鼓吹曲辭。 ○古詞曰：「將進酒，乘大白。」大略以飲酒放歌爲言。

徐獻忠曰：《鐃歌》惟此篇形氣枯索，别無意義，止以飲酒放歌爲言。古者飲酒必有詩歌侑觴，故《鹿鳴》之嘉賓；不但相樂，亦以止節其情，古人所以進德養壽命。誠有不徒然者？此篇言初進酒，只承太白；又辨其嘉旨，使之相宜；審博其詩，使之相樂。故既放歌而暢其心，又悉索其詩以和其陰氣；如此則飲必加多，雖禹時作酒之良工，亦當苦其不能繼矣。此豈所謂進德養壽者哉？

唐汝諤曰：此刺時主之湎於酒也。言將進酒而即乘以大白，又辨其嘉者使之相宜，審博其詩使之相樂，既放歌以和暢其心，又悉索其陰氣而出之，如此則長飲無度。昔禹惡旨酒，即使其臣工之良者見之，亦且不勝其悽愴也。

朱嘉徵曰：《將進酒》，戒湎飲也。食舉而飲，所以成禮；飲酒而歌，所以導和；禮樂備，示有節焉。「心所作」以上，明先王之法；「同陰氣」以下，刺後王之失也。

陳本禮曰：按此詩亦祀舜帝樂也，《宋書》誤入《鐃歌》（廖按，陳本禮《漢樂府三歌箋注》以此詩入《漢郊祀歌》，附於《赤蛟》之後）。讀武帝望祀舜于九嶷之説（《漢書·武帝紀》，元封五年冬，「南巡狩，至於盛唐，望祀舜於九嶷，登灊天柱山，自尋陽浮江，親射蛟江中，獲之，舳艫千里，薄樅陽而出，作《盛唐》《樅陽》之歌」），因細譯「使禹良工觀者苦」句，乃知後人不解所謂，遂改「禹」爲「萬」字之訛，真夢説也。

莊述祖曰：戒飲酒無度也。賓主人相勸酬，歌詩相贈答，無沉湎之失焉。

陳沆曰： 此燕飲之詩也。賦詩贈答，以禮勸酬。無沈湎之失焉。疑亦武帝柏梁賦詩時事。

譚儀曰： 此《賓筵》之遺聲，當非刺詩。

王先謙曰： 此曲「出行巡狩及游歌詩」之二，亦《鐃歌》也。《漢書・武帝紀》，元封五年冬「望祀舜於九嶷……作《盛唐》《樅陽》之歌」云云。陳本禮曰，考《漢書・禮樂志》無此二歌，蓋《郊祀歌》之《赤蛟》即《樅陽》，而《將進酒》即《盛唐》也，宜移入《郊祀歌》中，列於《赤蛟》之次。今案，武帝《盛唐》之歌因望祀虞舜而作，陳氏以此曲當之。曲中曰「辨」曰「審搏」，一證也；曰「使禹良工」，二證也。其爲《盛唐歌》無疑。但此曲雖因祀舜而作，要是巡狩歌詩。天子出則備六軍，帝作詩而令軍士歌之，自後遂爲軍樂。以《上之回》一曲推之，則知此曲及《臨高臺》《遠如期》皆在《鐃歌》之内，不得移入《郊祀歌》中也。

廖按： 夏敬觀云，《將進酒》者，飲至（所歌）也。古者戰勝而歸，飲於宗廟，曰飲至。○聞一多云，此紀宴飲賦詩之事。《楚辭・招魂》曰：「結撰至思，蘭芳假些；人有所極，同心賦些；酎飲盡歡，樂先故些。」足與此相發。

將進酒，乘太白[一]。辨加哉[二]，詩審搏[三]。放故歌，心所作[四]。同陰氣[五]，詩悉索[六]。使禹良工，觀者苦[七]。（《宋書》卷二二《志》十二《樂》四。《樂府詩集》卷十六、《古詩紀》卷十五）

【校勘】

「乘太白」，《樂府詩集》「太」作「大」。

「辨加哉」，《古詩紀》「加」作「佳」。

【集注】

[一]「將進酒，乘太白」二句：**唐汝諤曰**：乘，覆也，從上覆之也。大白，大杯也，罰爵之名。酒方進而隨以罰爵覆之，亦有節飲之義在。**陳本禮曰**：（將進酒）神已降也。乘，獻也，太白，酒星，好飲，故古人制以爲爵。**朱乾曰**：乘，浮也。**莊述祖曰**：乘當爲賸，送也；一曰增益也。《漢書·叙傳》「引滿舉白」，（顔師古）注：「服虔曰：『舉滿杯，有餘白瀝者罰之也。』孟康曰：『舉白，見驗飲酒盡不也。』師古曰：『謂引取滿觴而飲，飲訖，舉觴告白盡不也。』」一曰，白者罰爵之名也，飲有不盡者則以此爵罰之。「魏文侯與大夫飲酒」、今日「不釂者浮以大白」、於是「公乘不仁舉白浮君」者也（《説苑·善説》）。**王先謙曰**：進，薦，將進酒以侑也。乘，如乘矢、乘皮、乘馬、乘雁、龍服之乘，四數也。《禮（記）·少儀》「其以乘壺酒」，（鄭玄）注：「乘壺，四壺也。」古祭祀之物多用四數，《漢書·郊祀志》，「秦并天下」，「時，駒四匹，木寓龍一駟，木寓車馬一駟」，「黄犢羔各四」。漢興，「悉召故秦祀官，復置太祝太宰，如其故儀禮」，故爵亦四數也。大白，罰爵之名也。**廖按**：夏敬觀云，「太白」，星名，辰出東方爲啓明，昏見西方爲太白。太白主兵；「乘」者，乘其時也。○聞一多云，

「乘」讀爲「承」，《説文》：「承，奉也。」〇徐仁甫云，《詩·我將》「我將我享」，鄭箋：「將，奉也。」「將進酒」即奉進酒。「乘」猶「用」，《漢書·司馬相如傳》集注引張揖曰「乘，用也」。「大白」猶言大杯。「浮」（「浮以大白」）乃訓「罰」，非以「白」爲罰也；「白」自爵名，非罰爵也。故「乘大白」即用大杯。〇逯欽立云，「乘大白」即引滿舉白之意，上言進酒，故下言舉白。

[二] 辨加哉：**唐汝諤曰**：辨，別也。加，嘉也。**朱嘉徵曰**：辨，《曲禮》讀「徧」（廖按，《禮記·曲禮》鄭玄注云「辨音徧」），又禮好其辨也。加，進加也。《詩》（《小雅·小宛》）：「一醉日富。」加，即「富」字義。**陳本禮曰**：楚詞（《離騷》）：「啓《九辨》與《九歌》兮。」《九辨》《九歌》皆虞舜樂章。又辨，變也，《大司樂》（《周禮·春官宗伯》）：樂六變，而天神降；八變，地祇出；九變，人鬼禮。佳哉，美之也（廖按，陳本禮《漢樂府三歌箋注》「加」作「佳」）。**朱乾曰**：禮有加爵。**王先謙曰**：辨，《九辨》。《山海經》：「開上三嬪於天，得《九辨》與《九歌》以下。」《楚辭》注：《九辨》《九歌》，夏樂也。（廖按，《離騷》「啓《九辨》與《九歌》兮」，王逸注：「啓，禹子也。《九辯》《九歌》，禹樂也。」）按《書》「簫韶九成」，注：九成，《周禮》所謂九辨也。（廖按，《尚書·益稷》「簫韶九成，鳳皇來儀」，鄭玄注：「備樂九奏而致鳳皇。」孔穎達《正義》曰：「鄭云：『成猶終也。』每曲一終，必變更奏，故經言『九成』，傳言『九奏』，《周禮》謂之『九變』，其實一也。」）則《辨》實舜樂，不得謂之夏樂矣。加，謂《辨》之重

疊，《爾雅·釋詁》「加，重也」，（郭璞）注：「重疊也。」樂以九成，其數重疊，故曰「加」。或曰，謂《辨》之多也，《禮（記）·少儀》「其禽加於一雙」，（鄭玄）注：「加，多也。」或曰，謂《辨》之至高極上也，《禮（記）·内則》「不敢以貴富加於父兄宗族」，（鄭玄）注：「加猶高也。」**廖按**：夏敬觀云，「辨」如《今文尚書》「辨秩東作」之「辨」（廖按，《尚書大傳·堯典》作「辯秩東作」，鄭玄引此句注《周禮·春官宗伯》「方相氏……辨其叙事」），辨而後加，慎之也。○曲瀅生云，《考工記》（《周禮》）「以辨民器」，（鄭玄）注：「辨，具也。」此言所具之饌甚佳。（廖按，曲瀅生《漢代樂府箋注》「加」作「佳」）○聞一多云，「辨」讀爲「辯」。辯者以言辭相角鬭，故辯有鬭義。「加」者，《説文》：「加，語相增加也。」「誣，加言也。」《匡謬正俗一》曰：「劉昌宗、周續等音加爲架。」今俗語口角謂之吵架，即以惡言交相陵加之謂。此義與辯最近，故詩以辯加連文。或倒之曰加辯，《楚辭·大招》「伏戲駕辯，楚勞商只」，駕辯即加辯。○陳直云，「加」乃「嘉」字省文，西安謝文清氏藏有「加氣始降」「加露沼沫」兩瓦當，均省嘉作加；嘉與佳通，故此詩一本作「佳」。○逯欽立云，「辨加」即「駕辨」，此倒言之，《楚辭·大招》「伏羲駕辨，楚勞商只。二八接武，投詩賦只」，此上言「辨」而下言「詩」，正與之合。

［三］詩審搏：**梅鼎祚曰**：博，《宋書》作「搏」（廖按，梅鼎祚《古樂苑》「搏」作「博」）。唐氏、朱乾氏、莊氏、曲氏、聞氏同）。《記》（《禮記·學記》）曰：「不學博依，不能安詩。」「博」爲是。

唐汝諤曰：審詳、博廣也。**朱嘉徵曰：**《左傳》（《襄公十六年》）：晉荀偃曰：「歌詩必類。」又魏文侯嘗言「鐘聲不比乎，左高」，田子方笑曰：「臣聞之，君明（則）樂官，不明（則）樂音。」（廖按，見《戰國策·魏策》）此「審」之之謂。**陳祚明曰：**言合搏拊聲。**陳本禮曰：**審，詳慎也。搏，《（尚）書》（《益稷》）：「戛擊鳴球，搏拊琴瑟以詠。」以合歌詠之聲也。**朱乾曰：**審其音，博者博其義。**莊述祖曰：**審，詳視。博，多聞也。博或作搏。**王先謙曰：**詩，歌詩。搏，拊琴瑟以詠。**廖按：**曲瀅生云，此句是言樂章衆多也。○聞一多云，「詩」猶辭也。《説文》：「宷（審），悉也。」「悉，詳盡也。」審博義近，《中庸》（《禮記》）「博學之，審問之」，亦二字並用而爲對文。故「詩審博」猶言其辭詳盡而繁博也。○徐仁甫云，「詩審搏」與下文「詩悉索」兩句意同，互文見義，謂詩辭盡摸索而得也。《説文》：「搏，索持也。」（段玉裁注：）「入室搜曰索。索持謂摸索而持之。」是搏、索義亦相同。○逯欽立云，「審」讀「蟠」。審搏，繁盛之意。見《周禮·羽人》注（廖按，《周禮·地官》「十羽爲審，百羽爲搏」，鄭玄注，「審搏」「羽數束名也」）。上言「詩審搏」，下言「詩悉索」，正示歌舞之由盛及衰。

［四］「放故歌，心所作」二句：**唐汝諤曰：**放歌，任意歌也。**朱嘉徵曰：**放，讀仿。故歌，前代聲詩之遺，如《鹿鳴》《騶虞》《伐檀》《文王》四詩。心所作，如《詩》云「示我周行」（《小雅·鹿鳴》），「我心寫兮」（《小雅·蓼蕭》《裳裳者華》《車舝》）是也。**陳本禮曰：**仿帝所歌《卿

雲》《賡載》等歌而歌之，所謂故歌也。作，舞也，帝有九韶舞、侏離舞、賁哉舞、謾或舞、將陽舞、蔡俶舞、玄鶴舞、齊落舞，皆帝心所作，以格于祖廟之舞，今我亦仿而舞之以祀帝。**朱乾曰**：放，廢故歌。「心」作「新」。**莊述祖曰**：放，效也，雖放效故歌，作者各異也。**陳沆曰**：歌詩見志，必審合乎搏拊之聲，則雖放故歌而無殊自作矣。**王先謙曰**：《（尚）書》（《堯典》）「粵若稽古帝堯曰放勳」，（孔穎達）疏：「能放效上世之功。」故曰「放」。故，古也，舊也。故歌，舜當時之歌。

［五］同陰氣：**徐獻忠曰**：飲爵而入腹爲陰，暢歌而發散爲陽。**朱嘉徵曰**：《（禮）記》《郊特牲》曰：「飲，養陽氣也，故有樂；食，養陰氣也，故無聲。」飲食不同禮，禮過則同。**陳本禮曰**：《（尚）書大傳》曰：「於予論樂，配天之靈。」「同陰氣」也。**朱乾曰**：發散爲陽氣，閉塞爲陰氣。**莊述祖曰**：汔，盡也。（廖按，莊述祖《漢短簫鐃歌曲句解》「陰氣」作「飲汔」。）**譚儀曰**：情者人之陰氣，有欲者也。「同陰氣」者，《房中歌》所謂「細齊人情」也。**廖按**：夏敬觀云，該句謂藏兵不用，同太白之伏也。《漢書》（《楚元王傳》）劉向傳「太白經天而行」，（顏師古）注引孟康曰：「太白陰星，出東當伏東，出西當伏西，過午爲經天也。」○聞一多云，「同」即「同律」之「同」。《周禮》（《春官宗伯》）：「大師掌六律六同，以合陰陽之聲。陽聲：黃鐘、大蔟、姑洗、蕤賓、夷則、無射。陰聲：大呂、應鐘、南呂、函鐘、小呂、夾鐘。」「典同掌六律六同之和，以辨天地四方陰陽之聲。」「故書『同』作『銅』。」（鄭玄注）鄭衆

注曰：「陽律以竹爲管，陰律以銅爲管，竹陽也，銅陰也，各順其性，凡十二律。」（鄭玄注引鄭司農云）同爲陰聲，故曰「同陰氣」也。○陳直云，「同陰氣」指樂府所奏之樂。《再續封泥考略》卷一、十一頁，有「樂府鐘官」封泥，可證西漢樂府令署中，設有鐘官。此詩之「同陰氣」，或亦專指奏鐘樂而言。○徐仁甫云，養陽氣指同飲酒，「同陰氣」則指同吃飯。

［六］詩悉索：**唐汝諤**曰：索，搜索也。**朱嘉徵曰**：如《傳》（《左傳·莊公二十年》）云「樂及徧舞」、《漢疏》昌邑王「鼓吹歌舞，悉奏衆樂」（廖按，「疏」當爲「書」，引文見《漢書·霍光金日磾傳》）皆是。**陳本禮曰**：《書大傳》曰：「遷於賢聖，莫不咸聽。」故曰「詩悉索」也。**朱乾曰**：抽秘騁妍，苦思力索。按《西京雜記》（廖按，今本《西京雜記》無，引文見《東方朔別傳》），漢武帝元封三年作柏梁臺，詔群臣二千石有能爲七言詩乃得上坐，于時東方朔有「迫窘詰曲幾窮哉」之嘲，則其一時悉索之苦可知也。**莊述祖曰**：《左傳》（《襄公八年》）曰「悉索弊賦」，悉索亦盡也。**王先謙曰**：樂動于陽而和于陰，故能通微合漠以交神也。歌以格神，故曰「詩悉索」。悉，盡也；索，求也；《楚辭》（《離騷》）「吾將上下而求索」，悉索之謂也。《禮（記）·郊特牲》「索祭祝於祊」，（鄭玄）注：「索，求神也。」**廖按**：夏敬觀云，「悉索」，盡也，以詩爲誓辭也。○聞一多云，《爾雅·釋言》「偲，聲也」《釋文》曰：「偲，草動聲也。」「悉索」雙聲連語，猶偲偲，聲轉爲悉率，以爲蟲名，則作蟋蟀，蟋蟀者以其鳴聲微細而得名。○陳直云，「悉索」與「偲啐」聲音相近，前文「審博」喻飲酒後賦詩風格之美，此

「悉索」則喻奏樂後賦詩聲詠之美。○徐仁甫云，飲食時皆摸索爲辭賦詩，故飲時曰「詩審搏」，食時曰「詩悉索」。

[七]使禹良工觀者苦：**唐汝諤曰**：良工，良臣也。**朱嘉徵曰**：《通鑑》：絶旨酒，疏儀狄，自禹始。（廖按，《資治通鑑・晉紀》「秘書侍郎趙整作酒德之歌曰：『……杜康妙識，儀狄先知……』」胡三省注引《戰國策》曰：「昔帝女儀狄作酒以進于禹，禹飲而甘之，遂疏儀狄，曰：『後世必有以酒亡國者。』」）雅詩（《詩經・小雅・賓之初筵》）：「既立之監，或佐之史。」苦，言荒燕者以爲樂，旁觀者苦之。**陳本禮曰**：大禹躬承舜禪，二千餘祀，迄我大漢，遠臨望祀，歌舜之歌，舞舜之舞，使大禹觀之，回思當日盈庭諸臣賡歌喜起，濟濟一堂，今何如哉，能不愴然心苦耶。末以單句感慨作收。**朱乾曰**：良工，良臣也，監史之屬。獨稱禹者，禹惜寸陰惡旨酒而好善。言不以及是時明政刑，而甘酒嗜音，非國家之務，所以苦之。**莊述祖曰**：良工觀而後知作者用心之苦，作者固良工也。飲酒如此又何失哉。「遇」舊作「禹」。（廖按，莊述祖《漢短簫鐃歌曲句解》「禹」作「遇」。）**陳沆曰**：仁和龔自珍曰：苦當作若，與白、搏、作、索爲韻。若，順也，言觀者心皆愜適也。**譚儀曰**：「禹」當爲「命」，似古文「命」，傳寫爲「禹」。觀，「請觀周樂」之「觀」。命此良工，即觀者之苦心也。「苦」自與「作」「索」協，「搏」從「專」聲，亦協，不必作「若」。**王先謙曰**：良工者，善其事也，工，治水之工。觀者，謂觀樂之人。苦，思當日使禹治水之艱難，此心感之與之俱苦也。因祀舜

而放其樂歌，故引人之深如此。或曰，苦，快也，引揚子《方言》「快，楚曰苦」，郭璞曰：「苦之言快猶以臭爲香、治爲亂，反覆用之也。」思舜當日使禹治水成工，觀者咸快。於義亦通。○先恭案，龔氏改古本以就音均，究屬非宜，且義訓不如苦字之深曲有味。**廖按**：夏敬觀云，揚子《法言》：「巫步多禹。」《甘泉賦》：「選巫咸兮叫帝閽，開天庭兮延群神。」祭時用巫，以申誓辭，故觀者皆苦其情也。譚獻謂「禹」當爲「命」，似古文「命」，傳寫誤作「禹」。漢鐃歌，豈用古文寫耶？龔自珍改「苦」爲「若」，以爲必「若」字始可協，漢人豈知沈約所謂入聲耶？○曲瀅生云，禹以善治水聞，然胼手胝足人咸苦之，今爲此詩思索之苦殆有似禹之治水，故觀者皆以爲苦也。○聞一多云，「禹」當爲「爾」字之誤，古隸「爾」與禹、尒相似，故「爾」誤爲「禹」。「觀」當爲「歌」，聲之誤。「苦」疑當爲「若」；若，順也。此句是言使歌者引聲赴節，曲折浮沈，能盡其巧也。○陳直云，「禹」當爲工人之名，《小校經閣金文》卷十一，五十七頁，有元朔三年工禹所造龍洲宮銅鼎。工禹與此詩時代相當，疑即其人。工禹爲當時良工，而且專爲銅工，故在歌詩中列舉其名，與上文「同陰氣」相呼應。○徐仁甫云，《淮南子·修務》「禹耳參漏，是謂大通」，稱禹乃聰耳之代表，此專名用爲通名，「禹良工」本謂良工如禹者，而省爲禹良工；「若」不當訓「順」，而當訓「擇」，《國語·晉語二》「吾誰使若夫二公子而立之」，段玉裁謂「若者擇也」（廖按，《説文》「若，擇菜也」），段玉裁注：「《晉語》：秦穆公曰：『夫晉國之亂。吾誰使先若夫二公子而立之，以爲朝夕之急。』此謂使誰先擇二公子而立之。『若』正訓『擇』。擇菜引伸之義也。」)。本文謂詩成之後，使聽者（禹良工）觀者選擇也。

【集評】

朱嘉徵曰：夫酒方進，隨以大白揚之，其爲節飲之義明甚。先王制爲酒禮，飲酒百拜，終日飲酒而不得醉焉。禮有以減，爲文者得其辨也，故首及之。下言用樂之有節也。

陳祚明曰：「放故歌」六字古致，以質見妙。

李因篤曰：臨廟賦詩，必曲肖其祖功宗德，故宜辨而後加，博依之謂安，非審博弗能各當也（廖按，李因篤《漢詩音注》「搏」作「博」，《漢詩說》同）。下言所賦，通人情，協鬼意，而末乃極贊之。獨舉禹者，禹聲爲律，又致孝乎鬼神，然非良工觀之，無以知其用心之苦也。○古人燕享多賦成詩，度宗廟亦然。

漢詩說曰：「將進酒，乘大白」，謂大杯在下，小杯在上，以酒浮之，唐人謂之連臺拗倒，故曰乘，乘謂浮于上也。「辨佳哉」謂語言明辨佳麗也。「詩審博」，所賦之詩既審且博也。「放故歌，心所作」，放舊歌以侑酒，皆心所作也。「同陰氣，詩悉索」，陰氣主鬼神，言酒非惟樂人，亦以樂神，山川靈異，詩無不悉索之。古有蜡，蜡，索也，索百神以祀之，如《九章》《天問》皆索鬼神之詩也。禹一作萬，萬，舞名也，今當從之。良工指當時俳優。侑酒之時，疑有俳優作鬼神狀而歌楚詞，使觀者心悲也。蘇子瞻曰，「八蜡，三代之戲禮也」。「非倡優而誰」，爲「葛帶榛杖」。「子貢觀蜡而不悦」，「蓋爲是也」（《東坡志林》）。「若有人兮山之阿」（《楚辭·九歌·山鬼》），載在樂府，益信漢時猶歌楚詞。

王先謙曰：武帝祀舜而作歌曰，神已降矣，君將進酒，則大白之爵有四數焉。憶當日舜作韶樂，實有《九辨》加哉，何變之重疊也。所歌之詩則詳審搏拊之高下以合其聲，何其和也。夫歌詩自舜而開，作樂至舜而極，和聲依永，千古範圍，故我今日詩則放其故歌，樂則心其所作，於是樂由陽動，既能會合陰氣，交通冥漠，而詩以悦神，又能悉索幽渺，咸感靈祇，蓋惟以法舜者祀舜，必無不享之理也。回思昔日鴻流蕩蕩，選衆，使禹善其治水之工，手胼足胝，八年奏績，舜之用心可謂苦矣。迄今奏樂歌詩之際，觀者遐追功德，慨想艱難，此心亦與之俱苦焉。聲音感人，至於如此，神之歆格，復何疑哉。

廖按：聞一多云，此詩宴飲賦詩，奇思黠語，轉相陵加，以爲戲斥，不勝者科以罰爵，世所傳宋玉《大小言》《登徒子好色》及《諷賦》、司馬相如《美人賦》、並孝武時《柏梁》詩賦，皆其類也。○陳直云，「辨加」兩句概括了《禮記·中庸》博學之、審問之、慎思之、明辨之、篤行之之大義。

君馬黄歌

【集解】

沈約曰：《君馬黄歌》。

郭茂倩曰：《君馬黄》，鼓吹曲辭，漢鐃歌。

徐獻忠曰：君指他人，臣即自稱。古者吉事乘黄馬，若蒼馬行捷，止宜於戎事。故黄馬雖良，而不宜馳逐。然馬不必論其良否，但言用之何如耳。雖有易水之騩，蔡之赭白，若用之於南方，則南方重舟楫而賤車馬，雖有良馬，亦安所用之？此所以傷我心也。若用之於北方，則雖下乘，亦無可棄之力。美人佳人，指君子言。雖有長才大器，亦係於用之何如耳。若制置非其地，委任失其宜，適足傷悲耳。美人，即佳人。

唐汝諤曰：此忠臣愛君，而欲君辨别夫臣品，故託乘馬爲喻。言馬不在色，人不在貌，如君馬黄而臣馬蒼，未見其善否也；使二馬同逐，始能辨臣馬之良。又如易之有騩，蔡之有赭，亦就地而論耳。馬之良否，實不係是，然則人主用人而可不一試之乎？今君心既未有主，一舉一動皆屬可虞，若但任其所之，而駕車馳馬之際，自南自北，皆所不可，故恐其或臻歧路而爲之憂傷，且慮其不知所終極也。

朱嘉徵曰：《君馬黄》，刺時政之失，繇辨之不早辨也。忠臣愛君，比物連類以明之，蓋變雅也。

陳本禮曰：董若雨曰，此傷良臣不得於君也。「二馬同逐臣馬良」，言臣所乘者善也。易與蔡，紀出良馬之地；騩與赭，紀馬毛色之美；馳南馳北，蓋傷其不相遇合，而各背馳耳。美人指君，佳人指良臣也。禮按，此喻君不能用賢，惟以色取人，而賢士又不肯枉道以詭遇，故兩相睽背。《易》(《睽象》)曰「火動於(而)上,澤動於(而)下,二女同居,其志不同行」也。

朱乾曰:武帝自得天馬之後,意將迣萬里,逝崑崙,效穆天子所爲,忠臣爲之寒心也,言君馬雖千里,然履危蹈險,不如臣馬之安適爲良,况犬馬非土性不畜,易自有騩,蔡自有赭,何必烏孫大宛,以南以北,經歷險遠,勞民毒衆,所爲傷我心,安終極也。美人佳人,俱指君言。

莊述祖曰:諫亂也。君臣各從其欲,車馬曾不得休息焉。

陳沆曰:刺上下不一心也。言人君當與臣下共濟,使各竭其忠焉。疑亦刺武帝予智自雄、不能下賢納諫之詩。莊説謂君臣從欲,車馬不得休息,於義爲滯。

譚儀曰:《君馬黄》,刺友也。

王先謙曰:此曲枚乘因吴王濞謀反作,非《鐃歌》也。先恭以爲《漢(書)·藝文志》「吴楚汝南歌詩十四篇」之一,良是。○此因君不納諫,去國傷懷而作。歌曰,君居尊位,譬如馬之黄者,秉正色而生,信爲可貴;臣處下位,不敢與君比德,譬馬之蒼者色駁雜而不純,不敢與君之黄馬比色也。然聖人猶察邇,言愚者豈無一得,今君臣謀議,兩不相合,而臣言切直,君所宜從;如二馬同逐,臣馬實良,無謂臣不如君也。試觀易之有騩,蔡亦有赭,兩地産馬之色不同,而皆爲良馬,不相上下,庸得因臣馬色蒼而遽疑爲不良耶?今君不用善言,我惟有浩然遠引,南北分馳,不復同道。彼美人兮歸以南,駕車馳馬無人護持,不日有傾覆之患,睠言美人,實傷我心。我佳人兮歸以北,駕車馳馬未知税駕何方,念我佳人將安終極乎?君庶幾改之,予日望之矣。

廖按：陳直云，此篇爲君臣聚會宴飲之樂，以「易之有騩」句定之，應爲武帝時作品。

君馬黄，臣馬蒼，二馬同逐臣馬良。[一]易之有騩蔡有赭[二]，美人歸以南，駕車馳馬。美人傷我心！[三]佳人歸以北，駕車馳馬。佳人安終極！[四]（《宋書》卷二二《志》十二《樂》四。《樂府詩集》卷十六、《古詩紀》卷十五）

【校勘】

「二馬同逐臣馬良」，「二」原作「三」，據《樂府詩集》《古詩紀》改。

【集注】

[一]「君馬黄，臣馬蒼，二馬同逐臣馬良」三句：**陳本禮曰：**《魯頌》（《詩經·魯頌·駉》）「有驪有黄」，言其色之美也。（臣馬蒼）色駁雜而不純，然其德稱。（二馬同逐臣馬良）君取色，臣取德，不同逐不足以見臣馬之良也。**莊述祖曰：**君臣同等相謂之稱。《毛詩》（《周南·卷耳》）「我馬玄黄」，（毛）傳曰：「玄馬病則黄。」逐，逐疾並驅之皃。馬有黄有蒼，言彼馬本黄，我馬本蒼，蒼馬病與黄馬無以辨，然兩馬並驅終覺蒼馬良，傷雖病不得休息。**陳沆曰：**君馬黄，臣馬蒼，雖上下名分之别如此，至於出謀發慮，則君或當舍己而從臣。猶馬之蒼而驅逐或良也。**王先謙曰：**蒼，草色。二馬同逐，喻兩説相争，王反謀而臣正諫，王

言不如臣言，故曰「臣馬良」也。乘之諫吴王曰，「養由基，楚之善射者」，然其所止乃百步之内耳，「比於臣乘，未知操弓持矢也」（廖按，引文見《漢書》枚乘本傳），師古注曰：「乘自言所知者遠。」與自謂「臣馬良」同意，以警動王使聽其言也。**廖按**：夏敬觀云，《漢書・張騫傳》：「漢使往既多……言大宛有善馬，在貳師城，匿不肯示漢使。天子既好宛馬，聞之甘心，使壯士車令等持千金及金馬，以請宛王貳師城善馬。」「君馬黄」者，指金馬也；「臣馬蒼」者，指宛馬也；「蒼」以代指名騅駿馬。《説文》：「騅，馬蒼黑雜毛。」《漢書・項籍傳》：「駿馬名騅。」○曲瀅生云，《毛傳》：「玄馬病則黄。」此非僅言君馬色之美，實兼含病意。○聞一多云，「臣」爲自稱，《漢書・高帝紀上》「吕公曰，臣少好相人」，（顔師古）注引張晏曰：「古人相與語，多自稱臣，自卑下之道也，若今人相與言自稱僕也。」○陳直云，自卑稱臣皆是單行爲用，此詩「君」「臣」二字互相對舉，與聞氏之説顯有不同。

〔二〕易之有騩蔡有赭：**唐汝諤曰**：易與蔡皆地名。騩馬淺黑色，赭馬赤色。**陳本禮曰**：騩色淺黑，産于易；赭色赤，産于蔡，皆良馬也。若不論德，止取其色，則代北無空群之目矣。**莊述祖曰**：《地理志》（《漢書》），趙國「易陽」，應劭曰（顔師古注引）：「易水出涿郡故安縣。」師古曰：「在易水之陽。」又汝南「上蔡」，「故蔡國」；「新蔡，蔡平侯自蔡徙此」；沛郡「下蔡，故州來國，爲楚所滅」，「吴取之」，遷蔡昭侯於此。**陳沆曰**：豈特蒼黄無定，即易水之騩，上蔡之赭，其中亦各有良駿，豈可以驪黄别貴賤哉？**王先謙曰**：漢儀，丞相見免，乘騧馬自府歸。《漢書・禮樂志》，「霑赤汗，沬流赭」，言馬毛色赤也。易騧蔡赭，言兩地馬色不同，皆爲良馬也。**廖按**：夏敬觀云，該句辭意是天厩之馬，非良於郡國所産，以易蔡比大宛也。○陳直云，《漢書・張騫傳》：「初天子發書易，曰神馬當從西北來，得烏孫馬好，名曰天馬。及得宛汗血馬，益壯，更名烏孫馬曰西極馬，宛馬曰天馬。」顔師古注（引鄧展曰）：「發《易》書以卜。」《漢書・西域傳》載武帝詔略云：「古者卿大夫與謀，參以蓍龜，不吉不行。」「易之，卦得大過，爻在九五。」此詩「易之」謂發書占之，蔡謂蓍龜。《論語》「臧文仲居蔡」，何晏集解「龜出蔡地，因以爲名」是也。「易之」二字，名詞變爲動詞，與《漢書・西域傳》正同。《漢書・禮樂志》《天馬歌》「虎脊兩，化若鬼」，「鬼」即「騩」字之省文，謂變化顔色如騩馬，即此詩之「易之有騩」。《天馬歌》「霑赤汗，沬流赭」，赭謂赤色，比天馬之沬赤如赭，即此詩之「蔡有赭」。

［三］「美人歸以南，駕車馳馬，美人傷我心」三句：**唐汝諤曰**：美人、佳人，皆指君言。**陳本禮曰**：美人歸南，乘所騎之黄馬，德既不稱，又無王良之御，終必泛駕，此美人之所以傷我心也。**莊述祖曰**：美人謂君。**王先謙曰**：古多以美人喻尊上，如《詩》《邶風・簡兮》「西方美人」、《楚辭》《離騷》「恐美人之遲暮」皆是。**廖按**：夏敬觀云，武帝數幸朔方回中，思以兵服匈奴而未得忘；詩云駕車馳馬「傷我心」者、「歸以南」者，指自朔方回中歸京師也。○曲瀅生云，此三句謂思美人南逝遠别而心愴傷也。

［四］「佳人歸以北，駕車馳馬，佳人安終極」三句：**陳本禮曰**：佳人往北，乘同逐之蒼馬，奈世無伯樂之顧，亦惟有獨抱孤標，自鳴自悲于鹽澤之間耳。如是則君臣各行其志，終無遇合之期矣，言念及此，此情何所極哉。**莊述祖曰**：佳人謂臣。《釋詁》（《爾雅》）曰：「極，至也。」**王先謙曰**：佳人自謂，司馬相如《上林賦》「夫何一佳人兮，步逍遥以自娱」，亦自稱之辭。南，吴地；北，梁地。上駕車馳馬，言將興兵爲亂；下駕車馳馬，言己之膏秣遠遊也。極，止也，安終極，言君臣睽背，遇合無期，自傷其身無所底止也。**廖按**：夏敬觀云，「佳人」指李廣利，「歸以北」謂遣之伐大宛，大宛破而匈奴尚未臣服，故云「安終極」；「美人」「佳人」字重出，當是豔。○陳直云，「美人」與「佳人」是文辭上之變化，漢鏡銘云「竽瑟會，美人侍」，又有「宜佳人」鏡及「昭陽鏡成，宜佳人兮」鏡，二名並無區别。武帝《秋風辭》「懷（攜）佳人兮不能忘」（《文選》），李延年歌云「北方有佳人，遺世而獨立」（《漢書·外戚傳》），其詞彙與美人亦不易區分。舊説以美人比君，以佳人比臣，恐未必然也。

【集評】

胡應麟曰：《君馬黄》一篇，章法尤爲整比，斷非訛脱也。

唐汝諤曰：辭意懇切，反覆戀君，雖三閭繫心懷王，不是過矣。

朱嘉徵曰：夫上之人，虛公聽斷，則兩人之是非，有洞若觀火者。美人，目君；佳人，目柄政之臣。一曰，君臣，漢世通稱，有識者立身事外，心傷之而作此詩。繇前而言，爲賈傅上書，

「今之事勢，可爲痛哭者一，可爲流涕者二，可爲長歎息者六」(《漢書・賈誼傳》)；繇後而言，汲長孺之詰責張湯，劉光禄之譏切王氏……此詩志也夫。○以臆論之，黄與蒼，馬色之純者色同純，以德辨之，甚易見者。或以馬之騩，疑於蒼乎；馬之赭，疑於黄乎。然色同雜，以地之産辨之，何惑焉？若夫治亂之數，始不過如色之始間；其極也，遂至南北背馳而不可止。彼君若臣，方在駕車馳馬中，又烏乎知之；而早識之士，有傷心其靡及矣。

陳祚明曰：此或是空谷白駒之思。末排二段古雅，極有風韻。

李因篤曰：君臣，古人上下通稱，此首視《絶交篇》，尤渾古可貴。○事君處友，中道棄捐，苦心無以自明，曲折寫出，一往見其忠厚悱惻，直匹《國風》矣。○既曰「臣馬蒼」，又云「二馬同逐」，亦自托於有過，而承之以「臣馬良」，見己之未忍與君絶也。蒼黄總言馬之敗，以喻交之不終。易在北，蔡在南，皆産良馬之地，騩赭則言其佳色。忽南忽北，正借喻其馳騖無定之也。「美人」三句，見忠被謗，信獲疑，傷心無可如何；而「佳人」三句，終哀其馳騖日深，靡所底止也。

漢詩説曰：《淮南子》(《説林訓》)：「佳人不同體，美人不同面。」二者並稱不礙。《君馬黄》佳人、美人並稱，亦猶是耳，必分如何爲佳人、美人亦不必。子書每稱至人、神人、聖人，其實亦無大分别也。○君臣，古人上下通稱，不必解到忠被謗信獲疑上去，當是離别相思之辭。先輩謂《芳樹》爲被讒，《有所思》爲淫奔，《雉子班》爲招隱，《擁離》爲離宫，《聖人出》爲巡幸，《上陵》爲仙人來遊，《巫山高》爲將士思歸，《遠如期》爲蠻羌朝貢，《石流》爲武帝且戰且求仙，皆屬後人臆度之説，恐非古人本意也。

陳本禮曰： 彭躬庵曰：婉而淳，雋而厚，其寄興遥深，是以咀嚼無盡。

陳沆曰： 君臣各心，南轅北轍，上驕下嘿，國事其安極哉。美人，君也；佳人，臣也。

譚儀曰： 古君臣之稱，不專辨上下，莊（述祖）言同等相謂者是。忽南忽北，同心離居，分道而馳，馬逾良相去逾遠矣。易，北也；蔡，南也。怨詩如相思焉，美人、佳人皆謂友。

王先謙曰： 《漢書》本傳：枚乘字叔，淮陰人也，爲吴王濞郎中，吴王之初怨望謀逆也，乘奏書諫吴王不納，乘與鄒陽等皆去之梁。景帝即位，吴王舉兵以誅晁錯爲名，漢斬錯以謝諸侯，乘復説吴王罷兵，吴王不用乘策，卒見破滅。漢既平七國，乘由是知名。《文心雕龍》曰「古詩佳麗，或云枚叔」，《玉臺新詠》録枚乘古詩九篇，大抵皆諫王不聽去吴游梁時作，與此相爲表裏，可參觀而得之。其曰「行行重行行，與君生别離。相去萬餘里，各在天一涯。道路阻且長，會面安可知？胡馬依北風，越鳥巢南枝」，陳沆箋以爲乘去吴游梁與王訣别，王在南而乘依北，即此曲所謂「歸以南」「歸以北」也。其曰「美人在雲端，天路隔無期」，言王不見用永相乖離，舉美人以見意，此亦指君爲美人也。其曰「燕趙多佳人，美者顔如玉」，「馳情整中帶，沈吟聊彳亍。思爲雙飛燕，銜泥巢君屋」，言身雖去國，心自戀君，即佳人以喻懷，此亦自喻爲佳人也。「浮雲蔽白日，游子不顧反。思君令人老，歲月忽已晚」，言王之狂悖以取滅亡，傷我心之旨也。「還顧望舊鄉，長路漫浩浩。同心而離居，憂傷以終老」，言己之遠逝無所税駕，「安終極」之悲也。比附以觀此，定爲王不納諫，乘初去吴，故有是曲矣。自乘蒲輪道卒，遺文散亡，古詩九篇尚滋疑議，樂府有作，宜其亘千古而無知音乎？

廖按：梁啓超云，此首像純是童謡，意義在可解不可解之間，但拙得有味。

芳樹曲

【集解】

沈約曰：《芳樹曲》。

郭茂倩曰：《芳樹》，漢鐃歌。鼓吹曲辭。○《樂府解題》曰，古詞中有云『妬之子愁殺人，君有他心，樂不可禁』，若齊王融『相思早春日』，謝朓『早玩華池陰』，但言時暮、衆芳歇絶而已。」

徐獻忠曰：此後宫怨思之詞，未必出於漢人，或前代之舊辭而漢人采之也。芳樹自比其德，閱歷歲月，已成嘉林，下臨蘭池，然風吹之使亂，鵠棲之使槁，徒使其心悵結而已。君指夫君也。君之心不可匡正，君之目不可復顧，所以然者，非君之固我棄也，妬人之子方相比近，以致君有他心，不在我而在彼，方且有燕妮之樂，如蔈之附木，魚之附水，其心復何可匡正乎？此則悲愁益深，不容以自已也。

唐汝諤曰：此宫人怨思而借芳樹以自傷也。言此芳樹，多經日月，枝條已稠密矣，君實擾亂之，使若在風而不自持，是以退而不前，無心要寵，遂使求匹之鳥，三三兩兩，下臨蘭池。君心惑之，勿復懷我而悵然耳。我想其心不可匡，目不可顧，非君誠棄子如遺也，妬人之子方相比昵，以致君有他心而樂之，然則王之待我將何所似，豈復如菼之愛、如魚之貫乎？此予悲愁益不能已也。稱君復稱王者，君親而王尊，亦愈尊愈疎之意。

朱嘉徵曰：《芳樹》，疾讒也。惑自內蔽，讒繇外興，故首刺「君亂如於風」者。誠令主鑒清明，豈宜有此，如孝元帝之於恭、顯焉。○集考，上君指讒人，下君指王，曲分兩截，一懷遇讒之君子，一悲王也。

陳祚明曰：當以芳樹之畏嚴風，比賢才之遭謗斥也。

李因篤曰：此刺讒之詩。

陳本禮曰：董若雨曰：《芳樹》，憂君國也。「日月」猶今茲也。「心中懷」者，欲匡正則勢不從心，欲隨流則目不忍見。讒夫以妬人爲事，君心難恃，復耽于逸樂，王將誰似。○古今來似此種人不少，匡之不能，教之不可，亦惟有聽之天而已耳。

朱乾曰：刺讒也。入宮見妬，入朝見嫉，其事一也。

莊述祖曰：諫時也。衰亂之世，以妾爲妻，上無以化下，而好惡拂其性，君子疾其無心焉。

王先謙曰：陸機《鼓吹賦》曰「歡芳樹之可榮」，謂《鐃歌》之《芳樹》篇也。大抵軍士于役，覽時物以興懷，若風人之詠卉木、歌楊柳。平原當時猶及見其曲詞，故其言云爾。今觀此曲曰悵、曰仇、曰悲，推事類情，絶無歡其可樂之意，則此曲之不爲《鐃歌》甚明也。莊述祖曰，《芳樹》，刺王以妾爲妻，好惡拂其性也。先謙案，莊説是矣，猶有未盡也。稽之《漢書》，獨廣川王事與此相吻合。《景十三王傳》稱廣川王去有幸姬王昭平、王地餘，許以爲后。嘗疾，姬陽成昭信侍視甚謹，更愛之，殺地餘、昭平，立昭信爲后，幸姬陶望卿爲脩靡夫人，主繒帛；崔脩成爲明貞夫人。昭信復譖殺望卿及諸幸姬凡十四人，閉諸姬永巷。去憐之，爲作歌曰……。令昭信聲鼓爲節，以教諸姬歌之，歌罷輒歸永巷。昭信與去從十餘奴博飲游敖，其師數正諫，去逐之。兄文素正直，數諫王去。王後廢，宣帝立文爲王。是曲非其師作即文作也。王先疾昭信而更愛之，許昭平、地餘爲后而殺之，所謂「不上無心」也；夫人有二號及后而三，所謂「三而爲行」也；諫王不聽，去之長安，過此蘭池，心中怊悵，撫秦宮之舊跡，想暴亂之前車，歎其不久長也；正言見斥，故曰「不可匡」；慘毒無人理，故曰「不可顧」；「妒人之子」，謂昭信也；去與昭信博飲游敖，憐諸姬而更閉之，制於妒后悖亂失常，故曰「君有他心，樂不可禁，如孫如魚也」。心鬱以悲歌，悽而婉，惟其休戚同體乃爾，往復纏綿，故知非其兄與師不能作也。

廖按：夏敬觀云，此辭殆與伐南粤事有關。《漢書·郊祀志》：「其秋爲伐南越，告禱太一……」此所伐國，殆爲南粤。《漢書·南粤王傳》：嬰齊在長安時，取邯鄲摎氏女，生子興，及即位，上書請立摎氏爲后。嬰齊薨，太子興嗣立，其母爲太后。太后自未爲嬰齊妻時，嘗與霸陵人安國少季通。元鼎四年，漢使安國少季諭王、王太后入朝。王年少，太后中國人，安國少季往，復與私通，國人頗知之，多不附太后。太后恐亂起，亦欲倚漢威，勸王及幸臣求内屬，比内諸侯，三歲一朝。相呂嘉數諫止王，王不聽，有畔心，迺陰謀作亂。天子遣韓千秋與王太后弟摎樂將二千人往，入粤境。呂嘉乃遂反，下令國中曰：王年少，太后中國人，又與使者亂，專欲内屬，盡持先王寶入獻天子以自媚，多從人，至長安，虜賣以爲僮，取自脱一時利，亡顧趙氏社稷爲萬世慮之意。乃與其弟將卒攻殺太后、王，盡殺漢使者。○聞一多云，行臨蘭池，即目生感，語拙而哀音動人，作者其陳皇后、班倢伃之流歟？○陳直云，此篇爲宴飲之樂。漢代多女作家，如唐山夫人、班婕伃、徐淑、蔡文姬之類，人所共知，《藝文志》（《漢書》）又有未央材人歌詩四篇，此詩亦似爲漢代女子作品。

芳樹，日月君亂，如於風。[一] 芳樹不上無心。温而鵠[二]，三而爲行[三]。臨蘭池[四]，心中懷我悵[五]。心不可匡，目不可顧，妬人之子愁殺人。[六] 君有它心，樂不可禁。[七] 王將何似？如孫如魚乎？悲矣！[八]（《宋書》卷二二《志》十二《樂》四。《樂府詩集》卷十六、《古詩紀》卷十五）

【校勘】

「芳樹，日月君亂，如於風」，《樂府詩集》作「芳樹日月，君亂如於風」。

「君有它心」，《樂府詩集》《古詩紀》「它」作「他」。

【集注】

［一］「芳樹，日月君亂，如於風」三句：**唐汝諤曰**：芳，美也。亂，紊亂也。**陳本禮曰**：日月，「日居月諸，胡迭而微」（《詩經·邶風·柏舟》），此莊姜見棄呼天之詞也。如於風，《終風》（《詩經·邶風》）之怨也。**莊述祖曰**：芳樹，美蔭也。日月比國君與夫人。《毛詩·日月》（《邶風》「日居月諸」）（鄭）箋云：「日月喻國君與夫人，當同德齊意以治國。」**王先謙曰**：芳，《説文》：「香草也。」樹，《説文》：「生植之總名。」《淮南子》（《原道訓》）：「萍樹根於水，木樹根於土。」樹兼草木言，芳樹猶言香草。芳樹喻君，即楚辭以香草喻王之意。上有漢帝，則日月不能以喻王后，此猶楚辭（《離騷》）所謂「日月忽其不掩」「春與秋其代序」也。君指芳樹言，下君字指王言。亂，絮也。如，語助辭，猶《易》（《離》）「突如其來如」、《論語》（《述而》）「申申如夭夭如」之類。亂如於風，爲風所擾而亂如也（廖按，王先謙《漢鐃歌釋文箋正》此處標點爲「芳樹，日月君，亂如於風」）。亂以喻王心無主，風以喻蠱妻狂煽。**廖按**：夏敬觀云，《漢書·郊祀志》「其秋爲伐南越，告禱太一，以牡荆畫幡日月北斗登龍，以象太一三星，爲泰一鏠旗，命曰靈旗。爲兵禱，則太史奉以指所伐國」，（顔師古）注引李奇曰：「牡荆作幡柄也。」如淳曰：「牡荆，荆之無子者，皆絜齊之道。」晉灼曰：「牡，節間不相當也。《（漢書）天文志》：『天極星，其一星明者，太一也。旁三星，三公也。畫一星在

後，三星在前，爲泰一鏠旗也』」師古注曰：「以牡荆爲幡竿，而畫幡爲日月龍及星。」「芳樹」指牡荆，「日月君」即幡所畫之日月及太一（廖按，夏敬觀《漢短簫鐃歌注》此處標點爲「芳樹日月君，亂如㫃風」，「於」作「㫃」）。「亂如㫃風」，《説文》云：「（㫃）旌旗之遊，㫃蹇之皃。」○曲瀅生云，《管子》《君臣》：「爲人君者，倍道棄法，而好行私，謂之亂。」此言君倍道行私惑於嬖妾。○陳直云，「君」疑「星」之誤字（廖按，陳直此處標點同夏氏），西安漢城遺址曾出半瓦，繪有日月星圖案。○聞一多云，「如」讀爲「挐」，挐亦亂也，《淮南子·覽冥篇》「美人挐首墨面而不容」，高（誘）注曰：「挐首，亂頭也。」《七發》（《文選》）：「衆芳芬鬱，亂於五風，從容猗靡，消息陽陰。」「挐亂於風」猶「亂於五風」（廖按，聞一多此處標點同夏氏）。○逯欽立云，「月」當作「夕」，費昶《芳樹篇》「幸被夕風吹」云云，是梁時尚作「夕」。日夕，朝夕也。

［二］芳樹不上無心：**陳本禮曰**：不，芳無切，花蕚跗也。無心，言奸忠不辨也，因其無心故復呼芳樹而驚之也。**王先謙曰**：連呼芳樹，大聲以警之。不否同，不善之也。《荀子》（《賦篇》）「君子所敬小人所不者與」，（楊倞）注：「不，鄙之也。」《書》（《盤庚下》）「今我既羞告爾於朕志若否」，「否」一作「不」，注：「謂志之所若所不者。」與此「不上」二字同義。上，尊崇登進。不上無心，猶言進退任意也。**廖按**：夏敬觀云，「不」當爲「下」，《宋書·樂志》作「不」屬形近訛，「上下無心」謂旗遊隨風㫃蹇上下，指所伐國，乃出天意，非吾有心。○曲

瀅生云，《詩・常棣》「鄂不韡韡」，《毛傳》「不」與「跗」同，花蒂也。（廖按，《詩經・小雅・常棣》「鄂不韡韡」，鄭玄箋：「不當作拊。拊，鄂足也。」）「芳樹不上無心」是言芳樹之花雖芳豔，君亦無心親接之。

〔三〕「温而鵠，三而爲行」二句：**唐汝諤曰**：温，和也。鵠，小鳥，飛最疾。行，列也。**陳本禮曰**：群小在位者，聽其言則温，視其貌則足而恭。此種小人一之已甚，況三而成行乎。**王先謙曰**：温，和柔貌，女子伺人意旨無不柔色以取媚，若昭信之侍視甚謹，即所謂「温而鵠」。鵠，立侍企佇如鵠之狀。《漢書・袁紹傳》：「瞻望鵠立。」行，列位也。**廖按**：夏敬觀云，「温」謂日出陽氣温煖，《漢書・郊祀志》「至中山晏温，有黄雲焉」，（顔師古注引）如淳注：「《三輔》謂日出清濟爲晏。晏而温，乃有黄雲，故爲異也。」「鵠」，直也，謂日出而樹旗也。「三而爲行」指三星。○曲瀅生云，《詩》（《邶風・燕燕》）「終温且惠」，鄭箋：「温，（謂）顔色和也。」鵠，白也。（廖按，《莊子・天運》：「夫鵠不日浴而白。」）《漢書・東方朔傳》：「董偃爲人温柔愛人私侍公主。」「温而鵠」即和而白，是指小人言。○徐仁甫云，「温而鵠」言君王之威儀，考《書・皋陶謨》「亦行有九德：寬而栗……直而温……」，「温而鵠」即九德之一，謂「直而温」；此詩不曰「直而温」而曰「温而鵠」，蓋不硬搬成語，而出之以變化。

〔四〕臨蘭池：**朱乾曰**：《地理志》（《漢書》）：「渭城，有蘭池宮。」《漢書》（《酷吏傳》）：「受詔不至蘭池。」《雍録》云：「《元和志》：咸陽縣東二十五里蘭池陂即秦之蘭池也，始皇引水爲池，東西二百里，南北二十里，築爲蓬萊山，刻石爲鯨魚，長二百丈。」「漢世亦有蘭池宫。别在周氏陂，陂在咸陽縣東南三十里，宫在陂南。」**廖按：**夏敬觀云，「臨蘭池」謂樹旗之地也。

[五]心中懷我悵：**唐汝諤曰：**悵，怨恨也。**陳本禮曰：**（心中懷）思香草也。（我悵）悵君子遠引，君亂如風也。**王先謙曰：**歌者道出咸陽，臨秦宫而迴望，心中悵然。《漢書·鄒陽傳》：「陽曰，秦倚曲臺之宫，懸衡天下，晚節末路，咸陽遂危。」引秦往跡以戒吴王濞，亦此意也。**廖按：**夏敬觀云，「心中懷我悵」不成句，疑樂人有删減字，「中心懷」，如《詩》「中心懷之」（廖按，《詩經》無此句，只有「中心藏之」，見《小雅·隰桑》）。「我悵」，謂當遣師而心懷悵然也。○曲瀅生云，此句言每臨蘭池輒生思君之感，致爲之惆悵寡歡。○逯欽立云，「懷我悵」之「我」者爲聲字。

[六]「心不可匡，目不可顧，妬人之子愁殺人」三句：**唐汝諤曰：**匡，正也。顧，眷顧也。妬，嫉妬也。**陳本禮曰：**（妬人之子愁殺人）指温而鵠者，不禁大聲疾呼也。**王先謙曰：**妒人之子，猶孟子所云臧氏之子，指而嫉之之辭。（廖按，《孟子·梁惠王下》：「樂正子見孟子，曰：『克告於君，君爲來見也。嬖人有臧倉者沮君，君是以不果來也。』曰：『行，或使之；止，或尼之。行止，非人所能也。吾之不遇魯侯，天也。臧氏之子焉能使予不遇哉？』」）

廖按：夏敬觀云，「心不可匡」指所伐國反側之心不可匡救；「目不可顧」猶言不忍顧也。○曲瀅生云，《漢書·高帝紀》(「有功者顧不得」)，(顔師古)注：「顧，猶反也。」「心不可匡」二句言思君之心不可矯正，望君之目不能使反，此念君深者之辭。《離騷》(《楚辭》)「各興心而嫉妬」，王逸注曰：「害色爲妬。」「子」是男子之美稱。○聞一多云，「匡」疑當爲「匩」字之誤，《説文》：「匩」古文「藏」字。《小雅·隰桑》(《詩經》)有「中心藏之」句。○陳直云，《爾雅·釋詁》云：「匡，滿也。」古詩(《文選·古詩十九首·去者日以疏》)有「白楊多悲風，蕭蕭愁殺人」句。

〔七〕「君有它心，樂不可禁」二句：**唐汝諤曰**：禁，力所勝也。**陳本禮曰**：聽讒而不加察，反以爲樂，蓋爲他心所愚也(廖按，陳本禮《漢樂府三歌箋注》「它」作「他」)。**王先謙曰**：本可愁，而以爲樂，故曰「君有它心」，猶《詩》(《大雅·桑柔》)云「自有肺腸」也。**廖按**：夏敬觀云，此二句意爲我方以爲悲，而君有他心者，方且樂不可禁。《漢書》所述伐南粤事，吕嘉有「亡顧趙氏社稷」之語，此辭故言及趙佗。○曲瀅生云，此爲希冀之辭，謂若君有遠嬖人之心，則自不勝欣幸矣。

〔八〕「王將何似？如孫如魚乎？悲矣」三句：**唐汝諤曰**：孫，疑作蓀。蓀，香草。《楚辭》(《九歌》)：「蓀何以兮愁苦。」《周易》(《剥》)：「貫魚以宫人寵。」**陳本禮曰**：如孫，狀其憨蠢無知。如魚，狀其游泳無定。悲矣，不曰可恨而曰可悲，正悲其愚也。○董若雨曰，如孫，聲非「孫」而如「孫」字也；如魚，聲非「魚」而如「魚」字也；「如孫如魚乎」，篇中三轉聲之准也。**朱乾曰**：孫同蓀，古字省。洪興祖《楚詞補注》：「荃與蓀同。《莊子》云：得魚而忘荃。《音義》云：七全切，崔音孫，香草，可以餌魚。疏云：蓀，荃也。陶隱居云：東閒溪側有名溪蓀者，根形氣色極似石上菖蒲，而葉正如蒲，無脊。詩詠多謂蘭蓀，正謂此也。」（廖按，引文見《楚辭・離騷》「荃不察余之中情兮」洪興祖「補曰」）言王但知愛蓀之香而不知爲魚之餌，但知佳人難再得而不知哲婦之傾城，戎兵伏牀笫之間，恬然不悟，不大可悲乎。舊説孫魚二字終無膠粘之處，得《莊子》及洪注而豁然。**王先謙曰**：《（尚）書》（《吕刑》）：「幼子童孫。」「如孫」謂猶有童心也。「如魚」，歎其游樂不久，昔人所謂如假息游釜之魚也。**廖按**：夏敬觀云，「王」指其先王趙佗；「如孫」當作「而孫」，「而」猶「汝」也，前《艾如張》曲題作「如」，辭作「艾而張羅」，郭茂倩云「如」讀爲「而」，當爲歌時讀「而」爲「如」音，沈約所謂聲也；「而孫如魚乎」謂佗之子孫，如釜底之游魚也；吕嘉立其明王粵妻子術陽侯建德爲王，漢破南粵，吕嘉、建德均爲漢軍所得，故有此云。○曲瀅生云，此三句言王將何以自處乎，爲蓀以爲魚餌耶，抑爲魚以食魚餌耶，爲主爲奴，在此一舉，然睹王往昔之柔弱寡斷，知今決難見機取捨，思之不覺悲從中來。○聞一多云，「孫」爲「蓀」，「蓀」一作「荃」，香草，可以餌魚。「如孫如魚」者，謂彼姤人之子如香餌，王則如魚，將受其欺也。○陳直云，「荃」亦可解作魚筌，不必泥於香餌，大意是比妒人之子如釣師，比王魚之在筌。

【集評】

胡應麟曰：《芳樹》一篇，不甚可解，而「君有他心，樂不可禁」二語，殊爲妙絶。然是樂府四言所自出，亦曹、李諸人之祖，非《風》《雅》體也。

陳祚明曰：夫被妒者深愁，而庸主與奸邪且相得極歡，悲夫，《鐃歌》但有一二語可誦，輒情旨深曲，百思不盡。

李因篤曰：寫其初終情事，歷歷如畫，直透徹雲泉矣。何必減《巷伯》（《詩經・小雅》）。「鵠」字下得妙絶，小人之惑其君必曲當其心，如射者之中鵠也。至「三而爲行」，則黨羽已成，不可復製矣。「臨蘭池，心中懷我悵」，君固未能愬然於正人也，而究爲讒邪所蔽，其始「心不可匡」，彼必將曲引之。其後「目不可顧」，即欲更一晤而不能得，至「君有他心，樂不可禁」（廖按，李因篤《漢詩音注》「它」作「他」），直安小人而忘君子矣。

朱乾曰：此詩以芳樹自比，以風比君，以鵠比他人。日月霾曀，芳樹寒心；鵠伴乘風，臨池得所；姬姜焦萃之感，慘焉在目，所以使我懷之而悵然也。《終風》（《詩經・邶風》）詩亦以風比莊公惑於嬖妾，《洪範》（《尚書》）所謂「狂」「恒風若」也。狐娟迷心，不可匡矣，妖容奪目，不可顧矣，失寵懷愁，全無聊賴，而君方燕昵，樂不可支，圖一時之歡愛，忘衽席之長憂，所以悲也。

莊述祖曰：「芳樹日月，亂如扐風，下上無心」三句（廖按，莊述祖《漢短簫鐃歌曲句解》改易該詩作：「芳樹日月，亂如扐風，下上無心。芳樹温央，三而爲行，鵠臨蘭池，中懷我悵。心不可匡，目不可顧，心㞷妒，㞷妒人，之子愁殺人。君有他心，樂不可禁。君將何以，如魚如絲。子乎悲矣。」）：㫃、偃同，僕也，樹過風則僕。「芳樹温央，三而爲行，鵠臨蘭池，中懷我悵」四句：温央鴛鴦通，聲近假借。鴛鴦匹鳥也，三而爲行則亂群矣。鵠喻夫人不見禮於君，懷潔白之志而獨處也。「心不可匡，目不可顧，心㞷妒，㞷妒人，之子愁殺人」六句：言心無主不可得正，身不得其正，耳目視聽皆禍之招也。「之子」謂怙寵者。《說文》云：「㞷，草木妄生也。」妒婦妒夫也，妾妒嫡，故曰㞷妒。「君有他心，樂不可禁」二句：言惟不正者是樂也。心有它有我，專己自足者爲我心，見物而遷者爲它心，它心非心也，我心亦非心也。「君將何以，如魚如絲」二句：絲所以釣也，《詩》（《召南・何彼襛矣》）曰：「其釣維何，維絲伊緡。」夫婦以禮相成，如釣之得魚；以妾爲妻，無禮甚矣。「子乎悲矣」句：子，單也，單獨也，《詩》（《小雅・白華》）曰：「之子之遠，俾我獨兮。」悲夫人之見遠外也。

有所思曲

【集解】

沈約曰：《有所思曲》。

郭茂倩曰：《有所思》，漢鐃歌。鼓吹曲辭。◯《樂府解題》曰：「古詞言『有所思，乃在大海南。何用問遺君？雙珠玳瑁簪。聞君有他心，燒之當風揚其灰。從今已往，勿復相思而與君絶』也。」按《古今樂録》漢太樂食舉第七曲亦用之，不知與此同否。

徐獻忠曰：此以思婦比君子也。言我所思在遠方，而以珠玉玳瑁問遺之以寄情也。奈何君有他心，而不專於我，則以所欲遺者摧之，使毁燒之爲灰，且當風揚散以滅其迹，是滅其情也。從今以往，勿復相思，而與君絶矣。君若再來，則鷄鳴狗吠，兄嫂必知之。夜中妃且呼豨不睡，秋風且起，東方且白，決無見君之期，甚言決絶之情也。此賢士狷介之言，合則就，不合則絶去，無復牽合者也。

唐汝諤曰：此淫女念其所私者，而又疑其有他心，故作此以絶之。言我所思在遠，而將以珠玉問遺寄情，良已深至。聞君反有異心於我，則以所欲遺者摧毁之，燒殘之，且當風揚灰以滅其迹，蓋從今以往相思與君絶矣。君若再來而鳴吠之警，必爲兄嫂所知。此時妃匹之物互相呼豨，正將旦之候，而秋風且屬，東方且白，決無見君之期也。

李因篤曰：此刺淫奔之詩。蓋既相棄，而其人復來，故歷叙以拒之。

沈德潛曰：此亦人臣思君而托言者也。「雞鳴」二句，即《野有死麕》（《詩經·召南》）章意。

陳本禮曰：此逐臣見棄於其君之作，《楚辭》（《九章·惜誦》）「情抑（沈）鬱而不達兮，又蔽而莫之白」也。一片孤忠，無可告語，故中間拉拉雜雜，發出許多決絶語，然正爲下文「秋風肅肅」四字作意外綢繆想，蓋馬不勒于懸崖則縱送無力，箭不發于弓滿則射鵠不透，作此詩者，神乎技矣。李子德以爲刺淫奔，誤矣。

朱乾曰：《有所思》，亦曰《嗟佳人》。漢有殿中御飯食舉七曲，太樂食舉十三曲。十三曲，一曰《鹿鳴》，二曰《重來》，三曰《初造》，四曰《俠安》，五曰《來歸》，六曰《遠期》，七曰《有所思》，八曰《明星》，九曰《清涼》，十曰《涉大海》，十一曰《大置》，十二曰《承元氣》，十三曰《海淡淡》。○前半爲決絶之詞，後半爲自矢之詞，蓋變而不失其正者，《白頭吟》之類也。

莊述祖曰：諫時也。衰亂之俗，昏姻之禮廢，夫婦之道苦，男女各以其私相約誓而輕絶焉。○此女絶男之辭。

陳沆曰：此疑藩國之臣，不遇而去，自攄憂憤之詞也。隱語假託，有難言之隱焉。莊氏謂男女之詞，恐《鐃歌》雅樂，非雜曲歌詞之比。不然，魏吳晉《鐃歌》稱述功德，何以皆擬其詞乎？

譚儀曰：張儀爲《四愁詩》，效屈原以美人爲君子，以珍寶爲仁義，以水深雪雰爲小人，思以道術爲報。詒於時君，而懷讒邪，不能自通。此詩之旨，大略相同。莊氏男女之辭既陋，陳修撰藩臣之言亦鑿。

王先謙曰：此曲鐃歌也。大樂食舉之《有所思》不宜有此歌辭，蓋與鐃歌同題而異曲矣。《漢書·西南夷傳》，高帝立趙佗爲南粵王，佗死，孫胡立，胡死，子嬰齊立。嬰齊在長安時取邯鄲摎氏女，生子興。嬰齊死，興立，其母爲太后。太后嘗與霸陵人安國少季通。武帝元鼎四年，漢使少季諭王、王太后入朝，太后復與少季通，勸王求内屬。其相呂嘉殺太后、王及漢使，帝令粤人及江淮以南樓船十萬師往討之。今案，此曲之所謂「大海南」者，惟南粤足以當之，而瑇瑁爲簪，又海南産也。問遺通好，文帝已然，武帝遣使，必循故事。取「瑇瑁簪」者，重彼方之物；「用玉紹繚」者，申中國之情；要亦取喻，情意殷勤，不必泥定真遺是物也。「有他心」，謂爲亂；「拉雜摧燒」，喻殺使者敗約制也。「雞鳴狗吠」，謂太后及少季私通之事。宮中穢亂，聞于親戚，而後宣於國人，故不曰國人知之而曰「兄嫂知之」。必舉兄嫂者，以後嘉所立之王后言。建德，嬰齊長男，于王興爲兄；建德之妻嗣立爲后，于王興爲嫂；吕嘉女盡嫁王子弟，建德又嘉所立，所謂嫂者必嘉女也，意謂此危亂之機，女當日爲兄嫂者，當必知之。播其穢以寒其心，誘之歸降也。樓船等以元鼎五年秋出兵，故曰「秋風肅肅」；暮而燒敵，遲旦皆降，故曰「晨風颸東方須臾高知之」也。師久圍城，克在旦夕，曰「知之」者，料敵決勝之辭，此曲定爲攻城將破、遲旦約降時作矣。古曲辭復義隱，通體故爲委曲纏綿，轉似男女言情之作，是在後人以意逆志而得之。

廖按：夏敬觀云，此辭開口即云我所思「乃在大海南」，瑇瑁珠璣又是粤地所産，故此亦是征滅南粤紀功之辭，可無疑矣。《漢書·郊祀志》云「既滅南越，嬖臣李延年以好音見」，據此則鐃歌亦起於是時，故獨征滅南粤之辭爲多，如《翁離》《芳樹》《雉子》及此辭皆是也。又《通志》載漢太樂食舉第七曰《有所思》，則此曲亦用以侑食，疑當時樂人有二譜，用短簫鐃者，爲鐃歌；用之食舉者，或竟以二十五弦及空侯瑟譜之。○梁啓超云，這是一首戀歌，正是「温柔敦厚」「怨而不怒」的反面，賭咒發誓，斬釘截鐵，正見得一往情深。後代決無此奇作，專門詩家越發不能道其隻字。○聞一多云，莊述祖謂此與《上邪》爲男女問答之辭，當合爲一篇（廖按，詳莊《上邪》注）。案莊説允爲妙悟，然細玩兩篇，不見問答之意，反之，以爲皆女子之辭，彌覺曲折反覆，聲情頑豔。○余冠英云，這是情詩，叙女子要和她的情人斷絶，下了決心，但回想當初定情時偷偷地相會，驚雞動犬，提心吊膽的光景，又覺得很難斷絶，究竟絶不絶呢？她説，等天亮了，天日自會照徹我的心。○陳直云，此爲男女相戀相絶之辭，當爲武帝平南越以後作品，亦爲宴飲之樂另一種類型。莊述祖謂與《上邪》疑本爲一篇，然在漢代原篇次，《有所思》在第十二，《上邪》在第十五；魏吴擬代篇次，《有所思》在第十，《上邪》在第十二，中間隔有《芳樹》一篇。總起來説，在漢代及後代，此兩篇皆不相聯繫，知莊氏之説，未必可信。

有所思，乃在大海南。〔一〕何用問遺君〔二〕，雙珠瑇瑁簪，用玉紹繚之。〔三〕聞君有它心，拉雜摧燒之！摧燒之，當風揚其灰。〔四〕從今以往，勿復相思！相思與君絶。雞鳴狗吠，兄嫂當知之。〔五〕妃呼狶〔六〕！秋風肅肅晨風颸〔七〕，東方須臾高知之〔八〕。

（《宋書》卷二二《志》十二《樂》四。《樂府詩集》卷十六、《古詩紀》卷十五）

【校勘】

「雙珠瑇瑁簪」，《古詩紀》「瑇」作「玳」。

「聞君有它心」，《樂府詩集》《古詩紀》「它」作「他」。

「從今以往」，《古詩紀》「以」作「已」。

「妃呼狶」，《樂府詩集》《古詩紀》「狶」作「豨」。

【集解】

[一]「有所思，乃在大海南」二句：**唐汝諤曰**：大海南，託言隔絶之遠也。**莊述祖曰**：思必有所，所猶處也，女子當以禮自處，無禮則不知所至極矣。**陳沆曰**：明非邇近之思也，其殆吴楚之國歟？

[二]何用問遺君：**唐汝諤曰**：遺，贈也。問，遺。《毛詩》（《鄭風·女曰雞鳴》）：「知子之順之，雜佩以問之。」**莊述祖曰**：此男謂女之辭。**王先謙曰**：遺，去聲，餽也。**廖按**：陳直云，《漢書·酷吏郅都傳》「問遺無所受」，《朱鷺》「將以問諫者」，皆作「遺」字解。

[三]「雙珠瑇瑁簪，用玉紹繚之」二句：**唐汝諤曰**：瑇瑁，龜屬。《異物志》：瑇瑁「生南海」，「背上有鱗」，鱗「有文章」，「將作器」，「煮其鱗如柔皮」。簪，首笄也。紹，續。繚，繞也。繚，纏也，謂纓也。**莊述祖曰**：《説文》云：「先，首笄也。」俗先從竹從簪。紹繚猶繞繚也，繞謂裝飾之也。鄭氏《曲禮》（《禮記》）「女子許嫁纓」注云：「女子許嫁系纓，有從人之端也。」又《昏禮》（《儀禮·士昏禮》）「主人入，親説婦（之）纓」（鄭玄）注云：「婦人十五許嫁，笄而禮之，因著纓，明有繫也，蓋以五采爲之，其制未聞。」按，禮，女子許嫁有笄有纓，

此云簪，又云紹繚之用玉者，繆或有玉，其制未詳，雖私相約，猶有禮焉，傷其所以道之者失也。**陳沆曰**：珠玉奉貽，喻獻主之忠告。**王先謙曰**：珠必用雙，取其偶也。《儀禮・聘禮》：「凡獻執一雙。」《釋名》：「簪，兟也，（以兟）連冠於髮也。」紹，《說文》：「緊糾也。」糾，合也。繚，《說文》：「纏也。」**廖按**：曲瀅生云，《後漢書・輿服志》云：「簪以瑇瑁爲擿，長一尺，端爲華勝，上爲鳳皇爵，以翡翠爲毛羽，下有白珠，垂黄金鑷，左右一横簪之，以安蔮結。」《史記》：趙平原君使人於楚，欲夸楚，爲玳瑁簪。（廖按，《史記・春申君列傳》：「趙平原君使人於春申君，春申君舍之於上舍。趙使欲夸楚，爲瑇瑁簪，刀劍室以珠玉飾之，請命春申君客。春申君客三千餘人，其上客皆躡珠履以見趙使，趙使大慚。」）

〔四〕「聞君有它心，拉雜摧燒之！摧燒之，當風揚其灰」四句：**唐汝諤曰**：拉折摧敗也。**莊述祖曰**：《說文》云：「拉，摧也。」拉雜，折聲也。**陳沆曰**：拉雜摧燒，喻不納而見棄。或以摧燒爲己之絶君者，大非。**王先謙曰**：雜，碎；摧，滅也。拉雜摧燒，手碎而燒之。**廖按**：聞一多云，《史記・龜策列傳》：「祝曰：『……不信不誠，則燒玉靈，揚其灰，以徵後龜。』」

〔五〕「相思與君絶。雞鳴狗吠，兄嫂當知之」三句：**李因篤曰**：其人不去，爲雞犬所見，必警覺兄嫂，猶夜半事也。**張玉穀曰**：言我若與他人往來，則警彼雞狗，兄嫂必知。**陳本禮曰**：此追述前夕與君定情，外人不知，雞鳴犬吠，我兄嫂固知之矣，今一旦決絶如是，又竊恐貽兄嫂之笑也。**莊述祖曰**：《相和曲》云：「雞鳴高樹顛，狗吠深宮中。」《毛詩》《召南・野有死麕》)「無使尨也吠」，(毛)傳曰：「非禮相陵則狗吠。」女自明不爽也。言兄嫂者，《地理志》(《漢書》)云，齊襄公「令國中民家長女不得嫁，名曰巫兒，爲家主祠，嫁者不利其家，民至今以爲俗」。此或齊哥詩也。**陳沆曰**：君臣之義已絶，在我亦不足道，但恐過失日彰，情事日露，將使中朝聞之，則大可憂矣。雞鳴狗吠，喻風聲布聞；兄嫂，喻中朝也。此必宗室兄弟之國，所謀不軌，故寄廋詞也。**王先謙曰**：雞鳴，中夜也；狗吠，指淫奔事，《詩》(《召南·野有死麕》)「毋(無)使尨也吠」，此用其意。**廖按**：陳直云，婦已與夫絶，自怨自艾，歸寧母家，以清白自矢，故云「雞鳴狗吠，兄嫂當知之」。

[六]妃呼豨：**徐禎卿曰**：樂府中有「妃呼豨」、「伊何那」諸語，本自亡義，但補樂中之音。**唐汝諤曰**：妃，配也。豨(廖按，《古詩紀》「狶」作「豨」，唐汝諤《古詩解》同，下引李氏、張氏、陳氏、王氏、聞氏亦同)，疑當作欷，相呼而抽息也。**朱嘉徵曰**：曲調餘聲。**張玉穀曰**：《談藝録》曰云云。穀意即作下秋風之聲亦可。(廖按，李重華《貞一齋詩説》亦有「妃呼豨」是摹寫風聲之説。)**陳本禮曰**：妃呼豨，俚語諢詞，猶言莫須有也，無可置辯，故摭飾其詞，聊以解嘲耳。**朱乾曰**：妃，古配字。狶之呼，東方明之候也。**王先謙曰**：妃，《説文》：「匹也。」《左傳》(《桓公二年》)：「嘉耦曰妃。」《集韻》：「妃，衆妾總稱。」臣之於君猶妾之於夫，此喻南粵王受漢尊崇，次於漢帝一等也。呼，怒發聲，《左傳》文元年，江芈怒曰：「呼，役夫，宜王之欲殺女而立職也。」豨，大豕，喻粵人之奔突殘食。《漢書·食貨志》：「(王)

莽大募天下囚徒人奴，名曰豬突豨勇。」《説文》：「古有封豨修蛇之害。」皆舉豨以喻强梁也。**廖按：**聞一多云，「妃呼豨」疑係樂工所記表情動作之旁注。「妃」讀爲悲，呼豨讀爲歔欷。（呼歔音近通用，《北海相景君碑》「歍歔哀哉」即嗚呼哀哉，欷、豨並從希聲）《文選·閑居賦》（當爲《長門賦》）李善注（「舒息悒而增欷兮」）引《蒼頡篇》：「欷歔，泣餘聲也。」《廣雅·釋詁三》「欷，悲也」。「悲歔欷」者，歌者至此當作悲泣之狀也。

［七］秋風肅肅晨風颸：**唐汝諤曰：**肅肅，蕭瑟之意。颸，風貌。**李因篤曰：**至涼風之來，則天欲明矣。**陳本禮曰：**當此秋風肅肅，冷露淒淒，空牀輾轉，不能不又動所懷。董若雨曰，悵望海南，中宵獨語，聲情欲絶。**莊述祖曰：**《詩義疏》（《毛詩鳥獸草木蟲魚疏》）云：「晨風一名鸇，似鷂，青黄色，燕頷鉤喙，嚮風摇翅，乃因風飛急，疾擊鳩鴿燕雀食之。」嘶舊作颸（廖按，莊述祖《漢短簫鐃歌曲句解》「颸」作「嘶」），《内則》（《禮記》）「鳥皫色而沙鳴」，（鄭玄）注云：「沙猶嘶也。」《方言》云：「廝，散也。東齊聲散曰廝。」「秦晉聲變曰廝。」散亦變也。廝是假借字。晨風，急疾之鳥，乘秋風而聲變，譬心異者聲亦異也。**王先謙曰：**颸，《文選》（《吴都賦》）（劉淵林）注：「疾風也。」**廖按：**曲瀅生云，《詩》（《小雅·鴻雁》）「鴻雁于飛，肅肅其羽」，（陸德明）《釋文》云：「肅，所六反。」○聞一多云，「肅肅」即「颸颸」，風聲也。莊述祖謂晨風即《秦風》「鴥彼晨風」之晨風，至確；惟《毛傳》謂晨風即鸇，非是；當從齊説以爲雉名。《説文》：「翰，天雞赤羽。《逸周書》曰：『大翰，若翬雉，一名

鷐風。周成王時蜀人獻之。』」鷐風即晨風。《易林》豫之革曰：「晨風文翰，隨時就温，雌雄相和，不憂危殆。」是齊説以《詩》晨風爲雉類之文翰，與毛異説。考《詩》每以雉鳴喻求偶，《晨風》亦懷人之詩，故以此鳥起興，齊説爲長。以《詩》義求之，本篇之「晨風」亦謂雉也。「颸」當爲「思」，涉上文風字而誤加風旁。《魯語》注，虞思字幕（廖按，《國語·魯語》「幕，能帥顓頊者也。有虞氏報焉」，韋昭注：「幕，舜後虞思也，爲夏諸侯。」）。幕與慕通。《方言十》，「凡言相憐哀」，「江濱謂之思」。《莊子·德充符》篇：「丈夫與之處者思而不能去。」《大荒東經》（《山海經》）：「思士不妻，思女不夫。」皆謂「思」爲戀慕也。《文選·勵志詩》「吉士思秋」，（李善）注曰：「思，悲也。」悲與戀慕義相因。「晨風思」者，晨風之鳥慕戀悲鳴也。

［八］東方須臾高知之：**李因篤曰**：須臾日高，家人並起，其情愈苦，故其詞愈危。秋風雖肅，而此有甚焉，殆晨颸也，合看始盡致。**張玉穀曰**：東方須臾高，言日將出，必鑒知我心也。**陳本禮曰**：言我不忍與君決絶之心固有如皦日也，倘謂予不信，幸少待須臾，俟東方高則知之矣。**莊述祖曰**：指天日以明之。**陳沆曰**：夫我心則之死靡他，有天日照知之而已。作詩本旨見於首末，知非男女之詩也。**廖按**：聞一多云，「高」讀爲「皜」，《文選·江賦》注：「皜，白也。」（廖按，《江賦》「揚皓杲」，李善注：「皓，白也。」）皜之訓白，本謂日出之白。皜皓同，東方皜猶言東方白。「知之」者，知我之感於雉鳴而思君也。必于東方白時知之者，

雉鳴皆在朝旦，《邶風・匏有苦葉》（《詩經》）二章曰「雉鳴求其牡」，三章曰「旭日始旦」；《小雅・小弁》（《詩經》）曰「雉之朝雊，尚求其雌」，《琴操・雉朝飛操》曰「雉朝飛兮鳴相和，雌雄群游兮於山阿」，皆雉朝鳴求偶之證。此言須臾而東方發白，秋風颸颸，群雉悲鳴，將使我聞之而益思君不置，孰謂我之真欲與君相絕哉？《邶風・雄雉》（《詩經》）曰「雄雉于飛，下上其音，展矣君子，實勞我心」，古今詩人，蓋有同感焉。○徐仁甫云，「東方」以地位代「日」，《莊子・外物》「東方作矣」，司馬彪曰「謂日出也」可證。「高」爲「當」字之誤。

【集評】

朱嘉徵曰： 余誦《有所思》，而喟然于詩人好惡之誠也。夫子稱「好賢如《緇衣》，惡惡如《巷伯》」，豈非以其誠哉。是曲略分三節，前二節可謂窮好惡之致矣。古《豔歌》「水清石自見」，第三節可以當之。古人到君友不見諒時，只自反無過而止。

陳祚明曰： 此首最通順，欲知鐃歌正調者視此。○《鐃歌》本襲楚音，當亦取人臣思君之旨，而情思纏綿悱惻。爲決絕之言，怨而怒矣；然望之深故怨之切，人情乎。且摧燒揚灰絕我已甚，不合則去，理或宜然也。○四押「之」字搖曳多姿。「紹繚」「拉雜」「摧燒」，字法古。珠簪不足而紹以玉，情何殷也；摧燒不足而揚其灰，絕何甚也；此皆樂府淋漓法。疊「摧燒之」三字，有反覆咨嗟意；重「相思」二字綰下，轉掉快而纏綿。「兄嫂」句，《死麕》卒章之誼也；進以禮，退以義，固應爾矣。末又重一段申暢其旨，皆取淋漓。通首章法句法字法並古而妙在情深，三復不厭。○章性涵云，全以淋漓盡致，此樂府之異于古詩也。

李因篤曰：東方須臾高，不露「日」字，妙，妙。

沈德潛曰：怨而怒矣，然怒之切，正望之深，末段餘情無盡。

張玉穀曰：此詩極寫相思變態，末仍收到不忍輕絶意。是爲變不詭正，忠厚之遺。篇分三截看。首五，從平日相思追叙起，點清地遠，即爲下「聞」字伏根。商量問遺寄意，就一「簪」上寫得有加無已，悃款交至，跌起中截，欲開先合也。中六，突接「聞有他心」，頓生怨恨，即借欲遺之物摧燒揚灰，寫出女兒刻毒性情。以從今勿思頓住，一層伸一層，都作十成死句，盡力一開，又恰以跌起下截之餘情不盡。末六，「相思與君絶」，雙承上兩截來，雖貼己邊説，而着一「相」字，已拖彼邊在内。言我實思君，而今與君絶者，以君有他心故；君亦嘗思我，而今與我絶者，豈亦疑我之有他心乎？五字中有按定細想，代揣彼心，自問己心意；因接「雞鳴」二句，證我之心於人。又伸「妃呼」三句，證我之心於天，截然竟止，絶不抱轉思彼。不與彼絶，而意已躍然言下，蓋全在「相思」五字虚轉得力也。○「用玉」句，意足上而韻卻領下，亦是一奇。

陳本禮曰：董若雨曰此《離騷》之遺怨也。「妃呼狶」，篇中三轉聲之準也。○起首便似滑稽語。（何用問遺君）自説自答。（雙珠玳瑁簪，用玉紹繚之）鍾情所在，珍重倍加。（聞君有他心）聞者，虚實未定之詞，況遠在海南，何所據而遽信之乎。（拉雜摧燒之！摧燒之，當風揚其灰）不如此描寫，不足以見兒女子一時憤恨之態。（從今以往，勿復相思！相思與君絶）足此三語，正爲下文作轉計地。○「妃呼豨」，人皆作聲詞讀，細玩其上下語氣，有此一轉便通身靈豁，豈可漫然作聲詞讀耶。

王先謙曰： 先恭曰：陳沆箋此曲云，莊述祖以此爲男女之辭，恐鐃歌雅樂，非雜曲歌辭之比，不然魏、吴、晉鐃歌稱述功德，何以皆擬其詞。斯言近之矣。玉溪無題之作，後世且牽引時事以求其合，而鐃歌則執爲淫辭，無亦昧于古誼之甚者與？

雉子曲

【集解】

沈約曰：《雉子曲》。

郭茂倩曰：《雉子班》，漢鐃歌。鼓吹曲辭。○《樂府解題》曰：「古詞云：『雉子高飛止，黄鵠飛之以千里，雄來飛，從雌視。』若梁簡文帝『妬場時向隴』，但詠雉而已。」

徐獻忠曰： 此以雉子托興，以諷父子之情也。雉子初能飛，其色尚班，已知避人，故其在梁，見人父子之來，即能高飛遠止。然雉爲微物，其所飛止不過麥壠而已，不能如黄鵠之飛可以千里；然其雄之飛必來從雌，相與眷顧其子，而人之父子乃不能似之也。「大駕」以後，義不可通，泛觀其意，若云刻雉於車上，取其父子眷顧之義。故大駕臨送王孫，或以雉車相從。此以歌調詞測之，未有所據，不敢以爲是也。

唐汝諤曰：此疑送王孫而托興於雉。言雉子斑然，其色可愛，然集彼雉梁，於人何與，無以吾翁愛之，遂往取而畜之也。恐彼知雉子所在，必且高飛相從，如彼黃鵠，雖千里弗憚矣。王試思，禽鳥無知，猶相與眷顧其子，而況於人乎？即今以雉車駕馬而騰踊趨王，其依依於送行所者情可想也。連車相接如蜚追隨，誠不忍頓遠於王孫行耳。相彼雉子，曾何怪與。

朱嘉徵曰：《雉子班》，諫獵也。從王孫行游田獵，爲曲以諷諫焉。雉性耿介，能知機，此爲飲啄得所之時也。而或罹于羅，爲王孫所得者，以雌雄相視，子母同趨，知有干梁飛止之適，豈顧車駕馬騰者之中于所忽哉。若夫黃鵠之蜚，一舉千里，則弋人何慕焉。王可思，諷之深思而得其故也。

陳祚明曰：都不可誦，然不敢削，使後人得考焉。

李因篤曰：此篇賦招隱也。有道之君，不迫人以必仕，而賢者超然高舉，故借雉子美之。

陳本禮曰：雉子文彩陸離，故人愛之也多；然稚子恃有文彩，不知忌諱，一旦誤觸網羅，貽父母憂，此《雉子班》之所以作也。○董若雨曰，通《雉子班》之義，知幾不可以不早也。「堯羊蜚」，篇中三轉聲之准也。

朱乾曰：因田獵而以雉子諷父子之情也。《西京雜記》曰：「茂陵文固陽，本琅琊人，善馴野雉爲媒，用以射雉。每以三春之月，爲茅障以自翳，用觟矢以射之，日連百數。茂陵輕薄者化之皆以雜寶錯廁翳障，以青州蘆葦爲弩矢，輕騎妖服追隨于道路，以爲歡娛也。」時尚如此，樂府所以有《雉子班》。

莊述祖曰： 戒貪禄也。秦尚權力，群臣之禮廢，漢承其弊而不能改，仕者以爵禄相誘致，已而相謀多罹法網，賢者皆思遁世焉。

陳沆曰： 刺時也。上以爵禄誘士，士以貪利罹禍，進退皆不以禮，賢者思遯世遠害也。疑亦武帝時詩。〇孝惠文景時，皆醇樸未漓，至武帝求賢好士，始以高爵厚利誘其前，以嚴刑峻法隨其後。〇《雉子》之曲，其即「弋人何慕」之思也。莊説近是，取備一解焉。

譚儀曰： 雉子雌雄昵人，不能奮飛。思黄鵠之遐舉焉。

王先謙曰： 此曲武帝時作，非鐃歌也。〇《西京雜記》又曰，「茂陵少年李亨，好馳駿狗，逐狡獸。或以鷹鷂逐雉兔」。「梁孝王好營宫室苑囿之樂」，「築兔園」，「瑰禽怪獸畢備，王日與宫人賓客弋釣其中」。「魯恭王好鬭雞鴨及鵝雁，養孔雀䳛鵁俸穀一年費二千石。」此《雉子班》之所以作也。不敢斥言漢帝，故特舉王以見意焉。〇作歌者托於雉咎其子而乞恩于王以諷其上也。

廖按： 夏敬觀云，《漢書·郊祀志》云：「公孫卿候神河南，言見僊人跡緱氏城上，有物如雉，往來城上。天子親幸緱氏視跡。」《武帝紀》云，元鼎六年，冬，「將幸緱氏，至左邑桐鄉，聞南越破。」此辭蓋作於是時，故以緱氏城上有物如雉，賦入鐃歌。其後公孫卿「至東萊，言夜見大人，長數丈，就之則不見，見其跡甚大，類禽獸云。群臣有言見一老父牽狗，言『吾欲見鉅公』，已忽不見。上既見大跡，未信，及群臣又言老父，則大以爲僊人也」（《漢書·郊祀志》）。此辭即賦此事，因後見者大於前，故前者爲「雉子」。○余冠英云，這詩寫雉鳥親子死别的哀情，三次呼喚「雉子」，語調感情大有分别，第一個「雉子」是愛撫，第二個是叮囑，最後是哀呼。○陳直云，句中有「王可思」、「被王送行所中」，或爲漢廷賞賜諸侯王之樂。

雉子，班如此，[一]之于雉梁，無以吾翁孺。[二]雉子，知得雉子高飛止[三]，黄鵠蜚之以千里[四]，王可思[五]。雄來蜚從雌，視子趨一雉。[六]雉子車大駕馬滕，被王送行所中，[七]堯羊蜚從王孫行[八]。（《宋書》卷二二《志》十二《樂》四。《樂府詩集》卷十六、《古詩紀》卷十五）

【校勘】

「班如此」，《樂府詩集》「班」作「斑」。

「之于雉梁」，《古詩紀》「于」作「干」。

「高飛止」，《樂府詩集》《古詩紀》「飛」作「蜚」。

「雉子車大駕馬滕」，《古詩紀》「滕」作「騰」。

「堯羊蜚從王孫行」，「羊」原作「芊」，據《樂府詩集》《古詩紀》改。

【集解】

[一]「雉子，班如此」二句：**唐汝諤曰**：雉子，幼稚也。斑，雜文也（廖按，唐汝諤《古詩解》「班」作「斑」）。**李因篤曰**：班與斑同，以喻其文彩。**廖按**：余冠英云，「雉子」就是小野雞，老雉呼唤小雉，誇讚他羽毛斑爛好看。

[二]「之于雉梁，無以吾翁孺」二句：**唐汝諤曰**：石絶水爲梁。孺，育也。**朱嘉徵曰**：干（廖按，朱嘉徵《樂府廣序》「于」作「干」，下引王氏、曲氏、陳氏亦同），水涯。翁，老人。孺，稚子也。**莊述祖曰**：之，往也，雉以求稻粱往也。俉（廖按，莊述祖《漢短簫鐃歌曲句解》「吾」作「俉」），迎也。翁孺，老幼也。**王先謙曰**：干梁，求梁而止也。《論語》（《鄉黨》）「山梁雌雉」，注（邢昺疏）：「梁，橋也。」吾，雉自謂。漢時以翁孺二字爲名字者，若翁歸、翁子、翁孫……孺仲、孺幼……之類不可枚舉，而《漢書・游俠傳》有太原魯翁孺，《元后傳》有王賀字翁孺，蓋翁孺當時語也。雉愛其子，弋人得雉子，其父母隨來，是以老幼併入網羅也。故勸其知幾而無以吾翁孺戒之。雉子知得，呼子而告以知之也。下連呼雉子以警之。**廖按**：曲瀅生云，「之」同「至」。《易・漸》「鴻漸于干」，（《集解》引）陸績注云：「水畔稱干。」《爾雅・釋山》：「梁山，晉望也。」○余冠英云，「梁」和「粱」通；「之于雉梁」就是説去到野雞可以吃粱粟的地方。「翁孺」指人類，老雉囑咐小雉對於人類無論老少都要避著

點兒。○陳直云，「干」爲「翰」字之假借，《淮南子·俶真訓》云「浩浩瀚瀚」，即浩浩汗汗。《逸周書·王會篇》「文翰」注：「若翬雉，一名鷐風。周成王時蜀人獻之。」（廖按，引文見《説文解字》「翰」引《逸周書》）雉梁，即《詩》（《曹風·候人》）「維鵜在梁」之意。漢印中有「周翁孺印」（吴興沈氏藏），「翁孺」二字連文爲漢人之習俗語。

［三］知得雉子高飛止：**莊述祖曰：**弋者得雉子以爲媒。《莊子》（《養生主》）曰：「澤雉十步一啄，百步一飲。」《韓詩外傳》曰：「君不見大澤中雉乎，五步一噣，終日乃飽。」是雉一飛五步。**廖按：**夏敬觀云，「知」即「智」字，言知（智）如雉子，高飛而止耳。○曲瀅生云，此句意爲雉子聞父言遂高飛而止於山梁焉。○余冠英云，老雉知道小雉被人捕得，趕緊高飛來到。

［四］黄鵠蜚之以千里：**唐汝諤曰：**黄鵠之飛，一舉千里。**李因篤曰：**雉子之飛，枋榆之間耳，忽承之曰黄鵠千里，明其志之不可奪也。**王先謙曰：**又舉黄鵠之遠逝以發其悟也。《埤雅》：「黄（鴻）鵠一舉千里。」《史記》（《留侯世家》）高帝歌曰：「鴻鵠高飛，一舉千里。羽翮已就，横絶四海。横絶四海，當可奈何！雖有矰繳，尚安所施！」**廖按：**夏敬觀云，此二句意爲尚有黄鵠，飛可千里，冀仙人乘黄鵠來也。○曲瀅生云，朱駿聲（《説文通訓定聲》）曰，鵠形似鶴，色蒼黄，亦有白者，其翔極高。○余冠英云，「之以千里」是説一飛以千里計算。○陳直云，雉子被捕，老雉羡黄鵠之高飛。

[五]王可思：**莊述祖曰：**「王」讀若《莊子・養生主》「神雖王」之王。**廖按：**夏敬觀云，「王」指南粵王建德，《漢書・南粵王傳》云，蘇宏得建德爲海常侯，則建德乃被生擒而來；「王可思」是諭建德深思之也。○曲瀅生云，此言黄鵠之翔雖高，王尚可思得之，況不知見幾不能高翔之雉子乎，故終爲王孫所得也。○余冠英云，「王」讀去聲，就是旺；「王可思」是説氣力旺盛可慕，雉飛行不快，力又不長，所以羡慕黄鵠。○陳直云，思高祖「鴻鵠高飛，一舉千里」之歌。此句雜入漢廷賜諸侯王樂之語氣，與上句正相聯繫。

[六]「雄來蜚從雌，視子趨一雉」二句：**李因篤曰：**王固可思，而雉之雄雌相逐，母子相依，天性終不得易。**莊述祖曰：**（潘岳）《射雉賦》（「習媒翳之事」，《文選》李善注引）徐爰注：「媒者，少養雉子，至長狎人，能招引野雉，因名曰媒。」盛以箱籠。**王先謙曰：**謂雌雄相隨。《琴操》：「齊牧犢子年七十無妻，見飛雉雄雌相隨，感之，撫琴爲《雉朝飛》之曲。」雌趨視子，雄亦隨來，故曰「雄來蜚從雌，視子趨一雉」也。趨，就也。**廖按：**夏敬觀云，此謂雉子已來，其雌雄之大者終必自至，以喻仙人終至，四夷終來服。（廖按，夏敬觀《漢短簫鐃歌注》此處斷句爲：「雄來蜚從雌視子，趨，一雉……」）「趨」當是樂人所記曲後爲趨，如《宋書・樂志》所載《羅敷曲》後爲趨。趨者，急之意，如今劇曲之快板也。○聞一多云，《晉語八》（《國語》）「叔魚生，其母視之，曰『是虎目而豕喙，鳶胸而牛腹，溪壑可盈，是不可饜也，必以賄死。』遂不視」，韋注曰：「不自養視。」（廖按，聞一多《樂府詩箋》此處斷句爲

「雄來蜚從雌視子，趨一雉……」）

〔七〕「雉子車大駕馬滕，被王送行所中」二句：**唐汝諤曰**：山雉曰翟。《周禮》：王后有翟車（廖按，《周禮·春官宗伯》：「王后之五路：……翟車。」），注（《周禮》賈公彦疏）謂「翟鳥之羽，以爲兩旁之蔽」，疑即所謂雉車也。服虔注（《漢書·揚雄傳》引《甘泉賦》「在屬車間豹尾中」，顔師古注引）：「大駕屬車八十一乘。」滕，超踊也。車駕所在曰行在所中。**莊述祖曰**：滕騰通，馳也。班固《西都賦》（《文選》）云：「行所朝夕。」蔡邕《獨斷》云，天子「所在曰行在所」。「生」舊作「王」。（廖按，莊述祖《漢短簫鐃歌曲句解》「王」作「生」）**王先謙曰**：雉駕車騰，殆秦輶載獫、衛軒乘鶴，從禽荒樂，莫此爲甚矣。《楚辭》（《九歌·湘夫人》）：「將騰駕兮偕逝。」車，傳車也。言「行所中」，非在長安可知。王得雉以送行所，正與帝幸梁父祠後士求遠方奇禽、諸王進獻時事隱合，此曲爲武帝元封元年作無疑。**廖按**：夏敬觀云，「雉子，車大駕，馬騰被」（廖按，夏敬觀《漢短簫鐃歌注》此處斷句爲「雉子，車大駕，馬滕被，王送行所中」），謂此所見之一雉，尚係雉子，而祠祀之車馬加備。《郊祀志》（《漢書》），文帝「詔有司增雍五時路車各一乘，駕被具」，師古注：「駕車被馬之飾皆具也。」滕騰通。「王送行所中」謂建德俘至行在所也。○曲瀅生云，「雉子」二句謂王得雉後置之車中御馬騰馳而去。○聞一多云，一無「馬」字。「滕」疑讀爲「朕」，「朕（舼）」「送」古當同字，猶「造」古文作「艁」也；此滕送並出，疑有一衍。（廖按，聞一多《樂府詩箋》此處斷句爲「趨一雉雉子車大駕馬，滕被王，送行所中」）○余冠英云，「王送」應從莊述祖校改作「生送」，就是活生生地送去。

〔八〕堯羊蜚從王孫行：**唐汝諤曰**：堯羊未詳。蜚，蟲名，負蠜也。**朱嘉徵曰**：堯羊蜚，聲也。**莊述祖曰**：堯羊猶望羊也。堯羊、望羊皆仰首皃，望羊爲迭韻，堯羊爲雙聲。**王先謙曰**：堯羊，猶常羊。《漢書・禮樂志》「雙飛常羊」，（顔師古）注：「猶逍遥也。」《楚辭》（《離騷》）「聊逍遥以相羊」，（王逸）注：「逍遥相羊皆遊也。」堯羊蜚，雉高飛而遊戲也。不曰從帝行而曰「從王孫行」者，不忍斥言帝也。意謂雉子有文，或送行所中，以供王孫玩好之需耳。曾是帝仁及禽獸而肯爲此乎？是善於立言處。**廖按**：夏敬觀云，「羊」即「祥」字，「堯羊」疑當作「美祥」，《郊祀志》（《漢書》）所謂「數有美祥」也。「王孫」，亦指建德，謂俘至而美祥隨之俱來也。○曲瀅生云，《離騷》（《楚辭》）「聊逍遥以相羊」，王（逸）注：「一作佯。」（洪興祖）補曰：「相與倘通。」劉向《九思》（《楚辭》）「且倘佯而汜觀」，洪（興祖）曰：「倘音常。」《上林賦》（《文選》）「消遥乎襄羊」，郭璞注：「襄羊猶彷徉也。」「相羊」「倘佯」「常羊」「襄羊」「堯羊」蓋一韻之轉，「堯羊」猶徘徊也，或徙倚也。「從王孫行」，「王孫」與「王」同係一人。此句是言雉之父母徘徊空中，從王孫而行也。○聞一多云，「堯羊」讀爲「翱翔」。堯、皋聲近，《淮南子・主術篇》（「七尺之橈」，高誘）注：「橈，刺船棹也。」堯通作翱，猶橈一曰棹也。翔從羊聲，古音蓋讀如羊，《月令》（《禮記》）「群鳥養羞」，《淮南子・時則篇》作

「群鳥翔」，是其比。○余冠英云：「王孫」指獵獲雉子的貴人，和雉子同在車上，飛隨王孫也就是飛隨雉子。

【集評】

陳本禮曰：班同斑，文彩也。（如此之干）（廖按，陳本禮《樂府三歌箋注》斷句爲：雉子班，如此之干。雉梁，無以吾翁孺。雉子知得，雉子高蜚止，黄鵠蜚之以千里。王可思，雄來蜚從，雌視子趨。一雉雉子，車大駕馬騰。被王送行所中。堯羊蜚從王孫行。）干，求也。言「如此」者，乃驚詫語，蓋言一小有文彩之雉子，何至便爲王孫所愛如此其甚也。此意先提在前，便覺雉父之誡子有因，且令下文「王可思」句不突。一語雙管齊下，詩之全神俱得，此種章法從《左氏》《莊子》得來。「雉梁」者，謂雉父與雉子同在山梁也。「吾翁孺」猶言吾父子也。「雉子知得」，特呼雉子而丁寧告誡之也。「雉子高蜚止，黄鵠蜚之以千里」，不但告之以避禍之方，且望其學黄鵠具有千里之志也。「王可思，雄來蜚從，雌視子趨」，此言雉子已爲王孫所獲，於是雉父雉母皆倉皇來趨視子。「王可思」者，告王當憐念我父子依依不捨之情，哀而釋之也。「王」字一呼，聲淚俱下。「一雉雉子，車大駕馬騰」，此誚王孫之愚也。言不過愛一雉耳，況係雉子，何用高車大馬駕之而騰耶。「車大駕馬騰」者，嫌車遲而馬速也。此句形容次句「如此」二字也。「行所」，天子行在所。「堯羊」，徜徉也。「蜚從王孫行」，此悵雉子之無知，既不聽父母教誡之言，致觸網羅；今又不念父母戀戀不捨之思，竟堯羊蜚從王孫行耶？真血淚滴矣。天性之恩，人倫之感，筆能曲曲傳出，大可驚天泣鬼。○讀雉父誡子語，語語真摯；及「雄來蜚從雌」「視子趨」「被王送行所中」「堯羊蜚從王孫行」等語，皆一字一淚。○彭躬庵曰，寫雉之雌雄相逐、母子相依處，實屬光怪陸離；而中忽撐以黃鵠之語，奇極；而末復結出雉從王孫行，更奇。

朱乾曰：翁孺父子也，王與王孫亦父子也。始也雉子在梁，以翁孺而驚飛，翁愛其孺，雉亦趨子，此情同也。繼也雉子在車，落王孫之手，王愛王孫，雉亦從子，此情同也，可以見天性之愛。禽鳥猶尚如此，乃有以溺於偏愛，惑於邪佞，以至傳刃骨肉，蹀血禁門，獨何心哉。昔者「孟孫獵得麑，使秦西巴」載之持歸，「其母隨之而啼」，秦西巴「與之」。「孟孫大怒，逐之，居三月復召以爲子傅」。曰：「夫不忍麑又且忍吾子乎？」（廖按，見《韓非子·説林上》）。猶《雉子班》之意也。「雉子車」以下義不可通。反覆讀之，言雉子力不足高飛，失足在車，而良馬馳疾矢送行，爲王孫所執，於是雌雄顧雉子而高翔，隨王孫以行也，其奔救顧戀其子如此，誠可思矣。○一雉耳，雄來從雌，可以見夫婦之倫焉；視子趨雉，可以見父子之恩焉。○「黃鵠飛之以千里」句不倫不類，極可思擬高帝詩「鴻鵠高飛一舉千里」，亦爲武帝廢太子不果而作。

王先謙曰：先恭曰，此篇分兩段讀。「雉子」至「千里」，痛其不知機。「王可思」以下則乞恩于王也。「如此」句，憤其得止便止，全不擇地，非驚訝之語。「堯羊」句，寫出雉子無知，可爲慘恨。詳味通篇，扼重全在「王可思」三字，打入人心坎，淒惻動人，聲淚俱下，意謂雉子無知，原不待言，若遇王恩及禽獸，何至橫罹羅網如此也。

聖人出曲

【集解】

沈約曰：《聖人出曲》。

郭茂倩曰：《聖人出》，漢鐃歌。鼓吹曲辭。

徐獻忠曰：聖人言明君，美人言賢相，佳人言願仕之人。聖君賢相相逢，正君子出仕之期。佳人乘騑而欲離去者何也？以君言之，則飛龍在天，陰陽調和矣；以相言之，則精明應事，足以護持不法矣。「哉」字疑訛，「免」字當作「勉」。美人當此，正宜爲天子勉輔。自甘公星經筮之，則臣民之樂方始而未艾，但願爲賢相者休休有容，四海之人俱在包含之內，則仕者自當樂居其國矣。然則佳人來騑之欲離去者，以無休休有容之相，亦可見矣。

唐汝諤曰：此諷相臣之辭。言聖人出而陰陽和矣，美人出則當遊心九有以佐天子矣。今賢人策馬而來者反欲離去何耶？豈休容之度猶有未盡耶？吾想人主得賢而用正，如駕六飛龍以和四時，而君之臣苟明，即一切不道猶將護持，況賢者之來而獨不能維持調護耶？於是復呼美人而歎，令得與天子相宜，則不必以甘星爲筮，而臣民之樂方始，吾故願美人之休休有容，庶四海皆在其包含内也。鐃歌多出於西漢，今味其辭旨，豈以絳灌平津不能容董賈之儔而發與？

朱嘉徵曰：《聖人出》，美巡遊以時也。《封禪書》(《史記》)：「歲二月，東巡狩，至於岱宗」，

「遂覲東侯」；五月，南「巡狩」，至於「南嶽」；「八月，巡狩至西嶽」；「十一月，巡狩至北嶽」，「皆如岱宗之禮」。此王者順陰陽布政教之大者也。漢代巡遊，雖未復古制，頗多復除惠政焉。故曰「君子萬年，永錫祚胤」（《詩經・大雅・既醉》）。頌辭同於《既醉》之卒章。

李因篤曰：此篇美君巡幸而並及其從遊之大臣也。「佳人」而下，「君之臣明護不道」者。

陳本禮曰：帝如甘泉祠神君也。史稱元狩五年，上病鼎湖甚。上郡有巫，病而鬼神下之，上召置祠之甘泉。及病，使人問神君韋昭曰，即病巫之神，神君曰：「天子無憂，病少瘉，强與我會甘泉。」於是上病起，遂幸甘泉，置壽宮，張羽旗，設供具，禮神君，神君來則肅然風生，帷帳皆動（廖按，見《漢書・郊祀志》）。○此祀神君樂章。首以聖人陪出美人，而美人來去皆借佳人口中傳述，見神君之靈昭然顯著也。按《九歌》（《楚辭》）「佳人」「美人」並稱，有指神言者，有指巫言者，不盡指君言，後人往往誤會，遂使上下文義泥而不通。

朱乾曰：因巡遊而歸美相臣也。

莊述祖曰：思太平也。秦楚之際，民無定極，漢高帝既滅項羽，即位于濟陰定陶，百姓皆欣欣然，知上有天子焉。

陳沆曰：《漢書・王褒傳》，「神爵、五鳳之間，天下殷富，數有嘉應，上頗作詩歌，欲興協律之事」。又《郊祀志》（《漢書》），宣帝即位之十三年（神爵元年），「上始幸甘泉，郊見泰畤，數有美祥，修武帝故事，盛車服，敬齋祠之禮，頗作詩歌」。此篇則述其自民間起爲天子之事。○莊氏乃謂高帝屢戰滎陽、成皋間，又即位在濟陰定陶，皆在大河界内，此爲頌高祖即位之詩。無論滎、皋、濟、陶，與九河無涉，且楚漢之際，百姓痍瘡，呻吟未息，武夫驍將，拔劍擊柱，烏有此雍容歌頌、揄揚盛美之什？而此詩亦豈有開創草昧之意？若惠、文、景、武、昭諸帝繼世事業，尤無合者。其爲孝宣中興崛起，作爲詩歌，無疑也。

譚儀曰： 是爲漢頌。

王先謙曰： 此曲係《漢書·藝文志》「泰一雜甘泉壽宮歌詩十四篇」之一，非鐃歌也。《漢書·郊祀志》，武帝元狩五年，「天子病鼎湖甚」云云。今案，此曲因祀神君而作。

廖按： 夏敬觀云，宣帝本始三年，遣田廣明等五將軍，救烏孫，擊匈奴，及校尉常惠將烏孫兵，入匈奴右地，大克。地節二年，遣鄭吉、司馬熹破車師，分以爲車師前後王及山北六國。神爵元年，西羌反，遣趙充國、許延壽、辛武賢擊之。二年五月，羌虜降服，斬其首惡大豪酋非首，置金城屬國，以處降羌。其後匈奴單于以次來降。至甘露三年，郅支單于遠遁，匈奴遂定。此即爲本詩所詠之背景。○陳直云，此篇爲宴飲之樂。

聖人出，陰陽和。[一] 美人出，游九河。[二] 佳人來，騑離哉何。[三] 駕六飛龍四時和[四]。君之臣明護不道[五]，美人哉，宜天子。[六] 免甘星筮樂甫始[七]，美人子，含四海。[八]（《宋書》卷二二《志》十二《樂》四。《樂府詩集》卷十六、《古詩紀》卷十五）

【校勘】

「免甘星筮」，《古詩紀》「筮」作「巫」。

【集注】

〔一〕「聖人出，陰陽和」二句：**唐汝諤曰：**聖人謂明君。**陳本禮曰：**聖人出，幸甘泉也。陰陽和，帝之病瘉也。**莊述祖曰：**《天官書》（《史記》）曰：「秦始皇之時，十五年彗星四見，久者八十日，長或竟天」，「項羽救巨鹿，枉矢西流。漢之興，五星聚于東井」。言聖人之出，上應天象。**陳沆曰：**宣帝初年，嘉祥數臻，人民安樂，故有「陰陽和」之語。**王先謙曰：**「聖人出」謂帝幸甘泉，「陰陽和」即所云病瘉也。《漢書·藝文志》：醫經者，原人陰陽表裏，以起百病之本，死生之分。蓋人有血氣是爲陰陽，陰陽既和則病不起矣。**廖按：**夏敬觀云，「聖人」，指文帝也，自文帝十三年，帝欲自征匈奴，群臣諫不聽，皇太后固要乃止；後元年，與匈奴結和親，而背約入盜，令邊備守，不發兵深入，恐煩百姓，所謂「陰陽和」也。

〔二〕「美人出，游九河」二句：**唐汝諤曰：**美人謂賢相。**朱嘉徵曰：**美人，王者也。**陳本禮曰：**美人，神君也，本長陵女子，死而靈，太后祠之宮中，元鼎二年，神君求出，乃營柏梁臺以舍之。楚詞（《楚辭·九歌·河伯》）：「與女游兮九河。」**莊述祖曰：**《禹貢》（《尚書》）「沇州，九河既道」，（孔穎達）疏引《春秋實乾圖》云：「移河爲界在齊呂，填閼八流以自廣。」又引鄭氏注云，九河之名徒駭、太史、馬頰、覆釜、胡蘇、簡、絜、鉤盤、鬲津。秦楚之際九河久堙，高祖與項羽轉戰滎陽、成皋間，及即位，濟陰、定陶皆在大河境內，故言出游九河，非謂九河故道也。美人喻君。**陳沆曰**：（宣帝）微時喜游俠，具知閭里疾苦，數上下諸陵，周徧三輔，常困蓮勺鹵中，尤樂杜、鄠之間，故有「美人出，游九河」之語。北人得水皆謂之河，塞外得水皆謂之海。不然，九河故道，齊桓時已湮，安得戰國今尚游之耶？**王先謙曰**：《楚辭·河伯》「與女遊兮九河」，此用其語，言神靈飄忽無所不之。莊述祖欲求九河故跡以實之，鑿矣。**廖按**：夏敬觀云，「美人」指武帝，武帝征服南粤、閩越、朝鮮，平羌氏，開通西域，咸使臣服，匈奴遂困；帝數巡幸海內，凡九河故道所在，跡幾遍。《郊祀志》（《漢書》）言帝方憂河決而黃金不就，欒大見帝謂「臣之師曰：黃金可成，而河決可塞，不死之藥可得，僊人可致」。初，河水徙，從頓丘東南流入渤海，決濮陽，氾郡十六，「發卒十萬救決河，起龍淵宮」。其後瓠子決，自臨塞，湛祠而去。此即所謂「遊九河」也。〇逯欽立云，「美人」「佳人」對舉乃分言君臣，已見上文《君馬黃》曲。

[三]「佳人來，騑離哉何」二句：**唐汝諤曰**：佳人猶言吉人，蓋指出仕之人也。騑，驂馬。離，散去也。**朱嘉徵曰**：首以「聖人出」二句，興起「美人出」二句，以「佳人來」二句，申言其游之盛也。佳人，驂乘之臣。騑，《說文》，驂傍馬也。**陳本禮曰**：佳人，巫師也，史稱神君所言，皆下于巫師，故神君之來，惟巫師知之。離，麗也。**朱乾曰**：佳人謂賢臣。騑，駿馬。離，參差也。**莊述祖曰**：《毛詩傳》（《詩經·小雅·四牡》「四牡騑騑」傳）曰：「騑騑，行不

止兒。」鄭注《曲禮》(《禮記》)「離坐離立」云：「離，兩也。」騑離哉，言兩兩而來，行不止也。何，誰何也，群臣侍衛者。**王先謙曰**：騑，又通作匪，《禮(記)·少儀》「匪匪翼翼」，謂車馬之美也。離，麗也，兩馬相麗而行。「騑離哉何」者，訝其騎從之多。騑離哉何，猶言何騑離哉也，此倒句法。《漢書·汲黯傳》「不早言之何」，師古曰，何不早言也，句亦如此，且與「黄鵠高飛離哉翻」同調。**廖按**：夏敬觀云，「佳人」指宣帝。《君馬黄》曲，以佳人比臣下；宣帝起民間，故亦以佳人比之。《宣帝本紀》云，太僕以軨獵車奉迎曾孫入未央宫，故云「騑離哉」。「何」字乃聲也。○聞一多云，「騑」讀爲飛。「離何」迭韻連語，《文選·西京賦》「墱道邐倚以正東」，注曰：「邐倚，一高一下，一屈一直也。」「離何」與邐倚聲近義同。○陳直云，此詩與《君馬黄》篇皆以美人與佳人平列，作爲文辭上之變化。「離」謂光彩陸離也。「何」爲表聲字，疑讀與「啊」同，以「何」字屬上句者恐非。○逯欽立云，「離哉何」與《臨高臺》「離哉翻」、《遠如期曲》「佳哉紛」爲同一語法。

[四] 駕六飛龍四時和：**唐汝諤曰**：《周易》(《乾》)九五：「飛龍在天。」又(《周易·乾·彖》)：「時乘六龍以御天。」**朱嘉徵曰**：何駕六龍四時和，指蠲復之令，承「游九河」來。(廖按，朱嘉徵斷句「何」屬後。)**陳本禮曰**：駕，神君之駕。(四時和)言神君所臨之地，四時皆和也。**莊述祖曰**：鄭《駁(五經)異義》云：「《王度記》云，今天子駕六者，自是漢法，與古異。」《史記·秦始皇紀》曰：「乘六馬。」《續漢書·輿服志》云：「駕六馬。」秦漢之制，天子皆駕六

馬也。**王先謙曰**：謂君之奉若天道也。後人以龍爲馬，天子駕六馬，故又借爲天子車駕之名。《文選》（《上林賦》「六玉虬」）（李善注引郭璞）注：「韓子曰，黄帝駕象車六蛟龍。」李善曰：「此依古成文而假言之。」班固《東都賦》（《文選》）「乘時龍」、張衡《東京賦》（《文選》）「乃撫玉輅時乘六龍」是也。**廖按**：夏敬觀云，此辭謂宣帝即天子位而四時和。○陳直云，《艾如張》篇亦有「四時和」之句，柏梁臺聯句武帝首句云「日月星辰和四時」，與此詩辭句正相同，作品時代亦相當，知聯句確非擬托。

［五］君之臣明護不道：**唐汝諤曰**：護，持也。道，法也。**朱嘉徵曰**：如趙同驂乘，袁絲下之；鳥飛趾衡，虎賁射之，承「騑離」句來。**陳本禮曰**：以上皆巫師之言，臣指神君，言神君雖神猶是帝之臣也，其神靈明，故能辟除不祥，爲帝降福。**莊述祖曰**：護，救也，言諸臣佐高祖除秦暴平禍亂。**陳沆曰**：昌邑無道，霍光廢之，而立宣帝，故有「君之臣明護不道」之語。**王先謙曰**：明，明哲也，護，《説文》：「救視也。」道，順也，不道猶言不若，謂不祥也。**廖按**：聞一多云，「明」當爲「萌」，古與「民」通，《管子・揆度篇》「其人同力而宫室美者良萌也」，《文選・長楊賦》「遐萌爲之不安」，《後漢書・文苑・杜篤傳》「不可久虚以示奸萌」，《潛夫論・班禄篇》「侵漁不止爲萌巨害」，皆謂民也。「君之臣萌」亦即君之臣民。「不」字蓋誤，未詳所當作。○陳直云，「不道」疑爲「丕道」之省文。○徐仁甫云，「不道」當除，不當言「護」，「護」當爲「誰」字之誤增。原文應是「君之臣明（民）誰不道：『美人子，宜

天子』」誰不道，即誰不稱道。

［六］「美人哉，宜天子」二句：**朱嘉徵曰**：「美人哉」以下，俱頌辭。**陳本禮曰**：神君能默牖聖躬，宜天子之祠之也。**莊述祖曰**：言高祖即帝位，百姓皆樂上有天子也。《周頌》（《詩經・時邁》）曰：「時邁其邦，昊天其子之。」**王先謙曰**：與天子相宜，故默祐之，《詩》（《大雅・鳧鷖》）：「公尸來燕來宜。」

［七］免甘星筮樂甫始：**唐汝諤曰**：甘星，甘氏《星經》也。筮，決也。甫，始也。**朱嘉徵曰**：免甘星筮，不卜日而行也。**陳本禮曰**：免與勉通，勉臣下於甘泉，製祀神巫之樂於此始也。甘，悦之也。**朱乾曰**：「筮」本作「巫」，巫字爲近，巫蠱也。**莊述祖曰**：《天官書》（《史記》）曰，「昔之傳天數者」，「在齊，甘公」。（裴駰《集解》引）徐廣云：「或曰，甘公名德，本是魯人。」星筮，以星事占驗吉凶也。勉，舊作「免」，亂脱在「甘星筮」上。（廖按，莊述祖此處將「勉」字挪至後句，作「甘星筮樂甫始，勉美人兮含四海。」陳沆同。）**王先謙曰**：免，去也；甘，甘泉省文，如《上之回》回字爲回中省文也。免甘謂天子去之甘泉。先恭曰，甘，厭也，《詩》（《衛風・伯兮》）「甘心首疾」謂思之不已，厭足於心，猶食物太甘則厭。武帝依星筮建祠，原以祈福，既獲神祐，則帝免于思之甘厭，樂亦自此始也。於義亦通。**廖按**：夏敬觀云，《史記・天官書》索隱引《廣雅》云：「辰星謂之免星。」《天官書》云：「（晨出郊東方）其時宜效，不效爲失……。一時不出，其時不和，四時不出，天下大饑，其當效而出也。黄

爲五穀熟……。其與太白俱出東方，皆赤而角，外國大敗，中國勝……」《尚書》：「稼穡作甘。」「免甘星筮」謂免星黄而五穀熟，亦以承上「四時和」，而又言其有外國大敗中國勝之兆。「甫」，博也。○曲瀅生云，《廣雅·釋詁》：「免，歸也。」《吕覽·制樂》：「星，宿也。」「免甘星筮樂甫始」是言當神歸宿甘泉，巫樂齊奏送之歸也。○陳直云，《史記·天官書》「在齊甘公」《正義》引《七録》云：「甘公楚人，戰國時作《天文星占》八卷。」此句謂不用甘公之天文及其他巫筮（廖按，陳直「筮」作「巫」），而採用樂府也。「樂甫」當讀爲「樂府」。○徐仁甫云，「甘」猶「以」也，「以」猶「用」也，則「甘」亦猶「用」；「免甘星筮」謂無用星筮，無用星筮即不疑何卜之意。《玉篇》：「甫，始也。」是「甫始」二字復詞同義。「始」本樂名，《漢書·安世房中歌》「七始華始，肅倡和聲」，孟康曰「『七始』，天地人四時之始；『華始』，萬物英華之始」，可見《七始》《華始》並樂名。故「樂甫始」即奏《甫始》之樂，質言之謂開始快樂。總括而言，「免甘」句即謂無疑地可以開始快樂。

[八]「美人子，含四海」二句：**唐汝諤曰**：含，容也。**朱嘉徵曰**：美人子，太子也。含，具有囊括四海之氣。疑有太子陪乘事。**陳本禮曰**：子，同「字」，謂撫字四海無告之民，呴育而孳生之也。含四海，楚詞（《楚辭·九歌》）：「夫人兮自有美子，蓀何以愁苦。」見四海之民莫不含感神君之德，一無愁苦之事也。**陳沆曰**：宣帝本衛太子之孫，史皇孫之子。故又稱之曰「美人子」，而勉以長有四海也。**王先謙曰**：子、字同，謂美人能撫字庶民，恩更含于

四海也。陰陽和，只一身；四時和，上承天；含四海，下澤民也。**廖按：**夏敬觀云，此謂天下始安樂也。○曲瀅生云，「子」爲男子之美稱，「美人子」即神君也；《國策》注：「含，懷也。」「含四海」言四海之民莫不懷之也。○聞一多云，「子」疑當爲「哉」，聲之誤，不則「哉」省爲「才」，與「子」形近而誤。「含」與「函」通，「函四海」猶言奄有四海也。○陳直云，「子」疑爲「于」之誤字，「于」爲「愉」字假借。

【集評】

陳祚明曰：後世擬作多勤詩書陳腐語，本詞殊飄飄。「含四海」，含字新逸，亦闊大。

朱乾曰：武帝征和二年，高寢郎田千秋上急變，訟太子冤，上乃感寤，謂曰「父子之間人所難言也，公獨明其不然。此高廟神靈使公教我，公當遂爲吾輔佐」。立拜千秋爲大鴻臚，遂爲丞相，封富民侯。四年罷方士候神人者，下輪臺哀痛之詔。前乎此者，謬忌奏祠太一及五帝矣，望氣王朔言填星出如瓜矣，帝祠太一拜德星矣。然則巫蠱之覺寤，方士之斥罷，皆千秋力也，可以謂護不道而宜於天子矣。生民之樂于以始，四海之大于以含。史稱千秋爲人敦厚有智，居位自稱逾於前後數公，詩人稱之不爲過矣。按十惡罪，其五曰不道。

王先謙曰：《楚辭·九歌》所云美人、佳人皆指神言，此亦當謂神，而分言美人、佳人者，蓋其最貴而爲主者曰太一，是爲美人，故下重言以頌美之；其爲佐而相從者，曰太禁司命之屬，是爲佳人，故下「騑離哉何」，狀其多而驚訝之也。神下於上郡，召祠於甘泉，故曰「美人出」，言神者爲游水發根，故又歸美於君之臣，著美人宜於天子之由也。《郊祀志》（《漢書》）又言，先是謬忌奏祠泰一方，曰天神貴者泰一，泰一佐者五帝。武帝如忌方祠之。昔人云，中宫天極星，止一明者，是爲泰一常居，故《楚辭》有東皇太一之歌。案天文借卜筮而明，占驗之書緯候之部，《春秋》流裔逮漢猶昌，班《志》范《傳》婁見稱引，「天文家」分列《泰壹雜子星》以下四百四十五卷，此歌所謂「星筮」也。因星筮而隆祠祀，初荷神庥病良已而大赦，心獨熹其事祕，此歌所謂「樂甫始」也。

上邪曲

沈約曰：《上邪曲》。

郭茂倩曰：《上邪》，漢鐃歌。鼓吹曲辭。

左克明曰：邪一作雅。

【集解】

徐獻忠曰：此忠貞自誓之詞。邪者路也，與君當路相逢，方與君長爲交知，無絶衰時。雖值命運方屯之時，山崩川竭，冬雷夏雪，無可爲力。然我之命分已定，即懷堅貞之守，至死不相攜貳，直待天地混合，人物消滅，然後與君同絶也。在古惟龍逢、比干，在宋則陸秀夫、張世傑與文天祥足以當此。

唐汝諤曰：此詩以忠貞自誓，故首呼君而曰嗟嗟上邪，我豈僅與君爲相知者邪，蓋欲死生以之，決無衰歇，雖值命運方屯之時，山崩川竭，冬雷夏雪，已自力無可爲而此心終無攜貳，直至天地混合人消物盡，乃始與君同歸滅絶耳。

朱嘉徵曰：《上邪》，樂善之終也。

陳祚明曰：人臣之死不變之心何凛凛也。

李因篤曰：此盟詛之詞。

張玉穀曰：上邪，呼其上而告之也。

陳本禮曰：董若雨曰：《上邪》愛君之詞，呼上而爲親附之音也。禮案，此言人君聽讒信佞，不容謇諤之臣，故爲此呼上之詞，猶楚詞（《楚辭·離騷》）「余固知謇謇之爲患兮，忍而不能舍也，指九天以爲正兮，夫爲靈修之故也」之意。

朱乾曰：夫以道事君，不可則止，君臣相知，千古極難之事，豈可以語言相邀。即龍逢、比干諸人，社稷亡則亡，寧以相知而論。依李子德作盟詛之詞爲是，上指天而誓也。

莊述祖曰：《上邪》與《有所思》當爲一篇，自「何用問遺君」以下皆叙男女相謂之言以諫俗，采詩時分爲二篇，今仍其舊。〇此男慰女之辭。〇諫不信也。禮義陵遲，以誓爲信，斯不信矣。

陳沆曰：此忠臣被讒自誓之詞歟？抑烈士久要之信歟？凛凛然，烈烈然，而莊氏謂男慰女之詞，爲不稱矣。

王先謙曰： 歌者不見知於君，而終不忍絶也。乃呼天而誓之曰，上邪，我欲與君相知者非一日矣，昔人君臣之間每始進而終棄，我今見知，實願永無絶衰焉，若山無陵，江水爲竭，冬雷震震夏雨雪，天地合，乃敢與君絶，五者必無之事，則我之不能絶君明矣。君奈何終不見知乎？

廖按： 夏敬觀云，此辭命意，當是托爲臣服國誓言，以紀征役之力。莊氏解爲男慰女之辭，謂與《我所思》（廖按，當爲《有所思》）爲一篇，采詩者分爲二篇。理或有之，然采入鐃歌，自有命意所在也。○曲瀅生云，楚辭（《離騷》）「雖體解吾猶未變兮，豈予心之可懲也」可作此章注腳。○余冠英云，這也是情詩，似和上篇（廖按，指《有所思》）有關聯，有人認爲應合爲一篇。兩篇是同一女子的話，上篇考慮和情人斷絶，欲決未決，這篇是打定主意後的誓辭。○陳直云，此篇爲男女相戀、男子烏頭馬角自誓之辭，與《有所思》皆爲宴飲樂中之同一類型。

上邪[一]，我欲與君相知。長命無絶衰。[二]山無陵，江水爲竭，冬雷震震夏雨雪，天地合，乃敢與君絶。[三]（《宋書》卷二二《志》十二《樂》四。《樂府詩集》卷十六、《古詩紀》卷十五）

【集注】

[一]上邪：**唐汝諤曰：** 上，謂主上，邪，未定之辭，蓋呼君而告之也，猶《莊子》（《大宗師》）「父

邪母邪」之謂。**吴景旭曰**：邪音移，故邪與知叶。**朱嘉徵曰**：邪者，路也，與君當路曰「上邪」。**李因篤曰**：「邪」與「耶」同，語助也，臨高爲壇，故以「上邪」起之。**莊述祖曰**：「上邪」亦指天日以自明也。**王先謙曰**：上，天也，《論語》（《述而》）「禱爾於上下神祇」，上下謂天地。或曰上謂君，案下既言君，不應此「上」字亦指君，且「山無陵」六句，確是矢言，釋「上」爲天意較明暢。**廖按**：曲瀅生云，「邪」爲語助詞，《鐸舞歌詩》「善道明邪金邪」文例與此同。○梁啓超云，此二字不可解，或是感歎辭，和「妃呼豨」一樣。○余冠英云，「上邪」猶言「天啊」，指天爲誓。

[二]「我欲與君相知，長命無絶衰」二句：**唐汝諤曰**：衰，寢微也。**莊述祖曰**：命，令也，答上兩言「知之」（廖按，指《有所思曲》「兄嫂當知之」「東方須臾高知之」）。「衰」本作「㾊」，《説文》云：「㾊，減也。」「一曰耗也。」**王先謙曰**：「我欲」云者，冀倖之辭。**廖按**：曲瀅生云，《楚辭·九歌》：「悲莫悲兮生別離，樂莫樂兮新相知。」○余冠英云，「相知」，相親也。「命」，令也，使也。

[三]「山無陵，江水爲竭，冬雷震震夏雨雪，天地合，乃敢與君絶」五句：**唐汝諤曰**：山阜曰陵。震震，雷聲。雪自上而下曰雨。《詩》（《邶風·北風》）：「雨雪其雱。」「合」謂混沌也。**莊述祖曰**：「山無陵」以下皆誓詞。《説文》云：「陵，大阜也。」山無陵則非山，言無絶理，答上「相思與君絶」（廖按，指《有所思》句）。**王先謙曰**：五者皆舉必無之事以矢之，節短韻

長，《離騷》遺怨。**廖按**：曲瀅生云，東方朔《七諫》（《楚辭》）「悲太山之爲隍兮，孰江河之可涸。」《安世房中樂》：「雷震震。」。○余冠英云，從「長命無絶衰」以下是說不但要「與君相知」，還要使這種相知成爲永遠。○陳直云，楚辭《九歌·禮魂》云：「長無絶兮終古。」《漢書·禮樂志》郊祀歌云：「托玄德，長無衰。」皆與本詩相合。

【集評】

朱嘉徵曰：漢封爵之誓曰：「使河如帶，泰山如厲，國以永寧，爰及苗裔。」（廖按，見《漢書·高惠高后文功臣表》）可謂遇臣之有終矣。誦此，則詩語不致河漢。古詩（《文選·古詩十九首·東城高且長》）：「思爲雙飛燕，銜泥巢君屋。」不以初終二心也。曲辭「冬雷震震夏雨雪」，不以嘗變易節也。爲人臣子者，不可不日勗斯語。

陳祚明曰：「山無陵」數句，凡五事，疊語參錯離奇，初不排；「天地合」三字尤奇。

李因篤曰：「乃敢」句，不言永好，而曰「乃敢與君絶」，語亦奇警。

漢詩說曰：此盟詛之辭。極渾含，極奇警，較車笠詞有雅俚之別矣。

張玉穀曰：此陳忠心於上之詩。首三，正說，意言已盡。後五，反面竭力申說，如此然後敢絶，是終不可絶也。疊用五事，兩就地維說，兩就天時說，直說到天地混合，一氣趕落，不見堆垛，局奇筆橫。

李調元曰：作者胸中有無限深意，非若今人之草草下筆也。

陳本禮曰：起首重在一「欲」字，是「我欲與君」，非君欲我也，君果傾心欲我，則我固願永以爲好，何必重費我之盟誓耶，竊恐君心之不然耳。蓋我之所以不忍絶君者，猶楚詞（《離騷》）「初既與予成言兮，後悔遁而有他，余既不難夫離别兮，恐靈修之數化」也。「絶」下復贅一「衰」字，是欲其命無絶而恩無衰也，望之切，故不覺其詞之複。「山無陵」五句，楚詞（《離騷》）：「雖體解吾猶未變兮，豈予心之可懲也。」「乃敢」二字婉曲。

朱乾曰：民有心而無以自結，則剖肝瀝膽，爲驚心析骨之詞。如此詩，看此亦世變之極、盟詛之術將廢之時也。詞工於前，心降于古，後太白本之爲《遠别離》曰「蒼梧山崩湘水絶，竹上之淚乃可滅」。噫，果如皇英之淚，縱山崩水絶，其可滅哉。

沈德潛曰：「山無陵」下共五事，重疊言之，而不見其排，何筆力之横也。

王先謙曰：或曰曲詞哀怨纏綿，情以直而愈婉，非中山由之涕泣，即陳后所以增欷也。先謙案，非也。歌中托興江水，豈爲北音。今觀之，其賈生感憤之辭乎？考賈誼以文帝四年出爲長沙王太傅，造托湘流，必訴江水，以彼鬱鬱，托興滔滔，徵事類情，無疑斯作。誼以文帝初立，吴公薦擢，一歲中超遷大中大夫，爲庸臣所害，一言而見疏，不可謂與君相知也。方備公卿之任，驟遭絳灌之讒，遠作逐臣，永離魏闕，何絶衰之遽也。既已被謫，情不忘君，鬼神之故，流慟之言，因事納君，無間左右，《新書》所載，事勢連語雜事五十八篇，皆殫慮帝室，不以疏遠自外，款款之誠，不敢一日與君絶也。《漢書》本傳稱誼既適去，意不自得，及度湘水，爲賦吊屈原，原

《離騷賦》之終篇曰「已矣，國亡人莫我知也」，遂自投江而死。誼追傷之，因以自諭，故其訊曰：「已矣，國其莫我知，獨抑鬱其誰語。」誼之情事引況湘纍，悼君不知，呼天自誓，其即《楚辭》所謂「指九天以爲正，夫唯靈修之故」與？

廖按： 梁啓超云，這又是一首情感熱到沸度的戀歌。意境、格調、句法、字法，無一不奇特。

臨高臺曲

【集解】

沈約曰：《臨高臺曲》。

郭茂倩曰：《臨高臺》，漢鐃歌。鼓吹曲辭。○《樂府解題》曰：「古詞言：『臨高臺，下見清水中有黄鵠飛翻，關弓射之，令我主萬年。』若齊謝朓『千里常思歸』，但言臨望傷情而已。」

徐獻忠曰： 此主君遊覽高臺臣子祝頌之詞也。下有清水江有香草，臺之勝也；黄鵠翻飛射以爲獻，登臺之樂也；水清而至於寒，高臺之蔭也；香草在縹緲間而目之以蘭，臺高而望遠也；主君遊賞臣子頌之，亦有常分。漢武柏梁之遊，至於君臣同樂，賡爲詩歌，爲當時盛事以入樂府無疑。《選詩補注》索之太過，以爲君子憂國嫉邪之言，非也。「收中吉」，即「黄裳元吉」之意。

唐汝諤曰：此漢之君臣登臺臨眺而臣下頌之，言此臺軒敞，下臨清流，江草芳潔，雖未辨其名，而皆可目之爲蘭，蓋臺之勝概若此，時適有黄鵠翻飛其上，吾將射鵠以樂君，且因之以祝君壽也。

朱嘉徵曰：《臨高臺》，王者思得賢以自輔也。

陳本禮曰：此諷人主誤用小人爲君子，而真君子乃翻飛遠引，不顧國家之難，亦非人臣忠藎之義。交譏之也。

莊述祖曰：諫亂也。春申君黄歇相楚考烈王，無子，歇納李園女弟，有身，進之，王生子以爲太子，園謀殺歇以滅口，國人知之，而作此詩。

陳沆曰：此游宴頌美之詞也。江草香蘭，非西京事，疑武帝南巡浮江時所作。至莊氏穿鑿戰國黄歇事，不足辯也。

譚儀曰：此郡國臣吏飲酒上壽之辭。古者宴飲則有禮射，漢世遺意猶存，香蘭黄鵠，言外有樂不可極意。蘭易衰，鵠易逝也。

王先謙曰：陳（沆）説是也。帝以元封五年南巡狩，登禮灊之天柱山，自尋陽浮江，親射蛟江中，獲之，舳艫千里，薄樅陽而出，軍中作頌，實與鐃歌爲合，蓋「出行巡狩及游歌詩」之三也。

廖按：陳直云，此篇爲宴飲之樂，陸機《鼓吹賦》云：「詠悲翁之流思，怨高臺之登臨。」士衡以爲怨詩。然此篇看不出哀怨之音，怨詩蓋晉人之傳説。

臨高臺以軒[一]，下有清水清且寒[二]。江有香草目以蘭[三]，黃鵠高飛離哉翻[四]。關弓射鵠，令我主壽萬年。[五]收中吾[六]。（《宋書》卷二二《志》十二《樂》四。《樂府詩集》卷十六、《古詩紀》卷十五）

【校勘】

「收中吾」，《樂府詩集》「吾」下小注云：「一作吉。」

【集注】

[一]臨高臺以軒：**唐汝諤曰**：臺，築土而高以備游觀者也。軒，昂起也。**陳本禮曰**：天子不御正座而御平臺曰臨軒。**莊述祖曰**：高臺臨下，有臨淵之懼焉。**王先謙曰**：軒，昂也，《詩》（《小雅·六月》）「如輊如軒」、《後漢書·馬援傳》「居後不能使人軒」、韓愈詩「軒然大波起」，皆訓軒爲昂。**廖按**：夏敬觀云，《漢書·武帝紀》：元封元年冬十月，詔曰：「南越、東甌咸伏其辜，西蠻北夷頗未輯睦，朕將巡邊垂，擇兵振旅，躬秉武節，置十二部將軍，親帥師焉。」行自雲陽，北歷上郡、西河、五原，出長城，北登單于臺，至朔方，臨北河。勒兵十八萬騎，旌旗徑千餘里，威震匈奴。遣使者告單于曰：「南越王頭已縣於漢北闕矣。單于能戰，天子自將待邊；不能，亟來臣服。何但亡匿幕北寒苦之地！」爲匈奴讋焉。據此，此辭所云高臺，即單于臺也。《射雉賦》（《文選》李善注引）徐爰注云：「軒，起望也。」○曲

瀅生云，《文選》（曹子建《雜詩》「高臺多悲風」）李善注引《新語》曰：「高臺，喻京師。」○聞一多云，「臨高臺以軒」「以」上疑奪「高」字，魏文帝《臨高臺篇》曰「臨臺高高以軒，下有水，清且寒，中有黄鵠往且翻，行爲臣當盡忠。願令皇帝陛下三千歲。宜居此宫……」，前半全襲此篇，「以」上正有「高」字。「軒」，高舉也，《文選·海賦》「翔霧連軒」，（李善）注云：「軒，舉也。」「高以軒」，高且軒也。

〔二〕下有清水清且寒：**陳本禮曰**：水至清則無魚，水固清矣，然陽和不布，寒色淩人也。夫以天子臨軒，當思愛育黎元，恩施四海，今乃信聚斂之臣，掊克生民，或嚴刑苛政，民不聊生，使民望而生畏，若凛淵冰也。**王先謙曰**：水太清不能育物，「清且寒」則令人生畏，不特無恩可懷，且有威可懷矣。**廖按**：夏敬觀云，此句謂匈奴雖憑依有水草之地而居，乃幕北苦寒之地也。○陳直云，登高憑軒窗下，望見江水清且寒也。

〔三〕江有香草目以蘭：**唐汝諤曰**：蘭，草名，圓莖白華紫蕚，其香獨異。**聞人倓曰**：言江草芳潔，雖未辨其名，而皆可目之以蘭也。**陳本禮曰**：今以巧言令色孔壬之臣，真蕭艾之不若，乃目之爲九畹之香，誤矣。**莊述祖曰**：蘭，香草也；香草不必蘭，而目以蘭，可乎。**王先謙曰**：蘭亦香草之一種，然香草不皆是蘭，似蘭非蘭之香草，猶似君子非君子之小人；香草而皆目以蘭，古人所謂「混雜蘭艾，人情恥之」也。目，稱也，《穀梁傳·隱元年》：「段，鄭伯弟也。以其目君知其爲弟也。」**廖按**：夏敬觀云，即詔所謂「南越、東甌，咸服其辜」也。其地皆在江以南。《穀梁傳》曰「艾蘭以爲防」，范甯注：「蘭，香草也，防爲田之大限。」范甯正用漢儒舊説，與此辭合。○曲瀅生云，「目」，名也。○聞一多云，「目」疑當爲「茝」，「茝」缺損爲「臣」，「臣」與「目」形近因誤爲「目」。「以」猶「與」也，《九歌・湘夫人》（《楚辭》）「沅有茝兮澧有蘭」，即「茝」與「蘭」。○逯欽立云，「目以蘭」與「蕙用蘭」「風以寒」語法同，則「目」亦香草也，疑爲「茝」之誤。

［四］黄鵠高飛離哉翻：**唐汝諤曰**：離，參差也。翻，翻飛也。**陳本禮曰**：其實（時）真君子皆翻然高舉，自謂得計，然不知欲潔其身而亂大倫，亦豈人臣致身之誼哉。**王先謙曰**：黄鵠，至高之鳥，《三輔黄圖》：漢宫有望鵠臺。《漢書》（《昭帝紀》），昭帝時「黄鵠下建章宫太液池中」，「公卿上壽」。其貴重如此，故以喻賢人。高飛，遠去也，《韓詩外傳》：田饒告魯哀公曰：「臣將去君，黄鵠舉矣。」離，去也。**廖按**：夏敬觀云，「離」，兩也。此句意謂南越、東甌，遠在南服，自以爲黄鵠高飛，而兩皆伏辜也。○曲瀅生云，《廣雅・釋詁》云：「離，遠也。」○聞一多云，「離」「翻」對轉連語，均爲飛貌也。《莊子・天下篇》「而連犿無傷也」，（《釋文》引）李注：連犿，宛轉也。《文選・文賦》「浮藻聯翩」，（李善）注：「聯翩，將墜貌。」離翻、連犿、聯翩，並聲轉義近。

［五］「關弓射鵠，令我主壽萬年」二句：**唐汝諤曰**：關與彎同，言彎弓而射也。**陳本禮曰**：我欲關弓而射之者，使已去者知所改悔，幡然復來共理，未去者益知警惕圖治，則我國家之丕基

永遠無極矣。**陳沆曰**：《風俗通》：明帝東巡，有烏飛鳴乘輿上，虎賁中郎將王吉射中之，作辭曰：「烏（烏）啞啞，引弓射，洞左掖（腋），陛下壽萬年（歲），臣爲二千石。」與此曲同旨。**王先謙曰**：關，音彎，持弓關矢也。《孟子》（《告子下》）：「越人關弓而射之。」鵠已遠而欲得之，故須射。《字説》（《埤雅》引）：鵠遠舉難中，射侯棲鵠，中之則可以告勝也。曹植《贈王粲詩》（《文選》）：「中有孤鴛鴦，哀鳴求匹儔。我願執此鳥，惜哉無輕舟。」以鴛鴦喻粲，執鳥亦射鵠意也。得鵠而祝主壽萬年，蓋當時頌禱之極詞。昭帝時鵠下而群臣上壽，亦此意也。《風俗通》，明帝東巡云云，辭意本此。**廖按**：夏敬觀云，末爲頌揚語。〇聞一多云，《左傳・昭二十一年》「豹則關矣」，杜注云：「關，引弓。」《釋文》云：「關本作彎。」「關弓射鵠」之「關弓」即「彎弓」。

［六］收中吾：**馮惟訥曰**：劉履曰，篇末「收中吾」三字，其義未詳，疑曲調之餘聲，如《樂録》所謂羊無夷、伊那阿之類。**李調元曰**：末句「收中吾」三字，是樂工標記語，言此《臨高臺》一闋，其收聲之音，則在吾字之中音耳。此句不列章内。**陳本禮曰**：收中吾，三字聲詞。董若雨曰，收中吾，篇中三轉聲之准也。**莊述祖曰**：收中，收聲也。吾，一作吉，非。吾，當作梧。《山海經》曰滑魚「其音如梧」，郭璞注云：「如梧，如人相枝梧聲。音吾子之吾。」曲終作相闘枝梧之聲，言其禍不遠也。**朱乾曰**：今考郭氏原本作收中吉，吉，福也。《洪範》（《尚書》）：「皇建其有極，斂時五福。」極，中也。收即斂也。**王先謙曰**：中，成也，《禮

（記）》（《禮器》）「升中於天」，（鄭玄）注，「燔柴祭天」告以「成功」。因帝此行禮祠名山大川，故終望其舉行柴禮、收成功而大吉也。或曰，收，執也，收中猶執中，欲帝執中治民而萬事亨吉，亦通。（廖按，王先謙篇末作「收中吉」。）**廖按**：夏敬觀云，《宋書·樂志》注一作吉，以《宋書·樂志》所載《鐸舞歌辭》《巾舞歌詩》《今鼓吹鐃歌辭》證之，「吾」字是聲，「收中」二字，不得其解，而「吾」字一作「吉」，則非聲，尤不可解。疑此三字，是漢以後人所注，謂此辭收句，如後漢武賁中郎將王吉辭意，而其注又脱簡，沈約所見但三字，遂混於辭。應劭《風俗通》云云。與此辭曲末二句意同也。劉履以爲「收中吾」爲曲調餘聲云云，按「羊無夷」「伊那和」雙聲兼疊韻，「收中吾」則否，不可以爲比也（廖按，「一作吉」爲《樂府詩集》注，非《宋書·樂志》注，夏説有誤）。○逯欽立云，此三字當是殘句，與《翁離曲》同例。

【集評】

徐禎卿曰：「江有香草目以蘭，黄鵠高飛離哉翻」，絶工美，可爲七言宗也。

唐汝諤曰：按「黄鵠高飛離哉翻」亦與柏梁詩絶相類。

朱嘉徵曰：澤水雖寒，實産香草；黄鵠雖高，關弓可射。俱一反一正，言壽考作人之應。王者之誠於愛賢也，則曰「江有香草目以蘭」；不誠於愛賢也，則曰「户服艾以盈要兮，謂幽蘭其不可佩」（《楚辭·離騷》）。故知香草未必皆蘭，從同心之臭味而得。

陳祚明曰：「江有香草」二句古勁飄逸，開千秋七古之風。其聲調不近，在「目以」「離哉」字。○「目以」字尖新然甚健，「離哉」字矯健然甚生動，畫鵠飛不如此二字，是正動時也。末二句古人頌禱恒詞。

李因篤曰：與虎賁「射烏詞」略同，而語意則超超奥若，直追「三百」。詩以拈景爲第一義，即論漢人弗能違也。

朱乾曰：《書》（《尚書・舜典》）曰：「辟四門，明四目，達四聰。」必如是然後四方之賢俊可來，天下之壅蔽可決也。《臨高臺》一詩，侍從之臣長於諷喻，登高望遠，俯目江蘭，仰見飛鵠，一切障翳擴而清之，可謂明，可謂遠。《記》（《禮記・射義》）曰，「射者各射己之鵠」，「關弓射鵠」又見其射之善，而因以祝君壽也。「來遊來歌」（《詩經・大雅・卷阿》），氣象亦雍雍矣。

王先謙曰：歌中「臨高臺」之「臺」即謂灊山，非積土四方之稱也。帝登此山，故歌以「臨高臺」起興。《爾雅》：霍即天柱山，灊水所經（廖按，《爾雅・釋山》「霍山爲南嶽」，郭璞注：「即天柱山，灊水所出。」）。其曰「下有清水」，則舉所見之灊水而言也。蘭生水次，江南尤多，楚辭（《九歌・湘夫人》）「沅有芷兮澧有蘭」，漢樂府（《文選・古詩十九首・涉江采芙蓉》）「涉江采芙蓉，蘭澤多芳草」。浮江而見香草，故有此喻也。見射蛟而旁興射鵠，望其用賢人以登壽考，因禮山而遂及升中，欲其收成功而臻吉祥也。此曲定爲元封五年作無疑。歌雖頌體，規諷隱然。「臨高臺以軒」，「清水清且寒」，諷帝之居高而不恤下也。「江有香草目以蘭」，諷帝之不能辨奸也。「黄鵠高飛離哉翻」，喻天下之賢才屏跡也。「關弓射鵠，令我主壽萬年，收中吉」，願帝之求賢以致太平也。詞意微至，與《朱鷺》《艾如張》諸曲不同，故知仍得列爲鐃歌矣。○或曰，陸璣《詩疏》(《毛詩草木鳥獸蟲魚疏》)，蘭莖「似藥草」，澤蘭「廣而長節」，「漢諸池苑及許昌宮中皆種之」。蘭既漢苑所有，此曲應是在長安作。案，關中諸水無以江名者，其説未當也。○武帝南巡浮江，從臣舉當時所見之景物作爲歌詞，以寓頌不忘規之意，欲帝居高恤下、遠佞親賢，固丕基以收成功也。

遠如期曲

【集解】

沈約曰：《遠如期曲》。

郭茂倩曰：《遠如期》，漢鐃歌。鼓吹曲辭。○一曰《遠期》。《宋書·樂志》有《晚芝曲》，沈約言舊史云「詁不可解」，疑是漢《遠期曲》也。《古今樂録》曰：「漢太樂食舉曲有《遠期》，至魏省之。」

徐獻忠曰：此武帝之時匈奴渾邪王歸化闕庭，謁者贊引升殿。此累世未聞之事而僅見者也，故以《遠如期》頌之。遠至於萬年爲期，處於天之左側，其壽與天無極也。

唐汝諤曰：此必渾邪來降時作，言以萬歲爲期遠矣。雖遠天必如期，所以益吾君之壽者，亦必如吾之所期也。蓋吾君居天之左，大樂萬歲，與天無極，於是奏陳雅樂，紛然而佳，彼單于雖亘古所不附之狄，懷我德化，忽自來歸，是以中國震動，人心若驚，而吾君之心亦大歡悦，以受萬人之來附，乃使謁者引渾邪升殿之基，實累世所未嘗聞之事。其益萬壽豈不信哉。

朱嘉徵曰：《遠如期》，渾邪王來降時作也。一曰，單于入朝，宣帝竟寧中事，蓋採詩入樂府始于武帝時，後王亦互有損益耳。二十二曲，不能詳其定於何年也。

李因篤曰：此篇言蠻羌朝賀，致祝天子，而因極詠其盛也。

陳本禮曰：史稱漢宣帝甘露三年，上幸甘泉，匈奴呼韓邪單于來朝，上賜以冠帶、衣裳、金璽盭綬、玉具、劍、佩、弓、矢、棨戟、安車、鞍馬、金錢、衣被、錦繡、縠、帛、絮。禮畢，使使者道單于先行，宿長平。上還，登長平阪，詔單于毋謁，其群臣皆得列觀，及諸蠻夷君長數萬，迎於渭橋下，夾道陳。上登渭橋，咸稱萬歲。單于就邸長安，置酒建章宫，饗賜之，二月，遣歸國。（廖按，見《漢書·宣帝紀》）○《綱目·書法》（《資治通鑑綱目》）曰：「匈奴自秦始皇三十二年始見於《綱目》，漢文帝三年始書單于，至宣帝五鳳四年始書稱臣，今年始書來朝。」

朱乾曰：《漢紀》（《漢書·宣帝紀》）曰：甘露三年正月，行幸甘泉祠泰畤，匈奴呼韓邪單于稽侯狦來朝云云。此詩蓋詠其事也。當是宣帝時詩矣。

陳沆曰：此與上曲同時作。（廖按，陳沆列此曲爲第四，「上曲」指其所列《上之回》第三，斷爲宣帝甘露三年作）上兼頌巡狩之事，此專頌單于來朝也。四夷賓服，天庥屢臻，爲漢道之極盛。故雅頌作於宣帝焉。○上四篇（廖按，謂所列《聖人出》第一、《上陵》第二、《上之回》第三及此曲《遠如期》第四），皆宣帝時作，爲鐃歌之正曲。即《漢書》（《郊祀志》）所謂「修武帝故事」「頌作詩歌」者也。餘十三曲，則雜有淮南、齊、楚之謡，諷刺之什，非盡作於朝廷，亦非鐃歌揚德建武，以勸士諷敵之本旨。大氐武帝時采入樂府，特取其音節，充備散曲而已。

王先謙曰：《漢書·宣帝紀》：甘露二年，匈奴呼韓邪單于款五原塞，願奉國珍朝；三年春正月，行幸甘泉郊泰畤云云。當時群臣因述其歸誠之詞，作歌以頌漢功德，是爲「出行巡狩及游歌詩」之四，亦鐃歌也。

遠如期，益如壽，[一]處天左側[二]，大樂，萬歲與天無極。[三]雅樂陳，佳哉紛，[四]單于自歸，動如驚心。[五]虞心大佳[六]，萬人還來[七]，謁者引，鄉殿陳[八]，累世未嘗聞之。增壽萬年亦誠哉！[九]（《宋書》卷二二《志》十二《樂》四。《樂府詩集》卷十六、《古詩紀》卷十五）

【集注】

[一]「遠如期，益如壽」二句：**唐汝諤曰**：期，約也，猶《詩》（《小雅·楚茨》）云「如幾如式」。

益，增也，猶《詩》（《小雅・天保》）云「俾爾多益」。**陳本禮曰**：甘露二年冬十二月，呼韓邪款五原塞，願奉國珍，期於三年正月朝漢，如期而至也。（益如壽）匈奴稱帝曰萬歲，言朝漢受益，有如帝之壽也。**莊述祖曰**：「如」「而」通，猶「女」也。宣帝神爵元年春正月，行幸甘泉，郊泰畤。其後五鳳元年及甘露元年、三年、黄龍元年間，歲一修故事。「遠女期益女壽」者，即武帝郊祀甘泉贊饗所云。天始以寶鼎神策授皇帝，朔而又朔，終而復始是也。**王先謙曰**：遠如期，雖遠而如期至也。首三字隱然見其自負以信義對漢意。益如壽，陳説是也。下「處天左側」三句，正申明益如壽意。**廖按**：夏敬觀云，「遠如期」意謂遠如武帝所期也。〇聞一多云，《莊子・天道篇》「長於上古而不爲壽」，郭注曰：「壽者期之遠耳。」「期」與「祺」通，《廣雅・釋詁一》：「祺，年也。」遠期即遠年，《晉語八》（《國語》）：「思長世之德，歷遠年之數。」〇逯欽立云，兩「如」字皆聲，與《蛺蝶曲》「軒奴軒」之「奴」殆同，故「遠如期」實即「遠期」也。

[二] 處天左側：**陳本禮曰**：處天左側，單于遜詞，猶言漢之化外人也。**朱乾曰**：處天左側，中國也。**莊述祖曰**：《詩》（《大雅・文王》）曰「文王陟降，在帝左右」，（鄭玄）箋云：「文王能觀知天意，順其所爲，從而行之。」此皆郊志頌禱致詞。**陳沆曰**：處天左側，猶言在帝左右也。**王先謙曰**：天者，匈奴尊稱漢帝之詞。《漢書・匈奴傳》：「聖德廣被，天覆匈奴。」《班超傳》（《後漢書・班梁列傳》）：「皆言『倚漢與依天等』。」左側，近也，《漢書・孝武五

子傳》：「陛下左側讒人衆多，如是《青蠅》惡矣。」蓋左側猶言左近也。單于就邸長安，故言「處天左側」。**廖按**：聞一多云，古稱天左旋，「處天左側」蓋謂與天並行，轉運不息，故下文云「與天無極」。○陳直云，《漢書・匈奴傳》：「中行説令單于以尺二寸牘及印封，皆令廣長大，倨驁其辭，曰『天地所生、日月所置、匈奴大單于敬問漢皇帝無恙』。」此詩「處天左側」即指匈奴方位而言。○徐仁甫云，方位以東爲左，如山東稱山左，江東稱江左。匈奴在中國之西，中國在匈奴之東。自匈奴言之，故以漢天子爲處天的東邊，故曰「處天左側」。

[三]「大樂，萬歲與天無極」二句：**陳本禮曰**：大樂，樂得今日始來朝漢也。史稱呼韓邪單于稽侯狦來朝，帝寵以殊禮，位在諸侯王上，贊謁稱臣而不名，賜賚優渥，故感漢恩德比天無極而更悠遠也。**王先謙曰**：無極，無盡也。**廖按**：夏敬觀云，「萬歲與天無極」以上，皆頌揚武帝之辭。○聞一多云，《魯相史晨祠孔廟奏銘》：「長享利貞，與天無極。」《千秋萬歲鏡》：「與天無亟（極）而（如）日月明。」○陳直云，西安漢城出土「與天毋極」瓦當極多。又《簠齋藏鏡》卷下有宜文章鏡銘云「延年益壽去不羊，與天毋亟，如日之光」，與本詩均相同，蓋爲漢人吉祥習俗語。○徐仁甫云，「大樂萬歲與天無極」，皆作者代單于頌漢天子之詞。

[四]「雅樂陳，佳哉紛」二句：**唐汝諤曰**：佳，善也。**陳本禮曰**：謂置酒于建章宮，宴饗之也。

莊述祖曰：言宮縣備舞也。《廣雅》云：「佳，大也。」楚詞（《離騷》）「紛總總其離合兮」，（王逸）注：「紛，盛多皃。」**王先謙曰**：上置酒咸陽宮饗單于必有樂，故云「雅樂陳」；雅，正也。《漢書·禮樂志》，河間獻王獻所集雅樂，天子下大樂官，常存肄之。陳，列；佳，美；紛，多也。**廖按**：曲瀅生云，《荀子·王制》云：「使夷俗邪音不敢亂雅。」雅，正聲也。」

［五］「單于自歸，動如驚心」二句：**唐汝諤曰**：單于，匈奴天子之號。單于，廣大之貌，言其象天單于然也。**陳本禮曰**：匈奴自高祖定鼎以來，累世寇邊，歲無寧宇，至是始來朝漢。自歸者，不假兵威而自至也。（動如驚心虞心）寫初來朝景象如繪。從來未識大漢威儀，故驚；主臣皆受榮寵，故又喜也。（廖按，陳本禮《漢樂府三歌箋注》此處斷句爲「單于自歸。動如驚心虞心，大佳」。）**朱乾曰**：動如驚心，言慴伏威靈也。**王先謙曰**：自歸，自願來歸。非慴漢威實懷漢德也。動如驚心，心驚而動如也。如，語助辭。言始來朝不勝恪恭震動之思也。**廖按**：夏敬觀云，「驚」，駭也。此二句謂單于皆動搖心駭怖也。

［六］虞心大佳：**唐汝諤曰**：虞，歡也，娛通作虞。**陳本禮曰**：大佳猶大幸也，與上「大樂」句法相對。**朱乾曰**：虞通作娛，娛心大佳，言天子歡心、嘉其歸化之誠也。**莊述祖曰**：《釋言》（《爾雅》）曰：「虞，度也。」《左氏傳》（《桓公十一年》）曰：「鄖有虞心。」《詩》（《大雅·抑》）曰：「質爾人民，謹爾侯度，用戒不虞。」佳，善也。言其君臣能相戒以不虞，故大善也。一

曰，虞，樂也，樂其來附也。**王先謙曰**：《漢・禮樂志》集注、《白虎通・號》、《論衡・正説》皆曰虞者樂也。或曰虞心，度於心也，《詩》（《大雅・雲漢》）「則不我虞」、《禮記・緇衣》「出入自爾師虞」，「虞」皆訓爲「度」也。或曰，虞心，安心也。《廣雅・釋詁》：「虞，安也。」于此「虞」字義均通。漢寵單于以殊禮，其君臣歡欣鼓舞，故曰「虞心大佳」。**廖按**：夏敬觀云，漢郊祀歌《天地》「合好效歡虞太一」之「虞」與此「虞」義同，「虞心大佳」謂心至娛樂也。○聞一多云，「佳」疑讀爲「快」，圭、夬聲近通用，《莊子・達生篇》「倍阿鮭蠪躍之」（《釋文》鮭本亦作蛙），《史記・龜策列傳》作「蚗蠪伏之」，「蛙」字作「蚗」；《離騷》「恐鵜鴂之先鳴兮」之「鵜鴂」，揚雄《反離騷》作「鷤搗」，並其比。

[七]萬人還來：**陳本禮曰**：單于更請于明年正月來朝帝於甘泉，帝復許之也。**莊述祖曰**：還讀曰旋，還來猶言還至也。**王先謙曰**：既安其心，他日仍願復來謁。此次詔單于毋謁，其群臣列觀及蠻夷君長王侯數萬人迎於渭橋下，言「萬人」，舉大數也。明年單于遣使朝獻，「還來」之語爲不虚矣。

[八]「謁者引，鄉殿陳」二句：**唐汝諤曰**：陳，堂下至門之徑，疑殿基也。**莊述祖曰**：謁者，掌賓贊受事。《匈奴傳》（《漢書》）云，單于正月朝天子甘泉宮，漢寵以殊禮，贊謁稱臣而不名。殿，甘泉宮前殿也。《史記・封禪書》曰，於是甘泉更置前殿。**王先謙曰**：謁，請也。《曲禮》（《禮記》）「幼，曰未能典謁也」，（鄭玄）注：「謁，請也。」典謁者，主賓客告請之事，

蓋主賓客之官。引，引單于謁帝也。叔孫通治朝儀，「謁者治禮，引以次入殿門」，見《漢書》通本傳。單于朝帝于甘泉宫，贊謁稱臣，是謁者前引單于之證也。鄉、嚮同。陳，陳布其言也。**廖按**：曲瀅生云，「謁者」，單于及其臣屬也。○聞一多云，「陳」爲堂途，《爾雅·釋宫》「堂途謂之陳」，郭注：「堂下至門徑也。」《小雅·何人斯》（《詩經》）「胡逝我陳」，（毛）傳：「陳，堂途也。」《儀禮·鄉飲酒禮》（「主人與賓三揖」）（鄭玄）注：「當陳揖，當碑揖。」一曰「下陳」，《晏子春秋·諫下篇》：「辟拂三千，謝於下陳。」《史記·李斯傳》：「所以飾後宫，充下陳。」○陳直云，《漢書·百官表》云，郎中令「屬官有大夫、郎、謁者。」

［九］「累世未嘗聞之。增壽萬年亦誠哉」二句：**唐汝諤曰**：累，屢也。**陳本禮曰**：「陳累世」者，言匈奴世受漢德，許賜和親尚主，典禮未有如今日之盛者。（廖按，陳本禮此處斷句爲「謁者引鄉殿，陳累世未嘗聞之」。）**莊述祖曰**：《宣紀》（《漢書·宣帝紀》）有司議曰，「匈奴單于鄉風慕義，舉國同心，奉珍朝賀，自古未之有也」。《論語》（《子路》）曰「誠哉是言也」，皇侃疏云：「古舊有此語，孔子稱而美信之。」**陳沆曰**：末言「累世未聞」者，而今見之矣，則萬年之壽，亦可誠必也。**王先謙曰**：累世，積世也。《（戰）國策》（《秦策四》）「王既無重世之德于韓、魏，而有累世之怨矣」，（高誘）注：「累猶重也。」「累世未嘗聞之」者，溯自通漢以來未聞此盛德也。增壽萬年，祝帝之詞。「誠」字總結上文。**廖按**：夏敬觀云，「累世」句謂自古未有此盛。○曲瀅生云，「累世」句謂見宫殿之華麗，皆言曰余輩自先人迄余

身非特未嘗見之，抑亦未嘗聞之，蓋羡慕不置之辭也。「增壽」句爲樂人祝頌之辭。

【集評】

唐汝諤曰：渾邪爲單于畔將，今不曰渾邪而直曰單于自歸，可見當時臣下誇大如此。

陳祚明曰：「處天左側」「大樂」，語奇，並應自黄帝升天語來。「單于自歸」，或預期之，若《魯頌》言平淮徐（廖按《詩經·魯頌·泮水》：「淮夷攸服。」《詩經·魯頌·閟宫》：「遂荒徐宅。」），或西京之末世有此事，後方作此詞，未可知也。末段莽莽自古，「累世未嘗聞之」，誠足夸示後來。「增壽萬年」自非誠，而曰「亦誠哉」，「亦」字承上夫累世未聞者而今見之矣，則萬年之壽將亦可必也，章法妙如此。○按「增壽」句非獨章法密，人臣頌祝其君無不至也，凡可以冀望于君者必望之矣。

李因篤曰：「遠如期」即起下句，言無涯之期，以祝無疆之壽，宜合二句看始得。處天左則不制於天，可以干天，使聽于我，故承之云云。

陳本禮曰：此詩開首六字，已將大樂大佳情景透出，中間寫天子宴饗遠夷，在他人必大加鋪叙，此只以「雅樂陳，佳哉紛」六字盡之，簡括無比。「謁者」數語雖述單于歸誠向化，然亦大爲漢家出色。

朱乾曰：武帝欲效春秋齊公復九世之仇，報平城之辱，洗高后之恥，連年黷武，僅得渾邪一降，所娱心者無大於是，故其時詞臣張惶其事如此，然于單于無恙也。厥後復大出兵，遣衛青、霍去病並將，襲王庭，封狼居胥山而還，才一大創。然稽其時，兩軍出塞，官私馬凡十四萬匹，而復入塞者不滿三萬匹，則民之糜爛更可知矣。《書》（《梓材》）曰「惟曰：欲至於萬年惟王，子子孫孫永保民」，祈年永命之，理蓋亦於保民之道加意焉。

譚儀曰：處天左側大樂，即武帝甘泉贊饗所云，「天始以寶鼎神策授皇帝。朔而又朔，終而復始」（廖按，見《史記·孝武本紀》）。案漢昭宣之世，海内殷茂，承業乂安，武帝宣威域外，中國益尊，而輪臺之悔，仁心爲質。朝廷賢達，奚斯、吉甫之倫，推本世祖，導揚盛美，固其所也。

王先謙曰：先恭曰，此篇全述單于歸化之語，以「誠」字詠歎作結。自「遠如」至「還來」是對漢臣語；「謁者」至「萬年」是對帝語，分兩段讀。「雅樂」二句，初睹中國之樂，莫可指名，只以「佳哉紛」三字括之，入微入妙。「單于」四句叙其自歸，以至於今日貼然就服意。「謁者」四句叙其感恩戴德無可稱頌，末只説得「增壽萬年」四字。形容單于處，語語樸實，正爲「誠」字結穴。末三字不盡唱歎之神。

廖按：姚小鷗提出「《遠如期》是一篇對唱體的樂府歌詩」。前半「遠如期，益如壽。處天左側，大樂，萬歲與天無極」系以匈奴單于口氣對漢朝皇帝的頌美之詞。「左側」猶言「左近」、「側近」。歌詩後半情況較爲複雜，從叙事角度來説，這一部分以漢朝天子口氣出之。其中「謁者引鄉殿陳」類於戲劇「科儀本」中的「科範字」，與漢代樂府歌詩的演劇性有關。見《〈漢鼓吹鐃歌十八曲〉的文本類型與解讀方法》，《復旦學報》二〇〇五年第一期。

石留曲

【集解】

沈約曰：《石留曲》。

郭茂倩曰：《石留》，漢鐃歌。鼓吹曲辭。

左克明曰：《石流》，古辭不可讀。

馮惟訥曰：《石流》，《宋書》作「留」。

徐獻忠曰：此篇有特立之操，能化其俗，故作此以美之也。言石之堅剛獨留於涼山之陽者，以其水之流處沙盡漂出，惟石能留；更無汙濁，而河爲之香也。春風載揚，陽春被岸，蘭氣芬鬱，雖有邪心之人，莫不懷蘭如金，將采之石上，不忍與之相離。有君子之操者，其美可依，亦如石上之蘭，無不願佩之也。

唐汝諤曰：此疑人有特操者能化其俗，故托喻於石以美之，且願與之相依也。

朱嘉徵曰：《石留》，征戍曲也。梁劉孝威《隴頭歌》有「從君戍隴頭，隴水帶沙流」，與「石水流爲沙」句同辭，疑爲涉隴征行之作。闕文失讀。

陳祚明曰：都不可解，後之擬者以水流去而石留不動比臣節。

李因篤曰：此首是説武帝且戰且求仙，役人無已時，而北征之勞尤甚於采丹砂爲黃金，故末段軒輊言之。托詠金蘭者，尊君之詞，實即藥草也。

陳本禮曰：此諷友道不終，人心難測，故以水石爲喻。

朱乾曰：漢武元朔二年，入寇，衛青等將兵擊走之，遂取河南地，立朔方郡，募民徙之，此詩疑應募之民所作。

譚儀曰：石以喻堅，水以喻潔，蘭以喻馨香，金薄以喻文飾。人之稱志士與？志士之自明與？不可得而詳矣。

王先謙曰：《漢書・地理志》武帝「北置朔方之州」，「改雍曰涼」，師古注：「朔方刺史」，「分雍州置」。蓋武帝分十三州，以三輔屬司隸，更置涼州，以地常寒涼，故受茲名也。此曲曰「涼」，曰「北方」，確爲武帝置涼州以後作；而曲中所謂「懷蘭志金」，則執友懷思之誼，非蘇武、李陵其誰當之。或曰，此司馬遷爲李陵作也。案，遷與任安書曰，「僕與李陵俱居門下，素非相善，趣舍異路，未常銜盃酒接殷勤之歡」（廖按，見《漢書・司馬遷傳》）。若爲遷作，不得以金蘭曰陵也。或曰此蘇武別李陵作，故有「開留離蘭」之句。案，曲中曰「懷」曰「志」，明是別後相思。且「涼石」「北逝」云云，乃歸漢後知人訴病陵而傷之，若武在漠北，絕無知聞，何從得有此語乎？○此蘇武傷李陵而作也。曰臣子之義貴於之死而矢靡他，朋友之交要可原心而略跡，我友如李陵者大可悲矣。陵之事主也其心如石，今則身爲降虜北逝而留于涼州之陽，一朝失足非議横生，涼之石已被水流爲沙不復成爲石矣，然陵當日奉詔擊匈奴，將兵不多斬虜甚衆，威讋外域，名重朝廷，譬之水泉必香，少則香不可恃，今錫陵以微河之水而亦能爲香，其名之驟顯；又譬之向日谿水甚冷，一旦順風而陽，炎涼異態同聲引重矣。今北去而降敵，舉國呰謷，有無敢與於輕揚而附和者，其誰肯也。我與陵同在北方，知其本志莫爲湔洗，良可盡傷；今之心邪，無日不懷此金蘭之交，又安能薄北方而舍留涼之石，離同臭之蘭乎？嗚呼，當今之世諒無知音，發憤攄詞，聊以彰之千古爾。

廖按：夏敬觀云，「武帝使伏波將軍路博德築遮虜障于居延城」（廖按，見《漢書·地理志》顔師古注），居延東北，有居延澤，爲古流沙，見《漢書·地理志》。又《匈奴傳》（《漢書》）云，「漢使光禄徐自爲出五原塞數百里，遠者千里，築城鄣列亭至廬朐，而使遊擊將軍韓説、長平侯衛伉屯其旁，使强弩都尉路博德築居延澤上」。據此則自五原至居延，亭障相接，皆可謂之光禄塞也。至宣帝時，匈奴臣服，呼韓邪單于「自請願留居光禄塞下，有急保漢受降城」。元帝時，呼韓邪在塞下，「民衆益盛」……「其後呼韓邪竟北歸庭，人衆稍稍歸之，國中遂定」。詳見《漢書·匈奴傳》。此辭當賦其事，爲元帝時所作也。

懷蘭志金安薄北方開留離蘭（《宋書》卷二二《志》十二《樂》四。《樂府詩集》卷十六、《古詩紀》卷十五）

石留涼陽涼石水流爲沙錫以微河爲香向始蘇冷將風陽北逝肯無敢與于楊心邪

【校勘】

「石留涼陽涼」，《古詩紀》「留」作「流」。

「向始穌」，《古詩紀》「穌」作「谿」，小注云「宋書作『穌』」。

「敢與于楊」，《樂府詩集》《古詩紀》「楊」作「揚」。

【集注】

唐汝諤曰：石性堅剛，每不可轉，似有特立之操者，故藉以爲喻。涼，州名，以地處西方，常寒涼也。水北爲陽。沙，水中散石也。錫，鉛粉之類。河，流水之通名。向，對也。「穌」同「谿」。水注川曰穌。冷，寒也。逝肯，猶言誰肯也。揚，發也。《周易》（《繫辭上》）：「二人同心，其利斷金。同心之言，其臭如蘭。」薄，與厚對，疑有厭薄之意。○言地本寒涼，又當水北，而石乃介然獨留，則以涼石之水盡流爲沙，更無污濁而河爲之香也。夫谿水相向猶不勝淒冷，淹留北渚吾何肯，然且彼方熾其焰，吾敢揚其波耶，但余心懷蘭馥而志在斷金，安得以北方爲薄而遂離而去之開留離蘭，吾心誠有不忍焉耳。《石留》與《雉子斑》其義尤難解，姑尋其句讀而以聲調測之，未敢以爲是也。（廖按，唐汝諤《古詩解》將該篇斷句爲：石留涼陽，涼石水，流爲沙，錫以微，河爲香，向始穌，冷將風，留北逝肯，無敢與于揚，心邪懷蘭志金，安薄北方，開留離蘭。）

陳本禮曰：董若雨曰：此言世情遷異，石可使流，則不能保其堅矣；涼可使陽，則不能保其清寒矣；涼言冷而陽言炎也。涼石水流爲沙，謂水蕩石爲沙也。錫以微河爲香，言酌水贈人而謂之香則爲香矣，謂情詞之虛矯也；故下言向使溪寒水冷之候，薰風南來，激水使北流，雖忤其本性，然亦安能舍其飛揚而守其寒結哉？·深言習俗之深人也。留離蘭，篇中三轉聲之准也。○此詩董若雨解差若近之，然未得其精也，故予復衍而申之，庶盡其意。○「微河」蓋薄荷也。石性本貞，若碎而爲沙，則水可挾之以行矣；水本無香，若浸之以荷，則草可漬之爲香矣；且即以溪喻，溪水本寒，若遇薰風送暖，則水又可變而爲熱矣。「北逝肯無敢與于揚」者，言水石各有不得不然之勢，若夫交友之誼，豈可情隨境遷，勢因利異，亦惟恃乎心之不渝其盟耳。《易》(《繫辭上》)稱「二人同心，其利斷金；同心之言，其臭如蘭」，安可以勢利之見，隨俗浮沉，遂薄北方之良友哉。北方坎位，水之本源。《易》(《坎》)曰：「習坎，有孚，維心亨。」心既與坎不孚，而又薄其本源，其人之行其足尚哉。○(石流涼陽)四字聲詞。(涼石水流爲沙)石經水蝕，日久成沙。(錫)予也。(以微河)薄荷。(爲香向始谿冷將)順也。(風陽)暖也。(北逝)南風吹則水北流。(肯無敢與于揚)向始谿寒水冷之候，忽遇南風，吹水北逝，水亦無敢舍其本性而變其炎涼也。(心邪)交堅在心。(懷蘭志金安薄北方)北方乃水之本源地，良友之所居也。(開留離蘭)四字聲詞。(廖按，陳本禮《漢樂府三歌箋注》「石留」作「石流」，「谿冷」作「谿冷」。其斷句爲：石流涼陽，涼石水流爲沙，錫以微河爲香，向始谿冷將風陽，北逝，肯無敢與于揚。心邪，懷蘭志金安薄北方。開留離蘭。)

王先謙曰：《漢書》陵傳（廖按，見《漢書・李廣蘇建傳》），大閼氏欲殺陵，單于匿之北方，後立爲右校王，居外有大事乃入議，留匈奴二十餘年。涼本北方，陵更極北，故曰「留涼陽」也。陵降，母弟妻子皆伏誅，隴西士大夫以李氏爲愧，又司馬遷曰「舉事一不當，而全軀保妻子之臣，隨而媒孽其短」，當時臣民蓋無不以陵爲喪心辱節者，故曰「涼石水流爲沙」，「北逝，肯無敢與于揚」也。陵欲以少擊衆，帝壯而許之，未予騎，陵提步襲之，君長咸震怖，未没時使右來報，漢公卿王侯皆舉觴上壽，故曰「錫以微河爲香，向始谿冷，將風陽」也。司馬遷稱陵「事親孝，與士信」，「常思奮不顧身以殉國家之急」。降匈奴後見武論説，泣下霑衿，武歸，陵置酒歌訣，自言恨不得奮大辱之志，效曹柯之盟，欲令武知其心，後兩復書答武，其不忍背漢之意耿耿如見，故以石喻之。陵初與武俱爲侍中，同在匈奴更爲密友，武别陵詩曰「況我連枝樹，與子同一身」，陵答武書曰「人之相知，貴相知心」，又曰「慰誨勤勤，有逾骨肉」，其爲契闊無異死生，故以金蘭稱之也。水北曰陽，見《穀梁傳・僖二十八年》。涼陽，涼州水北。陵别武詩一曰「攜手上河梁」，再曰「臨河濯長纓」，見塞北未嘗乏水矣。沙，《説文》，水散石也。《周禮》，石有時而泐。水以喻訕毁之語，使物失其堅，即衆口鑠金、積毁銷骨意。自君子之曰錫；微河，猶言細流一勺水也，喻兵之少；《禮》：「水泉必香」，香喻名之遠聞，即流芳意。「向始」猶言疇曩。山有水曰谿。將承陽，暖也；陳本禮曰，水遇薰風則陽，谿冷而將風陽，喻微者得時而顯冷暖殊致也。揚，輕揚，《詩》「揚之水」，注：水急流而輕揚。與于揚，謂世俗輕薄之口隨波逐流同聲附和。漢馮衍《顯志賦》「悲時俗之顯阨兮，哀好惡之無常；棄衡石而意量兮，隨風波而飛揚」，末句所謂「與于揚」也。心，自謂；邪，語助辭，《易》（《繫辭上》）「二人同心，其利斷金；同心之言，其臭如蘭」，久別關情，憶此如蘭斷金之友也。安薄，何能薄也。開、離，皆決舍之意。留，留涼陽之石也。武別陵詩「馥馥歌蘭芳」，陳沆箋以爲蘭喻陵也。（廖按，王先謙《漢鐃歌釋文箋正》稱「䅣」當作「谿」。其斷句爲：石留涼陽，涼石水流爲沙，錫以微河爲香，向始䅣（谿）冷，將風陽。北逝，肯無敢與于揚。心邪懷蘭志金，安薄北方，開留離蘭。）

廖按：夏敬觀云，「涼」者，謂其地寒涼也。《釋名·釋州國》，涼州，西方所在寒涼也。「陽涼」，謂日出當陽之時，尚寒涼也。「錫」，謂流沙之紋如細布也。《儀禮·大射儀》（「冪用錫若絺」）（鄭玄）注：「錫，細布也。」（賈公彥）疏：「謂之錫者，治其布使之滑易也。」微，織也，細也。《呂覽》（《呂氏春秋·仲冬》）「水泉必香」，（高誘）注：「香，美也。」謂近塞瀕河，水泉甘美也。「䅣」，字書所無，當是「穌」字形訛，言德化所及，方始蘇其寒冷，使風扇陽和。「北逝肯」，肯，可也，指呼韓邪欲北歸其庭，可聽之也。「無」，當是「舞」字形訛。「于楊」，當是「干揚」形訛，《史記·樂書》云「樂者非謂黃鐘大呂弦歌干揚也」，注（《索隱》）：「鄭玄曰：『干，楯也。揚，鉞也。』」揚與錫同。《尚書》（《大禹謨》）：「帝乃誕敷文德，舞干羽於兩階，七旬，有苗格。」言以文德來遠人也。辭意謂單于不足與于干揚之舞也。「邪」字是聲，「蘭」當爲闌，蘭、闌古通，下蘭字亦然。司馬相如《上林賦》（《漢書・司馬相如傳》）（「扈從橫行，出乎四校之中」），顔師古注：「四校者，闌校之四面也。」《廣雅・釋言》：「闌，閑也。」《釋詁》：「闌，遮也。」張衡《西京賦》（《文選》）「武庫禁兵，設在蘭錡」，（薛綜）注：「錡，架也。」（李善引劉逵曰）「受他兵曰蘭，受弩曰錡。」皆有閑義遮義，蓋指遮虜障也。「心懷蘭」，謂單于北歸當心懷其地也。「金」當爲「今」，以形聲俱近訛。「志今安」，謂單于今後留念，天下可安也。文帝遺匈奴書（《漢書・匈奴傳》）云，「單于留志，天下大安」，此辭意與之同。「薄」，迫也。「北方」，指塞下。「留離」以比單于，《詩》（《邶風・旄丘》）「流離之子」，《爾雅・釋鳥》作「留離」。《釋文》引《草木疏》，流離，梟也，關西謂之流離。「開」，放之也。（廖按，夏敬觀《漢短簫鐃歌注》將該篇斷句爲：「石留涼，陽涼。石水流爲沙，錫以微，河爲香。向始䜌冷將風陽。北逝肯，無敢與于揚。心邪懷蘭，志金安。薄北方開留離蘭。」）

又按：曲瀅生云，「石流涼」，《爾雅・釋天》：「北風謂之涼風。」涼，北方也，石流於北方。「陽涼」，《穀梁・僖二十八年傳》：「水北爲陽。」通篇以沙爲河，故此特言在流沙之北之朔方也。「石水流爲沙」，言石蝕爲沙後爲風所揚如水之流也。「錫以微河爲香」，《禮（記）・雜記》「加灰錫也」，注（孔穎達疏）：「取絲（緦）以爲布又加灰治之，則曰錫，言錫然滑易也。」沙稀之處可以種植故曰香也。「向始谿」，《爾雅》（《釋水》）：「水注川曰谿。」言方流沙始起之時。「冷將風陽北逝」，《爾雅・釋言》：「將，送也。」言冷氣成風吹送沙北遷也。「肯無敢與于揚」，

《漢書・西域傳》:「屯田」「輪臺」,「幕民壯健有累重敢徙者」。肯無,問之也,言有肯敢隨沙北徙者乎。「心邪懷蘭志金,安薄北方」,邪,語詞,與《上邪篇》「上邪」同。言心懷幽蘭之操、志欲富貴者,安肯降集北方,創無謂之功業耶。(廖按,曲瀅生《漢代樂府箋注》「⿰奚禾」作「谿」,將該篇斷句爲:「石流涼,陽涼,石水流爲沙。錫以微河爲香。向始谿,冷將風陽北逝。肯無敢與于揚。心邪懷蘭志金,安薄北方。開留離蘭。」)

又按:逯欽立云,「留」「涼」雙聲,「陽」「涼」疊韻,皆石之形容。「錫」讀爲細,與前曲「高以大」語法同,言細又微也。「冷將風陽北逝」,冬日行北陸,故曰「陽北逝」。蓋上言石沙之銷毀,下言時光之迅速。(廖按,逯欽立《先秦漢魏晉南北朝詩》將該篇斷句爲:「石留涼陽涼石,水流爲沙錫以微,河爲香向始⿰奚禾。冷將風陽北逝,肯無敢與于揚。心邪懷蘭志金安薄北方開留離蘭。」)

又按:徐仁甫云,「陽」者,重疊詞中表聲之字,猶《雜曲・蛺蝶行》「摇頭鼓翼何軒奴軒」之「奴」,亦疊詞中表聲字。「涼陽涼」,即涼啊涼。「將風陽」,陽當作揚,「⿰奚禾冷將風揚」,則愈冷矣。此句言環境自來艱苦。「北逝肯」,逝同誓,即誓肯北,謂矢志願留於北也。「無敢與于陽」,無猶不,與猶歸也。北指陰,則陽指南。「北逝肯無敢與于陽」,言誓肯留北不敢歸於南也。即堅守北方,不肯移南之意。「心邪懷蘭志金」,蘭以代「河爲香」之香,金以喻「石水流爲沙」之沙。懷之志之,堅守不移也。「安薄北方」,安猶何也,豈也,薄謂輕棄,言我豈輕棄北方哉？「開留離蘭」，開離互文，今言離開。留蘭亦互文，謂此石留之地，譬如蘭芝之室。「開留離蘭」即「薄北方」之同義語，故「安薄北方」猶言安肯「開留離蘭」耶？（廖按，徐仁甫《古詩別解》將該篇斷句爲：「石留涼陽涼，石水流爲沙。錫以微河爲香向始。𥟖冷將風陽。北逝肯無敢與于揚。心邪懷蘭志金，安薄北方，開留離蘭。」）

【總評】

王世貞曰：《鐃歌》十八中有難解及迫詰屈曲者，「如孫如魚乎？悲矣」、「堯羊蜚從王孫行」之類，或謂有缺文斷簡，「妃呼豨」、「收中吾」之類，或謂曲調之遺聲，或謂兼正辭填調，大小混録，至有直以爲不足觀者。「巫山高」、「芝爲車」，非三言之始乎？「臨高臺以軒」、「桂樹爲君船」、「青絲爲君笮」、「雙珠玳瑁簪」，非五言之神足乎？「駕六飛龍四時和」「江有香草目以蘭，黄鵠高飛離哉翻」，非七言之妙境乎？其誤處既不能曉，佳處又不能識，以爲不足觀，宜也。

胡應麟曰：《鐃歌曲》句讀多訛，意義難繹，而音響格調，隱中自見。至其可解者，往往工絶。如《巵言》所稱「駕六飛龍，四時和」等句是也。然以擬《郊祀》，則興象有餘，意致稍淺。○《鐃歌》，陳事述情，句格峥嶸，興象標拔。惜中多不可解。○《鐃歌》《朱鷺》《思悲翁》《艾如張》，語甚難譯，而意尚可尋。惟《石流》篇名詞義，皆漫無指歸，後人臆度紛紛，終屬訛舛。《翁離》一章有脱簡，非全首也。○《鐃歌》詞句難解，多由脱誤致然，觀其命名，皆雅緻之極。如《戰城南》《將進酒》《巫山高》《有所思》《臨高臺》《朱鷺》《上陵》《芳樹》《雉子班》《君馬黄》

等，後人一以入詩，無不佳者。視他樂府篇目，尤爲過之。意當時製作，工不可言。今所存意義明瞭，僅十二三耳，而皆無完篇，殊可惜也。《石流》《上耶》等篇名，亦當有脱誤字，與諸題不類。

陳本禮曰： 按今所傳《鐃歌十八曲》……其造語之精，用意之奇，有出於三百、楚騷之外者，奇則異想天開，巧則神工鬼斧，迥非魏晉以後所及，何論三唐，此亦天地元氣造化所鍾萃于一時，自然而成，合乎天籟，豈人工學力所能造其玄妙哉。○張篤慶曰：雅頌爲樂府之原，西漢以來如《安世房中樂》《郊祀十九章》《鐃歌十八曲》，其辭之古穆精奇，迥乎神筆，豈操觚家效顰所可施？無論近代，即魏晉而降，如繆襲《鼓吹曲》、陳思王《鼙舞歌》、晉之《白紵》《拂翔》等歌，亦豈能髣髴其萬一哉。

相和歌辭

【集解】

沈約曰：《相和》，漢舊歌也。絲竹更相和，執節者歌。本一部，魏明帝分爲二，更遞夜宿。本十七曲，《朱生》《宋識》《列和》等復合之爲十三曲。○凡樂章古詞，今之存者，並漢世街陌謡謳，《江南可采蓮》《烏生》《十五》《白頭吟》之屬是也。

郭茂倩曰：《宋書·樂志》曰云云。其後晉荀勖又採舊辭施用於世，謂之清商三調歌詩，即沈約所謂「因弦管金石造歌以被之」者也。《唐書·樂志》曰：「平調、清調、瑟調，皆周房中曲之遺聲，漢世謂之三調。又有楚調、側調。楚調者，漢房中樂也。高帝樂楚聲，故房中樂皆楚聲也。側調者，生於楚調，與前三調總謂之相和調。」《晉書·樂志》曰：「凡樂章古辭之存者，並漢世街陌謳謡，《江南可採蓮》《烏生十五子》《白頭吟》之屬。」其後漸被於絃管，即相和諸曲是也。

魏晉之世，相承用之。〔承〕〔永〕嘉之亂，五都淪覆，中朝舊音，散落江左。後魏孝文宣武，用師淮漢，收其所獲南音，謂之清商樂，相和諸曲，亦皆在焉。所謂清商正聲，相和五調伎也。凡諸調歌詞，並以一章爲一解。《古今樂録》曰：「傖歌以一句爲一解，中國以一章爲一解。」王僧虔啓云：「古曰章，今曰解，解有多少。當時先詩而後聲，詩叙事，聲成文，必使志盡於詩，音盡於曲。是有作詩有豐約，制解有多少，猶詩《君子陽陽》兩解，《南山有臺》五解之類也。」又諸調曲皆有辭、有聲，而大曲又有豔、有趨、有亂。辭者其歌詩也，聲者若羊吾夷、伊那何之類也。豔在曲之前，趨與亂在曲之後，亦猶吴聲西曲前有和，後有送也。又大曲十五曲，沈約並列於瑟調。今依張永《元嘉正聲技録》分於諸調，又别叙大曲於其後。唯《滿歌行》一曲，諸調不載，故附見於大曲之下。其曲調先後，亦準《技録》爲次云。

朱嘉徵曰：相和調，相傳漢舊歌，疑不始於漢也。昔周詩《南陔》之三笙，以和《鹿鳴》之三雅，《由庚》之三笙，以和《魚麗》之三雅。相和調，蓋依此而起，《漢志》不録其辭，何也？間載《宋書·樂志》。又列清商三調，爲荀勗撰舊辭施用者，漢之平調曲獨闕。按荀氏所撰，其爲魏晉樂所奏也明甚。而晉《樂志》復闕失載，識者疑焉。聞之班氏《藝文志》曰，初立樂府而采歌謡云云。唐《樂志》曰，「三調，皆周房中之遺聲」，其《風》之遺乎，聞其音可以得其志。美哉淵乎，聞《長歌》大曲之音者，性情以正矣；識曲於《江南》《烏生》，而哀樂得其節矣；正容起悟，則爲《雞鳴》《陌上桑》《孔雀東南飛》，俗可謂不淫矣。及讀《平陵東》《薤露》，則思志義之臣；誦《相逢行》《長安有狹斜行》《隴西行》，喟然於國奢教儉、國儉教禮；而《婦病》《孤兒》《雁門太守》，則時政之得失繫焉。

江南

【集解】

沈約曰：《江南可採蓮》，《江南》，古詞。《相和》。

郭茂倩曰：《江南》，古辭，《相和曲》上。相和歌辭。○《古今樂録》曰：「張永《元嘉技録》：相和有十五曲，一曰《氣出唱》，二曰《精列》，三曰《江南》，四曰《度關山》，五曰《東光》，六曰《十五》，七曰《薤露》，八曰《蒿里》，九曰《覲歌》，十曰《對酒》，十一曰《雞鳴》，十二曰《烏生》，十三曰《平陵東》，十四曰《東門》，十五曰《陌上桑》。十三曲有辭，《氣出唱》《精列》《度關山》《薤露》《蒿里》《對酒》並魏武帝辭，《十五》文帝辭，《江南》《東光》《雞鳴》《烏生》《平陵東》《陌上桑》並古辭是也。二曲無辭，《覲歌》《東門》是也。其辭《陌上桑》歌瑟調，古辭《豔歌羅敷行》『日出東南隅』篇。《覲歌》，張《録》云無辭，而武帝有《往古篇》。《東門》，張《録》云無辭，而武帝有《陽春篇》。或云歌瑟調古辭《東門行》『入門悵欲悲』也。古有十七曲，其《武陵》《鵾雞》二曲亡。」按《宋書·樂志》，《陌上桑》又有文帝《棄故鄉》一曲，亦在瑟調。《東西門行》及《楚辭鈔》「今有人」、武帝「駕虹蜺」二曲，皆張《録》所不載也。○《樂府解題》曰：「《江南》，古辭，蓋美芳晨麗景，嬉遊得時。若梁簡文『桂楫晚應旋』，唯歌遊戲也。」按梁武帝作《江南弄》以代西曲，有《採蓮》《采菱》，蓋出於此。

徐獻忠曰：此曲别無意義，惟美芳辰麗景、嬉游得時而已。「魚戲蓮葉」更有東西南北四句。後世採蓮曲出於此。江南之景無過採蓮者，其爲北人所慕，以入樂府，固亦宜爾。（廖按，徐獻忠《樂府原》未録「魚戲蓮葉東」以下四句）

朱嘉徵曰：相和曲歌《江南》，美風俗也。王政易行焉。或曰，物阜風淫，所以爲刺。唐劉庭芝《江南曲》「春戲易爲心」最合，如「相嘆惜流暉」，便屬變調。

朱乾曰：《左傳》（《昭公三年》），楚子與鄭伯「以田江南之夢」。宋玉《招魂》（《楚辭》）云：「魂兮歸來哀江南。」此江南之名所出也。又曰：「《涉江》《採菱》，發《揚荷》些。」皆楚歌也。又曰：「芙蓉始發，雜芰荷些。」皆楚産也。

陳沆曰：刺游蕩無節，《宛丘》（《詩經·陳風》）《東門》（《詩經·鄭風·出其東門》）之旨也。言之不足，故長言之；長言之不足，故永歎之。孔子曰：「書之重，詞之複，嗚呼，不可不察。其中必有美者焉。」（廖按，見《春秋繁露·祭義》）是之謂也。

廖按：余冠英云，這首是採蓮歌，歌詠在良辰好景中嬉游的樂趣。「魚戲蓮葉東」以下可能是和聲。「相和歌」本是一人唱多人和的。

江南可採蓮，蓮葉何田田。[一]魚戲蓮葉間，魚戲蓮葉東，魚戲蓮葉西，魚戲蓮葉南，魚戲蓮葉北。[二]（《宋書》卷二一《志》第十一《樂》三。《樂府詩集》卷二六、《古詩紀》卷十六）

【集注】

[一]「江南可採蓮，蓮葉何田田」二句：**唐汝諤曰**：《爾雅》（《釋草》）：「荷，芙蕖也。」「其花菡萏，其實蓮。」田田，謂其葉蔽水面也。**廖按**：黄節云，《爾雅》（《釋地》）云：「江南曰揚州。」「田田」，蓮葉貌。○余冠英云，「田田」，蓮葉盛密的樣子。

[二]「魚戲蓮葉間，魚戲蓮葉東，魚戲蓮葉西，魚戲蓮葉南，魚戲蓮葉北」五句：**唐汝諤曰**：末以東西南北爲序，音遂不諧。將南北更置之，先與南，其韻自叶。**廖按**：黄節云，《楚辭·大招》：「無東無西，無南無北。」是知西北相叶。○王汝弼云，和詞可能是按東西南北四個不同的方位，由四個人輪唱。因係輪唱，所以不用押韻。

【集評】

唐汝諤曰：江南之俗，當良臣美景採蓮水上，而水波蕩漾，見魚亦游戲葉間，遂以疊語衍作波瀾，章法奇甚。

朱嘉徵曰：范驤曰，鄭夾漈《相和歌》首《江南曲》，以爲正聲。《江南曲》三句外多不用韻，是古樂府一唱三歎之遺。

陳祚明曰： 起三句已足，排演四句，文情恣肆。寫魚飄忽，校《詩》「在藻」（《小雅・魚藻》）「依蒲」（《小雅・魚藻》毛傳）尤活。

李因篤曰： 後二句無韻。

沈德潛曰： 奇格。

張玉穀曰： 此采蓮曲也。前三，叙事，不説花，偏説葉，葉尚可愛，花不待言矣。魚戲葉間，更有以魚比己意，詩旨已盡。後四，忽接上「間」字，平排衍出「東」「西」「南」「北」四句，轉見古趣。

廖按： 梁啓超云，這歌像是相和歌中最古者，所以各書論及相和歌歷史，便首舉之。歌辭也不見什麼特别好處，但質樸得有趣。

東光乎

【集解】

沈約曰： 《東光乎》，《東光乎》，古詞。《相和》。

郭茂倩曰： 《東光》，古辭，《相和曲》中。相和歌辭。○《古今樂録》曰：「張永《元嘉技録》

云：『《東光》舊但〔有〕絃無音，宋時造其〔歌聲〕〔聲歌〕。』」

徐獻忠曰：此征南越時軍中作也。東光，言東方日出照臨之地悉已平，下惟蒼梧未平，思其積粟以慰軍心也。末言從軍之人皆遊蕩之子，今不厭其餉給，而早行悲傷，何怪其然。

唐汝諤曰：漢武帝東征東南諸國，越久不下，民厭苦之，故因軍中怨思而作，言東日所照之地罔不臣服，何蒼梧獨不平耶，蓋恨詞也。蒼梧雖多積粟，而師老財匱，何由資其糧餉以慰軍心？且諸軍皆游蕩之子，餉一不給，而早行悲傷，亦何怪其然。或云，譏從征者之不效命，非也。

朱嘉徵曰：《東光平》，諷時也。似有《鄭風·清人》（《詩經》）之刺。

朱乾曰：臨軍瘴地，軍士苦於早行而作。乾按，漢武以元鼎五年「遣伏波將軍路博德」等擊南越，甲爲下瀨將軍，下倉梧，于時列侯以百數皆莫求從軍擊越，至以酎金奪爵者百六人（《漢書·武帝紀》）。卜式上書請往爵關内侯而天下莫應（《漢書·食貨志》）。則其時之民之不欲可知也。孤人之子，寡人之妻，窮兵遠方，籍此無用之地，亦獨何哉。此詩所謂「倉梧多腐粟，無益軍糧」也。

廖按：余冠英云，這詩反映從征南越軍人的悲怨之情。武帝征南越，當時臣民多不願意，朝廷雖以關内侯的高爵來鼓勵，也激不起從軍的熱情。元鼎五年的大出兵，所徵發的多半是罪犯。行軍所經多是南方卑濕之地，所謂「瘴鄉」，如不是土著，沒有不以爲苦的。這詩開頭說「東方明」，「蒼梧不明」，便是早晨瘴霧濃厚，不見太陽的光景。所以結尾又說「早行多悲傷」。中間兩句是説儘管蒼梧有吃不盡的糧，對於諸軍是毫無用處的。因爲蒼梧這麽遠，道路這麽艱難，誰知道能不能順利到達呢？强迫人民從事侵略戰争，人民當然不會有戰鬭的熱情。

東光乎！倉梧何不乎！[一]倉梧多腐粟，無益諸軍糧。[二]諸軍游蕩子，蚤行多悲傷。[三]（《宋書》卷二一《志》第十一《樂》三。《樂府詩集》卷二七、《古詩紀》卷十六）

【校勘】

「東光乎！倉梧何不乎」，《樂府詩集》兩「乎」字均改爲「平」，「倉」改爲「蒼」，下同。《古詩紀》小注云「『乎』一作『平』，下同」；「倉」作「蒼」，下同。

「蚤行多悲傷」，《樂府詩集》《古詩紀》「蚤」作「早」。

【集注】

[一]「東光乎，倉梧何不乎」二句：**梅鼎祚曰**：平、糧叶韻，疑「平」是。**唐汝諤曰**：東光，謂東方日出照臨之地，語似無據，但考《漢書・地理志》有東光縣，屬渤海郡，在今北直隸河間府，恐又未必是耳。蒼梧，地名，舜巡狩死葬蒼梧之野。**朱嘉徵曰**：平，叶旁，見《烈祖篇》（《詩經・商頌》）。**朱乾曰**：「東光」者，東方明也。梁簡文詩（《樂府詩集・雞鳴高樹

巔》：「雞鳴天尚早，東烏定未光。」言東方明乎，而倉梧何不明乎，蓋早行觸瘴朝不見日，故接云「早行多悲傷」；趙宗德《浮金亭詩》「瘴雲不雨煙濛溟」，《寰宇記》云「民多架木爲巢以避瘴氣」，是其證也。不，古「否」字。「乎」字作「平」字者誤。以東光爲渤海郡之屬縣者非也。

〔二〕「倉梧多腐粟，無益諸軍糧」二句：**唐汝諤曰**：《平準書》（《史記》），「太倉之粟」，「至腐敗而不可食」。**廖按**：余冠英云，「腐粟」，在倉裏腐爛了的糧食，古人以粟爲黍稷粱秫的總稱。倉有腐粟言糧多，吃不盡。

〔三〕「諸軍游蕩子，蚤行多悲傷」二句：**唐汝諤曰**：游蕩子謂游蕩四方而不歸者，所謂無籍之徒也。**廖按**：黄節云，高祖謂沛父兄曰：「遊子悲故鄉。」○曲瀅生云，「蚤行」句謂南方瘴癘，改以早行，故以爲傷。○余冠英云，「諸軍」指漢武帝元鼎五年征南越的軍隊。當時各軍從江西、湖南、貴州出發，以番禺爲目的地。其中一路取道蒼梧。「遊蕩子」，離家在外遊於四方的人稱遊子或蕩子。

【集評】

陳祚明曰：此不可解，語自古。

李因篤曰：今昔一轍，令我浩歎。

李調元曰：因漢武有事西南夷，動衆勞民，文、景之富，一朝頓匱，故托古人諷諫意而作也。

諸家聚訟，迄無一是。

廖按：逯欽立云，「平」字《樂府》作「乎」，疑誤。倉，《詩紀》作「蒼」，非。歌中「光」「梧」皆當是聲字，無義，似原作「東平倉何不平，倉多腐粟，無益諸軍糧」云云。漢人陽庚爲韻，故「平」與「糧」、「傷」叶。

雞鳴

【集解】

沈約曰：《雞鳴高樹顛》，《雞鳴》，古詞。《相和》。

郭茂倩曰：《雞鳴》，古辭，《相和曲》下。相和歌辭。〇《樂府解題》曰：「古詞云：『雞鳴高樹巔，狗吠深宮中。』初言天下方太平，蕩子何所之。次言黄金爲門，白玉爲堂，置酒作倡樂爲樂。終言桃傷而李仆，喻兄弟當相爲表裏。兄弟三人近侍，榮耀道路，與《相逢狹路間行》同。若梁劉孝威《雞鳴篇》，但詠雞而已。」又有《雞鳴高樹巔》《晨雞高樹鳴》，皆出於此。

徐獻忠曰：雞鳴樹顛而不驚飛，狗吠深宮而不外警，太平之時方有此象。故游蕩之子志慕高遠，不居村落，而皆入君門侍殿階，爲侍中郎矣。然盛時同榮，衰時亦當相卹，一旦遇變衰而遽至相忘，亦蕩子之恒情也。故又以桃李相依戒之。此篇當以蕩子爲主。

馮惟訥曰：此曲前後辭不相屬，蓋采詩入樂，合而成章耶？抑有錯簡紊誤也。後多放此。

唐汝諤曰：《樂府解題》謂此詩初言天下太平，置酒作樂，終言桃傷李仆，又勸諭兄弟之詞，前後多不相屬，此《詩紀》疑其有錯簡而實非也。余反覆《漢書》，深思互證，而始得其說。古詩豈易讀耶。○此疑漢成、哀間，五侯奢僭，事多不法，而其後兄弟自相傾陷，卒隨漢祚俱亡。故詩人作此以刺。

朱嘉徵曰：《雞鳴》，刺時也。國奢者教禮，首善繫乎京師。或曰，初平中，五侯僭侈，太后委政于莽，專威福，奏遣紅陽侯立、平阿侯仁，迫令自殺，民用作歌。夫盛極必衰，國勢類然，風俗壞而人心隨之。○《雞鳴》與「尺布」之謡（廖按，「一尺布尚可縫」云云，見《史記・淮南衡山列傳》），同爲諷時之作，文帝能受直言，此則諷言微婉，亦見君子處薄俗、志畏而言謹矣。

李因篤曰：熟讀衛、霍諸傳，方知此詩寓意。此詩必有所刺。首云蕩子何之，繼曰柔協亂名，中則追叙其盛時。既謂兄弟四五人，皆爲侍中，何等赫奕，而末乃借桃李以傷之。蓋有權貴罹禍，其兄弟莫相爲理，雖僥倖得脱，刺之云云也。首尾乃正意，中故作詰曲，所謂「定哀多微辭」耳。

張玉穀曰：此警蕩子亂名干法將貽累兄弟之詩。

陳沆曰：此刺王氏五侯奢僭，及莽迫殺紅陽侯立、平阿侯仁之事也。郭門之王，斥其姓也。「兄弟四五人」，「兄弟還相忘」，述其事也。《漢書・元后傳》云云。此篇首言天下太平，雞犬桑麻，各安其所，乃蕩子欲何之乎，此時欲縱侈爲非，則刑法不汝貸也。漢制非劉氏不得王，故惟宗室王家得殿砌青甓，而僭效之者，則郭門之王氏也。郭門，其所居之地。鴛鴦七十二，伎妾之盛也。莽於仁則諸父，於立則兄弟，而骨肉殘賊，無復人心，曾草木之不若，是可忍也，孰不可忍乎。

廖按：逯欽立云，歌中「劉玉碧青甓，後出郭門王」十字，有脱誤。《書鈔》百十二引《樂府》歌云「名倡劉碧玉」，疑即此上句原文。今本殆以上句「倡」字而脱去「名倡」二字，並倒「碧玉」爲「玉碧」也。又《新五代史》三十七《伶官傳》「郭門高者，名從謙，門高其優名也」云云。疑此「郭門王」亦倡人名。上言劉碧玉，下言郭門王，所以眩邯鄲倡樂之佳也。

雞鳴高樹巔，狗吠深宮中。〔一〕蕩子何所之，天下方太平。〔二〕刑法非有貸，柔協正亂名。〔三〕黄金爲君門，璧玉爲軒闌堂。〔四〕上有雙尊酒，作使邯鄲倡。〔五〕劉玉碧青甓〔六〕，後出郭門王〔七〕。舍後有方池，池中雙鴛鴦。鴛鴦七十二，羅列自成行。〔八〕鳴聲何啾啾，聞我殿東箱。〔九〕兄弟四五人，皆爲侍中郎。〔十〕五日一時來，觀者滿道傍。〔十一〕黄金絡馬頭，熲熲何煌煌。〔十二〕桃生露井上，李樹生桃傍，蟲來齧桃根，李樹代桃僵。樹木身相代，兄弟還相忘！〔十三〕（《宋書》卷二一《志》第十一《樂》三。《樂

府詩集》卷二八、《古詩紀》卷十六）

【校勘】

「璧玉爲軒闌堂」，《樂府詩集》「璧」下小注云「一作碧」，「闌」作「（闌）」；《古詩紀》無「闌」字，「軒」下小注云「古樂府有闌字」。

「上有雙尊酒」，《樂府詩集》《古詩紀》「尊」作「樽」。

「劉玉碧青甓」，《樂府詩集》《古詩紀》「玉」作「王」。

「聞我殿東箱」，《樂府詩集》《古詩紀》「箱」作「廂」。

「觀者滿道傍」，《樂府詩集》《古詩紀》「道」作「路」。

「李樹代桃僵」，《樂府詩集》《古詩紀》「僵」作「殭」。

【集注】

［一］「雞鳴高樹巔，狗吠深宮中」二句：**唐汝諤曰**：《拾遺記》，武帝太初中謠曰，三七末世，雞不鳴，犬不吠，宮中荊棘亂相繫，當有九虎爭爲帝。時大月氏國貢雙頭雞，四足一尾而不能鳴，故有此謠。後王莽篡位，將軍有九虎之號。**廖按**：黃節云，《史記·貨殖傳》：「老子曰：『至治之極，鄰國相望，雞狗之聲相聞。』」又《律書》（《史記》）：「天下殷富，粟至十餘錢，鳴雞吠狗，煙火萬里，可謂和樂者乎！」下故云「天下方太平」也。〇聞一多云，「宮」謂牆垣，《周禮·小胥》（《春官宗伯》）「王宮縣」，（鄭玄注引）鄭衆注曰：「宮縣，四面

縣……四面象宮室四面有牆，故謂之宮縣。」

[二]「蕩子何所之，天下方太平」二句：**聞人倓曰**：《漢書·食貨志》：三考黜陟，餘三年食。進業曰登，再登曰平，三登曰太平。**廖按**：黄節云，《列子》（《天瑞》）：「有人去鄉土」，「遊於四方而不歸者」，「世（必）謂之爲狂蕩之人也」。○聞一多云「蕩子」猶游子，《烏生》「秦氏游遨蕩子」、《東光》「諸軍游蕩子」即是；字一作「唐」，《文選·七發》「浩唐之心」，五臣「唐」作「盪」，盪、蕩同；《莊子·徐無鬼篇》「其求唐子也而未始出域」，謂遊蕩忘歸之子。

[三]「刑法非有貸，柔協正亂名」二句：**唐汝諤曰**：貸，借也。柔與剛反。協，衆相合比也。**朱嘉徵曰**：柔，柔之以弓矢，小刑用刀鋸，大刑用甲兵也。協，協之以禮樂，辨等威，制度數也。**張玉穀曰**：協，和也。言以柔和之道，正亂名教之人。**聞人倓曰**：《禮記》「無或差貸」注：言如其舊法不改易也。（廖按，《禮記·月令》「無或差貸」，孔穎達疏：「必以舊法故事，無得有參差貸變。」）按，正亂者之名，則人不敢犯義、犯刑也。**廖按**：黄節云，貸，寬假之也。《爾雅》（《釋詁》）：「協，服也。」柔協，猶柔服也。《左傳》（《宣公十二年》）：「伐叛，刑也；柔服，德也。」○聞一多云，《爾雅·釋詁》曰：「柔，安也。」「協，服也。」柔協謂安撫其順服者。《周禮·大司馬》（《夏官司馬》）「賊殺其親則正之」，鄭（玄）注曰：「正之者，執而治其罪。」《禮記·王制》曰：「析言破律，亂名改作，執左道以亂正，殺。」正亂名，謂有亂名忤法者，則執而治其罪，即上文「刑法非有貸」之謂也。

〔四〕「黄金爲君門，璧玉爲軒闌堂」二句：**唐汝諤曰：**碧，深青色（廖按，唐汝諤《古詩解》「璧」作「碧」，聞氏同）。**廖按：**聞一多云，碧以色言，「黄金」「碧玉」對文。《相逢行》「黄金爲君門，白玉爲君堂」可資參證。《説文》曰：「璧，瑞玉環也。」作璧，於義難通。本篇皆五字句，獨此六字，疑「爲」字涉上文及《相逢行》而衍。「碧玉軒闌堂」，堂上欄杆以碧玉爲之也。

〔五〕「上有雙尊酒，作使邯鄲倡」二句：**唐汝諤曰：**樽，酒器也。邯鄲，趙地。倡，優，女樂也。趙女善設形容游媚貴富。**張玉穀曰：**作使，役使也。**廖按：**黄節云，《史記》（《貨殖列傳》），中山地薄人衆，爲倡優，女子游媚貴富。○聞一多云，《史記·貨殖列傳》曰：「民……多美物，爲倡優。女子則鼓鳴瑟，跕屣，游媚貴富，入后宫，遍諸侯。然邯鄲亦漳、河之間一都會也。」

〔六〕劉玉碧青甓：**唐汝諤曰：**劉王（廖按，唐汝諤《古詩解》「玉」作「王」，下引張氏、朱氏、黄氏亦同），謂漢天子也。瓴甋謂之甓，瓴甋，磚也。碧，青甓，疑惟王家用之。**張玉穀曰：**言其屋壁之磚，皆碧青色。劉王、郭門王，大約是當時制甓之家，唐解支離，不可從。**朱乾曰：**漢法，非劉氏者不王，故曰劉王。碧青甓，王者之制。難斥言天子，故指劉氏之王以言之。**廖按：**黄節云，劉王者，漢同姓諸侯王也。○聞一多云，劉讀爲珋，字一作琉。珋玉即碧珋，《説文》曰：「珋，石之有光者，璧珋也，出西胡中。」一曰璧流離，《漢書·西域傳》

上》「罽賓國……出……璧流離」，（顏師古注引）孟康注曰：「流離青色如玉。」流離與琉璃音同。今世但曰琉璃，省稱也。其物有自然人爲二種。自然者，今名青金石。人爲者又分三種，質純而潔白明瑩者曰玻璃，雜彩釉爲之者曰珐瑯，俗亦稱玻璃，製法略異而質尤温潤者曰瓷。玻璃、珐瑯皆璧珋聲之轉。古之珐瑯，色青者多，以其始本欲象自然琉璃（青金石），故色獨尚青也（説詳章鴻釗《石雅》）。此曰「珋玉碧青甓」，當謂珐瑯，「珋玉」言其質，「碧青」言其色，今之琉璃甎瓦是也。

［七］後出郭門王：**唐汝諤曰**：《釋名》（《釋宮室》）：「郭，廓也。廓落在門外也。」《周禮》（《春官宗伯》）：「閏月詔王居門。」故王在門曰閏。郭門而有王，猶所謂餘分閏位也。《漢書·元后傳》：「昔春秋沙麓崩，晉史卜之，曰：『陰爲陽雄，土火相乘，故有沙麓崩。後六百四十五年，宜有聖女興』」，「今王翁孺徙，正直其地，日月當之。元城郭東有五鹿之虚，即沙鹿地」。「後翁孺生禁」，禁「生女政君，即元后也」。詩稱郭門王，豈其是耶？**聞人倓曰**：漢帝惟尊爲天子，故殿砌始用青甓；而彼亦效之，是又出一郭門王也。**朱乾曰**：「郭門王」乃郭門王氏也。本言其僭侈，言外有尊本宗抑外戚意，此詩人微旨。**廖按**：黄節云，《詩》（《大雅·緜》）「迺立皋門」，毛傳：「王之郭門曰皋門。」鄭箋：「諸侯之宮外門曰皋門。」郭門王者，郭門外之侯王，謂異姓諸侯王也。漢方太平，以法治天下，雞鳴狗吠相聞，風猶未侈；其後則黄金爲門，璧玉爲軒，同姓諸侯王放侈於前，異姓諸侯王繼之於後。○

聞一多云，郭門，外城門也。郭門王未詳。

〔八〕「舍後有方池，池中雙鴛鴦。鴛鴦七十二，羅列自成行」四句：**唐汝諤曰**：舍，廬舍也。池，沼也。鴛鴦，匹鳥，行，行列也。**朱乾曰**：陶九成《輟耕録》云，《玉臺》詩「入門時左顧，但見雙鴛鴦，鴛鴦七十二，羅列自成行」，孟康野《和薔薇歌》「仙機軋軋飛鳳凰，花間七十有二行」，諸皆用七十二，不知何所祖。**廖按**：黄節云，「舍」後數語，謂郭門王之舍也。《真率筆記》云：「霍光園中鑿大池，植五色睡蓮，養鴛鴦三十六對，望之爛若披錦。」○聞一多云，雌雄雙棲，故曰「雙鴛鴦」。

〔九〕「鳴聲何啾啾，聞我殿東箱」二句：**唐汝諤曰**：啾啾，小聲。廂（廖按，唐汝諤《古詩解》「箱」作「廂」），廡也。《史記》（《張丞相列傳》）：「吕后側耳（於）東廂（箱）。」（《漢書·張周趙任申屠傳》「吕后側耳於東箱」）師古注：「正寢（之）東西室皆曰廂（箱），如（言似）箱篋之形。」又《王莽傳》（《漢書》），元始元年賜莽「安漢公」，太后詔，「謁者引莽待殿東廂（箱）」。**聞人倓曰**：《楚辭》（《離騷》）「鳴玉鸞之啾啾」，王逸注：「啾啾，鳴聲。」**廖按**：聞一多云，《初學記》二四引《蒼頡篇》曰：「殿，大堂也。」古謂屋之高嚴者曰殿，非必王者所居。《孤兒行》「行取殿下堂」，義同。○逯欽立云，「廂」「箱」古通。

〔十〕「兄弟四五人，皆爲侍中郎」二句：**唐汝諤曰**：侍中郎，蓋居中侍從之臣。又《元后傳》（《漢書》），河平二年，「上悉封舅譚爲平阿侯，商成都侯，立紅陽侯，根曲陽侯，逢時高平侯。五人同日封，故世謂之『五侯』」。「又以侍中太僕音爲御史大夫，列于三公。而五侯群弟，争爲奢侈」，後庭「羅鐘磬，舞鄭女，作倡優，狗馬馳逐；大治第室」，「洞門高廊閣道，連屬彌望」。其僭侈如此。「成都侯商嘗病，欲避暑，從上借明光宫，後又穿長安城，引内灃水注第中」，「上幸商第，見穿城引水，意恨，内銜之」。後微行「過曲陽侯第，又見國中土山漸臺似類白虎殿」，於是上怒，讓車騎將軍音，「音藉槀請罪，商、立、根皆負斧質謝」，「然後得已」。**聞人倓曰**：兄弟四五人皆列侍中禁，榮耀一時，方意其可永保富貴。**廖按**：黄節云，《漢書》，侍中中郎將王商、侍中衛尉王鳳、侍中太僕王音、侍中騎都尉王莽。

［十一］「五日一時來，觀者滿道傍」二句：**廖按**：黄節云，《初學記》：「漢律，吏五日得一休沐。」○聞一多云，《史記・萬石君傳》「每五日洗沐，歸謁親」，《集解》引文穎曰：「郎五日一下。」一時猶同時，謂兄弟五人同時歸來也。王冏《長安有狹斜行》：「三子俱休沐。」

［十二］「黄金絡馬頭，熲熲何煌煌」二句：**唐汝諤曰**：絡，馬羈鞚也。熲熲，光貌。煌煌，惲也。**聞人倓曰**：《毛詩》(《小雅・無將大車》)「無思百憂，不出於熲」，(毛)傳：「熲，光也。」**廖按**：聞一多云，熲熲，煌煌，皆光耀貌。何，感歎詞，與今語「啊」同；《焦仲卿妻》：「隱隱何甸甸。」

［十三］「桃生露井上，李樹生桃傍，蟲來齧桃根，李樹代桃僵。樹木身相代，兄弟還相忘」六句：**唐汝諤曰**：齧，噬也。殭僵通，僵，仆也。桃李本不同根，而桃傷李仆，猶若身相代然，況

兄弟乎！此蓋興也。按王氏之興自太后弟鳳爲大司馬始，鳳病，薦音自代，音既以從舅越親用事，小心親職。乃太后又憐弟曼早死，獨不封，曼子莽幼孤，上詔封莽爲新都侯，又封太后姊子淳于長爲定陵侯。後莽告長伏罪，與紅陽侯立相連。故根薦莽以自代。後月餘，司隸校尉奏根行貪邪，臧累鉅萬，第中起土山，立兩市，殿上赤墀，户青瑣，驕奢僭上，壞亂制度。先帝棄天下，根不悲哀思慕，取故掖庭女樂置酒歌舞。兄子況亦聘掖庭貴人爲妻，無人臣禮。於是根策免就國，況爲庶人。哀帝崩，無子，徵立中山王，奉爲平帝。帝九歲，太后臨朝，委政於莽，莽顓威福，令大臣以罪過奏遣紅陽侯立、平阿侯仁，迫令自殺。**聞人倓曰**：露井，露地之井。**廖按**：聞一多云，《孟子·滕文公下篇》曰：「井上有李，螬食實者過半矣。」是古多於井上植桃李之屬。

【集評】

梅鼎祚曰：「柔協正亂名」，此上疑别一曲。

唐汝諤曰：當時雞不驚飛，犬不外吠，遊蕩之子即欲出而生亂，計無復之，則以天下方太平故也。雖其刑法森然，原無假借，而惟以陰柔合謀競相驕侈，適足以壞法亂名而已。故門閭之間以金玉雕飾，燕飲之際以倡優使令。漢惟尊爲天子，其殿砌始用青碧而彼亦尤而效之，是又一郭門王也。至其穿鑿臺池，畜養珍禽，無非僭擬王室。兄弟四五人，皆列時中禁，榮耀一時，方意其可永保富貴，而後莽得尊顯，遂骨肉相殘，曾不若桃李之身相代也。夫逆謀多積於永堅而權勢終歸於斯滅。

朱嘉徵曰：鍾惺曰，以豔羨起，以感慨終，其寄託不盡，全在無轉接、無呼應處見之。

陳祚明曰：當時必有爲而作，其意不傳，無緣可知，但覺淋漓古雅。古雅，辭也；淋漓，情也。彼自有情，即事不傳，而情未嘗不傳。○「雞鳴」二句太平景象如睹，「黄金」以下繁華之狀寫得曲象，「桃生」以下比興之旨，曲折入情。

漢詩説曰：首言太平之世法不可犯；中叙家世之盛；末誡兄弟相尤，卻用引喻出之，高絶。

張玉穀曰：首六，以「雞鳴」「狗吠」各安其所，反興起蕩子舍家遠出。詰其何之，隨點醒世方太平，刑法不貸亂名之輩，爲蕩子棒喝正文。下三段，乃就其所處地位，歷論其盡可不爲蕩子也。「黄金」六句，叙其宫室供具使令之美盛，可不爲蕩子者一。「舍後」六句，抽叙方池鴛鴦，即隱喻妻妾衆多，可不爲蕩子者二。「兄弟」六句，叙其兄弟之富貴赫奕，可不爲蕩子者三。平排養局，總就蕩子身上，斥其不知安分、亂名干法之非。末六，引喻脱接，獨側到兄弟，言他即勿論，汝爲蕩子，亂名干法，兄弟必受其累。是猶桃傍生李，李代桃僵，人豈可不鑒於樹木之相代，而傷殘一本，甘心爲蕩子耶？曲曲唤醒，收得惻然。○此詩《樂府解題》不知連屬之理，固是粗心，唐解以爲漢成、哀間王氏五侯奢僭，事多不法，而其後兄弟傾陷，卒隨漢亡，故詩人作此以刺，亦太支離。錢東皋則以爲借蕩子以刺兄弟，惟兄弟不肯垂盼，教以義方，故使蕩子如此，亦屬深文周内。紬繹再三，桶底自脱耳。

朱乾曰：太平之世，任官唯賢，位事唯能，刑清名正，上下各安其分，蕩子無所容其怙侈。漢至成哀，王綱解紐，外戚擅事，泥親愛之私，褻名器之重，五侯同日受封，宫室車服帝制是爲，卒于兄弟相傾，漢紀中絶。詩非愛王氏之骨肉也，哀漢之失紀綱而愚王氏之不終也。

烏生

【集解】

沈約曰：《烏生八九子》，《烏生》，古詞。《相和》。

郭茂倩曰：《烏生》，古辭，《相和曲》下。相和歌辭。〇一曰《烏生八九子》。《樂府解題》曰：「古辭云：『烏生八九子，端坐秦氏桂樹間。』言烏母生子，本在南山巖石間，而來爲秦氏彈丸所殺。白鹿在苑中，人可得以爲脯。黄鵠摩天，鯉在深淵，人可得而烹煮之。則壽命各有定分，死生何歎一作待前後也。若梁劉孝威『城上烏，一年生九雛』，但詠烏而已。又有《城上烏》蓋出於此。

徐獻忠曰：此主烏生八九子爲秦氏彈丸所殺而烏母不能救。言其生於南山巖間而不慮患害，乃端坐秦氏桂樹間，固其自取之也。雖然，物物各有命，如白鹿久生而壽矣，又在上林嚴密之地，人猶得脯之；黄鵠摩天高飛，鯉在洛水淵中，亦皆不免烹煮之禍，而況烏在秦氏樹間乎？然則人之年壽，雖或有横禍相侵，亦皆有命，安得而延之？惟順受其正，聽之於天可也。

唐汝諤曰： 此疑人有憂思畏禍退怯不前者，詩人作此以廣之，言烏端坐樹間，爲丸所斃，以爲不能避禍而然，然母生烏子之初，則嘗擇處深山矣，而卒不免，禍其可避哉？不獨此也，即如白鹿處西苑，黄鵠摩天飛，鯉魚藏深淵，咸知遠避也，而竟不脱於弋釣者之手，乃知生各有命，壽不由人，盡其在我聽命於天可也。彼憂如杞人者，亦可以自悟矣。

朱嘉徵曰：《烏生》，寓言也。《滿歌行》「禍福無形」，一語寫炤。

廖按： 余冠英云，這詩先叙烏慘死，次叙烏自責藏身不密，然後轉念世情難測，善於藏身的魚、鹿、黄鵠也不免遭人毒手，最後委之天命。

烏生八九子，端坐秦氏桂樹間。[一] 唶我秦氏，家有游遨蕩子，[二] 工用睢陽强蘇合彈。左手持强彈，兩丸出入烏東西。[三] 唶我一丸即發中烏身，烏死魂魄飛揚上天。[四] 阿母生烏子時，乃在南山巖石間。[五] 唶我人民安知烏子處，蹊徑窈窕安從通。[六] 白鹿乃在上林西苑中，射工尚復得白鹿脯哺。[七] 唶我黄鵠摩天極高飛，後宫尚復得烹煮之。[八] 鯉魚乃在洛水深淵中，釣鈎尚得鯉魚口。[九] 唶我人民生各各有

壽命，死生何須復道前後。[十]（《宋書》卷二一《志》第十一《樂》三。《樂府詩集》卷二八、《古詩紀》卷十六）

【校勘】

「工用睢陽强」，《古詩紀》「强」作「彊」，下句「强」字同。

「射工尚復得白鹿脯哺」，《樂府詩集》《古詩紀》無「哺」字。

【集注】

[一]「烏生八九子，端坐秦氏桂樹間」二句：**唐汝諤曰**：烏，一名鴉，其鳴自呼。**廖按**：聞一多云，杜甫《遺悶戲呈路十九曹長》「黄鸝並坐交愁濕」，姚合《遊終南山》「白鶴坐松梢」，薛逢《春晚東園曉思》「燕窺巢穩坐雕梁」，用「坐」字並本此詩。

[二]「唶我秦氏，家有游遨蕩子」二句：**唐汝諤曰**：唶，歎聲。**朱嘉徵曰**：唶音借，歎聲。一音謫，嘆、喈，多辭句也。**廖按**：黄節云，《爾雅·釋鳥》疏，唶，鳥聲。（廖按，《爾雅·釋鳥》「唶唶」，邢昺疏：「喈喈，鳥聲貌也。」）《詩·邶風》（《柏舟》）：「以敖以游。」○梁啓超云，此歌連用「唶我」二字凡五處，頗難解，竊疑「我」即「哦」，與「唶」字同爲感歎辭，重疊歎之。○聞一多云，《説文》曰：「諎，大聲。」重文作唶。《文選》曹子建《贈白馬王彪詩》（「咄唶令心悲」），（李善）注引《聲類》曰：「唶，大呼也。」我，語尾助詞。《詩·伐木》：「有酒湑我，

無酒酤我，坎坎鼓我，蹲蹲舞我。」《晏子春秋・諫下》載晏子歌：「凍水洗我若之何，泰山麋散我若之何。」諸「我」字用與此同。舊讀「我」字屬下，大謬。○蕭滌非云，作「喈」字讀，似於義爲長。所謂「我人民」「我黃鵠」者，亦猶《漢書》「我兒子，安敢望漢天子」（《匈奴傳》）、「我丈夫一取單于耳」（《李陵傳》）之類。○余冠英云，喈我，是烏的哀鳴。游遨蕩子，就是蕩子，「游」、「遨」、「蕩」是同義字，古詩裏常有這種重複。

[三]「工用睢陽强蘇合彈。左手持强彈，兩丸出入烏東西」三句：**馮惟訥曰**：彊，音强，弓也。（廖按，馮惟訥《古詩紀》「强」作「彊」，下引唐氏、徐氏同。）**唐汝諤曰**：善其事曰工。睢陽，地名。彊，《説文》：「弓有力也。」蘇合，未詳。彈丸，射也。**吴景旭曰**：《南史》云，大秦國出蘇合香，是諸香汁煎之，非自然一物也。又大秦人采蘇合，先笮其汁，以爲香膏，乃賣其滓。《夢溪筆談》云，今之蘇合香如堅木，赤色，又有蘇合油，如黐膠，今多用此爲蘇合香。

廖按：黃節云，睢陽，古宋國。《闕子》曰，宋景公使弓工爲弓，九年來見，公曰：「爲弓亦遲！」對曰：「臣不得見公矣，臣之精盡於弓矣。」獻弓而歸，三日而死。公張弓登臺，東面而射，矢逾孟霜之山，集彭城之東，其餘力逸勁，飲羽於石梁。班固《與弟超書》，「竇侍中令載（雜彩七百匹，市）月氏蘇合香」。案，蘇合，西域香也，見《後漢書・西域傳》。《西京雜記》云，「長安五陵人以真珠爲丸，以彈鳥雀」。此言蘇合彈，蓋以蘇合香爲丸也。○余冠英云，「工用」句是説弓精彈貴。出入，猶「往來」。○徐仁甫云，《尹文子・大道上》：

「宣王好射，説人之謂己能用强也。」「强弓」省稱「强」。「左手」二句脱一「右」字。左手持彊，右彈兩丸，謂右手持彈兩丸也。不然，彊彈一手共持，既不合事實，又只言左，不言右，亦不合語言習慣。

〔四〕「唶我一丸即發中烏身，烏死魂魄飛揚上天」二句：**廖按**：曲瀅生云，《左傳》（《昭公七年》）：「人生始化曰魄，既生魄，陽曰魂。」

〔五〕「阿母生烏子時，乃在南山巖石間」二句：**唐汝諤曰**：阿母，謂烏母也。**廖按**：聞一多云，南山，終南山也。○余冠英云，終南山，秦嶺的主峰，在長安的南邊。

〔六〕「唶我人民安知烏子處，蹊徑窈窕安從通」二句：**唐汝諤曰**：徑，路之小者。蹊，人行處也。窈窕，深遠也。**廖按**：曲瀅生云，《詩》（《周南·關雎》「窈窕淑女」），毛傳：「窈窕，幽閒也。」○聞一多云，窈窕，幽邃也。《文選·西都賦》：「步甬道以縈紆，又杳窱而不見陽。」窈窕與杳窱同。○余冠英云，人民，指人類。蹊徑，即狹路。窈窕，幽深貌。

〔七〕「白鹿乃在上林西苑中，射工尚復得白鹿脯哺」二句：**唐汝諤曰**：西苑，漢育養禽獸之處。脯，乾肉也，臘之爲脯。**廖按**：黄節云：司馬相如《上林賦》：「轄白鹿，捷狡兔。」《禮記》（《内則》）「牛脩鹿脯」，（鄭玄）注：「脯，析乾肉也。」○余冠英云，上林苑，在長安西南，其中多養鳥獸，供天子游獵。

〔八〕「唶我黄鵠摩天極高飛，後宫尚復得烹煮之」二句：**廖按**：黄節云，漢高祖楚歌，「鴻鵠高飛，一舉千里」。○聞一多云，《楚辭·招魂》：「鵠酸臇鳧，煎鴻鶬些。」《大招》：「内鶬鴿鵠，味豺羹只。」」。○又按，摩，摩擦；《戰國策·齊策》：「車轂擊，人肩摩」，高誘注：「摩，相摩。」引申爲逼近。「摩天」即達天、頂天。

［九］「鯉魚乃在洛水深淵中，釣鉤尚得鯉魚口」二句：**廖按**：黄節云，《河圖》：「黄帝遊洛，見鯉魚青身無鱗。」《洛陽伽藍記》云：「京師語曰：『洛鯉伊魴，貴于牛羊。』」詩用鯉魚、洛水，蓋京諺相傳久矣。

［十］「唶我人民生各各有壽命，死生何須復道前後」二句：**廖按**：余冠英云，此二句説夭壽有命，死亡遲早不足計較，因「死」而連帶提到「生」，生字無意義。

【集評】

徐禎卿曰：樂府《烏生八九子》《東門行》等篇，如淮南小山之賦，氣韻絶峻，下可與孟德道之；王、劉文學，皆當袖手爾。

唐汝諤曰：味不深長，詞極跌宕。

陳祚明曰：奇傑之調。「端坐」字妙，自以爲無患，與人無争也。「出入烏東西」寫人有致。「魂魄飛揚」語奇，正是哀其壽命。「阿母生烏」故反言一段，若追怨烏不如避患，下乃引「白鹿」等暢言之，見患至本不可避。「蹊徑」句生動。

李因篤曰：彈烏射鹿，煮鵠鈎魚，總借喻年壽之有窮，世途之難測，以勸人及時爲樂，而章法奇横伸縮，妙不可言。○唶，托烏語以發之。「白鹿」「鯉魚」二段，不用「唶」字，細甚。

漢詩説曰：此言鳥獸不能遠害被人烹脯，人亦自戕其生，壽命難保也。妙在離奇錯落。

朱乾曰：君子處亂世動觸網，端坐之烏無罪也而被彈，猶曰知禍不知避也。西苑之鹿避亦深矣，不免於脯，尚曰近人也。摩天高飛，弋人何慕，而亦不免於煮，謂猶得而見之也。「悲時俗之迫阨，願輕舉而遠遊」，此《遠遊》諸作所由起也。

廖按：梁啓超云，此歌大旨言世路險巇，禍機四伏，難可避免，因睹烏子而觸發，故詳叙其事而述所感，復推想到白鹿、黄鵠、鯉魚作陪以廣其意。末二句點出實感。

平陵東

【集解】

沈約曰：《平陵東》，《平陵》，古詞。《相和》。

郭茂倩曰：《平陵東》，古辭，《相和曲》下。相和歌辭。○崔豹《古今注》曰：「《平陵東》，漢翟義門人所作也。」《樂府解題》曰：「義，丞相方進之少子，字文仲，爲東郡太守。以王莽方篡漢，舉兵誅之，不克，見害。門人作歌以怨之也。」

徐獻忠曰：平陵東，即東郡也。松柏桐，皆美材，見翟義爲名家賢大夫，乃爲人所劫而起兵，不出其本意也。當時懾於王莽之威，顧加翟以反名，故其門人作此以白其事乃出於人所劫，而非反也。不知莽爲漢室罪人，人皆得而討之者也。交錢十萬，起兵之費也。言以一郡而當全盛之莽，大勢固難。顧見追吏，門人自言見追兵，不覺漉血而傷之。歸賣黄犢，欲從翟而收其屍也。

唐汝諤曰： 翟義起兵誅莽，而當時以莽積威所懾，顧加翟以反名，故其門人作此以白其事，言義出自名家，不輕舉動，起兵爲人所劫，非其本心，特假以百萬責之討賊，遂走馬西向關中。

朱乾曰： 漢室將傾，翟公義以父子受國厚恩，稱兵討賊，此豈有劫之者；身守東郡軍資，亦何止百萬錢；勒其車騎材官，募部中勇敢部署將帥，亦何止兩走馬；于時奉劉信爲天子，身號大司馬，移檄郡國，鼓行而西，北至山陽，衆十餘萬，三輔豪傑起而應之，亦衆至十餘萬，此豈畏追吏者。一時門人脅王莽之威，不敢聲言大義，明知一郡孱弱之旅不足以敵奸莽百萬之衆，悲其事之無成而哀其死之莫測，既不能救，則欲薄其罪名以保其族誅之慘。其曰「劫義公」，明非有稱兵討逆之心也；曰「交錢百萬」，明非有倉廩府之資也；曰「兩走馬」，明非有甲兵車馬之利也；曰「見追吏心中測」，則不必孫建右將軍，固已無不立致死地。皆所以明義公之特出於劫而非其有意爲逆，冀莽之宥之也。賣犢以葬，知義公必死矣。平陵者，扶風縣名，昭帝陵邑也。「平陵」「松柏」以比三輔豪傑，言此三輔豪傑所爲非東郡之故，當時之畏莽威如此。夫春秋之義，亂臣賊子人人得而誅之，即無百萬錢與兩馬之力，一夫倡義，不克遂死，烏食螘藏，旋葬無日，萬世而下，知巍巍大漢有一翟公也，豈不偉哉，豈不偉哉！然則翟公門人所云亦可悲也已。

廖按： 黄節云，《漢書・地理志》有扶風郡平陵縣。案，即今陝西西安府咸陽縣西北。《漢書・翟方進傳》，莽下詔曰：「迺者反虜劉信、翟義詩逆作亂於東，而芒竹群盜趙明、霍鴻造逆西土，遣武將征討，咸伏其辜。……其取反虜逆賊之鱷鯢聚之通路之旁，濮陽、無鹽、圉、槐里、盩厔凡五所。」案，槐里即今陝西西安府興平縣東南，盩厔即今陝西西安府盩厔縣，東漢皆屬右扶風郡，在平陵之西，壤地相接。此詩蓋感槐里、盩厔之京觀而作，曰「平陵東」者，指咸陽莽居攝地也。○聞一多云，義事具見《漢書・翟方進傳》，然玩詩意，全不類。詩但言盜劫人爲質，令其家輸財物以贖，如今「綁票」者所爲，疑崔吴説妄也。○蕭滌非云，此篇之作，其當翟義兵敗被捕之時乎？作者作此詩時，殆尚不知義之已死，故猶存萬一之望，吴兢以爲門人悲義之見害，後人不察，牽强爲説，皆非詩意。按《後漢書・王昌傳》：「王昌一名郎。更始元年十二月，林（景帝七代孫）等遂立郎爲天子。移檄州郡曰：『……已詔聖公及翟太守亟與功臣詣行在所。』郎以百姓思漢，既多言翟義不死，故詐稱之，以從人望。」考義被害，在居攝二年冬，下迄更始，凡十六年。據此，則當日翟義之死，民間或不遍知，故歷十餘年後，猶多有不死之傳説，因而王昌輩得以詐稱之。然義之忠義，其感人之深，結人之固，亦正可見。此詩所以有「義公」之目，與心惻血出、歸家賣犢諸語也。舊以爲出義門人，正不必爾。嗚呼，樂府之緣事之言，豈欺我哉？觀末語，知此歌出於民間。○余冠英云，這詩寫官吏貪暴。有人拿王莽時翟義的事附合這篇詩（翟義事見《漢書》）,與詩意不合。

平陵東,松柏桐,不知何人劫義公。[一] 劫義公在高堂下,交錢百萬兩走馬。[二] 兩走馬,亦誠難,顧見追吏心中惻。[三] 心中惻,血出漉,歸告我家賣黃犢。[四]（《宋書》卷二一《志》第十一《樂》三。《樂府詩集》卷二八、《古詩紀》卷十六）

【集注】

[一]「平陵東,松柏桐,不知何人劫義公」三句:**唐汝諤曰**:平陵東,言東郡也。松柏桐,皆美材,見義爲名家賢大夫也。劫,强逼也。**朱嘉徵曰**:松柏桐,楨榦之木。何人,不義其人。**聞人倓曰**:《漢書·地理志》:濟南郡縣東平陵。《增韻》,劫,持也。**廖按**:黄節云,松、柏、桐者,有節榦之木,以興起思義。「何人」蓋指趙明、霍鴻等。《漢書·翟方進傳》:「初,三輔聞翟義起,自茂陵以西至汧二十三縣,盗賊並發,趙明、霍鴻等自稱將軍,攻燒官寺,殺右輔都尉及斄令。劫略吏民衆十餘萬,火見未央宫前殿。」又曰:「攻圍義於圉城,破之,義與劉信棄軍庸亡。至固始界中,捕得義,屍磔陳都市。」「劫義公」蓋深怨趙霍等不能劫義於擄中而救之也。○聞一多云,《漢書·昭帝紀》「葬平陵」,（顔師古）注引薛瓚曰:「平陵在長安西北七十里。」仲長統《昌言》曰:「古之葬者,松柏梧桐以識其墳。」古詩

《爲焦仲卿妻作》曰：「兩家求合葬，合葬華山旁，東西植松柏，左右種梧桐。」案唐王建《羽林行》曰：「長安惡少出名字，樓下劫商樓上醉，天明下直明光宫，散入五陵松柏中。」陵寢所在，林菁密翳，自古爲奸盜所藏，今亦然也。「義」疑本作「我」，「我」以聲近誤爲「義」，説者遂以爲翟義事也。○蕭滌非云，《漢書·地理志》：右扶風有平陵縣。注云：「昭帝置，莽曰廣利。」曰「平陵東，松柏桐」者，暗指莽居攝地也。《後漢書·郡國志》「長安」下，（李賢）注引《皇覽》云：「衛思後葬城東南桐松園，今千人聚是。」是知漢時長安固多植松柏梧桐也。不知何人者，不敢斥言，故云不知也。○余冠英云，平陵，漢昭帝葬處。平陵東邊樹木茂密的地方，就是「義公」被劫去的地方。義公，義是形容字，和《鐃歌》裏的「悲翁」之「悲」，《孔雀東南飛》裏的「義郎」之「義」用法相同。

[二]「劫義公在高堂下，交錢百萬兩走馬」二句：**徐獻忠曰**：「兩」字當作「西」字。西走馬，向關中也。**唐汝諤曰**：交錢百萬，資以起兵之費也。**朱嘉徵曰**：破家爲國，盛舉也。兩走馬，以一郡而當方張之莽，知其不免。兩，疑作「西」。**朱乾曰**：兩走馬指信與義也。**廖按**：黄節云，「高堂」指囚義之所。「交錢百萬兩走馬」，謂誠能救義則不惜交錢百萬，使趙霍兩人走馬以救之。○聞一多云，《漢書》（《趙尹韓張兩王傳》）趙廣漢傳曰「富人蘇回爲郎二人劫之」云云，（顔師古）注曰：「劫取其身爲質，令其家將財物贖之。」《意林 一》引《尸子》曰：「夫買馬不論足力，以白黑爲儀，必無走馬矣。」《漢書·武五子·燕刺王旦傳》

曰：「多齎金寶走馬賂遺蓋主。」（顏師古）注曰：「走馬，馬之善走者。」案古曰走，今曰跑。○蕭滌非云，言如其可贖，則不惜以百萬鉅資贖之，蓋漢法可以貨賄贖罪也。○余冠英云，高堂下，似指官府，義公被官府所劫，勒索財物。現錢百萬加上兩匹「走馬」（善跑的好馬）就是官府索取的賄賂或贖金。

[三]「兩走馬，亦誠難，顧見追吏心中惻」三句：**唐汝諤曰**：惻，憂懼也。**聞人倓曰**：追吏，吏之追翟義者。《周易》（《井》）：「爲我心惻。」**廖按**：黄節云，兩人亦誠難，自顧爲吏士所遣，見之者心惻、血漉。○蕭滌非云，義於新莽，實爲大逆，罪不在赦，故曰亦誠難。顧見追吏，想像之詞，言營救者法當連坐，自身且將爲吏追捕，正所謂誠難也。○余冠英云，惻，痛也。錢和馬不容易籌措，看見吏人追逼，心裏實在傷痛。

[四]「心中惻，血出漉，歸告我家賣黄犢」三句：**唐汝諤曰**：漉，滲也。血流而下也。犢，牛子也。**朱嘉徵曰**：黄犢，隱語也，隱莽初封，繇辨之不蚤辨乎。童謠「黄雀巢其顛」同旨。**聞人倓曰**：司馬相如《封禪書》，滋液滲漉。按，賣黄犢，思以贖義也。**廖按**：黄節云，《漢書・龔遂傳》：「民有帶持刀劍者，使賣劍買牛，賣刀買犢，曰：『何爲帶牛佩犢。』」「賣黄犢」謂賣犢買刀，爲義復仇也。○聞一多云，《説文》漉重文作渌，《方言十二》曰：「盝，涸也。」《廣雅・釋詁一》曰：「盝，盡也。」渌、盝同。「歸告」句，走馬不可致，則歸賣黄犢以贖之也。○蕭滌非云，錢既不能贖，則惟有救之以力耳，故云歸告我家賣黄犢，言欲賣牛買

刀，以死救之也。○余冠英云，漉，涸竭也。「血出漉」言其痛苦。賣黄犢，賣小牛來湊足應交的錢。

【集評】

朱嘉徵曰：《平陵東》，不以成敗論人，哀其志也。

陳祚明曰：人懷救贖之心，傷力不及，其情甚哀，「血出漉」字新，亦健亦活。

李因篤曰：劫之不得而思之無窮，末語其感人深矣。

陌上桑（今有人）

【集解】

沈約曰：《今有人》，《陌上桑》，《楚詞》鈔。《相和》。

郭茂倩曰：同前（《陌上桑》），《楚辭》鈔，《相和曲》下。相和歌辭。

廖按：該篇歌辭節選于《楚辭·九歌·山鬼》，全去「兮」字，詩句略有變化。

今有人，山之阿，被服薜荔帶女蘿。[一]既含睇，又宜笑，子戀慕予善窈窕。[二]乘赤豹，從文貍，辛夷車駕結桂旗。[三]被石蘭，帶杜衡，折芳拔荃遺所思。[四]處幽室，終不見，天路險艱獨後來。[五] 表獨立，山之上，雲何容容而在下。[六] 杳冥冥，羌晝晦，東風飄飖神靈雨。[七] 風瑟瑟，木搜搜，[八] 思念公子徒以憂。（《宋書》卷二一《志》第十一《樂》三。《樂府詩集》卷二八、《古詩紀》卷十六）

【校勘】

「帶女蘿」，《古詩紀》「蘿」作「羅」。

「從文貍」，《古詩紀》「貍」作「狸」。

「木搜搜」，《樂府詩集》《古詩紀》「搜搜」作「樓樓」。

【集注】

[一]「今有人，山之阿，被服薜荔帶女蘿」三句：**廖按**：王逸《楚辭·九歌》注曰：若有人，謂山鬼也。阿，曲隅也。女羅，兔絲也。言山鬼仿佛若人，見於山之阿，被薜荔之衣，以兔絲爲帶也。薜荔、兔絲，皆無根，緣物而生。山鬼亦晻忽無形，故衣之以爲飾也。

[二]「既含睇，又宜笑，子戀慕予善窈窕」三句：**廖按**：王逸《楚辭·九歌》注曰，睇，微眄貌也。言山鬼之狀，體含妙容，美目盼然，又好口齒，而宜笑也。子，謂山鬼也。窈窕，好貌。《詩》曰：窈窕淑女。言山鬼之貌，既以姱麗，亦復慕我有善行好姿，故來見其容也。

[三]「乘赤豹，從文貍，辛夷車駕結桂旗」三句：**廖按**：王逸《楚辭章句·九歌》注曰：辛夷，香

草也。言山鬼出入，乘赤豹，從文貍，結桂與辛夷以爲車旗，言其香潔也。

〔四〕「被石蘭，帶杜衡，折芳拔荃遺所思」三句：**廖按**：王逸《楚辭・九歌》注曰：石蘭、杜衡，皆香草。衡，一作蘅。所思，謂清潔之士，若屈原者也。言山鬼修飾衆香，以崇其善。屈原履行清潔，以厲其身。神人同好，故折芳馨相遺，以同其志也。

〔五〕「處幽室，終不見，天路險艱獨後來」三句：**廖按**：王逸《楚辭・九歌》注曰：處幽篁，言山鬼所處，乃在幽篁之内，終不見天地，所以來出歸有德也。或曰：幽篁，竹林也。獨後來，言所處既深，其路險阻又難，故來晚暮，後諸神也。

〔六〕「表獨立，山之上，雲何容容而在下」三句：**廖按**：王逸《楚辭・九歌》注曰：表，特也。言山鬼後到，特立於山之上，而自異也。

〔七〕「杳冥冥，羌晝晦，東風飄飖神靈雨」三句：**廖按**：王逸《楚辭・九歌》注曰：「杳冥冥」句，言山鬼所在至高邈，雲出其下，雖白晝猶暝晦也。飄，風貌。《詩》曰：匪風飄兮。言東風飄然而起，則神靈應之而雨。以言陰陽通感，風雨相和。屈原自傷獨無和也。

〔八〕「風瑟瑟，木搜搜」二句：**廖按**：《楚辭・九歌》該句作「風颯颯兮木蕭蕭」。

董桃行

【集解】

沈約曰：《上謁》，《董桃行》，古詞五解。《相和》，清調。

郭茂倩曰：《董逃行》五解，古辭，《清調曲》。相和歌辭。○崔豹《古今注》曰：「《董逃歌》，後漢游童所作也。終有董卓作亂，卒以逃亡。後人習之爲歌章，樂府奏之以爲儆誡焉。」《後漢書·五行志》曰：「靈帝中平中，京都歌曰：『承樂世，董逃；遊四郭，董逃；蒙天恩，董逃；帶金紫，董逃；行謝恩，董逃；整車騎，董逃；垂欲發，董逃；與中辭，董逃；出西門，董逃；瞻宫殿，董逃；望京城，董逃；日夜絶，董逃；心摧傷，董逃。』案『董』謂董卓也。言欲一作雖跋扈，縱有殘暴，終歸逃竄，至於滅族也。」《風俗通》曰：「卓以《董逃》之歌主爲己發，大禁絶之。」楊孚《董卓傳》曰：「卓改『董逃』爲『董安』」。《樂府解題》曰：「古詞云『吾欲上謁從高山，山頭危險大難言』，言五岳之上，皆以黄金爲宫闕，而多靈獸仙草，可以求長生不死之術，令天神擁護君上以壽考也。若陸機『和風習習薄林』，謝靈運『春虹散彩銀河』，但言節物芳華，可及時行樂，無使徂齡坐徙而已。晉傅玄有《歷九秋篇》十二章，具叙夫婦别離之思，亦題云《董逃行》，未詳。」

徐獻忠曰：又一篇「吾欲上謁從高山」（廖按，徐獻忠《樂府原》於《董逃行》下録出的是《董逃歌》，故稱此「吾欲」篇爲「又一篇」，未録歌辭），亦稱古辭，頗類魏武作。止言長生之術。

馮惟訥曰：《董逃行》。崔豹《古今注》曰云云。

梅鼎祚曰：《董逃行》。按古辭大略言服藥求仙，與卓無預。

吴景旭曰：《董逃行》。古辭，言神仙事。○樂府原題謂此辭作於漢武之時，蓋武帝有求仙之興，董逃者，古仙人也。後漢遊童競歌之，終有董卓作亂，卒以逃亡，此則謡讖之言。因其所尚之歌，故有是事實，非起於後漢也。（廖按，鄭樵《通志·樂略》亦有此説）余觀别本，逃一作桃。梁簡文《行幸甘泉宫》歌云：「董桃律金紫，賢妻侍禁中。」似引董賢及子瑕殘桃事。終云：「不羨神仙侶，排煙逐駕鴻。」皆所未詳。詩話（廖按，疑謂北宋劉次莊《樂府集序解》）又引《漢武内傳》，王母觴帝，索桃七枚，以四啗帝，自食其三，因命董雙成吹《雲和》笙侑觴，作者取此。竊以樂府之題，亦如《關雎》《葛覃》之類，只取篇中一二字以命詩，非有義也。若以董字、桃字泥其義，此與作鐃歌《巫山高》雜以陽臺神女之事、《君馬黄》但言馬者，其荒陋一也。蔡寬夫所云，《烏生八九子》但詠烏，《雉朝飛》但詠雉，《雞鳴高樹顛》但詠雞，大抵類此。

朱嘉徵曰：「董逃」見歌詩，非命曲本指。《宋書·樂志》作《董桃行》，本《内傳》（《漢武内傳》）也。改「逃」爲「桃」，亦誤。閲曲中傳教教敕，求言受言，此方士迂怪語，使主人庶幾遇之。或武帝時，使方士入海求三神山，爲公孫卿輩所作，帝亦冀遇殊廷焉，俟博雅者正之。○《董逃行》，古辭，《小雅》之歌壽考，天子宴樂則歌之。或曰諷也，王者服藥求神仙，其志蠱矣。内變外戚之勢必重，而土木甲兵之事興，其時之愛憎予奪，必有日異而月不同者。此晉曲《歷九秋篇》

所爲作。較《王子喬》曲，乃變聲也。

陳祚明曰： 按辭不及董卓，無可爲警戒，未知音調中有何意耳。

朱乾曰：「承樂世，董逃……」按，梁簡文帝詩有「董逃拜金紫，賢妻侍禁中」之語，然則董逃蓋離絶君臣訣棄妻子而求神仙者，《承樂世篇》所云「帶金紫董逃」即指其去國之事。《歷九秋篇》則本其割妻孥之愛而轉爲男女之私情也。陸機《和風篇》則因老去年遒、神仙又不可得，乃不得已爲及時行樂之辭。○玩其詞纏綿惻悱，必非游童所作，惓惓去國之際，其亦有不得已而托焉者乎。然則董逃蓋非純乎仙家者流，惜不可考矣。

廖按： 黄節云，《董逃歌》非《董逃行》也。○梁啓超云，「董逃」二字本有音無義，殆童謡尾聲用以節拍，如「丁當」耳。董卓心虚迷信，因其同音，認爲己讖，如洪憲時禁賣元宵（袁消）也。但我們因此可以推定「上謁高山」之歌出現在董卓後，恐是漢樂府中最晚出的了。○聞一多云，《宋書·樂志》作《董桃行》，梁簡文帝《行幸甘泉宮歌》亦有「董桃律金紫」之句，疑古辭本作桃，後人傅合東京童謡號曰「董逃歌」者，乃改桃爲逃耳。實則《董逃行》爲樂府古辭，《董逃歌》爲後漢童謡（原辭載《後漢書·五行志》），截然二事，崔氏混而一之，最爲紕謬。古辭雖不必作于武帝時，如樂府原題所説，其在後漢靈帝以前，則無可疑。

吾欲上謁從高山，山頭危嶮大難。[一]遥望五嶽端，黄金爲闕，班璘。[二]但見芝草，葉落紛紛。[三]一解。百鳥集，來如煙。[四]山獸紛綸，麟辟邪其端。[五]鵾雞聲鳴[六]，但見山獸援戲相拘攣。二解。小復前行玉堂，未心懷流還。[七]傳教出門來，門外人何求？所言欲從聖道，求一得命延。[八]三解。教敕凡吏受言，采取神藥若木端[九]。白兔長跪搗藥蝦蟆丸[十]，奉上陛下一玉柈，服此藥可得即仙。[十一]四解。服爾神藥，無不歡喜[十二]。陛下長生老壽，四面肅肅稽首，天神擁護左右，陛下長與天相保守。[十三]五解。（《宋書》卷二一《志》第十一《樂》三。《樂府詩集》卷三四、《古詩紀》卷十六）

【校勘】

「山頭危嶮大難」，《古詩紀》作「山頭危險道路難」。

「白兔長跪搗藥蝦蟆丸」，《古詩紀》「白」作「玉」。

「可得即仙」，《樂府詩集》《古詩紀》「即」作「神」。

「無不歡喜」，《樂府詩集》《古詩紀》「無」作「莫」。

【集注】

[一]「吾欲上謁從高山，山頭危嶮大難」二句：**廖按**：黃節云，上謁，《漢書·張耳陳餘傳》（「耳、餘上謁涉」）（顏師古）注：「若今之通名。」○聞一多云，「從高山」疑即崇高山，亦即

嵩高山也。中嶽山名，字本作崇，後漢靈帝時中郎將堂溪典始請改崇高山爲嵩高山（《後漢書・靈帝紀》注引《東觀漢紀》），「從」「崇」聲同字通（《左傳》成十八年注「崇猶長也」，《小爾雅・廣言》「從，長也」，《檀弓》「爾母從從爾」注「從從謂大高」。）此故假「從」爲「崇」。《管子・形勢篇》：「墜岸三仞，人之所大難也。而猿猱飲焉。」《善哉行》古辭曰：「來日大難。」曹植取爲樂府題名曰：「當來日大難。」是「大難」爲古之成語。《成皋令任君碑》：「峻峭危難。」《武都太守李翕西狹頌》：「危難阻峻。」危難猶危險大難也。

［二］「遥望五嶽端，黄金爲闕，班璘」三句：**陳祚明曰**：「『班璘』字寫闕有光。」**廖按**：黄節云，《漢書・郊祀志》：「此三神山者，其傳在勃海中，去人不遠。嘗有至者，諸仙人及不死之藥皆在焉。其物禽獸盡白，而黄金銀爲宫闕。」班璘，《禮記》（《王制》「班白不提挈」）鄭（玄）注：「雜色曰班。」《玉篇》：「璘，玉色光彩也。」○聞一多云，《列子・湯問篇》曰：「渤海之東……其中有五山焉，一曰岱輿，二曰員嶠，三曰方壺，四曰瀛洲，五曰蓬萊。……其上臺觀皆金玉，其上禽獸皆純縞。」《史記・封禪書》曰：「自威、宣、燕昭使人入海求蓬萊、方丈、瀛洲。」疑五嶽初謂海上五山。此詩「黄金爲闕」之語，與《列子》（《湯問》）「臺觀皆金玉」、《史記》（《封禪書》）「黄金銀爲宫闕」正合。《王子喬》古辭曰「東游四海五嶽山」，四海不當言東遊，疑「四」爲「大」之誤，謂大海中之五山也，若然則五嶽本謂海中五山，尤爲明證。班璘，文彩貌。《景福殿賦》（《文選》）：「文彩璘班。」班璘、璘班，語有倒順耳。

〔三〕「但見芝草，葉落紛紛」二句：**廖按**：聞一多云，芝草即靈芝，本菌類，似不當有葉，凡神山草木亦無槁落之理，疑「葉落」二字衍。《善哉行》曰「經歷名山，芝草翻翻」，語與此相仿，而不云葉落，可爲旁證。

〔四〕「百鳥集，來如煙」二句：**廖按**：聞一多云，《淮南子·主術篇》：「飛鳥之歸若煙雲。」

〔五〕「山獸紛綸，麟辟邪其端」二句：**朱乾曰**：《西域傳》（《漢書》）烏戈「有桃拔」，（顔師古注引）孟康曰：「桃拔一名符拔，似鹿，長尾，一角者或爲天鹿，兩角者或爲辟邪。」**廖按**：黄節云，《爾雅》（《釋獸》）：「麐，麕身，牛尾，一角。」《春秋公羊傳》（《哀公十四年》）：「麟者，仁獸也。」《急就篇》：「射鬾辟邪。」《韻會》：「辟邪，獸名。」〇聞一多云，《漢書·司馬相如傳下》「紛綸威蕤」，（顔師古）注引張揖曰：「紛綸，亂貌。」麒麟辟邪角端，麟上本缺麒字，角本作其，並以意補正（廖按，聞一多《樂府詩箋》「麟辟邪其端」作「麒麟辟邪角端」）。辟邪，《考工記·鳧氏》（《周禮》）「鍾縣謂之旋」）鄭（玄）注：「今時旋有蹲熊、盤龍、辟邪。」《至氏鏡》：「白虎在左，辟邪居右。」《後漢書·（孝）靈帝紀》（「復修玉堂殿，鑄……黄鐘。及天禄、蝦蟆」），（李賢）注曰：「今鄧州南陽縣北有宗資碑，旁有兩石獸，一曰天禄，一曰辟邪。據此，即天禄、辟邪並獸名也」。角端，《漢書·司馬相如傳》：「其獸則麒麟角端。」劉賡《稽瑞》引《瑞應圖記》：「角端，獸也，日行八千里，能言語，曉四夷之音。明君聖主在位，明達外方，德被幽遠，則奉書而至也。」

［六］鵾雞聲鳴：**廖按**：黄節云，宋玉《九辯》：「鵾雞啁哳而悲鳴。」《玉篇》：「鵾似雞而大。」○聞一多云，《爾雅·釋獸》：「雞三尺爲鶤。」《釋文》曰：「鶤音昆，字或作鵾。」《漢書·司馬相如傳》「亂昆雞」，（顔師古）注引張揖曰：「昆雞似鶴黄白色。」《淮南子·覽冥篇》「軼鶤雞於姑餘」，（高誘）注曰：「鶤雞，鳳皇之别名。」「聲鳴」不成文義。《九辯》（《楚辭》）：「鶤雞啁哳而悲鳴。」《七發》（《文選》）：「鶤雞哀鳴翔乎其下。」疑「聲」爲「哀」或「悲」之訛。

［七］「小復前行玉堂，未心懷流還」二句：**廖按**：黄節云，《十洲記》：「崑崙有流精之闕，碧玉之堂，西王母所治也。」流還，猶游旋。《漢書》（《陳勝項籍傳》「必居上游」），師古注曰：「游即流。」《禮（記）·玉藻》：「周還中規，折還中矩。」還同旋。○聞一多云，小復前行，小少古字通。玉堂未□，「未」下有脱字（廖按，聞一多《樂府詩箋》作「小復前行，玉堂未□，心懷流還」）。

［八］「傳教出門來，門外人何求？所言欲從聖道，求一得命延」四句：**廖按**：黄節云，《老子》：「不言之教。」又，「玄之又玄，衆妙之門。」又「天得一以清，地得一以寧，神得一以靈，谷得一以盈，萬物得一以生，侯王得一以爲天下貞」。○聞一多云，《世説新語·文學篇》：「須臾，真長遣傳教覓張孝廉船。」《寵禮篇》：「彦伯疑焉，令傳教更質，傳教曰『參軍是袁伏之袁，復何所疑』。」一，猶道也，《遠遊》（《楚辭》）：「羡韓衆之得一。」

［九］「教敕凡吏受言，采取神藥若木端」二句：**廖按**：黄節云，《説文》：「敕，誡也。」《後漢書·

光武（帝）紀》（「赤眉入長安，更始奔高陵。辛未，詔曰」），（李賢）注：「漢制度，帝之下書（有四：一曰策書，二曰制書，三曰詔書），四曰誡敕。」《漢書・尹賞傳》：「甘耆奸惡，甚於凡吏。」《離騷》（《楚辭》）「折若木以拂日兮，聊逍遥以相羊」，王逸注：「若木在崑崙西極，其華照下地。」〇聞一多云，《漢書》（《趙尹韓張兩王傳》）王尊傳：「又出教敕（掾）功曹『各自底厲，助太守爲治』。」江充傳（《漢書・蒯伍江息夫傳》）「誠不欲令上聞之，以教敕亡素者」，（顔師古）注曰：「言素不教敕左右。」按教敕猶古語也。「凡吏」對「仙吏」言，後世仙凡對舉，據此則漢時已然。若木，《大荒北經》（《山海經》）：「洞野之山，上有赤樹，青葉赤華，名曰若木。」案若木在西方，疑「若木端」謂月中，古傳嫦娥竊不死藥奔於月中也；下言「白兔搗藥蝦蟆丸」，傳説亦謂月中有此二物。

[十] 白兔長跪搗藥蝦蟆丸：**李因篤曰**：傅玄（咸）《擬天問》（《藝文類聚》）曰：「月中何有，白兔搗藥。」王充《論衡》曰，羿請不死藥於西王母，羿妻嫦娥竊以奔月，托身於月，是爲蟾蜍。（廖按，引文見《太平御覽》引張衡《靈憲》及張岱《夜航船》引王充《論衡》）**廖按**：黄節云，《淮南子》曰，「羿請不死之藥於西王母，姮娥竊之，服藥得仙，奔入月中，爲月之精」。（廖按，引文見《藝文類聚》引張衡《靈憲》。《淮南子・覽冥訓》原文爲：「羿請不死之藥於西王母，姮娥竊以奔月。」）《春秋演孔圖》曰：「月之爲言闕也。兩設以蟾蜍與兔者，陰陽雙居，明陽之制陰，陰之制陽。」《黄帝醫經》有蝦蟆圖，言月生始二日，蝦蟆始生。〇聞一多

云，《初學記一》引《春秋元命苞》曰：「月之爲言闕也，兩（本作而，誤）設蟾蠩與兔。」張衡《靈憲》曰：「月者陰之宗，積而成獸，象兔蛤焉。」按蝦蟆、蟾蠩、蛤，三名一物。韓愈《初南食貽元十八詩》曰：「蛤即是蝦蟆，同實浪異名。」

〔十一〕「奉上陛下一玉柈，服此藥可得即仙」二句：**廖按**：黄節云，《説文》：「槃，承槃也。」或從金，或從皿。亦作柈。《漢武内傳》：「西王母以七月七日降宫，命侍女素桃，須臾以玉盤盛桃七枚，大如雞卵，形圓，色青，以呈王母；王母以四枚與帝，自食三枚。」〇聞一多云，玉柈，柈盤同。

〔十二〕「服爾神藥，無不歡喜」二句：**廖按**：爾，你。此二句模擬「陛下」口吻，是「陛下」對奉藥者所説之語。

〔十三〕「陛下長生老壽，四面肅肅稽首，天神擁護左右，陛下長與天相保守」四句：**廖按**：黄節云，《史記·封禪書》：「又作甘泉宫，中爲臺，空，畫天、地、泰一諸鬼神而致祭具，以致天神。」〇聞一多云，「四面」句，《晉語六》（《國語》）「敢三肅之」，（韋昭）注曰：「肅拜，下手至地。」《左傳·成十六年》「敢肅使者」，（杜預）注曰：「肅，手至地，若今撎。」

【集評】

陸時雍曰：言之翩翩，宛乎身履目擊。韻甚老。「門外人何求所言」，此折腰句；「丈夫何在西擊胡」，亦此語致。

陳祚明曰：「紛紛」字葉落如睹，以寫芝草更奇，非寫其落，正狀芝草之多。「如煙」「紛綸」，字生動。「聲鳴」字寫鶤雞，亦活。「援戲」「拘攣」，並活。凡寫物須寫其動，《上林賦》正得是法。「小復前行」，亦作致。「玉堂」七字不甚可解（廖按，陳祚明《采菽堂古詩選》「玉堂」二字屬下句，斷句爲「小復前行，玉堂未心懷流還」），大抵言思歸之意。門外人來言，亦有致。玉兔搗藥加「長跪」，字新。「蝦蟆丸」，語奇。「一玉柈」，隨意點染生態。「肅肅」字生動。「天神擁護左右」，有新致。「與天相保守」，亦奇。○此篇步步作致。古人落筆定有致，非作致不足爲佳也。○總不欲一語尋常。

李因篤曰：幻想直寫，樸淡參差，而音節殊遒，樂府之本也。

善哉行

【集解】

沈約曰：《來日》，《善哉行》，古詞六解。《相和》，瑟調。

郭茂倩曰：《善哉行》六解，古辭，《瑟調曲》。相和歌辭。○《古今樂録》曰：「王僧虔《技録》，《瑟調曲》有《善哉行》《隴西行》《折楊柳行》《西門行》《東門行》《東西門行》《卻東西門行》《順東西門行》《飲馬行》《上留田行》《新成安樂宮行》《婦病行》《孤子生行》《放歌行》《大牆上蒿行》《野田黄爵行》《釣竿行》《臨高臺行》《長安城西行》《武舍之中行》《雁門太守行》《豔歌何嘗行》《豔歌福鍾行》《豔歌雙鴻行》《煌煌京洛行》《帝王所居行》《門有車馬客行》《牆上難用趨行》《日重光行》《蜀道難行》《櫂歌行》《有所思行》《蒲坂行》《採梨橘行》《白楊行》《胡無人行》《青龍行》《公無渡河行》。」《荀氏録》所載十五曲，傳者九曲。武帝「朝日」「自惜」「古公」，文帝「朝遊」「上山」，明帝「赫赫」「我徂」，古辭「來日」，並《善哉》；古辭《羅敷豔歌行》是也。其六曲今不傳，「五嶽」《善哉行》，武帝「鴻雁」《卻東西門行》，「長安」《長安城西行》，「雙鴻」「福鍾」並《豔歌行》，「牆上」《牆上難用趨行》是也。其器有笙、笛、節、琴、瑟、箏、琵琶七種，歌弦六部。張永《録》云：「未歌之前有七部，弦又在弄後。晉、宋、齊止四器也。」○《樂府解題》曰：「古辭云：『來日大難，口燥脣乾。』言人命不可保，當見親友，且永長年術，與王喬、八公遊焉。又魏文帝辭云：『有美一人，婉如青揚。』言其妍麗，知音，識曲，樂爲樂方，令人忘憂。此篇諸集所出，不入樂志。」按魏明帝《步出夏門行》曰：「善哉殊復善，弦歌樂我情。」然則「善哉」者，蓋歎美之辭也。

徐獻忠曰：「善哉」，歎美之辭也。古辭言人命無常，名山中處處有神仙可遇；身處世間，我本知寒知暖，而人則少有知德者。雖口燥脣乾，亦何以哉。不若與親交同好之人，下則彈箏酒歌，上則求仙遊戲，不亦善哉，其爲樂乎。此亦有感而作者也。

馮惟訥曰：此篇《宋書·樂志》亦作古辭，或以此爲子建詩。按子建擬《善哉行》爲「日苦短」，云「當來日大難」，明此非子建作矣。

唐汝諤曰：此疑宗親孤立而憂深意蹙，不勝懼禍之詞。言將來之日甚是難過，吾誠一置念，必口燥脣乾，不能存活，但當且以喜樂，且以永日可也。此時苟得靈丹一粒便可仙去，其如不可必得何，因思己菲才薄德，不能自衛。昔趙宣猶賴翳桑之餓人以自救，而我則誰爲靈輒耶？所以當月没參横之時，彷徨憂懼，而使親交之人亦皆爲之飢不及餐，如此情景決難强爲歡笑，彈箏酒歌亦聊以自解云爾。嘗聞昔八公之徒，别有要言妙道開示淮南，令得飛駕雲端，以得解脱於難測，哀乎無意外之望矣。按《藝文類聚》謂《善哉行》魏陳思王曹植作，味其情形亦頗相近，第考思王樂府自有「當來日大難」，何敢附會其説。

朱嘉徵曰：《路史》：「登歌惟王備琴瑟，諸侯則有瑟而無琴」。「朱襄鼓五弦之瑟而群陰來」，「虞氏鼓五弦之琴而南風至」。「伯牙鼓琴而馬仰秣，瓠巴鼓瑟而魚出聽。魚，水物；馬，火物」。「陽主生，故其情喜；陰主殺，故其情悲」。「此帝女之鼓瑟所以動陰聲而悲不能克」。瑟調，聲變矣，急弦高張，宜取之此。一曰瑟音，緩調也。齊俗舒緩，亦名《齊瑟行》。俟諸審音者。

○《善哉行》歌「來日大難」，古曲調三歎之遺聲。有美而歎，如《清廟》之音，一唱三歎者是；有嗟而歎，歌之爲言，長言之不足，又從而嗟歎之，《善哉行》是也。何歎乎爾，世患無嘗，達人處順則有嘗，其爲歡不忻忻，其爲憂不惙惙。先時不迎，時去不隨，與服藥求神仙者異矣。起調極促，度世之心急也。後托之酒歌遊戲，又作緩調，使人自思。子建「今日同堂，出門異鄉」，太白「來日一身，攜糧負薪」，並與古辭合。

陳祚明曰：合樂於堂者皆富貴人也，爲詞以進者皆以祝頌也。富貴人復何可祝，所不知者壽耳，故多言神仙。爲詞以進者大抵其客，此客承恩深，故其詞如此。

張玉穀曰：此寒士飲讌於富貴之家，有感而作。

李調元曰：《善哉行》乃倉卒棄家，最不堪事，而反曰「善哉」，蓋事拙而自慰之詞也。故詩貴反用，詩題亦然。

朱乾曰：生人大願無過，功德在人，親交共樂，一朝蟬蜕塵埃，與王喬八公游，志願畢矣，莫有善於此者也。《藝文類聚》謂陳思王曹植作。

陳沆曰：憂時將亂，欲救不能者之作也。

廖按：蕭滌非云，遊仙思想發生之原因有二：一爲希圖不死，如秦始、漢武是也。一爲逃避現實，如屈原《遠遊》所謂「悲時俗之迫阨，願輕舉而遠遊」是也。此篇情緒雜遝，忽而求仙，忽而報恩，忽而恤貧交，自悲自解，無倫無序，然其中自有一段憤懣，蓋《遠遊》之類。○余冠英云，這是宴會時主客贈答的歌。一解是勸客盡歡，二解是頌客長壽，以上是主人致辭。三解客人答辭，説自慚寒縮，無可報答。四解又是主人之辭，説夜已快完，好友們來到我這裏，我高興得忘了寢食(《太平御覽》四一零引此詩作「忘寢與餐」，比《樂府詩集》作「飢不及餐」義長，上言月没，下言忘寢，正相應)。末二解是客人回答主人開頭的致辭，以淮南王比頌主人，用意也是祝長生。正如曹植詩所謂：「主稱千金壽，賓奉萬年酬。」

來日大難，口燥脣乾。今日相樂，皆當喜歡。[一]一解。經歷名山，芝草翻翻。仙人王喬，奉藥一丸。[二]二解。自惜袖短，內手知寒。慚無靈輒，以報趙宣。[三]三解。月没參横，北斗闌干。親交在門，飢不及餐。[四]四解。歡日尚少，戚日苦多。以何忘憂，彈筝酒歌。[五]五解。淮南八公，要道不煩。參駕六龍，游戲雲端。[六]六解。（《宋書》卷二一《志》第十一《樂》三。《樂府詩集》卷三六、《古詩紀》卷十六）

【集注】

[一]「來日大難，口燥脣乾。今日相樂，皆當喜歡」四句：**唐汝諤曰：**來日，將來之日也。燥，乾也。乾，熯也。**廖按：**余冠英云，大難，這兩字漢魏樂府常用。「大」，言其甚也。口燥脣乾，艱難困苦之狀。《説苑》（《建本》）：「乾喉焦脣，仰天而歎。」用語和這裏相同。

[二]「經歷名山，芝草翻翻。仙人王喬，奉藥一丸」四句：**唐汝諤曰：**芝，瑞草，服之能仙也。翻翻，動摇貌。**廖按：**余冠英云，芝草，傳説中的神草，可以制仙藥。王喬，傳説中仙人名。仙人名爲王喬的有三個，最早的王喬是周靈王太子王子喬，被浮丘公接上嵩山，成爲有名的仙人。

[三]「自惜袖短，內手知寒。慚無靈輒，以報趙宣」四句：**唐汝諤曰：**內，入也。《孟子》（《萬章上》）：「推而內之溝中。」《左傳》（《宣公二年》）：晉侯飲趙盾酒，伏甲將攻之，其右是彌明

知之，遂扶以下。初，宣子田於首山，舍於翳桑，見靈輒餓，問其病。曰不食三日矣。爲之簞食與肉，寘諸橐以與之。既而與爲公介，倒戟以禦公徒而免之。問何故。對曰：翳桑之餓人也。**朱嘉徵曰**：内，音納，入也。報，報王喬也。**廖按**：余冠英云，袖短就不能納手。

［四］「月没參横，北斗闌干。親交在門，飢不及餐」四句：**唐汝諤曰**：《説文》：「參，商星也。」《小雅》（《詩經·召南·小星》「嘒彼小星，維參與昴」），（孔穎達）疏：「參，白虎宿，三星直。」下注（疏）以三相參，又主殺伐，故謂之參。横，斜也。斗，星名。《詩》（《小雅·大東》）：「維北有斗。」北斗七星，取象於斗。闌，晚也。闌干，横斜貌。古樂府，道逢親交。餐，吞食也。李固《奏記》：「語曰：『善人在患，饑不及餐。』斯其時也。」（廖按，見《後漢書·張王种陳列傳》）**朱乾曰**：《困學紀聞》曰，《龍城録》「月落參横」之語，《容齋隨筆》辨其誤，然古樂府《善哉行》云「月没參横，北斗闌干」，《龍城録》語本此，而未嘗考參星見之時也。**廖按**：黄節云，《詩·召南》（《小星》）：「維參與昴。」

［五］「歡日尚少，戚日苦多。以何忘憂，彈筝酒歌」四句：**唐汝諤曰**：歡樂、戚憂也。筝，樂器，以竹爲之。《李斯傳》（《史記》）：「夫擊甕叩缶彈筝拊髀而歌呼烏烏快耳目者，真秦之聲也。」

［六］「淮南八公，要道不煩。參駕六龍，游戲雲端」四句：**唐汝諤曰**：《列仙傳》：淮南王好道，

有八公詣門，鬚眉皓白，授以丹經三十六卷，與王白日升天。又古辭：「王子喬，參駕白鹿雲中游」。《易》（《乾・彖》）：「時乘六龍以御天。」**廖按**：黄節云，《淮南子》曰：「淮南王安養士數千人，中有高才八人：蘇非、李上、左吴、陳由、伍被、雷被、毛被、晉昌，爲八公。」（廖按，見《太平御覽・人事部》引《淮南子》）《神仙傳》曰：雷被誣告安謀反，人告公：安可以去矣。乃與登山，即日升天。○余冠英云，要道，指神仙的道理。六龍，龍是傳説中的神物。這句是説升天用六龍駕車。

【集評】

陸時雍曰：是憂生語。壽命無憑，神仙怳忽，親知爲樂，聊以自娱。六解云云，深羨之而不得。意何促促，語何奄奄。

朱嘉徵曰：淮南八公，爲方仙道者，風人引之，以舒其幽憤意。

陳祚明曰：起二句有意。富貴人事必多，求一日之從容歡宴，反不易得，來日冗冗矣，幸有今日，何可不及時行樂。「口燥脣乾」字生動。事權在身者，真有此苦且它無所苦，此之謂苦矣。「奉藥一丸」有致，奉者不求而自奉，且一丸足矣。「内手知寒」語有生致。「飢不及餐」寫富貴人好客之心何汲汲也。上加「月没」二句，見無早無暮，但屣履到門，時時可通。主人之賢如此，何以報之，惟有長年。人生歡少戚多，今且爲樂勿憂，年命長年定易易耳。「要道不煩」語妙，令君易行也。

王夫之曰：出入超忽，乃自有其静好。

李因篤曰：詞旨錯雜，幾不可尋，而總以第一、第五兩解爲主。○漢人詩，思緒紛披，幾不可理，而細繹之，則歷歷自見。此篇言來者之難知，本勸人及時爲樂飲耳。忽而求仙，忽而報恩，忽而恤貧交，無倫無序，然念此數者，將可奈何，大指所歸，終於歡醉而已。第六解更説得幻妙，正與十九首「仙人王子喬，難可與等期，服食求神仙，多爲藥所誤」意同，見其決不可爲，不如眼前一杯酒也。

沈德潛曰：此言來者難知，勸人及時行樂也。忽云求仙，忽云報恩，忽云結客，忽云飲酒，而仍終之以遊仙。無倫無次，杳渺恍惚。

張玉穀曰：首解，以飲讌不能常有，突作透後之筆跌起，折到今日且當喜歡，點清詩意。二解，跟「今日」句申寫。上二，以仙山比富貴之家，言其供具之美。下二，以仙人比主人，言其好客而待以酒食也。三解，就己不能答席致慚。袖短手寒，賦己之貧，即有力不從心意，落到有施無報，引古拓醒。四解，又推開就己平日，每當暮夜客來，不能留之一飽，申説窘況，以見難於答席，初非誑語，今兹高會，殊爲非分。五解，跟首解詠歎以足之，點明彈箏酒歌，當日筵宴之盛。末解，設爲妄想，説嚮後去，言除非主人得如淮南，己亦同八公之有要道，授丹訣而共升雲路，乃可無來日之苦難耳。暗兜作結，意境空靈。

陳沆曰：「來日大難」，言其迫矣。「今日相樂，皆當喜歡」，幸及是時，尚可有爲也。○「奉藥一丸」，言救時之術甚約而必效也。○「歡日」四句，自古至今，治日常少，亂日苦多，我憂之而人不憂，無可如何，故卒托達詞以自解也。○「自惜」四句，不當其任，不克有濟。概當事者曾無如靈輒之報趙宣，而引以爲愧也。○「月没參横，北斗闌干」，其距來日之難，益迫且急矣。此何等時，尚不效親友急難之誼，褰裳補救乎？○「淮南」四句，有抱道卷懷，目不忍見之意，其平帝之末，炎祚將移，梅福之徒見幾而作乎？説者不察，乃謂其忽飲酒，忽學仙，忽報恩，無倫無緒，失之遠矣。

廖按： 梁啓超云，此首在四言樂府中，音節最諧美，和魏武帝的「對酒當歌」頗相類，想時代相去不遠。但魏武别有《善哉行》數首，此首必在其前耳。第一解語頗酸惻，生當亂世汲汲顧影的人確有這種感想。

東門行

【集解】

沈約曰：《東門》，《東門行》，古詞四解。《相和》，大曲。

郭茂倩曰：《東門行》四解，古辭，《瑟調曲》。相和歌辭。○《古今樂録》曰：「王僧虔《技録》云：『《東門行》歌古《東門》一篇，今不歌。』」《樂府解題》曰：「古詞云『出東門，不顧歸。入門悵欲悲』，言士有貧不安其居者，拔劍將去，妻子牽衣留之，願共哺糜，不求富貴，且曰『今時清，不可爲非』也。若宋鮑照『傷禽惡弦驚』，但傷離别而已。」○右一曲，晉樂所奏。

馮惟訥曰：《東門行》。《宋書》作大曲。

唐汝諤曰：此游俠之子拔劍將出而其妻勸止之也。言既出門不顧而悵然復歸，此無他故，彼實貧不能堪，故欲出而恣睢云爾，然其時兒女戀戀，妻復能以貧賤自甘，且又不忘警戒，蓋上念其夫已老，下念兒女皆幼，非可恝然，況當時清平之世，教令誠嚴，決當自愛，切莫爲非可也。既而知不能止，但願其去爲我稍遲，平愼而行，庶幾得歸而已。室家思望之切如此。

朱嘉徵曰：《東門行》歌「出東門」，賢者不得志于時之作也。與《北門》同慨。

陳祚明曰：此亦《西門行》之意，言更激切淋漓。

出東門，不顧歸；來入門，悵欲悲。[一]盎中無斗儲，還視桁上無懸衣。[二]一解。拔劍出門去，兒女牽衣啼。[三]它家但願富貴，賤妾與君共餔糜。[四]二解。共餔糜，上用倉浪天故，下爲黄口小兒。[五]今時清廉，難犯教言，[六]君復自愛莫爲非。三解。今時清廉，難犯教言，君復自愛莫爲非。行！吾去爲遲，[七]平愼行，望君歸。[八]四解。（《宋書》卷二一《志》第十一《樂》三。《樂府詩集》卷三七、《古詩紀》卷十六）

【校勘】

「它家但願富貴」，《樂府詩集》《古詩紀》「它」作「他」。

「望君歸」，「君」原作「吾」，據《樂府詩集》《古詩紀》改。

【集注】

[一]「出東門，不顧歸；來入門，悵欲悲」四句：**唐汝諤曰**：漢長安之東門，即青門也。出而復歸，徘徊不能去也。**廖按**：黄節云，《詩·鄭風》（《出其東門》）：「出其東門。」○徐仁甫云，「欲」猶「且」也。《管子·明法解》「且以就利而避害也」，「欲與受爵而避伐也」，「且」「欲」互文，是「欲」猶「且」也。「悵欲悲」，謂悵且悲也。《孤兒行》「愴欲悲」，亦謂愴且悲也。

[二]「盎中無斗儲，還視桁上無懸衣」二句：**唐汝諤曰**：盎，盆也。儲，備也，猶陶靖節所云「瓶無儲粟」（陶淵明《歸去來兮辭》）也。桁，衣架也。

[三]「拔劍出門去，兒女牽衣啼」二句：**唐汝諤曰**：拔劍出門去，有爲不良之意。**陳祚明曰**：「兒女」不如「兒母」方切「賤妾」字。**廖按**：余冠英云，兒女，女字應從本辭作「母」。

[四]「它家但願富貴，賤妾與君共餔糜」二句：**唐汝諤曰**：餔，哺也，以食食之曰餔。糜，即粥也。《釋名》（《釋飲食》）：「糜，煮米使糜爛也。」

[五]「上用倉浪天故，下爲黄口小兒」二句：**唐汝諤曰**：蒼浪，老貌，謂華髮蒼浪也，通作倉。

婦人以夫爲天。《通志》:「男女始生爲黄口」,「二十有一爲丁」。至今造人丁户籍謂之黄册本此。**張玉穀曰**:倉,一作滄。倉浪天,即蒼天也。用,因也。言上因乎天命之故也。**廖按**:黄節云,「倉」乃蒼滄之省文。《禮(記)·月令》「天子駕倉龍,服食玉」,蒼作倉;揚雄《甘泉賦》《漢書》)「東燭倉海」,滄作倉,皆省文。《孟子》(《離婁上》):「滄浪之水清兮。」用,爲也。言上爲蒼天,下爲黄口兒,以天道人情動之,戒勿爲非也。

〔六〕「今時清廉,難犯教言」二句:**廖按**:黄節云,《春秋繁露》(《盟會要》):「清廉之化流,然後王道舉,禮樂興。」蔡邕《獨斷》:「諸侯言曰教。」○余冠英云,清廉,是説時政清明廉潔。教言,指法令。

〔七〕「行!吾去爲遲」二句:**廖按**:黄節云,「行,吾去爲遲」,夫語其妻之詞,「行」字斷句。「吾去爲遲」即「出東門」「來入門」也。

〔八〕「平慎行,望君歸」二句:**廖按**:黄節云,《説文》:「平,語平舒也。」又曰:「尚,庶幾也,曾也。」又曰:「曾,詞之舒也。」尚、曾,可訓詞之舒,與平同訓。平慎猶上慎也。《詩·魏風》(《陟岵》)「上慎旃哉」,漢石經「上」作「尚」。○余冠英云,「平慎」就是平順。○徐仁甫云,「平」爲「審」字之誤。「平慎行」,謂審慎行也。「審」篆文與「平」古文形體相似,故「審」誤爲「平」。

【集評】

朱嘉徵曰:夫人窮則呼天,猶人之疾痛必呼父母。上用倉浪天,呼天而天莫爲之用也。黄口小兒，蓋忘情之喻。

陳祚明曰：晉樂所奏，增入數語，乃是出門仕宦，故曰自愛莫爲非。「今時」六句，是妻子口中語；中間以出門人語；「平慎行，望君歸」，又是妻子語。兩相對答，喁喁有情。○望君歸，其意纏綿，有忍凍餒之苦遥遥望之之意。

李因篤曰：二解，遊俠者正由富貴薰心，非但爲飢寒所迫，至餔糜可共，即處約無難矣。三解，動之以天理昭昭，未必悟也，説至嬌兒在側，禍福相隨，即鐵石爲心，當憬然思返矣。四解，行吾去爲遲，咎其既往，終勉以平慎，則冀補過於將來也。○平慎行而後望其歸，正見游俠之犯教，言出則無返理也。○游俠者多爲盜耳，托其妻以戒之，詞旨悱然，感人最切。

漢詩説曰：「出東門」四句，言已出復歸，一入門而心已悲，悲其無食無衣也。「拔劍出門去」，言發憤而之四方，欲有所爲也。「兒女牽衣啼」，一作「兒母」，母，妻也。以下皆妻言。「他家」二句言當安貧也。「上用滄浪天」，言天不可欺，故「下爲黄口小兒」，指其兒女。言「今時清廉難犯教言」，言法令不可犯也。「君復自愛莫爲非」，言當以禮持身、不可爲非、不欺其天、以佑我兒女也。又重言以諄囑之。「行吾去爲遲」，遲其行，留戀不舍也。「平慎行望君歸」，純是勸勉屬望之意，與《雞鳴》（《詩經·鄭風·女曰雞鳴》）「昧旦」相同，漢風之隆也。

沈德潛曰：始勸其安貧賤，繼恐其觸法網，餔糜之婦，豈在詠《雄雉》（《詩經·邶風》）者下哉。○既出復歸，既歸復出，功名兒女，纏綿胸次。情事輾轉如見。○疊説一過，丁寧反覆之意，末二句進以隄身，涉世之道也。〇魏文《豔歌何嘗行》：「上慚滄浪之天，下顧黃口小兒」本此，而語句易解。〇「今時清廉，難犯教言，君獨自愛莫爲非。」重言以丁寧之，去風人未遠。

張玉穀曰： 此貧士棄家出門，其婦始留繼送之詩。向來分解，殊屬割裂不安，今姑仍舊注明，而以鄙意自分段落。首八，總叙其夫出門情事。以出門已不顧歸突然而起，落筆前已包躊躇憤痛意在；三四，忽然折轉，作一曲勢，卻以「悵」「悲」領下二語，點清無食無衣，不能存活之苦；然後「拔劍」句正寫出門，「兒女」句便先爲其婦挽留作一引筆。無數曲折，恰將下半意思一齊提動。「他家」十一句，皆婦挽留之辭，而又分兩層。「他家」五句，先頂無食衣意，申説不願富貴，惟願同貧，而明其故於天命當安，黃口當顧，勸勿浪遊，已極懇切。「黃口」句，恰兜應牽衣。「今時」六句，又頂拔劍竟去，氣色不好，恐其積忿所激，行險爲非，以圖富貴，致犯教言，故反復丁寧以申戒之。「行吾去」五字，乃夫答辭。一「行」字爲句，遥跟「拔劍」句來，已説得斬釘截鐵，更伸「吾去爲遲」句，直兜應篇首已出復歸。末六字，又婦答辭。知其行計已決，只得勸其早歸。「平慎」二字，仍抱轉「今時」一層意。一「望」字，又抱轉「他家」一層意。兩邊收束，滴滴歸源。

朱乾曰：《陟岵》（《詩經·魏風》）之詩曰，「上慎旃哉，猶來無死」，即此「平慎行望君歸」意也。出門之道慎身爲先。孔子曰：「出門如見大賓。」（《論語·顔淵》）言不可不慎也。東門日出之地，《堯典》（《尚書》）「寅賓出日」，有賓客之義焉，故主離别而言。

廖按： 梁啓超云，此篇寫一有氣骨的寒士家庭，人格嶽嶽難犯，愛情卻十分濃摯，又是樂府中一别調。○余冠英云，妻見勸阻丈夫不可能，只好説「平平安安地去吧，但仍然盼你回來」。最後一句話仍是望他改變主意。《宋書·樂志》作「望吾歸」，便是丈夫的話，不及作「望君歸」義長。

【附】東門行（本辭）

【集解】

郭茂倩曰：右一曲，本辭。

徐獻忠曰：漢長安之東門，只青門也，可以出而遊諸侯，恣豪俠，故出者不思歸，入則悵欲悲，顧其盎中無粟，桁上無衣，不如拔刀出門爲俠徒也。其妻勸止之，言他家之婦願其夫富貴，我則安於貧賤，上當畏蒼天，下當念小兒，莫爲非横以犯教令。其夫乃復自言，吾非咄速而苟行，今兹出門，已爲遲矣。白髮而貧賤時下不能久居，奈何不悵然悲哉。此古辭本意。

廖按：上一首「晉樂所奏」和該首「本辭」的基本情節相同，但「本辭」中無「今時清廉，難犯教言，君復自愛莫爲非」、「平慎行，望君歸」諸語，由此可見晉樂所奏改動的痕跡。

出東門，不顧歸。來入門，悵欲悲。[一]盎中無斗米儲，還視架上無懸衣。[二]拔劍東門去，舍中兒母牽衣啼[三]。他家但願富貴，賤妾與君共餔糜。上用倉浪天故，下當用此黄口兒。[四]今非，咄！行！吾去爲遲，白髮時下難久居。[五]（《樂府詩集》卷三七《相和歌辭》十二。《古詩紀》卷十六）

【校勘】

「舍中兒母牽衣啼」，《古詩紀》「母」下小注云「一作『女』」。

【集注】

[一]「出東門，不顧歸。來入門，悵欲悲」四句：**廖按**：余冠英云，不顧，《樂府古題要解》和《通志樂略》引作「不願」，義可並存。「不顧」是對於東門決然離去，「不願」是對於歸家躊躇不前。

[二]「盎中無斗米儲，還視架上無懸衣」二句：**廖按**：余冠英云，盎，大腹小口的瓦盆。

[三]舍中兒母牽衣啼：**廖按**：余冠英云，兒母，指妻，猶今語「孩兒媽」。

[四]「他家但願富貴，賤妾與君共餔糜。上用倉浪天故，下當用此黄口兒」四句：**廖按**：余冠英云，餔，同哺，食也。糜，就是粥。倉浪，天空的青色（滄浪形容水色，蒼筤形容竹色，倉琅形容銅色，字異義同）。黄口，幼也。

[五]「今非，咄！行！吾去爲遲，白髮時下難久居」五句：**廖按**：黄節云，《説文》：「咄，相謂也。」

「今非咄行」，蓋夫荅婦之詞，謂今非咄嗟之間行，則吾去爲已遲也。髮白且落，不可久處矣。《爾雅》：「下，落也。」〇余冠英云，今非，是説「現在的行爲不對」，但參看晉樂所奏，似兩字中間有脱文。咄，呼叱之聲。「行！吾去爲遲」，是説「走啦！我已經去晚啦」！下，落也。

【集評】

陸時雍曰：激伉。提劍髮豎。「白髮時下難久居」一語痛憤欲絶。

陳祚明曰：家豈能不顧而出門，不得不斥然不顧者，以入門則悵然欲悲也。「盎中」二句極慘。「拔劍」四句，一時門内徧讁之情，聲容畢肖。「用」猶「因」也，坐爲也，今上因天命如此，即「天實爲之」之意；下又因妻子不能釋然，言「黄口兒」者尤可哀也。此二句欲留欲去徘徊不忍，末乃決言須去。「咄行」者，叱去兒母斷然而行。歲月不居，難再依違也。古詞所謂出門，不知往作何事。

李因篤曰：上用倉浪天，故下當用此黄口兒，一連説，妙。天之祚善殄奸，必及其嗣，凜然可畏，足動暴夫之心矣。今非咄行，以見往者之出倉猝，倘一沉吟俯仰，當自知其不可爲耳。

豔歌羅敷行（陌上桑）

【集解】

沈約曰：《羅敷》，《豔歌羅敷行》，古詞三解。《相和》，大曲。

徐陵曰：《古樂府詩六首》。

郭茂倩曰：《陌上桑》三解，古辭，《相和曲》下。相和歌辭。○一曰《豔歌羅敷行》。《古今樂録》曰：「《陌上桑》歌瑟調古辭《豔歌羅敷行》「日出東南隅」篇。」崔豹《古今注》曰：「《陌上桑》者，出秦氏女子。秦氏，邯鄲人有女名羅敷，爲邑人千乘王仁妻。王仁後爲趙王家令。羅敷出採桑於陌上，趙王登臺見而悦之，因置酒欲奪焉。羅敷巧彈箏，乃作《陌上桑》之歌以自明，趙王乃止。」《樂府解題》曰：「古辭言羅敷採桑，爲使君所邀，盛誇其夫爲侍中郎以拒之。」與前説不同。若陸機「扶桑升朝暉」，但歌美人好合，與古詞始同而末異。又有《採桑》，亦出於此。○右一曲，魏晉樂所奏。○前有豔歌曲，後有趨。

左克明曰：古辭曰「日出東南隅，照我秦氏樓」。舊説邯鄲女子姓秦名羅敷，爲邑人千乘王仁妻。仁後爲趙王家令。羅敷出採桑於陌上，趙王登臺見而悦之，置酒欲奪之。羅敷善彈箏，作《陌上桑》以自明不從。案其歌辭稱羅敷採桑陌上，爲使君所邀，羅敷盛誇其夫爲侍中郎以拒之，與舊説不同。

徐獻忠曰：崔豹《古今注》云云。今按此歌非《羅敷》本辭，當是後人寫之也。況云「使君從南來，五馬立踟躕」「使君遣吏往，問是誰家姝」，觀此則是郡太守而非趙王也。後又云夫婿之榮耀，豈有以家令之殊榮陳於王者耶。

馮惟訥曰：《陌上桑》。《宋書》作《大曲》，一作《日出東南隅行》。

唐汝諤曰：今玩其詞，「東方千餘騎，夫婿居上頭」「三十侍中郎，四十專城居」，是又即使君而非家令也。且其詞亦非羅敷所自作。《古今注》所紀，意特其傳之者誤耳。〇《朱子語類》，樂府中《羅敷行》「使君自有婦，羅敷自有夫」，正相戲之詞。觀其氣象，即使君也。後人多錯解了。須得其辭意，方見好笑處。（廖按，見《朱子語類》卷八十《論讀詩》，其原文爲：「又曰：『……只後代文集中詩，亦多不解其辭意者。樂府中《羅敷行》，羅敷即使君之妻，使君即羅敷之夫。其曰「使君自有婦，羅敷自有夫」，正相戲之辭。』又曰：『「夫婿從東來，千騎居上頭」，觀其氣象，即使君也。後人亦錯解了。須得其辭意，方見好笑處。』」）〇此詩疑時有見桑婦而悦之，而誤招其妻，若魯秋胡之爲者，後人因托爲羅敷之詞以刺之。

朱嘉徵曰：古《陌上桑》有二，此爲《羅敷》也。別有《秋胡行》，亦曰《陌上桑》，而事與此異。王筠《陌上桑》云，「秋胡始停馬，羅敷未滿箱」，便誤爲一事。〇《陌上桑》，歌「日出東南隅」，婦人以禮自防也。

吴兆宜曰：《日出東南隅行》，一作《陌上桑》。一作《豔歌羅敷行》。〇漢世太守、刺史，或稱君，或稱將，或稱明府。若使君之稱，則見之《後漢·郭伋傳》。此詩云「使君從南來」，其爲後漢人作無疑。

聞人倓曰：一曰《豔歌羅敷行》，亦曰《日出行採桑曲》。

朱乾曰：此辭與舊説趙王家令王仁事不同，而與秋胡事頗類。舊稱《陌上桑》有二，一爲

《羅敷行》，一爲《秋胡行》，王筠《陌上桑》云「秋胡始停馬，羅敷未滿箱」，李白《陌上桑》云「使君且不顧，況復論秋胡」，蓋合爲一事矣。然安知此不爲秋胡本辭。王仁妻即引用古辭以拒趙王，而後人遂誤以王仁妻爲邯鄲秦氏女耶？秋胡宦陳而自謂國卿，與詩稱「侍中郎」「專城居」語亦相協。夾漈謂呼趙王爲使君者郎君之稱，且以王仁初爲趙王家令，後爲漢侍中郎，皆曲爲之説，竊所未安。或曰以《陌上桑》爲秋胡本辭近之矣，然則其別出《秋胡行》何也？曰《陌上桑》豔歌也，故但敘其男女贈答之詞；若《秋胡行》則必寓褒貶之意，非豔歌之比，所以別出也。○《朱子語類》云云。得此一解，舊説可廢。「青絲爲籠係」以下，明明寫出是貴人妻而非尋常採桑婦也。「使君遣吏往」，既得其姓名，又悉其年歲，明知是妻，因以共載試之，羅敷答之云云，則已明識其爲夫而戲之云爾。

廖按：余冠英云，這是敘事歌曲。朱熹《語類》指出這篇歌辭的詼諧性，並認爲羅敷的夫婿就是使君。這意見是值得注意的。羅敷故事似從秋胡故事演變，從悲劇變爲喜劇。王筠《陌上桑》云：「秋胡始停馬，羅敷未滿箱。」就把兩事牽合在一起。

日出東南隅，照我秦氏樓。[一] 秦氏有好女，自名爲羅敷。[二] 羅敷喜蠶桑，采桑城南隅。[三] 青絲爲籠係，桂枝爲籠鉤。[四] 頭上倭墮髻，耳中明月珠。[五] 緗綺爲下帬，紫綺爲上襦。[六] 行者見羅敷，下擔捋髭須。[七] 少年見羅敷，脱帽著帩頭。[八] 耕者忘其犁，鋤者忘其鋤。來歸相怒怨，但坐觀羅敷。[九]一解。

【校勘】

題，《樂府詩集》作「陌上桑」。《玉臺新詠》作「日出東南隅行」。

「自名爲羅敷」，《玉臺新詠》「自名爲」作「自言名」。「喜蠶桑」，《玉臺新詠》《古詩紀》「喜」作「善」。《樂府詩集》「喜」作「憙」。

「青絲爲籠係」，《玉臺新詠》「係」作「繩」。

「緗綺爲下帬」，《玉臺新詠》「緗」作「緑」，「帬」作「裾」。《樂府詩集》《古詩紀》「帬」作「裙」。

「脱帽著帩頭」，《玉臺新詠》「帽」作「巾」。

「耕者忘其犁」，《玉臺新詠》「犁」作「耕」。

「相怒怨」，《玉臺新詠》「怒怨」作「喜怒」。

【集注】

[一]「日出東南隅，照我秦氏樓」二句：**唐汝諤曰**：隅，角也。**聞人倓曰**：《古今注》，《陌上桑》出秦氏女子云云。**廖按**：黄節云，《風俗通》曰：「河東以東西爲阡，南北爲陌。」城南隅採桑而指東方，蓋其夫居官所在。《易·説卦》：「帝出乎震。」震，東方也，以喻朝廷。○余冠英云，隅，方也。北回歸綫以北地區見太陽東升稍偏南方。○逯欽立云，《類聚》「南」作「海」，《御覽》或作「方」。

〔二〕「秦氏有好女，自名爲羅敷」二句：**吴兆宜曰**：好女，《史記》褚先生《滑稽傳》：「東方朔取少婦于長安中好女。」**廖按**：聞一多云，羅敷，漢世女子慣用之名，《漢書·武五子昌邑王傳》「執金吾嚴延年……女羅紨」，（顔師古）注曰：「紨音敷。」至《焦仲卿妻》「東家有賢女，自名秦羅敷」，則似襲用此詩。「自名」之語，樂府屢見。《焦仲卿妻》「自名秦羅敷」，又「自名爲鴛鴦」，自名蓋猶言本名。《説文》「皇」下「自」訓「始」，「始」亦「本」也。〇余冠英云，「秦」是當時普遍的姓，「羅敷」也是當時女子慣用的名。編唱這個故事的人隨便給女主人翁這麽一個名字，不一定實有其人。自名，自道其名。

〔三〕「羅敷喜蠶桑，采桑城南隅」二句：**唐汝諤曰**：桑，蠶所食葉，木絲，蠶所吐也。

〔四〕「青絲爲籠係，桂枝爲籠鈎」二句：**唐汝諤曰**：籠，竹爲之，盛桑葉器。繫，繩也。鈎以懸籠。**吴兆宜曰**：籠，《漢書》「籠（天下之）貨物」（《食貨志》），「籠（天下）鹽鐵」（《張湯傳》）。《方言》「籠，南楚江沔之間謂之篣，或謂之笯」，（郭璞）注：「亦呼籃。」《方言》「鈎，宋楚陳魏之間謂之鹿觡，或謂之鈎格。自關而西謂之鈎，或謂之鑯」，（郭璞）注：「鈎，懸物者。」桂枝，劉安《招隱士》（《楚辭》）：「攀（援）桂枝兮聊淹留。」**聞人倓曰**：《説文》：「系，繫也。」按，徐伯陽《古樂府》「圓籠裊裊掛青絲，鐵鈎冉冉勝丹桂」，正翻用此詩也。**廖按**：余冠英云，籠，籃子。係，緊物的繃子。

〔五〕「頭上倭墮髻，耳中明月珠」二句：**唐汝諤曰**：《古今注》：長安婦人好爲盤桓髻、墮馬髻，今無復作者。倭墮髻，一云墮馬髻之餘形也。倭墮，疑即婑媠，蓋美好之意。《列子》（《楊朱》），公孫穆好色，後庭數十，「皆擇稚齒婑媠者以盈之」。髻，束髮也。**吴兆宜曰**：《後漢・梁冀傳》，冀妻孫壽作墮馬髻。《風俗通》（《後漢書》李賢注引）：「墮馬髻者，側在一邊」，「始自梁家所爲」，京師「皆仿效之」。明月珠，《後漢・輿服志》：「耳璫垂珠。」《鄒陽書》（《史記・魯仲連鄒陽列傳》）：「明月之珠，夜光之璧。」**聞人倓曰**：《漢書》：「武帝時使人入海市明月大珠，至圍二寸已下。」（廖按，見《藝文類聚・寶玉部》引《漢書》）。**廖按**：聞一多云，《説文》曰：「逶，逶迤，衺去之貌。」倭墮與逶迤同。蕭子顯《日出東南行》「逶迤梁家髻」，正作逶迤。倭墮髻蓋即墮馬髻。案，墮馬、倭墮，蓋名變而實未變，故蕭子顯詩曰「逶迤梁氏髻」。高允《羅敷行》曰「頭作墮馬髻」，並以爲倭墮即墮馬。「耳中」句，珠在耳中，似爲穿耳，高允《羅敷行》曰「耳穿明月珠」是也。《釋名・釋首飾》曰：「穿耳施珠曰璫，此本出於蠻夷所爲也……今中國人效之耳。」《三國志・吴書・諸葛恪傳》曰：「母之於女，恩愛至矣，穿耳附珠，何傷於仁？」此風蓋至東漢而始盛。〇余冠英云，倭墮，即「倭佗」或「婀娜」，美好也。明月珠，是大珠。古人穿耳戴珠，做裝飾。

[六]「緗綺爲下帬，紫綺爲上襦」二句：**唐汝諤曰**：緗，淺黄色。綺，繒也，即今細綾裙，下裳也。襦，短衣也。**吴兆宜曰**：毛萇《詩傳》（《詩經・齊風・東方未明》「東方未明，顛倒衣裳」）：「上曰衣，下曰裳。」又，綺，文繒也。《六書故》：「織素爲文曰綺。」《戰國策》（《燕策

一》」：「齊人紫敗素也，而價十倍。」《方言》：「汗襦……陳魏宋楚之間謂之襜襦，或謂之襌襦。」**聞人倓曰**：《釋名》：「緗，桑也。如桑葉初生之色也。」**廖按**：聞一多云，《後漢書·輿服志》「賈人緗縹而已」，劉（昭）注曰：「緗色，則赤黄之色也。」據此則即杏黄色，緗乃杏聲之訛耳。○余冠英云，綺，有花紋的綾子。襦，短襖。

［七］「行者見羅敷，下擔捋髭須」二句：**唐汝諤曰**：捋，以指摩其鬚也。鬚在口上曰髭。**吴兆宜曰**：《左傳》（《僖公二十八年》）：「不有行者，誰扞牧圉。」《説文》：擔，負何也。背曰負，何曰擔。（廖按，《説文》：「儋，何也。」段玉裁注：「儋俗作擔。古書或假檐爲之，疑又擔之誤耳。韋昭《齊語》注曰：『背曰負。肩曰儋。』」）《釋名》（《釋姿容》）：「擔，任也，任力所勝也。」（廖按，《釋名》「擔」作「檐」）《説文》：「髭，口上須也。」《釋名》（《釋形體》）：「髭，姿也，爲姿容之美也。」**廖按**：余冠英云，下擔，放下擔子。

［八］「少年見羅敷，脱帽著帩頭」二句：**唐汝諤曰**：著，被服也。帩，帕頭，或作幧，斂髮謂之幧頭。**朱嘉徵曰**：鄭《儀禮》注，幧頭，自項中而前交額上，卻繞髻也。（廖按，《儀禮·士喪禮》「主人髻髮」，鄭玄注：「狀如今之著幓頭矣。自項中而前交於額上，卻繞紒也。」「幧」作「幓」，「繞髻」作「繞紒」）周黨被徵，乃著穀皮綃頭，待見尚書（廖按，見《後漢書·逸民列傳》）。向栩性卓詭不倫，好披髮著絳綃頭（廖按，見《後漢書·獨行列傳》）。**吴兆宜曰**：《方言》，兩複結謂之幘巾，或謂之承露巾，或謂之覆髮巾。（廖按，見《方言》卷四，原文

爲：「覆結謂之幘巾，或謂之承露，或謂之覆髮。」）帩頭，《釋名》（《釋首飾》）：「綃頭：帩，鈔也，鈔髮使上從也。」（廖按，《釋名》「帩」作「綃」）**聞人倓曰**：《釋名》（《釋首飾》）：「帽，冒也。」故加於衆體之上。**廖按**：聞一多云，綃頭，《釋名·釋首飾》曰：「或曰陌頭，言其從後横陌而前也。」○余冠英云，帩頭，即綃頭，是包頭髮的紗巾。古人以絲或麻織品束髮然後加冠。帽大約是戴在綃頭之上的，「脱帽著綃頭」是説除下帽子，僅著綃頭。這是少年自己炫耀的態度。

〔九〕「耕者忘其犁，鋤者忘其鋤。來歸相怒怨，但坐觀羅敷」四句：**唐汝諤曰**：犁，耕田器也。鋤，立薅所用也。《左傳》：鉏而去之。（廖按，引文不見《左傳》，見《漢書·高五王傳》：「高后令章爲酒吏……章曰：『深耕穊種，立苗欲疏；非其種者，鉏而去之。』」）**陳祚明曰**：坐，緣也，緣觀羅敷故怨怒妻妾之陋，非坐而觀之之坐。**沈德潛曰**：歸家怨怒室人，緣觀羅敷之故也。**張玉穀曰**：言觀者歸家，皆怨怒其妻室，而妻室亦皆怨怒，緣既見羅敷，而形其醜陋也。**聞人倓曰**：《漢書》（《匈奴傳》）「固已犁其庭」），（顔師古）注：「犁，耕也。」《釋名》（《釋用器》）：「鋤，（助也，）去穢助苗長也。」**廖按**：聞一多云，「來歸」句言各與己妻相怨怒。○余冠英云，坐，因也。「耕者」四句是説耕者、鋤者歸來互相抱怨，只因爲看羅敷採桑，誤了工作。一説，因爲男子們癡看羅敷，愛慕羅敷，引起妻的憤怒，回家後發生詬誶。這也是可能的。此種叙寫的作用是襯托羅敷的美。

使君從南來，五馬立峙躇。[一] 使君遣吏往，問是誰家姝？[二] 秦氏有好女，自名爲羅敷。[三] 羅敷年幾何？二十尚不足，十五頗有餘。[四] 使君謝羅敷：寧可共載不？[五] 羅敷前置詞，使君一何愚！[六] 使君自有婦，羅敷自有夫。二解。

【校勘】

「五馬立峙躇」，《玉臺新詠》「躇」作「𡹬」，《樂府詩集》《古詩紀》「峙躇」作「踟躕」。

「問是誰家姝」，《玉臺新詠》「是」作「此」。

「尚不足」，《玉臺新詠》「不足」作「未滿」。

「羅敷前置詞」，《古詩紀》「置」作「致」，《玉臺新詠》《樂府詩集》《古詩紀》「詞」作「辭」。

【集注】

[一]「使君從南來，五馬立峙躇」二句：**唐汝諤曰**：使君，疑指郡守。《漢書·楊敞傳》，使君顓殺生之柄，威震郡國。《潘子真詩話》：漢制，太守駟馬而已，其有加秩中二千石，乃右驂，故以五馬爲太守美稱。踟躕（廖按，唐汝諤《古詩解》「峙躇」作「踟躕」），行不進也。**吴兆宜曰**：《前漢》（《漢書·趙尹韓張兩王傳》），趙廣漢爲京兆，界上亭長戲曰：「至府，爲我多謝問趙君。」尹翁歸，徵拜東海太守。若使君之稱，則見之《後漢（書）·郭伋傳》。伋前在并州，「行部，到西河美稷，有童兒數百，道次迎拜，曰：『聞使君到，喜，故來奉迎。』」五

馬，許顗《彥周詩話》：「五馬事，無知者。陳正敏云：『孑孑干旄，在浚之都。素絲組之，良馬五之。』（《詩經・鄘風・干旄》）以謂州長建旟作太守事。又《漢官儀》注，駟馬加左驂右騑，二千石有左驂，以爲五馬……存之以俟知者。」陰時夫《韻府群玉》引《元帝紀》云：「漢制太守駟馬，其加秩中二千石乃右驂，故以五馬爲貴。」今《元帝紀》無，未詳何據。《遯齋閑覽》：「漢朝臣出使爲太守，增一馬，故爲五馬。」踟躕，《説文》：「峙，躇也；峙躇不前。」**廖按**：余冠英云，「五馬立踟躕」是説使君的車停止不進。

〔二〕「使君遣吏往，問是誰家姝」二句：**唐汝諤曰**：美色曰姝。**吴兆宜曰**：《漢書・王訢傳》（《公孫劉田王楊蔡陳鄭傳》）：「以郡縣吏積功。」《陳萬年傳》：「沛郡相人也，爲郡吏。」趙廣漢傳（《漢書・趙尹韓張兩王傳》）：「涿郡蠡吾人也，少爲郡吏。」此云「遣吏往」，則知使君爲二千石矣。**廖按**：曲瀅生云，《詩》（《邶風・静女》「静女其姝」）毛傳：「姝，美色也。」○余冠英云，問是誰家姝，是使君給吏人的命令。

〔三〕「秦氏有好女，自名爲羅敷」二句：**吴兆宜曰**：一作「答云秦氏女，且言名羅敷」。**廖按**：余冠英云，此二句是吏人的回復。

〔四〕「羅敷年幾何？二十尚不足，十五頗有餘」三句：**廖按**：余冠英云，此三句是使君和吏人的問答。

〔五〕「使君謝羅敷，寧可共載不」二句：**唐汝諤曰**：不，否也。問詞。**吴兆宜曰**：（顏師古注引)晉灼《漢書》(《張耳陳餘傳》「有廝養卒謝其舍曰」)注：「以辭相告曰謝。」《漢(書)・外戚傳》：「孝成帝遊于後庭，常欲與班婕妤同輦載，婕妤辭。」**聞人倓曰**：《周易》(《大有》)：「大車以載。」**廖按**：聞一多云，使君謝羅敷，此吏人代使君訊于羅敷之辭也。李廣孫陵傳(《漢書・李廣蘇建傳》)：「立政曰：『咄，少卿良苦，霍子孟、上官少叔謝女。』」(顏師古)注曰：「謝，以辭相問也。」凡此言謝，並猶今人言問候也。○余冠英云，謝，問也。寧，問辭，猶其也。

[六]「羅敷前置詞，使君一何愚」二句：**廖按**：聞一多云，《楚辭・九歎・遠逝》曰：「訴五帝以置辭。」《漢書・周勃傳》(《張陳王周傳》)曰：「勃恐，不能置辭。」○余冠英云，一何，猶何也。「一」是語助字。

東方千餘騎，夫壻居上頭。[一]何用識夫壻？白馬從驪駒。[二]青絲繫馬尾，黄金絡馬頭。[三]腰中鹿盧劍，可直千萬餘。[四]十五府小史，二十朝大夫，三十侍中郎，四十專城居。[五]爲人潔白皙，鬑鬑頗有須。[六]盈盈公府步，冉冉府中趨。[七]坐中數千人，皆言夫壻殊。[八]三解。前有豔詞曲，後有趨。（《宋書》卷二一《志》第十一《樂》三。《玉臺新詠》卷一、《樂府詩集》卷二八、《古詩紀》卷十六）

【校勘】

「何用識夫壻」，《玉臺新詠》「用」作「以」。

「腰中鹿盧劍」，《玉臺新詠》「中」作「間」。

「可直千萬餘」，《古詩紀》「直」作「值」。

「十五府小史」，《玉臺新詠》「史」作「吏」。

「鬑鬑頗有須」，《玉臺新詠》《樂府詩集》《古詩紀》「須」作「鬚」，《玉臺新詠》「鬑鬑」作「髯髯」。

「前有豔詞曲」，《樂府詩集》「詞」作「歌」，《古詩紀》「詞」作「辭」。

【集注】

［一］「東方千餘騎，夫壻居上頭」二句：**吴兆宜曰**：《爾雅》，女之夫曰壻。**聞人倓曰**：《毛詩》（《邶風·簡兮》「在前上處」），（鄭玄）箋：「『在前上處』者，在前列上頭也。」**廖按**：余冠英云，上頭，行列的前端。

［二］「何用識夫壻？白馬從驪駒」二句：**唐汝諤曰**：驪，馬深黑色。五尺以上曰駒。**漢詩説曰**：費軒記曰，「用」作「以」字解。**吴兆宜曰**：毛萇《詩》（《魯頌·駉》「有驪有黄」）傳：「純黑曰驪。」《説文》：「驪，深黑色。」何承天《纂文》：「馬二歲爲駒。」**聞人倓曰**：《釋畜》「小領盜驪」注：周穆王八駿有盜驪。（廖按，《爾雅·釋畜》「小領，盜驪」，郭璞注：「《穆

天子傳》曰：『天子之駿，盜驪、緑耳。』」）盜驪，竊驪也。竊淺清色，驪純黑色。

[三]「青絲繫馬尾，黃金絡馬頭」二句：**唐汝諤曰**：絡，馬羈鞚也。**吴兆宜曰**：《說文》：「羈，馬駱頭也。」

[四]「腰中鹿盧劍，可直千萬餘」二句：**唐汝諤曰**：鹿盧劍，晉灼注：古長劍，首以玉作井，鹿盧形。（廖按，見《漢書・雋疏于薛平彭傳》「不疑冠進賢冠，帶櫑具劍」顔師古注引晉灼曰）**吴兆宜曰**：鹿盧劍，《燕丹子》：荆軻左手把秦王袖，右手揕其胸，秦王乞聽秦聲而死，召姬人鼓琴，琴曰：「羅縠單衣，可裂而絶。八尺屏風，可超而越。鹿盧之劍，可負而伏。」秦王乃奮地而起，遂殺軻。按，《漢書・雋不疑傳》（《雋疏于薛平彭傳》）注（顔師古注引晉灼曰）：「古長劍首以玉作井鹿盧形，上刻木作山形，如蓮花初生未敷時。今大劍木首，其狀似此。」直千萬，《西京雜記》：昭帝時，茂陵家人獻寶劍，上銘曰：「直千金，壽萬歲。」**廖按**：余冠英云，鹿盧，滑車。通常寫作轆轤。古代長劍之首用玉作成井轆轤形。

[五]「十五府小史，二十朝大夫。三十侍中郎，四十專城居」四句：**唐汝諤曰**：小史，掌書者。專城，尊撫一郡也。**吴兆宜曰**：吏，一作「史」，《漢書・張湯傳》：「始爲小吏。」《翟方進傳》：年十二三，給事太守府爲小史。《百官公卿表》（《漢書》）：「大夫掌議論，有太中大夫、中大夫、諫大夫，皆無員，多至數十人。武帝元狩五年，初置諫大夫，秩比八百石。太初元年，更名中大夫爲光禄大夫，秩比二千石。太中大夫秩比千石。」侍中，杜氏《通典》：「侍中者，周常伯即

其任也。秦爲侍中，本丞相史也，丞相使史五人，往來殿内奏事，故謂之侍中。漢侍中爲加官。」**聞人倓曰**：《周禮》凡官屬皆有府史。《春官》：「小史掌邦國之志。」又《秋官》：「朝大夫掌都家之國治。」《漢書·百官公卿表》（顏師古注引）應劭注：「入侍天子，故曰侍中。」專，擅也。專城謂擅一城也，守宰之屬。**廖按**：聞一多云，《文選》潘安仁《馬汧督誄》「剖符專城」，謂爲太守也。○余冠英曰：府小吏，太守府里的吏人。朝大夫、侍中郎，都是官名。侍中在漢朝是加官，就是在原官上特加的榮銜。專城居，是説爲一城之主，如州牧和太守。

［六］「爲人潔白皙，鬑鬑頗有須」二句：**唐汝諤曰**：皙，人色白也。鬑鬑，鬚長貌。**吴兆宜曰**：活本、楊本作髯髯。《説文》：力兼切，長貌。頗有鬚，《左傳》（《昭公二十六年》），冉豎告平子曰：「有君子白皙，鬒鬚眉，甚口。」**聞人倓曰**：《説文》：「鬑，鬋也。」**廖按**：聞一多云，《玉篇》曰：「鬝鬑，鬢髮疎薄貌。」鬑鬑猶鬝鬑也。○余冠英云，鬑鬑，長貌。白面長髯是當時男性美的象徵。

［七］「盈盈公府步，冉冉府中趨」二句：**唐汝諤曰**：盈盈，闊步貌。冉冉，徐行貌。**吴兆宜曰**：公府，《北堂書鈔》：「《續漢書·百官志》云：『公府掾比古元士，（元士）三命者也。』」崔寔《政論》：「三府掾屬及其取官，又多超卓，或期月而長州郡，或數年而致公卿。」**廖按**：黄節云，《離騷》（《楚辭》）「老冉冉其將至兮」，王（逸）注：「冉冉，行貌。」○曲瀅生云，樂府《隴西行》：「盈盈府中趨。」○聞一多云，《説文》曰：「䋼，緩貌。」盈䋼通。《漢書·游俠

傳》曰：「遵少孤，與張竦伯松俱爲京兆史。……哀帝之末俱著名字，爲後進冠。并入公府。」漢人稱郡守爲府，見《唐公房碑》《上穀府卿墳壇刻石》及《項伯度鐘刻文》。太守官舍曰府，故稱太守曰府君。《後漢書·儒林周澤傳》曰：「（孫堪）嘗爲縣令，謁府，趨步遲緩，門亭長譴堪御吏，堪便解印綬去，不之官。」案古禮尊貴者行遲，卑賤者行速，孫堪以縣令謁府而趨步遲緩，有近越禮，故遭譴斥。太守位尊，自當舉趾舒泰，節度遲緩。此所謂「公府步」「府中趨」者，猶今人言官步矣。○余冠英云，盈盈、冉冉，都是美好而遲緩的樣子，形容貴人的步法。「公府」是三公之府，「府中」指太守所居。

［八］「坐中數千人，皆言夫壻殊」二句：**唐汝諤曰**：殊，異也。**張玉穀曰**：坐中數千人，即指公府中人而甚言之也。**廖按**：聞一多云，樂府歌辭本多係歌舞劇，此曰「坐中數千人」，斥觀衆而言也。「皆言」句，傅玄《董逃行·歷九秋篇》曰：「男兒墮地稱姝。」《説文》曰：「姝，好也。」殊與姝通。《廣雅·釋詁四》曰：「殊，絶也。」絶亦好也。

【集評】

謝榛曰：傅玄《豔歌行》全襲《陌上桑》，但曰：「天地正厥位，願君改其圖。」蓋欲辭嚴義正，以裨風教。殊不知「使君自有婦，羅敷自有夫」，已含此意，不失樂府本色。

王世貞曰：玄又有《日出東南隅》一篇，汰去精英，竊其常語，尤有可厭者。本詞：「使君自有婦，羅敷自有夫。」於意已足，綽有餘味。今復益以天地正位之語，正如低措大記舊文不全，時以己意續貂，罰飲墨水一斗可也。

唐汝諤曰：前叙羅敷之美，爲使君所邀，而不知羅敷即使君之婦、使君即羅敷之夫，故曰「使君自有婦，羅敷自有夫」，蓋戲之也。既將二人説開，以見各不相知，而後章只形容夫壻之尊，又隱然即使君氣象，蓋微詞隱諷不露本色。初若不知爲誰而推尋上下文，自可默會於言意之表。假令使君讀之，亦可媿死無地矣。余考《秋胡行》古辭已亡，而魏武以下多翻爲别曲焉，知非即羅敷《陌上桑》之誤。去古已遠，莫可參稽，僅僅恃音調以窺測之，又何怪乎？樂府之漸不古也。

吴景旭曰：吴兢以侍中郎之詞與家令不合，遂病之。《樂府原》題云，侍中郎，漢官也。恐仁爲趙王家令，後爲漢侍中郎也。余最喜樂府集有云，大抵詩人感詠，隨所命意，不必盡當其事，所謂不必辭害意也。且發乎情，止乎禮義，古詩之風也。今次是詩，益將體原其蹟，而以辨麗是逞，約之以義，殆有所未合。而盧思道、傅縡、張正見復不究明，更爲祖述。使若其夫不有東方騎，不爲侍中郎，不作專城居，乃得從使君之載歟？如劉邈、王筠之作，蠶不飢，日未暮，亦安得彷徨爲使君留哉？……故秋胡婦曰，婦人當採桑力作，以養舅姑，亦不願人之金。此真烈婦之辭耳。（廖按，同題之歌，張正見云：「恐疑夫婿遠，聊復答專城。」傅縡云：「空勞使君問，自有侍中郎。」盧思道云：「會待東方騎，遥居最上頭。」劉邈云：「蠶飢日欲暮，誰爲使君留。」王筠云：「春蠶朝已伏，安得久彷徨。」）

朱嘉徵曰：漢遊女之情正，但令不可求而止；《陌上桑》之情亦正，惟言羅敷自有夫而止，皆正風也。○古辭用直叙，風義悠揚絶勝。《孔雀東南飛》《日出東南隅》，並長篇佳手，中間間叙複叙，忽接忽收，都是憑空結撰。

陳祚明曰：樂府體總以鋪陳豔異爲工，與古詩確分二體。○從日寫至樓，從樓寫至女，古人發端往往條遞不驟。○將寫羅敷容飾之盛，乃先用籠係、籠鈎二語與下相排，一則文氣變宕不羈，再則自採桑而轉到容飾無過渡之迹，其法甚妙。○寫羅敷本須寫容貌，今止言服飾之盛耳，偏無一言及其容貌，特於看羅敷者盡情描寫，所謂虛處著筆誠妙手也，「立踟躕」是人踟躕，反言馬，故趣。○「年幾何」單一句，亦使君問語。○羅敷致辭截然嚴正，但二語已足，此詩意便可竟，後解又極寫一段傲使君耳，當時不必一一言及此，然若非此夫婿，幾無以謝使君者然。○如此淋漓大篇，無三解極寫一段，勢不可住。○鬑鬑有鬚如畫，盈盈冉冉，字法生動，「皆言夫婿殊」，如此竟住，大佳，落落無章法，乃其章法之妙也。○寫羅敷意中視府君蔑如耳。

王夫之曰：樂府諸曲多采之民間，以傅管絃、悦流耳；即裁自文士，亦必筆墨氣盡，吟詠情長。古體固然有如此者。雖因流俗之率爾，而裁製自純好。使不了漢爲此，於「皆言夫婿殊」之下，必再作峻拒語，即永落惡道矣。

李因篤曰：「羅敷憙蠶桑」，一語淡淡寫出貞女性情。「行者」四句，微妙。○人怨者一語。○「使君一何愚」，「愚」字直寫得毒快。「使君自有婦」，如聽高禪説法矣。○住得高絶，羅敷之不可犯，更不必言。○初極寫羅敷之豔，終盛誇其夫之賢，其拒使君止數語耳，此所謂争上流法也。詩之高渾自然，横絶兩京矣。

漢詩説曰：「日出東南隅，照我秦氏樓」，起句便有容華映朝日之意，惟太白善用此法。「自名爲羅敷」句奇絶，此婉孌美名非父母命之、他人號之，而羅敷自名之，奇妙。「青絲」六句妝扮出一個絶色佳人，令人想見，妙絶。「行者」八句，人皆消魂奪魄，是旁寫倒映法，所以起使君句。試觀數行詩，曾有一句寫羅敷肌膚眉目乎？細參之使君遣吏問，復叙羅敷姓名年齒，如此方委曲盤旋而不直迫，此詩家三昧。羅敷對使君之語，只説夫壻，而自己之不可犯、使君之冒昧，更不必言，結法高絶。此詩開無限法門。

沈德潛曰：鋪陳濃至，與辛延年《羽林郎》一副筆墨。此樂府體别於古詩者在此。「謝使君」四語，大義凛然。末段盛稱夫壻，若有章法，若無章法，是古人入神處。篇中韻脚，三「頭」字，二「隅」字，二「餘」字，二「夫」字，二「鬚」字。

張玉穀曰：一解，總述羅敷美好，分四層寫，爲二解使君思載引端，即與三解盛誇夫壻遥對。首四，叙明姓名，以朝日發端，即有皦日明心之意，總冒通章。「羅敷」四句，叙其出采，遇使君之由也。先就桑具着色。「頭上」四句，詳其服飾。「行者」八句，意在叙其容貌之美也，卻偏不一句正寫，只歷叙見者莫不神魂顛倒如此，而其美自見，且即以襯出使君，神來之筆。二解，正叙使君之犯，羅敷之拒。「使君」十一句，順叙使君見之踟躕，邀與同載。中插遣吏往問姓名一層問答，應筆也。又插問年一層問答，補筆也，委曲明劃。「羅敷」四句，正叙禦暴。開口下一

「愚」字，中有暗於理、昧於勢二義，「有婦」「有夫」，先斥其暗於理，已足使使君語塞。三解，皆羅敷之語，蒙上「自有夫」來，極誇夫婿之美好尊貴如此，意謂爾即不顧倫理，就勢而言，亦何可以勾奪。總以曉其愚也，而着意鋪張，又恰與首解兩相輝映。「東方」二句，以夫婿之高顯提起。「何用」六句，詳其服飾。「十五」四句，詳其歷官。「爲人」四句，詳其容貌儀表。末二，以人皆豔羡作結，竟不兜繳使君，而使君之慚愧而去可知矣，妙絕。○前後同一鋪陳濃至，然前屬作者正寫，後乃就羅敷口中説出，故不覺堆垛板重。

廖按：蕭滌非云，末段羅敷答詞，當作海市蜃樓觀，不可泥定看殺。以二十尚不足之羅敷，而自云其夫已四十，知必無是事也。作者之意，只在令羅敷説得高興，則使君自然聽得掃興，更不必嚴詞拒絶。○嚴依龍提出「羅敷的丈夫並不存在，他是一個虛擬的人物，羅敷誇耀自己的丈夫是借此來拒絶『使君』的托詞，她用來比興丈夫的是自己所心愛的蠶」，見《〈陌上桑〉中羅敷所説之丈夫辨析》，《求索》一九九九年第五期。

西門行

【集解】

沈約曰：《西門》，《西門行》，古詞六解。《相和》，大曲。

郭茂倩曰：《西門行》六解，古辭，《瑟調曲》。相和歌辭。○《古今樂録》曰：「王僧虔《技録》《西門行》歌古《西門》一篇，今不傳。」《樂府解題》曰：「古辭云『出西門，步念之』。始言醇酒肥牛，及時爲樂；次言『人生不滿百，常懷千歲憂，晝短苦夜長，何不秉燭遊』；終言貪財惜費，爲後世所嗤。又有《順東西門行》，爲三、七言，亦傷時顧陰，有類於此。」○右一曲，晉樂所奏。

馮惟訥曰：《西門行》。《宋書》作大曲。

唐汝諤曰：此嗟日暮途窮者自爲寬解之詞。西方夕陽其光易没，故因出西門而賦以自歎。言浮生有限，爲樂信當及時，請遂酬酒擊鮮，呼我心知，聊用自解。彼人壽幾何，而輒憂及千歲爾？則秉燭夜遊，猶恐其晚矣。念非仙如王喬，壽命難與期待，夫既壽不可期，而又不及時爲樂，則徒以弗飲弗食爲後人所嗤笑而已。

朱嘉徵曰：《西門行》歌「出西門」，君子悼時之作。悼時爲無益之憂也。夫憂與樂反。任道體素，不爲憂端，而樂以至焉。問達人所樂何事，曰「請呼心所歡」者是。古詩云，貴與願同俱，非邪，本辭曲終「遊行去去如雲除，弊車羸馬爲自儲」二語略見。

陳祚明曰：「東西門行」倣《國風》「出自北門」之意，皆貧士失職者所作。

朱乾曰：此古詩十九首之一也，稍變其辭以合節奏。

廖按：余冠英云，這是晉代樂府所用的歌辭，較之漢本辭有所增添，如「自非仙人王子喬」以下。也有所删除，如「行去之，如雲除」兩句。大約因爲漢晉樂律不同，不能無所增改。其增添的部分是以古詩「生年不滿百」篇爲藍本。而古詩「生年不滿百」篇也是從《西門行》本辭演化出來的。

出西門，步念之。今日不作樂，當待何時。[一]一解。夫爲樂，爲樂當及時。何能坐愁怫鬱，當復待來茲。[二]二解。飲醇酒，炙肥牛。請呼心所歡，可用解愁憂。[三]三解。人生不滿百，常懷千歲憂。晝短而夜長，何不秉燭游。[四]四解。自非仙人王子喬，計會壽命難與期。[五]自非仙人王子喬，計會壽命難與期。五解。人壽非金石，年命安可期；貪財愛惜費，但爲後世嗤。[六]六解。一本「燭游」後「行去之，如雲除，弊車羸馬爲自推」，無「自非」以下四十八字。（《宋書》卷二一《志》第十一《樂》三。《樂府詩集》卷三七、《古詩紀》卷十六）

【校勘】

「晝短而夜長」，《古詩紀》「而」作「苦」。

【集注】

[一]「出西門，步念之。今日不作樂，當待何時」四句：**唐汝諤曰**：步念之，謂步步想念也。**朱乾曰**：西門，日没之地，《堯典》（《尚書》）「寅餞納日」，有送往之義焉，故爲及時行樂之詞，在《易·離》之九三曰，「日昃之離，不鼓缶而歌，則大耋之嗟」。**廖按**：黄節云，古詩：「爲

樂當及時，何能待來兹。」

[二]「何能坐愁怫鬱，當復待來兹」二句：**唐汝諤曰**：怫戾、鬱屈也。來兹，來年也。**廖按**：黄節云，李善注：「《吕氏春秋》曰：『今兹美禾，來兹美麥。』高誘注：『兹，年也。』」

[三]「飲醇酒，炙肥牛，請呼心所歡，可用解愁憂」四句：**唐汝諤曰**：醇，醲也。《史記·曹相國世家》：「參日夜飲醇酒。」歡，喜樂也。所歡，即指所悦之人言。**張玉穀曰**：言與心歡者謀解憂之法。**廖按**：黄節云，《禮記》（《樂記》）：「酒食者，所以合歡也。」○余冠英云，醇酒，對於淡酒、薄酒而言，是味厚而不雜的酒。

[四]「人生不滿百，常懷千歲憂。晝短而夜長，何不秉燭游」四句：**唐汝諤曰**：《列子》（《楊朱》）：「人得百年者千無一焉。」秉，執也。執燭而遊，所以補日之不足也。**廖按**：黄節云，古詩：「生年不滿百，常懷千歲憂。晝短苦夜長，何不秉燭游。」

[五]「自非仙人王子喬，計會壽命難與期」二句：**唐汝諤曰**：《列仙傳》：王子喬，周靈王太子晉也。有道士浮丘公接以上嵩高山，後乘白鶴過緱氏山頭，舉手謝時人而去。**廖按**：黄節云，古詩：「仙人王子喬，難可與等期。」《戰國策》（《齊策》）：「孟嘗君出記，問門下諸客：『誰習計會能爲文收責於薛者乎？』」○余冠英云，計會，算也。難與期，是説不可希冀。

[六]「人壽非金石，年命安可期；貪財愛惜費，但爲後世嗤」四句：**唐汝諤曰**：古詩：「人生忽

如寄，壽無金石固。」又：「愚者愛惜費。」嗤，笑也。**廖按**：黄節云，古詩：「年命如朝露。」○余冠英云，「安可期」是説不可預料。

【集評】

朱嘉徵曰：按曲與《善哉行》同指。來日大難，疊調甚促，所謂長言之不足，故嗟歎之。《西門行》，嗟歎之不足，又舒聲緩節以和之歟。

陳祚明曰：「步念之」佳，步步念言心何勤。作樂毋待時，悲苦中强爲樂耳。承接而下，再言以申之，晉樂「夫」字更覺章法生動。酒加「美」字「醇」字，牛加「肥」字，俱有致。「呼心所歡」，妙，非得心所歡，樂不甚。「人生」四句用古詩，必是音節恰合，語亦順適自然。○五解二句淋漓流宕，振起通篇。

王夫之曰：意亦可一言，而竟往復鄭重，乃以曲感人心。詩樂之用，正在於斯。

李因篤曰：一解，「當待何時」，問得妙絶。世之愚者，自誤一生，「待」字正是病根。自問奇。吾亦疑之。○二解，「待來日」（廖按：李因篤《漢詩音注》「待來兹」作「待來日」），猶之待來年，勞勞畢生，無樂期矣。○五解，疊句用得恰好。

張玉穀曰：此詩言人壽不長，必當及時行樂，不可惜費也。意與《十九首》中「生年不滿百」章大略相同，語句亦多襲用。然古詩、樂府殊厥體裁，此處正可互參，證取同工異曲。首解，以出門步念，引起不樂何待，大旨全提。二解，正轉到樂當及時，點出坐愁有待之誤，筆意超忽。

三解，以飲酒炙牛，括舉行樂大實，是即不貪財而愛惜費也。以上俱就自己身上説，轉到「呼心所歡」、「用解愁憂」，則欲推此樂以及人。以下三解，皆作告歡語看。四解，揭出人生年促，徒報長憂之妄，是所以當及時行樂之故也。夜尚當遊，何況於晝，則更就及時意跌進一層。五解，頂「人生」句意申寫，除是神仙，乃能長壽，仙人之壽，何可概期，反覆言之，以破百年外之癡想。末解，更接前意轉深一層，壽非金石，安可預期，不特百年不滿，抑且朝暮難知，暗繳爲樂解憂及時、不可少待意，十分醒透。然後就不知行樂解憂者，指出其惜費病根，受嗤明驗，反拓作收，真有神龍掉尾之勢。

【附】西門行（本辭）

【集解】

郭茂倩曰：右一曲，本辭。

徐獻忠曰：西方乃日落之處，故因出西門，感念浮生易衰，爲樂當及時也。故雖敝車羸馬，亦當自儲，而遊行豈必富貴而後可樂？此日暮途窮之人所作。

出西門，步念之，今日不作樂，當待何時？[一]逮爲樂，逮爲樂，當及時。何能愁佛鬱，當復待來茲。[二]釀美酒，炙肥牛[三]，請呼心所歡，可用解憂愁。人生不滿百，常懷千歲憂。晝短苦夜長，何不秉燭遊。遊行去去如雲除，弊車羸馬爲自儲。[四]

（《樂府詩集》卷三七《相和歌辭》十二。《古詩紀》卷十六）

【集注】

[一]「出西門，步念之，今日不作樂，當待何時」二句：**廖按**：余冠英云，步念之，就是步步念之，「之」字指下文。

[二]「逮爲樂，逮爲樂，當及時。何能愁佛鬱，當復待來茲」五句：**廖按**：黄節云，《爾雅》（《釋言》）：「逮，及也。」○余冠英云，逮爲樂，就是急爲樂。佛鬱，憂愁貌。來茲，來年也。

[三]炙肥牛：**廖按**：余冠英云，炙，燒烤也，古代吃肉以燔炙爲主。

[四]「遊行去去如雲除，弊車羸馬爲自儲」二句：**廖按**：黄節云，除與徐古通用。《爾雅》（《釋天》）「太歲……在辰曰執徐」，《淮南子》（《天文訓》）作「執除」。《説文》：「徐，安行也。」○余冠英云，遊行，遊字似爲多出來的字。「行」，將也。去去，言離去此世。如雲除，言如同雲霧從天空除去，不留痕跡，這是説人生短暫。一説，雲除即雲衢。「如雲除」是説往遊於天上，就是遊仙的意思。

【集評】

陸時雍曰：淋漓擊節。「遊行去去如雲除，弊車羸馬爲自儲」，意致騷騷勃發。

陳祚明曰：「如雲除」，「除」字與李陵詩「奄忽互相逾」意同。末句妙，寫出强言爲樂意，車則弊，馬則羸，又須自備，良大苦。晉樂去此二句，反用古詩語。今不宜愛費，正使車馬自儲勉，自儲可耳，何當不樂。

李因篤曰：無可聊賴，其中所含甚長，然究解憂之方，如是而已。○步步念此，寫出急情。○結語妙絶，正與《唐風·山有樞》篇意同，言恣遊遨則雖弊車羸馬爲自儲而適用矣，不然雖有車馬，弗馳弗驅，將他人是愉，甚足悲也。

折楊柳行

【集解】

沈約曰：《默默》，《折楊柳行》，古詞四解。《相和》，大曲。

郭茂倩曰：《折楊柳行》四解，古辭，《瑟調曲》。相和歌辭。○《古今樂録》曰：「王僧虔《技録》云：《折楊柳行》歌文帝「西山」、古「默默」二篇，今不歌。」

徐獻忠曰：此篇類言人君不用善言，而爲讒邪之所惑，未有不亡其國而喪其身者。故末云「三人成市虎」，雖至慈之母猶惑之，而況於人主乎？獻玉者尚至於刖足，而況食其禄者乎？是可爲世戒者。非止一節，咸有經據，猶之折楊柳者逐枝採摘，咸可寄情於人也。

馮惟訥曰：《折楊柳行》。《宋書》作大曲。

朱嘉徵曰：《折楊柳行》歌「默默」，誨王於道，澄主鑒也。

陳祚明曰： 樂府惟二意，非祝頌則規戒，此應是賢者諫不得行而作詩以諷，其言危切。

朱乾曰：《搜神記》曰：「太康末，京洛爲《折楊柳》之歌。其曲始有兵革苦辛之辭，終以擒獲斬截之事。自後楊駿被誅，太后幽死，楊柳之應也。」此猶「董逃」之讖矣。○按《折楊柳曲》起已遠，《莊子·天地篇》：「折楊皇荂，則嗑然而笑。」《詩·采薇》遣戍役有「楊柳依依」之句，故折贈行人，後世遂爲故事。阮瑀詩「下車步踟躕，仰折枯楊枝」（《駕出北郭門行》），陳王瑳詩「攀折思爲贈，心期別路長」（《折楊柳》），岑之敬詩「曲成攀折處，唯言怨別離」（《折楊柳》），皆主別離而言，所謂「惟有垂楊管別離」（劉禹錫《楊柳枝》）也。此悲賢人去國而歌以送之，以尾句「接輿歸草廬」爲主。

廖按： 余冠英云，本篇開頭説人君糊塗一定有不良後果，下文就列舉故事作爲證明。第四解説衆口一詞，混淆是非，最爲可怕，楚國既發生過卞和刖足那樣的事，就難怪會産生接輿那樣的人了，因爲從政總有危險，逃世才能遠禍。這是感慨話。這篇雖是規戒而有濃厚感情，和箴銘不同。結構極像《韓非子·内儲説經》，在漢樂府裏很顯得别致。

默默施行違，厥罰隨事來。[一] 末喜殺龍逢，桀放於鳴條。[二] 一解。祖伊言不用，紂頭縣白旄。[三]指鹿用爲馬，胡亥以喪軀。[四]二解。夫差臨命絶，乃云負子胥。[五]戎王納女樂，以亡其由余。[六]璧馬禍及虢，二國俱爲墟。[七]三解。三夫成市虎，慈母投杼趨。[八]卞和之刖足，接予歸草廬。[九]四解。（《宋書》卷二一《志》第十一《樂》三。《樂府詩集》卷三七、《古詩紀》卷十六）

【校勘】

「接予歸草廬」，《樂府詩集》《古詩紀》「予」作「輿」。

【集注】

[一]「默默施行違，厥罰隨事來」二句：**陳祚明曰**：「默默」與「墨墨」通。「厥罰隨事來」見若影響。**廖按**：余冠英云，默默，即墨墨，昏暗也。違，不正也。厥罰隨事來，言其懲罰隨著昏暗不正的事而來。

[二]「末喜殺龍逢，桀放於鳴條」二句：**廖按**：黄節云，《竹書紀年》，十四年，癸命扁伐山民。山民女於桀二人，曰琬曰琰，後愛二人。女無子焉，斵其名於苕華之玉，苕是琬，華是琰，而棄其元妃於洛曰妹喜，于傾宫飾瑶臺居之。三十年，殺其大夫關龍逢。三十一年，商自陑征夏邑，克昆吾，大雷雨，戰於鳴條，夏師敗績，桀出奔三朡；商師征三朡。戰于郕，獲桀于焦門，放之于南巢。案，《後漢書·郡國志》注：河東安邑縣西有鳴條陌。《御覽》

曰：「今有鳴條亭，在安邑之西。」○余冠英云，末喜，即妹喜，又作末嬉，夏桀的妻。龍逢，即關龍逢，夏桀之臣。鳴條，在今山西安邑縣西。相傳桀被商民族戰敗於鳴條，放逐而死。○**又按**：《史記·外戚世家》：「桀之放也以末喜。」《莊子·人間世》：「昔者桀殺關龍逢。」《史記·夏本紀》：「湯遂率兵以伐夏桀。桀走鳴條，遂放而死。」

[三]「祖伊言不用，紂頭懸白旄」二句：**廖按**：黄節云，《尚書》（《西伯戡黎》）：西伯既戡黎，祖伊恐，奔告于王曰，非先王不相我後人，惟王淫戲，用自絶。今我民罔弗欲喪，曰：「天曷不降威？大命不摯。今王其如台！」王曰：「嗚呼！我生不有命在天？」《史記·周本紀》：「周武王於是遂率諸侯伐紂。紂亦發兵距之牧野。甲子日，紂兵敗。紂走入登鹿臺，衣其寶玉衣，赴火而死。周武王遂斬紂頭，縣之白旗。」○余冠英云，祖伊，商紂的賢臣，在周人戰勝黎國的時候，曾告紂天命人心都不順殷。白旄，竿頭上有犛牛尾的旗子，用以指揮。周人入商，紂自焚而死，周武王斬下紂的頭懸在旗竿上。（廖按，《逸周書·克殷解》：「武王使尚父與伯夫致師。王既誓，以虎賁、戎車馳商師，商師大崩。商紂奔。武王乃手太白以麾諸侯，諸侯畢拜。遂揖之。商庶百姓咸俟于郊。群賓僉進曰：『上天降休。』再拜稽首。武王答拜，先入適王所，乃克射之，三發而後，下車，而擊之以輕吕，斬之以黄鉞。折，縣諸太白。乃適二女之所，既縊，王又射之三發，乃右擊之以輕吕，斬之以玄鉞，縣諸小白。」）

〔四〕「指鹿用爲馬，胡亥以喪軀」二句：**廖按**：黄節云，《秦始皇本紀》（《史記》）：太子胡亥襲位爲二世皇帝。「趙高欲爲亂，恐群臣不聽，乃先設驗，持鹿獻於二世，曰：『馬也。』二世笑曰：『丞相誤邪？謂鹿爲馬。』問左右，左右或默，或言馬，以阿順趙高。或言鹿（者），高因陰中諸言鹿者以法。後群臣皆畏高。」又曰：「閻樂前即二世曰：『臣受命于丞相，爲天下誅足下。』」麾其兵進。二世自殺。○余冠英云，秦二世胡亥寵任趙高，趙高專權作威，曾爲了試驗群臣是否敢於對他的話持異議，便指著一匹鹿而硬説是馬，群臣有説是鹿的都被他殺害。胡亥終於被趙高逼死。

〔五〕「夫差臨命絶，乃云負子胥」二句：**廖按**：黄節云，《吴太伯世家》（《史記》）：「越敗吴。越王句踐欲遷吴王夫差於甬東。……吴王曰：『孤老矣，不能事君王也。吾悔不用子胥之言，自令陷此。』遂自剄死。」○余冠英云，子胥，春秋時人，伍員的别號。伍員爲了反對與越國講和，屢諫吴王夫差，夫差不聽。後因太宰嚭的讒間，被夫差賜死。夫差後被越國戰敗，臨死時他説没有面孔再見伍子胥。

〔六〕「戎王納女樂，以亡其由余」二句：**廖按**：黄節云，《秦本紀》（《史記》）：「繆公退而問内史廖曰：『孤聞鄰國有聖人，敵國之憂也。今由余賢，寡人之害，將奈之何？』内史廖曰：『戎王處辟匿，未聞中國之聲。君試遺其女樂，以奪其志；爲由余請，以疏其間；留而莫遣，以失其期。戎王怪之，必疑由余。君臣有間，乃可虜也。且戎王好樂，必怠於政。』繆公曰：『善。』因與由余曲席而坐，傳器而食，問其地形與其兵勢盡察，而後令内史廖以女樂二八遺戎王。戎王受而説之，終年不還。於是秦乃歸由余。由余數諫不聽，繆公又數使人間要由余，由余遂去降秦。」○余冠英云，春秋時秦國與戎爲鄰。戎國有賢臣由余。秦穆公要離間其君臣，送女樂二人給戎王。由余被疏遠，終於歸秦。

［七］「璧馬禍及虢，二國俱爲墟」二句：**廖按**：黄節云，《春秋穀梁傳》：「晉獻公欲伐虢。荀息曰：『君何不以屈産之乘，垂棘之璧，而假道乎虞也？』」「獻公亡虢五年而後舉虞。荀息牽馬操璧而前曰：『璧則猶是也，而馬齒加長矣。』」○余冠英云，春秋時晉獻公要伐虢國，向虞國借路，以好馬好玉送虞君。虞君貪這兩件禮物，許晉君借路。晉君滅虢後，回頭又把虞國滅了。墟，土丘也。

［八］「三夫成市虎，慈母投杼趨」二句：**廖按**：黄節云，《史記·甘茂傳》：茂曰：昔魯人有與曾參同姓名者殺人，人告其母曰「曾參殺人」，其母織自若也。頃之，一人又告之曰「曾參殺人」，其母尚織自若也。頃又一人告之曰「曾參殺人」，其母投杼下機，踰牆而走。《易林》：「三奸成虎，曾母投杼。」《戰國策》(《魏策二》)：龐葱謂魏王曰：「三人言市有虎，王信之乎？」王曰：「寡人信之矣。」○余冠英云，三夫成市虎，古代成語，言如連續有三個人都説市上有虎，無論有没有，人都信爲真的了。孔子弟子曾參住在費邑，費邑有和曾參同姓名的人犯了殺人罪，有人趕緊告訴曾參的母親，説她兒子殺了個人，她相信兒子的品

行，不信人家的報告。一會兒又有別人報告，她仍舊不信，安安靜靜地織布。但等到第三個人又來報告時，她也慌了，扔下織布的杼跑了。

［九］「卞和之刖足，接予歸草廬」二句：**朱乾曰**：《韓詩外傳》曰，「楚狂接輿躬耕以食」，「楚王使使者齎金百鎰」使治河南，「接輿笑而不應」，妻曰：「君使不從，非忠也；從之，是遺義也。不如去之。」乃夫負釜甑，妻戴紝器，變易姓字，莫知其所之。（廖按，「接予」，此作「接輿」。接輿，始見《論語・微子篇》：「楚狂接輿歌而過孔子，曰：『鳳兮！何德之衰？往者不可諫，來者猶可追。已而，已而！今之從政者殆而！』」作「接輿」是）**廖按**：黃節云，《韓子》（《韓非子・和氏》）曰：楚人和氏得玉璞楚山之下，奉而獻之厲王，厲王使人相之，玉人曰：「石也。」王刖和左足。厲王薨，武王即位，和又獻之，玉人又曰「石也」，刖其右足。（廖按，《韓非子・和氏》下文云：「武王薨，文王即位，和乃抱其璞而哭于楚山之下，三日三夜，泣盡而繼之以血。王聞之，使人問其故，曰：『天下之刖者多矣，子奚哭之悲也？』和曰：『吾非悲刖也，悲夫寶玉而題之以石，貞士而名之以誑，此吾所以悲也。』王乃使玉人理其璞而得寶焉，遂命曰：『和氏之璧。』」）鄒陽獄中上書（《史記・魯仲連鄒陽列傳》）曰：「昔卞和獻寶，楚王刖之；李斯竭忠，胡亥極刑。是以箕子陽狂，接輿避世，恐遭此患也。」○余冠英云，卞和，人名。接輿，楚人，他不接受楚君的聘任，是古代所謂高士。

【集評】

朱嘉徵曰：主鑒清明，天道備，王事浹。首二句提綱，下分四解。凡國家聽斷失衡，一切嫌疑猶豫之故。治亂倚伏形焉，天下之情備矣。魏文帝曲，「達人識真僞，愚夫好妄傳」，「百家多迂怪，聖道我所觀」（《折楊柳行》），故是名論。

陳祚明曰：「夫差」二句趣。「投杼趨」，「趨」字活。結言「逝將去汝」（《詩經・魏風・碩鼠》），與上使事排比不同，乃偏亦使事，就使事中用意作轉法，妙。

李因篤曰：看其逐段變换。

漢詩説曰：昔人謂「紈絝不餓死，儒冠多誤身」（杜甫《奉贈韋左丞丈二十二韻》），爲一篇之主。此詩首言「默默施行違，厥罰隨事來」，後十數句皆應此二語，工部實本此。

廖按：梁啓超云，此首堆積若干件故事，別是一格，詞卻不佳。

豔歌何嘗（飛鵠行）

【集解】

沈約曰：《白鵠》，《豔歌何嘗》，一曰《飛鵠行》，古詞四解。《相和》，大曲。

郭茂倩曰：《豔歌何嘗行》四解，古辭，《瑟調曲》。相和歌辭。○一曰《飛鵠行》。《古今樂録》曰：「王僧虔《技録》云：《豔歌何嘗行》，歌文帝《何嘗》《古白鵠》二篇。」《樂府解題》曰：「古辭云：『飛來雙白鵠，乃從西北來。』言雌病雄不能負之而去，『五里一反顧，六里一徘徊』。雖遇新相知，終傷生别離也。又有古辭云『何嘗快獨無憂』，不復爲後人所擬。『鵠』一作『鶴』。」

徐獻忠曰：凡歌辭出自男女夫婦者皆謂之豔歌，而立題不同，各有意義。此云「何嘗」者，當作「何常」，言夫婦不可常也。如白鵠聯翩而來，一旦而病，雌雄遂至離分，所謂無常，蓋如此樂哉。「新相知」二句，言可樂莫如新相知，可憂莫如生别離也。其妻雖病，猶以延年祝之，此至情也。

馮惟訥曰：《豔歌何嘗行》二首。一曰《飛鵠行》。《宋書》作大曲。（廖按，馮惟訥《古詩紀》自「念與君離别」另起一行，别爲一首。）

梅鼎祚曰：一曰《飛鵠行》。别有一篇語小異。鵠一作鶴，鵠鶴古通用。《飛來雙白鶴》本此。

唐汝諤曰：此疑遠行者與室家訣别之詞，因托鳥言自比。言鵠之雙飛各成行列，詎意中途被病不能相隨，至返顧徘徊莫可爲計，吾非不欲銜汝，而予口則卒堵矣；吾非不欲負汝，而予羽則既敝矣。大抵人情新相知則樂，生别離則悲，是以躊躇不進而還顧群侣，不覺淚之沾衣也。乃婦人因夫之别而悲咽不勝，言君苟自愛來歸，妾當閉門下鍵以待君還耳。第吾被病若此，生死皆不可知，生則猶能相見，死則期會黄泉見無日矣。

朱嘉徵曰：《豔歌何嘗行》歌「白鵠」，歎仳離也。一曰爲新知見阻，棄其舊好焉。矢音和厚，故可密比絲竹。楚詞，悲莫悲兮生别離。四解通爲生别離起興，冀其新故勿渝，風之變也。鮑明遠《京雒行》，「寶帳三千所，爲爾一朝容，但懼秋塵起，盛愛逐衰蓬，唯見雙黄鵠，千里一相從」，本此。

張玉穀曰： 此人將挈妻遠行，其妻病不能隨，訣別之詩。

朱乾曰： 一曰《飛鵠行》。「鵠」一作「鶴」，《爾雅翼》謂鵠即鶴，音之轉，鶴之外無別有所謂鵠。按《説文》「鶴」字下引《詩》「鶴鳴九皋」，「鵠」字下注「鴻鵠也」，明是二物，諸書或爲鶴或爲鵠，都是傳寫之誤，不得如《雅翼》合爲一名也。○此爲夫婦相離別詞。○嘗常古字通用，《詩》（《魯頌・閟宫》）「居常與許」，康成云：「常或作嘗。」在薛之南。何嘗，徐氏（徐獻忠）作「何常」者是也。

廖按： 黄節云，王僧虔《技録》云，《豔歌何嘗行》，歌文帝《何嘗》、古《白鵠》二篇。古《白鵠》即此篇，文帝《何嘗》即魏文帝「何嘗快獨無憂」一篇也。《南史》稱戴顒合《何嘗》《白鵠》二聲爲一調，意者此題之合，舊始於顒。徐陵《玉臺新詠》改此篇爲《雙白鵠》。○余冠英云，這篇是晉樂所奏，本辭不傳。《玉臺新詠》載《雙白鵠》一篇，和這篇大同小異，從《雙白鵠》可以窺測本辭面目。這篇晉辭應分做三部分：從開端到「淚下不自知」，是原歌主要部分，寫白鵠的生別離；「念與」以下八句寫人的生別離，似晉代所增加；「今日樂相樂」兩句是樂府套語，樂工所加，和正文意義本不相連。這十句在音樂上也是自成節段，不算正曲，叫做「趨」。「趨」是照例在正曲之後的。

飛來雙白鵠，乃從西北來。十十五五，羅列成行。[一]一解。妻卒被病，行不能相隨。五里一反顧，六里一裴回。[二]二解。吾欲銜汝去，口噤不能開；吾欲負汝去，毛羽何摧頽。[三]三解。樂哉新相知，憂來生別離。躇躊顧群侶，淚下不自知。[四]四解。念與君離別，氣結不能言。各各重自愛，道遠歸還難。[五]妾當守空房，閉門下重關。若生當相見，亡者會黃泉。[六]今日樂相樂，延年萬歲期。[七]「念與」下爲趨曲，前有豔。（《宋書》卷二一《志》第十一《樂》三。《樂府詩集》卷三九、《古詩紀》卷十六）

【校勘】

「乃從西北來」，《古詩紀》「來」作「方」。

「五里一反顧」，《古詩紀》「反」作「返」。

「六里一裴回」，《樂府詩集》《古詩紀》「裴回」作「徘徊」。

「道遠歸還難」，《樂府詩集》「道遠」作「遠道」。

「延年萬歲期」，《古詩紀》作「萬歲延年期」，小注云「《樂府》作『延年萬歲期』」。

【集注】

[一]「飛來雙白鵠，乃從西北來。十十五五，羅列成行」四句：**唐汝諤曰**：鵠，水鳥。相如賦（《文選·子虛賦》）：「弋白鵠。」**陳祚明曰**：十十五五，與下「群侶」相應，言它皆雙。**廖按**：黃節云，《説文》：「鵠，鴻鵠也。」《禮記》（《鄉飲酒義》）：「天地嚴凝之氣，始於西南而

盛於西北。」○余冠英云，鵠，天鵝。

[二]「妻卒被病，行不能相隨。五里一反顧，六里一裴回」四句：**唐汝諤曰**：被，蒙也。徘徊，不進貌。息夫躬辭（《漢書·蒯伍江息夫傳》「著絶命辭曰」）：「鸞徘徊兮。」**陳祚明曰**：五里六里，寫反顧情殷。**廖按**：黄節云，《漢書·趙充國傳》（《趙充國辛慶忌傳》）（「夫將不豫設，則亡以應卒」），（顔師古）注：「卒，謂暴也。」蘇武詩（《文選·詩四首》）：「黄鵠一遠别，千里顧徘徊。」○余冠英云，卒，同猝，急也，暴也。（廖按，《漢書·司馬相如傳》「射猛獸，卒然遇逸材之獸」，顔師古注：「卒讀曰猝，音千忽反，謂暴疾也。」）

[三]「吾欲銜汝去，口噤不能開；吾欲負汝去，毛羽何摧頽」四句：**唐汝諤曰**：銜，口有所含也。噤，口閉也。摧折、頽墜也。**廖按**：黄節云，《史記·日者（列）傳》：「悵然噤口不能言。」○余冠英云，摧頽，損毁也。

[四]「樂哉新相知，憂來生别離。躇躊顧群侶，淚下不自知」四句：**唐汝諤曰**：《楚詞》（《九歌·少司命》）：「樂莫樂兮新相知」，「悲莫悲兮生别離」。躊躇，猶豫也。漢武帝賦（《漢書·外戚傳》「上又自爲作賦，以傷悼夫人，其辭曰」）：「哀裴回以躊躇。」侶，伴也。**陳祚明曰**：「新相知」指群侶。此章是夫口中語（廖按，陳祚明《采菽堂古詩選》將該歌分爲二章，「飛來」句至「淚下」句爲第一章；「念與」句以下爲第二章。「此章」謂第一章）。**廖按**：余冠英云，來，語辭，「樂哉」和「憂來」相對。躊躇，住足也。

〔五〕「念與君離别，氣結不能言。各各重自愛，遠道歸還難」四句：**唐汝諤曰**：結，締也，結不可解也。**陳祚明曰**：「念與」句以下。此章婦答語。**廖按**：黄節云，蘇武詩（《文選·詩四首》）：「淚下不可揮。」古詩（《玉臺新詠·古詩八首》）：「悲與親友别，氣結不能言，贈子以自愛，遠道會見難。」○余冠英云，氣結，即氣塞，氣沮。

〔六〕「妾當守空房，閉門下重關。若生當相見，亡者會黄泉」四句：**唐汝諤曰**：黄泉，地中之泉也。《左傳》（《隱公元年》）：「不及黄泉，無相見也。」**廖按**：黄節云，《説文》：「關，以木横持門户也。」○余冠英云，關，就是門閂。

〔七〕「今日樂相樂，延年萬歲期」二句：**唐汝諤曰**：延，綿延而久也。《詩》（《魯頌·閟宫》）：「萬有千歲。」《禮（記）》（《曲禮》）：「百年曰期頤。」若萬歲，則無期矣。**廖按**：黄節云，文君《白頭吟》（《宋書·樂志》）：「今日相對樂，延年萬歲期。」

【集評】

胡應麟曰：樂府尾句，多用「今日樂相樂」等語，至有與題意及上文略不相蒙者，舊亦疑之。蓋漢、魏詩皆以被之弦歌，必燕會間用之。尾句如此，率爲聽樂者設，即《郊祀》延年意也。讀古人書有不得解處，能多方參會，當自瞭然。

陸時雍曰：徘徊悽惻。孤兒、嫠婦、放臣、索友殆難爲讀。

陳祚明曰：「若生」二句語健情至。

李因篤曰：「五里」「六里」，如鳥之尋丈，然硬下乃見其悲。「銜汝」以下直現飛鵠身，自訴矣。「吾欲」八句，至情急響。通篇就飛鵠説，更高。「各各重自愛」與「贈子以自愛」（古詩《悲與親友別》）俱妙。

張玉穀曰：前三解，以白鵠本自成雙，「十十五五」，莫不如此。今因雌病難以隨雄，致使其雄反顧徘徊，欲銜不可，欲負不能，將一時情事，皆於比意中顯出。運實於虚，筆饒古趣。第四解，方着人説。「生離」「顧群」「淚下」之痛，從新相知之樂，反面跌出，愈覺難堪。以上皆夫語婦之辭。趨前八句，婦答之辭。接言離別痛心，旋以「各自愛」勸慰一句，點清遠道還歸之難；然後以己雖静守空房，將來生死未卜，會見難期，暗兜被病難隨咽住，曲折之極。末二，仍是夫辭。死別之慘，刺耳刺心，不忍出口，故反以今日且樂，爾定延年，歡期正久，勸慰作結，真達得無可奈何，心口相違意出。

朱乾曰：「妻」字指白鵠，硬下得妙。

【附】雙白鵠

【集解】

徐陵曰：《雙白鵠》。《古樂府詩六首》。

馮惟訥曰：《廣文選・飛鵠行》曰：「飛來雙白鵠，乃從西北來。十十將五五，羅列成不齊。忽然卒疲病，不能飛相隨。五里一返顧，六里一徘徊。吾欲銜汝去，口噤不能開；吾欲負汝去，羽毛日摧頹。樂哉心相知，憂來生別離。躑躅顧群侣，淚落縱横垂。今日樂相樂，延年萬歲期。」

吴兆宜曰：《雙白鵠》○《古今樂録》：王僧虔《技録》云：「《豔歌何嘗行》，歌文帝《何嘗》《古白鵠》二篇。」《樂府解題》：古辭云：「飛來雙白鵠，乃從西北來。」言雌病雄不能負之而去。「五里一反顧，六里一徘徊。」雖遇新相知，終傷生別離也。又有古辭云：「何嘗快，獨無憂。」不復爲後人所擬。鵠，一作鶴。按：相和歌辭瑟調曲。《宋志》：大曲《白鵠》四解。《廣文選》作《飛鵠行》，茂倩《樂府》作《豔歌何嘗行》四解。「念與君離别」以下爲趨。又按：此首與《宋志》大有不同，必孝穆（徐陵）删定者。

朱嘉徵曰：右《廣文選》《飛鵠行》，載徐《玉臺新詠》，疑此曲（廖按，指上篇《豔歌何嘗行》）本辭。

廖按：《玉臺新詠》題作《雙白鵠》。馮惟訥《古詩紀》附於《豔歌何嘗行》後，稱「《廣文選・飛鵠行》曰」。朱嘉徵疑是《豔歌何嘗行》本辭。

飛來雙白鵠，乃從西北來。十十將五五，羅列行不齊。忽然卒疲病，不能飛相隨。五里一反顧，六里一徘徊。[一]吾欲銜汝去，口噤不能開。吾欲負汝去，羽毛日摧頽。[二]樂哉新相知，憂來生别離。峙嶁顧群侣，淚落縱横垂。[三]今日樂相樂，延年萬歲期。(《玉臺新詠》卷一《古樂府詩六首》。《古詩紀》卷十六)

【校勘】

「五里一反顧」，《古詩紀》「反」作「返」。

「樂哉新相知」，《古詩紀》「新」作「心」。

「峙嶁顧群侣」，《古詩紀》「峙嶁」作「踟躕」。

【集注】

[一]「忽然卒被病，不能飛相隨。五里一反顧，六里一徘徊」四句：**吴兆宜曰**：《説文》：「病，疾加也。」《史記·吕(太)后(本)紀》，吕産「入未央宫」，「殿門弗得入，徘徊(裴回)往來」。

[二]「吾欲銜汝去，口噤不能開。吾欲負汝去，羽毛何摧頽」四句：**吴兆宜曰**：《説文》：「噤，口閉也。」《楚辭》(《九歎》)：「口噤閉而不言。」《史記·日者(列)傳》：「悵然噤口不能言。」張衡《西京賦》(《文選》)：「所好生羽毛。」《戰國策》(《秦策》)，秦王曰：「毛羽不豐滿者不可以高飛。」

[三]「樂哉新相知，憂來生别離。峙嶁顧群侣，淚落縱横垂」四句：**吴兆宜曰**：屈原《九歌》

《少司命》）：「悲莫悲兮生别離，樂莫樂兮新相知。」

【集評】

陳祚明曰：「十十五五」加一「將」字，及「行不齊」字，稍生動。（廖按，陳祚明《采菽堂古詩選》此説爲比較上首《豔歌何嘗行》而言）

滿歌行

【集解】

沈約曰：《爲樂》，《滿歌行》，古詞四解。《相和》，大曲。

郭茂倩曰：《滿歌行》二首四解，古辭，《大曲十五曲》。相和歌辭。○《宋書·樂志》曰：「大曲十五曲：一曰《東門》，二曰《西山》，三曰《羅敷》，四曰《西門》，五曰《默默》，六曰《園桃》，七曰《白鵠》，八曰《碣石》，九曰《何嘗》，十曰《置酒》，十一曰《爲樂》，十二曰《夏門》，十三曰《王者布大化》，十四曰《洛陽令》，十五曰《白頭吟》。《東門》，《東門行》；《羅敷》，《豔歌羅敷行》；《西門》，《西門行》；《默默》，《折楊柳行》；《白鵠》《何嘗》並《豔歌何嘗行》；《爲樂》，《滿歌行》；《洛陽令》，《雁門太守行》；《白頭吟》並古辭。《碣石》，《步出夏門行》，武帝辭。《西山》，《折楊柳行》；《園桃》，《煌煌京洛行》並文帝辭。《夏門》，《步出夏門行》；《王者布大化》，《櫂歌行》並明帝辭。《置酒》，《野田黄爵行》，東阿王辭。《白頭吟》，與《櫂歌》同調。其《羅敷》《何嘗》《夏門》三曲，前有豔，後有趨。《碣石》一篇，有豔。《白鵠》《爲樂》《王者布大化》三曲，有趨。《白頭吟》一曲有亂。」《古今樂録》曰：「凡諸大曲竟，黄老彈獨出舞，無辭。」按王僧虔《技録》：「《櫂歌行》在瑟調，《白頭吟》在楚調。」而沈約云同調，未知孰是。○《樂府解題》曰：「古辭云：『爲樂未幾時，遭時嶮巇。』其始言逢此百罹，零丁荼毒。古人遜位躬耕，遂我所願。次言窮達天命，智者不憂。莊周遺名，名垂千載。終言命如鑿石見火，宜自娱以頤養，保此百年也。」○右一曲，晉樂所奏。

唐汝諤曰：此在位之臣遭亂未能遠去，故不勝憤懣而作此詩以自遣。韻凡六易，意亦六轉。首言逢世危險而憂苦難支，次言辭位甚安而心竊自鄙，次憶昔蹈海眷戀庭闈而不行，次期委命自寬托古人達者以自慰，次思行樂而慨庸人之不悟，次悲生促而必須安神以養壽也。望極而見星曉月移者，居平之景瞻夜而見北斗闌干者。蹈海之危，日月馳驅，歎時之駛，鑿石見火，哀生之促，俱不得以重疊目之。

朱嘉徵曰：《滿歌行》歌「爲樂」，樂道也。道無嘗家，達者解其會，寄其當，進退存亡，不失其正焉。《小雅·鳴鶴》之章，誨王於道也。余讀《日者(列)傳》(《史記》)，言「天不足西北，星辰西北移；地不足東南，以海爲池。日中必移，月滿必虧，先王之道，乍存乍亡」，是即《滿歌行》之志也。蓋天道以之盈虚，聖人以之進退，故堯舜遜位，禹稷躬耕，仲尼浮海，莊周遺名，豈非同爲樂天知命者乎，此曲宜爲司馬季主輩有道之士所作。（廖按，《史記・日者列傳》：「司馬季主者，楚人也。卜于長安東市。」）

朱乾曰： 滿歌，懣歌也。胸懷憤懣，因而作歌。本辭云「零丁荼毒，愁懣難支」，以此爲懣歌也。

廖按： 余冠英云，這詩似表現東漢末年士大夫階層逃避亂世的思想。先説時世傾危和自己的憂懼，次説躬耕生活可羡慕，再次説自己的顧慮，最後歸結于安貧樂道和安神養性。

爲樂未幾時，遭世險巇，逢此百離；伶丁荼毒，愁懣難支。[一]遥望辰極，天曉月移。憂來闐心，誰當我知。[二]一解。　戚戚多思慮，耿耿不寧。禍福無形，唯念古人，遜位躬耕。[三]遂我所願，以兹自寧。自鄙山棲，守此一榮。[四]二解。　莫秋洌風起。西蹈滄海，心不能安。攬衣起瞻夜，北斗闌干。[五]星漢照我，去去自無它。奉事二親，勞心可言。[六]三解。　窮達天所爲，智者不愁，多爲少憂。安貧樂正道，師彼莊周。[七]遺名者貴，子熙同巇。[八]往者二賢，名垂千秋。四解。　飲酒歌舞，不樂何須！善哉照觀日月，日月馳驅。轗軻世間，[九]何有何無！貪財惜費，此一何愚！命如鑿石見火，居世竟能幾時？[十]但當歡樂自娱，盡心極所熙怡。安善養君德性，百年保

此期頤。[十二]「飲酒」下爲趨。（《宋書》卷二一《志》第十一《樂》三。《樂府詩集》卷四三、《古詩紀》卷十六）

【校勘】

「逢此百離」，《樂府詩集》《古詩紀》「離」作「罹」。
「伶丁荼毒」，《樂府詩集》《古詩紀》「伶」作「零」。
「憂來闐心」，《樂府詩集》《古詩紀》「闐」作「填」。
「莫秋洌風起」，《樂府詩集》《古詩紀》「莫」作「暮」，「洌」作「烈」。
「去去自無它」，《樂府詩集》《古詩紀》「它」作「他」。
「此一何愚」，《古詩紀》作「此何一愚」。
「盡心極所熙怡」，《樂府詩集》《古詩紀》「熙」作「嬉」。「『飲酒』下爲趨」，《樂府詩集》「下」作「上」，作「下」是。《宋書·樂志》：「前有豔，後有趨。」

【集注】

[一]「爲樂未幾時，遭世險巇，逢此百離；伶丁荼毒，愁懣難支」五句：**廖按**：黄節云，古詩（《文選·古詩十九首·生年不滿百》）：「爲樂當及時。」楚辭（《七諫》）「何周道之平易兮，然蕪穢而險戲」，王逸注：「險戲，（猶言）傾危也。」《詩·王風》（《兔爰》）「逢此百罹」，毛

傳：「罹，憂也。」（廖按，《樂府詩集》「離」作「罹」，離罹通。）《書・湯誥》「弗忍荼毒」，傳：「荼毒，苦也。」○余冠英云，懣，煩悶也。篇題《滿歌》亦當讀爲懣歌。

[二]「遥望辰極，天曉月移。憂來闐心，誰當我知」四句：**朱嘉徵曰**：極，北極。日月所會曰辰。**廖按**：黄節云，《爾雅》（《釋天》）「北極謂之北辰」，（郭璞）注：「北極，天之中，以正四時。」

[三]「戚戚多思慮，耿耿不寧。禍福無形，唯念古人，遜位躬耕」五句：**廖按**：黄節云，楚辭《九章・悲回風》）：「居戚戚而不可解。」《詩・衛風》（《柏舟》）：「耿耿不寐。」《史記・太史公自序》曰：「唐堯遜位，虞舜不召。」《管子》：舜耕歷山。（廖按，《韓非子・難一》：「歷山之農者侵畔，舜往耕焉。」）

[四]「遂我所願，以兹自寧。自鄙山棲，守此一榮」四句：**廖按**：黄節云，《莊子》（《山木》）：「豐狐文豹，棲於山也。」《荀子》（《儒效篇》），君子「窮處而榮，獨居而樂」。○余冠英云，山棲就是隱居，正是作者所慕的，不該説「自鄙」，應從本辭作「棲棲」。阮籍詩（《詠懷・猗歟上世士》）「棲棲非我偶，徨徨非我倫」就是「自鄙棲棲」的注腳。（廖按，棲棲，緊張貌。《詩經・小雅・六月》「六月棲棲，戎車既飭」，朱熹《傳》：「棲棲，猶皇皇。不安之貌。」）

[五]「莫秋洌風起。西蹈滄海，心不能安。攬衣起瞻夜，北斗闌干」五句：**廖按**：黄節云，《詩・鄭風》（《女曰雞鳴》）「子興視夜，明星有爛」，瞻夜猶視夜。《離騷》（《楚辭》）：「指西

海以爲期。」瑟調曲《善哉行》：「北斗欄杆。」○曲瀅生云，欄干，横斜貌。○余冠英云，「西」字似誤。疑此「西」字和本辭「昔」字都是「思」字之誤。

［六］「星漢照我，去去自無它。奉事二親，勞心可言」四句：**朱嘉徵曰**：星漢，天河。**廖按**：黄節云，《詩·小雅》（《小宛》）：「我心憂傷，念昔先人。明發不寐，有懷二人。」「星漢」四句，蓋用《詩》義。「可」乃「何」之省文。石鼓文「其魚『佳可』」，即「惟何」也。「可言」猶「何言」也。○余冠英云，「星漢照我去，去自無他」（廖按，余冠英《樂府詩選》在兩「去」字中間標點，「它」作「他」），上「去」字誤衍，本辭作「星漢照我」，我與他叶韻。

［七］「窮達天所爲，智者不愁，多爲少憂。安貧樂正道，師彼莊周」五句：**廖按**：黄節云，《漢書·董仲舒傳》：「上承天之所爲。」《史記》（《老子韓非列傳》）：「莊子者，蒙人也。名周。其學無所不窺，然其要本歸於老子之言，故其著書十餘萬言，大抵率寓言也。其言洸汪自恣以適己，故自王公大人不能器之。」

［八］「遺名者貴，子熙同巇」二句：**廖按**：黄節云，子熙未詳，或即惠施。熙、施，音相近。巇當是戲之誤。○余冠英云，子熙，未詳，或許就是惠施。有人猜測子熙就是惠施的字，因爲「施熙」是古代的成語，兩字都有喜悦義，訓詁可通。也可能指關尹喜，「喜」「熙」音義也相近。同巇，「巇」恐是「戲」或「遊」之誤。

［九］「飲酒歌舞，不樂何須！善哉照觀日月，日月馳驅。轗軻世間，何有何無」六句：**朱嘉徵**

曰：日月馳驅，歎時之逝。**廖按**：黄節云，須，古作顉，《爾雅·釋詁》：「顉，待也。」楚辭，年既過太半，然轁軻不遇也。（廖按，見《文選·古詩十九首·今日良宴會》「無爲守窮賤，轗軻長苦辛」李善注引。《楚辭·七諫》原文爲：「年既已過太半兮，然陷軻而留滯。」）感興略同。《詩·邶風》（《谷風》）「何有何亡，黽勉求之」，毛傳：「亡謂貧也。」

〔十〕「貪財惜費，此一何愚！命如鑿石見火，居世竟能幾時」四句：**朱嘉徵曰**：鑿石見火，哀生之促。**廖按**：黄節云，古詩：「愚者多惜費。」

〔十一〕「安善養君德性，百年保此期頤」二句：**廖按**：黄節云，《爾雅·釋詁》：「安，止也。」安善謂止於善也。《禮記》（《曲禮》）：「百年曰期頤。」

【附】滿歌行（本辭）

【集解】

郭茂倩曰：右一曲，本辭。

徐獻忠曰：《滿歌》乃大曲十五之一也。蓋《宋書·樂志》所載，其辭類曹孟德。初（本辭）言「遭時險嶇」，而欲「遜位躬耕」，慕者賢之，安神養性而已，而後爲滿其志也。若徒貪慕富貴而不保遐期，猶缺然也。

廖按：《宋書·樂志》所録爲「晉樂所奏」歌辭，此首《樂府詩集》稱「本辭」。兩歌基本相同，只是辭句文字頗有出入，可用爲互相參照。

爲樂未幾時，遭時嶮巇，逢此百離。伶丁荼毒，愁苦難爲。[一]遥望極辰，天曉月移。憂來填心，誰當我知。戚戚多思慮，耿耿殊不寧。[二]禍福無形，惟念古人，遜位躬耕。[三]遂我所願，以兹自寧。自鄙棲棲，守此末榮。[四]暮秋烈風，昔蹈滄海，心不能安。[五]攬衣瞻夜，北斗闌干。星漢照我，去自無他。奉事二親，勞心可言。[六]窮達天爲，智者不愁，多爲少憂。[七]安貧樂道，師彼莊周。遺名者貴，子遐同遊。往者二賢，名垂千秋。[八]飲酒歌舞，樂復何須。照視日月，日月馳驅。轗軻人間，何有何無。[九]貪財惜費，此一何愚。鑿石見火，居代幾時？[十]爲當歡樂，心得所喜。安神養性，得保遐期。[十一]（《樂府詩集》卷四三《相和歌辭》。《古詩紀》卷十六）

【校勘】

「逢此百離」，《古詩紀》「離」作「罹」。

【集注】

[一]「爲樂未幾時，遭世嶮巇，逢此百離。伶丁荼毒，愁苦難爲」五句：**唐汝諤曰：**古詩：「爲

樂當及時。」（《文選・古詩十九首・生年不滿百》）又，「人生無幾時。」（《玉臺新詠・古詩八首・悲與親友別》）巇，危險也。罹，憂也。《毛詩》（《王風・兔爰》）：「我生之後，逢此百罹。」伶丁，孤苦也。荼，苦菜，味苦氣辛，能殺物，故謂之荼毒。**廖按**：黄節云，離、罹古通用，《漢書・王褒傳》「離此患也」，（顔師古）注：「離，遭也。」與罹同。〇余冠英云，險巇，山險也。道路艱難，人心叵測，時世傾危，都可用「險巇」形容。離，同罹，憂也。伶丁，或作「零丁」，「伶仃」，獨也。荼毒，苦痛也。愁苦難爲，治病叫做「爲」，「愁苦」是難治的病，後人詩詞裏也常用「療愁」「攻愁」「醫愁」等字眼。

〔二〕「遥望極辰，天曉月移。憂來填心，誰當我知。戚戚多思慮，耿耿殊不寧」六句：**唐汝諤曰**：極，北極。日月所會謂之辰。填，滿也。古詩（《文選・古詩十九首・青青陵上柏》）：「戚戚何所迫。」耿耿，小明，憂之貌也。**廖按**：余冠英云，極辰，就是極星，即北辰星。戚戚，憂懼。耿耿，心不安。

〔三〕「禍福無形，惟念古人，遜位躬耕」三句：**廖按**：余冠英云，唯念古人，遜位躬耕，指傳説中的許由、善綣一類隱逸之士，不肯從政而願意過農夫的生活。

〔四〕「遂我所願，以兹自寧。自鄙棲棲，守此末榮」四句：**唐汝諤曰**：棲棲，不安貌。**廖按**：黄節云，《論語》（《憲問篇》）：「丘何爲是棲棲者與！」棲棲猶皇皇也。〇余冠英云，詩意説躬耕是自己的願望，如能達到，就可以平息心上的不安了。棲棲，匆匆忙忙不安居之貌。

孔子周遊求仕，人家説他「棲棲皇皇」，抱道家思想的人便反對這種態度。本詩作者既羡慕遜位躬耕，自然以自己的「棲棲」爲可鄙了。末榮，指爵禄。○徐仁甫云，「鄙」當作「啚」，爲「圖」之本字。「自圖山棲，守此末榮」，與上文「遂我所願，以兹自寧」意思相同。不識「啚」爲「圖」字，因添邑旁作「鄙」，又改「山棲」爲「棲棲」耳。

［五］「暮秋烈風，昔蹈滄海，心不能安」三句：**唐汝諤曰**：蹈，踐。滄海，海名。**廖按**：余冠英云，「暮秋烈風」比喻時世更艱危。昔蹈滄海，「滄」是蒼色，「滄海」如作爲專名，就是指渤海。蹈海也是指隱居。這裏説想蹈海隱居，而心不能安，因爲二親尚在。「昔」字恐是誤字。

［六］「攬衣瞻夜，北斗闌干。星漢照我，去自無他。奉事二親，勞心可言」六句：**唐汝諤曰**：攬，搴也。瞻，視也。闌干，横斜貌。星漢，天河也。**廖按**：余冠英云，瞻夜，猶「視夜」，就是瞻望星斗來測時間。星漢，即銀河。去自無他，「去」指歸隱。勞心可言，「可」即「何」字。古書裏常有何寫作可的例。「何言」就是何待言。這以上三句是説拋棄官禄去過隱居生活，除父母的奉養問題，没有其他顧慮。

［七］「窮達天爲，智者不愁，多爲少憂」三句：**廖按**：余冠英云，多爲少憂，「爲」似當讀做爲己爲人的爲，這是説在富貴的時候總覺得貧賤生活一天也過不了，但如果是一個智者，明白窮達之理，自然能夠安貧了。

〔八〕「安貧樂道，師彼莊周。遺名者貴，子遐同遊。往者二賢，名垂千秋」六句：**唐汝諤曰**：二賢，謂莊周、子遐也。**廖按**：黄節云，子遐未詳。○余冠英云，莊周，戰國時代思想家，宋國人。子遐，未詳。或是指樂瑕公。樂瑕公見《史記・樂毅傳贊》，是傳老子之道的人。

〔九〕「飲酒歌舞，樂復何須。照視日月，日月馳驅。轗軻人間。何有何無」六句：**唐汝諤曰**：須，意所欲也。轗軻，不得志也。《毛詩》（《邶風・谷風》）：「何有何亡，敏（黽）勉求之。」**廖按**：余冠英云，須，待也。轗軻，車行不利也，人事不順遂也叫轗軻。何有何無，是説有無不足計較。

〔十〕「貪財惜費，此一何愚。鑿石見火，居代幾時」四句：**唐汝諤曰**：古詩（《文選・古詩十九首・生年不滿百》）：「愚者愛惜費，但爲後世嗤。」石中有火，鑿之隨滅，言不久也。**廖按**：黄節云，居代猶居世也。○余冠英云，鑿石見火，比喻時光短促。石頭上敲出火星，一迸就滅了。

〔十一〕「爲當歡樂，心得所喜。安神養性，得保遐期」四句：**廖按**：余冠英云，心得所喜，喜讀爲嬉。遐期，高齡也，壽百年曰「期」。

【集評】

朱嘉徵曰：全曲遥望辰極，天曉月移，引喻禍福無形。一解，攬衣瞻夜，北斗闌干，引喻窮達天爲。一解，多爲少憂，蓋言世人之憂樂也。語勢趨下，領起「善哉」一段，歎逝哀生，風神欲絶，然而達人之憂樂不存焉。

陳祚明曰： 此仕於下僚時不得志而思歸休，乃作此曲，中多達語，每單作一句往往生姿。「守此末榮」下入「暮秋烈風」，句甚妙，景物淒慘，動幾許思歸之心。「多爲少憂」意妙，不辭躬耕之勞，身雖多爲，心自少憂。鑿石得火，迸散忽滅，比壽命，語甚奇；「居代」字亦新。

李因篤曰：「居代幾時」，寫來可畏。○凡戀戀仕途者，宜書一通，置之座隅。

朱乾曰：（曹）操《自叙令》（《述志令》）曰：「四時歸鄉里，於譙東五十里築精舍，欲秋夏讀書，冬春射獵，求底下之地，欲以泥水自蔽，絶賓客往來之望。」滿歌，懣歌也，胸懷憤懣因而作歌。晉樂所奏古辭「零丁荼毒，愁懣難支」，以此爲懣歌也。托念古人，遜位躬耕，似有子臧、季札之節者；而汲汲顧影，歸於飲酒歌舞，以保餘年，一貪生畏死之儔耳。生托征西，死望西陵，徐伯臣氏謂其類曹孟德者，信矣。○魏武《碣石篇》「東臨碣石，以觀滄海」，即「昔蹈滄海」之謂；抱此遺體遠涉險阻，因而念父母之劬勞也。由前「遜位躬耕」之言似忠臣，由後「奉事二親」之言似孝子，由其「安貧樂道」之言似高士，而卒歸於一死，一生無真一死不假，哀哉。

雁門太守行

【集解】

沈約曰：《洛陽行》，《雁門太守行》，古詞八解。《相和》，大曲。

郭茂倩曰：《雁門太守行》八解，古辭，《瑟調曲》。相和歌辭。○《古今樂録》曰：「王僧虔《技録》云：『《雁門太守行》歌古《洛陽令》一篇。』」《後漢書》曰：「王涣，字稚子，廣漢郪人也。父順，安定太守。涣少好俠，尚氣力，晚改節敦儒學，習書讀律，略通大義。後舉茂才，除温令。討擊姦猾，境内清夷，商人露宿於道。其有放牛者，輒云，以屬稚子，終無侵犯。在温三年，遷兖州刺史。繩正部郡，威風大行。後坐考妖言不實論，歲餘徵拜侍御史。永元十五年，還爲洛陽令。政平訟理，發擿姦伏，京師稱歎，以爲有神算。元興元年病卒。百姓咨嗟，男女老壯相與致奠醊以千數。及喪西歸，經弘農，民庶皆設槃案於路，吏問其故，咸言平常持米到洛，爲卒司所抄，恒亡其半。自王君在事，不見侵枉，故來報恩。其政化懷物如此。民思其德，爲立祠安陽亭西。每食輒弦歌而薦之。永嘉二年，鄧太后詔嘉其節義，而以子石爲郎中。延熹中，桓帝事黄老道，悉毁諸旁祀，唯存卓茂與涣祠焉。」《樂府解題》曰：「按古歌詞，歷述涣本末，與傳合。而曰《雁門太守行》，所未詳。若梁簡文帝『輕霜中夜下』，備言邊城征戰之思，皇甫規『雁門之問』，蓋據題爲之也。」○右一曲，晉樂所奏。

徐獻忠曰：此洛陽民爲其令王君涣德政異常，不幸病卒，老幼嗟悼，立祠安陽亭，直述其事，刻而薦之之祠也。但命名曰「雁門太守」，未詳；或别有疑誤。按此是和帝時事，則延年編樂府之後，隨時編入者已多矣。

梅鼎祚曰：《樂府解題》曰「按古歌詞歷述涣本末，與傳合，而曰《雁門太守行》，未詳」。今按《宋書》，《雁門太守行》題上復有云《洛陽行》。

朱嘉徵曰：《宋（書）·樂志》大曲之十四曰《雒陽行》，《雁門太守行》。○《雁門太守行》歌雒陽令，美吏治也。上繼地節建武之隆，何風之偉歟。或曰，永元政衰，雒陽令，微也，其民歌之，有足風者，故列瑟調。王稚子外猛内慈，又善於任人行法，《國風》所稱「邦之司直」也。末世之吏，不專在於行恩，故曰，與使民愛之，不若使民畏之。孔明治蜀，王猛治秦，合此意。

陳祚明曰：王君自是健吏，政嚴而民思之，諒其中心曰「内懷慈仁」、曰「不敢行恩」，公正之感人如此。

朱乾曰：按古辭詠雁門太守者不傳，此以樂府舊題《雁門太守行》詠洛陽令也，與用《秦女休行》詠龐烈婦者同，若改用《龐烈婦行》則是自爲樂府新題，非復舊制矣。凡擬樂府有與古題全不對者類用此例，但當以類相從，不須切泥其事，如《秋胡行》不必秋胡也，《羅敷行》不必羅敷也；推而廣之，《飲馬長城窟》不必長城也，《驅車上東門》不必上東門，《煌煌京洛》不必京洛也。得古意而神會之，則如《野田黄雀》更可不言雀，《雉子班》更可不言雉，《紫騮馬》更可不言馬，《蜨蝶》更可不言蜨蝶。不知者乃占占雕鏤物色，此與詠物何異，而謂之樂府可乎？○鄭夾漈又疑涣嘗爲安定太守，作詩者誤以安定爲雁門，故爲述鄙意如此。○漢景帝時郅都爲雁門太守，匈奴畏之，不敢窺邊，因之梁簡文帝以下多述邊戍之辭，然非古辭意矣。

廖按：余冠英云，《後漢書》説王涣「元興元年病卒，民思其德，爲立祠安陽亭西，每食輒弦歌而薦之」。這篇就是祭奠時所用歌辭。（廖按《後漢書·循吏列傳》「每食輒弦歌而薦之」，李賢注云：「古樂府歌曰，『孝和帝在時，洛陽令王君，本自益州廣漢蜀人，少行宦學，通《五經》論。明知法令，歷代衣冠，從温補洛陽令，化行致賢。外行猛政，内懷慈仁，移惡子姓名五，篇著里端。無妄發賦，念在理冤。清身苦體，宿夜勞勤，化有能名，遠近所聞。天年不遂，早就奄昏，爲君作祠安陽亭西，欲令後代莫不稱傳』也。」）

孝和帝在時，洛陽令王君，本自益州廣漢民，[一]少行宦，學通五經論。[二]一解。明知法令，歷世衣冠。從温補洛陽令，[三]治行致賢，擁護百姓，子養萬民。[四]二解。外行猛政，内懷慈仁。文武備具，料民富貧，[五]移惡子姓名，五篇著里端。[六]三解。傷殺人，比伍同罪對門。[七]禁錙矛八尺，捕輕薄少年，加笞決罪，詣馬市論。[八]四解。

【校勘】

「本自益州廣漢民」，《樂府詩集》《古詩紀》作「廣漢蜀民」。

「移惡子姓名，五篇著里端」，《樂府詩集》《古詩紀》作「移惡子姓，篇著里端」，《古詩紀》小注云「《宋書》有『名』『五』二字」。

「禁錙矛八尺」，《樂府詩集》《古詩紀》「錙」作「鍪」。

【集注】

［一］「孝和帝在時，洛陽令王君，本自益州廣漢民」三句：**李因篤曰**：思賢令，先思聖君，有良時不再見之悲。**廖按**：黄節云，《續漢（書）・郡國志》，河南尹治洛陽。《百官志》（《後漢書》）：「每縣、邑、道，大者置令一人」。又曰：「縣萬户以上爲令，不滿爲長。」《郡國志》（《後漢書》），益州廣漢郡。《後漢書・王涣傳》（《循吏列傳》）：「廣漢郪人。」案即今四川潼州府三臺縣南。涣傳：「父順，安定太守。」〇余冠英云，孝和帝，東漢第四代皇帝，名肇，公元八十九年到一零五年在位。王君，王涣，字稚子，廣漢郡郪縣人。做過幾任地方官，公元一〇五年死在洛陽縣令任所。益州，今四川省地，包括十一郡。

［二］「少行宦，學通五經論」三句：**廖按**：黄節云，「行宦」猶遊宦也。涣敦儒學，習《尚書》，讀律令。《漢書》（《儒林傳》）施讎傳：「甘露中，與五經諸儒雜論同異于石渠閣。」《藝文志》有五經雜議十八篇。〇余冠英云，行宦，就是遊宦，在外鄉做官。五經論，就是「五經」和《論語》。《論語》常簡稱「論」，如「魯論」「齊論」「張侯論」，都只提一個字，大家都知道是《論語》。（廖按，漢代「五經」謂《易》《書》《詩》《禮》《春秋》；其中《禮》謂《儀禮》。參見《漢書・藝文志》）

［三］「明知法令，歷世衣冠。從温補洛陽令」三句：**廖按**：黄節云，涣傳（《後漢書・循吏列傳》）：「除温令。縣多奸滑，積爲人患，涣以方略討擊，悉誅之。」（廖按，本傳還稱他「讀律

令，略舉大義」）《續漢（書）・郡國志》：河内郡温縣。案即今河南懷慶府温縣西南。〇余冠英云，「歷世」句是説王涣歷代做官。他的父親王順曾任安定太守。温，地名，在今河南温縣西南。

[四]「治行致賢，擁護百姓，子養萬民」三句：**廖按**：黄節云，《漢書・朱邑傳》（《循吏傳》）：「以治行第一人爲大司農。」致與至同，古通用。《詩・小雅・天保》「群黎百姓，遍爲爾德」，毛傳：「百姓，百官族姓也。」《書・堯典》：「百姓昭明，黎民于變時雍。」《爾雅》（《釋詁》）：「黎，衆也。」萬民，猶黎民也。〇余冠英云，治行，謂政績。致，通「緻」，周密也。擁護，祐護覆護之意，和今語擁護稍不同。子養，是説愛民育民如子。

[五]「文武備具，料民富貧」二句：**廖按**：黄節云，涣傳（《後漢書・循吏列傳》）：「以平正居身，得寬猛之宜。」《國語》（《周語》）「宣王既喪南國之師而料民於太原」，（韋昭）注：「料，數也。」〇余冠英云，料，調查計算。

[六]「移惡子姓名，五篇著里端」二句：**陳祚明曰**：言豪暴，皆知其主名。**廖按**：黄節云，移，謂以文書移于邑里而首著之也，即《漢書・諸葛豐傳》（《蓋諸葛劉鄭孫毋將傳》）所云「編書其罪，使四方明知爲惡之罰」意也。〇曲瀅生云，《説文》曰：「關西謂榜曰篇。」篇與扁同，扁，署也，從户册；户册者，署門之文也。言涣移書取惡子姓名，篇署里端，示戒也。〇余冠英云，移，傳告。惡子，不受父母管束、爲非作歹的子弟。篇著里端，是説在里門上

榜列公佈出來。

[七]「傷殺人，比伍同罪對門」二句：**廖按**：黃節云，《周禮·地官》：「五家爲比，使之相保；五比爲閭，使之相受。」《續漢書·百官志》「里有里魁，民有什伍，善惡相告」，注：「什主十家，伍主五家。比伍同罪對門。」謂傷、殺人者，比伍與對門皆同坐也。○余冠英云，五家爲「比」，「伍」也是指五家。這句是説如有人犯了傷殺罪，要使罪犯的比伍和對門的鄰人連坐。

[八]「禁鎦矛八尺，捕輕薄少年，加笞決罪，詣馬市論」四句：**廖按**：黃節云，鍪矛疑矟矛之誤（廖按，黃節《漢魏樂府風箋》「鎦」作「鍪」）。《釋名》（《釋兵》）：「矟矛，長九尺者也。」此曲傳寫蓋誤作鍪耳。《漢書》（《嚴朱吾丘主父徐嚴終王賈傳》）：「公孫弘奏言」「禁民毋得挾弓弩」。（《循吏傳》）龔遂傳「移書勅屬縣」，「諸持鉏田鈎器者皆爲良民」，「持兵者乃爲盜賊」。（《循吏傳》）尹賞傳，捕「長安中輕薄少年惡子數百人」。渙禁鍪矛八尺，捕輕薄少年，即此意。《漢書·刑法志》：「景帝元年下詔曰：『加笞與重罪無異，幸而不死，不可爲人。』」《禮記》（《王制》）：「刑人於市，與衆棄之。」○曲瀅生云，《東觀（漢）記》曰：「馬市正數從賣羹飯家乞貸，不得輒毆罵之，至忿」，渙聞便諷吏解遣。」○余冠英云，論，判決罪刑。

無妄發賦，念在理冤，敕吏正獄，不得苛煩。[一]財用錢三十，買繩禮竿。[二]五解。

賢哉賢哉！我縣王君。臣吏衣冠，奉事皇帝。功曹主簿，皆得其人。[三]六解。臨部居職，不敢行恩。清身苦體，夙夜勞勤。治有能名，遠近所聞。[四]七解。天年不遂，蚤就奄昏。爲君作祠，安陽亭西。欲令後世，莫不稱傳。[五]八解。（《宋書》卷二一《志》第十一《樂》三。《樂府詩集》卷三九、《古詩紀》卷十六）

【校勘】

「買繩禮竿」，《古詩紀》「禮」下小注云「一作『理』」。

「蚤就奄昏」，《樂府詩集》《古詩紀》「蚤」作「早」。

【集注】

[一]「無妄發賦，念在理冤，敕吏正獄，不得苛煩」四句：**廖按**：黄節云，《釋名》（《釋書契》）：「敕，飭也。」○余冠英云，發，興辦。賦，捐税。正獄，就是治罪判囚。

[二]「財用錢三十，買繩禮竿」二句：**陳祚明曰**：「買繩禮竿」不可解，或理枉者用以自列錢，三十不多也，「財」或與「才」通。**朱乾曰**：竹曰竿，木曰牘，《莊子》所謂竿牘也。《司馬相如傳》（《漢書》）「令尚書給筆劄」，（顔師古）注：「木簡之薄小者。」時未用紙，故給劄以書。此竿牘指爰書也。繩所以縛竿。禮即理也，治也。《後漢（書）·百官志》（「亭有亭長，以禁盜賊」，劉昭注引《漢官儀》）：「亭長持二尺板以劾賊，索繩以收執賊。」竿謂板也。**廖**

按：黄節云，財與才古通用。《漢書·杜欽傳》：「乃爲小冠，高廣財二寸。」《霍光傳》：「長財七尺三寸。」皆以財爲才。《淮南子》（《天文訓》）：「十二粟而當一分，十二分而當一銖。」用錢三十乃三十分，不滿三銖也。《漢書·宣帝紀》詔「池籞未御幸者，假與貧民」，（顔師古）注：「蘇林曰：『折竹以繩綿連禁禦，使人不得往來，律名爲籞。』」此謂無妄發賦而假與貧民田，才用錢三十分，便可買繩折竹以治其地也。禮，理也，治也。○余冠英云，這兩句是説貧民借得公田，用繩索竹竿來圈地，而所費不過三十錢罷了。

［三］「功曹主簿，皆得其人」二句：**廖按**：黄節云，《續漢（書）·百官志》，「功曹從事，主州選署及衆事」；「主簿録閤下事，省文書」。縣諸曹略如郡員。涣傳（《後漢書·循吏列傳》）：陳寵對和帝曰：「臣任功曹王涣以簡賢選能，主簿鐔顯拾遺補闕，臣奉宣詔而已。」可見功曹、主簿其職佐最要。○余冠英云，功曹掌管人事，主簿掌管文書，都是郡縣的助理官吏。

［四］「臨部居職，不敢行恩。清身苦體，夙夜勞勤。治有能名，遠近所聞」六句：**廖按**：余冠英云，不敢行恩，是説不敢對人濫施恩惠。這就是上文所謂「外行猛政」。清身苦體，是説廉潔而且勤勞。

［五］「天年不遂，蚤就奄昏。爲君作祠，安陽亭西。欲令後世，莫不稱傳」六句：**廖按**：黄節云，涣傳（《後漢書·循吏列傳》），永初二年詔曰：「王涣功業未遂，不幸早世，百姓追思，爲之立祠。自非忠愛之至，孰能若斯者乎！」○余冠英云，「遂」，終也，言不能盡其天然的

年壽。奄昏，猶云長夜。這兩句是説王渙早死。

【集評】

胡應麟曰：《雁門太守行》通篇皆贊詞，《折楊柳》通篇皆戒詞，名雖樂府，實寡風韻。魏武多有此體，如《度關山》《對酒行》，皆不必法也。

陳祚明曰：筆甚古勁。

李因篤曰：此篇整調，而自落落疏疏。第六段更寫得好，亦以見漢制守令得自辟其僚也。

白頭吟

【集解】

沈約曰：《白頭吟》，與《棹歌》同調，古詞五解。《相和》，大曲。

郭茂倩曰：《白頭吟》二首五解，古辭，《楚調曲》。相和歌辭。○《古今樂録》曰：「王僧虔《技録》：楚調曲有《白頭吟行》《泰山吟行》《梁甫吟行》《東武琵琶吟行》《怨詩行》。其器有笙、笛弄、節、琴、箏、琵琶、瑟七種。」○《古今樂録》曰：「王僧虔《技録》曰：《白頭吟行》歌古『皚如山上雪』篇。」《西京雜記》曰：「司馬相如將聘茂陵人女爲妾，卓文君作《白頭吟》以自絶，相如乃止。」《樂府解題》曰：「古辭云：『皚如山上雪，皎若雲間月。』又云：『願得一心人，白頭不相離。』始言良人有兩意，故來與之相決絶。次言别於溝水之上，叙其本情。終言男兒重意氣，何用於錢刀。若宋鮑照『直如朱絲繩』，陳張正見『平生懷直道』，唐虞世南『氣如幽徑蘭』，皆自傷清直芬馥，而遭鑠金玷玉之謗，君恩似薄，與古文近焉。」一説云《白頭吟》疾人相知，以新間舊，不能至於白首，故以爲名。唐元稹又有《決絶詞》，亦出於此。

馮惟訥曰： 卓文君《白頭吟》。《樂府》作古辭。《西京雜記》曰云云。○五解。右一曲，晉樂所奏。

朱嘉徵曰： 《白頭吟》歌「皚如」，刺貳也。風人尚專一之思，許其怨，次之楚調。

廖按： 余冠英云，本篇增改本辭的地方，似只爲便於歌唱，並未顧到文義。有人以爲末尾是樂工對主人的祝語，祝主人吃得飽飽的然後游於川上。也可備一説。

皚如山上雪，皎若雲間月。[一] 聞君有兩意，故來相決絶。一解。平生共城中，何嘗斗酒會。今日斗酒會，明旦溝水頭。[二] 蹀躞御溝上，溝水東西流。[三] 二解。郭東亦有樵，郭西亦有樵。兩樵相推與，無親爲誰驕？[四] 三解。淒淒重淒淒，嫁娶亦不啼；願得一心人，白頭不相離。[五] 四解。竹竿何嫋嫋，魚尾何離簁，男兒欲相知，何用錢刀爲？[六] 齗如五馬噉萁，川上高士嬉。今日相對樂，延年萬歲期。[七] 五解。

（《宋書》卷二一《志》第十一《樂》三。《樂府詩集》卷四一、《古詩紀》卷十二）

【校勘】

「皚如山上雪」，「皚」原作「晴」，「雪」原作「雲」，據《樂府詩集》《古詩紀》改。

「蹀躞御溝上」，《古詩紀》小注云「『御』一作『向』」。

「齸如五馬噉萁」，《樂府詩集》《古詩紀》作「齸如馬噉萁」，小注云：「『如』字下或有『五』字。」

【集注】

［一］「皚如山上雪，皎若雲間月」二句：**廖按**：黄節云，《説文》：「皚，霜雪之白也。」《詩》（《陳風·月出》「月出皎兮」）毛傳：「皎，月光也。」

［二］「平生共城中，何嘗斗酒會。今日斗酒會，明旦溝水頭」四句：**廖按**：黄節云，古詩（《文選·古詩十九首·青青陵上柏》）：「斗酒相娱樂。」○徐仁甫云，「平生」二句爲樂工所加，因下文有「今日斗酒會」，故增兩句於上，以起下文。疑原文當作「平生共城中，何嘗斗酒會。今日斗酒會，延年千萬歲」，爲當時奏樂套語。此則因「今日斗酒會」一句而妄增，故其辭不全。

［三］「蹀躞御溝上，溝水東西流」二句：**廖按**：黄節云，《周禮·考工記》：「廣四尺、深八尺謂之溝。」「蹀躞，行貌。《漢書》（《何武王嘉師丹傳》），注（顔師古注引）：「蘇林曰：『王渠，官渠也，猶今御溝也。』」

[四]「郭東亦有樵，郭西亦有樵，兩樵相推與，無親爲誰驕」四句：**廖按**：黄節云，郭，城溝之外也。「兩樵」蓋用《詩・小雅・伐木》意，所謂「求其友聲」也。《淮南子》（《道應訓》）「舉大木者呼邪許」，蓋舉重勸力之歌也。「推與」疑「邪許」之誤。案，洪亮吉《漢魏音》引《漢志》注，邪音蛇。顧炎武《唐韻正》，蛇入支韻，與推同韻；許、與同在語韻；故疑「推與」爲「邪許」一音之誤。觀《邪許歌》亦作《噓噀歌》。劉晝曰：「伏臘合歡，必歌《采菱》，牽石柂舟，必歌《噓噀》。」此亦同音通用之證。相推與，謂邪許聲相應也。無親，自謂也。決絶則無親矣。平調曲《猛虎行》：「野雀安無巢，遊子爲誰驕。」〇曲瀅生云，《管子・度地》：「城外謂之郭。」〇余冠英云，推與，推當作「雅」，形近致誤。「雅與」即「邪許」，勞力者此呼彼和，藉以省力，簡單的只是「杭唷杭哈」的聲音，複雜的成爲歌曲，都叫邪許。〇徐仁甫云，「推與」是雙關語，樵與推與（邪許）助力，人無親則無推許之人，故下云「無親爲誰驕」。「爲誰」，誰爲也。又按：此四句亦別詩，因與上文韻同，而樂工添之。不特末四句爲樂工祝語也。

[五]「淒淒重淒淒，嫁娶亦不啼。願得一心人，白頭不相離」四句：**廖按**：黄節云，「嫁娶亦不啼」，追言結婚之始也。〇曲瀅生云，女子出閣與家人別，情固淒淒，然嫁爲男女一生大事，故情雖淒淒亦不涕泣也。女婚配後唯一希冀爲得一知心人白頭不相離，故詩接云此。

[六]「竹竿何嫋嫋，魚尾何離簁，男兒欲相知，何用錢刀爲」四句：**廖按**：黄節云，《廣雅》：「嫋嫋，弱也。」《詩・衛風》（《竹竿》）「籊籊竹竿，以釣於淇」，毛傳：「籊籊，長而殺也。釣以得

魚，如婦人待禮以成爲室家。」離簁即離褷，《文選》（《海賦》「凫雛離褷所宜」）李善注：「（離褷）毛羽始生之貌。」此言魚尾始長之貌也。「男兒欲相知」謂女子所欲於男子者相知耳。竹竿以釣而得魚，猶男子以相知而得婦，不在錢刀也。意蓋誚富而易妻者。《史記·平准書》：「龜貝、金錢、刀布之幣興焉。」（「或錢，或布，或刀」《集解》）注：「如淳曰：『名錢爲刀者，以其利於民也。』」王引之曰：「爲，語助也。」

［七］「䶜如五馬噉萁，川上高士嬉。今日相對樂，延年萬歲期」四句：**朱乾曰**：䶜疑齕之訛。**廖按**：黄節云，《集韻》：「蕒，草名。馬啖之則馴。通作芑。」萁或蕒之省文。《莊子·馬蹄篇》：「齕草飲水，喜則交頸相靡，怒則分背相踶。馬知已此矣！」又《秋水篇》：「莊子與惠子遊於濠梁之上。莊子曰：『鯈魚出游從容，是魚之樂也。』惠子曰：『子非魚，安知魚之樂？』莊子曰：『子非我，安知我不知魚之樂？』」兩用《莊子》，言馬與馬尚相知，人與魚亦且相知也，既不相知，則惟有盡今日斗酒之樂。雖決絶在目前，仍以延年相祝，一何敦厚温柔乃爾！○余冠英云，䶜音力，嚼燥物聲。

皚如山上雪（白頭吟本辭）

【集解】

徐陵曰：《古樂府詩六首》。

郭茂倩曰：《白頭吟》古辭，《楚調曲》。相和歌辭。○右一曲，本辭。

徐獻忠曰：《白頭吟》。卓文君以相如將聘茂陵人女爲妾，故作此以自絶，相如乃止。末云「男兒重意氣，何用錢刀爲」，蓋刺相如曩日之貧，且以錢刀寘妾。不如意氣相感之勝。此文君自況也。

馮惟訥曰：卓文君《白頭吟》。《樂府》作古辭。《西京雜記》曰云云。○右一曲，本辭。

吴兆宜曰：《皚如山上雪》，一作《白頭吟》。○《古樂府録》（廖按，當爲《古今樂録》）：王僧虔《技録》曰：「《白頭吟行》歌古『皚如山上雪』篇。」《西京雜記》：司馬相如將聘茂陵人女爲妾，卓文君作《白頭吟》以自絶，相如乃止。《樂府解題》：古辭云：「皚如山上雪，皎若雲間月。」又云：「願得一心人，白頭不相離。」……按：相和歌辭楚調曲。古辭《白頭吟》二首，一首本辭，或作卓文君詩；一首晉樂所奏，五解，起四句同，下互異。

唐汝諤曰：《古樂府》：司馬相如將聘茂陵人爲妾云云。《漢書》：司馬相如字長卿，蜀郡成都人也，素與臨邛令王吉相善，於是相如往舍都亭。臨邛富人卓王孫謂令有貴客，爲具召之，長卿謝病不能臨。令身自迎相如。酒酣，臨邛令前奏琴，相如爲鼓一再行。是時，卓王孫有女文君新寡，好音，故相如繆與令相重而以琴心挑之。既罷，相如乃令侍人重賜文君侍者通殷勤。文君夜亡奔相如，相如與馳歸成都。家徒四壁立。卓王孫不得已，分與文君僮百人，錢百萬，及其嫁時衣被財物。文君乃與相如歸成都，買田宅，爲富人。○昔文君私奔相如，情好靡間，其後相如微有貳心，故作此詩以諷之。言吾昔歸君，約誓昭灼；君今頓欲相背，故特來與君一訣。夫人生離合，倏忽何常，惟是終始一心，白頭不改，是爲難耳。不然彼竹竿則嫋嫋，魚尾則簁簁，其不相合乃爾，何如意氣相感之爲愈哉。文君蓋以自況也。言外若言曩日之貧如此，安得錢刀置妾爲？怨恨之意不言可想矣。

陳沆曰：《玉臺新詠》載此篇，題作《皚如山上雪》，不云《白頭吟》，亦不云何人作也。《宋書》大曲有《白頭吟》，作古辭。《御覽》《樂府詩集》同之，亦無文君作《白頭吟》之説。自《西京雜記》僞書，始傅會文君，然亦不著其辭，未嘗以此詩當之。及宋黄鶴注杜詩，混合爲一，後人相沿，遂爲妒婦之什，全乖風人之旨。且兩意決絶，溝水東西，文君之於長卿，何至是乎？蓋棄友逐婦之詩，非第《小星》逮下之刺。「願得一心人，白頭不相離」，忠厚之至也。「男兒重意氣，何用錢刀爲」，慷慨之思也。因削其妄題，統歸古詩，不以嫉妒誣風人焉。

廖按：余冠英云，本辭寫男有二心，女表決絶。語氣決絶而又不舍，怨慕而抱期望。有人誤認這篇是卓文君的作品。據《宋書·樂志》，知道這篇和《江南可採蓮》《烏生八九子》一類，同是漢代的「街陌謡謳」，與卓文君無涉。

皚如山上雪，皎若雲間月。聞君有兩意，故來相訣絶。[一]今日斗酒會，明旦溝水頭。躞蹀御溝上，溝水東西流。[二]淒淒復淒淒，嫁娶不須啼。願得一心人，白頭不相離。[三]竹竿何嫋嫋，魚尾何簁簁。男兒重意氣，何用錢刀爲！[四]（《玉臺新詠》卷一《古樂府詩六首》。《樂府詩集》卷四一、《古詩紀》卷十二）

【校勘】

「故來相訣絶」，《樂府詩集》《古詩紀》「訣」作「決」。

「魚尾何簁簁」，《樂府詩集》《古詩紀》「簁簁」作「蓰蓰」。

【集注】

[一]「皚如山上雪，皎若雲間月。聞君有兩意，故來相訣絶」四句：**唐汝諤曰**：皚，雪白貌。皎，亦言白也。文君之行，豈能皎皎，特言昔日之約明白如此，亦信誓旦旦之意。兩意，二心也。訣，别也。**吴兆宜曰**：皚如，《説文》，皚皚，霜雪貌。（廖按，《説文》：「皚，霜雪之白也。」）**聞人倓曰**：《毛詩》（《陳風·月出》「月出皎兮」）傳：「皎，月光也。」《論衡》（《問時篇》）：「非有二心兩意，前後相反也。」**廖按**：余冠英云，什麽東西白如雪月呢？就是「君有兩意」這件事。這件事已經明明白白，無可隱瞞了。決，别也。既有兩意，乾脆就分手罷。

[二]「今日斗酒會，明旦溝水頭。躞蹀御溝上，溝水東西流」四句：**唐汝諤曰**：斗酒，斗米爲酒也。溝水分流如人離别，故以爲言。蹀躞，踏也，又行貌。《古今注》，長安御溝謂之楊溝。

吴兆宜曰：楊惲《報孫會宗書》(《漢書・公孫劉田王楊蔡陳鄭傳》)：「烹羊炰羔，斗酒自勞。」《考工記》(《周禮》)，「匠人爲溝洫」，「井間廣四尺，深四尺，謂之溝」。蘇林(顔師古注引)《漢書》(《何武王嘉師丹傳》)「王渠」注：「王渠，官渠也，猶今御溝也。」**聞人倓曰**：《爾雅》(《釋水》)：「水注谷曰溝。」《楚辭》(《九章・哀郢》)：「衆躞蹀而日進兮。」**廖按**：余冠英云，今天是最後聚會，明早溝邊送行。斗，盛酒之器。御溝，是流經御苑，或環繞宫牆的水。屬於皇帝的事物大都稱「御」，這兩句是説明旦分手之後我將要獨行在御溝邊上，溝水東流不返，正如人的生活，過去的不再來了。「東西」是偏義復辭，偏用東字的意義。

〔三〕「淒淒復淒淒，嫁娶不須啼。願得一心人，白頭不相離」四句：**唐汝諤曰**：淒淒，寒涼也。啼，號也。**吴兆宜曰**：《白虎通》(《婚嫁》)：嫁娶以春，何也？春，「天地交通」物始生，「陰陽交接之時也」。**聞人倓曰**：毛萇《詩傳》(《小雅・四月》「秋日淒淒」)：「淒淒，涼風也。」按，不須啼，怨辭，正深於啼者。《史記》(《魯仲連鄒陽列傳》)：「白頭如新。」**廖按**：余冠英云，嫁娶，也是用偏義。「嫁娶不須啼」是説人家嫁女常啼哭，其實嫁女是不必啼哭的，只要嫁得「一心人」到老不分開，别像我這樣，就是幸福了。「一心」和「兩意」相對。

〔四〕「竹竿何嫋嫋，魚尾何蓰蓰。男兒重意氣，何用錢刀爲」四句：**唐汝諤曰**：《詩》(《衛風・竹竿》)：「籊籊竹竿，以釣於淇。」嫋嫋，長弱貌。蓰蓰，動揺貌。**吴景旭曰**：漢鐃歌二十二曲，今所傳《朱鷺》等十八曲，而《務成》《玄雲》《黄雀》《釣竿》四曲無傳焉。其所謂《釣竿》者，《古今注》云，伯常子避仇河濱，爲漁父，其妻思之，每至河側，作釣竿之歌。後司馬長卿作《釣竿》詩。今傳爲古曲也。故文君言竹竿魚尾，正引伯常子事，以諷長卿耳。劉坦之《補注》（《選詩補注》）云：嫋嫋、簁簁，並摇動貌，以比相如之心不定，又將他圖也。**吴兆宜曰**：《漢書》（《食貨志》），王莽「造大錢」，作「契刀、錯刀」、「五銖錢」，「凡四品並行」。故稱錢刀。**聞人倓曰**：「竹竿」二句，言不相及何以得魚也。《初學記》：「黄帝采首山之銅，始鑄爲刀。」**廖按**：黄節云，簁簁，亦魚尾長貌。《晏子春秋》（内篇雜上）：「晏子爲齊相，出，其御之妻從門間而窺其夫，其夫爲相御，意氣揚揚，甚自得也。既而歸，其妻請去。夫問其故，妻曰：『晏子長不滿六尺，相齊國，名顯諸侯，今者妾觀其出，志念深矣，常有以自下者。今子長八尺，迺爲人僕御，然子之意自以爲足，妾是以求去也。』」○余冠英云，竹竿，指釣竿。嫋嫋，動摇貌。簁簁，猶「漇漇」，形容魚尾像濡濕的羽毛。在中國歌謡裏釣魚常常是男女求偶的象徵隱語。意氣，指感情。錢刀，戰國時燕國和齊國所鑄的銅幣形如馬刀，稱爲刀幣。這句將「何爲」兩個字拆開來用。末尾是説男子輕離别，無非爲了錢刀，其實愛情更重要啊。

【集評】

唐汝諤曰：劉坦之曰，文君失身相如，雖果見棄，亦無足恤，特其詞格韻不凡，托意婉切，殊可諷詠，觀者不以人廢言可也。

陸時雍曰：《白頭吟》寄興高奇，選言簡雋，乃知風會之翊人遠矣。○文君驕恣。《白頭吟》意氣悍然，決裂殆盡。「願得一心人，白頭不相離」，此身已久屬長卿，顧安所得而誓不離耶？魚不受餌，竿長何爲？「男兒重義氣，何用錢刀爲」，似誚長卿富易妻也。

朱嘉徵曰：古詩「薪樹蕙蘭葩，雜用杜蘅草」，堪爲「兩意」解，「以膠投漆中，誰能別離此」，堪爲「一心人」解。○古人務立身無過，而後可以責望君友。「皚如山上雪，皎若雲間月」，鮑照曲「直如朱絲繩，清如玉壺冰」，同立言之意；唐李白曲，「兩草猶一心，人心不如草」，又曰，「城崩杞梁妻，誰道土無心」，可方漢曲。○本辭「溝水」並「竹竿」，樂府頗加「兩樵」等句，都爲「兩意」風興。嫋嫋，長也，簁簁，動摇也，言不相及，何以得魚，須芳其餌，若「一心人」，意氣自合，何須芳餌爲。曲中引喻不倫，並一正一反，直接起調，見漢詩章法。

陳祚明曰：晉樂爲諧節奏每增數語，善仿古調不可廢。若此「郭東」四句，若《塘上行》「倍恩」數句，並縹緲悽楚，特並載之。○本辭：調古情遠宛轉，其辭以諷切爲心，不取直遂，大是佳作。○明作決絶語，然語語有冀望之情焉，何其善立言也。○雪白月皎興決絶意分明。○今日會明日便分，水東西流永不合矣，其決絶如此，退而自傷，眷言往日嫁娶之初其情若何，而今至此，此定須啼矣；然坐不得一心人耳，已已，何怨言不啼，啼過畢。○「錢刀」以比顏色，將「意氣」二字責之。

王夫之曰：亦雅亦宕，樂府絶唱。捎着當日説，一倍愴人。《谷風》敘有無之求，《氓》蚩數復關之約，正自村婦鼻涕長一尺語。必謂漢人樂府不及《三百篇》，亦紙窗下眼孔耳。屢興不厭，天才欲比文園之賦心。

李因篤曰：晉樂增「平生」二句，妙。設非斗酒之會，何至有溝水之別。而下又假郭外「兩樵」，見極親則易疏，反不若淡者之能久也。「皚如」二句，奏樂府判其終始言之。○本辭：「皚如」二句，起得超忽，匪夷所思。「聞君」二句，此云有兩意，下曰一心人，照應自然。○有兩意，措詞雅甚。「今日」四句，溝水之離，起於斗酒，今日明旦，喻其無常也。「竹竿」二句，長卿《釣竿》本曲中語。「何用」句，何用錢刀，正見長卿以此易其初心，富易交，貴易妻，千古薄情，借文君痛斥之。○離，古音羅，爲，古音譌，不入支韻，此亂之。○長卿文賦雄古今，而詩章獨缺，《封禪》之頌別一體裁，琴歌真贋未可知，《郊祀》《鐃歌》諸篇，亦無明據。文君此曲，旨厚而詞清，哀而不傷，怨而不怒，得風人之婉切，與蘇李並驅矣。

漢詩說曰：采薪曰樵，無青則不能樵，所以兩樵推與也。草木無青尚何嬌乎，以喻遊子無親爲誰驕，此已露《子夜》歌法。

張玉穀曰：首四以「山上雪」「雲間月」之易消易蔽，比起有兩意人，隨以當與決絶，點清詩旨。「今日」四句，決絶正面。暫會即離，復借喻於溝水分流，以見永無重合。「淒淒」四句，脱接暗轉，蓋終冀其變兩意爲一心，而白頭相守也。妙在從人家嫁娶時淒淒啼哭，憑空指點一婦人同有之願，不着己身説，而己身已在裏許。用筆能於占身分中含得勾留之意，最爲靈警。末四復接一喻，借魚之貪餌，點明男子貪色之非，而以當重意氣，收轉貴乎一心。不用錢刀，破其所以忽有「兩意」之故。真能使曾着犢鼻褌者汗出如漿，不果娶妾，宜哉。

飲馬長城窟行

【集解】

蕭統曰：《飲馬長城窟行》。樂府四首，古辭。詩，樂府上。

徐陵曰：蔡邕《飲馬長城窟行》一首。

六臣注曰：善曰：「言古詩，不知作者姓名。他皆類此。」濟曰：「漢武帝定郊祀，乃立樂府，散採齊楚趙魏之聲以入樂府也，名字磨滅，不知其作者，故稱古辭。」○善曰：「酈善長《水經》曰：余至長城，其下往往有泉窟，可飲馬。古詩《飲馬長城窟行》，信不虛也。然長城蒙恬所築也，言征戍之客，至於長城而飲其馬。婦思之，故爲長城窟行。《音義》曰：行，曲也。」銑曰：「長城，秦所築以備胡者，其下有泉窟可以飲馬，征人路出於此而傷悲矣，言天下征役軍戎未止，婦人思夫，故作是行。」

郭茂倩曰：《飲馬長城窟行》，古辭，《瑟調曲》。相和歌辭。○一曰《飲馬行》。長城，秦所築以備胡者。其下有泉窟，可以飲馬。古辭云：「青青河畔草，緜緜思遠道。」言征戍之客，至於長城而飲其馬，婦人思念其勤勞，故作是曲也。酈道元《水經注》曰：「始皇二十四年，使太子扶蘇與蒙恬築長城，起自臨洮，至於碣石。東暨遼海，西並陰山，凡萬餘里。民怨勞苦，故楊泉《物理論》曰：『秦築長城，死者相屬。』民歌曰：『生男慎勿舉，生女哺用脯。不見長城下，屍骸相支拄。』其冤痛如此。今白道南谷口有長城，自城北出有高坂，傍有土穴出泉，挹之不窮。《歌録》云『飲馬長城窟』，信非虛言也。」《樂府解題》曰：「古詞，傷良人遊蕩不歸，或云蔡邕之辭。若魏陳琳辭云：『飲馬長城窟，水寒傷馬骨。』則言秦人苦長城之役也。」《廣題》曰：「長城南有溪坂，上有土窟，窟中泉流。漢時將士征塞北，皆飲馬此水也。按趙武靈王既襲胡服，自代並陰山下至高闕爲塞，山下有長城，武靈王之所築也。其山中斷，望之若雙闕，所謂高闕者焉。」《古今樂録》曰：「王僧虔《技録》云：『《飲馬行》，今不歌。』」

徐獻忠曰：飲馬長城窟者，漢人將出塞，必先於此飲馬而後行，戰士遠行之苦方始於此。古詩「青青河畔草」一篇，乃思婦念其夫，與本題無與。魏陳琳又言築長城之苦，皆與邊塞不涉。

馮惟訥曰：蔡邕《飲馬長城窟行》。〇《文選》作古辭，《玉臺》作蔡邕，蔡邕集亦載此。〇邕字伯喈，陳留圉人也。性篤孝。建寧中，辟司徒喬玄府，出補河平長，召拜郎中，校書東觀，遷議郎。靈帝崩，董卓爲司空，辟邕，遷尚書侍中。及卓被誅，王允收邕付廷尉，遂死獄中。

梅鼎祚曰：《飲馬長城窟行》，古辭。

唐汝諤曰：婦人以夫遠從征役而覽物起興，因以草之青青不絶，興己思之綿綿不已，而神魂夢想之中，至不能爲情之甚也。但此情人不能知，即如枯桑無葉，安知天風，海水不冰，那知天寒。他人未嘗别離，孰識此苦，所謂冷暖自知，難與人言者也。及得其夫遠信而諄諄勸以加餐，論以相憶，非知心何以能然。此詩特思念其夫，似與本題無與，而所云遠道非即長城窟而何，蓋言中心所注念在此耳。

朱嘉徵曰：《飲馬長城窟》歌「青青河邊草」，征戍曲也。全是《十九首》風骨。以短長調，合樂府節奏。

吴兆宜曰：《飲馬長城窟行》，蔡邕。○《左傳》，楚子將飲馬於河而歸。《樂府》作古辭。《文選》亦作古辭。注言古詩，不知作者姓名也。擬之者，《樂府》載魏文帝、陳琳、晉傅玄、陸機以下諸人，共十六首。又王融、沈約諸人《青青河畔草》篇題，蓋本此。

沈德潛曰：蔡邕《飲馬長城窟行》。亦作古辭。○通首皆思婦之詞，纏綿宛折，篇法極妙。

陳沆曰：《文選》作古詞，不知作者姓名，則題蔡邕者，未見其必然也。（蔡邕所傳《琴歌》《樊慧渠歌》《翠鳥詩》，詞並質直，視此詩之高妙古宕，殊不相類。）

廖按：黄節云，酈道元《水經注》云：「余每讀《琴操》，見琴慎相和。《雅歌録》云：『飲馬長城窟。』及其跋涉斯途，遠懷古事，始知信矣。」《琴操》爲蔡邕所作，而有是篇名，《樂府解題》謂或云蔡邕之詞，於此蓋可證也。○梁啓超云，此詩《玉臺新詠》題爲蔡邕作，但《樂府詩集》據《解題》仍題古辭，格調純類五言詩，時代定不甚早，邕作之説或可信。○王汝弼云，此詩内容，只是一般地寫了在家的思婦懷念遠方的勞人之情，初不及「飲馬長城窟」的事。儘管《文選》題爲古辭，但必非最早之作；因爲「樂府詩」一般慣例，總是截取詩的首句爲標題者多，而此詩則是「青青河畔草」，文字與「飲馬長城窟」邈不相涉，可見它絶不是最早的民歌。《玉臺新詠》題爲蔡邕，從確定作家主名來説，固然未必恰切無誤；但認爲它是作家的作品，這一點還是很有見地的。因爲首句與樂府古題已分道揚鑣，這樣比較符合文人擬樂府的一般體式。○費秉勳亦提出該作非「本辭」，進而推測題爲陳琳所作的《飲馬長城窟行》才是「本辭」，因爲這首歌「開頭便是『飲馬長城窟，水寒傷馬骨』」「比歷來作爲『樂府古辭』的『青青河邊草』一首要切題」，説見《〈飲馬長城窟行〉本辭探實》，《人文雜誌》一九八〇年第三期。

青青河畔草，緜緜思遠道。〔一〕遠道不可思，夙昔夢見之。夢見在我傍，忽覺在他鄉。他鄉各異縣，展轉不可見。〔二〕枯桑知天風，海水知天寒。入門各自媚，誰肯相爲言。〔三〕客從遠方來，遺我雙鯉魚。呼兒烹鯉魚，中有尺素書。〔四〕長跪讀素書，書上竟何如？上有加餐食，下有長相憶。〔五〕（《文選》卷二七《詩》「樂府」上。《玉臺新詠》卷一、《樂府詩集》卷三八、《古詩紀》卷十三）

【校勘】

「青青河畔草」，《玉臺新詠》《古詩紀》「畔」作「邊」。

「夙昔夢見之」,《玉臺新詠》《樂府詩集》《古詩紀》「夙」作「宿」。

「夢見在我傍」,《玉臺新詠》「傍」作「旁」。

「展轉不可見」,《玉臺新詠》《樂府詩集》「可」作「相」。

「呼兒烹鯉魚」,《古詩紀》「兒」作「童」。

「上有加餐食,下有長相憶」,《樂府詩集》兩「有」均作「言」。

【集注】

[一]「青青河畔草,緜緜思遠道」二句:**六臣注曰**:善曰:「言良人行役,以春爲期,期至不來,所以增思。王逸《楚辭》(《九章·悲回風》「縹綿綿之不可紆」)注曰:『緜緜,細微之思也。』」銑曰:「此謂自春而相思也。緜緜,心不絶貌也。」**唐汝諤曰**:青青,常青也。緜緜,思而不絶之貌。**廖按**:聞一多云,《文選·洛神賦》「思緜緜而增慕」,李(善)注曰:「緜緜,密意也。」○余冠英云,緜緜,長而不斷之貌,又是細密之貌。這裏的「緜緜」指思,也指草,思的緜緜由見了草的緜緜而起。

[二]「遠道不可思,夙昔夢見之。夢見在我傍,忽覺在他鄉。他鄉各異縣,展轉不可見」六句:**六臣注曰**:善曰:「《廣雅》(《釋詁》)曰:『昔,夜也。』《字書》曰:『輾,亦展字也。』(廖按,李善注本《文選》「展」作「輾」)《説文》曰:『展,轉也。』鄭玄《毛詩》(《小雅·祈父》「胡轉予於恤」)箋曰:『轉,移也。』」向曰:「展轉,反側也。」**唐汝諤曰**:夙,古文,今作宿,一宿曰

宿。夢若在傍，忽若在遠，恍惚不可爲象之意。《詩》（《周南·關雎》）：「輾轉反側。」**吴兆宜曰**：又《左傳》（《哀公四年》）「爲一昔之期」，（鄭玄）注：「夜結期。」古歌：「男兒在他鄉，焉得不憔悴。」**沈德潛曰**：宿昔，夙夜也。《列子·周穆王》：「周之尹氏，大治産，有老役夫昔昔夢爲國君，尹氏昔昔夢爲人僕。」**張玉穀曰**：宿昔，隔夜也。覺，音教。**聞人倓曰**：《莊子》（《天運》）：「通昔不寐。」《毛詩》（《王風·兔爰》）：「尚寐無覺。」**廖按**：余冠英云，昔，與夕通，「宿昔」猶昨夜。之，指在遠道的人。

〔三〕「枯桑知天風，海水知天寒。入門各自媚，誰肯相爲言」四句：**六臣注曰**：善曰：「枯桑無枝，尚知天風。海水廣大，尚知天寒。君子行役，豈不離風寒之患乎？但人入門咸各自媚，誰肯爲言乎？皆不能爲言也。」翰曰：「知謂豈知也。枯桑無枝葉，則不知天風，海水不凝凍，則不知天寒，喻婦人在家不知夫之信息，雖有親戚之家，皆入門而自愛，誰肯相爲訪問而言者乎。亦喻朝廷食禄之士各自保己以爲娱游，不能薦於賢才。」**吴景旭曰**：余意合下二句總看，乃云枯桑自知天風，海水自知天寒，以喻婦之自苦自知，而他家入門自愛，誰相爲問訊乎？**朱嘉徵曰**：行役，豈不離風寒之患？白樂天云，詩有隱一字而意自見者，海水知天寒，言不知也。**張玉穀曰**：「枯桑」二句，喻惟獨居者知寂寥況味也。**陳沆曰**：枯桑無葉，能知天風乎；海水不冰，能知天寒乎；新歡燕好，相媚不足，遑知故人之憂思乎；言皆不知也。不知而又言得書，得書而言相憶，風人之誼也。觀「入門各自媚」一語，殆放臣去國之感，托諸棄婦者乎。君門萬里，夢寐恍惚，忠愛之至。**廖按**：黄節云，《詩》（《大雅·思齊》「思媚周姜」），毛傳：「媚，愛也。」《聘禮》（《儀禮》）鄭（玄）注「若有言」謂「若有所問也」。《廣雅》（《釋詁》）：「言，問也。」誰肯相爲言，謂誰肯相爲問也。〇聞一多云，滄海桑田，高下異處，喻夫婦遠離不能會合。枯桑喻夫（《越人歌》：「山有木兮木有枝，心説君兮君不知。」），海水自喻（元稹《離思》詩：「曾經滄海難爲水，除卻巫山不是雲。」）；天風天寒，喻孤棲獨宿，危苦淒涼之意。見葉落而知木受風吹，見冰結而知水感天寒。枯桑無葉可落，海水終冬不冰，一似不知風寒者；非真不知之，人不見其知之跡象耳。以喻夫婦久别口雖不言而心自知苦。《説文》曰：「媚，説也。」《爾雅·釋言》「訊，言也」，郭（璞）注曰：「相問訊也。」言己與良人遠隔千里，每當日夕，輒各入門自愛，誰肯以片言相問訊哉？誰，暗斥其夫，意若怨其久疏音問也。二句反跌，爲下烹魚得書張本。〇余冠英云，枯桑，落葉的桑樹。這兩句是説枯桑雖然無葉，對於風不會感覺不到，海水雖然不結冰，對於冷也不會感覺不到。那在遠方的人，縱然感情淡薄，也不至於不知道我的孤淒，我的想念啊。「各自媚」是説一般人都各愛自己所歡，不管别人的事。言，問訊也。「誰肯相爲言」是説誰肯代捎個信兒呢？把遠人没有音信歸咎於别人不肯代爲問訊。但想著想著，有客人捎著書信來了。

〔四〕「客從遠方來，遺我雙鯉魚。呼兒烹鯉魚，中有尺素書」四句：**六臣注曰**：善曰：「鄭玄

《禮記》(《雜記下》「純以素」)注曰：「素，生帛也。」向曰：「相思之甚，精誠感通，若夢寐之間似有所使自夫所來者，遺我雙鯉魚，魚者深隱之物不令漏洩之意耳，命家童殺而開之，中遂得夫書也。尺素，絹也，古人爲書，多書於絹。」**楊慎曰**：古樂府詩：「尺素如殘雪，結成雙鯉魚。要知心裏事，看取腹中書。」據此詩，古人尺素結爲鯉魚形即緘也，非如今人用蠟。「客從遠方來，遺我雙鯉魚」，即此事也。下云烹魚得書，亦譬況之言耳，非真烹也。五臣及劉履謂古人多於魚腹寄書，引陳涉罩魚倡禍事證之，何異癡人説夢邪。**梅鼎祚曰**：兒，一作「童」。**唐汝諤曰**：《夷白齋詩話》，古詩呼童烹鯉魚中有尺素書，魚腹中安得有書，古人以喻隱密也。魚，沉潛之物，故云。**吴景旭曰**：五臣注云云。不知此乃想像之詞。借枯桑海水，以喻他鄉異縣，字字神境，若説殺魚，無乃癡騃。**吴兆宜曰**：《漢・陳涉傳》(《史記・陳涉世家》)，乃丹書帛曰「陳勝王」，置人所罾魚腹中。卒買魚烹食，得書。此詩蓋暗用此事。**廖按**：聞一多云，雙鯉魚，藏書之函也，其物以兩木板爲之，一底一蓋，刻線三道，鑿方孔一，線所以通繩，孔所以受封泥。此或刻爲魚形，一孔以當魚目，一底一蓋，分之則爲二魚，故曰雙鯉魚也。函一名椷，《説文》曰：「椷，檢柙也。」王國維謂一書用檢夾之(《簡牘檢署考》)，是也。《説文》又曰：「枷，拂也。淮南謂之椷。」今梨園飾繫囚所用枷或作魚形，蓋猶古制。其物之用在挾持而禁制之以爲固，與藏書之函略同。用同者體亦常同，故二者皆或作魚形，用同體同者名亦常同，故又並得稱椷也。又古門鑰以二木中貫牡以爲固，其用於函亦近，而古稱魚鑰，疑亦因其形制而得名。此亦古函刻爲魚形之旁證。烹鯉魚，解繩開函也。帛曰素，木曰牘，皆長不過尺，故曰尺素、曰尺牘。

〔五〕「長跪讀素書，書中竟何如？上有加餐食，下有長相憶」四句：**六臣注曰**：善曰：「《説文》曰：『跪，拜也。』」銑曰：「何如謂何言也，夫知婦相思，不能下食，故言加餐。」**聞人倓曰**：『竟何如』，大失望也。書中絶不道及相見之期，復何望哉！」〇聞一多云，古人席地而坐，《史記・留侯世家》，因長跪履之。**廖按**：黄節云，吴伯其曰：「長跪是重之至，望之深也。兩膝着地，以尻着膝，着稍安者曰坐，伸腰及股，兩膝撑地而聳體者曰跪。其體益聳，以益致其恭者，則曰長跪。

【集評】

胡應麟曰：「青青河畔草」，相傳蔡中郎作。中郎文遠遜西京，而此詩之妙，獨絶千古。語斷而意屬，曲折有餘而寄興無盡，即蘇、李不多見。〇「青青河畔草」，斷而續，近而遠，五言之騷也。……渾樸自然，無一字造作，誠爲古今絶唱。

陸時雍曰：起二語托興自然，「枯桑知天風，海水知天寒」，取喻既佳，痛語自别。張華「巢居知風寒，穴處識陰雨」，則索然無味矣。「長跪讀素書，書中竟何如？上有加餐食，下有長相憶」，此爲故人代寬，或以自遣，或以自誘，此詩人之善托也。

陳祚明曰：此篇流宕曲折，轉掉極靈，抒寫復快，兼樂府古詩之長，最宜熟誦，子桓兄弟擬古全法此調。

王夫之曰： 縱横使韻，無曲不圓。即此一端，已足衿帶千古。○或興或比，一遠一近，謂止而流，謂流而止。神龍之興雲霧駁，以人情準之，徒有浩歎而已。○神理略從《東山》來。而以《東山》爲鵠，關弓嚮之，則其差千里。此以天遇，非以意中者；熟吟「入門各自媚」一蕩，或儌幸得之。

李因篤曰： 「枯桑」二句，借喻疏者尤以自然相知，甚言人情私己之薄。中間一轉，忽借世情反形之，首末惓惓夙交，自相承注。○中郎諸作，略似孟堅，學優於才，視西京異矣，此篇蔚岐道亮，音旨有餘，固當遠追屬國之清聲，近並河間之楚調。

沈德潛曰： 前面一路換韻，聯折而下，節拍甚急。「枯桑」二句，忽用排偶承接，急者緩之，最是古人神妙處。

張玉穀曰： 此詩只作閨怨解。首八句，先叙我之思彼而不得見。首句比興兼有。以草況思，比也。即草引思，興也。旋即撇思入夢，由夢轉覺，即覺復思，八句四轉，就不可見頓住，惝怳迷離，極其曲折。「枯桑」四句，頂上「各異縣」來，言獨居之苦，惟獨居者知之，收上我之思彼，即爲下彼之思我引端。卻不用正説，突插「枯桑」「海水」二喻，憑空指點，更以有耦者之入門各媚，不肯相慰以言，顯出莫可告訴神理，即反挑下文彼邊寄書。後八句，頂上「相爲言」來，將己欲寄書慰彼之意，在彼寄書慰我中顯出。然從客來遺魚，烹魚有書，閑閑叙入，是急脈緩受法。

「長跪」兩語，寫出鄭重驚疑，竟括彼書懷已之意，闋然而止。而我思彼愈不能已之意，不綴一辭，已可想見，又是意到筆不到之妙境。一詩中能開無數法門，斯爲傑構。

李調元曰： 此歎好友得志不復相顧也。觀「入門各自媚」兩句，可見用筆之妙。「書中竟何如」一句，令人黯然，則知不過泛語通問，夙昔苦思，付之流水矣。

廖按： 余冠英云，這詩寫夫婦的情愛，末二句見出失望之情。在文意突變的地方換韻，古樂府常有此法。○王汝弼云「上言加餐飯，下言長相憶」，意思是：「後會有期，而目前無望」，但不用直説而用曲筆，這就比唐人「君問歸期未有期」耐人玩味得多。所謂「不著一字，盡得風流」，確是議詩勝境。

君子行

【集解】

蕭統曰：《君子行》，樂府四首，古辭。詩，樂府上。

六臣注曰： 向曰：「言君子之道宜守謙撝，不履見猜之地。瑟有三調，平調、清調、側調，此曲處於平調。」善本無此一篇（廖按，善本《文選》李善注云：「古《君子行》曰：『君子防未然，不處嫌疑間。』」）。

郭茂倩曰：《君子行》，古辭，《平調曲》。相和歌辭。○《樂府解題》曰：「古辭云『君子防未然』，蓋言遠嫌疑也。又有《君子有所思行》，辭旨與此不同。」

徐獻忠曰：此言君子自處於可嫌可疑之地，止可勞謙以求貞吉，不可和光而混於流俗。故惟周公斯足以爲法也。然周公抱孺子而朝，亦致流言之謗疑，嫌疑之地信有不可易居者。若非勞謙下士，其何以自白於世哉。命題以「君子」蓋有見矣。

馮惟訥曰：《君子行》。《曹子建集》亦載此首。

唐汝諤曰：此詩論君子處世不當一置其身於嫌疑之間，惟可勞謙下人而又不得和光混俗，必操行若周公，乃始得稱賢耳。然公擁孺子而朝，猶不免流言之疑謗，君子信當凜懼矣。

朱嘉徵曰：《君子行》歌「君子」，謹于制行也。大行亦不爲細謹焉。○命曲在首二句，下分兩節。「瓜田」下是正言之，不容經行人逾閑。「周公」下，是申言之，又不爲鄉願人覆短，蓋防未然者。

陳祚明曰：子建集亦載此詩，但調不類；且詩意如作孟德則切，與子建無與。

朱乾曰：題曰古辭，我疑其爲魏武之作也。曹植集亦載此。○樂府中如《君子行》題意本寬，作者不妨各言其志，古辭本義據易勞謙，君子特以遠嫌發端，如晉陸機、梁戴暠專就遠嫌説，此所謂膠柱而調瑟也。

廖按：逯欽立云，《白帖》二十九《文選》詩「瓜田不納履」云云，證唐時《文選》實載此詩。

《合璧事類》引此皆作延年詩，不知何據。

君子防未然，不處嫌疑間。[一]瓜田不納履，李下不正冠。[二]嫂叔不親授，長幼不比肩。[三]勞謙得其柄，和光甚獨難。[四]周公下白屋，吐哺不及餐。一沐三握髮，後世稱聖賢。[五]（《文選》卷二七《詩》「樂府」上。《樂府詩集》卷三二、《古詩紀》卷十六）

【集注】

[一]「君子防未然，不處嫌疑間」二句：**唐汝諤曰**：防預爲防也。嫌疑，似是難明者也。**廖按**：曲瀅生云，《鄧析子》曰，慮能防于未然。《禮（記）》（《曲禮上》）曰：「夫禮者所以定親疎、決嫌疑。」

[二]「瓜田不納履，李下不正冠」二句：**六臣注曰**：翰曰：「納，取也，取履疑盜瓜，正冠疑盜李也。」**廖按**：蕭滌非云，邱光庭曰：「諸經無納履之語，按《曲禮》『俯而納屨』，正義曰：俯，低頭也。納，猶著也。（廖按，《禮記·曲禮上》正義曰：「納，内也。既取，因俯身向長者而内足著之。」）低頭著屨，則似取瓜，故爲人所疑也。履無帶，著時不必底頭，故知履當爲屨，傳寫誤也。」（廖按，邱光庭，五代人，有《兼明書》五卷）

〔三〕「嫂叔不親授，長幼不比肩」二句：**六臣注曰**：銑曰：「行合於禮。授謂傳物也。」**唐汝諤曰**：《孟子》（《離婁上》）：「男女授受不親。禮也。嫂溺，援之以手，權也。」《戰國策》（《齊策》）：「千里而一士，若比肩而立也。」**廖按**：曲瀅生云，《禮記》（《曲禮上》）曰：「嫂叔不通問。」又曰：男女「不親授」。又曰：「五年以長則肩隨之。」

〔四〕「勞謙得其柄，和光甚獨難」二句：**六臣注曰**：濟曰：「《易》云『勞謙君子』（《謙》），謙者『德之柄』（《繫辭下》）。《老子》云『和其光，同其塵』，言此理甚難明。」**張玉穀曰**：勞，功也。言有功而處之以謙，猶持物之得其柄。**廖按**：曲瀅生云，《周易》曰：「勞謙，君子有終吉。」（《謙》）又曰：「謙，德之柄也。」（《繫辭下》）又曰：「謙，尊而光，卑而不可逾。」（《彖》）《後漢書·王允傳》：「士孫瑞説允曰：『夫執謙守約，存乎其時。公與董太史並位俱封而獨崇高節，豈和光之道耶。』」

〔五〕「周公下白屋，吐哺不及餐。一沐三握髮，後世稱聖賢」四句：**六臣注曰**：銑曰：「白屋，草屋，庶人居也，若此之人周公皆謙下見之，每一食三吐哺，一沐三握髮，以待天下士，故天下士皆歸心焉，後世乃稱其聖賢。」**唐汝諤曰**：《（孔子）家語》（《賢君》）：「昔周公居冢宰之尊，制天下之政，而猶下白屋之士。」《史記·魯（周公）世家》：「周公戒伯禽曰：『我文王之子，武王之弟，成王之叔父，我于天下，亦不賤矣。然我一沐三捉髮，一飯三吐哺，起以待士，猶恐失天下之賢。』」**廖按**：曲瀅生云，《漢書》（《蕭望之傳》「致白屋之意」）師古注曰：「白屋謂白蓋之屋，以茅覆之，賤人所居。」

【集評】

胡應麟曰： 初讀「君子防未然」，以爲類曹氏兄弟作，及觀子建集中亦載此首，則非漢人信矣。

朱嘉徵曰： 君子之微心勞謙者，君子之事業也。六代人擬作，都説得上截耳。和光，易爲鄉愿借徑，不可不知。

陳祚明曰： 古人作理語自覺古雅，「瓜田」「李下」句當其創造時豈不新警。

李因篤曰： 分兩段看，以「勞謙」二句爲正解，亦其中之關樞也。得柄則爲勞謙，不得柄則爲和光，此高位可以貴下人，而處士不可不自重也，嫌疑之戒，慎矣哉。

張玉穀曰： 此言人既當避嫌疑，尤當守謙和也。上下兩扇，立柱分承，詩中創體。前六，言君子必慎嫌疑，排舉四事以概其餘，兩言其小，兩言其大。「納履」「正冠」，造句尤趣。後六，言君子必貴謙和，卻不用排調，只舉周公一人爲法，即「吐哺」「握髮」二事，亦牽上搭下出之，不整作對，局勢極變換錯綜。

朱乾曰： 詩言處盛履尊，疑於僭逼，因思周公之勞謙下士也。夫賢自當禮，不爲嫌疑，因避嫌而下士，其僞可知，周公恐懼。王莽謙恭可同日語乎。

長歌行(青青園中葵)

【集解】

蕭統曰:《長歌行》,樂府四首,古辭。詩,樂府上。

六臣注曰:善曰:「崔豹《古今注》曰,『長歌,言壽命長短定分,不妄求也』。古詩曰『長歌正激烈』;魏武帝《燕歌行》曰『短歌微吟不能長』;傅玄《豔歌行》曰『咄來長歌續短歌』。然行聲有長短,非言壽命也。」良曰:「當早崇樹事業,無貽後時之歎。」

郭茂倩曰:《長歌行》,古辭,《平調曲》。相和歌辭。○《古今樂録》曰:「王僧虔《大明三年宴樂技録》平調有七曲:一曰《長歌行》,二曰《短歌行》,三曰《猛虎行》,四曰《君子行》,五曰《燕歌行》,六曰《從軍行》,七曰《鞠歌行》。荀氏録所載十二曲,傳者五曲。……其器有笙、笛、筑、瑟、琴、箏、琵琶七種,歌弦六部。」○《樂府解題》曰:「古辭云『青青園中葵,朝露待日晞』,言芳華不久,當努力爲樂,無至老大乃傷悲也。魏改奏文帝所賦曲『西山一何高』,言仙道茫茫不可識,如王喬、赤松,皆空言虚詞,迂怪難信,當觀聖道而已。若陸機『逝矣經天日,悲哉帶地川』,則復言人運短促,當乘間長歌,與古文合也。」

徐獻忠曰:崔豹《古今注》云云。今按漢古辭言春光易去,人當乘少壯之時努力建立,無徒老大而傷悲,則所謂長者,蓋可久可大之計,非但目前而已也。○「青青」一篇,勉人努力少壯之時，使及時建立，立德立功，皆當自勉。

唐汝諤曰：此詩傷年光之易去，而借葵爲比，以葵能衛其根也。言園葵向日猶待澤於天，而遇秋忽凋，每不可保；人之盛年一過，不可再來，亦如水之東流不復西逝，必當及時努力，倘至老大而徒傷悲，嗟何及矣。

朱嘉徵曰：《長歌行》，歌「青青園中葵」，思立業也。《傳》（《左傳·襄公二十四年》）曰，人生三不朽，立德、立功、立言，蓋欲及時也。十九首（《文選》）「所遇無故物」「生年不滿百」二篇與長歌同義。《記》（《禮記·樂記》）曰，詠歎之不足，故長言之。此「長歌行」所爲作也。看起興八句，其言何長。

張玉轂曰：此警廢學之詩。

廖按：余冠英云，這詩説萬物盛衰有時，人應該及早努力。

青青園中葵，朝露待日晞。[一]陽春布德澤，萬物生光暉。[二]常恐秋節至，焜黄華葉衰。[三]百川東到海，何時復西歸。[四]少壯不努力，老大徒傷悲。[五]（《文選》卷二七《詩》「樂府」上。《樂府詩集》卷三十、《古詩紀》卷十六）

【校勘】

「萬物生光暉」，《樂府詩集》《古詩紀》「暉」作「輝」。

「何時復西歸」，「何」原作「河」，據《樂府詩集》《古詩紀》改。

【集注】

[一]「青青園中葵，朝露待日晞」二句：**六臣注曰：**善曰：「《毛詩》(《小雅·湛露》)曰『湛湛露斯，匪陽不晞』，毛萇曰：『晞，乾也。』」**唐汝諤曰：**青青，茂盛也。葵，葵菜。尚傾，菜向日，不令照其根。**廖按：**黃節云，《爾雅》(《釋草》)「蔠葵蘩露」，(郭璞)注：「承露也。大莖小葉，華紫黃色。」

[二]「陽春布德澤，萬物生光暉」二句：**六臣注曰：**善曰：「楚辭(《九辨》)曰：『恐(溘)死不見乎陽春。』《淮南子》曰：『光暉(重)萬物。』」**唐汝諤曰：**陽春，和也。《詩》(《豳風·七月》)：「春日載陽。」**廖按：**余冠英云，「陽」是温和，「陽春」是露水和陽光充足的時候。露水和陽光都是植物所需要的，都是大自然的恩惠，即所謂「德澤」。

[三]「常恐秋節至，焜黃華葉衰」二句：**六臣注曰：**善曰：「焜黃，色衰貌也。」濟曰：「恐至暮年志氣銷歇。焜黃，華色壞。」**唐汝諤曰：**衰，寖微也。**廖按：**余冠英云，焜，猶煁，色衰枯黃貌。○徐仁甫云，《方言》「焜，晠也。」晠音盛，熾也。焜黃謂極黃。《詩·衛風·氓》：「桑之落矣，其黃而隕。」其讀綦，亦極也。故極黃則華葉衰也。

[四]「百川東到海，何時復西歸」二句：**六臣注曰：**善曰：「《尚書大傳》曰：『百川赴東海。』」銑曰：「言年一過不可再來。」**唐汝諤曰：**喻日月之逝不可復返也。

［五］「少壯不努力，老大徒傷悲」二句：**六臣注曰**：翰曰：「爲事當及少年之時。」

【集評】

陳祚明曰：勸學之語，千古至言。

王夫之曰：欲以警人，故音亦危迫。乃當其急斂，抑且推蕩，迫中之促，無可及也。

李因篤曰：春容和好，盛世之音。

沈德潛曰：「陽春」十字，正大光明。謝康樂「皇心美陽澤，萬象咸光昭」，庶幾相類。

張玉穀曰：首六，以園葵比少壯之易成老大，「布德」「生光」，正形容及時績學，不可怠荒。「百川」二句，以百川比老大之難復少壯。末二，點清勉勵本旨，可當晨鐘。

廖按：蕭滌非云，感物興懷，臨流歎逝，理語亦情語也。

怨歌行

【集解】

蕭統曰：《怨歌行》，班婕妤。詩，樂府上。

徐陵曰：班婕妤《怨詩》一首并序。○昔漢成帝班婕妤失寵，供養於長信宮，乃作賦自傷，並爲《怨詩》一首。

六臣注曰：善曰：「《歌録》曰，《怨歌行》，古辭。然言古者有此曲，而班婕妤擬之。」向曰：「《漢書》云：孝成帝班婕妤，帝初即位選入後宮。始爲小使，俄而大幸，爲婕妤。後趙飛燕寵盛，婕妤失寵，故有是篇也。婕妤，后妃之位名也。左曹越騎校尉况之女，彪之姑，少有才學。」

郭茂倩曰：《怨歌行》，漢班婕妤，《楚調曲》。相和歌辭。

馮惟訥曰：班婕妤《怨歌行》。○班婕妤，左曹越騎校尉况之女，少有才學，成帝時選入宮，以爲婕妤。後趙飛燕譖其咒詛，考問之，上善其對。遂求供養太后長信宮。○《詩品》曰：婕妤詩，其源出於李陵，團扇短章，辭旨清捷，怨深文綺，得匹婦之致；侏儒一節，可以知其工矣。

梅鼎祚曰：《怨歌行》，漢班倢伃。○《漢書》曰，孝成班倢伃初入官爲少使，俄而大幸，爲倢伃，居增成舍。其後趙飛燕姊弟亦從微賤興，班倢伃失寵，稀復進見，趙氏姊弟驕妬，倢伃恐久見危，求供養太后長信宮，帝許焉。《樂府解題》曰，《倢伃怨》者，爲漢成帝班倢伃作也。倢伃徐令彪之姑，况之女，美而能文。初爲帝所寵愛，後幸趙飛燕姊弟，冠于後宮。倢伃自知見薄，乃退居東宮，作賦及紈扇詩以自傷悼。後人傷之，而爲《倢伃怨》也。《歌録》曰，《怨歌行》，古辭，《樂府》作顔延年。

唐汝諤曰：婕妤既退處東宮，而以紈扇自況，言己修潔之行無一玷缺，如以齊紈而成團扇，直可與明月齊芳，以是承君之寵，使微風足以滌煩熱，其裨益於君多矣，然而君恩可常恃哉？惟恐秋風忽至而中道棄捐，其不欲争妍怙寵類如此。夫恩情業已中絶，而婉詞微諷，猶若恐其或然，蓋不欲明歸咎於君也。跡其所自傷悼，雖絺綌淒風之詠，何以加諸？

朱嘉徵曰：《怨歌行》歌「紈扇怨」，《小雅》也。變雅興于宫闈，漢其衰矣。

吴兆宜曰：《水經注》：高祖長樂宫，本秦之長樂宫也。周二十里，殿西有長信、長秋、永壽、永昌諸殿。〇按，相和歌辭楚調曲。《文選》作《怨歌行》。一作古辭。

張玉穀曰：《漢書》謂「作《紈扇》詩以自悼」，即此。

聞人倓曰：姜夔《詩説》，載始末曰引，體如行書曰行，放情曰歌，兼之曰歌行，悲如蛩螿曰吟，通乎俚俗曰謡，委曲盡情曰曲。

廖按：余冠英云，這是詠扇的詩，實際是以扇喻人。扇有「動摇微風發」的用處，因而有「出入君懷袖」的恩寵，但是一過了時就「棄捐篋笥中」了。舊時代有些女子，處在被玩弄的地位，命運決定於一人一時的好惡，團扇的托喻對於她們實在是很親切的。這詩梁陳以來的選本都題作班婕妤詩，疑問很多。也有作顔延年詩的，更不可信。李善《文選》注引《歌録》云：「《怨歌行》，古辭。」〇逯欽立云，此詩蓋魏代伶人所作，附此俟考。

新裂齊紈素，鮮絜如霜雪。[一] 裁成合歡扇，團團似明月。[二] 出入君懷袖，動摇微風發。[三] 常恐秋節至，涼飆奪炎熱。[四] 棄捐篋笥中，恩情中道絶。[五]（《文選》卷二七《詩》「樂府」上。《玉臺新詠》卷一、《樂府詩集》卷四二、《古詩紀》卷十二）

【校勘】

「新裂齊紈素」，《古詩紀》小注云「『裂』一作『制』」。

「鮮絜如霜雪」，《古詩紀》「鮮」作「皎」，小注云「一作『鮮』」；《玉臺新詠》《樂府詩集》《古詩紀》「絜」作「潔」。

「裁成合歡扇」，《玉臺新詠》《樂府詩集》「成」作「爲」；《古詩紀》小注云「『成』一作『爲』」。

「團團似明月」，《古詩紀》小注云「『團團』一作『團圓』」。

「涼飆奪炎熱」，《玉臺新詠》「飆」作「風」；《古詩紀》「飆」小注云「一作『風』」，「奪」作「敚」。

【集注】

［一］「新裂齊紈素，鮮絜如霜雪」二句：**六臣注曰**：善曰：「《漢書》曰，罷齊三服官。李斐曰，紈素爲冬服。范子曰：紈素出齊。荀悦曰：齊國獻紈素絹，天子爲三官服也。」翰曰：「紈素，細絹，出於齊國。」**唐汝諤曰**：裂，裁剪之餘也。《左傳》（《昭公元年》）：「裂裳帛而與之。」色麗曰鮮。潔，白也。**吴兆宜曰**：鮮，按，《選》作「皎」。**廖按**：余冠英云，裂，從機上扯下來，杜甫詩「裂下鳴機色相射」的裂和這裏的裂相同。紈，素之更輕細的，以齊國所產的爲最好。素，生絹也。

［二］「裁成合歡扇，團團似明月」二句：**六臣注曰**：善曰：「古詩曰：文綵雙鴛鴦，裁爲合歡被。」良曰：「皆喻盛美加之刻飾。」**唐汝諤曰**：裁，剪也。歡，喜樂也。**聞人倓曰**：《方

言》：「自關而東謂之箑，自關而西謂之扇。」《説文》：「團，圓也。」**廖按**：余冠英云，「合歡」是一種圖案花紋，漢人詩裏還有「合歡被」「合歡襦」等辭，都是上面有合歡紋的。

[三]「出入君懷袖，動摇微風發」二句：**六臣注曰**：善曰：「《蒼頡篇》曰：懷，抱也。此謂蒙恩幸之時也。」濟曰：「君愛幸有如此。」**聞人倓曰**：此以比己蒙恩時也。微風，謙辭。

[四]「常恐秋節至，涼飆奪炎熱」二句：**六臣注曰**：善曰：「《古長歌行》曰：『常恐秋節至，焜黄華葉衰。』炎，熱氣也。」銑曰：「懼寵之移。」**唐汝諤曰**：《爾雅》（《釋天》）：「扶摇謂之飆。」孫炎注（《詩經・小雅・谷風》「維風及頽」孔穎達《疏》引）：「回風從下上曰飆。」**聞人倓曰**：常恐，未然之辭。此詩蓋婕好未見棄時慮遠之作。《説文》，敓，强取也（廖按，王士禛選、聞人倓箋《古詩箋》「奪」作「敓」）。

[五]「棄捐篋笥中，恩情中道絶」二句：**六臣注曰**：向曰：「果見遺擲矣。篋笥，盛扇之箱。」**唐汝諤曰**：捐，棄也。篋，械藏也。笥，竹器。**朱嘉徵曰**：班姬《擣素賦》（《古文苑》）：「略閲絞練之初成，擇玄黄之妙匹；準華裁于昔時，疑異形於今日。」「書既封而重題，笥已緘而更結。」**吴兆宜曰**：蘇武詩（《文選・古詩四首》）：「恩情日以新。」**聞人倓曰**：《儀禮》（《士冠禮》「同篋」），（鄭玄）注：「隋方曰篋。」（賈公彦）疏：「隋謂狹而長也。」《禮記》（《曲禮上》「苞苴簞笥問人」），（鄭玄）注：「方曰笥。」**廖按**：黄節云，古詩（《文選・古詩十九首・行行重行行》）：「棄捐勿復道。」〇余冠英云，篋笥，盛衣物的箱子。

【集評】

陸時雍曰：斑婕妤説禮陳詩，姱脩嫮佩，《怨歌行》不在《緑衣》（《詩經·邶風》）諸什之下。

朱嘉徵曰：鍾嶸《詩品》曰，婕妤團扇短章，辭旨清捷，怨深文綺。

陳祚明曰：詳詩是未見棄時作，本常夙有是慮，故供侍長信安之若命，士仕女容皆當每以自虞。○慮遠之詞，音節宛約。

王夫之曰：説到「常恐」便止，但堪作今人半首古詩耳，曉人不當如是，而必待之月斜人散哉？漢人有高過《國風》者，此類是也。

李因篤曰：團扇之歌，怨而不亂。

沈德潛曰：用意微婉，音韻和平。《緑衣》（《詩經·邶風》）諸什，此其嗣響。

張玉穀曰：此通首用比詩也。前六總言紈扇之盛：首二質之美，三、四制之工，五、六則當時用事也。點逗「君」字，寫得旖旎。後四轉到恐扇之衰，從秋飆奪熱，引入捐棄情絶，隱起趙氏；而仍意婉音和，不流噍殺。

廖按：黄節云，孫月峰曰：「此後世宫詞之祖。含一怨字，正以不露爲佳。」吴伯其曰：「古詩多婦人女子之語，乃詩人托寓，非謂真出婦人女子之手。西漢唐山夫人及班婕妤，居然婦女而能詩矣。唐山安世房中諸歌，《文選》不録，而録婕妤此篇。鍾嶸曰：『有婦人焉，一人而已。』首二句，言其本質之美；『裁成』句，『既有此内美，又重之以修能』也；『明月』與『霜雪』皆屬陰，故取以比女子之德；『出入』句謂蒙君恩；『動揺』句謂雖無大功，亦有微勞；蒙恩曰懷袖，失恩曰篋笥，謂即至失恩，不過棄置，此待君忠厚處。婕妤此時已失寵矣；其曰『常恐』，若爲預慮之詞然者，用意特深，所謂怨而不怒者也。」

苦寒行

【集解】

蕭統曰：《苦寒行》，樂府二首。詩，樂府上。

六臣注曰：善曰：「《歌録》曰，《苦寒行》，古辭。」翰曰：「謂因行遇寒而作也，古曲有清調。」

郭茂倩曰：《苦寒行》本辭，魏武帝。《清調曲》。相和歌辭。○《古今樂録》曰：「王僧虔《技録》：清調有六曲：一《苦寒行》，二《豫章行》，三《董逃行》，四《相逢狹路間行》，五《塘上行》，六《秋胡行》。」荀氏録所載九曲，傳者五曲。晉、宋、齊所歌，今不歌。武帝「北上」《苦寒行》，「上謁」《董逃行》，「蒲生」《塘上行》，「晨上」「願登」並《秋胡行》是也。其四曲今不傳。明帝「悠悠」《苦寒行》，古辭「白楊」《豫章行》，武帝「白日」《董逃行》，古辭《相逢狹路間行》是也。其器有笙、笛（下聲弄、高弄、遊弄）、篪、節、琴、瑟、箏、琵琶八種。歌弦四弦。張永録云：「未歌之前，有五部弦，又在弄後。晉、宋、齊止四器也。」○《樂府解題》曰：「晉樂奏魏武帝《北上》篇，備言冰雪溪谷之苦。其後或謂之《北上行》，蓋因武帝辭而擬之也。」

徐獻忠曰： 北人所苦莫甚於寒，故魏武《北上》篇備言冰雪谿谷之苦，凡行役從軍，車摧馬殭，雖壯夫悍士不可堪勝者也；而況太行與天爲黨，羊腸結曲，飛雪千里，長路斷絶，其爲悲苦，又可知矣。祖業所由，締造艱難，欲其後世子孫知而守之，其微意在此。

廖按： 黄節云，《歌録》曰：「《苦寒行》，古辭。」《樂府解題》曰：「晉樂奏魏武帝《北上》篇。」《宋志》同。《藝文類聚》作文帝辭，誤。武帝辭。

北上太行山，艱哉何巍巍！羊腸阪詰屈，車輪爲之摧。[一]樹木何蕭索[二]，北風聲正悲。熊羆對我蹲，虎豹夾路啼。谿谷少人民，雪落何霏霏[三]。延頸長歎息[四]，遠行多所懷。我心何怫鬱，思欲一東歸。[五]水深橋梁絶，中道正徘徊。迷惑失故路，薄暮無宿栖。[六]行行日已遠，人馬同時饑。擔囊行取薪，斧冰持作糜。[七]悲彼《東山》詩，悠悠使我哀。[八]（《文選》卷二七《詩》「樂府」上。《樂府詩集》卷三三《苦寒行》本辭、《古詩紀》卷二一）

【校勘】

「樹木何蕭索」，《樂府詩集》《古詩紀》「索」作「瑟」。

「中道正徘徊」，《樂府詩集》《古詩紀》「道」作「路」，《古詩紀》小注云「『路』一作『道』」。

「迷惑失故路」，《古詩紀》「故」作「正」。

「悠悠使我哀」，《樂府詩集》「使」作「令」。

【集注】

［一］「北上太行山，艱哉何巍巍！羊腸阪詰屈，車輪爲之摧」四句：**六臣注曰：**善曰：「《吕氏春秋》（《有始》）曰，天地之間，上有九山。『何謂九山』？曰『……太行、羊腸……』，高誘曰，太行山在河内野王縣北也。羊腸，其山盤紆如羊腸，在太原晉陽北。高誘注《淮南子》曰，羊腸阪是太行孟門之限。然則阪在太行，山在晉陽也。」濟曰：「艱，難也。巍巍，高貌。山阪屈盤如羊腸之形，宜陟此山，車輪爲之摧毁。」**廖按：**黄節云，《漢書·地理志》「河内郡」「山陽」下云：「東太行山在西北。」「壄王」下云：「太行山在西北。」案：山陽今河南懷慶府修武縣西北三十里。壄王今河南懷慶府河内縣治。山陽在壄王之東，故曰東太行，蓋太行之支峯也。《漢志》（《漢書·地理志》）上黨郡壺關下云「有羊腸阪」，而太原郡晉陽下無之。據《讀史方輿紀要》，羊腸阪有三：一在太原西北九十里，即晉陽之羊腸阪，李善引高誘《淮南子》注是也；一在潞安府壺關縣東南百六里，《漢志》所言壺關之羊

腸阪是也；一在懷澤間，即太行阪道。

［二］樹木何蕭索：**六臣注曰**：索，善作「瑟」字。

［三］雪落何霏霏：**六臣注曰**：善曰：「毛詩（《小雅·采薇》）曰：『雨雪霏霏』。」

［四］延頸長歎息：**六臣注曰**：善曰：「《吕氏春秋》（《順説》）曰，天下『莫不延頸舉踵』也。」向曰：「延頸猶延領。」

［五］「我心何怫鬱，思欲一東歸」二句：**六臣注曰**：善曰：「楚辭（《九懷》）曰：『怫郁兮不陳。』東歸，言望舊鄉也。」良曰：「怫鬱，憂恚之貌。」

［六］「迷惑失故路，薄暮無宿栖」二句：**六臣注曰**：善曰：「揚雄《琴清英》曰：當道獨居，暮無所宿。」

［七］「擔囊行取薪，斧冰持作糜」二句：**六臣注曰**：五臣「取」作「采」〇善曰：「《莊子》（《胠篋》）曰：『擔囊而趨。』」向曰：「囊謂袋也，薪謂柴也，天寒水凍故斫冰以作糜粥也。」

［八］「悲彼《東山》詩，悠悠使我哀」二句：**六臣注曰**：善曰：「《毛詩》（《豳風·東山》）云：『我徂東山，滔滔不歸。』言行役未還，故感此詩而哀也。」

【集評】

廖按：黄節云，吴伯其曰：「『北上』二字，已伏下東歸。山居趁坳，澤居趁突。曰『谿谷少人民』，則真無人民矣。已伏下『薄暮無宿棲』。『延頸』者，望所懷也。『水深』云云，東歸不得，仍舊北上，故曰『行行日遠』而『人馬同時饑』矣。此苦實過《東山》。」

相逢狹路間（相逢行）

【集解】

徐陵曰：《古樂府詩六首》。

郭茂倩曰：《相逢行》，古辭，《清調曲》。相和歌辭。○一曰《相逢狹路間行》，亦曰《長安有狹斜行》。《樂府解題》曰：「古詞文意與《雞鳴曲》同。晉陸機《長安狹斜行》云：『伊洛有歧路，歧路交朱輪。』則言世路險狹邪僻，正直之士無所措手足矣。」○右一曲，晉樂所奏。

徐獻忠曰：狹路即狹斜也。狹路間而有華堂麗人榮盛之家，此乃憸斜小人竊取富貴不由正路而入者也。自「兄弟兩三人」而下十二句，是《雞鳴曲》中語；「大婦」以下六句，類《三婦豔》中語。

馮惟訥曰：《相逢行》。一曰《相逢狹路間行》。《樂府解題》曰，古辭，文意與《雞鳴曲》同。

梅鼎祚曰：《三婦豔》及《中婦織流黃》並出此。

唐汝諤曰：此疑刺權貴耽榮而忘其禍之將及。故首言相逢狹路，以比世道險窄局蹙難容。又言少年指問，以比憸邪側目，不忘猜忌，乃其人方且置酒歡娛，馳車炫耀，而華燈熒然而珍禽宛然。而舉家之織羅綺、理絲桐者，又無不熙熙然。自謂從容晏樂，樂且未央也，而不知燕雀處堂，恐突決棟焚，禍幾岌岌。意詩人不言之意自隱隱筆端。

朱嘉徵曰：《相逢行》歌「相逢狹路間」，刺俗也。俗化流失，王政衰焉。曲中遊俠相過，侈富逾制，有《五噫歌》「遼遼未央」意，雅斯變矣。一曰，此《國風》之賦「邂逅」也。漢周子居嘗云，吾時月不見黄叔度，則鄙吝復生。戴良少所服下，見憲，輒自降薄，悵然曰，瞻之在前，忽焉在後。（廖按，見《後漢書·周黄徐姜申屠列傳》黄憲本傳）豈古辭所謂「君家誠易知，易知復難忘」者耶？疑是好賢之什。第辭列清調，則諷義爲長。

吴兆宜曰：《相逢狹路間》，一作《相逢行》。

沈德潛曰：末段後人摘爲《三婦豔》。

張玉穀曰：此見少年富貴者而賦之。健羨之中，寓有諷意。

朱乾曰：漢靈帝「開鴻都門榜賣官爵，公卿州郡下至黄綬各有差。其富者則先入錢，貧者到官而後倍輸，或因常侍、阿保别自通達。是時段熲、樊陵、張温等雖有功勤名譽，然皆先輸貨財而後登公位。烈時因傅母入錢五百萬，得爲司徒」（廖按，引文見《後漢書·崔駰列傳》）。《相逢狹路間》所謂或因常侍、阿保别自通達者也。朗官之濫，未有靈桓者，其曰「中子爲侍郎」，知其爲桓靈時詩也。〇世風奔競，受爵公朝，拜恩私室，故爲《相逢狹路間》以刺之。

廖按：蕭滌非云，《雞鳴》兼諷兄弟不相顧，此則專刺富貴家庭之淫樂，亦微有别。曰「夾轂問君家」，曰「易知復難忘」，意存譏誚，而語自渾成，蓋以才能德行爲仕宦者，更不待問而後知也。黄金以下，一路寫去，似句句恭維，實句句奚落。○余冠英云，這詩極力描寫富貴之家種種享受，似是娱樂豪貴的歌曲。這裏反映着當時社會的一部分。其鋪陳熱鬧處代表樂府詩的一種特色。

相逢狹路間，道隘不容車。如何兩少年，挾轂問君家。〔一〕君家誠易知，易知誠難忘。〔二〕黄金爲君門，白玉爲君堂。堂上置樽酒，作使邯鄲倡。中庭生桂樹，華鐙何煌煌。〔三〕兄弟兩三人，中子爲侍郎。五日一來歸，道上自生光。黄金絡馬頭，觀者滿路傍。〔四〕入門時左顧，但見雙鴛鴦。鴛鴦七十二，羅列自成行。音聲何噰噰，鶴鳴東西廂。〔五〕大婦織羅綺，中婦織流黄。小婦無所作，挾瑟上高堂。〔六〕丈人且安坐，調絲未遽央。〔七〕（《玉臺新詠》卷一《古樂府詩六首》。《樂府詩集》卷三四、《古詩紀》卷十六）

【校勘】

「如何兩少年，挾轂問君家」，《樂府詩集》《古詩紀》作「不知何年少，夾轂問君家」。

「易知誠難忘」，《樂府詩集》《古詩紀》「誠」作「復」。

「華鐙何煌煌」，《樂府詩集》《古詩紀》「鐙」作「燈」。

「觀者滿路傍」，《樂府詩集》《古詩紀》「滿路」作「盈道」。

「大婦織羅綺」，《樂府詩集》《古詩紀》「羅綺」作「綺羅」。

「調絲未遽央」，《樂府詩集》《古詩紀》「未遽央」作「方未央」，《樂府詩集》小注云「一作『調絲未遽央』」。

「小婦無所作」，《樂府詩集》《古詩紀》「作」作「爲」。

【集注】

［一］「相逢狹路間，道隘不容車。如何兩少年，挾轂問君家」四句：**唐汝諤曰**：狹，隘也。隘，不廣也。夾，傍也。轂，輻所湊也。《老子》：「三十輻共一轂。」**吴兆宜曰**：挾一作「夾」。王符《潛夫論》（《浮侈》）：京師貴戚，其嫁娶者，車軿數里，緹帷竟道，「騎奴侍童，夾轂節引」。**張玉穀曰**：以逢車夾問叙起，已含氣焰逼人意。「如何」二句，問年少之家也。**廖按**：黄節云，《史記·秦本紀》：「武士謂甘茂曰：『寡人欲容車通三川，窺周室。』」〇聞一多云，如何兩少年，本作「不知何年少」，此從《玉臺新詠》。《長安有狹斜行》曰：「適逢兩少年，挾轂問君家。」梁簡文帝詞曰：「道逢雙總丱，扶輪問我居。」元帝詞（廖按，《樂府詩集》作梁武帝）曰：「忽遇二少童，扶轡問君宅。」……並可參證。〇余冠英云，夾轂，猶夾車，輪之中央爲「轂」。

［二］「君家誠易知，易知誠難忘」二句：**唐汝諤曰**：易知，謂顯之極也。難忘，謂忌之深也。**張玉穀曰**：暗頂問明，以易知難忘，顯出平素聲名表表，特筆總挈。

［三］「黃金爲君門，白玉爲君堂。堂上置樽酒，作使邯鄲倡。中庭生桂樹，華鐙何煌煌」六句：**唐汝諤曰**：尊，酒器。邯鄲，趙縣。倡，倡優女樂也。《史記·貨殖列傳》：「中山地薄人衆」，「爲倡優」，女子「游媚貴富」。桂，木名，冬夏常青。燈，膏鐙也。《楚辭》（《招魂》），「蘭膏明燭，華鐙錯」。燈本作鐙。煌煌，煇也。**吴兆宜曰**：揚雄《解嘲》（《漢書·揚雄傳》）：「歷金門上玉堂有日矣。」《史記·趙世家》「趙王遷，其母倡也」，徐廣曰（《集解》引）：「《列女傳》曰邯鄲之倡。」《説文》：「桂，江南木，百藥之長。」王朗《三秦故事》，百華鐙樹，正月朔朝賀殿下，設于三階之間。**張玉穀曰**：承「家」字先叙宫室之美，並宫室中置酒挾倡植樹，轉燈之華。**聞人倓曰**：《史記·孝景本紀》：四年冬，以趙國爲邯鄲郡。《雞鳴曲》：「上有雙樽酒，作使邯鄲倡。」相如《長門賦》（《文選》）：「桂樹交而相紛。」**廖按**：余冠英云，作使，猶役使。《漢書·地理志》説趙俗女子多習歌舞，游媚富貴之家。○徐仁甫云，《雞鳴曲》「黃金絡馬頭，熲熲何煌煌」，熲熲煌煌，形容黃金。此云「中庭生桂樹，華燈何煌煌」，華燈煌煌應形容桂樹。既形容桂樹，則不當有「燈」字。因疑「華燈」爲煒煒之誤。《漢郊祀歌》第十五曰：「華煒煒，固靈根。」此煒煒重文之證。

［四］「兄弟兩三人，中子爲侍郎。五日一來歸，道上自生光。黃金絡馬頭，觀者滿路傍」六句：

唐汝諤曰：五日來歸，《史記·萬石君傳》：「建爲郎中令，每五日一洗沐。」絡，馬羈鞚也。**吴兆宜曰**：杜氏《通典》：中書侍郎，漢置。又門下侍郎。秦官有黄門侍郎，漢因之。《北堂書鈔》（《設官部·員外散騎常侍》）：「漢初有散騎侍郎。」《古樂府·清調曲》：「三子俱入室，室中自生光。」**張玉穀曰**：補寫其貴，隨就歸道争觀，指出赫奕。起處未詳，蓋留此處地也。中子，即所見年少也。**聞人倓曰**：《後漢（書）·百官志》：「侍郎三十六人」，「作文書起草」。**朱乾曰**：此所謂侍郎蓋三署郎也。漢中郎將分掌三署，郎有議郎、中郎、侍郎、郎中凡四等，皆秦官，無員，多至千人（靈帝時三署郎吏二千餘人）。**廖按**：余冠英云，漢中朝官每五日有一次例假，叫做「休沐」。

［五］「入門時左顧，但見雙鴛鴦。鴛鴦七十二，羅列自成行。音聲何噰噰，鶴鳴東西廂」六句：**唐汝諤曰**：《古今注》（《鳥獸》）：鴛鴦，「雌雄未嘗相離，人得其一，一思而死」。噰噰，聲也，通作雝。《詩》（《邶風·匏有苦葉》）：「雝雝鳴雁。」鶴，鳥名。《詩》（《小雅·鶴鳴》）：「鶴鳴於九皋。」**吴景旭曰**：鴛鴦七十二，田子藝言是美人之數也。……蓋六者陰數之極，而六六三十六者，又純陰之數，故用之婦人也。余以此語未免穿鑿。後見《真率筆記》云：霍光園中鑿大池，植五色睡蓮，養鴛鴦三十六對，望之爛若披錦，故《相逢行》云云。乃知古辭確有所祖。**吴兆宜曰**：《左傳》（《昭公二年》）：「晉士彌牟送叔孫于箕。叔孫使梁其踁待於門内，曰：『余左顧而欬，乃殺之。右顧而笑，乃止。』」《漢（書）·宣元六王傳》

「子高迺幸左顧存恤」，師古曰：「左顧猶言枉顧也。」《說文》：「廂，廊也。」正寢東西室也。**張玉穀曰**：述歸家耳目之娱。門堂等項，前已說過，故只就所見所聞，鴛鴦鳴鶴，以該珍奇之集，而「羅列」「噰噰」即以引起三婦。**聞人倓曰**：《爾雅》（《釋詁》）：「噰噰，音聲和也。」《史記》（《張丞相列傳》「吕后側耳於東箱聽」）《索隱》：「正寢之東西室皆號曰箱，言似箱篋之形。」**廖按**：聞一多云，左右並有回環之義。《詩・蒹葭》「道阻且右」，箋曰：「右者言其迂回。」案左亦有迂回之義，《葛屨》（《詩經・魏風》）「宛然左辟」，猶回避也。《有杕之杜》（《詩經・唐風》）「生於道周」，（毛）《傳》曰「周，曲也」，（陸德明）《釋文》引《韓詩說》曰「周，右也」，是右與曲義得相通，因之上章「生於道左」，亦猶道曲耳。曲回義近，本篇「入門時左顧」，《隴西行》「左顧敕中廚」，並當謂回顧。「鶴」疑當爲「和」，聲之誤也。《爾雅・釋訓》曰：「噰噰，音和也。」此文上云「噰噰」，下云「和鳴」，義正相應。黄節字徑作「和」，不知所據何本。○余冠英云，雙鴛鴦，是說雙雙的鴛鴦，漢樂府常有這種省字法，《董逃行》聲聲鳴省爲「聲鳴」，《西門行》步步念之省爲「步念之」，和此處省一個「雙」字相似。鴛鴦和鶴都是珍禽，富貴人家的玩物。

[六]「大婦織羅綺，中婦織流黄。小婦無所作，挾瑟上高堂」四句：**唐汝諤曰**：經緯相成曰織。綺，繒也，今細綾羅文綺也。羊勝《屏風賦》（《古文苑》）：「飾以文錦，映以流黄。」瑟，庖犧氏所作，弦樂也。黄帝分爲二十五弦。挾，持也。**吴兆宜曰**：孔氏《書傳》（《尚書・禹貢》）

「厥篚織文」傳）：「織文，錦綺之屬。」流黄，《環濟要略》（《太平御覽・布帛部》引）：「間色有五：（謂）紺、紅、縹、紫、流黄也。」《世本》（《作篇》）：「庖羲氏作瑟。瑟，潔也。使人精潔於心，淳一於行也。」**張玉穀曰：**末六以妻妾之奉終之。「綺羅」「流黄」皆害女紅，而「挾瑟」「調絲」更是嬌癡滿眼，羨之乎？抑諷之也。**聞人倓曰：**《釋名》（《釋彩帛》）：「綺，攲也，其文攲邪。」**廖按：**黄節云，流黄，《廣雅》作留黄，綵也。○聞一多云，《説文》曰：「莀，艸也，可以染留黄。」莀即紫莀，留莀一聲之轉，留黄即莀黄，色之黄中發紫者。馬有名紫騮者（見李白詩），即紫莀色之馬，又名紫黄（見《初學記》二九引《符瑞圖》），即騮黄也。《禮記・玉藻》（孔穎達）正義引《論語》皇疏曰：「騂黄之色黄黑。」騂與騮同，紫黑色近。素名流（留）黄，猶馬名騂黄，蓋亦紫黑間色也。○王汝弼云，「大婦」「中婦」「小婦」一般注釋都認爲是君家三弟兄的妻子，自無不可。但細審文意，此詩備述君家兄弟兩三人以後，即以「中子爲侍郎」做主線而加以描述，從而「大」「中」「小」三婦也有都是「中子」一人老婆的可能。因爲漢代一夫多妻是許可的，特别是達官顯宦更是這樣。

［七］「丈人且安坐，調絲未遽央」二句：**唐汝諤曰：**《顔氏家訓》（《書證》）：「婦是對舅姑之稱」，「古者子婦供事舅姑，旦夕在側，與兒女無異」，故云丈人且安坐。「丈人亦長老之目」也。絲，琴瑟之弦。央，半也。《詩》（《小雅・庭燎》）：「夜未央。」**吴景旭曰：**《顔氏家訓》（《書證》），「又疑丈當爲大。北間風俗，婦呼舅爲大人公。『丈』之與『大』易爲誤耳」。近

代文士頗作《三婦詩》，乃爲匹嫡並耦、己之群妻之意，又加鄭衛之詞。何其繆乎。顔之推疑「大」誤爲「丈」，不知古有「丈人」之稱。《史記》（《刺客列傳》「家丈人召使前擊筑」），《索隱》注引韋昭云：「古者名男子爲丈夫，尊父嫗爲丈人。故《漢書》宣元六王傳所云『丈人』，謂淮陽憲王外王母，即張博母也。」《論衡》（《氣壽篇》）云，人形以一丈爲正，故「名男子爲丈夫，尊翁（公）嫗爲丈人」。**吴兆宜曰**：陸賈《新語》（《道基》）：「調之以管弦絲竹之音。」《野客叢書》：「《庭燎》詩『夜未央』注云：『夜未渠央。』渠，其據切，當呼『遽』，只此一音，謂夜未遽盡也。《古樂府》王融《三婦豔》詩曰『丈人且安坐，調弦未遽央』。又《長安有狹斜行》曰『丈夫且徐徐，調弦詎未央』，併合呼『遽』。《史記》尉佗曰：『使我居中國，何渠不若漢？』班史作『何遽不若漢』，益可驗也。」**廖按**：曲瀅生云，《廣雅・釋詁》：「央，盡也。」○聞一多云，未遽央，古之成語，遽或作渠作詎，疑本當爲距。《書・益稷》「子決九川距四海」，某氏傳曰：「距，至也。」未距央猶言未至盡時。或但曰未央，《詩・庭燎》「夜未央」，箋曰「未央猶言未渠央也」，是矣。《漢書・張禹傳》曰「身居大第，後堂理絲竹管弦」，又曰，「禹將戴崇入後堂，飲食婦女相對，優人管弦鏗鏘，極樂，昏夜乃罷」，紀漢世豪貴生活，可與此詩相發。○王汝弼云，「丈人」當據《病婦行》解作「丈夫」爲是。細味這兩句詩的情意，似乎是小婦向丈夫撒嬌賣俏的話。「安坐」，你要安静些，耐心些，不要象毛腳雞似的飛揚浮躁！這種語氣似不宜施之尊長。

【集評】

陸時雍曰：梗概僅存。

陳祚明曰：「道隘」句即切。「狹路」又見車之高廣。「夾轂問」，有致。「易知」「難忘」語，並趣，可知是名家大家。何必問也，必無真。「金門」「玉堂」，極寫富麗如此。「煌煌」字寫燈有光。「兄弟兩三人」，但道「中子」，其它可知。「觀者盈路旁」，與「夾轂」相映。「左顧」，「左」字作態。寫鴛鴦亦有法。乍顧見一雙，細數之則七十二也，極盡其多，以見繁盛。末六句後人所摘爲《三婦豔》也，大抵是小婦獨承寵，故不令織作耳。「安坐」、「未央」，猶百年長壽之意。想此樂曲意取祝頌，故惟極言繁華，道人意中所欲。齊梁人竄易字語，人人擬作，別無新裁，甚陋可厭。○寫繁華甚盛，變宕百出，古雅紛披。

王夫之曰：樂府爲序體，自有四妙：一點染，二脱卸，三開放，四含藏。於此求之，皆已具足，所謂攄衆妙而爲言也。

李因篤曰：蕩子遊俠邪，寫來恍恍惚惚，如遊仙之夢，不可名言。○賈長沙疏云，倡優得爲后飾（廖按，《漢書·賈誼傳》：「誼數上疏陳政事」其大略曰：「……今庶人屋壁得爲帝服，倡優下賤得爲后飾……」）。觀此詩即僭擬王侯矣。回憶青門舊遊，轉悽悽增盛衰之感。

朱乾曰：昏夜乞憐，以求富貴，而驕人于白日，所謂「五日一來歸，道上自生光」也。其妻妾方欣欣得意，君子以爲齊人妻不若也。

隴西行

【集解】

徐陵曰：《古樂府詩六首》。

郭茂倩曰：《隴西行》，古辭，《瑟調曲》。相和歌辭。○一曰《步出夏門行》。《樂府解題》曰：「古辭云：『天上何所有，歷歷種白榆。』始言婦有容色，能應門承賓；次言善於主饋；終言送迎有禮。此篇出諸集，不入《樂志》。若梁簡文『隴西四戰地』，但言辛苦征戰，佳人怨思而已。」王僧虔《技録》云：「《隴西行》歌武帝『碣石』、文帝『夏門』二篇。」《通典》曰：「秦置隴西郡，以居隴坻之西爲名。後魏兼置渭州。《禹貢》曰『導渭自鳥鼠同穴』，即其地也。」今首陽山亦在焉。

徐獻忠曰：隴西之俗，專以婦持門户，承賓主饋，送迎有禮，人皆羡之；然而男女無别，非善俗也。故曰天上何所有，白榆桂樹夾道羅列，青龍鳳凰儀望肅然，不似人間男女無别，閫閣不飭，若隴西之俗也。然則稱揚其習俗，適以陋之，此作者之微意也。

馮惟訥曰：《隴西行》。○此篇之辭前後不屬，首四句乃與《步出夏門行》同而辭意復備。

梅鼎祚曰：按此篇前後不屬。一曰《步出夏門行》。《樂録》無《夏門行》，而《夏門》後四句與《隴西》首同。豈「邪徑過空廬」合「爲樂甚獨殊」爲一曲，「好婦」别爲一曲邪？今附列二首於後，辭義明備，頗爲得之。（廖按，梅鼎祚《古樂苑》在録出本辭後，又合《步出夏門行》與《隴西行》前八句爲一篇：「邪徑過空廬，好人常獨居……顧視世間人，爲樂甚獨殊。」截《隴西行》自「好婦出迎客」至「亦勝一丈夫」爲另一篇）

吴兆宜曰：《隴西行》。一曰《步出夏門行》。

唐汝諤曰：神仙得道，原與人世相遠，故藏空廬於僻徑，其人每自獨居，及謁王母偕赤松以遊天表，則見白榆桂樹青龍鳳凰之屬，已絶非人間世矣。人間之樂，果何如仙境哉。按《步出夏門行》其「青龍對伏趺」語意未了，而《隴西行》「天上」數語又與「好婦」以下絶不粘綴，其爲錯簡無疑。若將「邪徑過空廬」合「爲樂甚獨殊」爲一曲，則完篇矣。第傳訛既久，未敢輕改，姑存其説而合解之，以俟博古者覽正。（廖按，唐汝諤《古詩解》將《步出夏門行》與《隴西行》「好婦」之前八句合解）

朱嘉徵曰：本辭以天上興人間。言天上所有，歷歷不殊人間，因風被俗，容或異焉。其不爲風俗所囿者，爲樂未云殊也。

陳祚明曰：此必當時實有其事，故作詩以譏之，題作《隴西行》，或其地人也。

張玉穀曰：此羨健婦能持門户之詩。舊解皆云中含諷意，蓋因婦人宜處深閨，不應自應賓客也。然玩詩意，以鳳凰和鳴、一母九雛興起，則此好婦之無夫少子，自可想見，門户既藉以持，賓客胡能不待？觀其中幅叙事，後幅斷結，絶無含刺之痕，只作羨之爲是。

李調元曰：樂府《隴西行》，何篇中無隴西之意？爲尊者諱也。立是名，補詩之不足也。「隴西」二字是題正面，全詩卻是反射旁擊。漢武有事於西南，窮兵黷武，隴西男子，無不荷戈從戎，巨室細民莫敢匿。故篇中備言婦人待客，委曲盡禮，以見家中無男子也。

朱乾曰：《隴西行》之一爲《步出夏門行》也，其例與《秦女休行》同，而有故焉。○秦之隴西，今之鞏昌臨洮，羌戎雜居，民尚氣力，《小戎》（《詩經・秦風》）婦人亦知勇於戰鬬，其來舊矣，讀此可以知隴西之俗焉。○乾按，《綱目》（《資治通鑑綱目》）至漢安帝永初七年，書「太后率大臣命婦謁宗廟」。于時帝年二十，豈不能從宗廟之事而太后親焉。陛下之柄在於臣妾，豈不「亦勝一丈夫」哉？上以風化下遂成俗，隴西婦人又曷足怪。夏門，洛陽城南門也。乃心帝室，托意隴西，詩人有微詞焉。自梁簡文帝云「隴西四戰地，羽檄歲時聞」，厥後作者都相襲爲邊塞從軍之作，失本旨矣。

廖按：余冠英云，這是描寫並讚美「健婦」的詩。「爲樂甚獨殊」以上寫天上星宿，和下文不甚連屬。有人説這是以天上物物成雙和鳳凰將雛的樂趣和「好婦」的孤獨相對照（詩裏不曾提到她的夫與子），勉强可通。但樂府歌辭往往拼湊成篇，不問文義，遇到上下不連貫的地方，不必勉强串講。本篇的起頭就是《步出夏門行》的尾聲，正是拼湊之一例。○逯欽立云，《詩紀》云云。逯案，《詩紀》此説甚善，細勘之，《隴西行》與《步出夏門行》實同屬一篇也。一、《步出夏門行》辭云，「邪徑過空廬，好人常獨居。卒得神仙道，上與天相扶。過謁王父母，乃在太山隅。離天四五里，道逢赤松俱。攬轡爲我御，將我上天遊。天上何所有，歷歷種白榆。桂樹夾道生，青龍對伏趺」云云，文義不完，且與《隴西行》之前段大同小異。二、《宋志》《樂府》皆言《隴西行》一曰《步出夏門》，是二調古辭亦原爲一篇，特標題不同耳。三、「鳳皇鳴啾啾，一母將九雛」二句，今屬《隴西行》語，但《文選》注引《歌録》二句正作《步出夏門行》，尤證《隴西行》《步出夏門行》之原爲一辭。四、《九代樂章》所載《步出夏門行》較今爲備，十四句後又有「鳳皇鳴啾啾，一母將九雛。顧視世間人，爲樂甚獨殊」四句，亦證二者同屬一篇，節取又有不同。（廖按，本曲前八句亦可能爲豔辭，與正曲主旨的關聯在若有若無之間）

天上何所有？歷歷種白榆。[一]桂樹夾道生，青龍對道隅。[二]鳳凰鳴啾啾，一母將九雛。[三]顧視世間人，爲樂甚獨殊。

【集注】

[一]「天上何所有，歷歷種白榆」二句：**吴兆宜曰：**白榆，星名也。**廖按：**黄節云，古詩（《文選·古詩十九首·明月皎夜光》）：「衆星何歷歷。」○聞一多云，《詩·東門之枌》（「東門之枌，宛丘之栩」），（毛傳）曰：「枌，白榆也。」《御覽》九五六引《春秋運斗樞》曰：「玉衡星散爲榆。」○余冠英云，歷歷，分明貌。

〔二〕「桂樹夾道生，青龍對道隅」二句：**吴兆宜曰**：虞喜《安天論》（《太平御覽・天部》引）：「月中仙人桂樹，今視其初生，見仙人之足，漸以成形，桂樹後生。」**廖按**：黄節云，《春秋運斗樞》（《太平御覽・木部》引）：「椒桂，生合剛陽。椒桂，陽星之精之所生也。」○聞一多云，道謂黄道，《漢書・天文志》曰：「中道者黄道，一曰光道……日之所行爲中道，月五星皆隨之也。」青龍，《開元占經》二三引《春秋緯》曰：「春精靈威仰，神爲歲星體，東方青龍之宿。」《楚辭・九歎・逢紛》「豺狼鬬兮我之隅」，王（逸）注曰：「隅，旁也。」○余冠英云，桂樹，也是指星而言。道，指黄道。古人認爲太陽繞地而行，黄道即想象中的太陽的軌道。青龍，指星，是東方七宿之稱。

〔三〕「鳳凰鳴啾啾，一母將九雛」二句：**唐汝諤曰**：鳳，神鳥也，雄曰鳳，雌曰凰。孫卿子詩（《荀子・解蔽篇》），「鳳鳴啾啾」，「其聲若簫」。鳥生而能自啄曰雛。《易林》：「鳳有十子，同巢共母。」**吴兆宜曰**：應璩《百一詩》（「爲作《陌上桑》，反言《鳳將雛》」）注，馬子侯爲人頗癡，自謂曉音律。黄門樂人更往嗤誚，子侯不知，名《陌上桑》反言《鳳將雛》，輒摇頭欣喜，多賜左右錢帛，無復慚色。（廖按，《宋書・樂志》云：「《鳳將雛哥》者，舊曲也。應璩《百一詩》云：『爲作《陌上桑》，反言《鳳將雛》。』然則《鳳將雛》其來久矣。」由歌題疑《鳳將雛》與此曲必有關聯。將，養。《詩經・小雅・四牡》「王事靡盬，不遑將父」，毛傳：「將，養也。」）**廖按**：黄節云，《春秋元命苞》（《太平御覽・羽族部》引）曰：「火離爲鳳。」

案，白榆、桂樹、青龍、鳳凰，皆指星宿。《楚辭·天問》「女歧無合，夫焉取九子」，王（逸）注：「女歧神女，無夫而生九子也。」○聞一多云，《鶡冠子·度萬篇》曰：「鳳凰者鶉火之禽，陽之精也。」《埤雅》八引《禽經》曰：「赤鳳謂之鶉。」《西京雜記》中山勝《文木賦》曰：「鳳將九子。」《史記·天官書》「尾爲九子」，《索隱》引宋均曰：「屬後宮場，故得兼子。子必九者，取尾有九星也。」案尾本東宮宿，當爲龍尾，此云「鳳將九雛」蓋與南宮朱鳥相亂。○余冠英云，鳳凰，也是指星，即鶉火。啾啾，鳳鳴聲。將，率領。

好婦出迎客，顔色正敷愉[一]。伸腰再拜跪，問客平安不。[二]請客北堂上，坐客氈氍毹。[三]清白各異樽，酒上正華疏。[四]酌酒持與客，客言主人持。卻略再拜跪，然後持一杯。[五]談笑未及竟，左顧敕中厨。促令辦麤飯，慎莫使稽留。[六]廢禮送客出，盈盈府中趨。[七]送客亦不遠，足不過門樞。[八]取婦得如此，齊姜亦不如。健婦持門户，勝一大丈夫。[九]（《玉臺新詠》卷一《古樂府詩六首》。《樂府詩集》卷三七、《古詩紀》卷十六）

【校勘】

「坐客氈氍毹」，《古詩紀》「氈」作「氊」。

「酒上正華疏」，《古詩紀》「華」作「蕚」。

「勝一大丈夫」，《樂府詩集》作「一勝一丈夫」，《古詩紀》作「亦勝一丈夫」。

【集注】

[一] 顔色正敷愉：**唐汝諤曰**：敷，溥也。愉，和顔色貌。**吴兆宜曰**：《爾雅》（《釋草》）：「蕍，榮。」郭璞曰：「蕍，猶敷蕍，亦華之貌也。」《漢郊祀歌》：「旉與萬物。」**廖按**：黄節云，敷愉，猶怤愉。《方言》：「怤愉，悦也。」○聞一多云，敷愉即敷蕍。一作蓲蘛，《文選·吴都賦》「異荂蓲蘛」，（李善注引）劉（淵林）注：「蓲，華也。敷蘛，華開貌。」李（善）注曰：「蘛與蕍同，蓲與敷同。」又作蓲蕍，《玉篇》《廣雅》並曰：「蓲蕍，花貌。」聲轉爲芙蓉，則爲花之類名。此曰顔色敷愉，猶言顔色鮮亮如花也。○余冠英云，敷愉，顔色鮮麗。

[二] 「伸腰再拜跪，問客平安不」二句：**唐汝諤曰**：朱文公《語類》，古者婦人以肅拜爲正，謂兩膝齊跪，手至地而頭不下也。伸腰亦是頭不下之意。不，與否同。**吴兆宜曰**：《戰國策》（《燕策》），荆軻見太子，「太子再拜而跪，膝行流涕」。劉歆《七略》（《全漢文》）：「解紛釋結，反之于平安。」**廖按**：余冠英云，伸腰再拜跪，直起腰來行拜禮（抱手當胸，俯身），然後長跪。

[三] 「請客北堂上，坐客氈氍毹」二句：**唐汝諤曰**：氍毹，織毛蓐也。**吴兆宜曰**：毛萇《詩》（《衛風·伯兮》「焉得諼草，言樹之背」）傳：「背，北堂也。」《聲類》（《太平御覽·服用部》

引)：「氈毹，毛席。」《風俗通》(《太平御覽・服用部》引)：「織毛褥謂之氈毹。」**廖按**：聞一多云，《御覽》引《通俗文》曰：「織毛褥謂之氈毹，細者謂之毾㲪。」是粗者謂之氈毹矣。○余冠英云，隴西「羌」「戎」雜居，用氈毹見地方色彩。

[四]「清白各異樽，酒上正華疏」二句：**唐汝諤曰**：正，飭也。疏與蔬同，凡菜可食者通名蔬。**吴兆宜曰**：《魏略》(《太平御覽・飲食部》引)：「太祖時禁酒而人竊飲之，故難言酒，以白酒爲賢人，清酒爲聖人。」**廖按**：黄節云，華疏，猶敷疏，盛貌。郭璞曰，江東讀華爲敷(廖按，《爾雅・釋草》「華，荂也」，郭璞注：「今江東呼華爲荂。」陸德明《釋文》：「荂，音敷。」)。陸德明曰：「古讀華如敷。」(廖按，見《詩經・召南・何彼襛矣》「唐棣之華」釋文)不特江東也。○聞一多云，疏疑讀爲梳。《急就篇》「鏡奩疏比各異工」，疏比即梳篦，華梳蓋梳之有華飾者，女子正梳猶男子正冠，將欲正梳，蓋以示敬歟？姑獻此疑，以俟博識。○余冠英云，酒有清酒、白酒，「清白各異樽」是兩種酒齊備，隨客取用。華疏，柄上刻有花紋的勺。上酒的時候將酒樽上的勺朝南放好。

[五]「酌酒持與客，客言主人持。卻略再拜跪，然後持一杯」四句：**唐汝諤曰**：酌，行酒也。持，執也。**張玉穀曰**：卻略，少退也。**廖按**：聞一多云，《世説新語・方正篇》曰：「周、王既入，始至階頭，帝逆遣傳詔遏使就東廂。周侯未悟，即卻略下階。」

[六]「談笑未及竟，左顧敕中廚。促令辦麤飯，慎莫使稽留」四句：**唐汝諤曰**：古樂府(《相逢

行》：「入門時左顧。」廚，庖廚也。辦，具也。粗，謂飯不精也。稽留，遲留也。**廖按**：黄節云，敕，誡也。《吕氏春秋》《圜道》曰：「無所稽留。」○余冠英云，「敕」是吩咐，「中廚」是内廚房，別於外廚。廚房在東邊，從北堂東顧是面向左，所以説「左顧」。又「左顧」解做回頭也可以通。辦，具備也。

〔七〕「廢禮送客出，盈盈府中趨」二句：**唐汝諤曰**：趨，走也。**張玉穀曰**：廢禮，終禮也。**廖按**：曲瀅生云，盈盈，《廣雅》《釋訓》曰，嬴，容也。盈與嬴同，古字通。

〔八〕「送客亦不遠，足不過門樞」二句：**唐汝諤曰**：樞，户樞也。**吴兆宜曰**：《漢(書)·五行志》「視門樞下」，師古曰：「樞，門扇所開閉者也。」

〔九〕「取婦得如此，齊姜亦不如。健婦持門户，勝一大丈夫」四句：**唐汝諤曰**：取婦，娶妻也。齊女，姜姓。《毛詩》《陳風·衡門》：「豈其取妻，必齊之姜。」健，强有力也。**吴兆宜曰**：《顔氏家訓》《治家》：「鄴下風俗，專以婦持門户。」**廖按**：余冠英云，齊姜，猶言齊國姜姓之女，用來作爲高貴或美好女子的代表。這裏也可能指春秋時晉文公的夫人，她是齊桓公的宗女。她把丈夫從偷安的生活裏救出來，使他能成就大事，是一個有遠大識見的女子，正是古之「健婦」。健婦，猶言有丈夫氣概的女子。（廖按，《左傳·僖公二十三年》：「(重耳)及齊，齊桓公妻之……。公子安之。……姜曰：『行也！懷與安，實敗名。』公子不可。姜與子犯謀，醉而遣之。」）

【集評】

唐汝諤曰：婦之迎客，蓋隴西之俗爲然，此詩創見而詳詠之，似美而實刺也。迎而拜跪，酌而拜跪，何其有禮也；清白異尊，何其有别也；酒畢而飯，何其有次第也；婦不送客，送客雖云廢禮，而足不過門，何其有節也；娶婦如此，齊姜不如矣。雖然，婦以貞静純一爲德，寧獨健乎？健婦持門户，嘲之云爾，而詞若稱揚，譏諷之意，隱然不露，猶有《三百篇》之遺風焉。

朱嘉徵曰：《隴西行》歌「天上何所有」，正俗也。風俗佚矣。先王之教，猶有存者，夫芝蘭不辭凡卉爲群，麟鳳亦與鳥獸爲類。拔萃之尤，當不受風俗移，不以巾幗辱，詩人舉一以風百焉。按，迎而拜跪，酌而拜跪，禮也。清白異樽，别嫌也。酒畢而飯，次第有儀也。足不逾限，趨翔節也。皆禮之中流也。獨健婦留之，故曰以正俗也。

陳祚明曰：起八句與下不屬，詳意旨只是興起「甚獨殊」三字。天上誰能見之，從空結撰，寫得儼然如睹，大奇。其中景物，總欲寫令殊，「歷歷」字、「種」字、「夾」字、「生」字、「對」字、「啾啾」字、「將」字、「一」字、「九」字並生動，且若極確，天上之殊如此，今此隴西事亦大殊也。○迎客豈婦人之事，今始終酬酢，成禮而退如此，真異事，不欲斥言譏之，末四句反用稱羨，語寓諷於頌，但中間逗出「廢禮」二字，乃是正意，隱藏不露。古人文字佳，正在隱藏正意，使明者知之，昧者不覺。太史公傳伯夷，本意在「各行其志」一語，而上言報施福利，下言聲名，究竟一無足憑，似乎人不必爲善者，歷落悲凉，使不可測，中間雜引經傳，文煩無緒，就雜引中逗正意一句在内，非細心尋味豈能知之，此旨千古未白，得此法以讀古人詩文，凡佳者皆可類通矣。○通篇作致甚多。「伸腰」二字寫得婉媚，「氍毹」樽酒陳設具備。「酌酒」二句獻酬聲態畢肖。「卻略」字妙，奉觴在手，退而行禮，故稍卻，「然後」字見禮節如是周。「談笑」四句見咄嗟而辨，其才如此。「盈盈」字有態。「亦不遠」，故使若不逾禮者然，然果不逾禮乎。「亦勝一丈夫」，語有低昂。

李因篤曰：（「天上」六句）漢詩之妙，多在發端。「顧視」六句，望此等人如在天上，卻用倒寫法，以顧視世間人，一語渡之。「酌酒」以下，逐事細寫，而自有駿馬薦坡之妙，緩來急受，咄咄入神。○必如此詩，方可謂國風好色而不淫。○隴西都護五涼，乃群姓雜居之地，其俗自古如此，正於喧聚中寫出貞女矯然獨立之情，故爲奇絶。

沈德潛曰：起八句若不相屬，古詩往往有之，不必曲爲之説。○卻略，奉觴在手，退而行禮，故稍卻也。寫得婉媚，通體極贊中，自有諷意。

張玉穀曰：起八句，言天上物物成雙，鳳凰和鳴，惟有將雛之樂，以反興世間好婦不幸無夫少子，自出待客之不得已來。似與下文氣不屬，卻與下意境相關，而篇局開展，亦增多少色澤。「好婦」句起，至「足不出户樞」止，一大截，總言婦之能持門户。獨舉待客言者，以婦人而持門户待客尤難也。「好婦」四句，叙其迎客拜問。「請客」八句，叙其安坐酬酒。「談笑」四句，叙其敕廚促飯。「廢禮」四句，叙其禮畢送客。事事中禮，卻處處引嫌，真乃雙管齊下。末四，讚歎作收，點出持門户勝丈夫，通章結穴。

朱乾曰：「天上何所有」八句當爲此篇之豔，白榆桂樹青龍鳳凰本地産也，而天上有之，可謂陰陽倒置；送迎賓客本丈夫事也，而女子行之，可謂剛柔易位；文似不屬而意亦相發，如詩之興也。

廖按：梁啓超云，樂府中意境新穎，結構瑰麗，全首無一懈弱之點者，莫如《陌上桑》及此篇。這篇以隴西爲題，想是寫隴西風俗。寫的是一位有才幹知禮義的主婦，卻從天上人「顧視世間」的眼中看出來。寫天上話不多，境界卻是極美麗閑適。寫主婦言語舉動，瑣瑣如畫，卻無一點堆垛。可謂極技術之能事。○蕭滌非云，《漢書·藝文志》有「燕代謳雁門雲中隴西歌詩九篇」之目，此篇題爲《隴西行》，而其所表現之女性，亦復豪健有丈夫氣，與其他諸篇，如《東門行》《豔歌行》《白頭吟》等之第爲文弱者迥異，當即隴西歌詩也。至其所以特異之故，則由於地氣與環境之關係。

豔歌行（翩翩堂前燕）

【集解】

徐陵曰：《古樂府詩六首》。

郭茂倩曰：《豔歌行》，古辭，《瑟調曲》。相和歌辭。○《古今樂録》曰：「《豔歌行》非一，有直云『豔歌』，即《豔歌行》是也。若《羅敷》《何嘗》《雙鴻》《福鍾》等『行』，亦皆『豔歌』」。王僧虔《技録》云：「《豔歌雙鴻行》，荀録所載《雙鴻》一篇；《豔歌福鍾行》，荀録所載《福鍾》一篇，今皆不傳。《豔歌羅敷行》『日出東南隅』篇，荀録所載《羅敷》一篇，相和中歌之，今不歌。」《樂府解題》曰：「古辭云『翩翩堂前燕，冬藏夏來見』，言燕尚冬藏夏來，兄弟反流宕他縣。主婦爲綻衣服，其夫見而疑之也。」

徐獻忠曰： 主婦爲兄弟綻衣，其夫見而疑之也。古辭若《羅敷》《何嘗》《雙鴻》《福鍾》等行，皆名《豔歌》，而此篇其首倡也。

唐汝諤曰： 此疑去其鄉里而羈流異國作此歌以自歎也。言堂前之燕適去適來，而我兄弟則一去不返，且流宕他縣，至孑然獨處，誰與縫裳。幸有主人之婦憐而衣之，又起主人之疑，耽耽流眄若有不相容者然。因言己清白，勿用生疑，猶之水清石見久當自明耳。然中心縱可自白嫌疑，終難久處，總不如歸去之爲愈也。

朱嘉徵曰：《豔歌行》歌「翩翩堂前燕」，幸自明其惑也。

吴兆宜曰：《豔歌行》。又按，《豔歌行》，古辭二首，其一「翩翩堂前燕」，其二「南山石嵬嵬」是也。

沈德潛曰： 此居停之婦，爲客縫衣，而其夫不免見疑也。

張玉穀曰： 此客子倩居停婦縫衣，主人見疑，詩以曉之，且自傷不得歸也。

陳沆曰：此諸侯賓客遭疑忌思歸而作。燕依華堂，冬藏夏見，喻客之去來也。托言居停賢婦，憐客補綻，而夫婿疑之，以喻主人好賢，而他人見忌也。《易》曰：「介於石，不俟終日。」君子有介清之操，則宜見幾而作矣。

翩翩堂前燕，冬藏夏來見。[一]兄弟兩三人，流蕩在他縣。[二]故衣誰當補，新衣誰當綻。[三]賴得賢主人，覽取爲吾綻。[四]夫壻從門來，斜柯西北眄。[五]語卿且勿眄，水清石自見。石見何纍纍，遠行不如歸。[六]（《玉臺新詠》卷一《古樂府詩六首》。《樂府詩集》卷三九、《古詩紀》卷十六）

【校勘】

「流蕩在他縣」，《樂府詩集》《古詩紀》「蕩」作「宕」。

「故衣誰當補」，《古詩紀》小注云「『當』一作『爲』」。

「覽取爲吾綻」，《樂府詩集》「綻」作「組」，《古詩紀》「綻」作「組」。

「斜柯西北眄」，《古詩紀》「柯」作「倚」。

【集注】

［一］「翩翩堂前燕，冬藏夏來見」二句：**唐汝諤曰：**翩翩，疾飛貌。《詩》（《小雅·四牡》）：「翩

翩者雛。」燕，玄鳥也。《詩》《商頌・玄鳥》「天命玄鳥，降而生商」，注（毛傳）：「春分，玄鳥降。」**朱嘉徵曰**：《左傳》《昭公七年》）「玄鳥氏司分者也」，（杜預）注：「（玄鳥，燕也），以春分至秋分去。」**陳祚明曰**：冬藏夏見，興客倏忽去來。**吴兆宜曰**：宋玉《九辨》（《楚辭》）：「燕翩翩其辭歸兮。」**廖按**：黄節云，《禮記・月令》：「仲春之月，玄鳥至」，「仲秋之月，玄鳥歸」。

［二］「兄弟兩三人，流蕩在他縣」二句：**唐汝諤曰**：樂府《雞鳴》：「兄弟四五人，皆爲侍中郎。」宕，流蕩也。《左傳》：楚莊王滅陳，爲縣（廖按，《左傳・宣公十一年》：「楚子爲陳夏氏亂故，伐陳。」「遂入陳，殺夏徵舒。」「因縣陳。」）。《周禮》（《地官司徒》）：「四甸爲縣。」**聞人倓曰**：《穀梁傳》（《文公十一年》）：「弟兄三人，佚宕中國。」**廖按**：余冠英云，流宕，遠遊也。開頭四句是説遠遊的人在外流宕不歸，不如燕子來去之有定時。

［三］「故衣誰當補，新衣誰當綻」二句：**唐汝諤曰**：補，綴衣也。《禮記・內則》：「衣裳綻裂，紉箴請補綴。」**張玉穀曰**：《廣韻》《集韻》《正韻》並「綻，衣縫也」。亦作組。而此則即作補綴意，傳誤也。**聞人倓曰**：此言兄弟流宕他縣，其身所服之故衣，誰爲補綴之，而其家所製之新衣，又誰爲綻裂之也。**廖按**：聞一多云，《玉篇》：「當，任也。」《急就篇》：「針縷補縫綻紩緣」，顔注曰：「修破謂之補，縫解謂之綻。」《後漢書・崔寔傳》曰：「期於補綻缺壞。」○余冠英云，「故衣」「新衣」兩句係連類偏舉，「新衣」句是陪襯，没有意義（新衣本不須

「綻」)。

[四]「賴得賢主人，覽取爲吾綻」二句 **唐汝諤曰**：組亦綻也。《説文》：「綻，衣縫解。」組，補縫也。**漢詩説曰**：賢主人，蓋謂主婦也。**張玉穀曰**：主人，内主人。夫婿，主人也。**吴兆宜曰**：《正字通》引《禮記》：衣裳綻裂。又縫補其裂亦曰綻。綻，《説文》本作組。《廣韻》：綻，縫補也。**聞人倓曰**：新城王阮亭先生《豔歌行》組刻組（廖按，聞人倓《古詩箋》組作組），誤。左克明《古樂府》、梅鼎祚《詩乘》俱作組，無疑也。或謂組韻不叶，因憶朱初晴之言曰：「新衣」二句，補、組自叶，後人倒其句耳。四句换韻本易曉。《禮記》注（《内則》孔穎達疏）：組、紃俱爲條也；薄闊爲組。按，此「組」字亦取補綴之意。**沈德潛曰**：賢主人指居停婦言。**廖按**：黄節云，覽通作擥。《説文》：「擥，撮持也。」《廣韻》：「組，補縫。」〇聞一多云，覽讀爲攬，攬亦取也。組即綻字。〇余冠英云，賢主人，指女主人。下句「夫壻」指男主人。

[五]「夫壻從門來，斜柯西北眄」二句：**唐汝諤曰**：壻，士之美稱。女夫曰壻。柯，斧柄。眄，衺視也。**漢詩説曰**：夫壻，主婦之壻也。**聞人倓曰**：《廣韻》：眄，邪視也。**朱乾曰**：柯，樹柯也。**廖按**：曲瀅生云，考梁簡文《遥望》詩「斜柯插玉簪」、畢曜《情人玉清歌》「善踏斜柯能獨立」、段成式《聯句》「斜柯欲近人」，則「斜柯」原是古語，當爲攲斜之意。〇聞一多云，斜柯即斜倚、斜攲，倚攲並從可聲，故與柯聲近。畢曜《情人玉清歌》「善踏斜柯能獨

立」，段成式《聯句》「斜柯欲近人」，語並本此。《説文》曰：「眄，目偏合也，一曰衺視也。」〇余冠英云，斜柯，斜攲也，猶今語之「歪」。眄，斜視。

［六］「語卿且勿眄，水清石自見。石見何纍纍，遠行不如歸」四句：**唐汝諤曰**：纍，系也。《禮記》（《樂記》）：「纍纍乎端如貫珠。」**漢詩説曰**：語卿，客語夫壻也。**吴兆宜曰**：《白虎通》：「卿之爲言章也，善明理也。」《漢書·石顯傳》：「印何纍纍。」《論衡》（《雷虚篇》）：「圖畫之工圖雷之狀，纍纍如連鼓之形。」《説文》亦作累。**廖按**：黄節云，《漢書·項籍傳》（「羽矯殺卿子冠軍」）注（顔師古注引文穎曰）：「卿子，時人相褒尊之辭。」〇余冠英云，水清石自見，是説心跡終可表明。石見何纍纍，比喻心跡大明。表明心跡本不難，可是何必在外流宕，自惹閑氣呢？最後兩句包含許多牢騷和委曲。

【集評】

徐禎卿曰：樂府往往叙事，故與詩殊。蓋叙事辭緩，則冗不精。「翩翩堂前燕」，疊字極促乃佳。

陸時雍曰：水清石自見，淺淺托喻，人情大抵可見。

朱嘉徵曰：初昭帝之明，能辨霍子孟之誣，非惑也。如蕭望之、劉更生於漢元帝至「水清石見」，寧非快事。唐明皇幸蜀而思曲江，抑晚矣。按，收調「石見何纍纍」，遠接「流宕在他縣」，文情淡而益旨。

陳祚明曰：客子情事曲筆寫出，甚新異。○賢主人乃居停婦，憐客莫爲補綻，故爲之組（廖按，陳祚明《采菽堂古詩選》「組」作「組」），而婦之婿疑之。客與婦在室而婿從門來，固應大疑，斜倚眄狀，且怒且疑，無實可指，側立睨視，極生動極肖。水清石見，比其無它，纍纍則石見之，甚情實。幸既白，然若此豈如歸。

王夫之曰：古人於爾許事，閒遠委蛇如此，乃以登之筦弦，遂無赧色。擢骨戟髯，以道大端者，野人哉！

李因篤曰：起二句如六義之興，既已見久旅忘歸，不及梁燕之知時，又起賢主人盈盈堂上，遂動夫婿之疑也。○「斜倚」《詩乘》作「斜柯」。○「石見何纍纍」，承之曰「遠行不如歸」，接法高絕，非遠行何以有補衣之舉，故觸事思歸也。

沈德潛曰：末云水清石見。心跡固明矣，然豈如歸去爲得計乎？○與《陌上桑》《羽林郎》同見性情之正，《國風》之遺也。

張玉穀曰：首四，以燕之冬藏夏見，皆有安巢，反興起己之流宕不歸。「故衣」六句，正叙客久衣敝，感婦組衣，其夫見而生疑之事。斜倚而盼，形容如畫。「語卿」二句，客曉其夫之辭，以喻出之，言簡意括。末二，其夫答辭，蒙上喻接口而下，言心跡雖明，不如歸去，嫌疑自釋。遠行思歸本旨，反在對面醒出，亦奇變。

朱乾曰：羈旅遭嫌，不如居家之適。○禮不足則嫌疑生，嫌疑之地皆於禮有欠缺者也，故禮者所以别嫌疑。古辭「瓜田不納履，李下不整冠」，於禮將何居，曰君子正其衣冠，尊其瞻視，瓜田李下，豈容盤桓而從容整冠納履乎？是亦不足於禮矣。流宕他縣而主人組衣，畢竟有妨男女之禮，故啓夫婿之眄，一歸而灑然矣。

樂府塘上行

【集解】

徐陵曰：甄皇后《樂府塘上行》一首。（廖按，《文選》陸機《塘上行》李善注：「《歌録》曰：《塘上行》，古辭。或云甄皇后造，或云魏文帝，或云武帝。歌曰：『蒲生我池中，葉何一離離。』」）

郭茂倩曰：《塘上行》本辭，魏武帝，《清調曲》。相和歌辭。○《鄴都故事》曰：「魏文帝甄皇后，中山無極人。袁紹據鄴，與中子熙娶后爲妻。後太祖破紹，文帝時爲太子，遂以后爲夫人。后爲郭皇后所譖，文帝賜死後宫。臨終爲詩曰：『蒲生我池中，緑葉何離離。豈無兼葭艾，與君生别離。莫以賢豪故，棄捐素所愛。莫以麻枲賤，棄捐菅與蒯。莫以魚肉賤，棄捐葱與薤。』」《歌録》曰：「《塘上行》，古辭。或云甄皇后造。」《樂府解題》曰：「前志云，晉樂奏魏武帝《蒲生》篇，而諸集録皆言其詞文帝甄后所作，歎以讒訴見棄，猶幸得新好，不遺故惡焉。若晉陸機『江蘺生幽渚』，言婦人衰老失寵，行於塘上而爲此歌，與古詞同意。」

徐獻忠曰：《塘上行》，魏武帝。○《鄴都故事》及《歌録》皆以《塘上行》爲甄后所作。歎以讒訴見棄。《樂府解題》按前志云，晉樂奏魏武帝《蒲生篇》。則是魏武所作，而不出於甄也。當是武帝托棄妻別離之言，比君子爲讒邪所間，而致其意於君耳。末云「邊地多悲風，樹木何修修，從君致獨樂，延年壽千秋」，即蘇子瞻凍入玉樓之意已，雖被間而心則未嘗忘君者也。若以爲出於甄后，決不入晉樂。此不必多辨者也。

馮惟訥曰：甄皇后《塘上行》。《鄴都故事》曰云云。今詳其詞氣蓋初見棄在後宮所作，非臨終時語也。

唐汝諤曰：此甄后以讒見廢而思致意於君，故賦所見以起興。言蒲生離離，惟吾所見，以興心抱款款，惟妾所思。自反初無得罪於君，特以衆口群媾，致令君之遠離，是以念君悲愁，中夜不寐。君甚毋以一時所譖，棄其平生所愛也。然己雖被間而心則未嘗忘君，因思君淹留邊地，景物蕭條，妾雖獨愁，君常獨樂，庶幾延年以永壽也。

張玉穀曰：《鄴都故事》曰云云。《詩紀》駁之，謂詳辭氣，蓋初見棄，在後宮所作，非臨終詩也。《樂府解題》與《詩紀》意同。穀按：《詩紀》與《解題》所見良是。○此本辭，另有晉樂所奏。○此遭讒間被斥，冀君一悟之詩。因篇首以蒲生池中比起，故名《塘上行》。○徐伯臣云云。愚謂此説非也。武帝有何讒可畏何君可諷而托爲此詩；且其辭温厚，亦絶不似魏武之筆。

朱乾曰：據王僧虔《伎録》，清調有六曲，一《苦寒行》，二《豫章行》，三《董逃行》，四《相逢狹路間行》，五《塘上行》，六《秋胡行》。惟《豫章》《董逃》《相逢狹路間》爲古辭，至「蒲生」篇並無「塘上」字，知非《塘上》本辭。而或以爲魏武帝作者；凡魏武樂府諸詩借題寓意，於己必有所爲，而「蒲生」篇則但爲棄婦之詞，與魏武無當也，知其非魏武作矣。惟《鄴都故事》稱甄后賜死臨終詩，近之。但其詞氣從容，不似臨終所作，今定爲甄后被廢之詩，蓋古《塘上行》而甄后擬之爲蒲生也。《歌録》云「《塘上行》，古辭」，必別有詩，而不可得矣。

廖按：余冠英云，從「蒲生我池中」到「棄捐菅與蒯」十八句，是棄婦之辭。後六句是入樂時拼湊，和上文不相連。這詩作者，衆説紛紛。作古辭是。

蒲生我池中，其葉何離離。傍能行仁義，莫若妾自知。[一]衆口鑠黄金，使君生別離。[二]念君去我時，獨愁常苦悲。想見君顔色，感結傷心脾[三]。念君常苦悲，夜夜不能寐。莫以賢豪故[四]，棄捐素所愛。莫以魚肉賤，棄捐葱與薤。[五]莫以麻枲賤，棄捐菅與蒯。[六]出亦復苦愁，入亦復苦愁。邊地多悲風，樹木何脩脩。[七]從君致獨樂，延年壽千秋。[八]（《玉臺新詠》卷二。《樂府詩集》卷三五《塘上行》本辭、《古詩紀》卷二二《塘上行》本辭）

【校勘】

「莫以賢豪故」，《樂府詩集》《古詩紀》「賢豪」作「豪賢」。

「樹木何脩脩」，《古詩紀》「脩脩」作「翛翛」。

【集注】

［一］「蒲生我池中，其葉何離離。傍能行仁義，莫若妾自知」四句：**唐汝諤曰**：蒲，水草，似莞而褊，可以爲薦。離離，光澤貌。**聞人倓曰**：《毛詩》（《小雅·湛露》）「其實離離」，（毛）傳：「離離，垂也。」《説文》：「傍，近也。」**廖按**：黄節云，「傍能行仁義」蓋即《詩·大雅》（《行葦》）「敦彼行葦，牛羊勿踐履，方苞方體，維葉泥泥」義，《毛傳》所謂「仁及草木」也。詩以蒲自喻，謂蒲生池中，傍人以爲能行仁義于蒲，然不若蒲之自知也。〇余冠英云，離離，長貌。傍，謂傍人。言傍人能否施仁義於我，我自己知道最清楚。

［二］「衆口鑠黄金，使君生别離」二句：**唐汝諤曰**：楚詞（《九歌·少司命》）：「悲莫悲兮生别離。」**吴兆宜曰**：「别離」，一作「離别」。《史記·張儀（列）傳》：「衆口鑠金，積毁銷骨。」**聞人倓曰**：《周語》（《國語》）：「衆心成城，衆口鑠金。」**廖按**：黄節云，自知爲何？即衆口鑠金，使君之仁義不能施及于蒲也。〇余冠英云，衆口鑠金，是成語，言衆人所毁罵，雖黄金這樣堅固的東西也會銷鑠。二句言傍人並不行仁義於我，只是離間我們，使你棄我而去。（廖按，《漢書·賈鄒枚路傳》「衆口鑠金」，顔師古注：「美金見毁，衆共疑之，數被燒煉，以

至銷鑠。」）

〔三〕感結傷心脾：**吴兆宜曰**：繁欽《與魏文帝箋》（《文選》）：「悽入肝脾，哀感頑豔。」**聞人倓曰**：王逸《琴思楚歌》（《古詩紀》）：「憂懷感結激重歎噫。」《釋名》（《釋形體》）：「脾，裨也，在胃下。裨助胃氣，主化穀也。」

〔四〕莫以賢豪故：**唐汝諤曰**：《淮南子》（《泰族訓》），智過百人「謂之豪」。**廖按**：余冠英云，豪賢，《藝文類聚》作「豪髮」。「以豪賢故」是説爲了更優秀的人物，「以豪髮故」是説爲了針尖大的細事，意思不同，但是都説得通，可以並存。捐，即是棄。

〔五〕「莫以魚肉賤，棄捐葱與薤」二句：**唐汝諤曰**：葱，葷菜。薤，似韭。**吴兆宜曰**：《禮（記）·内則》：「膾，春用葱。」《爾雅》（《釋草》）「䪥，鴻薈」，郭（璞）注即薤菜。邢（昺）疏：「《本草》謂之菜芝是也。」**聞人倓曰**：《儀禮·士相見禮》（「夜侍坐，問夜，膳葷」，鄭玄注）：「葱薤之屬，食之以止卧。」**廖按**：黄節云，《禮（記）·内則》曰：「脂用葱，膏用薤。」魚肉謂魚膾。○余冠英云，「魚肉賤」是説當魚肉價錢低廉，容易得到的時候。所謂「賤」，是以魚肉本身的新價和舊價比較，不是和「葱薤」比較。「莫以」六句都是説不要因爲較好的易得，便將較差的丢棄，也就是不要爲新歡而棄舊好的意思。

〔六〕「莫以麻枲賤，棄捐菅與蒯」二句：**唐汝諤曰**：麻，人所治也。枲，麻子也。《爾雅翼》（《釋草》）：「有實爲苴，無實爲枲。」菅，茅也，已漚爲菅。蒯，草名，茅類，可以織席。《草木疏》

（《毛詩草木鳥獸蟲魚疏》）：「（菅）似茅而滑澤，無毛，根下五寸中有白粉者，柔韌宜爲索。」**吴兆宜曰**：《左傳》（《成公九年》）：「君子曰：『雖有絲麻，無棄菅蒯；雖有姬姜，無棄蕉萃。』」

［七］「出亦復苦愁，入亦復苦愁。邊地多悲風，樹木何脩脩」四句：**唐汝諤曰**：古歌（《古詩紀》）：「出亦愁，入亦愁。座中何人，誰不懷憂，令我白頭。故地多飆風，樹木何脩脩。」**吴兆宜曰**：《荀子》（《儒效篇》）「炤炤兮其用知之明也，脩脩兮其用統類之行也」，（楊倞）注：「脩脩，整齊之貌。」**聞人倓曰**：毛萇《詩傳》（《詩經·豳風·鴟鴞》「予尾翛翛」傳）：「翛翛，敝也。」（廖按，王士禛選、聞人倓箋《古詩箋》「脩脩」作「翛翛」）**廖按**：余冠英云，脩脩，或作「翛翛」，本是鳥尾乾枯不濕潤的樣子，這裏形容樹頭被風吹得像乾枯的鳥尾。

［八］「從君致獨樂，延年壽千秋」二句：**唐汝諤曰**：古樂府（《飛鵠行》《雙白鵠》）：「今日樂相樂，延年萬歲期。」**廖按**：黄節云，致，極也。

【集評】

王世貞曰：《塘上》之作，樸茂真至，可與《紈扇》《白頭》姨姒。甄既摧折，而芳譽不稱，良爲雅歎。○「莫以豪賢故，棄捐素所愛。莫以魚肉賤，棄捐葱與薤。莫以麻枲賤，棄捐菅與蒯」。其語意妙絶，千古稱之。然《左傳》逸詩已先道矣，云：「雖有絲麻，無棄菅蒯。雖有姬姜，無棄蕉萃。」

唐汝諤曰：悲歌婉轉，猶有漢樂府遺風。

陸時雍曰：質樸少韻，其意固佳，病太直耳。

陳祚明曰：淋漓惻傷，情至之語，不忍多讀。

王夫之曰：詩固自有絡脈，但不從文句得耳。意内初終，雖流動而不舍者，即其絡也。此詩似複似脱，似叛似蹇，不知者往往于此求古。乃不知其果複果脱，果叛果蹇，翻令元、白、歐、梅一流人大笑不禁。於無言之表尋其意之起止，固纍纍若貫珠，何複何脱、何叛何蹇哉？雖然，真作者之于此，亦一映而已。但寫情，不傍事，求之此有餘，不勞更求之彼矣。借他物以夤緣者，不及情故也，如彼乃不勞作詩。

吴兆宜曰：「夜夜」句，念君至此。

沈德潛曰：末路反用説開，漢人樂府，往往有之。

張玉穀曰：首六，以池能養蒲，比起己之待下本厚，折落到人反譖己，致與君乖，以見寃抑，詩旨全提。「念君」四句，備陳離後獨居，念念在君情事。又八句，頂「苦悲」申明不可信讒之意。上二正意，下四喻意也。先正後喻，古人章法。末六，以出入苦愁，憑空疊喝。因己之愁，遥念君於遠地，從軍亦多勞悴，而以行樂延年祝辭，陡作收束，更不兜轉己邊，略露怨懟，是爲敦厚得體。

豔歌行（南山石嵬嵬）

【集解】

歐陽詢曰：古《豔歌》曰云云。木部上，柏，歌。

郭茂倩曰：《豔歌行》，古辭，《瑟調曲》。相和歌辭。

朱嘉徵曰：《豔歌行》歌「南山」。或云，隱者見征，大用於時，詩人美之。余曰非也。宋江夏王曲「瑶顔映長川」，傅休奕曲「徽音冠青雲」，並稱瑋麗，今與《豫章行》同列變雅者何，讀松柏竊自悲，一似非時而榮，君子所悼。一曰諷土木繁興也。《五噫歌》「宫室崔嵬」，有同慨焉，故列瑟調。

唐汝諤曰：此與《豫章行》詞義絶相類，然白楊意似有托，松則實爲宫殿之梁，疑明章之際大興土木，詩人歎其宫室過度，作此以諷與？詞若讚歎，意實譏刺也。至「本自南山松，今爲宫殿梁」，細味之卻有無限感慨意。或曰東漢諸帝俱崇節儉，不宜有刺，獨不覩《五噫歌》「宫室崔嵬」何爲乎來哉？

朱乾曰：凡歌辭出自男女夫婦者皆謂之豔歌，此與《豫章行》絶相類，而于豔歌何所取義？疑時朝廷採取民間女以充後宫，自傷離别，故以南山松柏爲比，亦謂之豔歌。

廖按：余冠英云，這篇是寫南山松樹的遭遇，由野生長到雕漆薰香，這遭遇在松樹是認爲可悲的。這是輕榮禄、重自然的思想。以上兩篇(廖按,另一篇指《豔歌行》「翩翩堂前燕」)都題爲「豔歌行」,「豔」是音樂名辭,是正曲之前的一段。有人以爲「豔歌」必有關於男女夫婦,是誤解,以爲「南山石嵬嵬」一篇是寫民間女子被采充後宮,自傷離别,是由誤解生出來的誤解。○逯欽立云,《古詩紀》此篇編入漢詩,然據《御覽》及《事類賦》,知爲劉越石作。

南山石嵬嵬,松柏何離離。[一]上枝拂青雲,中心十數圍。[二]洛陽發中梁,松樹竊自悲。[三]斧鋸截是松,松樹東西摧。持作四輪車[四],載至洛陽宫。觀者莫不歎,問是何山材。誰能刻鏤此?公輸與魯班。[五]被之用丹漆,薰用蘇合香。本自南山松,今爲宫殿梁。[六](《藝文類聚》卷八八《木部》上《柏》。《樂府詩集》卷三九、《古詩紀》卷十六)

【校勘】

「持作四輪車」,《樂府詩集》「持」作「特」。

「本自南山松」,《古詩紀》「自」作「是」。

【集注】

[一]「南山石嵬嵬,松柏何離離」二句:**唐汝諤曰:**南山,泛言山耳。嵬嵬,高貌。離離,垂也。

立貌。

廖按：黄節云，《詩·小雅》（《節南山》）：「節彼南山，維石巖巖。」《詩》（《召南·草蟲》「陟彼南山」）毛傳：「南山，周南山也。」又《齊風》（《南山》）「南山崔崔」，毛傳：「崔崔，高大貌。」崔嵬通用。又《小雅》（《天保》）：「如南山之壽，如松柏之茂。」又：「其桐其椅，其實離離」（《詩經·小雅·湛露》），毛傳：「離離，垂也。」〇余冠英云，嵬嵬，高大貌。離離，林

［二］「上枝拂青雲，中心十數圍」二句：**唐汝諤曰**：兩手曰圍。數圍，極大之木也。**廖按**：黄節云，《周禮》（《秋官司寇》「環人」）鄭（玄）注：「環猶圍也。」互訓，圍猶環也。〇聞一多云，《詩·凱風》：「凱風自南，吹彼棘心。」《秦策三》（《戰國策》）引逸詩：「木實繁者披其枝，披其枝者傷其心。」《尸子·明堂篇》：「其本不美，則其枝葉莖心不得美矣。」《韓非子·外儲説左上》篇：「以松柏之心爲博，箭長八尺，棊長八寸。」又《揚權篇》（《韓非子》）：「枝大本小，將不勝春風，不勝春風，枝將害心。」《吕氏春秋·精通篇》：「若樹之有根心也。」《漢書·蕭望之傳》「附枝大者賊本心」，注曰：「本心，樹之本株也。」〇余冠英云，中心，樹木的本幹。圍，是表示圓周大小的名稱，普通説法，兩手拱抱，指尖相觸，作成一個環，就是一圍的大小。

［三］「洛陽發中梁，松樹竊自悲」二句：**唐汝諤曰**：中梁，言中等之梁，尚非極品也。竊自悲者，預慮其伐也。**廖按**：黄節云，《廣韻》：「發，起也。」中梁，正梁也。〇聞一多云，發讀

爲乏。《莊子·天地篇》「無乏吾事」，《釋文》：「乏，廢也。」《國策》（《燕策》）「不敢以乏國事」，即廢國事。發之通乏猶乏之通廢。中梁猶棟梁也。《儀禮·鄉射記》「序則物當棟」，（鄭玄）注曰：「正中曰棟。」《釋名·釋宫室》曰：「棟，中也，居室之中也。」〇余冠英云，發，是説採伐，起運。

［四］持作四輪車：**唐汝諤曰**：古者小車兩輪，大車則四輪也。

［五］「誰能刻鏤此？公輸與魯班」二句：**唐汝諤曰**：公輸子名班，魯之巧人，今言「公輸與魯班」，似若兩人，然古詩誤用者，多不必深辯。**李因篤曰**：公輸即魯班，而曰「與」竟似兩人，然詩中正自不妨。**朱乾曰**：公輸魯班非誤用，言更無第二人也。《丹鉛録》云，《史記·相如傳》，「文君已失身于司馬，長卿故倦遊」，以人姓與字分爲二句，其文法自《左傳》；劉越石詩（《文選·重贈盧諶》）：「宣尼悲獲麟，西狩涕孔丘。」沈休文《宋書·恩倖傳論》：「胡廣累世農夫，伯始致位公卿，黄憲牛醫之子，叔度名動京師。」一説，《太平廣記》引《酉陽雜俎》云，魯般敦煌人，莫詳年代，於涼州作木鳶，乘之以歸。無何，其妻有妊，父母詰之，妻具説其故。父後伺得木鳶乘之，遂至吴會，吴人以爲妖，殺之。般怨吴人殺其父，于肅州城南作一木仙人，舉手指東南，吴地大旱三年，卜曰般所爲也。賫物巨千謝之。般爲斷其一手，其月吴中大雨。國初土人尚祈禱其木仙。六國時公輸班亦爲木鳶以窺宋城。**廖按**：黄節云，《孟子》（《離婁上》）「公輸子之巧」，趙岐注：「公輸子魯班，魯之巧人也。

或以爲魯昭公之子。」○曲瀅生云，鄭玄《禮記》（《檀弓下》「公輸若方小」）注：「公輸若匠師也，般若之族多伎巧者。」又薛綜《西京賦》（「命般爾之巧匠」）注：「（般，魯般，一云）魯班，公輸之子，魯哀公時人。」○聞一多云，公輸班，魯人，故或稱魯班，此以爲二人，流俗之誤也。《漢書·叙傳》、曹植《七啓》、《列子·湯問篇》並稱「班輸」，按其詞義，亦均以爲二人，誤與此同。○余冠英云，鏤，雕刻。公輸與魯班，魯國有巧匠名公輸班。《呂氏春秋》和《淮南子》高注説：「公輸，魯班之號也。」這裏的「公輸與魯班」語氣雖似指著兩個人，意思還是指一個，就是説能刻鏤這好材料的人，第一個是魯班，第二個還是魯班。這是誇讚松材，言除了那最有名的大匠，别人不配來雕刻它。

［六］「被之用丹漆，薰用蘇合香。本自南山松，今爲宫殿梁」四句：**唐汝諤曰**：《梁書》，中天竺出蘇合香，是諸香汁煎之。又曰，大秦人采蘇合，先笮其汁以爲香膏，乃賣其滓與人，輾轉達中國。**廖按**：黄節云，《禮記》（《月令》）：「令百工審五庫之量：金、鐵、皮革、筋、角、齒、羽、箭幹、脂膏、丹漆。」○聞一多云，被，加也。○余冠英云，丹，朱色。本自，「自」就是「本」。兩字是疊義連辭。

【集評】

陳祚明曰：此豈高士泥中曳尾之思耶，否則「誰能刻鏤」一段極意鋪張何也。「斧鋸」二句生動。

李因篤曰：與《白楊篇》略同。（廖按，《白楊篇》即謂《豫章行》，《豫章行》首句爲「白楊初生時」，故又稱《白楊》，郭茂倩于《豫章行》解題引王僧虔云即稱「荀録所載古《白楊》一篇，今不傳」。）

猛虎行

【集解】

李善曰：古《猛虎行》曰：「飢不從猛虎食，暮不從野雀棲。野雀安無巢，遊子爲誰驕？」（《文選》卷二八《樂府下》陸士衡《猛虎行》李善注）

郭茂倩曰：古辭曰：「飢不從猛虎食，暮不從野雀棲。野雀安無巢，遊子爲誰驕。」（《樂府詩集》卷三一《相和歌辭》「平調曲」魏文帝《猛虎行》）

徐獻忠曰：命題之意，言志士耿介，雖一食一處未嘗苟也。若欲苟焉，居處則如野雀之巢，何往而不可居；游子顧欲以得所處驕人何也？

馮惟訥曰：《猛虎行》，漢樂府古辭。◯拾遺。已下皆古歌辭雜見諸書。（廖按，馮惟訥《古詩紀》「拾遺」所稱「已下」謂《猛虎行》《上留田行》《古八變歌》《古歌》「上金殿」「秋風蕭蕭」、《豔歌》「今日樂上樂」、《古咄唶歌》，詳「雜曲歌辭」）

梅鼎祚曰：《猛虎行》，古辭。

唐汝諤曰： 詩人自道其所志，言我即飢無食暮無依，而一食一居決不敢苟就，正以我隨處可自足，亦如野雀安往而不爲巢，自不必妄從耳。彼遊子顧以得所處驕人何也？立志較然不易，耿介自可想見。

朱嘉徵曰：《樂府》《猛虎行》稱古辭，不正載其文。《咄唶歌》「棗下何纂纂」、《上留田》亦然。今依《古樂苑》譜入。○《猛虎行》歌「猛虎」，謹於立身也。《記》(《禮記·表記》)曰：「君子不失足於人，不失色於人，不失口於人。」詠遊子，士窮視其所不爲，義加警焉。○《猛虎行》與野雀同興，《巫山高》與淮水同興，擬古者單指猛虎巫山者非。

張玉穀曰： 相和歌辭平調曲。○按郭《樂府》於此題不首列此辭，反在魏武帝辭題下注出，誤。此客遊不合，思歸之詩。

廖按： 聞一多云，《樂府詩集》不正載其辭，疑非全章。此蓋離家遠行者，能爲其所親潔身自愛。「飢不從猛虎食」，不蹈非法以求飽也；「暮不從野雀棲」，不涉非禮以肆情也；而意尤著重在下句。「遊子爲誰驕」，「誰」斥其妻室，言遊子之所爲自愛者，非比閨中之人而誰邪？魏文帝詞曰：「與君媾新歡，託配於二儀。充列於紫微，升降焉可知。梧桐攀鳳翼，雲雨散洪池。」……言夫婦之情，尚不失古意。明帝詞曰「雙桐生空枝，枝葉自相加。……上有雙棲鳥，交頸鳴相和」，或亦同類。陸機以下諸作，則去古意寖遠矣。○蕭滌非云，杜詩云：「紈袴不餓死，儒冠多誤身。」又云：「禮樂攻吾短。」蓋士君子潔身自愛，見得思義，勢必至此。末二語，托爲野雀反唇相譏之詞。猶言我野雀豈無巢哉？若爾天涯遊子，則真無家矣，尚驕誰乎？「驕」字根本從「不」字來。更知世間，乃多此種俗物。○余冠英云，這是以「猛虎」「野雀」起興，而著重在野雀，所以下文不涉及猛虎，這是所謂雙起單承，古詩裏這類的例子不少。「飢不從猛虎食」比喻不幹非法的事，「暮不從野雀棲」比喻不幹非禮的事，這都是自重自愛。末尾用問句表讚美。

飢不從猛虎食，暮不從野雀棲。[一]野雀安無巢，遊子爲誰驕。[二]（《文選》卷二八《樂府下》陸士衡《猛虎行》李善注。《樂府詩集》卷三一《猛虎行》解題、《古詩紀》卷十七）

【集注】

[一]「飢不從猛虎食，暮不從野雀棲」二句：**廖按**：聞一多云，暮不從野雀棲，野與家對。○余冠英云，野雀，和家雀相對，「家雀」、「野雀」的比喻和現代的「家花」「野花」意思相同。

[二]「野雀安無巢，遊子爲誰驕」二句：**廖按**：黄節云，《史記·魏世家》：「魏文侯子擊逢文侯之師田子方，引車避，下謁。子方不爲禮。子擊因問曰：『富貴者驕人乎？且貧賤者驕人乎？』子方曰：『亦貧賤者驕人耳。夫諸侯而驕人則失其國，大夫而驕人則失其家。貧賤

者，行不合，言不用，則去之楚、越，若脱屣然，奈何其同之哉！』」○聞一多云，《白頭吟》曰：「兩樵相推（雅）與，無親爲誰驕？」案，自重自愛曰驕。

【集評】

陳祚明曰：語語轉上，是擇地而蹈，不輕仿人也，乃即拈野雀言，安往而不得巢，如此則何得驕我哉。

王夫之曰：深甚怨甚，而示淺人以傲岸之色。

李因篤曰：「暮」字後人不能下。暮，日暮也。以猛虎方野雀，危語悚人。此「驕」字，較齊人驕妻妾更鄙。

張玉穀曰：首二，不苟食棲，雙提突起。不可寄託意，説得決然。末二，轉到當歸，語雖單頂，意實雙承。言野雀則安分無巢，遊子何爲辭家久客，徒致人怪不苟棲食之以貧賤驕人也。自嘲之中，仍帶人不知我意，章法極其詭變。

朱乾曰：不從猛虎食獸，恐噬己也；不從野雀棲，鳥不亂群也。野雀豈無巢哉，非我族類，其心必異，難與其居。遊子觸目如此，將爲誰驕乎？遠適異國，昔人所以悲也。宋謝靈運詩，「人謂客行樂，客行苦心傷」，得古辭之意。

箜篌引

【集解】

郭茂倩曰：《箜篌引》，《相和六引》。相和歌辭。○《古今樂録》曰：「張永《技録》相和有四引，一曰箜篌，二曰商引，三曰徵引，四曰羽引。箜篌引歌瑟調，東阿王辭。《門有車馬客行》《置酒篇》並晉、宋、齊奏之。古有六引，其宫引、角引二曲闕。宋唯箜篌引有辭，三引有歌聲，而辭不傳。梁具五引，有歌有辭。凡相和，其器有笙、笛、節歌、琴、瑟、琵琶、箏七種。」○《箜篌引》，一曰《公無渡河》。崔豹《古今注》曰：「《箜篌引》者，朝鮮津卒霍里子高妻麗玉所作也。子高晨起刺船，有一白首狂夫，被髪提壺，亂流而渡，其妻隨而止之，不及，遂墮河而死。於是援箜篌而歌曰：『公無渡河，公竟渡河，墮河而死，將奈公何。』聲甚悽愴，曲終亦投河而死。子高還，以語麗玉。麗玉傷之，乃引箜篌而寫其聲，聞者莫不墮淚飲泣。麗玉以其曲傳鄰女麗容，名曰《箜篌引》。又有《箜篌謡》，不詳所起，大略言結交當有終始，與此異也。」

左克明曰：《箜篌引》，相和曲歌辭，相和曲。○一曰《公無渡河》。崔豹《古今注》曰云云。

徐獻忠曰：相和歌，漢舊曲也，絲竹更相和，執節者口歌其曲以協其音，故曰相和。

唐汝諤曰：《箜篌引》，相和曲。崔豹《古今注》云云。箜篌，樂器，《風俗通》，一名坎侯。

朱嘉徵曰：《公無渡河》，漢風，相和歌辭，瑟調曲。○謹按，《樂府》《相和六引》首《箜篌引》，其辭蓋非《公無渡河》也。余考宋《樂志》謂《公莫舞歌》「俗云項伯，非也」，「《琴操》有《公莫渡河》，其聲所從來久矣」。而《樂録》非之云，《巾舞》古辭訛異，江左乃有歌舞辭。沈約疑爲《公無渡河》曲，今三調中自有《公無渡河》，其聲哀切，故入瑟調，不容以瑟調離於舞曲。豈不然哉。宋郭氏以《箜篌引》名同，首列之，今遵《樂録》改正。

廖按： 黄節云，郭茂倩《樂府詩集》「相和六引」首《箜篌引》，而採録此曲於叙説，謂《古今注》云云。然則《箜篌引》乃感此曲而作，此曲非《箜篌引》明甚。郭氏以此曲附諸《箜篌引》，而左克明《古樂府》又直以此曲爲《箜篌引》，則誤矣。○余冠英云，這是漢樂府裏最短的歌辭，和最長的《孔雀東南飛》同是寫夫婦殉情之作。《樂府詩集》把這篇附在「相和六引：箜篌引」下。○逯欽立云，宋《樂志》巾舞歌詩有《公莫舞》一篇，沈約謂「《琴操》有《公莫渡河》曲，其聲所從來已久，《樂録》非之曰」云云。據此，《公無渡河》曲兼爲瑟調曲。《白帖》謂此歌出《琴操》。

公無渡河，公竟渡河，[一]墮河而死，將奈公何。[二]（《樂府詩集》卷二六《相和歌辭》引《古今注》。《古詩紀》卷十六）

【校勘】

「將奈公何」，《古詩紀》「將」作「當」。

【集注】

[一]「公無渡河，公竟渡河」二句：**廖按**：黄節云，《釋名》：「公，君也。」此處「公」爲尊稱也。○余冠英云，「公」是對男子長者的尊稱，「無」，禁止之辭，和「毋」相同。

[二]「墮河而死，將奈公何」二句：**廖按**：「墮」，落。「奈公何」猶言如公何。

【集評】

唐汝諤曰：一語一慟，似於悲咽不能言，故寥寥十六字，其聲悽絶。

陸時雍曰：是哭是歌，招魂欲起，寥落四語，意自愴人。

吴景旭曰：唐子西曰，古樂府命題皆有主意，後人用樂府爲題者，當代其人而措辭，如「公無渡河」，須作妻止其夫之詞。太白輩或失之。

朱嘉徵曰：《箜篌引》歌《公無渡河》，志慎也，慎所往也，世患無嘗，君子不輕蹈之。古人作歌，因聲成曲，如麗玉寫聲《公無渡河》是也。

陳祚明曰：不增一語，其哀無比。

李因篤曰：「公無」二句，只二句，便有千聲萬聲，聲情相感，不知其所止。

漢詩説曰：只四語，千回百轉，萬古絶調。四言斷句此爲第一，「朝見黄牛」次之，即此可悟作絶句法，必語短意長方妙。

沈德潛曰：纏綿淒惻，《黄牛峽謡》，音節相似。

張玉穀曰： 逐句停頓，一氣旋轉，猶妙在末四字，拖得意言不盡。

朱乾曰： 樂府題目自建安以來諸子多假用，魏武尤甚。私意謂樂府自有通變一法，未可執一，但須不離其宗，則如《公無渡河》，或假作勸止其人之詞，或相戒免禍之作，不必夫妻也。他可仿此。

廖按： 梁啓超云，這歌不用一點詞藻，也不著半個哀痛悲愴字面。僅僅十六個字，而沉痛至此，真絶世妙文。

薤露

【集解】

郭茂倩曰：《薤露》，古辭，《相和曲》中。相和歌辭。○崔豹《古今注》曰：「《薤露》《蒿里》，泣喪歌也。本出田横門人，横自殺，門人傷之，爲作悲歌。言人命奄忽，如薤上之露，易晞滅也。亦謂人死魂魄歸於蒿里。至漢武帝時，李延年分爲二曲，《薤露》送王公貴人，《蒿里》送士大夫庶人。使挽柩者歌之，亦謂之挽歌。」譙周《法訓》曰：「挽歌者，漢高帝召田横，至尸鄉自殺。從者不敢哭而不勝哀，故爲挽歌以寄哀音。」《樂府解題》曰：「《左傳》云：『齊將與吴戰於艾陵，公孫夏命其徒歌《虞殯》。』杜預云：『送死。』《薤露》歌即喪歌，不自田横始也。」按蒿里，山名，在泰山南。

徐獻忠曰：二題（《薤露》《蒿里》）並喪歌也。本出田横門人，李延年分《薤露》以送王公貴人，《蒿里》送大夫士庶人，使挽者歌以送之。泰山下有蒿里山，爲人歸魂處。

馮惟訥曰：《薤露歌》。亦曰《泰山吟》，行喪歌。崔豹《古今注》曰云云。

唐汝諤曰：此言人生幾何，僅如草頭露耳，倏焉露晞，生趣都盡，然露有時復零，而人一去不返，傷如之何。

朱嘉徵曰：干寶《搜神記》，挽歌者，喪家之樂，執紼者相和之聲也。○《薤露》，挽歌也。李延年以此曲送王公貴人。唐人詩「北邙松柏路，留待市朝客」，堪爲此曲注腳。

廖按：黄節云，宋玉《對楚王問》曰「其爲《陽阿》《薤露》，國中屬而和者數百人」，《薤露》之名始於此。○聞一多云，《世説新語·任誕篇》注引譙周《法訓》曰：「或……曰：『今喪有挽歌者何以哉？』譙子曰：『周聞之，蓋高帝召齊田横，至於尸鄉亭，自刎，奉首，從者挽至於宫，不敢哭，而不勝哀，故爲歌以寄哀音。』」崔豹因謂《薤露》《蒿里》出田横門人，至漢武帝時李延年乃分爲二曲，《薤露》送王公貴人，《蒿里》送士大夫庶人。案挽歌自古有之，《世説新語》注辨之已審，疑《薤露》《蒿里》本東齊土風，傳世已久，齊人思田横，因以横事牽合之。然則譙、崔諸説雖非實，要亦不爲無因。（廖按，《世説新語》劉孝標注引譙周語後辨之云：「按《莊子》曰：『紼謳所生，必於斥苦。』司馬彪注曰：『紼，引柩索也。斥，疏緩也。苦，用力也。引紼所以有謳歌者，爲人有用力不齊，故促急之也。』《春秋左氏傳》曰：『魯哀公會吴伐齊，其將公孫夏命歌《虞殯》。』杜預曰：『《虞殯》，送葬歌，示必死也。』《史記・絳侯世家》曰：『周勃以吹簫樂喪。』然則挽歌之來久矣，非始起于田横也。然譙氏引禮之文，頗有明據，非固陋者所能詳聞。疑以傳疑，以俟通博。」）〇逯欽立云，此首亦曰《泰山吟行》，喪歌。

薤上露，何易晞。[一]露晞明朝更復落，人死一去何時歸。[二]（《樂府詩集》卷二七《相和歌辭》。《古詩紀》卷十六）

【集注】

[一]「薤上露，何易晞」二句：**唐汝諤曰**：薤，菜也，似韭而無實。《本草》，薤葉如金燈葉，差狹光滑，露難貯之。晞，乾也。《毛詩》（《小雅・湛露》）：「湛湛露斯，匪陽不晞。」**廖按**：黄節云，《爾雅・釋草》「薤，鴻薈」，（郭璞）注：「薤，似韭之菜也。」《詩・秦風》（《蒹葭》）：「蒹葭淒淒，白露未晞。」

[二]「露晞明朝更復落，人死一去何時歸」二句：**廖按**：聞一多云，「落」謂露降。

【集評】

李因篤曰：説得凜然。

張玉穀曰：上二，易死之喻。下二，接喻意翻進一層，説向後去，言易死而更不能復生也。

朱嘉徵曰：陳氏《樂書》，靈帝耽胡樂，梁商大臣，朝廷之望也，會賓歌《薤露》。京師嘉會，以魁櫑挽歌之技爲樂，豈國家久長之兆哉。

蒿里

【集解】

郭茂倩曰：《蒿里》，古辭，《相和曲》中。相和歌辭。

馮惟訥曰：《蒿里曲》。

朱嘉徵曰：《蒿里》喪歌，李延年以此曲送士大夫庶人。魏武帝擬爲喪辭之歌也。○《樂府》注，蒿里，山名，在泰山南。一曰《泰山吟行》。

廖按：聞一多云，《漢書·武五子廣陵厲王胥傳》「蒿里召兮郭門閲」，（顔師古）注曰：「蒿里，死人里。」案《字鏡七》引《切韻》曰：「薧里，死（從《玉篇》補）人里也。」《内則》（《禮記》）（鄭玄）注：「薧，乾也。」《廣雅·釋詁》：「殦，乾也。」蒿，槁，薧，殦，字異義同。人死則枯槁，故死人里曰蒿里。一曰下里。《漢書》（《趙尹韓張兩王傳》）韓延壽傳「賣偶車馬下里僞物者，棄之市道」，（顔師古）注引張晏曰：「下里，地下蒿里僞物也。」酷吏田延年傳（《漢書》）「陰積貯炭葦諸下里物」，（顔師古）注引孟康曰：「死者歸蒿里，葬地下，故曰下里。」案《對楚王問》（《文選》）又曰：「其始曰《下里》《巴人》，國中屬而和者數千人。」《下里》當即《蒿里》之曲。又《漢書・武帝紀》「禪高里」，（顔師古）注引伏儼曰：「山名，在泰山下。」陸機《泰山吟》（《樂府詩集》）曰：「梁甫亦有館，蒿里亦有亭，幽途延萬鬼，神房集百靈。」梁甫亦泰山下山名，陸以梁甫蒿里對舉，是高里即蒿里也。蓋蒿里本死人里之公名，泰山下小山亦死人里，故亦因以爲名。《薤露》《蒿里》本齊謳，説已詳上。蒿里山在魯，齊魯接壤，齊人挽歌言《蒿里》，亦猶齊人葬歌稱《梁甫吟》也。○余冠英云：《薤露》和《蒿里》都是東齊産生的謡謳，《蒿里》比《薤露》更普遍些。宋玉《對楚王問》説，有人唱《下里》（就是蒿里），幾千人和著他唱，等他唱《薤露》，只有幾百人和他。

蒿里誰家地，聚斂魂魄無賢愚。[一]鬼伯一何相催促，人命不得少踟躕。[二]（《樂府詩集》卷二七《相和歌辭》。《古詩紀》卷十六）

【集注】

[一]「蒿里誰家地，聚斂魂魄無賢愚」二句：**馮惟訥曰**：魂，一作「精」。**唐汝諤曰**：蒿，蓬蒿也。泰山下有蒿里山，爲人歸魂處。魂者陽之靈，魄者陰之精。魂氣歸於天，體魄歸於地。**李因篤曰**：「地」當作「池」。**張玉穀曰**：蒿里，山名，在泰山南。**廖按**：黄節云，《漢

書·武帝紀》「太初元年,禪高里」,(顔師古)注:「伏儼曰:『山名,在泰山下。』師古曰:『此高字自作高下之高,而死人之里謂之蒿里,或呼爲下里者也,字則爲蓬蒿之蒿。或者見太山神靈之府,高里山又在其旁,即誤以高里爲蒿里。』」案《玉篇》:「薨里,黄泉也,死人里也。」《説文》:「呼毛反。」經典爲鮮薨之字。《内則》注:「薨,乾也。」蓋死則槁乾矣。以蓬蒿字爲蒿里,乃流俗所誤耳。今泰安府城西南三里有高里山,山極小,上有塔,其東北有廟,内供閻羅酆都陰曹七十二司等神像,蓋即沿《蒿里》喪歌之誤,直以蒿里爲高里。《元和郡縣志》曰:「高里山在兖州,亦曰蒿里山。」○聞一多云,「魂魄」,《説郛》一〇〇引作「精魂」。

[二]「鬼伯一何相催促,人命不得少踟躕」二句:**唐汝諤曰**:踟躕猶躑躅,言住足也。(廖按,宋玉《神女賦》(《文選》):「奮長袖以正衽兮,立躑躅而不安。」)**廖按**:黄節云,鬼伯,猶《莊子》(《至樂》)之冥伯。郭象注:「已没之人也。」○余冠英云,「鬼伯」,古代迷信説法中拘人魂魄的鬼卒。

【集評】

唐汝諤曰:古來賢聖凋枯,庸愚落魄,盡歸蒿里一丘,而因歎人之將死若有鬼伯促之者,然致令忽焉飄散,曾不得少駐足也。其悲痛可勝道哉。

陸時雍曰:二首長歌曼聲甚於泣涕,情至,語故自傷。

朱嘉徵曰： 二曲並出田横門人，殊動志義之感。若夫達人處順，適去適來，又何悲乎。

李因篤曰：「蒿里」二句，慘甚，下「聚斂」字奇。

漢詩説曰： 十九首「聖賢莫能度」，此言「聚斂魂魄無賢愚」，使人意氣都盡，要是漢人作詩語，皆斷絶千古，不使後人更有可加。凡詩使後人有可加處，詩便不至。

張玉穀曰： 上二，慨賢愚同盡，就既死後説。下二，逆溯臨死時不得少延。前章比體，寫得慘欲絶。此章賦體，寫得慘刻盡致。

李調元曰： 嚮傳田横殁後，門下客作挽歌，《薤露》挽田横，《蒿里》挽五百從死之士。或曰作此等題須有一段英豪激烈之概，今皆不言，只以數語寫其蕭瑟悲涼景況，何也？噫！是殆不知作者苦心，並不知文章體例也。田横不與劉、項共逐秦鹿，屏跡海隅，又不肯降志從漢，種種曲折，豈可明言？蓋不惟恐罹漢高忌諱，即田横有知，亦捫心飲泣而不願聞者，而門下客豈忍重提往事？故於不敘處，正藏一篇大文字在内。所謂可與知者道，難與俗人言也。

王子喬

【集解】

郭茂倩曰：《王子喬》，古辭，《吟歎曲》。相和歌辭。○《古今樂録》曰：「張永《元嘉技録》

有吟歎四曲：一曰《大雅吟》，二曰《王明君》，三曰《楚妃歎》，四曰《王子喬》。《大雅吟》《王明君》《楚妃歎》，並石崇辭。《王子喬》，古辭。《王明君》一曲，今有歌。《大雅吟》《楚妃歎》二曲，今無能歌者。古有八曲，其《小雅吟》《蜀琴頭》《楚王吟》《東武吟》四曲闕。」○劉向《列仙傳》曰：「王子喬者，周靈王太子晉也，好吹笙作鳳鳴。遊伊洛之間，道人浮丘公接以上嵩高山。三十餘年後，求之於山上，見桓良曰：『告我家，七月七日待我於緱氏山頭。』至時，果乘白鶴駐山頭，望之不得到，舉手謝時人，數日而去。爲立祠於緱氏山下及嵩高之首焉。」

徐獻忠曰：此漢人祝祈樂辭也。「白鹿」當作「白鶴」，故末云「鳴吐銜福翔殿側」，言所跨之鶴翔鳴於殿側，爲皇帝延壽也。子喬詳見《列仙傳》。道人浮丘公接上嵩高山，後三十餘年見桓良，使告其家，七夕果乘白鶴，駐緱氏山頭，數日而去。「令我聖朝應太平」以下與漢鏡銘文同，真漢人辭也。

唐汝諤曰：吴逸一曰，此賦王喬仙游以祝君壽也。言喬遨戲雲中有時而下，尋復升雲遍歷天表，以爲三王五帝俱不足使令，而降福我聖朝獨厚。「玉女」以下疑贊白鹿之詞，言玉女嗟歎白鹿之行，飛騰雲漢，靡所不及，假令吾君遊八極而乘之，豈不快心哉。鹿於是鳴吐銜福以回，翔於殿側，合使聖主壽萬年矣。尋復悲吟，似稱皇帝延壽命者，是此鹿真能祝君壽也。

朱嘉徵曰：吟歎曲，歌《王子喬》，次《大雅吟》，燕樂也。《天保》之章曰「萬壽無疆」，曰「遍爲爾德」，成民者，壽世之本。魏武帝《氣出唱》，正本此一調。世傳藐姑射之仙，堯封之而喪天下。余初河漢其言，及讀「養民若子事父明，當究天禄永康寧」之句，如莊生所謂神人者，不過「其神凝使物不疵癘而年穀熟」耳，豈真如方士，好言姚佚輕舉者耶。一曰，武帝遣方士入海求三神山、不死藥，故誕爲此頌。曰「悲吟」，諷辭也。○集考，漢人祝頌樂辭也。「令我聖朝太平」以下，與漢鏡銘文同。○《歷代吟譜》：緱氏仙人廟者，昔有王喬，犍爲武陽人，爲柏人令，於此登仙。非王子喬也。唐詩「可憐緱嶺登仙子，猶自吹笙醉碧桃」。誤也久矣。

陳祚明曰：古健。頌祝之詞，樂人所綴。「上建逋」十許字不可解。

朱乾曰：《水經注》：緱氏山言王子晉控鶴斯阜，靈王望而不得近，舉手謝而去。而今不嫌鑿者則以顯處在「養民若子事父明」一句，知其命意在父子之間也。然則何以知其必爲漢武時作？曰武帝好神仙，求不死，故所言者神仙壽命事。暨武帝悔悟，作歸來望思之臺，而篇中歷叙其不忘君父之思，正歸來之意。事與王子喬乘鶴駐山頭及立祠緱氏山下相類，若其文詞則尤非漢人不能。古吟歎有八曲，其存者止此一篇爲古辭，讀之意猶往復，真可吟歎。漢以後不唯意義淺薄，音節亦失之矣。

廖按：黄節云，胡元秀曰：「汲塚書：師曠稱晉爲王子；故樂府稱王子喬，非姓王也。喬當是晉别名。」

王子喬，參駕白鹿雲中遨。[一]參駕白鹿雲中遨，下遊來，王子喬。參駕白鹿上至雲，戲遊遨。上建逋陰廣里踐近高[二]。結仙宫，過謁三台，[三]東遊四海五嶽，上過蓬萊紫雲臺。[四]三王五帝不足令，令我聖明應太平。[五]養民若子事父明，當究天禄永康寧。[六]玉女羅坐吹笛簫。嗟行聖人遊八極，鳴吐銜福翔殿側。[七]聖主享萬年。悲吟皇帝延壽命[八]。（《樂府詩集》卷二九《相和歌辭》。《古詩紀》卷十六）

【校勘】

「令我聖明應太平」，《古詩紀》「明」作「朝」。

【集注】

[一]「王子喬，參駕白鹿雲中遨」二句：**唐汝諤曰**：《列仙傳》，王子喬者，周靈王太子晉也，浮丘公接以上嵩高山，後乘白鶴駐緱氏山頭，舉手謝時人而去。參，參列也。遨，遊也。**廖按**：黄節云，「參」即「驂」之省文。《嵩嶽志》曰：「少峰有白鹿峰，上多白鹿。或云，鹿，其色皆白。」平調曲《長歌行》：「仙人騎白鹿。」《詩・邶風》（《柏舟》）「以敖以游」，「敖」即「遨」之省文。《鹿鳴》（《詩經・小雅》「嘉賓式燕以敖」）毛傳曰：「敖，遊也。」連言之曰敖遊。

[二]上建逋陰廣里踐近高：**唐汝諤曰**：逋陰廣里，未詳。踐，履也。**朱乾曰**：建，立也；逋陰未詳其地；廣里見王隱《晉書》：董養字仲道，太始初到洛下，永嘉中洛城東北角廣里中

地陷，中有二鵝，蒼者飛去，白者不能飛。養歎曰，昔周時所盟會狄泉，此其地也。**廖按：**黄節云，近高，謂近嵩高也。逋陰、廣里，建祠之處，與嵩高相近，可踐而至也。

［三］「結仙宫，過謁三台」二句：**唐汝諤曰：**魁斗下三星兩兩相比者名曰三台。**朱乾曰：**仙宫，祠也，逋陰廣里建祠處也。**廖按：**黄節云，三台即三能。《史記・天官書》曰：「魁下六星，兩兩相比者，名曰三能。三能色齊，君臣和；不齊，爲乖戾。」《周禮・大宗伯》（「以槱燎祀司中」）鄭（玄）注：「司中，三能三階也。」（陸德明）《音義》：「能，他來反。」（孔穎達）疏曰：「《星傳》云：『三台一名天柱。上台司命爲太尉，中台司中爲司徒，下台司禄爲司空。』」

［四］「東遊四海五嶽，上過蓬萊紫雲臺」二句：**唐汝諤曰：**（《史記・孝武本紀》「入海求蓬萊者」）（張守節）《正義》曰：「蓬萊、方丈、瀛洲，渤海中三神山也。」**廖按：**黄節云，《爾雅》（《釋地》）：「九夷、八狄、七戎、六蠻，謂之四海。」又曰（《釋山》）：「泰山爲東嶽，華山爲西嶽，霍山爲南嶽，恒山爲北嶽，嵩高爲中嶽。」《漢書・郊祀志》：「自威、宣、燕昭使人入海求蓬萊、方丈、瀛洲。此三神山者，其傳在勃海中，去人不遠。蓋嘗有至者。」

［五］「三王五帝不足令，令我聖明應太平」二句：**廖按：**黄節云，《説文》：「令，發號也。」「聖明」謂漢也。言天意在漢也。

［六］「養民若子事父明，當究天禄永康寧」二句：**唐汝諤曰：**《孝經》（《感應》）：「事父孝，故事

天明。」《毛詩》（《小雅・天保》）：「受天百禄。」《（尚）書・洪範》：「五福：……三曰康寧。」**廖按**：黄節云，《漢書・刑法志》：「功成事立，則受天禄而永年。」

〔七〕「玉女羅坐吹笛簫。嗟行聖人遊八極，鳴吐銜福翔殿側」三句：**唐汝諤曰**：《淮南子》（《墜形訓》）：「九州之外有八埏」，「八埏之外乃有八紘」，「八紘之外乃有八極」。翔，回翔也。**廖按**：黄節云，李尤《函谷關銘》曰：「玉女流眄而下視。」節案，玉女乃峰名。此謂仙山之羅列也。《詩・鄘風》（《杕杜》）：「嗟行之人，胡不比焉！」《荀子》（《解蔽》）：「明參日月，大滿八極，夫是之謂大人。」

〔八〕悲吟皇帝延壽命：**廖按**：曲瀅生云，《史記・封禪書》：「人主延壽。」

【集評】

唐汝諤曰：漢武遣方士求三神山不死藥，故臣下誕爲此頌。又清調曲有《董逃行》一篇，其詞與此嚼然無味，以無復古人陳詩之意。

李因篤曰：篇法參差，漢詩之極用意者。

朱乾曰：王子喬，周靈王太子也。武帝信方士，求神仙，而毒流太子，故以王子喬爲比。戾太子本自殺，而比之仙去，則知死非其罪；魂氣無乎不之，而心不忘本朝，則知反非其心。父父子子而家道正，所以究天禄而永康寧者，莫大乎是，何必蓬萊方丈之求乎！玉女笛簫，吟歎之本旨。「聖人」指王子喬。「鳴吐銜福」者，謂其矢口不忘禱祝；言雖仙遊八極，而一心頌禱，銜感君王，依依殿側，常願其萬年壽考也。末有「祝君壽」而曰「悲吟」者，蓋太子遭人倫之慘，疑於銜怨，故以惓惓之心明其孝思；其曰「悲吟」，則以見太子之心之可哀，而所以哀，武帝若亦在其中矣。

長歌行（仙人騎白鹿）

【集解】

郭茂倩曰：《長歌行》，古辭，《平調曲》。相和歌辭。

徐獻忠曰：「仙人騎白鹿」十句爲一首，「岧岧山上亭」十二句自爲一首。

馮惟訥曰：《長歌行》二首。《樂府》通作一首，嚴滄浪云「岧岧山上亭」以下其義不同，當别爲一首也。

唐汝諤曰：吴逸一云，首章（廖按，指「青青園中葵」一首）言少壯不長，亦及時建立，去題不甚逕庭；此章言思親，而均曰「長歌」，吾所不解（廖按，唐汝諤《古詩解》僅録出「岧岧山上亭」以下部分）。〇此孝子行役心戀庭闈而作。言亭岧岧而在山上，星皎皎而出雲間，蓋言遠也，既使遊子望之而戀其所生矣。於是出北門而觀洛陽，不勝故土之想，因見風之吹棘而念親之劬勞，安得如黄鳥之追飛好其音以慰悦吾親乎？立望西河，歎己非吴起之忍，何以不歸，而徒飲泣也。

朱嘉徵曰：《文選》、《長歌行》一首，「青青園中葵」。《樂府》兩篇，首曲同，次乃「仙人騎白鹿」，嚴滄浪以「岧岧山上亭」其義不同，更别爲二首，今從郭本。張次仲曰，意隨韻轉，不必其相屬，古辭類然。○《長歌行》歌「仙人騎白鹿」，懷孝養也。遊子思養其親，懼親年之不逮焉。

朱乾曰：此詩當以「岧岧山上亭」爲《長歌》正辭，乃孝子行役思親而作，以「仙人騎白鹿」爲豔。必欲合而辭之，則有不可通者。

廖按：黄節云，「岧岧」一節，此詩蓋勞于王事而不得養其父母者。○余冠英云，「仙人騎白鹿」以下十句和「岧岧山上亭」以下十二句顯然是各不相涉的兩篇詩，但在合樂時拼成一篇歌辭，所以《樂府詩集》把它們作爲一首。「仙人騎白鹿」一節：古樂府裏有些祝頌歌辭，多言神仙長壽。「岧岧山上亭」一節：這是遊子念親的詩。

仙人騎白鹿，髮短耳何長。〔一〕導我上太華，攬芝獲赤幢。〔二〕來到主人門，奉藥一玉箱。〔三〕主人服此藥，身體日康强。髮白復更黑，延年壽命長。岧岧山上亭，皎皎雲間星。〔四〕遠望使心思，遊子戀所生。〔五〕驅車出北門，遥觀洛陽城。〔六〕凱風吹長棘，夭夭枝葉傾。〔七〕黄鳥飛相追，咬咬弄音聲。〔八〕竚立望西河，泣下沾羅纓。〔九〕

（《樂府詩集》卷三十《相和歌辭》。《古詩紀》卷十六）

【校勘】

「身體日康强」，《古詩紀》「體」下小注「一有一字」。

「髮白復更黑」，《古詩紀》「復」下小注「一無復字」。

「岧岧山上亭」，中華書局本《樂府詩集》、《古詩紀》自此以下改爲别爲一首，今仍宋本之舊。

【集注】

［一］「仙人騎白鹿，髮短耳何長」二句：**朱乾曰**：《神仙傳》，劉根，字君安，曰吾于華山見一人，乘白鹿，車者十餘人，左右玉女四人，皆年十五六。余再拜乞言，神人曰，爾聞有韓衆否，我是也。李白詩云：「韓衆騎白鹿，西往華山中。」又《神仙傳》，衵叔卿嘗乘駕白鹿，見漢武帝，將臣之，叔卿不言而去。**廖按**：黄節云，劉安《招隱士》（《楚辭》）：「白鹿麏麚兮，或騰或倚。」○余冠英云，髮短耳何長，是想象中仙人的形象，現在圖畫裏的「壽星老」還是這樣子（耳長向來被認爲仙壽之相，《抱朴子》説「老子耳長七尺」。）

［二］「導我上太華，攬芝獲赤幢」二句：**廖按**：黄節云，《書·禹貢》：「西傾、朱圉、鳥鼠，至於太華。」《離騷》（《楚辭》），「夕攬洲之宿莽」）王逸注：「攬，采也。」《方言》：「翿，幢，翳也。楚曰翿，關西關東皆曰幢。」○余冠英云，太華，山名，就是西嶽華山，傳説中神仙常住的地方。攬，採取也。芝，菌類，古人以爲靈草，吃了可以長壽。赤幢，指赤色芝草，芝像車蓋，車蓋亦名幢。

〔三〕「來到主人門，奉藥一玉箱」二句：**廖按**：黄節云，《漢武内傳》：「茂陵塚中先有一玉箱。」按此篇與《董逃行》「奉上陛下一玉柈」同意。

〔四〕「岧岧山上亭，皎皎雲間星」二句：**唐汝諤曰**：岧岧，高貌。古詩（《文選・古詩十九首・迢迢牽牛星》）：「迢迢牽牛星，皎皎河漢女。」**廖按**：黄節云，《楚辭・九歌》「夜皎皎兮既明」，王逸注：「皎皎，明也。」

〔五〕「遠望使心思，遊子戀所生」二句：**唐汝諤曰**：所生，謂親也。《毛詩》（《小雅・小宛》）：「無忝爾所生。」**廖按**：余冠英云，思，悲也。所生，指父母。

〔六〕「驅車出北門，遥觀洛陽城」二句：**唐汝諤曰**：古詩（《文選・古詩十九首・驅車上東門》）：「驅車上東門，遥望郭北墓。」洛陽，東漢所都也。**廖按**：黄節云，《詩・邶風》（《北門》）：「出自北門，憂心殷殷。」

〔七〕「凱風吹長棘，夭夭枝葉傾」二句：**唐汝諤曰**：《毛詩》（《邶風・凱風》）：「凱風自南，吹彼棘心，棘心夭夭，母氏劬勞。」又：「睍睆黄鳥，載好其音；有子七人，莫慰母心。」**陳沆曰**：《毛詩》（《邶風・凱風》），（詩序）：「《凱風》，美孝子也。」趙岐《孟子》注曰：《凱風》，言母心不悦，是親之過小也。（廖按，《孟子・離婁下》：「曰：『《凱風》何以不怨？』曰：『《凱風》，親之過小者也。』」）漢《衡方碑》云，會太夫人喪，感背（邶）人之《凱風》，悼《蓼儀（莪）》之劬勞，則以頌人母德矣。（鄁、邶，儀、莪古字通用。）**廖按**：黄節云，《詩・邶風》（《凱風》）有「凱風自南，吹彼棘心」，（毛）傳：「南風謂之凱風。棘難長養者。」《說文》：「棘，小棗叢生者。」夭夭，少好貌。○余冠英云，夭夭，盛貌。《詩經·凱風》篇云云。以凱風吹棘，比喻母親撫養兒子，這裏意思相同。

［八］「黄鳥飛相追，咬咬弄音聲」二句：**唐汝諤曰**：交交，小貌。《詩》（《秦風·黄鳥》）：「交交黄鳥。」**廖按**：黄節云，《玉篇》：「咬咬，鳥聲。」○余冠英云，黄鳥，鳥名，今名「黄雀」。以黄鳥追鳴比喻兒子的感情，也是本《詩經》。

［九］「竚立望西河，泣下沾羅纓」二句：**唐汝諤曰**：《史記》，吴起出衛郭門，與其母訣，曰「起不爲卿相，不復入衛」。後其母死，終不歸。魏文以起善用兵，乃以爲西河守。**廖按**：黄節云，《詩·邶風》（《燕燕》）：「瞻望弗及，佇立以泣。」《吕覽》（《吕氏春秋·長見》）：「吴起治西河之外，王錯譖之於魏武侯，武侯使人召之，吴起至於岸門，止車而望西河，泣數行而下。其僕謂吴起曰：『竊觀公之意，視釋天下若釋躧，今去西河而泣，何也？』吴起抿泣而應曰：『子不識。君知我而使我畢能，西河可以王。今君聽讒人之議而不知我，西河之爲秦取不久矣！』」○余冠英云，纓，冠上的兩根索子，可以在頷下打結，使冠穩固。末二句「佇立望西河，泣下沾羅纓」是和吴起的事作聯想。

【集評】

嚴羽曰：《文選》長歌行，只有一首《青青園中葵》者。郭茂倩《樂府》有兩篇，次一首乃《仙人騎白鹿》者。《仙人騎白鹿》之篇，予疑此詞「岧岧山上亭」以下，其義不同，當又别是一首，郭茂倩不能辨也。

梅鼎祚曰：《藝文類聚》載魏文帝《明津詩》與此大同而逸其半。

朱嘉徵曰：全曲興象空遠，只「遊子戀所生」一句實境。「仙人騎白鹿」，言仙藥可以延年，「岧岧山上亭」，又可望而不可致。凱風，生長之風，喻親恩也。黄鳥追飛，喻子情也。雖靈藥之長留，而桑榆其日薄，豈非孝子所致思者，直叙一事耳。

陳祚明曰：「仙人」一節，樂府祝頌者多每言延年康强作神仙語，後人擬古言神仙以此。然樂府頌君，古詩言志，旨各不同，志有所寄可耳，不宜概襲。○古詞調自古須觀其作致，「髮短」句狀何異也，「玉箱」句藥何多也，原作一日康强，更有致，效何速也，但五字成句，以此爲正。○「岧岧」一節，戀所生自是至情，語「夭夭」「咬咬」「飛相追」並生動。

李因篤曰：「仙人」二句，思悲翁則見其蓬首，來仙人則見其髮短耳長，彌幻彌真，漢詩貫用此法。

陳沆曰：「岧岧」一節：此篇遊子念親之詩，而凱風吹棘，黄鳥咬音，全用《詩》詞，則知漢初經師，皆無淫風流行不安其室之説，自衛宏續毛序，妄加傅會，汩没經義，故箋以正之。

豫章行

【集解】

郭茂倩曰：《豫章行》，古辭，《清調曲》。相和歌辭。○《古今樂録》曰：「《豫章行》，王僧虔云荀録所載古《白楊》一篇，今不傳。」《樂府解題》曰：「陸機『汎舟清川渚』，謝靈運『出宿告密親』，皆傷離别，言壽短景馳，容華不久；傅玄《苦相篇》云『苦相身爲女』，言盡力於人，終以華落見棄，亦題曰『豫章行』也。」豫章，漢郡邑地名。

徐獻忠曰：豫章，郡名。古辭言人生以材見用於時，身在京雒，而根株離分，不得相顧戀，故以白楊爲比。白楊生於豫章而用於雒陽，不得與根葉相聯。此士人思慕家室而作也。

唐汝諤曰：王僧虔《技録》相和歌清調六曲，有《豫章行》，晉陸機擬之，則言兄弟分别之苦，唐李白則述從軍之事矣。豫章，今南昌府。○此疑高潔之士夙負重望，既爲郡縣所薦舉而官於朝，思欲與親戚故舊復相聚首而不可得，故作是詩，以白楊爲比者，即山木自寇之意。言木生於山，其葉若根非不高且深也，俄而山客斵其根，大匠析其體，驅迫而前，寧能不與枝葉相捐乎？身處深宫非不貴也，要欲與故根相連、故葉相依，不可得矣。陸機擬之曰「三荆歡同株，四鳥悲異林」，得其本也。

朱嘉徵曰：《豫章行》歌「白楊」，感遇也。遇矣而違其所願，風斯變矣。似有憚爲人牲意。

子建以虞舜、吕望當之，感知己之難，其風復變。

朱乾曰：應劭《漢官儀》：豫章郡樹生庭中，故以名郡。樗櫟生於無人之鄉，以無名得終天年；豫章，名材也，名之所立，衆必趨之。本是白楊而生在豫章之山，求爲匠石之不顧，不可得矣。一旦枝葉棄捐，根株離絶，始怒萬人之巧，亦已晚矣。皆由立志不堅，中途失路，究其源，職名所累耳。

白楊初生時，乃在豫章山。[一]上葉摩青雲，下根通黄泉。[二]涼秋八九月，山客持斧斤。我□何皎皎，稊落□□□。[三]根株已斷絶，顛倒巖石間。大匠持斧繩，鋸墨齊兩端。一驅四五里，枝葉自相捐。[四]□□□□□，會爲舟船蟠[五]。身在洛陽宫，根在豫章山。多謝枝與葉[六]，何時復相連？吾生百年□，自□□□俱。何意萬人巧，使我離根株。[七]（《樂府詩集》卷三四《相和歌辭》。《古詩紀》卷十六）

【校勘】

「會爲舟船蟠」，《古詩紀》「蟠」作「燔」。

【集注】

[一]「白楊初生時，乃在豫章山」二句：**唐汝諤曰：**白楊，山楊也。其木易長，建巨室者多用

之。豫章山因其出大木而名之，未必爲豫章郡中之山也。**廖按：**黄節云，《漢書・地理志》：「豫章郡，高帝置。」《水經注》（「贛水」）：高祖始命陳嬰以爲豫章郡治。「城之南門曰松陽門。内有樟樹，高七丈五尺，大二十五圍，枝葉扶疏，垂陰數畝」。應劭《漢官儀》曰：「豫章樟樹生庭中，故以名郡矣。」古詩（《文選・古詩十九首・驅車上東門》）：「白楊何蕭蕭！」○聞一多云，《唐書・地理志》：「麗水縣有銅，出豫章孝義二山。」王存《九域志》：龍泉縣有豫章山，舊志云在縣南二十里。案在今浙江龍泉縣南，漢豫章山不知是此否。

[二]「上葉摩青雲，下根通黄泉」二句：**唐汝諤曰：**相如賦（《文選・子虛賦》）：「上干青雲。」（廖按，摩，摩擦；《戰國策・齊策》「車轂擊，人肩摩」，高誘注：「摩，相摩。」引申爲逼近。「摩青雲」即高入雲霄。）揚雄《解嘲》（《漢書・揚雄傳》）：「深者入黄泉。」**廖按：**黄節云，樂府古辭《豔歌行》（《南山石嵬嵬》）：「上枝拂青雲。」《左傳》（《隱公元年》）：「不及黄泉，無相見也。」

[三]「涼秋八九月，山客持斧斤。我□何皎皎，稊落□□□」四句：**唐汝諤曰：**《孟子》（《告子上》）：「牛山之木常美矣」，「斧斤伐之可以爲美乎」。**廖按：**黄節云，樂府古辭《董嬌饒》：「高秋八九月。」《易》（《大過》）「枯楊生稊」，王弼注：「稊，楊之秀也。」○聞一多云，稊落疑讀爲剃剟，《廣雅・釋詁一》：「剟，剃，剔也。」玄應《一切經音義》十一引《通俗

文》：「去節曰剞。」《淮南子·齊俗訓》：「屠牛坦一朝解九牛，而刀可以剃毛。」《説文》「鬄，鬎髮也。」「鉻，鬎也。」剃剞與鬄鉻同。剃去毛髮謂之剃剞，剔去樹木枝葉亦謂之剃剞，此指樹木言也。

〔四〕「大匠持斧繩，鋸墨齊兩端。一驅四五里，枝葉自相捐」四句：**唐汝諤曰**：繩所以爲直，今之墨線是也。**廖按**：曲瀅生云，《釋名》(《釋喪制》)：「不得停尸曰捐。」言枝葉與樹身離異也，下文「多謝枝與葉，何時復相連」，正係此意。○逯欽立云，「大匠」二句似有竄亂，應作「大匠持斧鋸，繩墨齊兩端」。

〔五〕會爲舟船燔：**朱乾曰**：「燔」字與「象有齒以焚其身」「焚」字同義。**廖按**：會，應當，必會。宋子侯《董嬌嬈》：「終年會飄墮，安得久馨香?」此謂一旦離根被砍伐，必會被用於製作舟船，還會因舟船被焚燒而化爲烏有。(廖按，《古詩紀》「蟠」作「燔」，作「燔」是)

〔六〕多謝枝與葉：**廖按**：謝，告訴。《羽林郎》：「多謝金吾子，私愛徒區區。」

〔七〕「吾生百年□，自□□□俱。何意萬人巧，使我離根株」四句：**廖按**：聞一多云，《易林·乾之既濟》曰：「楩生荆山，命制輪班，袍衣剥脱，夏熱冬寒，飢餓枯槁，衆人莫憐。」假像奇絶，與此同工。

【集評】

陳祚明曰：此詩最有章法，「上葉」二句伏通篇之根；末句身根枝葉各在一處，大可悲；中間將枝葉根株錯雜點綴，甚變化，語亦古雅生動。「顛倒」句活，「鋸墨」句有致，將言相去之遠，且道「一驅四五里」，章法有緒。

李因篤曰：如對三代鼎彝，見其殘缺處，令人撫之有餘思。

朱乾曰：匹夫不可奪其志，豈萬人之巧所能移易哉。在東都時則徵士周黨近之，若子陵夐乎不可尚已。

廖按：蕭滌非云，《豔歌行》「南山石嵬嵬」及此篇皆表現道家思想者。即莊子山木自寇意，但更不道破，令讀者自悟。夫以南山之松，得爲宫殿之梁，此乃儒家之所榮，亦正道家之所悲。蓋道家崇尚清静，貴全天年，故以不才爲大才，以無用爲大用也。

長安有狹斜行

【集解】

郭茂倩曰：《長安有狹斜行》，古辭，《清調曲》。相和歌辭。

唐汝諤曰：吴逸一曰，此取前詩而約其文詞，所更易皆有主而然，豈時人盜襲别有所刺與？改「狹路」爲「狹邪」者，譏其得官之非正也。「調絲方未央」，不過言其安然自如，改「方」爲「詎」，則已預料其岌岌矣。按《雞鳴》與上二詩語雖相類，意有淺深，刺各有主，豈西京之季五侯七貴迭相盛衰，淫泆驕奢此憎彼妬，語極誇張，而干戈已伏於筆舌之間矣？讀者當察其微意云。

朱嘉徵曰：古采詩入樂府，此疑爲《相逢行》古辭。西漢並建兩都，故有「衣冠仕雒陽」之句。或疑此爲東都詩，誤矣。

朱乾曰：此詩與《相逢行》同，以改易數字見意。前曰「黄金爲君門，白玉爲君堂」，猶是貴宦子弟也，今曰「君家新市傍」，則駔賈列於衣冠矣；前曰「兄弟兩三人，中子爲侍郎」，猶是郎官之濫也，今曰「大子二千石」，則公卿州郡占賣矣；曰「中子孝廉郎」，則孝廉亦納貨矣，曰「小子無官職，衣冠仕洛陽」，無官職而云仕洛陽者，散郎謂之外郎，在三署郎之外。○曰「衣冠仕洛陽」，尤證其爲東都詩矣，題曰「長安有狹斜」者諱之也。

廖按：聞一多云，此與《相逢行》本一篇，而詞較簡略。○余冠英云，本篇有幾個字似屬傳寫錯誤，可以據《相逢行》校正，「挾轂」當作「夾轂」，「丈夫」當作「丈人」。「詎未央」當作「未詎央」。又本篇與《相逢行》同一母題，似是一曲之異辭，而《相逢行》以這篇爲藍本。篇末六句成爲一個套子，被後人摘取摹仿，題爲《三婦豔》。

長安有狹斜，狹斜不容車。[一]適逢兩少年，挾轂問君家。[二]君家新市傍，易知復難忘。[三]大子二千石，中子孝廉郎。小子無官職，衣冠仕洛陽。[四]三子俱入室，室中自生光。大婦織綺紵一作羅，中婦織流黄。小婦無所爲，挾琴上高堂。[五]丈夫

且徐徐，調絃詎未央。[六]（《樂府詩集》卷三五《相和歌辭》。《古詩紀》卷十六）

【校勘】

「挾轂問君家」，《古詩紀》「挾」作「夾」。

「丈夫且徐徐」，《古詩紀》「夫」作「人」。

【集注】

[一]「長安有狹斜，狹斜不容車」二句：**唐汝諤曰**：狹，隘也。斜，不正也。道狹而又欹斜，其非廣巷可知。**廖按**：聞一多云，彼（《相逢行》）曰「相逢狹路間」，此曰「長安有狹斜」，是狹斜即狹路。疑「斜」讀爲「除」，《廣雅・釋宮》曰：「除，道也。」字一作「邪」，沈約《有所思》（《樂府詩集》）曰：「因書寄狹邪。」《廣雅・釋宮》又曰：「邪，道也。」梁元帝《長安有狹斜行》（《樂府詩集》題「梁武帝」）曰：「洛陽有曲陌，曲曲不通驛。」昭明太子《相逢狹路間》（《樂府詩集》）曰：「京華有曲巷，曲曲不容輿。」陌巷亦皆道也。（唐長安有宮人斜，即宮人所居之巷。）○余冠英云，狹斜，又作狹邪，就是狹路，和後代以狹斜爲青樓的意義不同。「狹斜不容車」和上篇「道隘不容車」意思相同。

[二]「適逢兩少年，挾轂問君家」二句：**廖按**：聞一多云，夾本作挾（廖按，聞一多《樂府詩箋》「挾」作「夾」），非是，依《相逢行》改。張正見《相逢行》（《樂府詩集》）曰「相逢夾繡轂，借問是誰家」，李白詞（《樂府詩集・相逢行》）曰「夾轂相借問」，字並作「夾」。《文選・羽獵賦》

（「齊桓曾不足使扶轂」），（李善）注引《春秋感精記》曰：「黄池之會，重吴子，滕薛夾轂。」《潛夫論・浮侈篇》曰：「富貴嫁娶，車軿各十，騎奴侍僮，夾轂節引。」

［三］「君家新市傍，易知復難忘」二句：**唐汝諤曰**：市，交易之所，人煙所奏聚也。曰新市，其爲暴發可知。

［四］「大子二千石，中子孝廉郎。小子無官職，衣冠仕洛陽」四句：**唐汝諤曰**：《通典》：郡守，秦官制，秩二千石。《漢書》（《武帝紀》）：武帝元光元年，「初令郡國舉孝廉各一人」。師古注：「孝謂善事父母者，廉謂清潔有廉行者。」光武都洛。「衣冠仕洛陽」，東漢時詩也。**李因篤曰**：既曰「無官職」，又曰「衣冠仕洛陽」，世胄子弟當自愧矣。**朱乾曰**：《山陽公載記》（《後漢書・孝靈帝紀》李賢注引）曰：靈帝「賣官二千石二千萬，四百石四百萬」。「無官職」，鬻爵實邊，罪自晁錯，然錯令募天下入粟得以拜爵，「六百石爵上造」，「四千石五大夫」，「萬二千石爲大庶長」（廖按，見《漢書・食貨志》），不過虛爵耳，未嘗任以官也。**廖按**：黄節云，《漢書・百官公卿表》：「自司隸至虎賁校尉，秩皆二千石。奉軍都尉、駙馬都尉皆秩比二千石。自太常至執金吾，秩皆中二千石。」又「武帝置部刺史，成帝改名牧，秩二千石。」《漢書・武帝紀》：「令二千石舉孝廉，所以化元元，移風易俗也。」《後漢書・安帝紀》：「詔光禄勳與中郎將置孝廉郎。」○余冠英云，二千石，漢代官吏的一個等級，東漢光武時二千石的俸是每月二十斛穀。「孝廉」是地方貢舉的人才之一種，「郎」是在中央

候差，有秩禄無定職的官，「孝廉郎」是以孝廉的資格爲郎官（尚書郎就限定以孝廉充任）。衣冠，表示士大夫的身份。「小子無官職」是説現在尚無官職，但預祝他將來一定到洛陽去做官。○徐仁甫云，「仕」既是當官，何以又「無官職」？古義「仕」與「宦」同，皆訓「學」。《説文解字》：「宦，仕也；仕，學也。」《越語》（《國語》）「納宦其子」，韋（昭）注：「宦，仕也，仕其子而教，以廩食之也。」《左傳・宣公二年》：「宦三年矣。」服虔注：「宦，學也。」《禮記・曲禮》：「宦學事師。」鄭玄注：「宦，仕也。」熊安生云「宦謂學官事，學謂習六藝，二者俱是事師」。由此可知「衣冠仕洛陽」謂小子以衣冠世家學於洛陽也。不言「學」而言「仕」者，「仕」是習所事，古時事、士、仕三字通用。「仕」指學官事、習六藝兩事。當其學官事、習六藝時，以學習爲事，並無官守職責，故曰「小子無官職」。

[五]「大婦織綺紵，中婦織流黄。小婦無所爲，挾琴上高堂」四句：**廖按**：黄節云，《説文》：「紵，麻屬。細者爲絟，粗者爲紵。」

[六]「丈夫且徐徐，調絃詎未央」二句：**朱乾曰**：《野客叢談（書）》曰：「今人詩句多用未渠央事，（往往不究來處。）『渠』字作平聲用。按《庭燎》詩『夜未央』注云：『夜未渠央。』渠，其據切，當呼『遽』，只此一音，謂夜未遽盡也。《古樂府》王融《三婦豔》詩曰『丈人且安坐，調弦未遽央』。又《長安狹斜行》曰『丈人且徐徐，調弦詎未央』，淵明詩曰『壽考豈渠央』，魯直詩『木穿石槃未渠透』，併合呼『遽』。《史記》尉佗曰：『使我居中國，何渠不若漢？』班

史作『何遽不若漢』，益可驗也。」**廖按：**黄節云，此篇作「詎未央」，詎、渠，史漢通用。《史記·張儀傳》：「蘇君在，儀寧渠能乎？」《漢書·陳寶傳》：「渠有其人乎？」詎音義也。故此篇「詎」字當與「渠」通，「渠」以代「遽」。○聞一多云，王融《三婦豔》「調絲詎未央」一作「未渠央」，最是。詎渠通，並讀爲遽。

【集評】

朱嘉徵曰：《長安有狹斜》，刺時也。世路多歧，夫誰適從焉。晉陸機「守一不足矜，岐路良可遵」，北周王褒「獨有遊良倦，還守孝文園」，從古曲譜出。

陳祚明曰：古樂府是歌工取佳詞合曲，故往往相同，此即用《相逢行》語，觀其異處，亦能生新作態。因「夾轂」故云「兩少年」，「新市旁」確指其地，肖答語。彼但寫「中子」，此分指「三子」見異；彼「道上」「生光」是映帶狹路間，此「室中」「生光」乃起下三婦豔，各自一法。

李因篤曰：此篇所刺尤深。○三子同遊，寫盡豪兒無理，此固所目擊也。○漢詩亦不多得。

朱乾曰：自西漢盛時以貲爲郎，以穀拜爵免罪，爲權宜之計，至其末世，安帝永初、桓帝延熹，關内侯、虎賁、羽林、緹騎、營士、五大夫入錢各有差，至於靈帝光和中平開西邸，輸東園，公卿州郡，下至黄綬，靡不貸取，官爵之濫至於如此，漢安得不亡乎？

步出夏門行

【集解】

郭茂倩曰：《步出夏門行》，古辭，《瑟調曲》。相和歌辭。

朱嘉徵曰：《樂府》古辭，宋《樂志》大曲之十二曰《夏門》，《步出夏門行》。○集考：夏門，隴西地。《解題》謂《隴西行》，出諸集，疑本此曲。○《步出夏門行》，古辭，美獨行也。聞之先正，狹邪非所遊，過空廬而遇獨居之隱士與神仙爲伍，然乎否。《隴西行》詠好婦同趣。魏武帝《夏門行》，「老驥伏櫪，志在千里，烈士暮年，壯心不已」。樂府比音爲樂，義取興觀，類此。

徐獻忠曰：夏門是隴西地。一篇微意，在「邪徑過空廬」一句。言狹邪之地，既非所遊，乃獨過空廬，而遇獨居之隱士與神仙爲伍者焉。末言天上法，象得一遊觀，過於狹邪多矣。

朱乾曰：《洛陽伽藍記》云，洛陽北面有二門，西頭曰大夏門，漢曰夏門，魏晉曰大夏門，嘗造三層樓，去地二十丈。洛陽城門樓皆兩層，去地百尺，惟大夏門甍棟干雲。《文選》陸機《門有車馬客行》注，古《步出夏門行》曰，市朝不易，千載墓平。今此詩未見所出。

廖按：黄節云，《宋書·樂志》：大曲《碣石》《夏門》，皆曰《步出夏門行》。又曰：「一曰《隴西行》，歌魏武明兩詞。」郭茂倩《樂府詩集》曰：「《隴西行》，一曰《步出夏門行》。」是一辭而二名。朱止谿集考曰：「夏門，隴西地。」皆沿《宋·樂志》二辭合一之誤。此則「步出夏門」者，即步出洛陽城門，爲東京古辭，非隴西地也。《文選》陸機《門有車馬客行》李善注：「古《出夏門行》曰：『市朝人易，千歲墓平。』」今此辭未見，疑別有一首。既曰市朝，則其非隴西地亦可知也。○逯欽立云，《隴西行》與《步出夏門行》實同屬一篇也。（廖按，詳見《隴西行》解題「逯欽立曰」。）○余冠英云，這詩寫一個獨居修仙的人和他的遊仙經歷。但並非認真莊重地寫怪異，而時時用詼諧筆調。如説神仙道與天相扶，王父母住太山，太山離天四五里，都是荒唐揑造，使人發笑的話。這詩語意未完，《隴西行》中「鳳凰鳴啾啾」四句似乎原來也屬於此篇。

邪徑過空廬，好人常獨居。[一]卒得神仙道，上與天相扶。[二]過謁王父母，乃在太山隅。[三]離天四五里，道逢赤松俱。[四]攬轡爲我御，將吾上天遊。[五]天上何所有，歷歷種白榆。桂樹夾道生，青龍對伏趺。[六]（《樂府詩集》卷三七《相和歌辭》。《古詩紀》卷十六）

【校勘】

「將吾上天遊」，《古詩紀》「上天」作「天上」。

【集注】

[一]「邪徑過空廬，好人常獨居」二句：**唐汝諤曰**：徑，小路也。廬，客舍也。**廖按**：黃節云，

《漢書・五行志》：成帝時歌謠曰：「邪徑敗良田，讒口亂善人。」《詩・魏風》（《葛屨》）：「要之襋之，好人服之。」○曲瀅生云，《楚辭・遠遊》「日歷玄冥以邪徑兮，乘間維以反顧」，王逸注曰：「道絶幽都路窮塞也。」則以路窮塞釋邪徑，然則邪徑即窮塞之路也。○余冠英云，不依正東西正南北的方向，抄近斜行，叫做「邪徑」。

[二]「卒得神仙道，上與天相扶」二句：**廖按**：曲瀅生云，（《漢書・天文志》「奢爲扶」），（顔師古注引）晉灼曰：「扶，附也。」○余冠英云，扶，猶沿也。「神仙道」就是神仙所走的路。與天相沿，可見還不是天上，不過挨著天罷了。

[三]「過謁王父母，乃在太山隅」二句：**唐汝諤曰**：謁，見也。王父母，想即東王公西王母也。太山，東嶽。**廖按**：黄節云，《十洲記》（《太平御覽・地部》引），扶桑上「有太帝宫，太真東王公所治處」。《穆天子傳》：「周穆王好神仙，觴西王母於瑶池之上。」○余冠英云，王父母，東王父和東王母的簡稱。東王父本稱東王公，和東王母同爲《山海經》裏的神怪，後演變爲傳説裏的仙人。太山，就是東嶽太山。（廖按，《山海經》中有西王母，無東王公東王母。王父母，當爲「東王公」和「西王母」的合稱，又稱「東父」和「西母」，傅玄《正都賦》（《藝文類聚・居處部》）「東父翳青蓋而遐望，西母使三足之靈禽」即是。）

[四]「離天四五里，道逢赤松俱」二句：**唐汝諤曰**：《列仙傳》：赤松子者，神農時雨師也。**廖按**：黄節云，《史記・張良傳》：「良曰：『願棄人間事，從赤松子遊耳。』」○余冠英云，赤

松子，傳説中古仙人名。**又按**：《淮南子・齊俗訓》：「今夫王喬、赤誦子，吹嘔呼吸，吐故納新，遺形去智，抱素反真，以游玄眇，上通雲天。」「誦」「松」古字同聲通用。

［五］「攬轡爲我御，將吾上天遊」二句：**廖按**：黄節云，《詩・召南》（《鵲巢》）「之子于歸，百兩將之」），毛傳：「將，送也。」〇余冠英云，轡，御馬索。

［六］「天上何所有，歷歷種白榆。桂樹夾道生，青龍對伏趺」四句：**唐汝諤曰**：榆，木名，白枌也。種，蓺也。白榆，星名。《酉陽雜俎》：舊傳月中有桂樹，高五百丈，下有一人常斫之。石氏《星經》：東宮青帝，其精蒼龍。趺，足跗也。**廖按**：黄節云，《儀禮》（《士喪禮》）「綦結於跗」），鄭玄注：「跗，足上也。」趺與跗同。〇余冠英云，白榆、桂樹、青龍，都指星宿。

【集評】

陳祚明曰：「好人」必有所指。「邪徑」即是狹邪繁華地也，而寥寥「空廬」獨居其中，常無與侶，此高士也。何以爲娱，富貴不足繫念，故期以神仙也。「卒得」字妙，與《善哉行》「要道不煩」同旨，極言其易。「與天相扶」，語奇。「王父母」即東公西母，「乃在太山」，荒唐可笑。天何可里計，乃言「四五里」，見極近，最荒唐語寫若最真確，故佳。「天上」四句是用《隴西行》成語，亦欲令儼然如睹。「對伏趺」有致，爪趾如生，古人用成語改一二字，必饒生致。

王夫之曰：唯有點染，精意即在。

李因篤曰：「邪徑」四句，獨居之效，上與天通，許爲好人；即世之被此聲者鮮矣，而紛紛談内丹，爲男女，不亦悖哉。「離天四五里」，又「三日斷五匹」「織素五丈餘」「東家有賢女」等句，肯硬下如真，後惟少陵翁最善用之。

朱乾曰： 按東漢之末，宦豎弄權，手握天綱，鴻都西邸，趨炎納賄，蹤跡詭秘可想而知，詩故托爲神仙之説以諷。曰「邪徑」，曰「空廬」，曰「獨居」，則言其如鬼如蜮之狀；「卒得神仙道，上與天相扶」，則言其翻雲覆雨之力；曰「離天四五里」，則見呼吸可通帝座；曰「將吾上天遊」，則見出入禁闥直如私門。「天上」云云，乃視九重舉動，纖悉必知，如數家珍者也。「王父母」及「赤松」必實指其人，今不可考矣。山嶽配天，故曰「泰山隅」。

上留田行（里中有啼兒）

【集解】

郭茂倩曰：《古今樂録》曰：「王僧虔《技録》有《上留田行》，今不歌。」崔豹《古今注》曰：「上留田，地名也。人有父母死不字其孤弟者，鄰人爲其弟作悲歌以風其兄，故曰《上留田》。」《樂府廣題》曰：「蓋漢世人也。云『里中有啼兒，似類親父子。回車問啼兒，慷慨不可止』。」（廖按，郭茂倩《樂府詩集》《上留田行》古辭未正載，見於《相和歌辭》「瑟調曲」中魏文帝《上留田行》解題引《樂府廣題》）

馮惟訥曰：《上留田行》。拾遺。雜曲歌辭。漢樂府古辭。○《古今注》曰：「上留田，地名也。其地人有父母死不字其孤弟者，鄰人爲其弟作悲歌以風其兄。」《樂府廣題》曰：「蓋漢世人也。」

梅鼎祚曰：《上留田行》，古辭。瑟調曲。相和歌辭。

朱嘉徵曰：右見《樂府廣題》，其辭不正載，左氏《樂府》同。《詩紀》入雜曲，今從《古樂苑》。○《上留田》歌「里中有啼兒」，諷時也。《上留田》，兄不字其孤弟，而行國爲之謡，風雅不墜地，以此。

李因篤曰：觀其詩意，似諷父之聽後婦而不恤前子，《古今注》未合。

漢詩說曰：上留田，《古今注》、李白詩皆作地名，謝靈運以爲曲中聲豔如「日重光」之類，此爲近。

廖按：黄節云，李子德《漢詩音注》曰云云。節案，子德誤解「父子」二字，故以爲諷父，非諷兄耳。親父子猶同父之子也。○余冠英云，本篇載《樂府廣題》，《樂府詩集》引在本歌題下的注裏，而不曾正式選録。《古今注》說《上留田》古辭内容是「人有父母死不厚其孤弟者，鄰人爲其弟作悲歌以諷其兄」，和本篇不相合。另有一篇《上留田》古詩，見《文選》陸士衡《豫章行》注引，合於《古今注》所說。其辭云：「出是上獨（胡克家云獨當作留）西門，三荆同一根生，一荆斷絶不長。兄弟有兩三人，小弟塊摧獨貧。」後來李白的《上留田行》用義以後一篇爲本，大約後一篇才是《上留田行》真正的古辭，不過兩篇都不像是全章。

又按：漢樂府歌詩中《上留田行》有多首，兹特於題後附首句以爲區別。

里中有啼兒，似類親父子。[一]回車問啼兒，慷慨不可止。[二]（《樂府詩集》卷三八《相和歌辭》。《古詩紀》卷十七）

【集注】

[一]「里中有啼兒，似類親父子」二句：**陳祚明曰**：親父子，言親一父之子。**李因篤曰**：既曰「里中」，又云「似類」，責其父而不以爲子也。**廖按**：曲瀅生云，親父子猶同父之子也。《古詩爲焦仲卿妻作》曰「我有親父兄」，其句法與此正同。蓋謂其親兄也。○余冠英云，上留田，地名。親父，所生父，别于繼父。親父之子就是同父的兄弟。○逯欽立云，「父」當是「交」字殘文。親交，漢人習語。

[二]「回車問啼兒，慷慨不可止」二句：**陳祚明曰**：回車問者，它人問也。**李因篤曰**：回車一問，中有無限不可言者矣，以「慷慨」字括其不平。**廖按**：余冠英云，慷慨，悲歎。

【集評】

唐汝諤曰：詩以父子至情感動其兄，而又不言兄之薄待其弟，唯言悲咽不能語，而所爲孤苦不能堪之意已盡在其中矣。

陳祚明曰：不加一語，一父之子，情何以堪。

李因篤曰：「慷慨」二字用得好，前《婦病篇》，「交語」絮絮一段，只是此二字。

婦病行

【集解】

郭茂倩曰：《婦病行》，古辭，《瑟調曲》。相和歌辭。

徐獻忠曰：漢古辭微意，以婦能持門户，養其夫子，其妻没，即不免於饑寒，而乞諸親交也。亂曰以下，是没後事也。「我欲不傷悲不能已」，是親交之言也。交入門見其兒啼索其母，因抱而徘徊舍中，而啼索如故，交云「棄置勿復道」。此辭大類今時南調曲，想創南詞者亦有所因也。

唐汝諤曰：此疑刺交道之薄，而首言病婦以遺孤托翁，累歲傳呼情極悲楚，惟是二三孤子得免於飢寒笞撻，是所願也。蓋行將殀折，故復以爲念耳。此時翁方貧困，直思行乞於市以養孤，其可憐亦甚矣。乃道遇親交，至泣坐不能起，親交亦心知其可傷而出錢授翁，别無加厚，且到門省視，見其孤悲啼索母之狀，慘不可言，而徘徊空舍中，竟棄之勿復顧也。即此孤獨情形，雖鐵石腸猶堪墮淚，而親交漠然，縱不爲諷刺之語，而諷刺自可想見。

朱嘉徵曰：《婦病行》，傷時政也。余聞先儒曰，世治則室家相保，世亂則室家相棄。故王風闕而「苕華」羡其榮，「中谷」悲其悴。蓋言疾苦無與上聞也。漢世尚采詩入樂以備聽覽之遺，其事實祥於鳳凰神爵者。

李因篤曰：人情反覆，父子猶然，託病婦垂訣之詞，傷心刺骨矣，終亂之以棄恩背故，謂之何哉。

朱乾曰：當與阮瑀《駕出北郭門行》參看。○人倫不明則背死亡生者衆，後代如此者正復不少。詩中並無一語及後母，顧父母之愛天性也，乃今臨終遺托漠然不顧，至於閉之空舍，衣襦不完，親交求乞，父子之恩絶矣，非其婦有長舌，亦何至此，使人想見於言外也。

廖按：余冠英云，這詩寫一個窮人妻死兒幼的淒慘情況。「緣事而發」本是漢樂府詩的特色，在叙事的社會詩裏，像本篇和《東門行》《孤兒行》之類是最突出的。

婦病連年累歲，傳呼丈人前一言。當言未及得言，不知淚下一何翩翩。[一]「屬累君兩三孤子，莫我兒飢且寒，有過慎莫笪笞，[二]行當折搖，思復念之」。[三]亂曰：抱時無衣，襦復無裏。[四]閉門塞牖舍孤兒到市，道逢親交，泣坐不能起。[五]從乞求與孤買餌，對交啼泣淚不可止。「我欲不傷悲不能已」。探懷中錢持授。[六]交入門，

見孤兒啼索其母抱。〔七〕徘徊空舍中，行復爾耳，棄置勿復道！〔八〕（《樂府詩集》卷三八《相和歌辭》。《古詩紀》卷十六）

【校勘】

「見孤兒啼索其母抱」，《古詩紀》無「兒」字。

【集注】

〔一〕「婦病連年累歲，傳呼丈人前一言。當言未及得言，不知淚下一何翩翩」四句：**唐汝諤曰：**婦乃對舅姑之稱，丈人即其舅也。累，疊也，病不得面故欲傳呼告之。翩翩，聯翩而下也。**朱嘉徵曰：**丈人，夫也。作舅姑者非。**朱乾曰：**丈人，夫子之稱。**廖按：**黄節云，《史記》（《刺客列傳》「將用爲大人粗糲之費」），（司馬貞）《索隱》注：「韋昭云：『古者名男子爲丈人（尊婦嫗爲大人。）』」《詩·大雅》（《桑柔》「四牡騤騤，旟旐有翩」），毛傳：「翩翩，（在路）不息也。」（廖按，《毛傳》就四馬行進出注，故特言「在路」；「翩翩」亦可泛指「不息」，不停，連綿不斷。）○余冠英云，丈人，指病婦之夫。

〔二〕「屬累君兩三孤子，莫我兒飢且寒，有過慎莫笪笞」三句：**唐汝諤曰：**屬，付託也。累，緣及也。麻無子曰苴，苴杖以竹爲之（廖按，唐汝諤《古詩解》「笪」作「苴」）。笞，捶擊也。**廖按：**黄節云，《説文》：「屬，連也。」《莊子》（《至樂》）：「夜半髑髏見夢曰：『子之談者似辯士諸子所言，皆生人之累，死則無此矣。』」《説文》：「笪，笞也。」（廖按，黄節《漢魏樂府風箋》「笪」作「笪」）《玉篇》、《廣韻》並音丁但切。笪與擔同。《廣雅》：「擔，笞擊也。」（廖按，笪，掌，掌子，同撐子，斜撐的支柱，以竹爲之。《廣韻》：「笪，斜逆也。」按，此字不見唐前字書，此處「笪」或當爲「笪」之誤。）

［三］「行當折摇，思復念之」二句：**唐汝諤曰**：折摇，疑即殀折之意。**陳祚明曰**：「折摇」猶俗言折倒，言摧折之也。**朱乾曰**：「折摇」是再三審思之狀。**廖按**：黄節云，《漢書・揚雄傳》（《甘泉賦》）「行睨陔下與彭城」），顔師古注：「行，且也。」折摇即折夭，婦自謂將死也。《春秋》昭十九年《左傳》賈逵注：「短折曰夭。」（廖按，《左傳・昭公十九年》「寡君之二三臣，札瘥夭昏」，杜預注：「大死曰札，小疫曰瘥，短折曰夭，未名曰昏。」孔穎達《疏》曰：「此皆賈逵言也。」）曹憲《博雅音》：摇，亦咲反。摇、夭，聲相近，故通用。《詩・大雅》（《文王》）「思皇多士」，《毛傳》：「思，辭也。」王引之曰：「思，發語辭也。」○蕭滌非云，折摇猶折夭，謂孤子。○余冠英云，行，將也。病婦説這幾個孩子不久也要死。「復」與「服」通，「服」「念」常常連用，都和「思」同義。這裏是三個同義字疊用（同樣的例子古詩常有，如《離騷》的「覽相觀」，漢樂府的「戲游遨」「遊遨蕩」等都是）。

［四］「亂曰：抱時無衣，襦復無裏」三句：**唐汝諤曰**：「亂曰」以下指丈人而言。襦，短衣。**吴景旭曰**：亂者，樂之卒章。自此而《離騷》、而賦、而樂府，其後有「亂曰」云云，蓋昉於此。

朱嘉徵曰：「亂曰」下，是婦没後事。《急就篇》「袍襦表裏曲領裙」，顔師古注：「長衣曰袍，短衣曰襦。」《説文》：「裹，衣内也。」無衣，無長衣，而有短衣，短衣又無裏也。**廖按**：黄節云，《國語》（《魯語下》）：閔馬父曰：「正考甫校商之名頌十二篇于周太師，以《那》爲首，其輯之亂曰：『自古在昔，先民有作。温恭朝夕，執事有恪。』」

［五］「閉門塞牖舍孤兒到市，道逢親交，泣坐不能起」三句：**唐汝諤曰**：牖，穿壁通明處。**陳祚明曰**：「閉門塞牖舍」似言逐兒在外，兩三孤兒，入市其大者，索母其小者。**廖按**：梁啓超云，交，疑當作「父」，下同。○余冠英云，閉門塞牖，關上門並將窗洞堵塞，爲了防野獸之類進屋傷害孩子，又防孩子跑出屋去。居處荒僻，離市遠，所以如此（各本將「舍」字屬上讀，便成爲孤兒到市）。舍，置也。丈人將孤兒放在屋裏，自己離開孤兒到市上去。

［六］「從乞求與孤買餌，對交啼泣淚不可止。『我欲不傷悲不能已。』探懷中錢持授」四句：**唐汝諤曰**：餌，粉食也。交，親交也。「我欲不傷」二語，則親交之言也。**廖按**：黄節云，《説文》：「餌，粉餅也。」我，親交自謂也。○余冠英云，從，就也。與，爲也。求親交爲孤兒買食物。可以有兩説，一是自己没錢，向親交行乞，原來到市上去的目的就是行乞；一是自己本有買餌的錢，請親交代他到市上去買一趟，這樣可以早點回家照顧孩子。兩説都可以通。本書用前一説，因而「探懷」句在「授」字斷句。

［七］「交入門，見孤兒啼索其母抱」二句：**朱嘉徵曰**：交，親交也。**李因篤曰**：「見孤兒」句，謂

後母耶，思前母耶，迸血滿空舍矣。**朱乾曰**：母已死矣，而兒猶索抱，慘何可言。**廖按**：蕭滌非云，親交猶親友，漢魏時常語，《善哉行》：「親交在門。」曹植詩：「親交義不薄。」皆其證。○余冠英云，親交將錢給丈人去買食物，自己到他家去看看孩子，孩子正在啼哭要媽媽呢（一讀到「抱」字爲一句）。

［八］「徘徊空舍中，行復爾耳，棄置勿復道」三句：**唐汝諤曰**：徘徊，不能去也。棄之謂遺之不復顧也。行復爾耳，謂啼索如故也。**陳祚明曰**：味「行復爾耳」句與「行當折搖」「行」字意同，乃是婦病時口中語，預料它日必如此，乃今無可奈何，故曰「勿復道」。**李因篤曰**：「行復爾耳」，其父聞之漠然無動於中也，故有末句。**廖按**：黄節云，《廣雅》（《釋訓》）：「徘徊，便旋也。」猶盤桓也。行復，且復也。爾耳，謂於徘徊外無可如何也。古詩（《文選·古詩十九首·行行重行行》）：「棄捐勿復道。」○蕭滌非云，行復爾耳，謂妻死不久，即復如此，置子女於不顧也。○余冠英云，「行復爾耳」，是説「在不久的將來，孩子也要像他媽一樣啊！」和病婦臨終所説「行將折搖」的意思相同。棄置勿復道，就是説丢開別提罷。這句不屬正文，是樂工口氣，古樂府詩常有這樣的例。

【集評】

陳祚明曰：情深至語，極高古。

李因篤曰：漢高賜惠帝詔曰：「以如意母子相累」，每爲歔唏，況婦人乎，「屬累君兩三孤子」。又云：「莫我兒飢且寒。」此時已判其子之我憐，知終等於陌路矣。

張玉穀曰： 此刺人不恤其無母孤兒之詩。然不恤意都在病婦口中，親交眼中，空際兩面顯出，絶不一語正寫。蓋斥父不慈，非以教孝，避實就虚，固是文家妙訣，亦其忠厚得體處也。良工心苦，曉者實難。詩九句，追叙其婦將死，丁寧其夫善視其子之事，皆題前反跌也。起四句，婦病已久，夫不在旁，欲言必待傳呼，未言先已下淚。寫景凄苦之中，已將其人之平素不顧妻孥，憑空一擊。「屬累」三句，正寫丁寧，反伏後案，必待如此丁寧，則丁寧未必有用，綴以「行當」二句，愈覺嗚咽。「亂」前九句，正叙無母孤兒之苦，皆父之不恤使然也，仍不一語道破。「抱時」二句，指孤兒之小者，無衣無裏應前「寒」字。「閉門」七句，指孤兒之大者，到市逢交，乞錢買餌與弟，泣不能起，淚不可止，反覆寫出可憐。「買餌」應前「飢」字。後八句，叙親交見而悲傷，與錢送歸，徘徊歎息之事，皆題後反襯也。「索其母抱」，直應婦病丁寧。「空舍徘徊」，顯出其父不在。「行復爾」「勿復道」，言母死幾時，竟至于此，父已不顧，我且奈何。如此收住，父之過微而顯矣。

朱乾曰： 晉羊祜父衜先娶孔融女，後娶蔡邕女，孔氏生發，蔡氏生承、祜，時發與承俱病，度不能兩存，乃專心養發，故得濟，承竟病死。嗚呼賢哉，宜其有賢子之報也。若蔡氏者，豈不足以愧厲百世後之爲晚母者歟。○讀《飲馬長城窟行》則夫妻不相保矣，讀《婦病行》則父子不相保矣，讀《上留田》《孤兒行》則兄弟不相保矣。亡國之音哀以思，其民困，元氣賊矣，四體雖强健，一跌殞耳。俗吏知錢穀簿書，至於情義乖離，風俗頹壞，乃恬不知怪，得一官，顧身家何如耳，慮非爲國家也，可痛也夫。○末句悲極憤極，有説不盡之處，與《上留田》「慷慨不可止」一意。

廖按：蕭滌非云，寫母愛極深刻。「當言」二句，傳神之筆。曰兩三孤兒，則孤兒非一，逢親交乞錢，是大孤兒，啼索母抱，是小孤兒，蓋幼不知其母之已死也。慘狀一一從親交眼中寫出，徘徊棄置，蓋有不忍言者矣。

孤兒行

【集解】

郭茂倩曰：《孤兒行》，《瑟調曲》。相和歌辭。○《孤子生行》，一曰《孤兒行》。古辭言孤兒爲兄嫂所苦，難與久居也。《歌録》曰：「《孤子生行》，亦曰《放歌行》。」

梅鼎祚曰：《孤子生行》，古辭。

唐汝諤曰：此孤兒自叙之詞。首言少失父母，而爲兄嫂所苦，其往來行賈之艱，與歸來冷落之狀，業已備嘗，而行汲履霜，辛苦尤甚，冬衣夏服且不得完，有生曾不如死也。及收瓜之候，而纖悉在所必計，檢束不得自如，故欲寄書父母，兄嫂誠難與久居耳。

朱嘉徵曰：《孤兒行》，閔俗也。

李因篤曰：不曰孤弟，而曰孤兒，直判其子于父母，痛絶兄嫂之辭也。

張玉穀曰：此見兄嫂虐使孤兒，代爲訴苦之詩。

朱乾曰：宋玉《笛賦》：「歌《伐檀》號《孤子》。」則此曲來已久矣。按，幼而無父曰孤，《上留田》之稱孤弟，知其幼也，此能乘車駕馬遠服賈，不幼可知，而云孤兒者，别其爲庶孽，亦以絶之于其兄也。○放歌者，不平之歌也。孤兒父母在，乘堅駕駟，則富貴之家也，父母去而行賈甚已，乃至汲水收瓜，衣服不完，兄嫂之惡薄，人人髮豎，詩人傷而嫉之，所以爲放歌也。

廖按：余冠英云，這是一篇血淚文字。它寫的是一個孤兒的遭遇，也反映了當時奴婢的生活。它提出的問題是家庭問題，也是社會問題。

孤兒生，孤子遇生，命獨當苦！〔一〕父母在時，乘堅車，駕駟馬。父母已去，兄嫂令我行賈。〔二〕南到九江，東到齊與魯。〔三〕臘月來歸，不敢自言苦。頭多蟣虱，面目多塵。〔四〕大兄言辦飯，大嫂言視馬。〔五〕上高堂，行取殿下堂，〔六〕孤兒淚下如雨。使我朝行汲，暮得水來歸。手爲錯，足下無菲。〔七〕愴愴履霜，中多蒺藜。拔斷蒺藜，腸肉中愴欲悲。〔八〕淚下渫渫，清涕纍纍。〔九〕冬無複襦，夏無單衣。居生不樂，不如早去，下從地下黃泉。[十]春氣動，草萌芽。三月蠶桑，六月收瓜。[十一]將是瓜車，來到還家。瓜車反覆，助我者少，啗瓜者多。[十二]願還我蒂，兄與嫂嚴，獨且急歸。當興校計。[十三]亂曰：里中一何譊譊。願欲寄尺書，將與地下父母，兄嫂難與久居。[十四]

（《樂府詩集》卷三八《相和歌辭》。《古詩紀》卷十六）

【集注】

[一]「孤兒生，孤子遇生，命獨當苦」三句：**張玉穀曰**：言孤兒而生於世，亦孤兒之遭遇，其生命當獨苦也。**廖按**：黃節云，《孟子》（《梁惠王下》）：「幼而無父曰孤。」《左傳·成十三年》：「民受天地之中以生，所謂命也。」○余冠英云，遇，偶也。開頭三句言孤兒偶然生到世上來，偏他命苦。

[二]「父母在時，乘堅車，駕駟馬。父母已去，兄嫂令我行賈」五句：**唐汝諤曰**：《史記》（《越王句踐世家》），陶朱公曰：「少弟生而見我富，乘堅驅良」，「豈知財所從來」。一車四馬曰駟。行貨曰商，居貨曰賈。**廖按**：黃節云，《後漢書·輿服志》：「賈人不得乘馬車。」《史記·貨殖（列）傳》：「行賈，丈夫賤行也。」○余冠英云，已去謂已死。行賈，往來販賣。漢朝社會上商人地位低，當時的商賈有些就是富貴人家的奴僕。兄嫂命孤兒行賈是把他當奴僕使。

〔三〕「南到九江，東到齊與魯」二句：**陳祚明曰**：「南到」「東到」，極言遠道劬勞。**廖按**：黃節云，《書·禹貢》：「九江孔殷。」○余冠英云，九江，西漢九江郡治壽春，即今安徽壽縣，東漢治陰陵，故城在今安徽定遠縣西北六十五里。齊，西漢置齊郡，治臨淄，即今山東省臨淄縣。後漢爲齊國。魯，漢置魯縣，即今山東曲阜。這歌的産地是九江之北，齊魯之西，該是河南境内。

〔四〕「臘月來歸，不敢自言苦。頭多蟣虱，面目多塵」四句：**唐汝諤曰**：冬盡爲臘月，秦始皇更名嘉平，漢仍其舊也。蟣，蝨子也。**廖按**：黃節云，《淮南子》（《説林訓》）：「湯沐具而蟣虱相吊。」○余冠英云，蟣，虱卵。面目多塵，句尾可能脱掉一個「土」字。因爲這裏應該有個韻脚，而且和上下比較，這裏也該是五言句。

〔五〕「大兄言辦飯，大嫂言視馬」二句：**唐汝諤曰**：辦，備具也。視馬，令其且顧行裝也。**陳祚明曰**：「辦飯」猶飯人，視馬寓「不問人」之意。**李因篤曰**：「大兄」二句，正見其兄之溺妻言而忘天顯，抑揚其詞，非有所寬也。**廖按**：余冠英云，「辦飯」「視馬」都是兄嫂給他的差遣。○逯欽立云，詩中大兄之「大」，爲「土」之訛字，當屬上句，作面目多塵土。「土」與前後韻賈、魯、馬、雨皆叶，今「土」訛「大」，則斷「塵」爲句，失其韻。又「土」訛「大」，連下讀爲「大兄」，後人遂不得不於「嫂」字上亦添「大」字，使篇中兄嫂辭例亦亂。應添「土」字，去兩「大」字。

[六]「上高堂，行取殿下堂」二句：**唐汝諤曰**：取，走也。自堂使趨下也。師古注，古者屋之高嚴，通呼爲殿。**陳祚明曰**：「行取殿」言不敢在人前。「行取殿下堂」句，當是計較子母已多折閲而下堂也。**張玉穀曰**：取，同趨。（《漢書·循吏傳》「先上殿」），師古注：「古者屋之高嚴，通呼曰殿堂，即殿也。」以言辦飯，故上堂而進内。又言視馬，故趨殿而下堂也。**廖按**：黄節云，「取」乃「趣」之省文。行取，行趣也。「趣」與「趨」古同用。《漢書·地理志》（「東至取慮入泗」），（顔師古）注：「師古曰：『取慮，縣名也（音秋廬）。取又音趨。』」○余冠英云，行，復也，如今口語裏的「還」。○徐仁甫云，「下堂」，「堂」字衍。「下」與「馬」同韻，知「堂」必衍文。行猶輒也。《史記·孝武本紀》「因巫爲主人，關飲食，所欲者言行下」，（裴駰）《集解》引李奇曰：「神所欲，言上輒爲下之。」李以「輒」解「行」，是「行」猶「輒」也。《魏風·十畝之間》（《詩經》）：「十畝之間兮，桑者閑閑兮，行與子還兮。」又曰：「行與子逝兮。」謂輒與子還，即與子逝。「上高堂行取殿下」，謂孤兒奔走忙迫，才上高堂又輒趨殿下。一個「行」字，不但寫出孤兒之忙碌，還寫出兄嫂之殘忍。

[七]「使我朝行汲，暮得水來歸。手爲錯，足下無菲」四句：**馮惟訥曰**：「菲」一作「扉」（廖按，當爲「屝」）。**唐汝諤曰**：《左傳》（《僖公四年》），鄭申侯曰：「供其資糧屝屨。」**朱嘉徵曰**：屝，草履也，通作菲。**陳祚明曰**：「使我」以下曲折極寫，「手爲錯」或言其龜。**張玉穀曰**：錯，裂也。**廖按**：黄節云，《詩·小雅》（《鶴鳴》）「他山之石，可以爲錯」，毛傳：「錯，石也。

可以琢石。」「手爲錯」言手之麤厲如錯石也。《方言》，扉，「麤屨也」；「絲作」曰「履」，「麻作」曰「扉」，通作菲。《漢書・刑法志》：「菲履赭衣。」〇余冠英云，錯，讀爲「皵」，就是皮膚皴裂。菲，一作「扉」，就是草履。

［八］「愴愴履霜，中多蒺藜。拔斷蒺藜，腸肉中愴欲悲」四句：**唐汝諤曰**：愴，悽愴也。《易》《履》：「履霜堅冰至。」蒺藜，草名，子有三角，刺人。《易》《困》：「困于石，據于蒺藜。」**廖按**：黄節云，《詩・魏風》《葛屨》：「糾糾葛屨，可以履霜。」〇余冠英云，愴愴，悲也。或讀爲「蹌蹌」，行動趨走之貌。履，踐踏。蒺藜，一種蔓生的草，子有刺。腸，指「腓腸」，或名「腸」，就是脛骨後的肉。〇徐仁甫云，舊讀「腸肉中」下屬爲句，非也。「拔斷蒺藜腸肉中」，謂蒺藜斷在腓腸肉中也。「愴欲悲」，謂愴且悲。（廖按，徐氏解「欲」猶「且」詳見《東門行》解。）

［九］「淚下渫渫，清涕纍纍」二句：**唐汝諤曰**：渫渫，淚流貌。纍纍，不絶也。**廖按**：黄節云，《楚辭・九章》「發憤以抒情」，王逸注：「抒，渫也。」互訓，渫，抒也。重言之則曰渫渫。儽通作纍。《説文》：「儽，垂貌。」《禮・玉藻》：「喪容累累。」〇余冠英云，渫渫，水流貌。

［十］「冬無複襦，夏無單衣。居生不樂，不如早去，下從地下黄泉」五句：**唐汝諤曰**：複襦，重衣也。黄泉，謂從父母于地下也。**廖按**：黄節云，《左傳》《隱公元年》：「不及黄泉，無相見也。」〇余冠英云，複襦，和「單襦」相對，有裏的短衣叫複襦，就是短夾襖。早去，早死

也。下從，謂追隨父母。黃泉，就是「地下」。〇徐仁甫云，「居生」不辭。又「不如早去下從地下黃泉」句，缺主要動詞，因疑「居」字在「黃泉」下，原文當作「生不樂，不如早去下從地下黃泉居」。如此，則居與衣韻，文從字順，無脱落矣。全篇韻腳，既有二苦字、二馬字，則二居字又何嫌乎！

〔十一〕「春氣動，草萌芽。三月蠶桑，六月收瓜」四句：**唐汝諤曰**：《詩》(《豳風・七月》)，「蠶曰條桑」。又，「七月食瓜」。**廖按**：黃節云，《禮・月令》：「孟春之月」，「是月也」，「天氣下降，地氣上騰，天地和同，草木萌動」。「仲春之月」，「是月也，安萌芽，養幼少，存諸孤」。「季春之月」，「是月也」，「后妃齊戒，東鄉躬桑，禁婦女毋觀，省婦使以勸蠶事」。周之七月，漢之六月也。

〔十二〕「將是瓜車，來到還家。瓜車反覆，助我者少，啗瓜者多」五句：**唐汝諤曰**：將，扶進也。《詩》(《小雅・無將大車》)：「無將大車。」反，翻也；覆，倒也。啗，食也。**廖按**：余冠英云，將車，就是推車。〇徐仁甫云，「到還」二字倒，當作「來還到家」。來還連文，古書較多，古詩(《玉臺新詠・古詩八首・悲與親友别》)「結志青雲上，何時復來還」是也。

〔十三〕「願還我蒂，兄與嫂嚴，獨且急歸。當興校計」四句：**唐汝諤曰**：蒂，瓜蒂也。兄嫂嚴切，欲計其瓜數也。**張玉穀曰**：願還蒂，謂尚可點數目也。與校計，相與計議淩虐之法也(廖按，張玉穀《古詩賞析》「興」作「與」)。**廖按**：黃節云，《説文》：「蒂，瓜當也。」獨且，王引之曰：「獨，猶將也。且，句中語助也。」《莊子·齊物論》曰：「夫隨其成心而師之，誰獨且無師乎？」〇余冠英云，蒂，瓜和藤相連接之處。孤兒無法禁止别人吃瓜，但要求還給他瓜蒂，以便點數。校計，就是計較。〇徐仁甫云，「且」猶「此」也。《詩·周頌·載芟》「匪且有且」，毛傳：「且，此也。」「獨且急歸」，言若不還我瓜蒂，我獨如此急歸，則「兄與嫂嚴，當興較計」，而我無交差也。

[十四]「里中一何譊譊。願欲寄尺書，將與地下父母，兄嫂難與久居」四句：**唐汝諤曰**：譊譊，多言也。古詩，中有尺素書。**張玉穀曰**：譊譊，言家中聞覆車事正喧嘩也。**廖按**：黄節云，《法言》：「譊譊者，天下皆訟也。」〇余冠英云，譊譊，怒叫聲。「里中譊譊」四句是兄嫂已經知道翻車的事，叫駡起來了，孤兒怕極，又想到死了。

【集評】

徐獻忠曰：官下僚者爲長官所苦，故作是歌以寄情。

唐汝諤曰：味其詞意實有《上留田》光景，第彼妙於含蓄，而此善於描寫，各擅其長。徐伯臣云云。然隱詞規諷，定有一二語旁溢，不應逼真至此。〇鍾伯敬曰，看他轉節落語有崎嶇歷落、不能成聲之意，情淚紙上。

陸時雍曰：是孤兒語。讀之覺啼淚萬行。

朱嘉徵曰：詩可以觀，一物失所，而知王政之失；後代陳詩，僅獻其歌頌，則疾痛之聲不聞，上何由知政之得失乎。

陳祚明曰：筆極高古，情極生動，轉折變態備盡形容。○「春氣動」下忽起一端，另寫時令，從氣及草，從草及桑，從桑及瓜，來脈迢迢，幾許宛曲；「春氣動」三字又微，若跟「地下黄泉」，此段文情甚奇。味通篇前後，將瓜車似是實事，詩正詠之，前此行賈、行汲、乃追寫耳，不然，何獨于將車一小事如此細細詠歎耶。○「瓜車反覆」數語生動淋漓，如見車翻瓜墮纍纍滿地，衆共攫食，一兒大啼也。「願還我蒂」，不得已之苦言。

李因篤曰：歷叙兄嫂之虐，只得「兄嫂令我行賈」六字，與「大兄言辦飯，大嫂言視馬」二句正寫耳，先後只就孤兒苦況痛切言之，兄嫂之威，不寒而栗矣。○「收瓜」一段，插入奇絶，夫行賈至齊淮之遠，臘後始歸，迨六月炎蒸，又有是役，蓋終歲無暇日矣，獨舉鬻瓜者，亦嘿寓「同根」之譏。曰「願還我蒂」，將以蒂自明也；又云「當與較計」（廖按，李因篤《漢詩音注》「當興校計」作「當與較計」），則出蒂亦不足塞責；數句之中，多少曲折。亂之末句，知不復可忍，孤兒亦自決矣。與上《婦病篇》同悲。

沈德潛曰：極瑣碎，極古奥，斷續無端，起落無跡，淚痕血點，結綴而成。樂府中有此一種筆墨。○始用慶韻，次用支徵齊韻，次用歌麻韻，次用霽韻，末用魚韻，惟中間有雙句不在韻内者，如「頭多蟣虱，面目多塵」，「上高堂，行取殿下堂」等句，故揺曳其詞，令讀者不能驟領耳。○多與瓜，本屬一韻，下蒂字乃另换韻也。

張玉穀曰： 起三句，以「孤兒」命句，總挈通章。下分三段寫。首段，自「父母」句起，至「淚下如雨」止，皆言行賈辛勤，歸來兄嫂不恤之苦。「父母在時」三句，題前反襯。「父母已去」二句，本段提筆，而惟因親没，故兄嫂得以虐之，又是全篇點眼，直注亂中寄書地下意。「南到」四句，正叙遠賈晚歸之苦。「頭多」七句，接上「不敢自言」，言出門勞頓，兄嫂莫知，而風塵憔悴之形，亦應共見，乃辦飯、視馬，使令迭來，上堂、下堂，進退維谷，孤兒能不淚下如雨乎？曲折寫來，略作頓勢。次段自「使我」句起，至「地下黄泉」止，皆叙遠汲之苦。「使我」二句，接上直入，不更裝頭，總見無一息暫休意。「手爲」五句正叙遠汲手錯足傷之苦。「淚下」四句，頂「悲」字復説涕淚，補出無衣。「冬」字應前「臘月」，「夏」字又領後「六月」也。「居生」三句，歸到不樂生，幸速死，本段束筆，恰又逗起亂意。三段自「春氣」句起，至「當興較計」止，叙收瓜覆車，兄嫂較計之苦。「春氣」四句，遥接前「臘月」「履霜」，由時序逐漸引起，以虚筆括過蠶桑，遞入收瓜本事。紆徐摇曳而來，與上截文法大變。上是直接法，此是脱接法。上是急受法，此是緩受法。各極其妙。「將是」五句，正叙收瓜將車車覆，勞而失誤之苦。助少啗多，真堪一歎。「願還」四句，一面求人見憐，一面急歸告訴，見得此番較計必定異常，收足兄嫂之嚴，已將亂意喝起。亂語，有不必多言、拼得一死意。雖單頂第三段申説，然全篇亦藉以總收。書寄父母，直抱轉父母已去，「下從地下黄泉」等句，作呼應「兄嫂難與久居」，則上文無數虐使到頭結穴也。通體照應謹嚴，接落變换，叙次簡古，無美不臻。◯《婦病》《孤兒》兩行，神妙匹敵，一則以襯托虚擊法見體裁，一則以層累實叙法見力量。且皆有亂語，一則詩短亂長，一則詩長亂短，亦於同中示異。愚意直是一人手筆，有意因題制變，留此兩絶作耳。

朱乾曰： 乾讀王勉夫《野客叢談（書）》云，「自古賤庶出之子，王符無外家，爲鄉人所賤」。《顏氏家訓》曰：「江左不諱庶孽，河北鄙於側出。」至唐此風猶存，觀褚遂良《請千牛不論嫡庶表》曰，永嘉以來，王塗不兢，在於河北風俗乖亂，嫡待庶如奴，妻遇妾若婢，降及隋代，斯流遂遠，獨孤后禁庶子，不得近侍。聖朝深革前弊。人以才進，不論嫡正，今日薦千牛舍人，仍此爲制，禮所未安。觀此可以見漢晉以來重嫡而輕庶矣。夫嫡庶之分所以正倫理，兄弟之情在於篤恩義，自嫡庶之分太明，賊恩之禍至於如此，尚得謂有父之人哉？《書》曰「股肱惟人」，注云，手足備而成人。今云「手爲錯，足下無菲」，又曰「拔斷蒺藜，腸肉中愴欲悲」，嗚呼，手足傷矣，得成人乎？人第哀其弟之不欲生，不知其兄之生理早絶。

廖按： 梁啓超云，這首歌可算中國頭一首寫實詩，妙處在把瑣碎情節委曲描寫。内中行汲、收瓜兩段，特別細叙，深刻情緒自然活現，是寫生不二法門。

怨詩行

【集解】

郭茂倩曰： 《怨詩行》，古辭，《楚調曲》。相和歌辭。〇《古今樂録》曰：「《怨詩行》歌東阿王『明月照高樓』一篇。」王僧虔《技録》曰：「《荀録》所載『古爲君』一篇，今不傳。」《琴操》曰：「卞和得玉璞以獻楚懷王，王使樂正子治之，曰：『非玉。』刖其右足。平王立，復獻之，又以爲欺，刖其左足。平王死，子立，復獻之，乃抱玉而哭，繼之以血，荆山爲之崩。王使剖之，果有寶。乃封和爲陵陽侯。辭不受而作怨歌焉。」班婕妤《怨詩行》序曰：「漢成帝班婕妤失寵，求供養太后於長信宫，乃作怨詩以自傷。託辭於紈扇云。」《樂府解題》曰：「古詞云：『爲君既不易，爲臣良獨難。』言周公推心輔政，二叔流言，致有雷雨拔木之變。梁簡文『十五頗有餘』，自言姝豔，以讒見毁。又曰『持此傾城貌，翻爲不肖軀』，與古文意同而體異。」

馮惟訥曰：一曰《怨詩行歌》。

梅鼎祚曰：《怨詩行》，古辭。○郭本分《怨詩行》《怨詩》《怨歌行》爲三類，今從之。《怨詩行》古辭言人命難常，不如遊心恣欲也。一曰《怨詩行歌》。陳思而下，多言棄妻怨女，大略祖班婕妤《怨歌行》之意，惟阮瑀《怨詩》與此意合。

朱嘉徵曰：余詠古詩云，「人生忽若寓」，夫寓不可嘗，怨不一族，曰《怨詩行》《怨歌行》，曰《雜怨》，是怨亦人情乎，情不可使底，君子比于樂焉。末二句即《西門行》「請呼心所歡」一意，知古人所怨只是行與願違耳。

天德悠且長，人命一何促。[一]百年未幾時，奄若風吹燭。[二]嘉賓難再遇，人命不可續。齊度遊四方，各繫太山録。[三]人間樂未央，忽然歸東嶽。[四]當須蕩中情，遊心恣所欲。[五]（《樂府詩集》卷四一《相和歌辭》。《古詩紀》卷十六）

【集注】

[一]「天德悠且長，人命一何促」二句：**廖按**：黄節云，《易》（《文言》）：「飛龍在天，乃位乎天德。」

[二]「百年未幾時，奄若風吹燭」二句：**廖按**：百年，人生年壽之長。《古詩十九首·生年不滿百》：「生年不滿百，常懷千歲憂。」奄，倏忽。《楚辭·離騷》「寧溘死以流亡兮」，王逸注：「溘，猶奄也。」《説文》：「溘，奄忽也。」

[三]「齊度遊四方，各繫太山録」二句：**廖按**：黄節云，《漢書》（《食貨志》）「弋獵博戲，亂齊民」顔師古）注：「如淳曰：『齊，等也。無有貴賤。』」《玉篇》：「度與渡通，過也。」《風俗通》曰：古封泰山，禪梁甫。「俗説：岱宗上有金篋、玉策，能知人年壽修短。」（廖按，泰山録，古人認爲泰山之神掌管人的生死，其壽命長短皆注定于泰山之神的「金篋」中「玉策」上。）

[四]「人間樂未央，忽然歸東嶽」二句：**廖按**：黄節云，《離騷》（《楚辭》）：「及年歲之未晏兮，時亦猶其未央。」《爾雅》（《釋山》）：「泰山爲東嶽。」《博物志》曰：「泰山主召人魂。」（廖按，歸東嶽即指歸於死亡。）

［五］「當須蕩中情，遊心恣所欲」二句：廖按：黄節云，《離騷》（《楚辭》）：「衆不可户説兮，孰云察余之中情。」

【集評】

陳祚明曰：語健，「風吹燭」用比壽命，想初創此句時覺新警，爲何如今遂作俚俗語矣？以是觀之，多襲古語自然無味。

李因篤曰：結語正寫出無聊。

朱乾曰：「當須」二句，怨處於此看出。〇情豈可蕩，欲豈可恣，因有所怨，而托焉，與泛常憂生者不同，讀者弗以辭害意也。昔者君驕難作，范文祈死；功名震主，汾陽奢欲；才高主忌，河間酒樂；范蠡之遊五湖，張良之從赤松，皆有所寄焉者也。